Todd M. Johnson

Tödlicher Atemzug

Thriller

Aus dem amerikanischen Englisch
von Doris C. Leisering

SCM
Hänssler

SCM

Stiftung Christliche Medien

Der SCM-Verlag ist eine Gesellschaft der Stiftung Christliche Medien, einer gemeinnützigen Stiftung, die sich für die Förderung und Verbreitung christlicher Bücher, Zeitschriften, Filme und Musik einsetzt.

SCM Hänssler im SCM-Verlag GmbH & Co. KG · 71088 Holzgerlingen
Internet: www.scm-haenssler.de · E-Mail: info@scm-haenssler.de

Originally published in English under the title: *Critical Reaction*

Übersetzung: Doris C. Leisering
Umschlaggestaltung: Kathrin Spiegelberg, Weil im Schönbuch
Titelbild: shutterstock.com
Satz: Satz & Medien Wieser, Stolberg
Druck und Bindung: CPI – Ebner & Spiegel, Ulm
Gedruckt in Deutschland
ISBN 978-3-7751-5536-6
Bestell-Nr. 395.536

Für meine Libby

»Möglicherweise sind die Beseitigungskosten für atomare Verteidigungsanlagen wie Hanford so hoch und ihre Kontamination so stark, dass wir einfach einen Zaun darum ziehen und sie als das bezeichnen müssen, was sie sind: Gebiete eines nationalen Opfers.«

Unbekannter Kerntechniker Ende der 1980er-Jahre

1

16. Oktober 2013
2:50 Uhr
Priest Ridge, Südgrenze
Nuklearsperrgebiet Hanford

Er zügelte seinen kastanienbraunen Hengst, als sie sich unter dem mondlosen Himmel dem Rand des Hangs näherten. Der Abendwind, der hier auf dem schmalen Plateau am höchsten Punkt des Höhenzuges am stärksten war, blies einen Stoß kalter Luft durch seine Jacke und an seinem Nacken hinab. Er zog die Kapuze über den Kopf.

Durch seine Jeans hindurch wärmte ihm das dicke Winterfell des Hengstes die Oberschenkel, die ohne Sattel fest an dessen Flanken lagen. Er zog die Handschuhe aus und schob seine Hände unter die dicke, wilde Mähne, unter der die Wärme wie unter einer Decke eingeschlossen lag.

Langsam kehrte das Gefühl in seine tauben Finger zurück. Der Mann richtete sich auf und blickte hinab auf die tief gelegene Ebene. Ein Gebilde leuchtete dort in der Ferne: Etwa zweieinhalb Kilometer weiter östlich hüpfte und tanzte es über die dunkle Wüste – in der Richtung, aus der er gekommen war. Er hob das Fernglas, das um seinen Hals hing, und gab einen zufriedenen Laut von sich, als er das vergrößerte Objekt deutlich erkannte.

Es war ein losgelöster Busch Wüstenbeifuß, der sich unstet über den Wüstenboden bewegte – wie eine kleine, entlaufene, von den Naturgesetzen befreite Sonne, die alle anderen Lichtquellen überstrahlte. Angetrieben vom Wüstenwind hatte er eine Geschwindigkeit von etwa zwanzig bis dreißig Kilometern pro Stunde, schätzte der Mann. Die meisten Leute hätten das kleine Objekt aus dieser Entfernung mit bloßem Auge nicht gesehen, dachte er mit einem Hauch von Stolz. Und wenn sie es sehen könnten, würden sie glauben, was sie sahen? Wenn er dem nicht trauen konnte, was er mit seinen eigenen Augen sah, würde er sich ebenso ungebunden fühlen wie jener leuchtende Busch in der Wüstennacht.

Der Kurs des Objekts bestätigte ihre Berechnungen – eine weitere Quelle der Befriedigung für ihn. Er schob das Fernglas wieder unter seine Jacke und klopfte dem Hengst beruhigend auf den Widerrist. Dieser scharrte mit dem Huf über den Boden und schnaubte dicke Atemwolken, die sich in der kalten Luft rasch auflösten.

Er schaute auf, als das Gebilde noch einmal aufprallte und einen Bogen flog, bevor es in einer Bodensenke verschwand und nicht mehr zu sehen war. Es tauchte nicht wieder auf.

Die kalten Böen bremsten seinen Eifer weiterzureiten. Doch der Mann wusste, dass er weitermusste. Die Gebäude von Hanford Works lagen nordöstlich von ihm, Stalagmiten in der Wüste am Columbia River, die er von hier aus nicht sehen konnte. In einem jener Gebäude war die Sicherheitszentrale von Hanford untergebracht. Wenn sie ihn auf dem Gelände des Nuklearsperrgebiets entdeckt hatte, könnten bereits Wagen unterwegs sein, um ihn aufzuspüren.

Er hob die Fersen, um den Hengst mit einem Tritt in die Flanken anzutreiben, als das Pferd plötzlich wieherte und erschreckt einige Schritte zurückwich. Dann hörte er es: einen heftigen Knall wie der Donnerschlag eines unsichtbaren Gewitters, das sich in der Finsternis über den Gebäuden von Hanford entlud. Der Mann beruhigte sein Tier und grub seine Hände fest in die Mähne, während das laute Geräusch von den umliegenden Hügeln zurückgeworfen wurde, bevor es verhallte.

Ein zweiter Knall folgte, noch lauter, und der Hengst unter ihm erschauerte. Dann ein dritter.

Donner an einem kalten Abend wie diesem? Ein Erdrutsch? Ein Erdbeben?

Das letzte Echo verhallte. Er lauschte weiter, während ein leichter Wind flüsternd durch das Gestrüpp am Boden wehte. Nichts mehr.

Das Pferd schüttelte ungeduldig den Kopf; es wollte fort von hier. Behutsam beruhigte er das Tier. Doch die kalte Luft, die eben noch so frisch in seine Lungen geströmt war, lag ihm jetzt sauer auf der Zunge.

Plötzlich bäumte sich der Hengst zur vollen Höhe auf, und dem Mann verkrampfte sich der Magen. Er grub die Hände noch fester in die Mähne des Tieres, um nicht von seinem Rücken zu rutschen. Im gleichen Moment setzte das Tier die Vorderhufe wieder auf den Boden und stürmte in die schwarze Nacht.

Über den hämmernden Hufschlag des Hengstes hinweg rief der Mann dem Tier ein Kommando zu, langsamer zu laufen. Verzweifelt zerrte er an der Mähne des Pferdes, um dessen Kopf zurück und sich selbst nach vorn zu ziehen, und betete, der Boden möge eben bleiben und sie nicht zu nah an den Abhang zu ihrer Rechten geraten.

Es dauerte ein Dutzend lang gestreckter Galoppsprünge, bis er sich wieder in die Mitte des Pferderückens manövriert hatte. Dann ließ er die Beine locker, lehnte sich zurück und zog heftiger an der Mähne. Langsam verringerte das Tier sein Tempo.

Als die Hufschläge verlangsamten, hörte er nun zum ersten Mal, warum das Pferd durchgegangen war. Der Laut ließ sein Herz heftiger schlagen.

Gib mir alles, was noch in dir steckt, flüsterte er, lehnte sich tief auf die Schultern des Tieres, presste die Beine fester in seine Seite und trieb es raunend zur Eile an. Das Tier war verwirrt und zögerte - bis der Mann ihm fest in die Flanken trat und es zum Galopp antrieb.

Alles, was noch in dir steckt. Alles, was nötig ist, um von dem hohen, kahlen Berg herunterzukommen, den die nächtlichen Winde von Hanford erreichen, lange bevor sie sich dem Wüstenboden nähern.

Hinter ihm war der Laut jetzt nicht mehr zu überhören. Er wurde immer klarer, immer lauter und weckte Furcht in dem Mann an, den nur äußerst weniges ängstigte. Es war eine Warnsirene, die auf einem der Gebäude der stillgelegten Plutoniumfabrik heulte, und selbst in dieser Entfernung ließ sie ihn mehr erschaudern, als der Wind es jemals konnte.

Denn der durchdringende Ton - ein Schrei so schrill wie der einer gequälten Seele - verkündete, dass Strahlung freigesetzt worden war.

* * *

2:46 Uhr
Laborgebäude Nr. 5
Nuklearsperrgebiet Hanford

Der fünfundzwanzigjährige Kieran Mullaney verzog das Gesicht, als er in die Hocke ging, um seine ausgetretenen Schuhe zurechtzuziehen. Der durchdringende Schmerz kam wohl von einer weiteren Blase, dieses Mal an seiner linken Fußsohle. Er zog die Socke straff. Viel mehr konnte er nicht tun.

Kieran schaute auf und sah, wie ihn sein Vorgesetzter Taylor Christensen anstarrte. Der Mann stand ungeduldig am Eingang zur »dunklen Seite« von Laborgebäude Nr. 5. Steve Whalen, der ältliche Materialverwalter für L5, stand hinter dem Ausgabetresen und kaute gleichmütig auf seinem Kaugummi herum. Beide beobachteten Kieran und warteten darauf, dass er Taylor durch die Tür folgte und seine Nachtschicht antrat.

Vielleicht sollte er einfach genau das tun, dachte Kieran. Den Mund halten und seine Schicht antreten. Doch wenn er sich nicht über seine Arbeitsschuhe beschwerte, würden die beiden denken, es wäre keine große Sache.

Aber es war eine große Sache. Es waren nicht nur die Schmerzen, die er in den engen Ersatzschuhen, die Whalen ihm letzte Woche gegeben hatte, eine weitere Schicht lang ertragen musste. Das Problem war vielmehr, dass ihm noch niemand gesagt hatte, wie das Plutonium an seine Schuhe gekommen war, dessentwegen man sie konfisziert hatte.

Das Problem war auch Whalens selbstgefälliges Gehabe, das so viele alte Hasen von Hanford an den Tag legten – diejenigen, die schon hier gearbeitet hatten, als die Anlage noch in Betrieb war. Männer wie Whalen schauten hochnäsig auf die jüngsten Arbeiter wie Kieran herab. Whalen hatte die ganzen zwei Wochen über, in denen Kieran und Taylor hier in L5 Vertretungsdienst schoben, keinen Hehl aus seiner Geringschätzung für Kieran gemacht. So wie jetzt auch.

Kierans Vorgesetzten behandelte Whalen anders; er begegnete ihm relativ respektvoll, seit sie als Vertretung für die reguläre Prüfmannschaft von L5 eingetroffen waren. Kieran verstand das – Taylor hatte das Aussehen und Auftreten des Hanford-Mitarbeiters in dritter Generation, der er war. Kieran war zwar zweite Generation, doch er trat nicht so auf. Er katzbuckelte nicht vor Hanford-Männern wie Whalens.

Kieran richtete sich zu seiner vollen Größe auf. Okay. Das war ihre letzte Nacht hier. Er würde ein wenig Widerstand leisten.

»Red, ich will meine eigenen Schuhe wiederhaben«, sagte er sachlich und benutzte zum ersten Mal den Spitznamen, den die anderen dem Techniker gegeben hatten. »Die aus echtem Leder und nicht die aus recycelten Fußbällen.«

Der Techniker blinzelte Kieran unter seinen grauen Augenbrauen mit einem Blick an, als hätte er in eine Zitrone gebissen. »Du bist ja ein ganz Schlauer«, schoss er schroff zurück. »Meinetwegen kannst du gern barfuß gehen. Aber deine eigenen Schuhe kriegst du wieder, wenn sie fertig getestet sind.«

Kieran ließ nicht locker. »Ihr habt sie letzte Woche mitgenommen, und morgen gehen wir auf unseren regulären Posten zurück. Was ist denn aus ›Du bekommst sie in vierundzwanzig Stunden zurück‹ geworden?«

Mit einer ungeduldigen Bewegung seiner Linken schnitt Red Whalen ihm das Wort ab, während er mit der Rechten einen Geigerzähler aus dem Geräteregal nahm, als wäre er etwas Heiliges.

»Hast du neulich nicht die gute alte Samantha hier heulen hören, als ich deine Schuhe auf Strahlung geprüft habe? Was bringen sie euch Kindern heute in der Ausbildung eigentlich bei? Das war die Stimme deines *Schutzengels vom Himmel*, der rief, dass die Sohlen deiner Treter auf der ›dunklen Seite‹ ordentlich Strahlung aufgelesen haben – weiß der Himmel, wo. Und du jammerst nur, dass du diese Billig-Latschen zurückhaben und wieder mit nach Hause zu Mami nehmen willst? Schäm dich was. Ich sag's dir noch einmal: Sobald die Leute in der Zentrale wissen, wo die Kontamination herkam, werden sie die Strahlung von den Schuhen entfernen und dir zurückgeben. Schluss, aus, Ende!«

Ein Teil der Selbstgefälligkeit war aus dem Gesicht des Materialverwalters gewichen – an ihre Stelle trat sture Wut. *Das macht Spaß*, dachte Kieran. Er hielt seine Atemschutzmaske hoch.

»Und was ist mit meinem Luftfilter?«, fragte er. »Ich habe dir an meinem ersten Tag hier gesagt, dass dieser zu klein ist. Fühlt sich an wie ein Kinderschnorchel. Gebt ihr hier in L5 keine Ausrüstung in Erwachsenengrößen aus, die –«

Taylor machte einen Schritt auf Kieran zu und nahm ihm die Maske aus der ausgestreckten Hand. »Komm«, brummte der Vorgesetzte durch seinen dicken Schnurrbart und ging dann voran durch die Sicherheitstür. Ihre Schicht begann.

Mit einem letzten Blick auf Whalens gerötetes Gesicht passierte Kieran den Ausgabetresen und folgte Taylor auf die dunkle Seite. Erst als er durch die Tür und außer Sichtweite des Materialverwalters war, erlaubte er sich ein Grinsen.

Kieran sah die hochgezogenen Schultern seines Vorgesetzten und fürchtete, Taylor verärgert zu haben, indem er Whalen provoziert hatte. Heute Abend war ihm nicht nach einem Vortrag darüber, dass *»sich damals niemand beschwert hat, als Hanford noch das Plutonium hergestellt hat, das per Bahn nach Rocky Flats gebracht wurde. Jeder wusste, wie wichtig diese Mission war. Das hier ist kein Job wie jeder andere …«*

Er steckte auch in Taylor, dieser stolze Zug, er stand den ganz alten Hasen in nichts nach. Doch er wusste wohl, dass Kieran nur Dampf abgelassen hatte, denn der Vortrag blieb aus.

Ihre Schuhe polterten auf dem Betonfußboden des Korridors der ersten Etage von L5s dunkler Seite. Jedes Gebäude, das in Hanford je zur Plutoniumproduktion genutzt worden war, hatte seine dunkle Seite – so wurden diejenigen Bereiche genannt, in denen die Produktion stattgefunden hatte, bevor das Energieministerium das Licht abgedreht und all diese Gebäude für immer geschlossen hatte. Kieran hatte jemanden sagen hören, dass hier in L5 Plutonium chemisch zurückgewonnen wurde. Offen gesagt, war ihm das egal. Er arbeitete für eine Firma, die die Überwachung und die Tests ausführte, die *Covington Nuclear* angeordnet hatte – sie prüften die Luft und den Inhalt der alternden Behälter mit lange nicht mehr benutzten Chemikalien auf Strahlung, nahmen Proben von Wänden und Fußböden und testeten diese auf Schadstoffe oder Radioaktivität. Was auch immer sie von ihm verlangten. Für diesen Job brauchte er keine Geschichtsstunde über das Nuklearsperrgebiet Hanford. Da er im nahe gelegenen Städtchen Sherman aufgewachsen war, hatte er mehr als genug solcher Vorträge gehört.

Kieran warf einen Blick auf eine Gedenktafel an einer der verschlossenen Türen, an der sie in dem leeren Korridor vorbeikamen. In Hanford zeigte diese Tafel an, dass in diesem Raum jemand eine tödliche Strahlendosis abbekommen hatte sowie dass der Familie die Standardentschädigung ausgezahlt worden war. »Killerschilder« wurden sie von den alten Hasen genannt – oder »Qualtafeln«. Die Spitznamen sagten alles: So wollte keiner sterben.

Leise las Kieran im Vorübergehen den Namen auf der Tafel: *Severson Room*. Wahrscheinlich war Severson in den 1950er- oder 1960er-Jahren gestorben. Das war die Zeit, in der die meisten Arbeiter das Leben verloren – als die Produktion so heiß lief, dass viele Abkürzungen genommen wurden. Er fragte sich, wer der Mann wohl gewesen war, ob er Frau und Kinder hatte. Wahrscheinlich beides. Die meisten dieser Männer waren Familienväter gewesen, gute Versorger, wenn man bedenkt, wie erstklassig die Arbeiter von Hanford bezahlt wurden.

Sie waren Versorger wie Kierans Vater – dreißig Jahre hatte er in Hanford gearbeitet. Die Familie hatte nie Geldsorgen gehabt, hatte immer anständige Autos. Jedes Weihnachten war besser als das davor gewesen. Ausflüge nach Disneyland alle paar Jahre, und eine Überraschungsreise nach Hawaii. Studieren wäre kein Problem gewesen, das stand fest.

Für seinen Vater allerdings gab es hier auf dem Gelände keine Gedenktafel, denn er hatte keine einmalige hohe Dosis von Plutonium oder Tritium oder einer anderen Strahlung abbekommen, die jemanden im Handumdrehen umbrachte. Bei ihm ging es langsam; er hatte das Gift in langen Tagschichten eingeatmet. Wahrscheinlich hatte er in den Pausen auch gegessen, was sich unsichtbar auf seinen Frühstücksbroten abgelagert hatte. Dann hatte es sich tief in seinem Körper versteckt, bis der Krebs in seinen Knochen ausbrach, bevor er in seine Lungen wanderte. Zwei Jahre Chemotherapie. Im Frühling von Kierans vorletztem Jahr am College war er gestorben.

Für einen solchen Tod gab es keine Gedenktafeln.

Sie kamen am Raum mit der Nummer 140 vorbei. An dieser Tür hing keine Gedenktafel, nur die Nummer. Kieran hatte vor letzter Woche noch nie in diesem Gebäude gearbeitet, doch die Nummer kam ihm bekannt vor. In einem anderen, kilometerweit entfernten Laborgebäude von Hanford gab es auch einen Raum mit der Nummer 140 – den ersten Raum, den Kieran als Hanford-Arbeiter vor zwei Jahren betreten hatte. Damals war Kieran Taylors frischgebackener Assistent gewesen, und sein Vorgesetzter hatte mit ihm in einem »sauberen« Computerlabor begonnen – einem, das nicht allzu kontaminiert oder »verdreckt« sein sollte, weil man in dem Raum nie mit radioaktiven Materialien gearbeitet hatte.

Doch bevor sie durch die Tür gingen, schaute Taylor ihm in die Augen und sagte, er solle die Sache mit den »sauberen« und »verdreckten« Räumen vergessen. Es war auch in Ordnung, hatte Taylor gesagt, wenn er sich die Atemschutzmaske nur für Notfälle bereithielt, *»denn damit kann man sowieso nicht richtig arbeiten«.*

»Aber abgesehen davon«, hatte der Mann mit dem dicken Schnurrbart, auf den er so stolz war, ihm eingeschärft, »verhältst du dich so, als könntest du in jedem Raum verstrahlt werden. Ich weiß, dass die euch in der Ausbildung erzählt haben, dass in all diesen Gebäuden die Luft von Turbinen durch Filter gesaugt und gereinigt wird – und das stimmt auch. Aber wenn diese Filter alles erwischen würden, wären du und ich arbeitslos. Fakt ist, selbst in den saubersten Räumen gibt es radioaktiven Staub, und jedes Körnchen könnte in deinen Knochen oder deiner Schilddrüse landen. Stell dir einfach vor, dieses Gebäude ist voller Schwarzer-Witwen-Spinnen – du fasst *nichts* an, das du nicht unbedingt anfassen musst.«

Dann, um seine Ausführungen zu unterstreichen, deutete Taylor hinauf auf das dunkle Klebeband, das alle Wände in Hanford in Höhe von zwei Meter fünfzig säumte. »Und dass ich dich ja *nie* dabei erwische, wie du über diese Linie hinaus auf eine Leiter steigst oder auf einem Stuhl stehst. *Niemals.* Denn der Staub auf den Lampen da oben ist so dick wie auf dem Dachboden deiner Großmutter. Wenn du davon nur einen Atemzug nimmst, wird dich kein Mädchen mehr küssen, das keine komplette Idiotin ist.«

Diese Worte dröhnten Kieran in jener ersten Schicht noch lange in den Ohren und brachten ihn dazu, beinahe auf Zehenspitzen in die Dunkelheit des »sauberen« Raumes Nummer 140 in jenem anderen Gebäude zu treten. Dann hatte Taylor den Lichtschalter hinter ihm betätigt und Kieran war stehen geblieben, als wäre er knietief in weichem Teer gewatet.

Klobige Computerbildschirme und Plastiktastaturen säumten Tische und Schreibtische, die über den Raum verteilt standen. Alles war mit einer sehr feinen Staubschicht bedeckt. Werkzeug lag auf Bänken, als wäre es den Arbeitern einfach aus der Hand gefallen. Ein Kalender vom Ende der 1980er-Jahre zierte eine Wand neben den Laborkitteln, die noch auf ihren Haken hingen.

Kieran stand wie angewurzelt da. Fast erwartete er, dass sich eine Mannschaft von Geisterarbeitern an ihm vorbeidrängte – jeder von ihnen bedeckt mit der gleichen feinen Staubschicht –, die alten Laborkittel anzog und ihre Plätze vor den stummen Computern und Arbeitsbänken einnahm.

Taylor war an ihm vorbeigegangen und hatte über Kierans Gesichtsausdruck gelacht. »Ganz ruhig. Die Truppe hat ’89 nach ihrer letzten Schicht alles so stehen und liegen gelassen, weil ihnen niemand gesagt hat, dass sie nicht mehr zurückkommen würden. Keiner wusste damals, wann oder ob er wiederkehren würde. Dann fiel die Berliner Mauer und *puff* – alles erledigt.«

Dieses Gespräch war zwei Jahre her. Noch immer musste Kieran vor jeder Schicht daran denken.

Jetzt kehrten seine Gedanken in die Gegenwart zurück, als Taylor einen Schritt vor ihm das Treppenhaus von L5 erreichte. Er folgte seinem Vorgesetzten die schwach beleuchtete Treppe hinauf in den Korridor der dritten Etage. Dort blieben sie stehen. Taylor strich seinen Schnurrbart mit Zeigefinger und Daumen glatt, dann reichte er Kieran ein Klemmbrett und Testmaterialien.

»Du übernimmst Raum 369. Das war früher ein Lagerraum. Sollte sauber sein. Nimm Luft- und Staubproben und komm dann wieder zu mir. Ich bin hier in Raum 301«, sagte er und deutete auf die andere Seite des Korridors. »Meiner Meinung nach ist das reine Zeitverschwendung an unserem letzten Abend. Die reguläre Mannschaft sollte doch in der Lage sein, sich um diese Ecken im Gebäude zu kümmern, wenn sie morgen wieder da ist. Aber bitte schön. Und sehen wir zu, dass wir fertig werden. Das ist unser letzter Abend hier, also wenn wir die Checkliste abgearbeitet haben, schicke ich uns früher nach Hause.«

Kieran nahm das Klemmbrett und einen Beutel mit Behältern für Luft- und Oberflächenproben. Taylor hatte sich in der letzten Woche einige Male über die »Arbeitsbeschaffungsmaßnahmen« beschwert, die auch hätten warten können, bis die reguläre Prüfmannschaft von L5 wieder da war. Diese nahm im Moment an einer externen Übung teil. Er und Taylor waren nicht beauftragt worden, in Labors, Produktionsanlagen und anderen Stellen in der unteren Gebäudeebene Proben zu nehmen, wo früher reichlich mit Plutonium gearbeitet worden war – üblicherweise Arbeiten mit hoher Priorität. Aber, wie Taylor oft sagte: Er erstellte die Auftragslisten nicht, er arbeitete sie nur ab. Bis heute Abend hatte Kieran noch nie gehört, dass Taylor sich beschwerte – seine heutigen Kommentare kamen einer Beschwerde wohl am nächsten.

Laborgebäude Nr. 5 war ein langes Rechteck und seine Korridore erstreckten sich über fast einhundert Meter. Kieran ließ Taylor zurück und trottete den Gang entlang bis zu Raum 369 am hintersten Ende des Korridors auf der dritten Etage. Auf dem Weg dorthin maß er die Strecke an den Detektoren ab, die alle fünfzehn Meter im Boden verankert waren und mit einem surrenden Geräusch die Luft auf Radioaktivität kontrollierten. Oben auf jedem dieser Detektoren waren kleine Kontrolllämpchen, die grün leuchteten, wenn die Luft in Ordnung war, und rot, wenn Gefahr bestand. Sie waren nicht so ausgeklügelt und genau wie die Tests, die das Labor mit den Proben durchführen würde, die Kieran nahm, aber sie beruhigten ihn. Kieran fand ihr grünes Leuchten stets tröstlich, wenn er durch die Korridore von Hanford lief, wie das Leuchten von Weihnachtslichtern auf kniehohen Tannenbäumen.

Er hatte schon fast das Ende des Ganges erreicht, als plötzlich eine seltsame Wärme sein rechtes Ohr streifte. Einen Schritt weiter war sie nicht mehr zu spüren. Er blieb stehen – und ging dann einen Schritt rückwärts. Da war sie wieder.

Zu seiner Rechten befand sich eine verriegelte Drucktür aus Stahl, die mit »Raum 365« gekennzeichnet war. Er legte eine Hand auf die Metalloberfläche. Sie fühlte sich warm an.

Die Temperatur in diesen alten Gebäuden wurde sorgfältig kontrolliert. Kieran griff nach seinem Walkie-Talkie, um Taylor zu rufen. Doch dann erinnerte er sich daran, dass sein Vorgesetzter nicht gern mit unvollständigen Informationen belästigt wurde. Kieran legte die Testausrüstung und das Klemmbrett neben der Doppeltür auf den Boden des Korridors und drehte an den Griffen, um beide Seiten zu öffnen.

Doch die Tür rührte sich nicht vom Fleck. Er versuchte es noch einmal, lehnte sich gegen jede der Türhälften und drückte sich mit den Beinen dagegen. Dieses Mal gaben sie langsam nach.

Sein Werkzeuggürtel rasselte, als er in den Raum trat. Das Geräusch hallte in dem dunklen Inneren wider – und im gleichen Moment rollte eine Welle aus Hitze und Feuchtigkeit an ihm vorbei und durch die offenen Türen hinter ihm. Auf der Stelle trat Kieran Schweiß auf die Stirn.

Alarmiert ließ er den Blick durch die Dunkelheit gleiten und suchte nach Hinweisen auf ein Feuer. Es gab keine.

Seine Finger ertasteten den Schalter an der Wand und legten ihn um. Licht durchflutete den mindestens dreißig Meter tiefen Raum.

Er stand voller alter Industrietanks, die alle Wände säumten und zwischen denen nur ein schmaler Gang in der Mitte des Raumes frei war. An all diesen Behältern liefen eine Reihe von Rohren mit Ventilen hinein und hinaus. Es sah aus wie eine Krankenstation voller Metallriesen an Herz-Lungen-Maschinen. Einige der Rohre führten zu Nachbartanks, andere verschwanden im Boden.

Der Anblick war Kieran vertraut. Er hatte schon in anderen Gebäuden solche Räume bearbeitet. Dies war ein Mischraum. Als das Produktionsgebäude noch in Betrieb gewesen war, wurden in diesen Behältern Chemikalien aufbewahrt, bis sie zum Mischen in andere Tanks gefüllt oder in Labors und Sicherheitsräume an anderen Stellen im Gebäude gepumpt wurden.

Die Hitze kam in Wellen von einer Stelle tiefer im Raum. Kieran ging vorsichtig weiter. Je mehr er sich von der Tür entfernte, desto dicker stand ihm der Schweiß im Gesicht.

Seine langsamen Schritte brachten ihn schließlich fast bis an die gegenüberliegende Wand. Hier hing zu seiner Linken ein riesiger Tank. Er war mindestens zwei Meter fünfzig hoch und war mit dicken Stahlpfosten an der Decke befestigt. Der enorme Zylinder beherrschte den Raum: Aus allen Richtungen liefen Rohre in ihn hinein. Zwischen all den Rohren, die seine Oberfläche durchbrachen, war das größte ein einzelnes Eisenrohr, das senkrecht aus seinem Boden kam und im Fußboden verschwand. *Tank 17* war quer darauf eingraviert.

Kieran trat näher. Auf allen Seiten der riesigen Tankoberfläche rann in kleinen Bächen Flüssigkeit hinunter, die, wie Kieran sah, aus Überdruckventilen dicht unter dem Deckel des Kessels austrat.

Das musste die Quelle der Hitze und Feuchtigkeit sein.

Als er fast unter dem Tank stand, hörte Kieran, wie zu seinen Füßen etwas platschte. Er beugte sich in den Schatten unter dem Tank hinunter.

Die Sohle seines linken Schuhs stand in einer Pfütze, die sich aus der Flüssigkeit am Tank gebildet hatte. Befriedigt richtete sich Kieran auf – nur um zurück in eine gebückte Haltung gerissen zu werden. Verwundert schaute er wieder nach unten.

Der Saum seines T-Shirts hatte sich in einem Ventil an dem Rohr zum Fußboden verfangen. Kieran löste den Stoff und richtete sich auf.

Die Oberfläche des Tanks war nur noch knapp einen Meter von ihm entfernt. Kieran streckte die bloße Hand aus und berührte ihn vorsichtig.

Sofort zuckten seine Finger von dem siedend heißen Metall zurück. Im gleichen Moment hörte er seinen eigenen Herzschlag in seinen Ohren dröhnen. Der Hitzeschock, vermutete er. Oder Nervosität.

Jetzt reichte es ihm. Er griff nach dem Walkie-Talkie an seiner Hüfte.

Nur dröhnte es nicht in seinen Ohren, wurde ihm plötzlich klar – und das Geräusch wurde lauter, nicht leiser. Kieran drehte den Kopf zur Seite. Das rhythmische Pulsieren kam von Tank 17.

In seinem Kopf blitzte ein Bild auf: Ein dünnwandiger Teekessel blähte sich auf wie ein Ballon, als das Wasser darin zu kochen begann.

Er rannte, noch bevor er eine bewusste Entscheidung zur Flucht getroffen hatte. Die Angst stach auf seiner Haut wie tausend Bienenstiche, während er auf die weit entfernte Tür zusprintete. Vielleicht war es nur Einbildung, doch das dumpfe Stampfen des Kessels schien den gleichen Rhythmus wie seine dröhnenden Schritte zu haben und immer lauter und tiefer zu werden, je weiter er rannte.

Bitte, nicht explodieren. Nicht explodieren, ging ihm immer wieder durch den Kopf. Doch er hörte die Worte auch von seinen Lippen kommen, im Gleichtakt mit seinem Atem.

Der Schweiß, der ihm in die Augen rann, ließ seinen Blick verschwimmen, doch er sah, dass die Türen näher kamen. Er würde es schaffen. Er würde den Raum verlassen, um die Ecke in den Korridor laufen und sich vor der bevorstehenden Explosion retten.

Dann sagte ihm eine andere Stimme mit ebenso großer Gewissheit, dass er sich irrte. Denn die Türen, noch zwanzig Meter entfernt, schlossen sich langsam, bewegt vom steigenden Druck im Raum. Und wenn sie erst einmal geschlossen waren, konnte keine Macht der Erde sie gegen diese Kraft wieder öffnen.

Sein nasser linker Schuh rutschte auf dem Boden und brachte ihn um ein Haar zu Fall. Er stolperte zwei Schritte weit, bevor er sich wieder fing. Der Schuh quietschte ungehalten auf dem Betonfußboden, als Kieran wieder Geschwindigkeit aufnahm.

Der Ausgang kam näher und die Stimmen verstummten. Kieran beugte sich vor und sprang mit ausgestreckten Armen auf den immer enger werdenden Spalt zwischen den Türflügeln zu. Mit der linken Schulter streifte er den Rand der einen Tür, mit dem rechten Knie schrammte er hart an der anderen entlang. Dann packten die Stahlplatten seinen ausgestreckten linken Knöchel wie eine Schraubzwinge, während sein Körper draußen auf den Korridorboden aufschlug.

Mit dem Gesicht nach unten lag er auf der kalten Oberfläche. Sein linker Knöchel steckte schräg über ihm fest. Ein stechender Schmerz schoss durch seine Rippen, wo sie auf den Boden drückten.

Mit Mühe schaute Kieran über seine Schulter auf seinen Fuß. Die Anstrengung tat seinen Rippen weh, doch er konnte gerade so ausmachen, dass sein Fuß noch immer zwischen den Türflügeln des Mischraums steckte, während das pulsierende Dröhnen durch den Spalt drang.

Noch einmal spannte Kieran in seiner Panik alle Muskeln an. Er schob sich zurück zur Tür, zog sein rechtes Knie unter den Brustkorb und trat mit seinem freien Fuß heftig gegen die nächstgelegene Türplatte. Die Tür gab einige Zentimeter nach. Er trat noch einmal zu. Und noch einmal und noch einmal und noch einmal. Der fünfte Tritt endlich schob den Flügel für einen Moment auf und sein linker Fuß war frei – frei auch von Schuh, Socke und einigen Hautschichten. Sofort schnappten die Türflügel wieder zu, mit einem letzten Knall, der durch den leeren Korridor hallte.

Kieran kauerte auf dem Boden. Seine Muskeln zuckten, seine Kleider klebten ihm schweißnass am Leib. Sein Knöchel pochte und blutete. Seine Rippen, die er für einen Moment vergessen hatte, schmerzten jetzt bei jedem Atemzug.

Es war ihm egal. Er sog wunderbare Atemzüge kühler Luft ein. Er war in Sicherheit. In Sicherheit in einem friedlichen Bereich, der überall war, nur nicht in dem Mischraum hinter den schweren Stahltüren.

Er hörte Metall ächzen. Kieran öffnete die Augen, rollte auf den Rücken und schaute über seine Füße hinweg.

Die Türplatten bogen sich gegen die Scharniere nach außen.

Kieran richtete sich mühsam auf. Seinen blutigen nackten Fuß durchschoss ein stechender Schmerz. Hinkend stolperte er den Korridor entlang, einen Arm um seine Rippen geschlungen. »Taylor«, versuchte er zu rufen. Das Walkie-Talkie schlug gegen seine Hüfte, als wollte es ihm etwas sagen, aber er rief immer weiter, während er vorwärtstaumelte.

In etwa 50 Metern Entfernung trat Taylor in den Korridor. Kieran hörte das immer lauter werdende Ächzen der Tür hinter ihm und versuchte, seinen Schritt zu beschleunigen. Die Hände seines Vorgesetzten schossen an seinen Gürtel und packten eine Atemschutzmaske, die dort hing. Er zog sie von oben über die Stirn auf sein Gesicht.

Ohne in seinem stolpernden Lauf innezuhalten, suchte Kieran mit den Händen nach seiner eigenen Atemschutzmaske – und ihm wurde ganz schlecht, als er sah, wie Taylor eine zweite Maske in die Luft hielt.

Es war Kierans, die Taylor ihm am Eingang zur dunklen Seite abgenommen hatte.

Noch Dutzende Meter von ihm entfernt, rannte Taylor auf Kieran zu. Seine eine Hand war um die zweite Maske zur Faust geballt. Mit der anderen Hand versuchte er, Kieran eine Anweisung zu geben - doch der große Mann hatte gerade erst zwei Schritte in Kierans Richtung getan, als ein heftiges Dröhnen den Korridor verschlang und eine Druckwelle Wände und Boden erschütterte. Kieran verlor den Halt unter den Füßen, wie von einer unsichtbaren Feder emporgeschleudert. Er wirbelte durch die Luft; Staub und Farbsplitter füllten die Welt - dann schlugen seine Hüften und sein Rücken auf dem harten Boden auf. Erneut flammte der heftige Schmerz in seinen Rippen auf und presste die Luft aus seinen Lungen.

Das Universum trudelte unkontrolliert, als ein weiteres Dröhnen den Korridor erschütterte, und dann noch eines.

Mit jeder Explosion prallte Kierans Körper vom Boden ab, und er verlor das Bewusstsein. Nur ein letztes Bild brannte sich messerscharf in sein Gehirn ein.

Es waren die Strahlungsmesser, die die Wände zwischen Kieran und Taylor säumten, immer noch über dreißig Meter voneinander entfernt. Durch einen Nebel von Schutt, der sich langsam absetzte, konnte Kieran die Messgeräte sehen. Ihnen hatte die Explosion nichts anhaben können; sie waren fest im Boden verankert.

Das Interessante war, wie sich die Farbe ihrer Lämpchen änderte. Eben waren sie alle eindeutig grün gewesen, doch jetzt schalteten sie auf Rot um, eine nach der anderen - wie die Lichter einer Landebahn, die sich in rasender Geschwindigkeit von ihm weg bewegten.

3:01 Uhr
Laborgebäude Nr. 5
Nuklearsperrgebiet Hanford

»Gin.«

Patrick »Poppy« Martin grinste mit zusammengekniffenen Augen und breitete eine Handvoll abgegriffener Karten auf der Schreibtischecke aus. »Damit bin ich raus.«

»Mann, Poppy, du hattest meine Sieben«, fauchte Lewis Vandervork und warf seine eigenen Karten auf den Tisch.

Immer noch grinsend streckte Poppy die Hand aus und klopfte dem jüngeren Mann auf die Schulter. »*Natürlich* hatte ich deine Sieben!«

Draußen am Fenster ihrer Baracke auf dem Dach liefen kleine Tropfen hinunter. Poppy stand auf und blinzelte durch die Scheibe.

Die Baracke des Wachpostens lag am nördlichen Ende des Dachs von Laborgebäude Nr. 5, sodass Poppy vom Fenster aus nach Süden über die ganze ausgedehnte Dachfläche schaute. Ein großer Schornstein von L5 stand links neben dem Gebäude. Im Moment war er kaum zu sehen, denn ein dünner Nebelschleier rollte von der Wüste her über die geteerte Fläche. Die Feuchtigkeit funkelte in den grellen Flutlichtern, die das gesamte Gelände umgaben.

»Gib noch mal aus«, sagte er zu Lewis. »Spielen wir noch mal, bevor wir unsere Runde drehen.«

Lewis brummte und sammelte die Karten ein. »Okay«, erwiderte der jüngere Mann. »Hab ich noch Zeit, Beverly zu putzen, bevor wir gehen?«

Poppy schüttelte den Kopf. »Du kannst Beverly am Ende der Schicht putzen, wie immer. Du behandelst dieses Gewehr besser als ich meine Frau.«

Lew lächelte und schüttelte den Kopf. »Das ist der Unterschied zwischen uns Soldaten und euch Matrosen, Pops. Ich weiß, wie ich meine Waffe behandeln muss – und meine Frau. Also, hat der Gebäudemanager unten dir gesagt, dass wir in ein paar Tagen hier fertig sind?«

Poppy nickte. »Er hat mir eine Notiz zu meiner Stempelkarte gesteckt. Darauf stand, dass das zuständige Sicherheitsteam Anfang nächster Woche seine Übung beendet, und dann sind wir weg.«

Und keinen Tag zu früh, dachte er. Selbst an einem Ort, der so weitläufig war wie das Nuklearsperrgebiet von Hanford, lag dieses Gebäude isoliert. Die tägliche Fahrt hierher dauerte zwanzig Minuten länger als Poppys üblicher Arbeitsweg – pro Strecke. Und L5s kleine Mannschaft – acht an den meisten Abenden – war schlichtweg unfreundlich zu ihnen, wenn sich ihre Wege kreuzten. Er freute sich darauf, zurück an seinen regulären Arbeitsplatz zu kommen, der nicht so weit von zu Hause entfernt war.

Poppy lauschte dem stotternden Heizlüfter in der Ecke, der die Baracke mit heißer, trockener Luft füllte, und dann dem Rascheln der Karten, die sein Kamerad mischte. Durch das Fensterglas konnte er das kleine Kantinengebäude erkennen, das auf einem flachen Hügel etwa zwanzig Meter hinter der südwestlichen Ecke von L5 lag. Seit er und Lewis vorübergehend auf diesen Posten versetzt worden waren, hatte er während jeder Abendschicht gesehen, wie um diese Zeit dort Menschen kamen und gingen. In seinem Protokoll waren sie als Arbeiter im Bereich Heizung, Lüftung und Klimatechnik eingetragen. Wie zur Bestätigung öffnete sich die Tür des kleinen Gebäudes und zwei Personen traten heraus. Poppy beobachtete, wie sie sich umdrehten und auf dem abschüssigen Fahrweg den Hügel hinunterliefen. Bald waren sie für ihn auf der Westseite von L5 nicht mehr zu erkennen.

Der Anblick der Arbeiter erinnerte Poppy daran, dass seine Schicht heute Nacht auch nur noch vier Stunden dauerte. Dann ging es nach Hause, noch rechtzeitig, um seine Frau und den Enkelsohn zu sehen, der gerade zu Besuch war. Später, nach Poppys Nickerchen, würde es Suzys Fettuccine geben. Was hatte sie noch gesagt, was er auf dem Heimweg besorgen sollte? Brot und … irgendwas. Sie hatte recht: Er hätte es sich aufschreiben sollen.

Ein Blick auf die Uhr. Es war Zeit für die Patrouille auf dem Dach und die Meldung an der Pforte. Poppy griff nach seiner Jacke neben dem Gewehrständer. »Wenn ich mir's genau überlege, Lew, lass uns doch …«

Seine Finger streiften gerade den Jackenkragen, als sich das verstärkte Stahldach unter seinen Füßen aufbäumte, als sei es von einem riesigen Vorschlaghammer getroffen worden. Poppys Knie gaben nach und er packte die Schreibtischkante, während das Fenster in ein feines Netz zersprang. Der Computerbildschirm sprang vom Schreibtisch und zerschellte auf dem Boden; Schubladen fielen aus dem Aktenschrank in der Ecke; und noch lauter als Lewis' Angstschrei dröhnte eine durchdringende Explosion in Poppys Ohren.

Das Geräusch kam aus dem Schornstein, dachte er. Seine Ohren schmerzten. Dann ging er vollends zu Boden, als eine zweite, noch gewaltigere Welle durch das Dach schmetterte, wie ein Tsunami, der auf der Dachoberfläche aufschlug. Gleich darauf erschütterte das furchterregende Crescendo einer dritten Explosion die Baracke, hob den Schreibtisch vom Fußboden, riss die Fensterscheibe aus ihrem Rahmen, zerschmetterte sie vollends und ließ sie in sich zusammenfallen.

Es ist so weit, dachte Poppy – überrascht, dass er überhaupt denken konnte und nicht vor Angst wie versteinert war. Er schaute auf die andere Seite des Raumes, wo Lewis lag. Der Mann war fünfundzwanzig Jahre jünger als er und außer sich vor Angst. Er kratzte mit den Fingernägeln über den Barackenboden, als könnte dieser ihn vor dem Höllenstrudel schützen, der unter ihnen brodelte.

Wie sinnlos, dachte Poppy mit einem Anflug von Mitleid, als Lew eine Träne über die Wange rann.

Du kannst genauso gut akzeptieren, dass kein noch so dicker Stahl uns schützen kann, denn da unten gibt es eine handfeste Krise, dachte er. *Und du und ich und die armen Kerle, die da unten arbeiten, werden jeden Moment zu Gott gehen – in einem höllischen Rauchpilz aus Hitze und Blut und Strahlung.*

Damit begann er innerlich zu resignieren, und ein seltsamer Friede stieg in ihm auf. Er begann, ein Gebet zu murmeln.

Dann, so rasch, wie er begonnen hatte, hörte Poppy auch wieder auf. Die Welt war still und ruhig geworden.

Poppy machte sich auf eine weitere unvermeidliche Explosion gefasst. Er hörte Lewis mit zusammengebissenen Zähnen stöhnen, der zusammengerollt am Boden lag und mit den Händen fest seine Knie umklammert hielt. Die Explosion kam nicht. Der einzige Laut, abgesehen von Lewis, war das Klirren der restlichen Fensterscherben im leichten Wind.

Poppy versuchte, seine Gedanken zu ordnen, die wie Rauchfetzen durch seinen Kopf waberten. Dann überrollte ihn Jubel darüber, dass er noch am Leben war.

Er zwang sich auf die Knie. Seine Frau und seinen Enkelsohn – er würde sie nach der Schicht sehen. Der Jagdausflug nächstes Wochenende – er würde ihn immer noch unternehmen können. Er war am Leben.

Die Verzweiflung schwand nach und nach, und an ihre Stelle trat ein anderes, vages Gefühl. Er hatte etwas zu erledigen. Poppy streckte eine

Hand aus und schüttelte Lewis bei der Schulter. »Lew«, hörte er seine eigene Stimme über das Klingeln in seinen Ohren hinweg sagen. »Lew!«

Der junge Mann hörte auf zu stöhnen, doch seine Augen waren immer noch glasig. Er sollte Hilfe für Lewis rufen. Nein. Das konnte er nicht tun. Niemand sollte Lewis so sehen. Und außerdem war das nicht die Sache, die er zu erledigen hatte.

Auf wackeligen Beinen stand Poppy auf und ging zum Gewehrständer. Er hantierte mit den Schlüsseln, öffnete das Vorhängeschloss, sah sich eine M-16 und ein volles Magazin herabnehmen und zwang seine Finger, die Waffe zu laden. Sein Schuh stieß an irgendetwas. Er schaute nach unten – eine Taschenlampe. Vorsichtig beugte er sich vor und nahm auch die an sich. Dann zog er seine Jacke an und trat nach draußen.

Der Nebel schien in dem hellen Flutlicht dünner zu werden. Poppy trat auf die geteerte Dachfläche und war überrascht, dass sie unter seinen Füßen immer noch fest war.

Sein Kopf tat weh und seine Glieder fühlten sich ausgelaugt an, doch seine Gedanken ordneten sich jetzt. Warum war er hier? Um den Boden rund um das Dach zu kontrollieren. Wozu? Beobachtung. Suche nach Verletzten. Was noch? Da war noch etwas Dringenderes ...

Sabotage.

Wie ein Video im schnellen Vorlauf kam alles zurück, was er in der Ausbildung für Hanford gelernt hatte. Wenn es eine Explosion gab, war die erste Pflicht des Postens auf dem Dach, die Gebäudeausgänge nach Saboteuren zu überprüfen – und dabei Kontakt mit der Zentrale in L5 zu halten. Wenn er Verdächtige beobachtete, sollte er auf sie schießen. Nein, nein, nein, das war es nicht. Er sollte sie ... *er*schießen.

Alle Kraft war aus seinen Beinen gewichen, aber er zwang sich zu einem ungeschickten Laufschritt über das lange Dach auf den südlichen Rand zu, wo der hintere Notausgang des Gebäudes lag. Er kämpfte sich durch die Watte in seinem Gehirn und hakte in Gedanken jeden Mitarbeiter ab, der sich am Abend eingetragen hatte: der Nachtwächter und sein Assistent aus den Büros der Vorderseite, der Materialtechniker am Eingang zur dunklen Seite, zwei Prüftechniker irgendwo im Gebäude, der Lüftungsingenieur auf der zweiten Etage der Nordseite. Dann waren heute Abend noch die zwei Wartungsmitarbeiter für die Lüftungstechnik auf dem Gelände – wahrscheinlich die Leute am Kantinengebäude. Wahrscheinlich waren also die einzigen Ausgänge, die benutzt werden würden, die auf der Vorderseite im Norden.

Poppy nahm das Gewehr in die linke Hand und griff nach dem Walkie-Talkie an seiner Hüfte, um sich in der Zentrale zu melden.

Seine Hand griff in die Luft. Poppy verlangsamte seinen Schritt. Er hatte seine Ausrüstung in der Baracke vergessen – sein Walkie-Talkie, seine Maske. Alles außer dem Gewehr und der Taschenlampe.

Poppy drehte sich um – und war überrascht, direkt in Lewis' gerötetes Gesicht zu schauen. Beverly hing über Lewis' Schulter und er streckte Poppy ein Walkie-Talkie entgegen. Die Augen des jungen Mannes waren rot und geschwollen, und in ihnen stand nun eine ganz andere Angst.

»Pops – bitte erzähl keinem ...«, flehte er mit einem heiseren Flüstern.

Poppy nahm ihm das Walkie-Talkie ab. »Keine Ahnung, wovon du redest.«

Lewis stand die Erleichterung ins Gesicht geschrieben, als Poppy auf die östliche Seite des Daches deutete – außer der Südseite, zu der Poppy unterwegs war, die einzige Seite des Gebäudes, auf der es weitere Notausgänge gab. »Kontrollier die Ostseite. Es gibt dort einen Notausgang im Erdgeschoss. Da unten sollte eigentlich keiner sein, also ist jeder, der da rauskommt, verdächtig.«

Mit einem Nicken signalisierte Lewis, dass er verstanden hatte, und trabte dann in die angewiesene Richtung davon. Im Laufen nahm er sein Gewehr von der Schulter. Poppy drückte den Sendeschalter an seinem Walkie-Talkie und drehte sich wieder nach Süden um.

»Zentrale, hier ist Dach 1«, meldete er sich und begann zu laufen. »Zentrale ...«

Er hatte erst zwei Schritte gemacht, als er durch die Nebelfetzen einen grün-orangen Streifen bemerkte, der am südlichen Ende des Gebäudes in der Luft hing. Poppy hielt inne und versuchte das Bild zu deuten, das sich ihm bot.

Es war eine grelle Rauchfahne, die unablässig aus dem Schornstein fünfzig Meter links von Poppy waberte. Sie ergoss sich aus dem hohen

Schlot, driftete wie ein Kondensstreifen auf das Dach von L5 und glitt dann über die Dachoberfläche wie eine riesige Schlange, deren Schnauze vor Poppy von links nach rechts über den Teer glitt. Am nächstgelegenen Punkt schien die Wolke etwa sieben Meter von Poppy entfernt zu sein, doch sie bildete bereits eine Barriere zwischen ihm und seinem Ziel, der Südkante des Daches.

Er drückte erneut den Schalter am Walkie-Talkie. »Zentrale! Zentr...«

»Wir hören Sie«, drang eine knisternde Stimme aus dem Gerät. »Ist das Dach unbeschadet?«

Es klang wie der Nachtwächter von L5, obwohl Poppy ihm nur zweimal persönlich begegnet war. Und wovon sprach er eigentlich? *»Ist das Dach unbeschadet?«* War das alles, worüber die sich Sorgen machten? Er drückte den Sendeschalter.

»Das Dach - das weiß ich noch nicht. Es sieht in Ordnung aus. Aber wir haben ein anderes Problem. Hier ist eine Rauchfahne - eine große, grün und orange. Sie kommt aus dem Schornstein und läuft direkt vor mir übers Dach.«

Chemikalien? Strahlung? Was war in der Wolke?

Am anderen Ende der Leitung entstand eine Pause. »Wiederholen Sie das.«

Und Poppy wiederholte alles.

Eine weitere Pause. »Bleiben Sie dran.«

Während er wartete, begutachtete Poppy erneut den fließenden Schwaden. Deren nächstgelegener sichtbarer Rand schien immer noch mindestens sechs Meter von ihm entfernt zu sein, doch jetzt meinte er, einen metallischen Geschmack auf den Lippen zu haben und auf den Wangen ein leichtes Brennen zu spüren. Er machte einen Schritt rückwärts und beäugte die Wolke genauer. Die dichte Masse wurde auf ihrem Weg über das Dach flacher und breiter und verlief an den Ecken, sodass ihre tatsächliche Tiefe von dem leichten Nebel verschleiert wurde.

Poppy trat einen weiteren ganzen Schritt zurück und schaute dann nach rechts. Die Spitze der Wolke war nun dicht an der westlichen Dachkante.

Die Lüftungstechniker, die das Gebäude auf dem Hügel verlassen, dachte er. *Sie gehen an dieser Seite von L5 entlang, direkt in den Weg der Wolke.*

Poppy drehte sich nach rechts und zwang seine Beine, stolpernd loszurennen. Seine Schwäche bremste ihn immer noch, so wie in einem Traum, in dem man sich nicht bewegen kann. Er verfluchte sich und seine Unfähigkeit, schneller zu rennen.

»Dachsicherheit«, meldete sich das Walkie-Talkie zu Wort. »Bitte wiederholen Sie. Sie sagten, eine Rauchfahne?«

Wie oft musste er es denn noch sagen? »Ja«, antwortete Poppy, immer noch im Laufschritt. Zwischen keuchenden Atemzügen brachte er mühsam eine Beschreibung von Farbe und Bewegung hervor, die gerade endete, als ein letzter Schritt ihn an die westliche Dachkante brachte.

Er rang um Atem und ließ einen prüfenden Blick über den Pflasterweg drei Etagen unter ihm gleiten, der von dem kleinen Hügel zum Eingang der Anlage führte.

Jetzt waren die Arbeiter zu sehen, die sich langsam und unsicher vorwärtsbewegten – aber direkt in den Pfad der Rauchschwaden, wenn sie vom Dach des Gebäudes sackten.

Poppy drang ins Bewusstsein, dass das Walkie-Talkie schwieg. Sein Hals fühlte sich kratzig an und er hustete, als er auf den Sendeknopf drückte. »Hören Sie, hier draußen ist Personal. Auf der Westseite. Wiederhole, auf der Westseite. Stellen sie die Sirene an. Wiederhole, hier ist Personal auf dem Gelände.«

Kaum hatte er die Durchsage beendet, spürte er ein beklemmendes Gefühl in der Brust und eine Schwellung im Hals. *Der Rauch,* dachte er; er hatte etwas davon eingeatmet. Er drehte den Kopf zur Seite, um kräftig auszuspucken. Warum schalteten die denn die Sirenen nicht ein?

»Hören Sie mich?«, rief er erneut in sein Walkie-Talkie. »Bitte antworten!« Er hörte nur statisches Knistern.

Die Arbeiter blieben verwirrt stehen – einer schaute zurück zur Kantine auf dem Hügel, der andere deutete in die andere Richtung zur Vorderseite von L5. Sie gestikulierten hektisch.

Poppy versuchte, ihnen eine Warnung zuzurufen, doch sein Hals war wie zugeschnürt. *Es setzt sich in meinen Lungen fest,* dachte er, als sich seine Bronchien verkrampften. Ein heftiger Hustenanfall riss ihn vornüber - so heftig, dass er sich fühlte, als würde es ihm die Lungen aus dem Leib reißen. Er zwang sich, die Augen zu öffnen.

Mit tränenverschleiertem Blick sah er, dass die Männer sich zur Vorderseite von L5 gewandt hatten und immer schneller gingen. Noch wussten sie nichts von dem Qualm, der vom Dach und auf ihren Weg zuglitt.

Poppy versuchte, sich zu entspannen und den Husten unter Kontrolle zu bekommen, der an seinen Lungen zerrte. Sein Kopf und Herz füllten sich mit Wut über seine Unfähigkeit, die Wolke aufzuhalten, die auf die Männer dort unten zurollte - oder ihnen auch nur eine Warnung zuzurufen.

Poppys Atem war immer noch ein pfeifendes Keuchen, zu schwach um zu rufen, aber für einen Augenblick ließ der Husten nach. Er fiel auf die Knie, nahm sein Gewehr mit Armen, die von dem krampfartigen Husten geschwächt waren, von der Schulter und richtete es zum Himmel. Der nächste Krampf bahnte sich an. Er ignorierte ihn und legte seinen Finger an den Abzug, um abzudrücken.

Dann hörte er Schüsse. Sein Finger ruhte immer noch leicht auf dem Abzug - er hatte noch nicht gefeuert.

Er drehte sich um und schaute in östlicher Richtung übers Dach. Dort sah er Lewis, der sich weit über den Rand lehnte, das Gewehr über die Dachkante hielt und auf den Boden richtete.

Worauf hatte Lewis geschossen? Denn wenn Lew abdrückte, wurde garantiert etwas getroffen.

Ein weiterer würgender Hustenanfall übermannte Poppy. Bevor er ihn vornüberriss, drückte er dreimal den Abzug. Dann senkte sich der Gewehrlauf und die Waffe fiel klappernd auf das Dach.

Poppys Augen schwammen in Tränen und seine Lunge schmerzte, doch er zwang sich, auf seiner Seite des Gebäudes nach unten zu schauen. Die Männer waren stehen geblieben und schauten hinauf in seine Richtung, kaum vier Meter von der Schadstoffwolke entfernt, die sich über den Hof und den Weg ausbreitete. Poppy gestikulierte heftig hin zum Hügel und zur Kantine. Die Männer drehten sich um und rannten los. Einen Moment später war Poppy auf allen vieren, erneut geschüttelt von Krämpfen.

In den nächsten Sekunden, gerade als er eine kurze Atempause zwischen den Hustenanfällen fand, geschahen zwei Dinge so schnell, dass er kaum hätte sagen können, was zuerst kam:

An den vier Ecken des Geländes heulten die Sirenen auf und gaben das Signal, sich in Sicherheit zu bringen. Die plötzliche heftige Lautstärke war so enorm, dass Poppy das Gleichgewicht verlor. Er konnte sich noch eben fangen, bevor er über den Dachrand zu Boden stürzte.

Im gleichen Moment wurde das Gelände so plötzlich in Dunkelheit getaucht, dass Poppy das Gefühl hatte, in ein tiefes, schwarzes Loch geworfen worden zu sein.

2

Acht Monate später
Büro des Pflichtverteidigers, Gerichtsgebäude von King County
Seattle, Washington

»Du hörst gar nicht zu.«

Aufgeschreckt ließ Emily Hart ihren Bleistift auf den Teppich fallen. »Tut mir leid«, antwortete sie und hob ihn rasch vom Boden auf.

Hinter seinem großen Schreibtisch aus Eichenholz, der ohne erkennbare Ordnung mit den üblichen Papierstapeln bedeckt war, schüttelte Frank Porter den Kopf. »Schon in Ordnung. Die geschäftlichen Fragen hatten wir schon vor zehn Minuten abgehakt. Du hast dich nur gerade darum gebracht zu hören, auf welchen Apgar-Wert es mein neuester Enkelsohn gebracht hat.«

Emily lächelte. »Tut mir leid, Frank.«

»Vergiss es.« Er winkte ab. »Mach dich an die Arbeit. Oder erledige das, wovon du gerade geträumt hast. Schau mal, ob du im Henderson-Fall so argumentieren kannst, wie wir es besprochen haben. Und denk dran, was ich dir vorhin gesagt habe: Du rackerst dich hier schon seit zwei Jahren ab und hast noch keinen einzigen Tag Urlaub genommen. Inklusive Zeitausgleich hast du schon das Maximum auf deinem Zeitkonto erreicht.«

Sie zuckte die Schultern. »Es macht mir nichts aus, auf einen Teil der Zeit zu verzichten.«

»Aber mir«, erwiderte Frank mit einem ernsten Blick. »Nimm dir frei. Das ist keine Bitte. Du hast ohnehin schon ein Monsterpensum zu bewältigen. Wenn du dabei ausbrennst, verliere ich meinen aufsteigenden Stern!«

Emily lächelte, nahm ihren Notizblock und verließ das Zimmer. Sie ging an Franks Sekretärin vorbei, überquerte den Flur und betrat den kleinen, fensterlosen Raum, der ihr als Büro diente.

Sie zog die Tür hinter sich zu, machte sich aber nicht die Mühe, das Licht anzuschalten oder sich hinzusetzen. Stattdessen nahm sie ihr Mobiltelefon vom Schreibtisch und suchte die Nachricht auf ihrem Anrufbeantworter, die sie am Morgen bekommen hatte.

»Emily«, begann die Stimme, *»ich bin's, Kieran. Ich weiß, es ist schon eine Weile her. Tut mir leid, dass ich mich so lange nicht gemeldet habe. Aber ich habe gerade ein großes Problem.«*

Die Stimme stockte und sie hörte einen langen, heftigen Hustenanfall im Hintergrund.

»Ich habe gehört, dass du inzwischen Anwältin bist«, begann er wieder, die Stimme heiser und leise. *»Das ist toll. Und genau genommen rufe ich deswegen an. Ich brauche selbst einen Anwalt, und zwar gleich.«*

Pause. Dann: *»Ich glaube, ich wurde in Hanford verstrahlt, Emily. So wie mein verstorbener Vater. Das ist vor einer Weile passiert und ich habe Klage eingereicht, aber meine Anwältin hat sich kurz vor Verhandlungsbeginn zurückgezogen, und jetzt werde ich wohl nie rausfinden, was ich da abbekommen habe. Es … alles ist außer Kontrolle geraten. Bitte. Ich habe keine andere Möglichkeit mehr. Könntest du mich bitte zurückrufen?«*

Damit endete die Nachricht. Eine ganze Minute lang stand Emily in der stillen Dunkelheit.

Seit fast drei Jahren hatte sie keine Nachricht mehr von Kieran erhalten; seine Stimme hatte sie seit vier Jahren nicht mehr gehört. Doch das Einzige, was ihr selbst nach all dieser Zeit nicht vertraut war, war der ängstliche Unterton.

Überraschenderweise hatte Emily das Gefühl, sehr schnell auf die Nachricht reagieren zu müssen. Sie klickte sich durch die Kontaktliste in ihrem Mobiltelefon, bis sie die Nummer fand, die sie schon seit Monaten nicht mehr angerufen hatte. Ein Teil von ihr hatte das Gefühl, sie sollte zuerst mit Kieran sprechen. Doch noch stärker war das Bedürfnis, ihm gleich eine beruhigende Nachricht geben zu können. Dennoch, in Anbetracht desjenigen, mit dem sie sich in Verbindung setzen wollte, zögerte Emily eine weitere ganze Minute, bevor sie die Nummer in ihrer Kontaktliste anrief.

Eine Stimme vom Tonband forderte sie auf, eine Nachricht zu hinterlassen.

»Ich habe ein Problem«, sagte sie nach einem letzten Zögern. »Könnten wir heute zusammen mittagessen, Dad?«

* * *

Ryan Hart ging im leeren Korridor der vierten Etage des Gerichtsgebäudes von King County auf und ab. Er warf einen Blick auf die Uhr an der Wand. Emily war spät dran. Er seufzte. Er hatte Hunger und war nicht in der Stimmung, auf Leute zu treffen, die er kannte – was garantiert geschehen würde, wenn er weiter hier auf dem Flur stand.

Sein Mobiltelefon vibrierte in seiner Tasche. Die Nachricht von Emily war eine kurze Entschuldigung: Ihr Chef hatte noch Aufgaben für sie, aber in einer halben Stunde wäre sie unten bei ihm. Dann könnten sie mittagessen gehen.

Er schob das Telefon zurück in die Tasche und erinnerte sich trotz seiner Ungeduld daran, dass dies das erste Mal seit Monaten war, dass Emily ihn anrief.

Die Tür zu Verhandlungsraum 431 öffnete sich und ein Mann kam heraus. Ihn begleitete das Gewirr von Stimmen in den Korridor. Ryan zögerte einen Moment und ging dann auf die Tür zu. Das war auf jeden Fall besser, als mit den Händen in den Hosentaschen hier draußen herumzustehen.

Er schob sich durch die Tür, bevor sie sich wieder schloss.

Der Gerichtssaal war überraschend voll. Offenbar ein Fall, der

Schlagzeilen gemacht hatte. Lauter Neugierige, die auf einen guten Kampf hofften. Mit einem Blick auf den Raum setzte er sich hinten in eine Ecke nahe bei der Tür.

»Bitte erheben Sie sich«, bellte der Gerichtsdiener. Ryan war wieder auf den Beinen, bevor der Rest des Publikums überhaupt reagieren konnte.

Eine schwarze Robe bauschte um den Richter, der aus seinem Zimmer in den Gerichtssaal trat, gefolgt von seinem Hofstaat aus persönlichem Assistenten, Gerichtsschreiber und einem Verwaltungsassistenten. Das Personal bewegte sich auf seine jeweiligen Plätze im Raum, während der Richter sich auf seinen Stuhl fallen ließ und mit einer Handbewegung das Publikum aufforderte, das Gleiche zu tun.

Während Ryan und alle anderen Zuschauer gehorchten, zappelte eine schlanke junge Frau auf Ryans linker Seite nervös herum und stieß an seine Schulter. Ryan warf ihr einen flüchtigen Blick zu, bevor er nach rechts rutschte, um ihr etwas mehr Platz zu machen.

Es war ein Zivilverfahren, kein Strafprozess: Nur acht Geschworene saßen in der Jury – wahrscheinlich sechs reguläre und zwei Ersatzleute. Zudem war es ein Firmenprozess, nach den teuren Anzügen der »Zivilisten« zu urteilen, die sich mit ihren Rechtsvertretern um die drei Anwaltstische scharten. Normalerweise konnte Ryan die Zivilisten problemlos von ihren Anwälten unterscheiden, nämlich an ihrem zurückhaltenden Gesichtsausdruck und den leeren Schreibblöcken und Stiften, die sie vor sich liegen hatten.

Ein Anwalt stand allein an einem Rednerpult in der Mitte des Raumes und wartete darauf, dass die Verhandlung begann. Sein Mandant war wahrscheinlich der ältere Mann an dem Tisch, der dem Sprecherpult am nächsten stand. Er trug ein Jackett, das eine Nummer zu klein, und eine Krawatte, die schon im letzten Jahrzehnt unmodern gewesen war. *Der Hering in diesem Haifischbecken,* dachte Ryan, *wahrscheinlich der Kläger.* Und nach dem Bataillon an Anwälten zu urteilen, die gegen ihn antraten, sowie nach der enormen Publikumsgröße war es entweder ein Enthüllungs- oder Betrugsfall.

Richter Francis Tipton rückte sein Namensschild zurecht, beugte sich dann mit finsterer Miene vor und signalisierte so seine Bereitschaft, falls nötig sämtliche Anwesende zum Frühstück zu verspeisen. »Sie können beginnen, Mr Swinton«, sagte er mit einem Kopfnicken zum Anwalt am Sprecherpult.

Ein Zeuge saß auf seinem Platz links neben dem Richter auf einem Drehstuhl – eine Frau mittleren Alters mit einem verblüfften Blick, so als befände sie sich in einem ständigen Zustand der Überraschung. Sie trug ein marineblaues Kostüm, dezenten Schmuck und wenig Make-up – angenehm gekleidet, fand Ryan. Nur, dass ihre dunkle Kleidung ihr blasses Gesicht und die weit aufgerissenen Augen betonte und sie den hölzernen Rahmen des Zeugenstandes fest umklammert hielt. »Klammeraffen«, nannte Ryan solche Zeugen, die sich an den Zeugenstand klammerten wie Schiffbrüchige an Wrackteile in stürmischer See.

»Miss Galbraith«, begann der Anwalt am Sprecherpult, »bitte vergessen Sie einmal kurz das Beweisstück, über das wir vor der Pause gesprochen haben, und gehen wir noch einmal zu Beweisstück 41 zurück.«

Die Zeugin sah alarmiert aus, zwang sich aber, durch einen Stapel Papiere zu blättern, die neben ihrem Ellenbogen lagen.

Ryan kannte den Anwalt der Anklage am Sprecherpult nicht. Die Verteidiger am Nachbartisch waren Anwälte der Kanzlei Feldman, Leif und Ramsdell. Er war der Frau schon einmal begegnet.

Sein Blick ging zum dritten Tisch, wo zwei hochrangige Anwälte von Melander und Stout saßen, begleitet von einem dritten, unbekannten jüngeren Kollegen. Das war eine unangenehme Mannschaft – und eine teure. Er konnte nur ahnen, welche Vergehen dazu geführt hatten, dass ihr Mandant sie engagiert hatte.

Mehrere Minuten lang stellte der Anwalt des Klägers Fragen zum Beweisstück, bevor er das Rednerpult mit beiden Händen umfasste. »Nun, Miss Galbraith, bitte sagen Sie der Jury: Stammt die handschriftliche Notiz unten auf dieser Seite dem Schriftbild nach von Ihrem ehemaligen Arbeitgeber?«

Fünf Sekunden verstrichen. Irgendwann musste Miss Galbraith doch einmal blinzeln …! Als Ryan bis zehn gezählt hatte, warf der Richter der Frau einen seiner blutrünstigen Blicke zu und knurrte: »Sie sind verpflichtet, auf die Frage des Herrn Anwalts zu antworten!«

Aus ihrem Unbehagen wurde Panik. »Es ist schon lange her, seit ich dieses Dokument gesehen habe – vor heute«, murmelte sie und warf einen Blick auf den Anwalt von Melander und Stout, der den Geschworenen am nächsten saß. »Könnte ich … bitte eine Pause haben, um darüber nachzudenken?«

Der Blick des Richters verdüsterte sich. »Nein, Miss Galbraith. Sie werden die Frage beantworten.«

Das Publikum und die Geschworenen starrten die verstummte Zeugin an, als eine ganz kleine Bewegung Ryans Aufmerksamkeit erregte. Er warf einen Blick auf den jugendlichen Anwalt von Melander und Stout, der den Geschworenen am nächsten saß – an dem Tisch, zu dem Miss Galbraith gerade vor einem Moment geschaut hatte. Der junge Anwalt rutschte auf seinem Stuhl herum, bis er der nervösen Zeugin sein Profil zudrehte, und legte seine Finger leicht auf den Rand des Tisches. Ryan schaute an ihm vorbei zu Miss Galbraith im Zeugenstand – und sah, dass sie die Finger des Mannes aus dem Augenwinkel ebenfalls vorsichtig, unauffällig beobachtete.

Die Finger nahmen einen unhörbaren Rhythmus auf – tipp, tipp – der zweite und dritte Finger gingen nach unten; tipp, tipp – der dritte und vierte. Drei Mal vollzogen sie diesen Rhythmus, bevor sich die Hand zu einer lockeren Faust schloss.

Die Zeugin regte sich, ließ das Geländer los und lehnte sich auf ihrem Stuhl zurück. »Nein. Das ist definitiv *nicht* seine Handschrift«, verkündete sie selbstbewusst.

Der Moment endete damit, dass der Anwalt mit seinen Papieren raschelte, der Richter sich mit einem leichten, überraschten Schulterzucken abwendete und die Geschworenen sich zurücklehnten, um gegenseitig ihre Reaktionen einzuschätzen. Außer einem älteren, gut gekleideten Herrn ganz am Ende der Geschworenenbank. Sein Blick wanderte von der Zeugin zu dem jungen Anwalt mit den tanzenden Fingern und wieder zurück.

Der Anwalt am Sprecherpult war sprachlos. Ryan schüttelte den Kopf.

Es war eine Sache, alles dafür zu tun, um zu gewinnen: Niemand sollte erwarten, vor Gericht mit Glacéhandschuhen angefasst zu werden.

Es war eine ganz andere Sache, so eine Nummer abzuziehen – selbst für die Kanzlei Melander und Stout. Dieses Verhalten war einer der Gründe, warum er selbst mit alldem abgeschlossen hatte.

Ryan glitt von seinem Platz auf der Bank, als ihn plötzlich ein Ellenbogen in die Rippen traf. »Oh, tut mir leid«, flüsterte die schlanke Frau links von ihm. Ihre Augen blickten beunruhigt.

»Schon gut«, antwortete er.

»Es ist nur ... der Mann am Sprecherpult ist mein Chef«, fuhr sie leise fort. »Diese Zeugenaussage war eine totale Überraschung. Wir hatten nicht einmal ihre Aussage aufgenommen, weil sie ... na ja, sie hat darauf bestanden, dass das nicht nötig sei. Miss Galbraith wirkte wirklich glaubhaft, als sie uns erzählte, was sie über diese Dokumente weiß.«

»Tut mir sehr leid«, flüsterte Ryan zurück.

Ryan unternahm einen erneuten Versuch zu gehen, machte aber den Fehler, dem Vorgesetzten der Frau noch einen Blick zuzuwerfen, der immer noch erschüttert am Rednerpult stand, während er so tat, als suchte er nach einem Dokument. *Er wird sich hüten, diesen Wendehals von einer Zeugin weiter zu befragen,* dachte Ryan. Es war eine eiserne Regel: Stelle einem Zeugen nie eine Frage, von der du nicht weißt, wie er sie beantworten wird. Der junge Anwalt von Melander und Stout würde mit seinem Betrug durchkommen.

Ryan tippte der Rechtsanwaltsgehilfin auf den Arm und winkte ihr mit dem Finger, ihm zu folgen. Sie schaute überrascht drein, schob sich aber folgsam aus der Bank.

Im Korridor wartete Ryan, bis er hörte, dass die Tür des Verhandlungssaals ins Schloss fiel. »Bringen Sie Ihren Chef dazu, eine Verhandlungspause zu beantragen«, sagte er hastig. »Sagen Sie ihm, der junge Anwalt am Tisch neben den Geschworenen, der aussieht wie Perry Mason, zeigt der Zeugin mit Handzeichen, wie sie antworten soll.«

Die Frau schaute ihn schockiert an, während Ryan rasch weitersprach. »Es könnte zwar sein, dass dieser Richter Ihnen hilft, aber Sie können nicht mit ihm reden, ohne der anderen Seite zu verraten, was Sie wissen – und dann ist es zu spät. Sagen Sie Ihrem Chef, er soll die Zeugin nicht aus dem Zeugenstand entlassen, selbst wenn er Angst hat, was sie sagen könnte. Der ältere Geschworene im Jackett hat nämlich

Lunte gerochen. Er ist gut angezogen und aufmerksam und wird aufgrund seines Alters sicher zum Sprecher der Geschworenen gewählt. Sagen Sie Ihrem Chef, er soll die Zeugin weiter aggressiv befragen – damit der junge Kerl ihr weiter Signale gibt. Der wohlwollende Geschworene hat damit die Gelegenheit, seinen Verdacht in Gewissheit zu verwandeln, und wenn die Jury nach einem Urteil sucht, wird er den Rest der Jury direkt in Ihre Arme führen.«

Ryan drehte sich um und ging den Korridor hinunter. Er weigerte sich, auch nur einen weiteren Gedanken daran zu verlieren, ob die Frau seinem Rat folgte.

* * *

Zwanzig Minuten später – Ryan stand im Foyer des Gerichtsgebäudes – hörte er schwere Schritte auf dem Marmorboden, die sich ihm von hinten näherten. Er drehte sich um.

»Mr Hart, man sieht Sie hier in letzter Zeit viel zu selten.«

»Euer Ehren«, antwortete Ryan und nickte, erleichtert, dass es der grauhaarige, füllige Richter Freyling war. Wenn er heute schon unbedingt auf jemanden treffen musste, dann doch wenigstens auf seinen Lieblingsrichter im Gericht von King County.

»Sagen Sie mal«, fuhr der Richter fort, »hier geht das Gerücht um, dass Sie gerade in einem der oberen Verhandlungssäle gesichtet wurden. Man sagt, Sie hätten in Richter Tiptons Gerichtssaal ein paar echte Anwälte bei der Arbeit beobachtet. Stimmt das?«

Ryan hatte ein halbes Dutzend Fälle vor Richter Tipton verhandelt, also war er nicht überrascht, dass man ihn erkannt hatte. »Sie haben sich mit Ihrem Kollegen aus Verhandlungsraum 431 unterhalten?«, fragte er.

Richter Freyling schüttelte den Kopf. »Nein. Meine Gerichtsdienerin hat vor ein paar Minuten Tiptons Assistenten auf dem Flur getroffen. Angeblich haben Sie den Saal mit einer hübschen jungen Dame verlassen, die wenige Minuten später zurückeilte und dem Anwalt des Klägers etwas ins Ohr flüsterte. Der hat daraufhin den Richter um eine vorgezogene Mittagspause gebeten. Keine Ahnung, was Sie ihr erzählt haben, aber das spielt keine Rolle: Tiptons Assistent wettet, dass die Geschworenen gegen den Kläger und seinen Anwalt befinden werden – und Tiptons Assistent liegt nie falsch.«

Ryan überlegte einen Augenblick lang, ob er Freyling erzählen sollte, was er gerade gesehen hatte. Doch das war zwecklos; der Richter konnte mit einer solchen Information aus dritter Hand nichts anfangen.

»Sagen Sie Ihrer Gerichtsdienerin«, antwortete Ryan, »sie soll bei dieser Wette hundert Dollar auf den Kläger setzen.«

Richter Freyling zog überrascht die Augenbrauen hoch. »Aber, Herr Anwalt, das wäre höchst unethisch und ich müsste sie feuern, wenn sie das täte.« Er hielt inne und beugte sich dann zu Ryan. »Aber wenn Sie sicher sind, rufe ich heute Nachmittag Tipton an und schließe meine eigene Wette ab.«

Ryan lächelte und seine Anspannung löste sich ein wenig. »Habe ich Ihnen schon einmal dafür gedankt, dass Emily das Referendariat bei Ihnen machen durfte?«, fragte er.

»Jedes Mal, wenn wir uns im Flur begegnen«, erwiderte der Richter und winkte ab. »Und das war schon ziemlich oft, in Anbetracht der Tatsache, dass es schon – wie lange, drei Jahre her ist? Ist es tatsächlich schon so lange her, dass Ihre Tochter ihr Studium abgeschlossen hat? Auf jeden Fall, wie ich bereits sagte, habe ich das nicht Ihnen zuliebe getan – sie hatte die entsprechenden Noten und war die beste Bewerberin. Und ich höre, dass sie im Büro des Pflichtverteidigers in den letzten beiden Jahren, seit sie nicht mehr bei mir ist, sehr gute Arbeit leistet. Sie findet sich im Gerichtssaal schnell zurecht. So wie ihr alter Herr.«

Der Richter trat einen Schritt zurück und betrachtete Ryan mit zusammengezogenen Augen. »Wissen Sie, dieses Jahr bin ich für die Verteilung der eingehenden Fälle zuständig, und ich habe nicht viele aus King County gesehen, auf denen Ihr Name stand.«

»Ich habe einen Gang zurückgeschaltet«, erwiderte Ryan in neutralem Ton.

Der Richter nickte. »Hmhmm. Wissen Sie, ich erzähle den Leuten immer noch gerne vom ersten Fall, den Sie unter meinem Vorsitz verhandelt haben – den gegen Lester Schmidt. Den Abschluss gerade in der Tasche und Sie drehen ihn durch die Mangel. Er hatte es verdient.

Ich habe nie verstanden, woher der Mann sein Ego hat. Immer, wenn ich Schmidt sehe, versuche ich, ihn irgendwie an den Fall zu erinnern.«

Ryan lächelte erneut, und der Richter wurde ernst. »Sie sind ein guter Anwalt, Ryan. Ich weiß, Sie hatten ein paar schwere Jahre – mit Carolyns Tod und allem anderen. Aber es wäre sehr schade, wenn Sie Ihre Karriere an den Nagel hängen würden. Dafür sind Sie noch zu jung. Und überhaupt – was würden Sie denn mit sich anfangen? Sie sind doch ein Alphatier.«

Ryan war erleichtert, als er Emily aus Richtung des Aufzugs über den Korridor kommen sah.

»Es ist nur eine kleine Pause, Herr Richter«, erwiderte Ryan leise. »Aber behalten Sie es für sich.«

Der Richter warf einen Blick in die Richtung, in die Ryan schaute, und nickte dann wissend. »Okay. Ich glaube, ich muss gehen. Heute Nachmittag habe ich frei; ich muss meinen Neffen vom Flughafen abholen. Der Junge erwartet, dass ich Lachs für ihn grille. Als ob es den in Minneapolis nicht zu kaufen gäbe. Schöne Mittagspause!«

Der Richter winkte Emily mit einem Lächeln zu und entfernte sich, als sie kam.

Normalerweise ließ sie ihr blondes Haar einfach offen auf die Schultern fallen, aber heute war es mit einer Spange zusammengesteckt. So sah sie viel ernster aus, dachte Ryan, besonders in Kombination mit ihrem dunklen Kostüm. Ganz so, wie ihre Mutter sich für eine Verhandlung gekleidet hatte. Er überlegte, ob er das erwähnen sollte, doch er bezweifelte, dass sie wohlwollend aufnehmen würde, was er als Kompliment meinte.

»Danke, dass du dir Zeit genommen hast«, sagte sie und lächelte freundlich. *Ein Lächeln, wie sie es wahrscheinlich ihren Mandanten schenkt,* dachte er. Es war ein schmerzlicher Gedanke. »Ich muss mich beeilen, Dad; oben geht es wie im Irrenhaus zu. Wie wär's, wenn wir schnell im *Ivar's* etwas essen und ich dir erzähle, warum ich angerufen habe?«

* * *

Für Mitte Juni war es ungewöhnlich kalt, und es waren kaum Menschen an der Hafenmole, auf dem sich das Restaurant befand. Ryan fand eine leere Bank, von der aus man einen schönen Blick auf die Meerenge Puget Sound hatte. Einen Augenblick später kam Emily mit zwei Portionen frittierter Muscheln aus dem Restaurant; sie hatte darauf bestanden, ihn heute zum Essen einzuladen.

Sie kam auf ihn zu, und ihm fiel wieder einmal auf, dass sie sich mit der Anmut ihrer Mutter bewegte. »Du gehst wie eine Tänzerin«, sagte er, als sie näher kam. Sie reagierte kaum auf die vertraute Bemerkung, die er früher jeden Morgen beim Frühstück gemacht hatte.

»Wie läuft die Kanzlei, Dad?«, fragte sie und setzte sich mit dem Rücken zum Wasser.

»Super«, erwiderte Ryan und wandte den Blick ab. »Ganz toll.«

Er fühlte sich scheußlich dabei, ihr erstes Gespräch seit Monaten mit einer Lüge zu beginnen.

In der nächsten halben Stunde versuchte Emily, ein Gespräch anzukurbeln. Der Small Talk war halbherzig und unbefriedigend. *Das hat man nun davon, wenn man sich nicht öfter als einmal im Vierteljahr sieht,* dachte Ryan traurig.

Ryan hatte das Zerwürfnis zwischen ihm und seinem einzigen Kind nicht zufällig geschaffen, sondern durch lange Vernachlässigung. Und es konnte ihm auch nicht zugutegehalten werden, dass ihre Beziehung in den eineinhalb Jahren endgültig zerbrochen war, in denen er versucht hatte, Carolyn zu retten. Emily hatte ihn in dieser Zeit ebenfalls dringend gebraucht. Außerdem waren diese eineinhalb Jahre nur der Endpunkt eines Lebens, in dem er sich abgelenkt und sie ignoriert hatte. Schließlich lenkte er das Gespräch auf den Zweck der überraschenden Einladung. »Also, was ist das Problem?«, fragte Ryan und begann zu essen.

Emily zögerte einen Moment und strich sich eine Haarsträhne aus dem Gesicht, die ihr der Wind in die Augen geweht hatte. »Ein ehemaliger Kommilitone von mir braucht einen Anwalt.«

»Jemand, den ich kenne?«

»Nein«, sagte sie und hielt dann inne. »Ich meine, wahrscheinlich habe ich ihn einmal erwähnt, aber nie mit nach Hause gebracht. Ich kannte ihn nur ein Jahr lang, als wir im vorletzten Studienjahr waren und Mom gerade krank geworden war. Sein Vater hatte auch Krebs, also verstand er wirklich, was ich durchmachte. Doch er hat das College verlassen, um seiner Familie zu helfen, bevor sein Vater im Frühjahr starb. Danach haben wir noch telefoniert und uns SMS geschickt, aber ich habe ihn seitdem nicht mehr gesehen.«

»Wie heißt er?«, fragte Ryan.

»Kieran Mullaney. Er hat mir eine Nachricht hinterlassen, und die klingt nicht gut. Ich habe gehört, dass er in Hanford arbeitet. Erinnerst du dich an die Explosion letzten Herbst?«

Ryan nickte.

»Ich denke, er war vielleicht betroffen. Soweit ich es seiner Nachricht entnehmen konnte, glaubt er verstrahlt worden zu sein. Offenbar hat er Klage eingereicht, doch seine Anwältin hat sich kurz vor der Eröffnung des Verfahrens von dem Fall zurückgezogen. Jetzt sucht er einen neuen Anwalt mit Erfahrung in Zivilrecht - Produkthaftung, wenn möglich. Ich werde ihn heute noch anrufen, aber ich wollte zuerst mit dir reden.«

Ryan schaute drei Möwen zu, die wenige Meter entfernt herumflatterten. In aller Seelenruhe beobachtete er ihre luftigen Betteleien - dann nahm er ein Stück Pommes frites und schnippte es in die Luft. Eine Möwe schoss darauf los und fing es mit dem Schnabel auf.

Emily wartete auf eine Antwort. »Ich könnte ein paar Leute anrufen, wenn du möchtest«, sagte er vorsichtig.

Ihr Gesicht war wie versteinert. Das war nicht die Antwort, auf die sie gehofft hatte. »Ich wollte ihm gern zusagen - ich meine, bei *deiner* Erfahrung und so weiter. Ich wollte ihm gern sagen können, dass du einen Blick auf seinen Fall wirfst«, sagte sie. »Er klang ziemlich verzweifelt. Ich weiß, dass es schwierig ist, so spät einzusteigen, aber Melissa hat mir erzählt, dass du in letzter Zeit nicht so beschäftigt bist wie früher.«

Emily hat also noch Kontakt zu Melissa, dachte er ... *seltsam*. Dann dachte er über ihre Bitte nach. Einen Fall zu retten, bei dem die Niederlage abzusehen war: Das galt unter Prozessanwälten als Folter. Und für ihn wäre es Folter, wieder in die Gladiatorenarena zu steigen. Außerdem konnte sich Emily, anders als sie behauptete, *nicht* vorstellen, was es kostete, in letzter Minute in einen solchen Fall einzusteigen – es erforderte enorm viel Zeit und eine unglaublich hohe Arbeitsgeschwindigkeit. Von null auf hundert in drei Sekunden. Und normalerweise gab es einen guten Grund, wenn Mandant und Anwalt sich quasi vor der Tür des Verhandlungssaals trennten: Anwälte, die in letzter Minute absprangen, waren ein natürliches Warnzeichen für alle anderen Juristen, sich von dem Fall fernzuhalten.

»Weißt du, Emily«, begann er, »bestimmt wäre dein Freund mit einem Anwalt aus dem Osten des Bundesstaats besser bedient. Die kennen die Richter und die Gemengelage. Sie kennen die gegnerischen Anwälte.«

Sie schaute ihm in die Augen. »Ich habe noch viel Urlaub übrig, und Frank hat gesagt, ich muss ihn nehmen«, sagte sie. »Ich könnte sogar unbezahlten Urlaub nehmen, wenn das nicht reicht. Ich dachte, wenn du den Fall übernimmst, könnten du und ich vielleicht zusammen daran arbeiten.«

Der Wind, der vom Puget Sound her wehte, war empfindlich kalt, besonders, als die Sonne hinter einer tief hängenden Wolkenbank verschwand.

Wenn er regelmäßigen Kontakt mit seiner Tochter gehabt hätte, hätte er ihr schon längst gesagt, dass er sich aus der Kanzlei zurückzog. Dank Carolyns Lebensversicherung konnte er sich jeden Tag aussuchen, ob er ins Büro ging oder nicht, und er entschied sich immer öfter, nicht hinzugehen. Wenn er ihr es schon früher erzählt hätte, hätte sie ihm vielleicht nicht geglaubt – aber immerhin hätte er es gesagt. Wenn er das Thema jetzt anschnitt, würde es nur wie eine Ausrede klingen, ihr nicht helfen zu müssen.

Er schaute Emily wieder an. Oh, diese Augen. Sie erinnerten ihn daran, wie wenig Zeit er mit ihr verbracht hatte. Sie lockten ihn mit der Möglichkeit, sich ihr wieder anzunähern – oder etwas noch Besseres. Sie sprachen davon, dass es – ihren Worten zum Trotz – doch ganz einfach wäre: einfach zusammen über die Berge fahren, die Akte zur Hand nehmen, in den Gerichtssaal marschieren und die Welt retten.

Ryan zog sein Jackett gegen die Kälte fester um sich. Er schuldete ihr tatsächlich etwas. Abendessen, bei denen er nicht anwesend gewesen war. Musikvorspiele, die er verpasst hatte. Die Liste würde bis nach

Mexiko reichen. Und wenn er zu Hause gewesen war, war er mit den Gedanken doch woanders gewesen. Dann hatte er sich in Carolyns Pflege gestürzt, als wäre sie ein Fall, den es zu gewinnen galt. Währenddessen hatte er seine Tochter im Stich gelassen. Sie hatte die Last dessen, was sie beide verloren hatten, allein getragen.

Doch Emily jagte einem Phantom hinterher, wenn sie erwartete, dass er jetzt die Welt rettete. Er hatte seine Ambitionen schon seit Jahren hinter sich gelassen.

Ryan schaute in diese hoffnungsvollen Augen, und dann an Emily vorbei auf die Fähre aus Bremerton, die auf dem unruhigen Wasser näher kam.

»Lass mich heute Abend darüber nachdenken«, sagte er.

»Super, Dad«, sagte Emily und lächelte zum ersten Mal übers ganze Gesicht. Dann wandte sie sich wieder ihrem Teller mit frittierten Muscheln zu. »Das ist super.«

Sofort floss der Small Talk leichter, und Ryan schob einen Anflug von Schuldgefühlen weit weg. Er hatte es an diesem Nachmittag vermieden, seine Tochter erneut zu enttäuschen. Mit den Konsequenzen würde er sich später befassen. Im Augenblick würde er das Lächeln in ihren Augen genießen, den Blick über die Bucht und die besten frittierten Muscheln, die man für Geld bekommen konnte.

Ryan griff nach einem weiteren Pommesstäbchen und warf es mit einer energischen Handbewegung unter die größer werdende Schar erwartungsvoller Möwen.

3

Vier Stunden später stieg Ryan langsam die Stufen zu dem Queen-Anne-Haus hinauf, das ihm als Büro und Wohnhaus diente. Die Tür war unverschlossen – Melissa musste wohl noch hier sein. Er trat ein, warf seine Jacke über das Geländer, das zu der Wohnung im Obergeschoss führte, ging dann nach rechts, vorbei am leeren Empfangstisch, vorbei an der Reihe leerer Büros.

Mit einem müden Lächeln schaute Melissa von ihrem Schreibtisch neben seinem Eckbüro auf. »Sie sind heute aber lange hier, Melissa«, sagte Ryan. »Ich hab Ihnen schon mal gesagt, bei Hart & Partner gibt es keine bezahlten Überstunden.«

Die Sekretärin, die in ihren Vierzigern war, schüttelte mit gespielter Entrüstung den Kopf. »Man stelle sich nur einmal vor, dass Sie mir nach fünfzehn Jahren das bezahlen, was ich wert bin! Aber keine Sorge, ich räume nur auf. Das stelle ich Ihnen nicht in Rechnung.«

Ryan schaute auf den Kistenstapel hinter ihrem Schreibtischstuhl. »Ausräumen« wäre wohl der passendere Ausdruck. Er erkannte die Akten des Glenwater-Schraeder-Falles wieder. Velder und Proffler. Alle in den letzten drei Jahren verhandelt oder außergerichtlich mit einem Vergleich beendet.

»Wie war das Mittagessen mit Emily?«, fragte sie besorgt.

»Gut.«

»War es nicht nett, dass sie angerufen hat? Sicher wollte sie hören, was in letzter Zeit so los war.«

Die Logik der falsch Informierten, dachte er. Er erzählte Melissa von dem gestikulierenden Anwalt im Gerichtssaal. Seine Sekretärin schüttelte wieder den Kopf; Enttäuschung stand ihr ins Gesicht geschrieben. »Was diese Anwälte alles tun, um einen Fall zu gewinnen.«

Ryan wandte sich zu seinem Büro um.

»Wenn Sie zu Ihrem Schreibtisch gehen wollen, um Ihre Nachrichten zu lesen«, sagte Melissa und hob die Hand, »kann ich Ihnen den Weg ersparen: Es gibt keine. Außer der Androhung einer Beschwerde wegen unethischen Verhaltens im Glenwater-Fall, die gerade hereinkam.«

Das war zu erwarten gewesen. »Okay«, sagte er und nahm einen Stapel Post von der Vorderkante ihres Schreibtischs.

Sie schaute ihn besorgt an. »Sie dürfen in Zeugenvernehmungen nicht mehr so die Beherrschung verlieren, Mr Hart. Sie bekommen langsam einen schlechten Ruf. Und manche Anwälte scheinen in solchen Dingen keinen Sinn für Humor zu haben.«

Besonders Etepetete-Anwälte aus Kanzleien wie Cochrane, Dickerson & Western, dachte er. Er schaute seine langjährige Sekretärin an. »Ich habe keine Regeln gebrochen, Mel. Nur ein bisschen geknurrt.«

Sie lächelte tröstend »Früher haben Sie nicht so stark geknurrt, um eine Ethik-Beschwerde zu riskieren.«

Doch, natürlich hatte er das. Er war nur geschickter vorgegangen, solange er noch mit vollem Herzen bei der Sache gewesen war.

Ihr Ton wurde ernster. »Denken Sie, dass man Beschwerde gegen Sie einreichen wird?«

Das war unwahrscheinlich. Ryan wusste, dass ihm großes Wohlwollen entgegenschlug. »Nein«, antwortete er. Er wollte dieses Gespräch nicht fortsetzen. »Ich gehe nach oben. Schließen Sie zu, wenn Sie gehen?«

Sie warf ihm einen letzten Blick zu. »Mache ich das nicht immer?«

Er ging zur Treppe.

Oben durchquerte Ryan das kleine Wohnzimmer seines Appartements und ließ seine Schlüssel auf die Küchenanrichte fallen. Das Licht unter den Hängeschränken funktionierte nicht; es flackerte wie in einem Horrorfilm. Er würde am Morgen die zuständige Firma anrufen müssen, um es reparieren zu lassen.

Ryan schaute sich nach den Renovierungsarbeiten um, die in dieser Woche fertiggestellt worden waren. Er hatte die Wohnung verändern wollen gegenüber der Zeit, als Carolyn und er vor fünfundzwanzig Jahren hier eingezogen waren. Damals war die obere Etage ihr Zuhause gewesen, bis sie sich endlich ein separates Haus leisten konnten. Er hatte die alten Installationen und undichten Fenster reparieren lassen, die ein jung verheiratetes Paar nicht gestört hatten, als es sein gemeinsames Leben und eine gemeinsame Karriere begonnen hatte. Doch bisher hatte auch keine Renovierung die ruhelosen Nächte beenden können, die Ryan seit Carolyns Tod in ihrem Haus im Stadtteil Magnolia so sehr plagten.

Er drehte sich zum Kühlschrank um, nahm eine Flasche Eistee heraus und durchstöberte dann die restlichen Schränke. Er griff sich eine Schachtel Cracker, schob sich die Schuhe von den Füßen und schlurfte über den neu riechenden Teppich auf sein Arbeitszimmer zu, vorbei an Umzugskisten, die überall auf dem Boden standen.

Er und Carolyn hatten es geliebt, die Sonne zu beobachten, wie sie in einer immer größer werdenden orangenen Lache über der Bucht in den

Olympic Mountains verschwand – so, wie sie jetzt aus dem Arbeitszimmerfenster zu sehen war.

Sein Blick fiel auf eine Kiste Andenken unter dem Fensterbrett, in der zuoberst sein Punchingball lag. Er überlegte, ob er ihn wieder im Keller aufhängen sollte wie früher, als die Schläge zu Carolyns Ärger im ganzen Haus zu hören waren. Stattdessen nahm er seinen Laptop vom Schreibtisch und setzte sich auf das kleine Ledersofa, die Cracker neben sich.

Die neueste E-Mail war von Emily; sie war nach ihrem gemeinsamen Mittagessen gekommen. Als Anhang war die Klageschrift ihres Freundes beigefügt. *Das habe ich gerade von Kieran bekommen. Ich weiß es sehr zu schätzen, dass du es dir anschaust,* lautete ihre Nachricht. Beinahe hätte Ryan sie wieder geschlossen. Stattdessen vergrößerte er das Dokument auf Bildschirmgröße.

Kieran Mullaney gegen Covington Nuclear Corporation lautete die Überschrift. Es war eine schnörkellose Klageschrift mit einer sehr knappen Aufführung der Fakten und einer Beschreibung des einzigen Anklagepunktes: Sie führte aus, dass Kieran Mullaney bei einer Explosion in der dritten Etage eines stillgelegten Gebäudes der Nuklearanlage Hanford namens L5 einer Mischung aus Chemikalien und radioaktiver Strahlung ausgesetzt worden war. Covington sei haftbar, da die Firma im Rahmen eines Vertrages mit dem Energieministerium für Sicherheit, Wartung und Säuberung der Nuklearanlage zuständig war.

Covington Nuclear. Eine schnelle Internetrecherche bestätigte ihm, dass diese Firma Atomanlagen überall im Land betrieb, ebenso wie sondersubventionierte Industrieruinen wie Hanford. Früher, zu Zeiten des Kalten Krieges, hatte die Firma auch eine Rolle bei der Atomwaffenproduktion gespielt.

Die Fakten waren klar umrissen. Warum also hatte sich die Anwältin des jungen Mannes zurückgezogen? Und warum hatte er Probleme, einen neuen Anwalt zu finden?

Covington wurde von Eric King aus der Kanzlei McNary & King in Sherman im Bundesstaat Washington vertreten. Die Anwältin für den Kläger Kieran Mullaney war Pauline Strand. Ryan konnte keine Internetseite der Anwältin finden – heutzutage fast etwas Unerhörtes. Er schlug sie im Anwaltsverzeichnis nach. Ihr Eintrag zeigte kein Foto, und sie führte eine Ein-Frau-Kanzlei. Nach dem Datum ihrer Zulassung als Anwältin rechnete sich Ryan aus, dass sie wohl Ende sechzig sein musste.

Ziemlich mutig für eine über sechzigjährige Einzelkämpferin, ganz allein gegen eine Firma anzutreten, die zu den 500 größten in den USA gehört, dachte er. *Mutig – oder dumm.*

Inzwischen war es im Zimmer dunkel geworden. Was würde er nun Emily sagen?

Im dämmerigen Licht fiel sein Blick auf das Foto von Carolyn, das auf dem Schreibtisch stand. Was würde Carolyn zu alldem sagen? Es fiel ihm schwer, sich in der zunehmenden Dunkelheit ihre Stimme vorzustellen.

Ryan betrachtete das Foto, folgte mit den Augen dem Schwung ihrer Wangen und dem Lächeln in ihren Augen, versuchte, sich an das erste Mal zu erinnern, als er ihre Stimme gehört hatte – oder wenigstens an das erste Mal, als er ihr tatsächlich zugehört hatte. Im Jurastudium hatte er wie ein Mönch gelebt und drei Jahre mit Lernen ohne Freizeit verbracht, fest darauf konzentriert, seine Karriere als Strafverteidiger ohne private Verpflichtungen zu beginnen. Dann, im letzten Semester, hatte er in einem Übungsprozess von seinem Dozent das Schlussplädoyer zugeteilt bekommen. Zum gleichen Prüfungstermin wie eine schlanke blonde junge Frau mit eisblauen skandinavischen Augen.

An dem Tag, an dem sie an der Reihe waren, hatte er mit seinem Plädoyer vor den drei Richter-Statisten eine perfekte Leistung abgeliefert. Sie hatten die gesamten fünfundvierzig Minuten, die er sprach, nicht einmal den Blick abgewendet. Ryan hatte nicht gezweifelt, er hatte *gewusst*: Die Bemühungen der anderen Studenten waren blass im Vergleich zu den seinen.

Dann stand Carolyn auf. Mit sowohl freundlicher als auch ernster Stimme zeichnete sie in weniger als fünfzehn Minuten und ohne Notizen ihren Mandanten als so noble und tragisch-großartige Gestalt, dass Ryan fast damit rechnete, dass die Richter sich zu stehenden Ovationen erhoben.

Eine Stunde später saß er mit einem Kaffee bei Starbucks auf dem

Campus, als er plötzlich wieder ihre Stimme hörte. Dieses Mal rief sie seinen Namen. Carolyn. Sie kam zu ihm und gratulierte ihm zu seiner Präsentation. Sicher wollte sie ihn nur verspotten, redete sich Ryan ein. Dann setzte sie sich zu ihm, während er neutral erwiderte: »Du warst toll. Du hast heute eindeutig gewonnen.«

Sie schaute ihn fragend an. »Wer hat gesagt, dass das ein Wettbewerb war?«

Die Frage war nicht unfreundlich gestellt. Ryan schaute sie einen Augenblick an, bevor er erwiderte: »Wahrscheinlich mein Vater. Und sein Vater vor ihm.«

Sie lachte. Dann, durch den Dampf ihrer Kaffeetasse hindurch, durchbohrte sie ihn mit dem gleichen Blick, der ihr Plädoyer begleitet hatte. »Du warst besser vorbereitet als ich. Deine Rede enthielt Einsichten, die mir nicht einmal *eingefallen* sind.«

»Nur die Präsentation war schwach«, vollendete Ryan ihren Satz.

»Nein«, sagte sie leise und überging großzügig das Selbstmitleid, das er sofort bereute. »Nein. Aber vielleicht hast du ein bisschen zu sehr versucht, deinen Standpunkt in die Richter hineinzuprügeln. Zu viele Schläge, zu wenig Charme. Ich glaube langsam, vor Gericht geht es eher … um die Kunst der Verführung. Darum, den Zuhörern persönlich nahezubringen, was dein Mandant verloren hat. In dem Fall zum Beispiel, den wir hier hatten, ging es um einen tragischen Unfall, der ein junges Menschenleben gefordert hat. Der Richter oder die Juroren müssen diese Realität *fühlen*. Wenn du auf sie einprügelst, gewinnst du vielleicht ihre Aufmerksamkeit, aber du willst doch, dass sie deinem Mandanten *helfen* wollen. Sie sollen sich auf die Seite deines Mandanten stellen. Und dazu ist eine Umarmung nötig.«

Um keinen Mandanten, um keine Sache hatte er sich in seinem Leben mehr bemüht als um Carolyn in den nächsten zwei Monaten bis zu seinem Abschluss. Im Sommer danach heirateten sie.

Ryan schreckte auf und schaute sich um. Es war spät geworden. Die unausgepackten Kisten waren nun dunklere Schatten in dem bereits dämmrigen Raum. Er schüttelte den Kopf. Die Erinnerungen halfen ihm nicht, eine Entscheidung zu treffen.

Er musste entscheiden, was Emily ihrem Freund Kieran Mullaney sagen sollte. Er musste es einfach hinter sich bringen. Ihr absagen, wie er es schon beim Mittagessen hätte tun sollen.

Vielleicht sollte er ihr auch sagen, dass er sich vor den Tiefschlägen und den blutigen Nasen scheute, die der Prozessalltag mit sich brachte – vor der Last der Verantwortung, vor der mörderischen Arbeitsbelastung, die die Vorbereitung auf eine Gerichtsverhandlung mit sich brachte, vor der Gewissenlosigkeit bestimmter Anwälte wie des jungen Mannes, den er heute vor Gericht gesehen hatte, und davor, dass sie damit durchkamen.

Das alles waren Dinge, die ihn offenbar nicht gestört hatten, bevor Carolyn Krebs bekam.

Doch er konnte jetzt nicht einfach Nein zu Emily sagen – nicht, wenn sie um seine Hilfe bat. Es war besser für ihre bereits entfremdete Beziehung, wenn er wenigstens so tat, als würde er den Fall ernsthaft in Betracht ziehen. Immerhin war er immer noch Anwalt; er konnte dieses kleine Theaterstück durchziehen.

Ryan zog sein Handy aus der Tasche und wählte ihre Nummer. Die Sprachbox meldete sich. »Emily«, sagte er nach dem Signalton, »ruf deinen Freund Kieran an. Vereinbare ein Treffen mit ihm. Sag ihm, dass ich bereit bin, zu ihm zu kommen – mach ein Abendessen daraus, damit ich mit dem Auto fahren kann. Aber mach den Termin an einem Tag aus, an dem du mitkommen kannst. Ich denke, es ist gut, wenn du dabei bist.«

4

Sherman, Washington

Das Stethoskop zwischen Poppys Schulterblättern war eiskalt. »Atmen«, sagte Dr. Morgan hinter ihm. Er gehorchte.

Zum Glück hob sich das Instrument von seinem Rücken und der Arzt kam um die Untersuchungsliege herum. »Ich kann die Verschleimung hören, Mr Martin.« Er ging zu einem kleinen Schreibtisch in der Ecke, auf dem sein Laptop stand. »Ich würde sagen, es ist eine hartnäckige Reizung durch die Chemikalien, denen Sie letzten Herbst ausgesetzt waren. Warten wir noch ungefähr einen Monat ab. Inzwischen verschreibe ich Ihnen einen stärkeren Schleimlöser. Und ein weiteres Mittel gegen den Husten.«

Poppy ärgerte es, zum hundertsten Mal das gleiche Lied zu hören. »Wissen Sie«, sagte er, während er sein Hemd zuknöpfte, »das ist jetzt acht Monate her. Ich bin schon zum fünften Mal seit der Explosion in Ihrer Praxis. Wenn die Medikamente nicht wirken, was ist dann der nächste Schritt?«

Der Arzt tippte weiter auf seinem Laptop. »Darüber machen wir uns Sorgen, wenn es so weit ist.«

»Wollen Sie nicht noch andere Tests machen?«, beharrte Poppy. »Auf Strahlung oder andere Chemikalien?«

Mit Schwung drückte der Arzt auf die Enter-Taste und drehte sich zu Poppy um.

»Mr Martin, Ihre Akte sagt, dass Sie bei jedem Ihrer Termine über diese Thema diskutiert haben. Wie meine Kollegen Ihnen schon gesagt haben, wurden die aussagekräftigsten Tests kurz nach der Explosion durchgeführt.« Der Arzt klickte noch einmal auf den Laptop, setzte sich eine Lesebrille auf und beugte sich über den Bildschirm, um die Daten zu lesen.

»Hier ist es. Ich kann sehen, dass die Blut- und Urintests in der Unglücksnacht keinen signifikanten Hinweis auf bekannte Chemikalien ergeben haben. Und auch der Ganzkörper-Strahlungstest war negativ.«

Der Arzt schaute auf. »Ich würde mich mit den Tests zufriedengeben, die in der Nacht durchgeführt wurden, Mr Martin. Ganz offensichtlich haben Sie keine ernsthafte Strahlendosis abbekommen, denn Sie haben überlebt. Ich bin zwar kein Spezialist auf dem Gebiet, aber ich bezweifle, dass es überhaupt einen Test gibt, der so lange nach dem Zwischenfall noch eine Verstrahlung nachweisen kann.«

»Mh-hmm.« Poppy nickte ungeduldig. Ja, er saß hier, also war es offensichtlich keine tödliche Dosis gewesen. Aber niedrige Dosen konnten auch töten – im Lauf der Zeit.

»Könnten Sie nicht wenigstens eine Blut- und Urinprobe nehmen und aufbewahren, nur für den Fall, dass später jemand einen Test machen will?«

Der Arzt schaute Poppy über den Brillenrand hinweg an. »Mr Martin, das geht nun wirklich nicht. Ihr Arbeitgeber ist doch *Darter Security*, ein Subunternehmen von *Covington Nuclear* in Hanford, oder? Damit sind Sie bei der Betriebskrankenversicherung von *Covington Nuclear* versichert. Diese Versicherung kenne ich. Sie ist spezialisiert auf Angestellte von Atomanlagen. Tests auf Strahlung und Chemikalien werden bezahlt – aber nur, wenn ein Hinweis darauf vorliegt, dass Sie mit etwas in Berührung gekommen sind, auf das man testen kann.«

Der Arzt lächelte noch einmal unverbindlich und verabschiedete sich mit einem schlaffen Handschlag von seinem Patienten, bevor er aus dem Untersuchungszimmer eilte. Poppy musste sich zwingen, die Finger des Mannes mit der glatten Haut nicht zu zerquetschen – oder dem weißen Kittel, der gerade den Raum verließ, den Schreibtischstuhl hinterherzuwerfen.

Der Arzt hatte ihn wie ein jammerndes Kind behandelt. Es war das reinste Wunder, dass er ihm nicht noch einen Lutscher angeboten hatte. Was dachte der Kerl sich nur? Poppy hatte sein ganzes Berufsleben lang mit Kontaminationen in Hanford zu tun gehabt – gelegentlich war auch sein Dosimeter rot angelaufen. Ein- oder zweimal hatte er sogar Zwangsurlaub nehmen müssen, damit sich die Strahlung nicht zu sehr addierte. Jedes Mal hatten sie ihn getestet und befunden, dass alles »in Ordnung« war – und er hatte sich nicht einmal beklagt oder etwas hinterfragt. Er wusste, dass es bei der Arbeit in der Atomanlage Hanford mehr Risiken gab als im Bauamt von Sherman, und er hatte immer darauf vertraut, dass seine Vorgesetzten ihm sagten, was los war.

Bis jetzt. *Dieses Mal ist es anders,* dachte Poppy, als er sich die Schuhe anzog. Es war anders, weil er in der Zeitung die Zusammenfassung des Untersuchungsberichts von Covington über die Explosion in L5 gelesen hatte. Kein Wort über den Schuss, den Lew abgegeben hatte, über das Licht, das ausgegangen war, über die Alarmsirenen, die zu spät eingeschaltet worden waren – obwohl er all diese Dinge in seinen eigenen Bericht über diese Nacht eingefügt hatte. Sie hatten nicht einmal mit ihm über das gesprochen, was er in diesen Bericht geschrieben hatte – oder seine E-Mails an die Covington-Firmenzentrale beantwortet.

Und jetzt gingen sein Husten und seine Kopfschmerzen nicht mehr weg.

Sie konnten diesen Untersuchungsbericht nehmen und ihn sich sonst wohin stecken – und der Arzt seine Ratschläge gleich dazu. Er hatte seine E-Mails nicht geschickt, um zu jammern oder sich zu beklagen. Er nahm die Explosion ernst, so wie man es in Hanford seine ganze Berufslaufbahn über gehalten hatte. Und er hatte das Recht zu wissen, was in jener Nacht in der Wolke gewesen war.

Poppy schlich durch den stillen Warteraum und nahm kaum zur Kenntnis, dass die Rezeptionistin ihm einen schönen Tag wünschte. Auf dem Parkplatz ließ er seinen Pick-up an und fuhr in Richtung des Highways nach Hanford – und zu seiner Nachtschicht.

Die Schmerzen und die Verschleimung ließen nicht nach, und er hatte keine Zeit, die neuen Medikamente aus der Apotheke abzuholen, bevor in einer halben Stunde seine Schicht begann. Wenn er seit der Explosion nicht bereits zwanzig Krankentage genommen hätte, würde er heute wahrscheinlich umdrehen und wieder nach Hause fahren. Doch er kämpfte sich lieber durch, als im Bett zu liegen – mit stechenden Schmerzen hinter den Augen und langen Hustenanfällen, die Suzy wach hielten. Außerdem war Dave Prior, sein Vorgesetzter im Gebäude PCL237, ein guter Mann. Dave würde ihn wieder früher nach Hause gehen lassen, wenn es zu schlimm wurde.

Auf dem Weg kam er am *Keys Diner* vorbei, wo er und Lewis gelegentlich nach der Nachtschicht frühstückten. Das ließ ihn daran denken, was an jenem Zwischenfall das Merkwürdigste war: Sein junger Partner Lewis Vandervork war verschwunden. Poppy hatte keine Gelegenheit gehabt, Lews Version der Ereignisse in L5 zu hören. Er wusste immer noch nicht, was Lew auf der Ostseite des Gebäudes gesehen hatte. Als Poppy sich so weit erholt hatte, um zu seiner regulären Arbeitsstelle im Gebäude PCL237 zurückzukehren, hatte Dave ihm gesagt, dass sich Lewis sofort nach der Explosion hatte versetzen lassen – und dass er außerdem darum gebeten hatte, niemandem zu sagen wohin.

Vielleicht hatte Lewis diesen Schritt getan, weil er fürchtete, seine Panikattacke von damals würde sich herumsprechen. Wenn das der Grund war, kannte er seinen älteren Partner nicht besonders gut. Niemand außer Poppy wusste etwas von Lews Reaktion in jener Nacht. Und niemand würde je davon erfahren.

Natürlich hätte Poppy all das klären können, wenn er in der Nacht der Explosion Gelegenheit gehabt hätte, Lewis all seine Fragen zu stellen. Doch der Rest jener Nacht war ihm nur undeutlich in Erinnerung – außer der Panik, nicht mehr atmen zu können. Poppy erinnerte sich daran, dass Lewis ihn vom Dachrand weggezogen und ihm durch die staubige Luft im Treppenhaus geholfen hatte. Dann waren beide wieder hinaus in die kühle Nacht und auf den vorderen Parkplatz getreten. Dort hatten sie ihn auf die Rückbank eines Vans gelegt und waren ins Krankenhaus in der Stadt gerast, während Poppy zwischen heftigen Hustenanfällen darum kämpfte, genug Luft in seine Lungen zu bekommen. Durch das offene Schiebedach des Fahrzeugs sah er die Sterne vorbeiziehen, während er sich gegen die Panik stemmte, indem er sich auf das Surren der Reifen, Unebenheiten auf der Straße und das hochtourige Heulen des Motors konzentrierte. Vom Vordersitz aus drangen Fetzen des fassungslosen Berichts zu ihm, den Lew dem Fremden hinter dem Lenkrad gab: »Es ist einfach so passiert …«; »Es fühlte sich an wie ein Erdbeben …«; »Ich hoffe, Poppy wird wieder gesund.« Und ein Wort, das Lew ständig wiederholte: *Sabotage.*

In der Notaufnahme drückte man Poppy eine Sauerstoffmaske aufs Gesicht, bis er wieder ruhiger atmete und sich seine erschöpften Brustmuskeln entspannten. Inzwischen war Suzy eingetroffen und Lew verschwunden – und seitdem war sein Partner nicht mehr zur Arbeit gekommen. Das alles war zu seltsam.

Als Poppy seinen Pick-up auf den Parkplatz von PCL237 lenkte, standen die Autos der Schichtarbeiter bereits auf ihren angestammten Plätzen. Er parkte auf dem Platz, dem ihm seine Kollegen meist frei ließen, neben dem vorderen Seiteneingang. Einen Moment lang blieb er neben seinem Wagen stehen und hustete, um seine Lunge freizubekommen, bis sie schmerzte und brannte. Dann nahm er eine Wasserflasche aus der Fahrerkabine und trank sie in einem Zug halb leer.

Er rieb sich mit der Hand übers Gesicht, um die Tränen wegzuwischen, die ihm durch das Husten gekommen waren, und richtete sich auf. Wieder würde er alles verdrängen, wie er es vor jeder Nachtschicht tat. Trotz allem, was der Arzt von ihm denken mochte, beklagte er sich bei der Arbeit nicht. Er war ein Hanford-Mann wie sein Vater vor ihm, und er hatte eine Schicht zu bewältigen.

Doch als Poppy auf dem Fußweg zu der Glastür ging, waren seine letzten Gedanken die gleichen wie jeden Abend in den letzten Monaten: Was hatte er in jener Nacht auf dem Dach geschluckt? Und wohin auf Gottes grüner Erde war sein Partner verschwunden?

5

Emily schaute aus dem Beifahrerfenster von Kierans uraltem Toyota Corolla, der quietschend über die ausgefahrene, unbefestigte Straße ruckelte. Sie dachte darüber nach, dass die Autos junger Männer sonst immer gleich rochen – eine Mischung aus dem Geruch ihrer eigenen Haut, des Leders ihrer Schuhe, ihrer Seife und ihres Deodorants, der Sporttaschen, die auf dem Rücksitz lagen, und alten Fast-Food-Verpackungen.

Dieses Auto war anders. Keine losen Kabel von MP3-Spielern, keine verstreuten Kleidungsstücke, leere Flaschen von Energy-Drinks oder Zeitungen auf dem Rücksitz. In diesem Auto, das seine besten Jahre längst hinter sich hatte, herrschte Ordnung. Es zeugt von einem kaum zerstreuten, eher ausgeglichenen und soliden Menschen – Eigenschaften, die ihr schon an Kieran gefallen hatten, als sie sich kennengelernt hatten.

Dennoch strahlte Kieran auch eine gewisse Isolation aus, einen Hauch Einsamkeit. Vielleicht lag es an dem Gerichtsverfahren, vielleicht am Verlust seines Vaters. Sie konnte sich nicht daran erinnern, dass Kieran diesen Wesenszug schon bei ihrer ersten Begegnung gezeigt hatte.

Vor einer Stunde hatte er sie im *Winchester Inn* abgeholt, wo sie ihr eigenes Auto abgestellt hatte. In dieser Frühstückspension in Sherman hatte sich ihr Vater für die Nacht einquartiert. Auf Kierans Vorschlag hin war sie früher in die Stadt gekommen, damit sie Zeit hatten, sich gegenseitig auf den neuesten Stand zu bringen, bevor ihr Vater für das gemeinsame Arbeitsessen am Abend eintraf.

In der vergangenen Woche hatte sie viel über ihre Freundschaft mit Kieran während des Studiums nachgedacht. Es war nicht schwer gewesen, die alten Gefühle und Erinnerungen auszugraben: Seit dem Studium hatte Emily nur zwei feste Freunde gehabt, und aus keiner dieser Beziehungen war etwas Ernstes geworden. Natürlich waren sie und Kieran damals kein Paar gewesen. Und die anderen jungen Männer mussten mit Emilys Masterstudium und ihren ersten Anstellungen als Juristin konkurrieren.

Doch das war sowieso alles Geschichte und unwichtig. Sie war hier, um ihren Vater für Kierans Fall an Bord zu holen und nicht, um eine Romanze zu beginnen. Außerdem war sie nicht mehr dieselbe junge Frau, die sie in ihrem vorletzten Collegejahr gewesen war. Sie konnte sich kaum vorstellen, dass Kieran noch derselbe junge Mann war.

Jetzt, da er sich auf die staubige Straße vor ihnen konzentrierte, schaute sie ihn noch einmal genauer an. Das dicke blonde Haar fiel ihm fast bis auf die breiten Schultern und umrahmte das Gesicht, das stille Zurückhaltung ausstrahlte. Er wirkte ein wenig nervös. Sein Gesichtsausdruck erinnerte Emily an einen Rat, den ihre Mutter ihr in den ersten Jahren der Highschool gegeben hatte: »Wenn es um Frauen geht, fallen jungen Männern tausend Varianten der Zurückweisung ein. Man muss ihnen Zeit geben.«

Nur, dass Kieran in den Jahren, die sie an der University of Washington befreundet gewesen waren, nicht so still gewesen war. Selbst während sein Vater langsam gestorben war, war Kieran trotz des inneren Leidens aufgeschlossen gewesen, beinahe extrovertiert. Natürlich war das eine Fassade gewesen angesichts dessen, was er durchmachte – es konnte gar nicht anders sein. Dennoch hatte sich Emily angezogen gefühlt, weil er sich geweigert hatte, seinen Schmerz für jeden sichtbar zu zeigen – einen Schmerz, den Emily durch die Krankheit ihrer Mutter nur allzu gut verstand.

»Wir sind fast da«, sagte Kieran.

»Und du willst mir immer noch nicht sagen, wohin wir fahren?«

»Hab Geduld«, antwortete er mit einem Lächeln.

Auf Kierans Bitte hin war sie in Jeans und T-Shirt in der Pension erschienen. Er hatte sie pünktlich abgeholt und sie waren von Sherman aus fast eine Stunde lang nach Nordosten gefahren, bevor sie auf diese unbefestigte Straße abgebogen waren, die sie über einen Hügel und außer Sichtweite des Highways führte. Dann kam eine halbe Stunde Rütteln und Schütteln, während sie sich durch mehrere gewundene Canyons bewegten. Dabei spritzte Staub auf die Seiten des Corollas wie ein Sommersturm aus feinem, braunem Nebel.

Endlich rollten sie durch eine Felslücke in ein kleines Tal. Ein niedriges Ranchhaus lag direkt vor ihnen. Auf seiner Vorderseite erstreckte sich eine von Rosen umrahmte Veranda, auf beiden Seiten eingefasst von Nebengebäuden. Ein Pick-up und ein Pferdeanhänger parkten links neben dem Gebäude. Dorthin lenkte auch Kieran seinen Corolla.

»Ist das eine Entführung?«, neckte Emily ihn, als er den Motor abstellte.

Kieran nickte. »Na klar. Wenn dein Vater dich lebendig wiedersehen will, muss er meinen Fall übernehmen.«

Der Staub legte sich, und sie folgte Kierans Beispiel und öffnete die Autotür. Draußen schlug ihr die ganze Hitze des Tages entgegen. Das flache, von Hügeln umgebene Gelände lag leer und von der Sonne gebleicht vor ihnen, auch wenn Fichten die umliegenden Hänge krönten. Hinter dem Gebäude rechts von Emily verlief eine weitere Spalte zwischen den Hügeln. Aus dieser Richtung konnte sie einen Fluss hören.

Ein Mann trat aus der Vordertür des Hauses und in den Schatten der Veranda. Seine Haut war faltig und sonnengegerbt, sein Haar zu zwei Zöpfen geflochten. Er verschränkte die Arme, auf denen die Adern deutlich hervortraten, vor der Brust und musterte Emily unter dem Rand eines schwarzen Huts hervor, über dessen Krempe eine gelbe Quaste hing.

Sie lächelte und nickte. Der Mann tat nichts davon. Sein missbilligender Blick ließ Emily erstarren, während Kieran über den staubigen Hof zur Veranda ging.

Der Mann grüßte auch Kieran nicht, wendete aber glücklicherweise den Blick von Emilys Gesicht ab. Kieran sprach leise mit ihm – zu leise, als dass Emily etwas hätte verstehen können. Mehrfaches Kopfnicken in ihre Richtung überzeugte sie allerdings davon, dass die Männer über sie redeten und sich uneins waren. Sie stand wie angewurzelt, bis der Mann sich umdrehte und wieder im Haus verschwand.

»Alles in Ordnung?«, fragte sie, als Kieran zurückkam.

»Nur ein kleines Missverständnis«, versicherte er ihr mit einem leichten Lächeln. Er ging zum Corolla, nahm einen beigefarbenen Cowboyhut vom Rücksitz und setzte ihn ihr auf den Kopf. »Komm mit«, sagte er und führte sie zu dem näher gelegenen Nebengebäude.

»Sein Name ist Ted Pollock«, sagte Kieran im Gehen. »Das ist seine Ranch. Er lebt hier mit seiner Frau und seiner Enkelin.« Bevor sie nachfragen konnte, erreichten sie eine Seitentür, die Kieran öffnete. Er trat ein und Emily folgte ihm in das spärlich beleuchtete Innere.

Irgendwo hörte sie das Surren einer Klimaanlage. Dann hörte sie das Klappern von Hufen auf Beton, im gleichen Moment, als sie den unverwechselbaren herben Geruch eines Pferdestalles wahrnahm.

»Wenn ich mich recht erinnere, reitest du doch gern«, sagte Kieran und führte sie einen Gang zwischen Dutzend Boxen entlang.

Emily lächelte in der Dunkelheit.

Im staubigen Licht am Ende des Ganges deutete Kieran auf die letzten zwei Plätze. »Welches ist dir lieber?«

Langsam gewöhnten sich Emilys Augen an die Dunkelheit. In der Box direkt neben ihr stand eine junge Fuchsstute mit dünnem Sommerfell, langer Mähne und langem Schwanz. Emily warf einen Blick auf die angrenzende Box, in der ein größerer Brauner stand, ein Hengst mit kräftigem Hals.

Es war schon sechs Jahre her, seit sie zuletzt geritten war, und der Hengst wirkte einschüchternd. »Ich nehme die Stute«, antwortete sie.

Zusammen legten sie den Pferden Sattel und Zaumzeug an und führten sie dann auf der Rückseite der Scheune ins Freie, wo Kieran Emily in den Sattel half. Dann ritt er auf dem Hengst voraus, einen ausgetretenen Pfad durch die Lücke zwischen den umliegenden Hügeln hindurch.

Sie überquerten den schmalen Fluss, den Emily vorhin gehört hatte. Auf der anderen Seite befand sich eine große Koppel mit mehreren Pferden. An dieser ritten sie vorbei und hinaus ins offene Land.

Die Hitze des frühen Nachmittags wäre auf dem Pferderücken unerträglich gewesen, wenn nicht die leichte Brise gewesen wäre. Emily war froh, dass sie nicht den Hengst genommen hatte: Die Stute war eigensinnig und kräftig genug für ihren Geschmack. *Kein Touristengaul,* dachte sie; *und dies ist auch keine Ferienranch – nicht nach diesen Pferden zu urteilen.*

Kieran winkte ihr, neben ihn zu reiten. »Dann erzähl mir mal alles, was du gemacht hast, seit wir uns das letzte Mal gesehen haben.«

»Ich bin Anwältin geworden«, erwiderte sie knapp.

»Klingt langweilig.«

Sie lächelte. »Langeweile kommt nie auf.«

»Du bist also in die Fußstapfen deines Vaters getreten?«

»In die meiner Mutter«, korrigierte sie sofort und wechselte dann das Thema. »Woher kennst du diese Ranch?«

Kieran zuckte die Schultern. »Ich habe Ted und seine Frau letzten Winter nach der Explosion kennengelernt und sie meinten, ich könne hier reiten, wenn ich will. Es ist eine gute Ablenkung – und die Bewegung hilft mir, die Lungen freizubekommen.«

Emily deutete in Richtung der Scheune. »Das ist keine Ferienranch.«

»Nein. Ted hat ein paar Rinder. Aber er hält auch Pferde und gibt sie hin und wieder an erfahrene Reiter heraus. Er fängt auch wilde Mustangs, die sich auf das Hanford-Gelände verirren. Der Sicherheitsdienst findet sie durch Bewegungssensoren oder auf Patrouille. Dann wird Ted angerufen, der die Mustangs einfängt, sie auf der Koppel hält, die du eben gesehen hast, und dann nach Osten transportiert und an Farmen verkauft.«

Kieran wandte sich ab und hustete heftig, um sich von dem Schleim in seinem Hals zu befreien. »Aber du bist meiner ersten Frage ausgewichen«, sagte er, als er sich wieder erholt hatte. »Erzähl mir alles, was ich verpasst habe.«

Jetzt, da es so weit war, fiel es Emily schwer, das Gespräch zu beginnen. Im College hatten ihr die gemeinsamen langen Spaziergänge um den Lake Washington sehr geholfen, bei denen sie darüber sprachen, wie schwer die Krankheit ihrer Eltern auf ihnen lastete. Kieran war jeden Tag für sie da gewesen.

Doch dann war er verschwunden. Es war nicht so gewesen, dass er nur weggezogen war, weil es seinem Vater schlechter ging. Das hätte sie verstanden. Doch er war auch nicht mehr zurückgekommen. Seine E-Mails und Anrufe waren rasch selten, flach und distanziert geworden – und waren dann ganz ausgeblieben.

Kieran bemerkte ihr Schweigen. »Das mit deiner Mutter tut mir leid.«

»Das ist schon Jahre her«, erwiderte sie in neutralem Ton.

»Ja, ich weiß. Ich hätte mich schon längst melden sollen.«

Ein Falke tauchte am Himmel auf und zog über ihnen seine Kreise. Außer einigen weißen Fetzen in der Ferne störte nichts das Blau, das sich von Horizont zu Horizont zog.

»Zu welchem Stamm gehört Ted?«, fragte sie und wechselte erneut das Thema.

»Zu den Yakama.«

»Aber wir sind hier sehr weit von ihrem Reservat entfernt.«

Kieran nickte. »Er besitzt diese Ranch seit dreißig Jahren. Früher hat er in Hanford gearbeitet.«

Der leichte Wind ließ nach und die Hitze prallte nun ungebremst auf Emilys Nacken und Arme, die nicht von ihrem Hut geschützt wurden. Kieran hatte es wohl auch bemerkt. Er lenkte sein Pferd zu einer kleinen Baumgruppe, die eine Hügelkuppe säumte. Dort banden sie ihre Pferde an Schösslinge, die über den Rand des Hügels hinaushingen.

»Hanford liegt in dieser Richtung.« Er deutete mit der Hand, während er sich im Schatten niederließ. »Das nächstgelegene Gebäude ist vielleicht dreißig Kilometer entfernt.«

Emily machte es sich neben Kieran bequem. Sie spürte den Schweiß, der ihr dick auf der Stirn stand und ihr Shirt durchnässte. Sie lauschte dem leichten Wind, der wispernd durch das Gras auf dem Hügel strich. Es war still und friedlich. *Wunderschön ist es hier – aber einsam,* dachte sie. *So, wie Kieran heute wirkt.*

Während sie sich im Schatten abkühlten, redeten sie endlich über das, was sie in den letzten Jahren getan hatten, seit der Kontakt zwischen ihnen abgebrochen war. Nach dem Tod seines Vaters hatte Kieran verschiedene Jobs angenommen, bis er den in Hanford gefunden hatte. »Das war nicht meine erste Wahl, aber die Bezahlung ist unglaublich gut … für jemanden, der sein Studium nie abgeschlossen hat«, erklärte er. »So konnte ich vor allem genug sparen, um mit meiner Mutter und meiner Schwester aus der Stadt herauszukommen.«

Emily wunderte sich über diese letzte Bemerkung, doch Kieran fragte nun wieder nach ihr, und so erzählte sie ihm von ihrem mörderischen Jurastudium, dem Referendariat bei Richter Freyling und dann ihrer Arbeit im Büro des Pflichtverteidigers. Ob ihr die Arbeit gefiel, das hohe Tempo und der Stress, wollte er wissen. Es war schwere Arbeit, antwortete sie – aber es war befriedigend, Menschen zu vertreten, die sie wirklich brauchten.

Kieran lächelte. »Das ist die Emily, die ich in Erinnerung habe.«

Dann versuchte er, sie nach ihrem Verlust zu fragen, doch Emily wollte eigentlich gar nicht darüber sprechen. So geriet das persönliche Gespräch ins Stocken, und die Pausen wurden unangenehm lang. Emily begann sich zu fragen, ob die Brücken, die sie früher miteinander verbunden hatten, nicht mehr zu retten oder eingestürzt waren. Dieser Gedanke machte sie traurig – sie hatte geglaubt, ihre Freundschaft sei aus festerem Material gebaut.

Dennoch scheute sie sich, das Gespräch auf die Explosion und den Prozess zu lenken, es auf die unpersönliche Ebene zwischen Anwalt und Mandant zu heben. Das erschien zu bitter, wie eine endgültige Preisgabe ihrer Freundschaft. Außerdem war dazu noch genug Zeit während des Abendessens mit ihrem Vater.

Der Wind frischte wieder etwas auf, gerade als Kieran auf seine Armbanduhr schaute. »Wir sollten lieber aufbrechen«, sagte er. »Ich habe Ted gesagt, dass die Pferde in zwei Stunden wieder da sind.«

Als sie wieder im Sattel saßen, übernahm Kieran erneut die Führung, und sie ritten weg von dem Abhang und den Weg zurück, den sie gekommen waren. Die Sonne warf vor ihnen bereits lange Schatten, als sie sich der Ranch näherten und Emily die umliegenden Hügel wiedererkannte. Plötzlich hörte sie ein Geräusch, das ihre Aufmerksamkeit auf Kieran zog.

Er hob eine Hand an die Brust und beugte sich unvermittelt im Sattel vor. Dann brachen heftige, tief sitzende Hustenanfälle über ihn herein. Emily beobachtete mit wachsender Besorgnis, wie sein Pferd stehen blieb und der Husten stärker wurde – so stark, dass sie fürchtete, er könnte aus dem Sattel stürzen. Sie trieb ihre Stute neben den Hengst, streckte den Arm aus und legte eine Hand auf Kierans Schulter.

Der Husten ließ nach und allmählich wurde es wieder still. Einen Moment lang saß Kieran ruhig im Sattel und sog mit rotem Gesicht und wässrigen Augen den Atem tief ein. Schließlich trieb er sein Pferd wieder an. Er wirkte schwach.

»Alles okay?«, fragte Emily behutsam.

Kieran nickte.

»Wie oft passiert das?«

»So schlimm ist es alle paar Tage«, erwiderte er mit heiserer Stimme. »Es baut sich nach und nach auf.«

Ihre Pferde gingen jetzt nebeneinander her. »Weißt du«, sagte er, »der Husten ist gar nicht der Grund, warum ich geklagt habe. Der kommt von den Chemikalien und ist zwar schlimm, aber die Ärzte sagen mir, dass er langsam besser wird. Wenigstens weiß ich, woher er kommt. Ich habe geklagt, weil ich nicht weiß, wie viel Strahlung ich abbekommen habe. Ich habe meinen Vater an Leukämie sterben sehen. Ich kann nicht die nächsten zehn Jahre damit verbringen, mich ständig zu fragen, ob mir das auch droht.«

Sie überquerten den Fluss und ritten ins Tal. Emily spürte, wie ihre Stute den Schritt beschleunigte. Das Tier merkte, dass es auf den Stall zuging, doch Emily zügelte es, um neben Kieran zu bleiben.

Dann sah sie die Scheune. Neben der offenen Tür stand Ted, den Hut tief ins Gesicht gezogen und die Hände in die Taschen seiner Jeans geschoben.

Emily spürte, wie Kieran beim Anblick des Mannes erstarrte. Dann trat er sein Pferd hart in die Flanken. Sie trieb ihre Stute ebenfalls an, doch der kräftigere Hengst zog immer voraus.

Ein passender Hinweis, dachte Emily, als ihre Stute Geschwindigkeit aufnahm, *dass die Männer in meinem Leben mich scheinbar immer zurücklassen.*

6

Der Tisch in der Ecke des *Atomic Café* war voller eingeritzter Initialen und Namen aus verschiedenen Jahrzehnten, Artefakte, die unter dicken Schichten von Klarlack konserviert waren. Schwarz-Weiß-Fotos säumten die Wände über den Tischen. Ryan betrachtete die in seiner Nähe. Sie zeigten Atomreaktor B und D während der Bauphase, lächelnde Arbeiter, die neben einem riesigen Kühltank standen, und ein Plakat aus dem Kalten Krieg, auf dem stand »Unvorsichtiges Gerede – *Eine Kettenreaktion der Spionage!*«. Etwas weiter hinten zierten Wimpel und Mannschaftsfotos von Sportlern der Sherman High School die Wand, auf denen das Maskottchen zu sehen war: ein Atompilz.

Ryan schüttelte den Kopf. Er wünschte sich nur, das servierte Essen wäre halb so interessant gewesen wie die Dekoration.

Emily saß neben Ryan und schaute Kieran und seine Schwester über den Tisch voller leerer Teller hinweg an. Emily war zu still. Ryan fragte sich, was sie wohl dachte. Die Beschreibung der Explosion, die der junge Mann während des Essens gegeben hatte, schien sie nicht im Geringsten von dem Fall abzubringen.

Sah sie die Fallstricke wirklich nicht, die dieser Fall barg? Nichts, was Kieran sagte, schien sie zu entmutigen.

Kieran war ganz in Ordnung, musste Ryan zugeben. Ein gut aussehender junger Mann. Viel klüger, als Ryan erwartet hatte. Vorsichtig in seiner Ausdrucksweise. Es war offensichtlich, dass er sich sehr bemühte, von Ryan nicht zu viel Interesse zu erwarten. Ryan mochte Kieran – wirklich. Aber er hatte kein Interesse daran, ausgerechnet mit *diesem* Fall seine Kanzlei wiederzueröffnen.

Kierans Schwester Laura saß an seiner Seite, ein Teenagermädchen mit schwarzem Haar, das ihr über die Schultern fiel. Sie war weniger subtil als ihr Bruder. »Werden Sie Kierans Fall nun übernehmen?«, fragte sie Ryan mit unbeirrtem Blick.

Ryan nickte der jungen Frau freundlich zu, die ihren Bruder ganz offensichtlich heiß und innig liebte. Er bewunderte ihre Loyalität, doch ihre Frage würde er für den Moment ignorieren.

Die Kellnerin kam und räumte den Tisch ab. Während sie sich wieder entfernte, sann Ryan über dieses betagte Restaurant am südlichsten Rand von Sherman nach. Die letzten Geschäfts- und Wohnhäuser gingen hier in die Wüste über. Von seinem Platz aus konnte Ryan draußen das verblichene Straßenschild erkennen, auf dem »Atomic Café« stand – in einem Bogen über einem blauen Atompilz. Das Schild stand vor einem Gebäude, das so sonnengebleicht war, dass es aussah, als sei es aus Fundholz der Wüste gebaut worden.

Dieser Ort war Welten entfernt von Seattle im Nieselregen, das Ryan heute Morgen hinter sich gelassen hatte. Die Fahrt hatte ihn durch eine neblige Landschaft aus Felsen und Bäumen am Rand der mächtigen Vulkanberge geführt, die hier und dort von einem weiß schäumenden Fluss durchschnitten wurden. Am Scheitelpunkt des Weges war plötzlich heller Sonnenschein durch den Nebel gebrochen – so als wäre er durch einen Vorhang getreten. Er war an der Stadt Yakima vorbeigekommen und dann an Union Gap – einem schmalen Pass zwischen hohen Klippen, der nach Westen zum Yakama-Reservat führte. Anschließend ging es wieder ostwärts durch hartes, unbarmherziges Land, in dem nur hier und dort Farbtupfer wie Weinberge und Hopfenfelder auftauchten.

Und hier nun die Gegend um Hanford: eine trockene Ebene mit nur wenigen isolierten Ranches, die der natürlichen Einsamkeit der Landschaft trotzten. Vier Stunden Fahrt und eine ganz andere Welt verglichen mit der saftig grünen und reich bevölkerten Westküste, an der er aufgewachsen war. Leer und einsam.

Aber nur, bis er die Stadt Sherman erreichte. Kaum einen Kilometer vom Freeway entfernt erreichte er bereits einen ausgedehnten Vorort. Auf beiden Seiten der Straße befanden sich Schnellrestaurants, Hotelketten, Kinos und sogar ein Regionalflughafen. Eine unerwartete Oase in dieser Wüste am Columbia River, über einhundertfünfzig Kilometer von der nächsten größeren Stadt entfernt.

Noch einmal warf Ryan seiner Tochter und ihrer demonstrativen Ruhe einen Blick zu und spürte einen Funken Wut in sich aufflackern. Sie würdigte die offensichtlichen Probleme von Kierans Fall weder in Worten noch in Mimik. Seine Geduld schwand zunehmend, und mit ihr seine letzte Beherrschung.

Okay. Emily wollte das Offensichtliche ignorieren. Lag das an dem jungen Mann? Ryan musste die Fakten wohl *noch* deutlicher herausstellen.

»Der Prozess soll also in zwei Monaten beginnen?«, fragte Ryan Kieran schließlich.

»Ja«, erwiderte dieser.

»Und Ihre Anwältin will aus dem Fall aussteigen.«

Kieran nickte.

»Ich habe die Klageschrift gelesen. Sie behaupten, Covington sei für die Sicherheit des Tanks in L5 verantwortlich gewesen. Sie behaupten, Sie seien durch die Explosion mit Chemikalien und Radioaktivität in Berührung gekommen.«

»Das stimmt.«

»Wissen Sie, was die Ursache der Explosion war?«

Kieran blinzelte. »Nein.«

»Was sagt Covington?«

»Sie sagen, die Chemikalien in dem Tank wären durch Verdunstung reaktionsfähig geworden und explodiert.«

»Sagen sie noch etwas?«

»Sie sagen, es sei nicht ihre Schuld.«

»Wenn ich richtig informiert bin, gab es eine Untersuchung durch Covington?«

»Ja. Meine Anwältin … meiner ehemaligen Anwältin liegt eine Kopie des Berichts vor.«

»Was genau steht drin?«

»Das weiß ich nicht. Sie hat mir kein Exemplar gegeben.«

»Hat Ihre Anwältin Sachverständige beauftragt, die aussagen, Covington sei schuld an der Explosion gewesen?«

Kieran nickte. »Pauline sagte, sie hat Unterstützung von Gutachtern, ja.«

»Und was hat sie Ihnen über die Einschätzung der Gutachter erzählt?«

»Noch nicht viel. Nur, dass ihr Experte meint, Covington sei verantwortlich.«

»Das ist alles?«

»Ja.«

»Okay. Und normalerweise haben Sie gar nicht in L5 gearbeitet?«

Kieran nickte. »Richtig. Mein Vorgesetzter und ich waren kurz vor der Explosion für zwei Wochen von unserem regulären Posten wegversetzt worden. Wir waren für die Stabilisierungstechniker eingesprungen, die normalerweise in L5 arbeiten.«

»Wo war die reguläre Mannschaft?«

»Bei einer externen Übung. Das Ministerium fordert kontinuierliche Tests und Überwachung, also werden wir manchmal in ein anderes Gebäude versetzt, wenn die zuständige Mannschaft nicht verfügbar ist. Die Explosion ereignete sich während unserer letzten Nachtschicht in L5.«

»*Wir* heißt Sie und Ihr Vorgesetzter?«

»Ja. Taylor Christensen.«

»Sie arbeiten immer noch mit Taylor zusammen?«

»Ja. Wir sind wieder auf unserem normalen Posten, Forschungszentrum 12. Aber wegen meiner Kopfschmerzen und wegen des Hustens fehle ich fast die Hälfte der Zeit.«

»Und dieser Taylor hat keinen Husten, keine Probleme verursacht durch Radioaktivität?«

Kieran schüttelte den Kopf. »Nein, aber er trug in der Nacht auch seine Maske.«

»Und Sie sagen, dass bei Ihnen nach der Explosion ein Ganzkörper-Strahlungstest gemacht wurde. Der negativ ausfiel.«

Kieran rutschte auf seinem Platz hin und her. »Ja.«

»Und der Blut- und Urintest ergab auch keinen Hinweis auf einen Kontakt mit Chemikalien, die gesundheitliche Langzeitschäden verursachen.«

»Also, acht Monate sind schon eine ziemlich lange Zeit und ich habe immer noch Probleme.«

Ryan hob die Hände. »Ich meine krebserregende Chemikalien.«

Kieran nickte. »Das stimmt.«

»Und Sie sind überzeugt, dass Sie mit gefährlicher Strahlung in Berührung gekommen sind, weil …?«

»Wie ich schon bei der Beschreibung der Explosion sagte: Weil die Strahlungsmesser im Korridor aufleuchteten wie Flipperautomaten.«

»Was Sie gesehen haben, als Sie zu Boden stürzten.«

Kieran nickte trotzig.

»Mitten in einer Explosion, bei der Sie das Bewusstsein verloren.«

»Richtig.«

»Und man hat Ihnen gesagt, dass Ihr Dosimeter ebenfalls keine Strahlung angezeigt hat.«

Kieran war inzwischen sichtlich unruhig. Aus dem Augenwinkel konnte Ryan bei seiner Schwester die gleiche Verärgerung erkennen.

»Nein.«

»Aber das glauben Sie auch nicht.«

Kierans Hände lagen verkrampft auf dem Tisch. »Wenn L5 nur halb so verdreckt ist wie der Rest der Gebäude in Hanford, in denen Plutonium verarbeitet wurde, hätte solch eine Explosion den ganzen Dreck aufgeschüttelt wie eine Schneekugel. Man sagte mir nicht, ich hätte eine ungefährliche Strahlendosis abbekommen, sondern *gar keine*. Das ist absurd.«

»Gibt es einen Grund, warum die Verantwortlichen lügen sollten?«

»Keine Ahnung«, erwiderte Kieran mit argwöhnischem Blick.

»Hat Ihre Anwältin Experten, die beweisen können, dass Sie mit radioaktiver Strahlung in Berührung gekommen sind?«

Kieran schlang die Hände fest ineinander. »Ich glaube schon, ja. Ich glaube, sie hat gesagt, dass der gleiche Experte an beiden Fragen arbeitet.«

»Und Ihre Anwältin hat sich zurückgezogen, weil …?«

Kierans Stimme wurde leiser und er wandte den Blick von Ryan ab. »Sie sagte, es sei besser, wenn ich mir einen erfahreneren Haftungsrechtler suchen würde.«

Die großen Klimageräte, die das Restaurant kühlten, machten das einzige Geräusch, das in dem fast leeren Raum zu hören war. Emily saß so still und versteinert da wie die grauen Menschen auf den Fotos, die die Wände säumten. Immer noch kein Anzeichen dafür, dass sie die Lage verstand. Ryans Frustration wuchs weiter.

»Sie sind hier aufgewachsen, richtig?«

Kieran nickte.

»Sie sind in Sherman zur Highschool gegangen?«

»Ja.«

»Ist hier eher eine kleine Stadt, nicht?«

»Ja, denke schon.«

»Und Hanford ist so ziemlich die einzige größere Firma in der Gegend, nehme ich an?«

Ein weiteres Kopfnicken.

»Ich wette, die meisten Leute aus Sherman arbeiten dort, stimmt's?«

»Viele von ihnen.«

»Oder in Firmen, die Hanford zuarbeiten.«

»Das stimmt.«

»Hat Ihres Wissens schon einmal jemand Hanford oder seine Vertragsfirmen verklagt?«

»Nein.«

»Hat Ihres Wissens schon einmal jemand vor Gericht gegen Covington gewonnen?«

Pause. Dann: »Nein.«

Das Gesicht seiner Tochter war angespannt. Ihr Blick wandte sich keine Sekunde von Kierans Gesicht ab; sie nahm keine Notiz von ihrem Vater neben ihr - oder von den Löchern, die er in den Fall ihres Freundes bohrte.

Also gut. Dann vielleicht so:

»Emily hat mir von Ihrem Vater erzählt. Mein aufrichtiges Beileid.«

»Danke.«

»Er hat in Hanford gearbeitet?«

»Ja.«

»Und woran ist er gestorben?«

Kieran erstarrte. »Leukämie.«

»Denken Sie, dass Hanford oder Covington für seine Krankheit verantwortlich war?«

»Was soll diese Frage?«

»Die Frage ist ganz einfach, Kieran. Denken Sie, dass Hanford oder Covington Ihnen Lügen aufgetischt hat, was den Tod Ihres Vaters betrifft? So, wie diese Firmen Sie bezüglich Ihrer Verletzungen anlügen? Sind sie verantwortlich für Ihre Krankheit, wie sie für den Tod Ihres Vaters verantwortlich waren?«

»Darauf musst du nicht antworten«, sagte Emily leise.

Der Klang von Emilys Stimme nach ihrem langen Schweigen schreckte Ryan auf. »Doch, müssen Sie.«

»Nein, musst du nicht.« Emily schob sich von ihrem Platz und ging zur Toilette.

Es war dieser Moment, in dem der Druck verpuffte, der sich in ihm angestaut hatte. Er sah, wie Verwirrung die Wut in Kierans Gesicht ablöste. Seine Schwester sah aus, als sei sie den Tränen nahe.

Ryan starrte seiner Tochter nach und merkte plötzlich, wie angespannt seine Rücken- und Armmuskeln waren. Er wusste, dass Emily nicht zurückkommen würde. »Ich schätze, wir sind hier fertig«, sagte er.

»Ich verstehe nicht«, erwiderte Kieran verunsichert. Sein vorgeschobener Gleichmut wich der Verzweiflung.

Ryan schüttelte den Kopf. »Das spielt keine Rolle. Wir bleiben über Nacht in Sherman. Emily und ich müssen miteinander reden. Sie können gehen – wir melden uns bei Ihnen, sobald wir können.«

Die Geschwister standen zögernd auf und gingen zur Tür. Sie sahen verloren aus. Ryan wartete, bis sie fort waren; dann bezahlte er die Rechnung und kehrte zu seinem Auto zurück. Er ließ den Motor an und schaltete das Radio ein, während er darauf wartete, dass seine Tochter auftauchte.

Ja, vielleicht war er mit dem jungen Mann hart umgesprungen. Doch das war Emilys Schuld. Sie hatte ihn dazu gebracht, Kieran wegen einer Tatsache ins Kreuzverhör zu nehmen, die jedem Anwalt klar sein sollte, der je einen Gerichtssaal von innen gesehen hatte. Die Befragung hatte klar gezeigt, dass die Geschichte des jungen Mannes von den Strahlungsmessern Schwachstellen hatte. Kieran hatte keine tragbare Grundlage für die Behauptung, dass er Strahlung oder lebensgefährlichen Chemikalien ausgesetzt gewesen war. Einen Prozess, den sie in *Sherman* gegen Hanford oder einen seiner Subunternehmer führen würden, würden sie auf dem Gebiet des Gegners führen. Und dass Kieran wegen des Tods seines Vaters noch andere Motive für eine Klage hatte, war offensichtlich.

Ein Anwalt von Covington Nuclear würde diesen Fragen gnadenlos nachgehen.

Und Kierans Erklärung, seine Anwältin habe sich von dem Fall zurückgezogen, damit er sich einen besseren Anwalt suchen konnte, klang ungefähr so plausibel wie die Schlussmach-Formel: »Es liegt an mir, nicht an dir.« Die Anwältin dieses jungen Mannes hatte sich zurückgezogen, weil sie zur Vernunft gekommen war; die Klage gründete auf unhaltbaren Behauptungen.

Irgendwie war ihm schlecht. Warum hatte er diesem Treffen zugestimmt? Er hätte ehrlich zu Emily sein sollen, bevor sie den ganzen Weg nach Sherman gefahren waren. Er hatte alles nur noch schlimmer gemacht.

Es dauerte fünfzehn Minuten, bis Emily schließlich aus dem Restaurant kam. Ryan erkannte ihre Stimmung an ihrem Schritt, als sie auf das Auto zukam. Wenn Emily wütend wurde – richtig wütend –, dann wurde jede ihrer Bewegungen flüssig und ruhig, so als wäre ihre Wut ein wildes Tier in einem Käfig und sie überlegte, wann sie es freilassen sollte. Und Gnade der nächsten Person, wenn sie es tat.

Auf der ganzen Fahrt zurück zum Winchester Inn schwieg Emily. Schweigend stieg sie aus dem Wagen, ging mit lautlosen Schritten zur zweiten Etage hinauf und schloss die Tür behutsam hinter sich, bevor Ryan ein Gespräch beginnen konnte.

Er stand allein im Flur und schüttelte den Kopf. Das war nichts Neues. Aber er war ihr schon seit vielen Jahren nicht nah genug gewesen, um dieses Verhalten zu beobachten.

Abgesehen von einem letzten Klicken des Türschlosses war Emily vor den Augen ihres Vaters komplett verschwunden. Still und zornig war sie in die trockene Wüstenluft übergegangen.

7

Firmenzentrale von Covington Nuclear

Es ging auf sieben Uhr abends zu, doch Adam Worth wusste aus Erfahrung, dass an der Tür zum Büro des Direktors der Abteilung Umweltfragen die normale Zeitrechnung endete. Er zog seine Fliege gerade und trat ein.

Dabei kollidierte er fast mit einem anderen Mann, der eben herauskam. Er sah aus wie ein Ingenieur, mit einem marineblauen Jackett und einem I-Pad in der Hand. Vor allem aber sah er aus, als hätte ihn jemand unangespitzt in den Boden gerammt: gesenkter Kopf, das Hemd teilweise aus der Hose gerutscht. Der Mann schob sich an Adam vorbei und eilte den Korridor entlang, ohne aufzuschauen.

Cameron Footes Sekretärin nickte kurz, als Adam an ihren Schreibtisch trat, der wie ein Bollwerk vor dem inneren Büro des Direktors stand. Trotz der späten Stunde war ihr Rücken so stramm wie der eines Elitesoldaten. *Man sagt ja, Hunde und ihre Herrchen gleichen sich über die Jahre hinweg im Aussehen an.* Dieser Spruch ging Adam jetzt angesichts des Direktors und seiner Sekretärin durch den Kopf, die dem Mann gegenüber so loyal war wie ein Collie.

»Mr Foote erwartet Sie«, sagte sie und deutete auf die Tür des inneren Büros. Adam dankte ihr und trat ein.

Footes Büro passte zu seinem Bewohner: spärlich möbliert, doch jedes Stück bewusst ausgewählt – von gerahmten Bildern des Direktors mit zwei Senatoren bis hin zu der Schreibgarnitur, auf deren Standfuß *Semper Fi* eingraviert war, der Wahlspruch des US-Marine-Corps.

»Hallo, Adam«, donnerte Cameron Footes Stimme, noch bevor der Angesprochene die Türschwelle überschritten hatte.

»Guten Abend, Sir.«

Selbst im Sitzen war Foote eine außerordentlich beeindruckende Erscheinung: durch und durch der ehemalige Marine und Elite-Betriebswirtschaftler, der er war. Zäh und aufrecht, mit unerbittlichen Augen. Vielleicht hätte er das Bild noch perfektionieren können, wenn er sich der Eitelkeit hingegeben hätte, seinen allmählich kahl werdenden Kopf zu rasieren. Doch so drahtig und diszipliniert, wie er ohnehin wirkte, war das eher unnötig.

Foote deutete auf den einzelnen Stuhl vor seinem Schreibtisch aus dunklem Mahagoni. »Okay, Adam. Wie steht es mit Projekt Wolffia?«

Der Mann kam immer sofort messerscharf auf den Punkt. Das war eine amerikanische Eigenschaft, die der Direktor perfektioniert hatte, die Adam, ein zugewanderter US-Bürger, jedoch immer noch befremdlich fand.

»Seit der Explosion wurde die Säuberung der unteren Ebene von L5 abgeschlossen, Sir. Und die neuen Prüfgeräte sind installiert.«

»Gut. Gut. Haben Sie für alle Positionen das nötige Ersatzpersonal gefunden?«

»Für fast alle. Wir brauchen noch einen neuen Teamleiter, aber ich bin momentan im Gespräch mit dem aussichtsreichsten Kandidaten.«

»Das ist sehr wichtig. Führung ist immer wichtig. Dann sollten wir Projekt Wolffia bald wieder in Gang bringen können.«

Das war eine Frage. Es war auch ein Befehl. Adam ging der geprügelte Ingenieur, der den Rückzug aus Footes Büro angetreten hatte, nicht aus dem Kopf. Er strich seine Fliege glatt und wappnete sich.

»Nun, Sir«, erwiderte er, »Sie werden sich an die Klage erinnern, die der junge Stabilisierungstechniker bezüglich der Explosion in L5 eingereicht hat?«

»Ja. Kieran Mullaney.« Wenn Foote sich *eine* Eitelkeit erlaubte, dann die, anderen bei jeder Gelegenheit zu zeigen, wie gut er Details aufnehmen und in Erinnerung behalten konnte.

»Ja, Sir. Mr Mullaney. Der Prozess soll demnächst eröffnet werden. Seine Anwältin hat sich aus dem Fall zurückgezogen, aber er sucht gerade nach Ersatz.«

Foote gab mit einem Brummen zu verstehen, dass er die Information zur Kenntnis genommen hatte. »Und wo liegt das Problem?«

»Nun, wenn die Sache wirklich vor Gericht geht, gibt es mehrere … lose Enden. Insbesondere Patrick Martin, den Mann vom Sicherheitsdienst. Sie erinnern sich? Derjenige, der in der Nacht zu Protokoll gegeben hat, es sei ein Schuss gefallen? Solange der Fall untersucht wird, besteht die Möglichkeit, dass Beweise dafür … zutage treten.«

Wieder brummte Foote. Sein Gesicht zeigte mit keiner Regung, ob er wusste, was Adam zu sagen versuchte.

»Außerdem könnte es sein, Sir, wie Sie wissen, dass die Inspektoren des Energieministeriums auf alle neuen Beweise bezüglich der Explosion in L5 aufmerksam werden, die nicht in unserem Bericht aufgetaucht sind … wenn dieser Fall zur Verhandlung kommt.«

Schweigen. *Er lässt mich ganz allein bis aufs Schafott gehen,* dachte Adam. *Und dann hängt er mich.*

»Sir, unter den gegebenen Umständen würde ich gerne Schritte in Erwägung ziehen, um uns die maximale Kontrolle aller Informationen über das Projekt zu garantieren, die in einem Prozess ans Licht kommen könnten.«

Cameron Foote war kein großer Mann – vielleicht etwas über eins siebzig. Trotz seiner demonstrativ zur Schau gestellten Ruhe wusste Adam, dass er unter der Oberfläche so gespannt war wie eine Klaviersaite – so straff, dass Adam sich einmal gefragt hatte, ob der Direktor schon immer so klein gewesen war oder mit der Zeit durch die Spannung geschrumpft war. Aus Erfahrung wusste Adam, dass Foote es genau so haben wollte: Der Direktor genoss es, absichtlich Ruhe zu schaffen, bevor er einen Sturm losbrechen ließ.

»Wenn Sie von mir die Antwort erwarten, dass wir die Wiederaufnahme des Projektes verschieben, nur weil ein Kaufhaus-Cop einen Bericht geschrieben hat und ein Prozess bevorsteht«, sagte Foote schließlich und straffte seinen bereits stocksteifen Rücken, »dann muss ich Sie enttäuschen. Nein. Sie werden die Sache einfach gut managen müssen.«

»Sir«, protestierte Adam, »das Wolffia-Team ist fast vollständig und bereit loszulegen. Ich überlege nur, ob wir den Neustart um ein paar Monate verschieben sollen.«

Foote musterte Adam einen Augenblick lang. »Haben Sie heute die Zeitung gelesen?«

Diese Wendung des Gesprächs traf Adam völlig unerwartet. »Nein, Sir.«

Foote griff hinter sich auf das Sideboard und nahm ein zusammengefaltetes *Wall Street Journal* zur Hand. Er schlug es auf und breitete es so auf seinem Schreibtisch aus, dass die Schrift Adam zugewandt war.

»Seite eins, über dem Knick: Iran betreibt weiter Zentrifugen zum Ausbau seines Atomwaffenarsenals. Untere rechte Ecke: Erneuter Waffentest in Nordkorea. Letzte Woche gab es einen Bericht über die Anzahl von Sprengköpfen, die China inzwischen zur Verfügung hat.«

Der Finger des Direktors blieb fest auf die Zeitung gedrückt, während er Adam in die Augen schaute. »Die Personen, denen ich rechenschaftspflichtig bin – die ganz wenigen, die in dieses Projekt eingeweiht sind –, werden Ihnen sagen, dass es um einen möglichen Profit von vierhundert Milliarden Dollar geht. Sollen die sich ruhig mit den Zahlen auseinandersetzen. Ich sage Ihnen, es geht um ein Instrument, das dieses Land und der Westen eher früher als später brauchen. Sie wurden für dieses Projekt an Bord geholt, weil Ihr Vorgänger in den vier Jahren davor die Sache nicht hinbekommen hat. Wie viele Personen insgesamt arbeiten bei diesem Projekt für Sie? Einschließlich des Personals in L5, dem wissenschaftlichen Kernteam, dem Spezialteam für Sicherheit und den Leuten in Los Alamos. Wie viele?«

»Wenn man auch noch das befristet angestellte medizinische Personal dazurechnet, siebenundvierzig, Sir.«

»Siebenundvierzig, und mehr Geld vor Ihrer Nase, als selbst Gott ausgeben kann. Wenn all das immer noch nicht ausreicht, dann begründen Sie mir, warum. Andernfalls sollten Sie mir beweisen, dass mein Vertrauen in Sie nicht unbegründet war. Tun Sie, was Sie tun müssen, und erledigen Sie die Sache. Wir sind durch die Explosion bereits acht Monate in Verzug geraten. Ich will, dass Wolffia in L5 wieder anläuft. Sofort.«

Footes Ton sagte unmissverständlich, dass das Gespräch beendet war. Adam quittierte seinen Marschbefehl mit einem letzten »Ja, Sir«, erhob sich und verließ den Raum.

Als er durch den Vorraum zur äußeren Tür schritt, fragte sich Adam, ob es der Sekretärin Spaß machte, die Parade der Gefallenen zu beobachten, die täglich Footes Büro verließen. Befriedigte es sie, lächelte sie vielleicht hinter ihrem Rücken, wenn sie sich zurück in die Korridore der Firmenzentrale von Covington Nuclear schleppten?

Er schloss die Tür hinter sich. So spät am Abend war der Flur leer. Adam ging zu den Fahrstühlen, die zu seinem eigenen Büro in der zweiten Etage führten.

Das hätte besser laufen können. Doch wenigstens war jetzt klar, welche Optionen er hatte: keine. Er musste nicht nur das Projekt wieder in geordnete Bahnen lenken, sondern auch alles Nötige tun, um es vor den unkalkulierbaren Risiken dieses amerikanischen Gerichtsprozesses zu schützen, der einfach nicht sterben wollte.

Adam betrat sein stilles Büro in der Ecke der leeren Personalabteilung. Er nahm seinen Aktenkoffer, schloss die Tür ab, ging zum Ausgang und machte sich auf den Heimweg.

Eines stand fest: So hektisch die letzten beiden Jahre auch gewesen waren, seit er unter falschem Titel und falscher Stellenbeschreibung in der Personalabteilung arbeitete – jetzt würde es nur noch hektischer werden. Mehrere Aufgaben, die er immer verschoben hatte, hatten plötzlich höchste Priorität bekommen.

8

Inzwischen musste Emily es doch eingesehen haben, dachte Ryan, als ihn das Sonnenlicht aufweckte, das durch die Jalousien in seinem Zimmer in der Frühstückspension fiel. Sie war seit zwei Jahren praktizierende Juristin – drei, wenn man ihr Referendariat bei Richter Freyling mitzählte. Nachdem sie gestern Abend Zeit gehabt hatte, ohne Kieran über alles nachzudenken, hatte sie sicher Vernunft angenommen. Es war an der Zeit, reinen Tisch zu machen und nach Hause zu fahren. Beschwingt sprang er aus dem Bett, duschte rasch und ging nach nebenan.

Er klopfte mehrmals an Emilys Tür, doch sie öffnete nicht. Ein Blick auf die Uhr – es war noch früh am Tag. Wahrscheinlich schlief sie noch. Er würde nach dem Frühstück zurückkommen oder sie abfangen, wenn sie nach unten kam.

Der Speisesaal war halb voll, und ein einzelner Kellner schob sich von Tisch zu Tisch. Das störte Ryan nicht; heute hatte er es nicht eilig. Er setzte sich an ein Fenster und stellte seinen Laptop auf den Stuhl neben sich.

Ein Exemplar der Lokalzeitung *Sherman Courier* lag zusammengefaltet auf dem Tisch und er blätterte darin, während er darauf wartete, dass der Kellner sich zu ihm durcharbeitete. Die Sommersaison lief gut für die Highschool-Baseballmannschaft von Sherman. Für drei Hanford-Forscher, die letztes Jahr bei einem Autounfall auf dem Gelände der Atomanlage ums Leben gekommen waren, gab es einen verspäteten

Gedenkgottesdienst. Irgendwann nächste Woche würde der lang ersehnte Regen kommen.

Immer noch keine Emily. Der gehetzte, aber fröhliche Kellner mit Schürze kam auf ihn zu.

»Guten Morgen, Mr Hart«, sagte der Mann lächelnd.

Ryan nickte abwesend.

»Sie haben gestern Abend bei mir eingecheckt. Ich bin der Eigentümer, Pavia Nikovic. Heute Morgen gibt es zum Frühstück Eggs Benedict mit kanadischem Schinken und Toast mit Konfitüre aus regionaler Herstellung. Ist das okay?«

»Zuerst Kaffee«, sagte Ryan. »Schwarz.«

Der Mann nickte verständnisvoll.

Ryan spürte, wie sein Mobiltelefon vibrierte. Er zog es aus der Tasche und sah eine SMS von Emily. *»Dad, ich bin bei Pauline Strand«*, las er.

Ryan tippte eine Antwort und ärgerte sich wie immer, wie lange er dafür brauchte. *»Wer ist das?«*

Die Erklärung kam prompt: *»Kierans ehemalige Anwältin.«*

Ryan fluchte leise. Jetzt erinnerte er sich an den Namen.

»Wir haben uns in einem Café in der Nähe getroffen.« Die nächste SMS kam gleich hinterher. *»Du solltest lieber auch kommen.«*

Nicht gerade eine Kapitulation. Ryan fluchte noch einmal. Er wusste, dass er nicht ablehnen konnte.

»Schick mir die Adresse«, erwiderte er, gerade als Pavia mit dem Kaffee kam. »Bitte machen Sie mir den zum Mitnehmen fertig«, murmelte er und nahm seinen Laptop, um zu gehen.

* * *

Die fünfzehn Blocks vom *Winchester Inn* zum *Daily Grind* legte Ryan mit dem Auto zurück. Eine Glocke läutete, als er durch die Tür in den schweren Duft von gerösteten Kaffeebohnen eintrat. Rasch ließ er den Blick durch den Raum schweifen.

Dort saß Pauline Strand, Emily gegenüber an einem Tisch am Fenster. Nach dem Eintrag im Anwaltsverzeichnis hatte Ryan ausgerechnet, dass die Anwältin aus Sherman Ende sechzig sein musste – doch mit dem eleganten Kleid, das sie trug, und dem leichten Make-up konnte sie auch als zehn Jahre jünger durchgehen.

Sie war sehr schlank und ihre Augen umrahmte eine Brille mit dunklem Gestell. Das graue Haar war streng aus der Stirn gekämmt und mit einem Haargummi zu einem straffen Pferdeschwanz zusammengebunden, der ihr zwischen die Schulterblätter fiel. Neben ihr stand ein aufgeklappter Laptop, und in einem offenen Aktenkoffer lag ein beträchtlicher Stapel Papiere. Drei große dampfende Tassen standen auf dem Tisch zwischen Pauline und Emily.

Ryan warf seinen leeren Papierbecher aus der Pension in einen Mülleimer neben dem Eingang und ging auf die beiden zu. Die ältere Frau schaute auf und reichte ihm lächelnd ihre schlanke Hand. »Pauline Strand. Eine nette Tochter haben Sie, Ryan.«

Ryan war immer noch sauer, dass er heute Morgen hierhergeschleppt worden war, und er hatte kein Interesse an Small Talk. »Ich weiß«, sagte er und setzte sich. »Sie waren Kierans Anwältin?«

»Tja, in dieser Stadt war sonst keiner so dumm, den Jungen zu vertreten – also: ja.« Die Frau schob eine der Kaffeetassen über den Tisch. »Der Kaffee ist heiß. Und schwarz.«

Ryan fiel auf, dass Emily ihn immer noch nicht ansah. Er betrachtete die angebotene Tasse einen Moment lang, bevor er sie nahm. Das zusätzliche Koffein konnte er heute gut gebrauchen.

»Ich hab ein paar Minuten recherchiert, bevor ich hierhergefahren bin«, sagte Pauline. »Sie haben ja jede Menge Erfahrung. Ich habe doch den richtigen Ryan L. Hart erwischt, oder? *Friedman gegen Totten Gear*? *Ingebretson gegen Spirit Motors*?«

»Ja«, erwiderte Ryan und setzte dann hinzu: »Den Spirit-Motors-Fall habe ich mit meiner Frau zusammen bearbeitet.«

Pauline nickte. »Genau diese Art Erfahrung braucht Kieran. Allerdings hat Emily gesagt, dass Sie bezüglich des Falls einige Bedenken haben?«

Ryan wurde unwohl, als er sich ausmalte, wie seine Tochter das Abendessen vom Vorabend wohl beschrieben haben mochte. »Ein paar«, antwortete er unverbindlich.

Wieder dieses Lächeln. »Dann fragen Sie mich mal aus.«

Es war wie Runde zwei in einem Kampf, den Ryan gestern Abend gewonnen zu haben meinte. Wieder saß Emily steif an seiner Seite.

»In Ordnung. Wer ist der Richter in diesem Fall?«

»Es ist ein Fall auf Bundesstaatsebene, wie Sie wahrscheinlich wissen. Es sitzen nur zwei Bundesrichter in Sherman: Richard Renway und eine neue Richterin, die erst letzten Herbst berufen wurde, Celeste Johnston. Kierans Fall ist bei Renway gelandet. Genau genommen bekommt Renway alle Hanford-Fälle.«

»Ist er clever?«

Ein Schulterzucken. »Denkt er jedenfalls. Hat ein paar Marotten. Aber, ja, er ist schon einigermaßen schlau.«

»Ist er fair?«

Pauline schüttelte den Kopf. »Das kommt auf den Kontext an. Der Mann wurde auf einer Obstplantage in der Nähe des Sperrgebiets geboren; auf Land, das immer noch im Besitz seiner Familie ist. Er hat an der Washington State und der Goganza University studiert. Seit den 1980er-Jahren ist er Richter. Was ich sagen will: Er stammt von hier und war schon immer ein guter Freund von Hanford und seinen Vertragsfirmen.«

Emily war wieder so regungslos wie auf der Rückfahrt vom *Atomic Café* gestern Abend.

»Kieran sagte, Covington weise jede Verantwortung für die Explosion in L5 von sich«, bohrte Ryan weiter. »Wie kann das sein, wenn die Firma vertraglich mit der Sicherheit der Gebäude beauftragt ist?«

»Das habe ich mich auch gefragt«, sagte die grauhaarige Anwältin lächelnd. »In Anbetracht der bisherigen Beweislage sehe ich keine Möglichkeit, wie sie sich aus der Verantwortung ziehen könnten. Aber ich glaube, sie haben noch ein Ass im Ärmel.«

»Warum sagen Sie das?«

»In seiner Antwort auf die letzte schriftliche Beweisfrage hat der Anwalt von Covington enthüllt, dass Kieran vor seiner Schicht einen Streit mit dem Materialverwalter gehabt hat, einem Mann namens Red Whalen, der direkt vor Ort in L5 arbeitete. Ich verstand nicht, warum diese Information relevant sein sollte – es sei denn, sie bauen eine neue Verteidigungsstrategie auf.«

Diese Dame hatte einen schärferen Verstand, als Ryan vermutet hatte. »Haben Sie Experten, die die Ursache der Explosion erklären können?«, fragte er.

»Ja.«

Das Zögern war so minimal, dass Ryan überlegte, ob er es sich vielleicht eingebildet hatte. »Wie gut sind die?«

Sie zuckte die Schultern. »Ich habe nur einen: Dr. Nadine von der Princeton University. Er sagt, dass Wasser im Tank verdunstet ist, die dadurch konzentrierten Chemikalien reaktionsfähig wurden und dann explodiert sind.«

»Hat Ihr Mann aus Princeton auch erklärt, wie das passieren konnte? Wurden die Tanks nicht überwacht?«

Ein längeres Zögern. »Das hat er erwähnt. Genau genommen hat er anhand der internen Inspektionsunterlagen von Covington angezweifelt, ob die Chemikalien in dem Tank überhaupt eine so gefährliche Konzentration erreichen konnten, dass es zur Explosion kommt. Aber sie *sind* explodiert, also meint er, das sei die plausibelste wissenschaftliche Erklärung.«

Ein bisschen wackelig, aber Ryan gefiel das Renommee von Princeton. »Stimmt es, dass Covington bei Kieran einen Ganzkörper-Strahlungstest vorgenommen hat und dieser Test negativ ausfiel? Und das Gleiche beim Dosimeter?«

»Ja. Und bevor Sie fragen, dafür habe ich keine Erklärung.«

»Sie haben also keinen Gutachter, der Kierans Behauptung stützt, er sei mit radioaktiver Strahlung in Berührung gekommen?«

Pauline lächelte. »Daran sollte Dr. Nadine eigentlich auch für mich arbeiten. Doch um diese Aussage zu stützen, will er eine Blutuntersuchung machen und die sprengt mein Budget. Ich hoffe, er wird irgendwann argumentieren, dass Kieran verstrahlt worden sein muss, weil sein Immunsystem ganz offensichtlich geschwächt ist.«

Ryan erinnerte sich an Kierans Aussage, er leide nun schon seit Monaten an Husten und Kopfschmerzen.

»Aber Sie haben keinen echten wissenschaftlichen Nachweis, der Kierans Behauptung stützt, er sei zu jenem Zeitpunkt radioaktiver Strahlung ausgesetzt gewesen.«

»Nein. Habe ich nicht.«

»Aber Sie glauben ihm?«, warf Emily rasch ein.

Pauline lächelte Emily düster zu. »Ich arbeite seit November mit dem jungen Mann, und ja, ich glaube, dass er die Wahrheit darüber sagt, was er gesehen und erlebt hat. Ich glaube ihm, wenn er sagt, er sei verstrahlt worden.«

Ryan überlegte, ob er ihr von seinem Kreuzverhör mit Kieran erzählen sollte, doch dann entschied er sich dagegen. Es war unnötig und wahrscheinlich obendrein gefährlich, mit seiner Tochter an seiner Seite.

»Aber Sie haben keine Beweise, Pauline, richtig?«

Die ältere Anwältin schaute Ryan an. »Das stimmt, Herr Anwalt.«

»Und in diesem Prozess hätten wir es mit Geschworenen zu tun, die hier wohnen, richtig?« Es war mehr eine Aussage als eine Frage, und Ryan gab sich keine Mühe, den negativen Unterton in seiner Stimme zu verhehlen.

Zum ersten Mal war in Pauline Strands Blick die langsam wachsende Erkenntnis zu lesen, dass Ryan fest entschlossen war, Kierans Fall *nicht* zu übernehmen. »Das ist keine ganz einfache Frage, Ryan. Wenn Sie noch ein oder zwei Stunden erübrigen können – ich wollte Ihnen die Hanford-Anlage einmal aus der Nähe zeigen, jedenfalls das, was man von der Grenze aus sehen kann. Und ich wollte Ihnen auch Sherman zeigen. Ihre letzte Frage würde ich lieber nach der Tour beantworten.«

Noch mehr Zeitverschwendung. Aber vielleicht war das zu etwas nütze: Ryan hatte Emily schon fast überzeugt. Was er noch über die Gedanken seiner Tochter wusste, konnte er in ihrem Gesicht lesen. Wenn er mit diesem Ausflug ihre Kapitulation statt des Gegenteils erreichen konnte, lohnte es sich, noch ein bisschen nachzugeben. »Also gut.«

Pauline deutete auf Ryans Auto. »Schön. Dann nehmen wird doch die schicke Karre, mit der Sie gekommen sind.«

Die drei stiegen in Ryans Toyota Avalon. Pauline Strand besetzte den Rücksitz, zusammen mit ihrem Computer und dem randvollen Aktenkoffer. Nachdem sie einige Male abgebogen waren, schickte Pauline ihn auf die Hauptstraße von Sherman.

»Im Jahr 1940 war das die einzige befestigte Straße hier«, begann sie. »Damals war der Ort nur ein kleiner Weiler mit Farmen, die einige Obstplantagen bewirtschafteten. Es gab fünfzig Einwohner. Bis 1948 war diese Zahl auf fünfunddreißigtausend angewachsen.«

Emily schüttelte den Kopf. »Alles Hanford-Arbeiter?«, fragte sie.

»Genau«, antwortete Pauline.

Sie fuhren in nördlicher Richtung durch leichten Verkehr, vorbei an Läden, Banken und hin und wieder auch einem Bürogebäude. »Während des Krieges haben fünfzigtausend Arbeiter die Anlage von Hanford gebaut«, erklärte Pauline weiter. »Als die Anlage fertig war und man dort anfing, Uran anzureichern und Plutonium zu produzieren, brauchte man immer noch eine ganze Armee von Arbeitern, um die Anlage zu betreiben. Diese Arbeiter mussten natürlich auch irgendwo untergebracht werden, und zwar aus Sicherheitsgründen in einiger Entfernung von den Fabrikgebäuden. Damit verlagerte sich die Unterbringung nach Sherman, und immer mehr Häuser wurden gebaut. Sherman war auf einen Schlag eine Boomtown. Gleichzeitig so geheim, dass die Arbeiter ihre Post sogar an Postfächer in Seattle schicken lassen mussten. Von dort aus wurde sie dann über die Berge transportiert.«

»Wer war der Betreiber von Hanford?«, wollte Emily wissen.

»Vertragsfirmen, die der Atomenergiekommission unterstanden. Die wurde später – viel später – durch das Energieministerium ersetzt. Doch operative Arbeit wurde immer noch von den Vertragsfirmen erledigt, zum Beispiel *Dupont, General Electric, Fluor Daniels*. *Covington Nuclear* wurde erst vor etwa sechs Jahren beauftragt.«

Jetzt fuhren sie durch den Stadtkern. Pauline deutete auf eine neuere Bibliothek auf der rechten Seite und dann ein recht großes Krankenhaus einige Blocks weiter auf der linken. Es gebe öffentliche Freibäder an beiden Enden der Stadt, erklärte sie, und mehrere Parks am Fluss. Außerdem ein Land- und ein Bundesgericht.

»Sie sollten einmal die Highschool sehen«, sagte sie mit einem Hauch von Stolz in der Stimme. »Sieht aus wie ein Collegecampus. Wir haben sogar ein Baseballteam in der Regionalliga. All das – und obendrein Bewegungsfreiheit. Es ist wie Seattle ohne den ganzen Verkehr.«

»Alles von der Regierung gebaut?«, wollte Ryan wissen.

»Ein Teil. Doch ein großer Teil wurde auch von den Vertragsfirmen gespendet. Jede Firma, die je in Hanford gearbeitet hat, wusste, dass die milliardenschweren Regierungsverträge auch dazu verpflichteten, Geld in die Gemeinde zu pumpen. Das war schon immer so, seit die Anlage eröffnet wurde.«

Ryan schüttelte mit düsterer Miene den Kopf. Sherman war noch viel mehr eine Werkssiedlung, als er während seines Kreuzverhörs mit Kieran vermutet hatte.

Sie fuhren unter dem Freeway hindurch, verließen die Stadt und fuhren mehrere Kilometer nach Norden, bis die Straße in eine T-Kreuzung mündete. Pauline schickte ihn nach links.

»Wir fahren jetzt parallel zur Grenze des Hanford-Geländes. Größtenteils kann man das Gebiet gar nicht sehen; es liegt östlich hinter einigen Hügeln. Aber in Kürze kommen wir an einen Aussichtspunkt, von dem aus man einen guten Überblick über die Hauptproduktionsanlagen bekommt.«

Die Straße bog nach Nordwesten ab. Die Landschaft hier unterschied sich nicht groß von dem, was Ryan schon weiter südlich vom Highway aus gesehen ahnte: trocken und flach, begrenzt durch spitze Berge und runde Hügel. Vierzig Minuten nachdem sie auf die Straße abgebogen waren, stieg das Gelände an, bis sie den Aussichtspunkt erreichten, an dem sie das Sperrgebiet überblicken konnten. Sie parkten und stiegen aus.

Von hier aus war der Sicherheitszaun von Hanford klar zu sehen, wie ein eiserner Fluss, der sich durch die Wüste zog. In der Ferne, vor dem Hintergrund des Columbia River, schimmerten mehrere Kuppeln in der Vormittagssonne, wie weit entfernte Moscheen. Auch andere Gebäude waren nun zu sehen, darunter die Kühltürme von zwei Atomreaktoren sowie einige kleinere Gebäude, die über die Ebene verstreut lagen.

»Insgesamt wurden hier draußen über sechshundert Gebäude errichtet«, sagte Pauline und lehnte sich gegen das Auto. »Produktionslabors, Lagerhallen, Atomreaktoren für Strom und zur Produktion. Hauptsächlich liegen diese in der nordöstlichen Hälfte des Sperrgebiets, die wir gerade sehen. L5 liegt etwas weiter südöstlich. Es ist von hier aus nicht sichtbar.«

»Wie sehr ist das Sperrgebiet verstrahlt?«, fragte Emily.

Pauline stieß einen Pfiff aus. »Da draußen sind noch Millionen Tonnen radioaktives Abwasser und feste Abfälle. Das Grundwasser ist auf einer Strecke von über dreihundert Kilometern oder noch mehr verseucht und sickert auf den Columbia River zu. Es gibt Schätzungen, dass auf dem Gelände genug Plutonium für achtzig Wasserstoffbomben verloren gegangen ist. Niemand weiß, wo sich alles befindet. Ich gebe Ihnen mal ein Beispiel: Früher wurde das Plutonium mit Spezialzügen von hier nach Rocky Flats und Los Alamos transportiert. Diese Züge waren weiß lackiert und die Transporte fanden in der Regel nachts statt. Arbeiter haben mir erzählt, dass die weißen Züge irgendwann so kontaminiert waren, dass man auf dem Gelände einfach riesige Höhlen gegraben, Schienen gelegt, die Züge im Ganzen – mit Lokomotiven und allem Drum und Dran – hineingefahren und die Höhlen verschlossen hat. Das Gleiche ist mit einigen Lastwagen passiert, die hier benutzt wurden: Man hat sie mit verstrahltem Werkzeug gefüllt und einfach im Ganzen vergraben.«

Ryan suchte Paulines Blick. »Und die meisten Leute, die Sie in Sherman kennen, haben irgendetwas mit Hanford zu tun«, sagte er sachlich.

Emily schaute ihn flüchtig an. Pauline lächelte wissend. »Auf die eine oder andere Weise.«

»Dad«, sagte Emily. Es war das erste Mal, dass sie ihn seit dem gestrigen Abendessen ansprach. »Kierans Fall liegt beim Bundesgericht, nicht beim Landgericht. Die Geschworenen kommen aus dem ganzen östlichen Bundesstaat Washington – nicht nur aus der Stadt Sherman.«

Pauline hob die Hand. »Ja, meine Liebe, aber Ihr Vater hat recht – die gewählte Jury wird überwiegend aus Personen bestehen, die eine Verbindung zu Hanford haben.«

Die Anwältin verschränkte die Arme und studierte Ryan. »Bevor Sie zu viele Schlüsse ziehen, will ich Ihnen noch etwas sagen: Die Hanford-Arbeiter, die in Sherman und dieser Gegend leben, haben jahrzehntelang Plutonium für die Regierung und ihre Subunternehmen hergestellt. Jetzt arbeiten sie an der Entsorgung. Also, ja, diese Menschen stehen Hanford und den Privatfirmen sehr loyal gegenüber. Doch unter dieser Loyalität stand immer schon eine dicke, fette Fußnote. Ein üppiger Gehaltsscheck hat nie alle Zweifel an dem Auftrag beseitigt, ihr Leben in dieser Wüste zu riskieren – bei einer Arbeit mit Plutonium und zahllosen anderen Giften. Die Regierung und ihre Vertragsfirmen haben diesen Leuten erzählt, sie würden Amerika schützen, indem sie die Bomben bauten und damit Russland im Kalten Krieg in Schach hielten. Die Arbeit diente einer höheren Berufung. Und die Arbeiter glaubten an diese Mission, einige tun es sogar heute noch. Manche meinen, eines Tages wird Amerika aufwachen und sich wieder mit Plutonium oder irgendeiner anderen Bombe schützen müssen – und Hanford wird liefern können.«

Emily war wütend und niedergeschlagen, das konnte Ryan sehen. Sie hörte wohl in Gedanken, wie jemand den letzten Nagel in den Sarg schlug, in dem Kierans Prozess lag.

»Doch selbst die höhere Berufung hätte nicht ausgereicht, um die Arbeiter still zu halten, wenn es das Versprechen nicht gegeben hätte«, fuhr Pauline fort. »Diese Menschen sind keine Roboter. Eine Voraussetzung für ihre Loyalität war schon immer die unausgesprochene Übereinkunft gewesen, dass die Regierung und die Subunternehmer sie nicht belügen würden. Nicht bei all den Gefahren, die sie in Kauf nahmen. Die Arbeitgeber würden die Risiken immer ehrlich benennen. Wenn Sie beweisen, dass dieses Versprechen von Covington in L5 gebrochen wurde, können Sie, glaube ich, den Fall sogar vor einer Jury aus Sherman gewinnen.«

Sie hatten in der Sonne gestanden, Ryan spürte, wie sich die Hitze unter seinem Oberhemd staute und ihn nur noch müder machte. Er wollte zurück in die Pension, seine Taschen holen und nach Hause fahren. Wenn Emily es jetzt immer noch nicht kapiert hatte, würde er sie niemals überzeugen können.

»Wenn Kierans Prozess so schwer zu gewinnen ist«, fragte Emily Pauline mit gepresster Stimme, »warum haben Sie ihn dann überhaupt erst übernommen?«

Eine leichte Brise wehte eine graue Haarsträhne über das Gesicht der Anwältin. »Weil niemand anderes ihn übernehmen wollte«, sagte sie, hob die Hand und strich sich die Strähne hinters Ohr. »Und ich habe an ihn geglaubt. Ich wusste, dass der Fall mehrere Nummern zu groß für mich ist, aber ich habe an ihn geglaubt.«

»Warum sind Sie dann abgesprungen?«, fragte Ryan barsch.

»Weil ich mir zweihundertprozentig sicher bin, dass ich verlieren würde. Ich habe nicht ausreichend Erfahrung als Zivilrechtlerin; ich habe nicht genügend Geld. Und ich weiß nicht, welches Ass Covington noch im Ärmel hat, aber irgendetwas bahnt sich an. Wenn es rauskommt, verdient Kieran einen Anwalt wie Sie.«

»Zwei Monate bis zur Verfahrenseröffnung?«, fragte Emily nach weiterem Schweigen.

»Zwei Monate bis zur Verfahrenseröffnung«, wiederholte Pauline. »Es sei denn, Sie können eine Verschiebung erreichen. Doch die letzten Gutachten müssen in wenigen Wochen eingereicht werden.«

Die schlanke Anwältin wandte sich von Emily zu Ryan. »Jetzt habe ich eine Frage an Sie. Kieran will vor allem wissen, womit er in Berührung gekommen ist. Aber wenn man eine schwere Verstrahlung nachweisen könnte, wie viel ist Ihrer Ansicht nach der Fall dann wert?«

»Zwei Millionen«, erwiderte Ryan und die Worte verließen seinen Mund automatisch. »Eine halbe Million mehr oder weniger. Aber nur mit einer fairen, unvoreingenommenen Jury. Außerdem bräuchten wir einen belastbaren Nachweis für Radioaktivität und die daraus zu erwartenden gesundheitlichen Langzeitschäden.«

Die Fahrt zurück in die Stadt war so still wie die am vergangenen Abend. Als sie Paulines kleines Bürogebäude erreichten, trat sie mit ihrem Computer und Aktenkoffer auf den Gehweg, lehnte sich dann aber noch einmal durch das offene Beifahrerfenster.

»Eines sollten Sie noch wissen«, sagte sie und starrte Ryan über Emily hinweg an. »An dem Tag, als ich von dem Fall zurücktrat, bot mir Covingtons Anwalt einen Vergleich an – gerade, als ich den Gerichtssaal verlassen wollte.«

Ryan warf ihr einen verdutzten, aber ebenso durchdringenden Blick zu. »*Nachdem* Sie Ihren Rücktritt verkündet hatten?«

»Ja«, nickte sie. »Fünfzigtausend Dollar. Kieran hat übrigens abgelehnt. Da Sie nicht danach gefragt haben, nahm ich an, dass Kieran es nicht erwähnt hat. Darum habe ich auch gezögert, Ihnen davon zu erzählen.«

Das ergab keinen Sinn. »Warum sollten die Ihnen einen Vergleich anbieten, wenn Kieran schon gescheitert ist?«

Die Anwältin lächelte. »Ich dachte mir schon, dass Sie das interessant finden.«

Die schlanke Frau drehte sich um und trug ihren Computer und ihre Akten den Bürgersteig entlang. Beim Wegfahren konnte Ryan sich des Eindrucks nicht erwehren, dass sie in jeder Hand eine Last trug, die überwältigend schwer für sie war.

* * *

Poppy öffnete die Augen, als er spürte, wie das Bett knarrte, und hörte, wie Suzy leise ins Bad ging. Er warf einen Blick auf die Uhr: elf Uhr vormittags.

Da er Spätschicht arbeitete, kam es nicht oft vor, dass Suzy und er das Bett so viele Stunden lang teilten. Er hoffte, dass sein unruhiger Schlaf sie letzte Nacht nicht wieder wach gehalten hatte wie so oft in den letzten Monaten.

So große Schlafprobleme hatte er seit seinem ersten längeren Einsatz an Bord des Schlachtschiffs USS *New Jersey* nicht mehr gehabt. Damals hatte er nicht geglaubt, dass er sich an Bord so unwohl fühlen würde – immerhin war es ja kein U-Boot. Doch da er in der weiten Landschaft des östlichen Bundesstaates Washington aufgewachsen war, empfand er sogar das Schlachtschiff als beengt.

Drei Dinge hatte er aus seiner Zeit bei der Marine mitgebracht: Genugtuung wegen seines Militärdiensts, völliges Desinteresse an einer weiteren Segeltour über den Ozean und seinen Spitznamen – eine Kurzform von »Popeye« –, den ein Seekadett ihm verpasst hatte, nachdem er drei Gewichtsklassen zugelegt hatte, nur um einen Boxwettkampf für das Schiff zu gewinnen. Der Name folgte ihm nach Hause, als ein anderer junger Mann aus Hanford ein Jahr nach Poppy von der *New Jersey* heimkehrte.

Niemand außer Poppy erinnerte sich, woher der Spitzname stammte, doch Poppy machte das nichts aus. Er dachte stets mit Stolz an die Entstehung des Namens. Außerdem hatte er seinen anderen Spitznamen, »Pat«, sowieso nie richtig leiden können.

Poppy rollte sich aus dem Bett und ging ins Wohnzimmer. Glücklicherweise hatte er heute Morgen keine Kopfschmerzen. Selbst seine Lungen fühlten sich freier an, als es normalerweise nach dem Aufwachen der Fall war.

Er holte die Zeitung von der Haustürschwelle und schlenderte zurück zum Esszimmertisch. Dort stand sein Laptop; Poppy klappte ihn auf, um seine E-Mails zu lesen.

Zwischen Werbemails und Spam befand sich eine Nachricht von der Covington-Firmenzentrale. Poppy öffnete sie.

In den letzten acht Monaten hatte er insgesamt fünf E-Mails an die Zentrale geschickt. Die erste war eine respektvolle Bitte um weitere Tests, um festzustellen, ob er bei der Explosion von L5 mit radioaktiver Strahlung in Berührung gekommen war. Diese Nachricht war unbeantwortet geblieben. Poppys zweite Mail ging etwas weiter: Er fragte an, ob man ein Gespräch mit ihm über das führen würde, was er in jener Nacht gesehen und gehört hatte. Als auch diese und zwei weitere Nachrichten ignoriert wurden, hatte er vor einem Monat alle Höflichkeit in den Wind geschlagen und die »sehr geehrten Damen und Herren« an den Schuss erinnert, den sein Partner abgegeben hatte und der nirgendwo in den Zeitungsberichten über Covingtons Untersuchungsbericht erwähnt worden war.

Nun lag die erste Antwort vor. Seltsamerweise schien sie von der Covington-Personalabteilung zu stammen.

Sehr geehrter Mr Martin,
wir danken Ihnen für die Informationen, die Sie uns in den letzten Monaten in Ihren E-Mails zukommen ließen. Wir möchten Ihnen versichern, dass Ihre Einsichten und Erlebnisse jene Nacht betreffend umfassend in unsere Überlegungen einbezogen wurden …

Er übersprang den Rest und las den Schluss:

Bezüglich weiterer Tests auf Strahlung bleibt zu sagen, dass eine Untersuchung von führenden Atomwissenschaftlern bestätigt hat, dass in L5 keine radioaktive Strahlung ausgetreten ist …

Keine Erwähnung eines Gesprächs über die Ereignisse jener Nacht. Keine Antwort auf seine wiederholten Fragen zu Lews Schuss. Kein Angebot von Untersuchungen. Nur noch mehr Verwaltungsgeschwafel.

Er schaute auf die Signatur der E-Mail. Kein Name – nur »Covington Nuclear, Personalabteilung«.

Setzte sich eigentlich überhaupt jemand mit diesem Schlamassel auseinander?

Die nächsten fünfzehn Minuten verbrachte Poppy damit, eine Antwort zu verfassen. Wenn die dachten, er würde aufgrund einer E-Mail wie dieser aufhören, ihnen auf den Geist zu gehen, würden sie bald sehen, dass sie sich geschnitten hatten. Er stellte seine Nachricht fertig, las sie rasch noch einmal durch und klickte dann auf »Senden«.

»Schatz, zieh dich an!«, sagte Suzy, als sie das Esszimmer betrat. Er schaute von seinem Computer auf und sah sie an.

Hübscher als je zuvor, dachte er – selbst wenn sie sich im Moment so viele Sorgen um ihn machte. »Und sieh zu, dass dieser grimmige Blick aus deinem Gesicht verschwindet«, fuhr sie fort. »Du wirst mich nämlich zum Mittagessen ausführen.«

Mit einiger Mühe erwiderte Poppy ihr Lächeln. *Sie verdient es,* dachte er. Sie brauchte genauso sehr eine Pause von ihren Problemen wie er.

Einen Augenblick lang fragte er sich, ob er die E-Mail so schnell hätte schicken sollen. Hätte er vielleicht lieber eine Weile darüber nachdenken sollen? Nein. Er hatte lange genug um den heißen Brei herumgeredet. Jetzt wussten sie zweifelsfrei, dass er nicht lockerlassen würde. Nicht, bevor er Antworten bekommen hatte. Außerdem war die E-Mail ohnehin abgeschickt; er konnte sie nicht zurückholen.

»Das soll mir recht sein, solange du zahlst«, sagte er, erhob sich und ging ins Schlafzimmer, um sich umzuziehen. Im Vorbeigehen versetzte er ihr einen sanften Klaps.

9

Nachdem sie von ihrer Fahrt durch Hanford zurückgekommen waren, saß Ryan eine halbe Stunde lang in seinem Zimmer. Er wollte Emily ihre Ruhe lassen. Schließlich erhob er sich, nahm seine Taschen und ging nach unten, um sie ins Auto zu laden. Dann kehrte er zu Emilys Tür zurück und klopfte an.

»Herein«, hörte er ihre Stimme durch die Tür.

Emily saß am Fenster. Ihr Gesicht sah abgespannt aus. Ihre Tasche, sah Ryan, stand noch ungepackt am Fußende des Bettes.

Der Anblick beunruhigte Ryan. »Wir müssen auschecken, Emily.«

»Mach ruhig«, erwiderte sie.

»Du kommst doch mit, oder?«

»Nein.«

Ihm krampfte sich der Magen zusammen. »Komm schon, Emily. Das kann nicht dein Ernst sein. Der Fall ist beruflicher Selbstmord. Wir würden die Qualen des Jungen nur verlängern, wenn wir ihn annehmen.«

Dann sah er in Emilys Augen eine Ruhe, die bedeutete, dass sie zu einer Entscheidung gelangt war. »Sein Name ist Kieran, Dad. Und ich habe meine Buchung hier in der Pension schon verlängert. Morgen rufe ich Frank an und nehme Urlaub – bezahlten und unbezahlten. Ich akzeptiere, was du über Kierans Fall sagst. Du musst ihn nicht vertreten. Aber ich mache es.«

»Sei doch nicht dumm«, schoss er zurück. »Du kannst ihn nicht vertreten, nicht ausgerechnet in diesem Fall.«

»Dann wirf mal einen Blick auf mein Diplom«, sagte sie. »Außerdem war ich schon öfter in einem Gerichtssaal.«

»Zwei Jahre. In Strafverfahren.«

Sie saß schweigend da.

»Warum? Warum willst du das tun?«

Der Trotz in Emilys Augen verwandelte sich in etwas Härteres. »Weil er für mich da war, als Mom krank war«, sagte sie leise. »Als niemand sonst das tat. Niemand. Und im Übrigen hielt Mom sehr viel von Kieran.«

»Carolyn kannte Kieran persönlich?«, fragte Ryan überrascht.

Emily schüttelte den Kopf. »Nein. Aber wir haben viel über ihn gesprochen. Als sie im Krankenhaus lag.«

Sämtlicher Sauerstoff schien aus dem Raum zu schwinden. Quälende Wut und Traurigkeit schossen Ryan durch die Brust und das Gesicht, und er wusste, dass Emily es sehen konnte.

Was wusste sie über diese Zeit?

»Viel Glück«, sagte er.

Er schlug heftig die Tür hinter sich zu und stieg wie in Trance die Treppe ins Erdgeschoss hinunter. Dort stand Pavia hinter dem Tresen. Der Eigentümer wirkte beunruhigt; *er hat wohl die Tür knallen gehört*, dachte Ryan abwesend.

Eine halbe Stunde lang saß Ryan bei laufendem Motor in seinem Auto, während die heiße Sonne gleißend vom Chromrand der staubigen Motorhaube zurückgeworfen wurde. Seine Stimmung schwankte auf einem sehr schmalen Grat zwischen Wut und Schuldgefühlen. Emily verstand nicht, wie jene letzten zwei Jahre gewesen waren. Er hatte kaum genug emotionale Kraft für Carolyn gehabt. Jeden Tropfen, den er davon besaß, hatte er an die Frau verschenkt, die er liebte. Für Emily war dabei nichts übrig geblieben. Doch er würde sich nicht aus Schuldgefühlen dazu überreden lassen, diesen elenden Fall zu übernehmen, nur, um sie zu beschwichtigen – oder aus Hochachtung vor Carolyns Einschätzung von Kieran.

Als er schließlich auf die Uhr im Auto schaute, war es nach vierzehn Uhr. Er streckte die Hand aus, um den Gang einzulegen.

Stattdessen schaltete er den Motor aus. Er nahm seine Taschen, stieg die Stufen zur Pension hinauf und kehrte zu Pavia zurück, der Ryan mit besorgtem Blick anschaute.

»Ich würde mein Zimmer noch einen Tag behalten. Wäre das in Ordnung?«

Der Eigentümer nickte.

Ryan kehrte nach oben in sein Zimmer zurück. Jetzt musste er erst einmal joggen gehen.

* * *

Ryan schlängelte sich durch die heiße Luft und die zahlreichen Menschen auf dem Weg im River Park. Jogger und Läufer zogen als verschwommene Farbflecken an ihm vorbei, während er sein Tempo immer weiter steigerte. Der Schweiß brannte ihm in den Augen und jeder Atemzug kam schneller als der letzte.

Rechts von ihm führte ein Seitenweg einen steilen Hügel hinauf. Ryan bog auf ihn ein und ignorierte den Protest seiner brennenden Oberschenkelmuskeln. Mit den Armen holte er sich Schwung für den Anstieg, und sein Atem ging heftig keuchend ... doch gerade als seine Beine zu Butter werden drohten, wurde der Weg wieder eben und führte auf ein Gipfelplateau, an dessen anderem Ende ein dichtes Wäldchen zu sehen war.

Stolpernd blieb Ryan stehen und ließ die Hände auf die Knie fallen. Eine Weile lang sog er tiefe, keuchende Atemzüge ein, bis sich die Spannung in seinen Schultern löste und er sich wieder aufrichten konnte.

Abgesehen von zwei Personen am linken Hang war niemand hier oben auf dem Hügel: Eine Frau mit einem Kinderwagen neben sich saß von Ryan abgewandt auf einer Bank. Der andere, ein rothaariger Mann mit der Statur eines Läufers und in weißen Laufshorts und einem T-Shirt, schaute zum südlichen Horizont.

Es war die Frau, die Ryans Aufmerksamkeit fesselte. Ihr leichtes Sommerkleid war blutrot, und ihr blondes, kinnlanges Haar endete in einer leichten Welle – genau wie Carolyn ihr Haar immer getragen hatte. Von hinten hätte sie die junge Carolyn sein können, die an einem warmen Sommertag in ihrer beider Kanzlei in Seattle kam.

So kurz nach seinem Streit mit Emily erschütterte Ryan dieser Anblick. Seine Gedanken wanderten zu den Jahren direkt nach seinem Studienabschluss zurück. Er hatte eigentlich nie geplant, mit einem anderen Anwalt zusammenzuarbeiten, erinnerte er sich. Er konnte sich einfach nicht vorstellen, dass ihm jemand vorschreiben würde, wie er seine Arbeit tat. Damals wollte er nur eine Stelle bei einer guten Kanzlei bekommen, das Handwerk erlernen und dann seine eigene Praxis eröffnen.

Doch dann war Carolyn gekommen und hatte das alles verändert. Schon in ihren ersten gemeinsamen Tagen nach dem Studium trafen sie zusammen berufliche Entscheidungen, die er allein nie getroffen hätte. Selbst schwere, verfahrene Fälle nahmen sie an, weil Carolyn darauf beharrte, dass das einfach richtig sei. So, wie Emily nun versuchte, ihn zur Übernahme von Kierans Fall zu zwingen.

Emily würde ihn wahrscheinlich den ganzen Tag lang drängen, zurück nach Seattle zu fahren. Dann würde sie Kierans Fall übernehmen, und Covington und seine Anwälte würden sie lebendig begraben. Alles wäre seine Schuld. Sie hatte ihm bereits deutlich zu verstehen gegeben, dass er während Carolyns Krankheit nicht für sie da gewesen war. Und er wusste, dass sie ihm eigentlich noch viel mehr vorwarf.

Dieser ganze Schlamassel und seine Schuldgefühle waren ein wirres Knäuel, und er konnte die Enden nicht finden, mit denen er das Gewirr lösen konnte.

Seine bedingte Kapitulation dort oben auf dem Hügel kam fast lautlos, wie ein Flüstern. *Also gut*, sagte er sich. So, wie die Dinge lagen, würde er nicht heimfahren. Er würde sich nicht in diesen Fall hineinziehen lassen - nicht so. Aber er würde helfen. Er würde sie vor dem Schlimmsten bewahren. Sie beraten. Die nötigen Schecks schreiben, um den Fall fortzuführen. Doch das war alles.

Noch einmal schaute er zu Carolyns Geist auf der Bank. Es war Carolyn, die alles verändert hatte. Sie war seine Partnerin in der Kanzlei und seine Partnerin im Leben gewesen. Voller Angst davor, sie zu verlieren, hatte er ihre letzte gemeinsame Zeit verpfuscht: Er hatte ihre Bitten ignoriert, etwas Kraft für Emily und sich selbst zurückzubehalten. Und jetzt, da sie nicht mehr da war, konnte er sich nicht mehr besinnen, wie er ohne sie Anwalt sein konnte. Wie er *irgendetwas* ohne sie tun konnte.

Er wandte sich von der Frau ab und begann, langsam den Hügel hinab zurück zum *Winchester Inn* zu joggen.

* * *

Das nasse T-Shirt klebte Ryan immer noch auf Brust und Rücken, als er am Zimmer seiner Tochter klopfte. Er hörte keine Schritte und hob die Hand, um noch einmal zu klopfen - da öffnete sich die Tür plötzlich.

Mit leerem Blick schaute ihn Emily an. »Ich dachte, du wärst gefahren«, sagte sie tonlos.

»Darf ich reinkommen?«, fragte er.

Sie ließ die Tür offen stehen und ging ins Zimmer zurück.

»Wenn du Kierans Fall unbedingt übernehmen willst«, sagte Ryan und folgte ihr ins Zimmer, »werde ich dir das Geld dafür bereitstellen. Und glaub mir, das werden viele Schecks sein. Aber ich will fünfzig Prozent Erfolgshonorar.«

Es war eine Strafe, das begriff Emily. Dieser Preis brachte Ryans Pessimismus zum Ausdruck: Seiner Ansicht nach würden sie nie im Leben auch nur einen Cent aus diesem Fall ziehen, geschweige denn zwei Millionen Dollar.

»Das ist zu viel«, sagte sie. »Und Kieran ist ein Freund. Vierzig Prozent.«

»Der Fall ist total verfahren. Und er ist kein Freund, sondern ein Mandant. Fünfundvierzig. Das ist mein letztes Wort.«

Emily zog kapitulierend die Augen zusammen. »Also gut.«

»Und ich werde dir helfen - aber du wolltest diesen Fall übernehmen, also bist du die Prozessbevollmächtigte. Du nimmst alle Gerichtstermine wahr. Ich bleibe im Hintergrund. Außerdem stimmst du zu, dass dies eine rein geschäftliche Sache bleibt.«

Ryan entdeckte einen Funken Freude über sein Hilfsangebot in Emilys Augen, doch sie hatte sich schnell wieder im Griff. »Einverstanden.«

Er wandte sich zum Gehen.

»Was hat deine Meinung geändert?«, rief sie ihm nach.

Er dachte kurz daran, ihr davon zu erzählen, wie er meinte, auf dem Hügel Carolyn gesehen zu haben. Doch im Moment war er nicht in der Stimmung, ihr irgendetwas zu erzählen, geschweige denn *das*. Und wenn er eingestand, dass einer der Gründe sein Versagen als Vater war, befürchtete er, dass dies nur einen Sturm an Zustimmung entfesseln würde.

»Erste Lektion, Frau Anwältin«, erwiderte er, »wenn man zu deinen Gunsten entscheidet, stell nicht zu viele Fragen. Nimm es hin und verschwinde, bevor jemand seine Meinung ändert.«

10

Fünfzig Tage bis zum Prozess
Bundesgericht
Sherman, Washington

Von der hinteren Bank in Verhandlungssaal 3 schaute Ryan zum Anwaltstisch, wo Emily neben Kieran saß. Abgesehen von ihnen war der Saal leer. Emily kaute auf ihrer Lippe herum und starrte unruhig hinauf zur leeren Richterbank.

Ryan verstand ihre Nervosität. Dies war Neuland für Emily – ein Zivilfall, kein Strafprozess. Eine Klage wegen Produkthaftung war etwas ganz anderes als die Verteidigung in einem Strafverfahren.

Und selbst wenn man das nicht miteinbezog, waren die Gerichtssäle eines Bundesgerichts doch immer eindrucksvoller als die eines Landgerichts, wo Emily bisher ihre Erfahrung gesammelt hatte. Die Räume waren groß, nicht so knapp bemessen. Die Decken waren höher, der Richtertisch stand auf einem höheren Podest. Selbst das dunkle, teure Holz, mit dem das Innere des Saales ausgekleidet war, war eleganter. Wenn er erst vor drei Jahren sein Jurastudium abgeschlossen hätte, musste Ryan zugeben, dann wäre er wahrscheinlich auch eingeschüchtert.

Doch heute verließ sich Emily nicht auf seine Unterstützung. Seine Anwesenheit wurde bestenfalls toleriert. Sein reduziertes Hilfsangebot hatte dazu geführt, dass ihre Annäherung ins Stocken gekommen war. Bisher hatte sie ihn für die Prozessvorbereitung nur darum gebeten, die Schriftsätze und Dokumente aus Pauline Strands Kanzlei zusammenzusuchen und zu sichten.

Außerdem hatte er es übernommen, bei Pavia einen teilweise renovierten Anbau des *Winchester Inns* anzumieten: eine billigere Alternative zur Übernachtung in der Pension. Offenbar war die Renovierung des Anbaus ins Stocken geraten, sodass das Gebäude leer stand, und Pavia hatte gern die Gelegenheit ergriffen, es für einige Monate zu vermieten. Der Eigentümer hatte sogar für diese Zeit noch zwei Klappbetten und einige Möbel beigesteuert.

Immerhin: Emily hatte Ryans ersten vorsichtigen Rat befolgt und eine Verschiebung des Prozessbeginns beantragt sowie eine Verlängerung der Frist für die Suche nach Beweisen und zum Austausch der endgültigen Gutachten. Es war keine Frage, dass die Fristverlängerungen notwendig waren; Emily hatte schon an dem Tag überfordert gewirkt, an dem sie den Fall ernsthaft übernommen hatte. Allerdings war ihm aufgefallen, dass sie die Anträge nicht mit ihm durchgesprochen hatte, bevor sie sie bei Gericht eingereicht hatte.

Ryan schaute sich in dem großen leeren Gerichtssaal um. Bei all seiner Entschlossenheit, Emily die Führung zu überlassen, war es surreal und nervenaufreibend, als Zuschauer dazusitzen, während seine Tochter sich auf ein Wortgefecht mit einem großen, kapitalkräftigen Gegner einstellte. Es war, als sähe er bei einem Wettlauf zu, den er eigentlich selbst hätte laufen sollen.

Sie kramte wieder in ihrem Aktenkoffer, wahrscheinlich war sie nervös wegen der bevorstehenden Anhörung. Doch noch etwas anderes beunruhigte Ryan. Die Verhandlung hätte vor zwanzig Minuten beginnen sollen. Er sah die leeren Stühle hinter der Richterbank und am anderen Anwaltstisch. Dass ein Richter zu spät kam, war nichts Unübliches. Dass gleichzeitig der Anwalt der Gegenseite zu spät kam, war Grund zur Sorge.

Dann knarrte hinter der Richterbank die Tür, die zum Richterzimmer führte. Sie schwang weit auf, ein Mann in zerknittertem Sakko trat heraus und bellte: »Bitte erheben Sie sich!«

Die drei standen auf, während die Gerichtsschreiberin, Stenografiermaschine in Händen, den Saal betrat, gefolgt vom Richter – einem dunkelhaarigen Mann mit einem schmalen Gesicht, das so aussah, als wäre es zwischen zwei Buchstützen gequetscht worden. Er trug eine Robe in Chorknabenblau statt in Schwarz – ein neuer Anblick für Ryan – und trug eine Akte unter dem Arm. Über die Schulter hinweg sprach der Richter mit einem Mann in den Fünfzigern, der einen ledernen Aktenkoffer in der Hand sowie einen braunen Anzug mit passenden Hosenträgern trug. Sie trennten sich und der Mann mit dem Aktenkoffer schritt zum leeren Anwaltstisch.

Ryan spürte, wie sich ihm der Magen zusammenzog. *Das muss Eric*

King sein, der Anwalt von Covington, dachte er. Der Mann würdigte Ryan und Emily keines Blickes und setzte sich.

Das flaue Gefühl in Ryans Magen verstärkte sich. Es war so schlimm, wie er befürchtet hatte: Covingtons Anwalt hatte sich vor der Anhörung mit dem Richter getroffen. Keiner von beiden machte auch nur den Versuch, diese Tatsache zu verschleiern.

Richter Renway erreichte seinen Platz und setzte sich, ließ die Akte auf den Tisch fallen und schaute Emily zum ersten Mal an. Mit einer Handbewegung wies er die Anwesenden an, sich zu setzen.

»Ms Hart?«, sagte Richter Renway in Richtung des Anwaltstisches.

Emily erhob sich und sah ruhiger aus, als Ryan sich fühlte. »Ja, Euer Ehren.«

Der Richter warf ihr ein professionelles Lächeln zu. »Ms Hart, ich habe Ihre Anträge gelesen. Kommen wir gleich zur Sache. Sie bitten um mehr Zeit für die Prozessvorbereitung sowie die Beweisfindung und die Gutachten. Aber Sie müssen doch vor der Übernahme des Mandats vor einigen Tagen gewusst haben, dass ich in diesen Fragen bereits eine Verlängerung gewährt habe, als ich Ms Strand gestattete, von dem Fall zurückzutreten.«

»Ja, Euer Ehren«, erwiderte Emily. »Doch wir hatten keine Gelegenheit, diese erste Verlängerung zu nutzen, da wir gerade erst in den Fall eingestiegen sind.«

Der Richter zog die Stirn über seinem schmalen Gesicht kraus. »Das mag wohl sein, aber irgendwann hat der Angeklagte Covington Nuclear auch das Recht auf Klärung der Klagepunkte, die Ihr Mandant gegen ihn vorgebracht hat. Und Ms Strand hatte reichlich Zeit, die Gutachten vorbereiten zu lassen. Genau genommen hat sie ihren Gutachter schon vor über drei Monaten benannt. Ich sehe keine Notwendigkeit, zur Fertigstellung der Gutachten noch viel mehr Zeit zu geben. Nein; ich bin geneigt, Ihren Antrag abzulehnen. Es sei denn, Sie haben neue Argumente, die nicht in Ihrem schriftlichen Antrag stehen.«

Wie wär's, wenn wir die gleiche Zeit allein mit Ihnen in Ihrem Büro verlangen?, hätte Ryan am liebsten laut gerufen.

»Nein, Euer Ehren«, antwortete sie und hielt ihre Papiere fest mit beiden Händen umklammert. »Ich kann nur wiederholen, dass wir gerade erst in den Fall eingestiegen sind und nur noch zwei Monate bis zum Prozess und drei Wochen für die Fertigstellung der Gutachten haben. Mr Mullaney stehen deutlich weniger Mittel zur Verfügung als Covington. Wir bitten nur um die Chance, den Fall in den Griff zu bekommen.«

Emily sprach sehr selbstbewusst, stellte Ryan mit Respekt fest. Sie ließ sich nicht aus der Ruhe bringen, und ihr Blick war fest auf diesen Richter in seiner untypischen blauen Robe gerichtet. Richter Renway rieb sich mit einer Hand über die Stirn, schüttelte dann den Kopf und wandte sich an den Anwalt von Covington. »Was sagen Sie, Mr King?«

Der Anwalt rechts von Emily erhob sich und stützte sich mit den Fäusten auf den Tisch. »Euer Ehren, wir haben Pauline Strands Antrag zugestimmt, sich von dem Fall zurückzuziehen. Wir haben nicht einmal Einspruch gegen ihren Antrag auf Fristverlängerung erhoben, damit Mr Mullaney einen neuen Rechtsbeistand finden konnte. Aber jetzt reicht es. Das Dilemma, in dem sich erst Ms Strand und nun Ms Hart befinden, ist, dass die Beweislage auch nicht besser wird, wenn sie noch einen Monat oder noch ein Jahr Zeit bekommen. Wir beharren auf unserem Einspruch gegen weitere Verzögerungen.«

Der Richter wandte sich wieder Emilys Tisch zu. »Hiermit lehne ich Ihren Antrag auf eine Fristverlängerung zur Beweisfindung und bis zum Prozessbeginn ab, Ms Hart«, sagte er. »Ebenso hatte Ihre Vorgängerin genügend Zeit, die Gutachten zu beauftragen. Doch ich bin bereit, diesen Termin bis auf eine Woche vor der Verhandlung zu verschieben, es sei denn, die gegnerische Seite hat schwerwiegende Einwände.«

King erhob sich und lächelte großspurig. »Nein, Euer Ehren. Das geht in Ordnung.«

»Gut«, erwiderte der Richter. »Dann sehen wir uns bei der Voruntersuchung eine Woche vor Prozessbeginn.«

Ryan kochte vor Wut darüber, wie salopp der Richter seine Entscheidung fällte. Sein letztes bisschen Selbstbeherrschung verpuffte, als er sich daran erinnerte, wie der Richter mit dem Anwalt von Covington aus seinem Büro gekommen war – und als ihm klar wurde, dass Emily versäumt hatte, dieses ärgerliche Vorkommnis ins Protokoll aufnehmen zu lassen. Er war auf den Beinen, bevor sich der Richter erheben konnte.

»Vielleicht«, rief er, »wenn Ms Hart vor der Anhörung mit Euer Ehren unter vier Augen im Richterzimmer sprechen könnte, wie Mr King es getan hat ...«

Wie Butter auf einem heißen Teller schmolz das kühle Lächeln vom geröteten Gesicht des Richters. »Und wer, bitte, sind Sie?«, schimpfte er laut.

»Ryan Hart, Sir. Ich ... assistiere Ms Hart in der vorliegenden Sache.«

Emily warf ihm einen vernichtenden Blick zu, während Kieran einfach perplex schaute. Eric King beobachtete ihn über die Schulter hinweg mit kaltem Interesse.

Doch Ryan konzentrierte sich nur auf den Richter. Der Mann sah aus, als würde er am liebsten seine blaue Robe zusammenraffen, über die Richterbank springen und auf ihn losgehen.

»Sind Sie Anwalt?«, fauchte er.

»Ja, Sir.«

»Sie sind für diesen Fall nicht als prozessbevollmächtigter Anwalt aufgeführt.«

»Das ist richtig, bin ich nicht.«

Als der Richter weitersprach, schwoll die Wut in seiner Stimme nur noch an, statt abzuebben: »Mr Hart, ich weiß nicht, wie Sie dort als Jurist arbeiten, wo auch immer Sie herkommen, doch Aussagen wie diese haben in meinem Gerichtssaal Konsequenzen.«

Verhaltensweisen wie Ihre ebenso, dachte Ryan. *Dann belegen Sie mich doch mit einer Ordnungsstrafe; schaffen Sie uns eine Möglichkeit, gegen Ihre Entscheidung Berufung einzulegen. Denn indem Sie die Verlängerung verweigern, schießen Sie einen Torpedo in ein sinkendes Schiff.*

»Euer Ehren.« Emily war nun wieder auf den Beinen, wandte sich der Richterbank zu und sagte bittend: »Mr Hart ist mein Vater. Wie er bereits sagte, versucht er, mir in diesem Verfahren zu assistieren.«

In den Augen des Richters flackerte immer noch Feindseligkeit, doch die Hand, die um den Hammer gekrampft war, lockerte sich. Ob nun aufgrund von Emilys Appell oder der Erkenntnis, welchen Eindruck sein Treffen mit King vor der Anhörung erweckt hatte, schüttelte der Richter ein letztes Mal den Kopf. »Ms Hart, ich schlage vor, dass Sie

Ihren Vater unter Kontrolle bringen, bevor wir in dieser Sache fortfahren.«

Der Richter knallte seinen Hammer laut auf den Tisch, schoss dann hoch und marschierte aus dem Raum. Die Gerichtsschreiberin, die ihm auf den Fuß folgte, wurde von seiner wehenden blauen Robe nahezu vollständig eingehüllt.

Das restliche Gerichtspersonal schob sich ebenfalls aus dem Saal, bis sich die Tür hinter dem letzten Beamten schloss. Doch der Anwalt von Covington war schon auf den Beinen, als der Richter den Raum verließ, und strebte im Stechschritt auf den Ausgang zu. Ryan schoss ihm hinterher.

Bis Ryan ihn einholen konnte, war Eric King schon halb am Aufzug angekommen. Seine Augen zuckten nervös, als Ryan auf ihn zustürmte.

»Was wollen Sie?«, fragte King, als Ryan fünfzehn Zentimeter vor seiner Brust bremste und wütend auf den kleineren Mann hinabstarrte.

»Na, haben wir im Richterzimmer über alte Zeiten geplaudert?«, wollte Ryan wissen.

Die Augen des anderen Anwalts schätzten ab, wie nahe Ryan vor ihm stand. Mit jeder Sekunde, die verging, sah Ryan, dass King sich etwas mehr entspannte. Er merkte, dass sich Ryan genug unter Kontrolle hatte, um nicht mitten im Korridor eine Schlägerei anzufangen.

Das Schweigen des anderen Anwalts machte Ryan nur noch wütender. »So laufen die Dinge also hier in Sherman?«, fragte er schneidend.

»Ich weiß nicht, was Sie meinen«, erwiderte der Covington-Anwalt. »Wenn Sie fragen, ob wir hier effektiv arbeiten, dann ja. Das ist eine Angewohnheit, die wir uns zugelegt haben, als *meine* Eltern unser Land beschützt haben, während *Ihre* an der Küste wahrscheinlich überlegt haben, ob sie einen Ausflug ans Meer oder auf die Skipiste machen.«

Der Anwalt trat einen Schritt zurück und Verachtung legte sich auf sein Gesicht. »Richter Renway ist seit über dreißig Jahren im Amt. Sie interpretieren zu viel in diese Sache hinein. Habe ich vor der Anhörung bei ihm vorbeigeschaut, um Hallo zu sagen? Ja. Dies ist eine kleine Stadt. Doch wenn Sie meinen, Sie könnten sich einen Vorteil verschaffen, indem Sie den guten Ruf des Richters anzweifeln, irren Sie gewaltig.«

Ryan glaubte ihm kein einziges Wort, doch seine Wut verblasste zu dem widerlichen Gefühl, dass diese Konfrontation zu nichts führte.

King schüttelte den Kopf. »Also, *Dad*«, sagte er, griff in seinen Aktenkoffer und zog einen dicken Ordner hervor, »vielleicht könnten Sie das hier Ihrer Tochter von mir geben.«

Er reichte den Ordner Ryan, der einen kurzen Blick auf den Titel warf: »Covington Nuclear - Ergänzter Bericht über den Zwischenfall in L5 im Oktober 2013«.

»Nachdem wir erfahren haben, dass Kieran Mullaney einen neuen Anwalt hat«, fuhr King fort, »hat Covington beschlossen, seinen Untersuchungsbericht zu überarbeiten, um ein paar Punkte klarzustellen. Zum Beispiel ist Tank 17 explodiert, weil an seiner Unterseite offenbar ein Ventil verstellt wurde, sodass Flüssigkeit entweichen konnte. Dadurch entstand die hohe Konzentration der enthaltenen Chemikalien, die für die Explosion verantwortlich ist. Und da Ihr hitzköpfiger Mandant vor der Explosion als Letzter in Raum 365 war, können Sie Ihre eigenen Schlussfolgerungen ziehen. Wir sind sehr zuversichtlich, dass die Geschworenen dies auf jeden Fall tun werden.«

King schüttelte den Kopf, da Ryan verblüfft schwieg. »Zeigen Sie das Ihrem Gutachter von Princeton und schauen Sie, wie lange er bei diesem Fall mitarbeiten wird. Fakt ist, der Mandant Ihrer Tochter hätte das Vergleichsangebot annehmen sollen. Das ist jetzt vom Tisch. Vielleicht kann ich, wenn ich mir Mühe gebe, meinen Mandanten zu einem neuen Vergleich überreden. Doch in dieser Stadt ist Ihr Mandant tot, weil dieser *ergänzte* Bericht«, und dabei klopfte er auf den Ordner in Ryans Händen, »jetzt in Stein gemeißelt ist.«

Die Aufzugtür öffnete sich und der Covington-Anwalt verschwand in der Kabine. Ryan drehte sich um und ging langsam den Korridor zurück. Er war so wütend, dass er kaum mitbekam, was um ihn herum geschah. So rannte er um ein Haar mit Emily zusammen, als sie aus dem Gerichtssaal kam.

Ihr Gesicht war dunkelrot. »Ich weiß nicht, was du dir bei der Nummer gedacht hast, die du da drin abgezogen hast, aber du hast klipp und klar gesagt, dass dies mein Fall ist, also halt dich raus. Und was hast du gerade eben gemacht? King eins reingehauen?«

»Nein«, erwiderte Ryan. »Hätte ich aber tun sollen.«

»Mach das *nie* wieder«, wiederholte sie gepresst. Ryan sah, wie Kieran ihr beruhigend die Hand auf die Schulter legte.

Ryan antwortete nicht. Emilys Blick wurde unsicher, als sie auf den Ordner in seiner Hand schaute. »Was ist das?«

»Wir müssen reden, Emily«, sagte Ryan leise.

Seine Tochter erkannte den Ton in seiner Stimme. Sie griff nach dem Ordner, und die Farbe wich aus ihrem Gesicht.

11

Ryan beendete seine dritte gründliche Durchsicht des ergänzten Untersuchungsberichts von Covington. Dann legte er die Akte neben sich auf das kleine Sofa im Wohnzimmer – neben das Gutachten von Dr. Philip Nadine von der Princeton University, das er gerade ebenfalls zum zweiten Mal gelesen hatte.

Dr. Nadines Gutachten war jetzt Makulatur. Durch den neuen, »ergänzten« Untersuchungsbericht von Covington war seine Beurteilung der Explosion irrelevant.

Ryan schaute zu Emily, die auf der anderen Seite des Raumes am Küchentisch saß. Sie starrte ihn mit verlorenem, zunehmend ängstlichem Blick an.

»Also, was hat dieser ›ergänzte‹ Untersuchungsbericht von Covington zu bedeuten?«, brach Kieran das Schweigen von seinem Stuhl am vorderen Fenster aus.

Ryan war es leid, immer der Buhmann zu sein. So war er erleichtert, als Emily sich zu Kieran umdrehte und ihm antwortete. »Der Bericht impliziert, dass du die Explosion verursacht hast«, sagte sie leise.

Kieran sah aus, als hätte sie ihm ins Gesicht geschlagen. »Wie meinst du das?«

Emily sprach nicht weiter. *Super,* dachte Ryan.

»Die Gutachter von Covington sagen«, sprang er ein, »dass die automatische Konzentration der Chemikalien in Tank 17 aufgrund von Verdunstung nicht der einzige Grund für die Explosion war. Das hat dazu beigetragen, aber letztendlich wurde die Explosion ausgelöst, als jemand ein Ventil unter dem Tank öffnete und noch mehr Flüssigkeit abließ. Da Sie als Letzter in dem Raum waren, wird Covington natürlich behaupten, Sie hätten das getan.«

Kierans Augen nahmen einen trotzigen Ausdruck an. »Aha. Habe ich aber nicht.«

»Hatten Sie vor Dienstantritt einen Streit mit einem der Techniker?«

Kieran schaute Ryan verdutzt an. Was sollte der Themenwechsel? »Nein«, sagte er. »Ich habe dem Materialverwalter ganz deutlich meine Meinung gesagt, weil er sich Taylor und mir gegenüber die ganzen zwei Wochen über, die wir dort gearbeitet haben, idiotisch benommen hat. Ich sagte ihm, dass ich meine Schuhe wiederhaben wollte, die man in meiner ersten Nachtschicht in L5 konfisziert hatte. Es war aber kein Streit.«

Emily beobachtete Kieran aufmerksam, hielt sich aber immer noch zurück. Noch wollte sie sich nicht einmischen.

»Sind Sie vor der Explosion mit Tank 17 in Kontakt gekommen?«, fragte Ryan.

Der junge Mann schloss die Augen und atmete langsam aus. »Nein. Eindeutig nicht. Ich habe nur die Seite berührt, um zu sehen, wie heiß der Tank ist.«

»Sie haben ihn also woanders nicht angefasst«, drängte Ryan. »Sie sagen uns, dass Sie ihn sonst nicht berührt haben. *Keinerlei* Kontakt.«

Im Augenwinkel sah Ryan, wie Emily die Augen zusammenzog – verärgert über seinen Verhörton, dachte Ryan. Ihr Mund öffnete sich … und schloss sich wieder, als sie beide sahen, wie Kierans Gesicht plötzlich ausdruckslos wurde.

»Ich … mein T-Shirt hat sich unter dem Tank in etwas verfangen«, sagte er. »Möglicherweise an einem Ventil.«

Emily schloss die Augen. »Das ist eine Berührung«, murmelte sie.

»Aber ich habe es nicht angefasst!«

»Kieran«, sagte Emily mit rauer Stimme, »ich glaube, du verstehst nicht, worum es hier geht. In dem Bericht heißt es nicht, dass du dem Techniker ›deutlich die Meinung gesagt‹ hast. Da steht, du warst so wütend, dass dein Vorgesetzter Taylor eingreifen musste. Sie unterstellen dir damit, dass du das Ventil an Tank 17 absichtlich geöffnet hast – um an deinem letzten Abend in L5 deinem Ärger Ausdruck zu verleihen.«

Kieran beugte sich vor, und sein Gesicht war so rot, dass Ryan dachte, der junge Mann würde sich jeden Moment übergeben. Als Kieran sich wieder aufsetzte, war sein Ton ebenso wütend wie Emilys.

»Der Tank war schon kurz vor dem Explodieren, bevor ich überhaupt in seine Nähe kam«, beharrte er. »Ich habe nichts getan, um die Explosion auszulösen.«

»Woher willst du das wissen?«, erwiderte Emily, bevor Ryan sich zu Wort melden konnte. »Du hast doch gerade zugegeben, dass sich dein T-Shirt an dem Ventil verfangen hat.«

»Weil es nur einen Moment daran festhing!«, schoss Kieran zurück. Er stand auf und begann, im Raum umherzulaufen.

Wie lange braucht es, dass sich ein Ventil dreht?, dachte Ryan. »Bei Ihrer eidesstattlichen Aussage vor fünf Monaten«, sagte er stattdessen und deutete auf die zum Teil ausgepackten Kisten von Pauline Strand auf der anderen Seite des Raumes, in denen sich Akten und Protokolle von Aussagen befanden, »haben Sie überhaupt nicht erwähnt, dass sich Ihr T-Shirt an dem Ventil verfangen hat.«

»Ich habe mich ja auch bis gerade eben nicht daran erinnert«, verteidigte sich Kieran.

»Die Ermittler von Covington haben es aber offensichtlich herausgefunden«, entgegnete Ryan. »Sie sagen, das Ventil wurde durch jemanden oder etwas verstellt, und Sie waren als Letzter in dem Raum. Jetzt, da Sie sich an die Sache mit dem T-Shirt erinnern, wird Covington sagen, Sie haben Ihr T-Shirt benutzt, um an einem verklemmten alten Ventil zu drehen – und zwar absichtlich. Selbst wenn die Geschworenen glauben, dass das Ventil aus Versehen verstellt wurde, werden sie trotzdem zu dem Schluss gelangen, dass Sie für die Explosion verantwortlich sind; vor allem, nachdem Sie dieses Detail bei Ihrer eidesstattlichen Erklärung verschwiegen haben.«

Kieran warf Ryan einen grimmigen Blick zu. »Vertreten Sie jetzt Covington?«

»Mein Vater hat recht«, meldete sich nun Emily zu Wort und überraschte Ryan mit ihrer Verteidigung.

Der junge Mann schwieg.

In Stein gemeißelt. Eric Kings Worte am Aufzug fielen Ryan in diesem Moment wieder ein. Er hob eine Hand, um Kierans Aufmerksamkeit auf sich zu ziehen. »Der Anwalt von Covington sagte mir im Gericht, dass dieser ergänzte Bericht jetzt ›in Stein gemeißelt‹ sei. Verstehen Sie, was er damit sagen wollte?«

Kieran schüttelte den Kopf. »Klingt einfach wie eine Redewendung.«

In Stein. In Stein. »Als King den Vergleich anbot«, hakte Ryan nach, »hat er Ihnen da gedroht, dass Covington eventuell den Untersuchungsbericht ändern würde, wenn Sie dem Vergleich nicht zustimmen?«

»Was kümmert es mich, ob Covington die Lügen in dem Bericht ändert«, murmelte Kieran und fing wieder an, durch den Raum zu laufen.

Emily rutschte scheinbar noch tiefer in ihren Stuhl. »Kieran, beantworte einfach die Fragen, die mein Vater dir stellt«, sagte sie ungeduldig. »Hat Covington gedroht, den Untersuchungsbericht zu ändern, wenn du dem Vergleich nicht zustimmst?«

Kieran warf Emily einen kalten Blick zu. »Ja. Pauline hat so etwas erwähnt. Covington hat das nicht ausgeführt. Aber Pauline sagte, bei der Unterbreitung des Vergleichsangebots hätte King angedeutet, mir würde die Endversion des Berichts nicht gefallen, wenn ich das Angebot ablehne und darauf bestehe, den Fall mit neuen Anwälten fortzuführen.«

Emily schüttelte den Kopf. »Und du fandest es nicht wichtig, uns das zu sagen?«

Es war seltsam für Ryan zu hören, wie Emilys Zorn sich gegen jemand anderen als ihn richtete. Als Kieran nicht antwortete, meldete Ryan sich wieder zu Wort: »Ich will Ihnen sagen, warum Sie das was angeht. Wenn Covington eine Jury davon überzeugen kann, dass Sie die Explosion absichtlich herbeigeführt haben, werden zwei Dinge geschehen. Erstens: Wenn sich das herumspricht, werden Sie ein *sehr* unbeliebter Mann in einer Stadt wie Sherman sein. Zweitens: Wahrscheinlich hängt man Ihnen eine Strafanzeige wegen Sabotage einer staatlichen Hochsicherheitsanlage an den Hals.«

Emily sah zu, wie Kieran sich wieder setzte und die Hände vor das Gesicht schlug.

»King hat angedeutet, dass er immer noch zu einem Vergleich bereit sei«, fuhr Ryan in etwas sanfterem Ton fort. »Er sagte, ein Vergleich würde nichts an dem Endbericht ändern, doch das ist vielleicht nur Imponiergehabe. Vielleicht kann Emily bei Vergleichsverhandlungen erreichen, dass Covington sich von diesem ergänzten Bericht distanziert.«

Angespannt und schweigend schauten die beiden Kieran an.

»Was ist mit der Radioaktivität?«, fragte Kieran schließlich durch seine Finger hindurch.

»Was meinst du damit?«, wollte Emily wissen.

»Die Strahlung. Pauline sagte, im ursprünglichen Bericht von Covington hätte gestanden, ich sei keiner radioaktiven Strahlung ausgesetzt gewesen.«

»Das stimmt«, erwiderte Ryan. »Und auch dieser Bericht wiederholt, dass bei der Explosion keine messbare Radioaktivität freigesetzt wurde, weil der Mischraum nicht kontaminiert war. Covington sagt, Sie oder jeder andere wäre höchstens den Chemikalien ausgesetzt gewesen, was zu vorübergehenden Symptomen führen kann.«

»Pauline erzählte mir auch, im Bericht sei nicht einmal erwähnt, dass die Strahlungsmesser im Korridor angeschlagen haben.«

»Richtig«, sagte Ryan. »Im Bericht heißt es, die Messgeräte hätten keinerlei Radioaktivität im Korridor angezeigt.«

»Wenn ich mich also auf einen Vergleich einlasse, werde ich nie erfahren, welcher Strahlung ich ausgesetzt war. Ich könnte drei, fünf, zehn Jahre leben, ohne zu wissen, wie viel ich abbekommen habe – bis die Krebsdiagnose kommt. Wie bei meinem Vater.«

Ryan nickte. »Wenn Sie den Vergleich akzeptieren, gibt es keine weitere Untersuchung.«

Kieran ließ die Hände sinken, schaute von Emily zu ihrem Vater und wieder zu Emily. »Genau aus diesem Grund will ich Covingtons Geld nicht. Fünfzigtausend. Fünf Millionen – das spielt keine Rolle. Ich muss wissen, womit ich in Berührung gekommen bin.«

In der Stille, die sich wieder über den Raum legte, schaute Ryan Emily an – flehte sie stumm an, von dem Fall zurückzutreten. Sie musste doch verstehen, wie entscheidend es war, jetzt aufzugeben. Sie musste Kieran überzeugen, sich auf den Vergleich einzulassen. Es war die einzig logische Entscheidung.

Doch als er so seine Tochter anstarrte, die Kieran zugewandt dasaß, kamen Ryan Zweifel. Warum hatte Covington das Vergleichsangebot mit der Drohung versehen, den Untersuchungsbericht mit neuen Informationen zu ergänzen? Das bedeutete ja, sie hatten die Informationen bereits vorliegen gehabt, bevor sie den Vergleich anboten. Sie waren faktisch bereit gewesen, die Beweise für Kierans Schuld unter den Tisch fallen zu lassen. Aber wenn Covington der Ansicht war, dass Kieran in der Anlage absichtlich eine Beinahekatastrophe ausgelöst hatte, warum sollten sie die Beweise dann überhaupt ignorieren?

Ryan weigerte sich, diesen Gedanken weiterzudenken. Aber weitere Fragen stiegen in ihm auf ... wie kleine Rinnsale, die durch einen rissigen Damm drückten.

Warum hatte Covington *überhaupt* einen Vergleich angeboten – und dann nach allen Drohgebärden von heute Morgen das Angebot auch noch *erneuert?* Noch dazu direkt nachdem Covington mit der Entscheidung dieses blau eingehüllten Richters einen weiteren Treffer gelandet hatte?

Sag es, Emily. Sag Kieran, er soll auf den Deal eingehen.

Und warum waren dem Bericht nicht einfach die Rohdaten der Strahlungsmesser angehängt? Wenn diese Daten so eindeutig waren, warum waren sie dem formalen Untersuchungsbericht dann nicht beigefügt?

Beende die Sache. Jetzt.

Aber sie würde sie nicht beenden. Ryan sah, wie Emily eine Hand nach Kieran ausstreckte und sie auf den gesenkten Kopf des jungen Mannes legte.

Ryans Hoffnungen brachen zusammen. Eine Minute verging, vielleicht auch weniger, doch Ryan fühlte sich, als erwache er aus einem langen Traum. Er merkte, dass sein Blick verschwommen durch den Raum schweifte: über den Tornado von Kisten aus Pauline Strands Büro hinweg, von dem gemieteten Kopierer, den Büromaterialien, die Melissa zusammengestellt und die sie letzte Woche aus seinem Büro in Seattle geholt hatten, zu dem Stapel von Dokumenten und Protokollen, die sie bereits angefangen hatten durchzuarbeiten. Er schien nach etwas zu suchen, das er verloren hatte.

Fünfzig Tage bis zum Prozessbeginn – und ein paar weniger, bis die Bewertung des ergänzten Berichts durch einen Gutachter vorliegen musste. Ryans Blick blieb erneut an dem Untersuchungsbericht von Covington hängen, dann an ihrem eigenen Gutachten von Dr. Nadine. Das war jetzt Makulatur. Noch einmal packte Ryan ein heftiges Verlangen danach, seine Sachen zu schnappen und sich ins Auto zu setzen, trotz seines Hilfeangebots an Emily.

Doch auf der anderen Seite des Wohnzimmers saß Kieran. Er war so überzeugt davon, verstrahlt worden zu sein, dass er eher bereit war, seine Freiheit für die Wahrheit aufs Spiel zu setzen, statt das schnelle Geld zu nehmen und zu verschwinden. Ihm gegenüber stand Covington, die behaupteten, unschlagbare Beweise gegen Kieran zu haben – und trotzdem fünfzigtausend Dollar boten, damit der junge Mann sie in Ruhe ließ.

Ryan griff nach dem Bericht von Dr. Nadine und ging nach oben. Er war schon so weit gegangen, er konnte auch noch etwas weiter gehen. Und zwischen heute und der Anhörung vor Prozessbeginn hatten sie noch viel zu tun.

12

Siebenundvierzig Tage bis zum Prozess

Mit hohem Tempo rannte Adam unter der drückenden Nachmittagssonne den Hügel im Riverside-Park wieder hinunter. Er musste sich beeilen. Er hätte heute Nachmittag erst gar nicht laufen gehen sollen; eigentlich hatte er keine Zeit dazu. Doch ohne den Lauf hätten ihn seine Beine heute Abend wie Phantomglieder mit einem quälenden Zucken für die Vernachlässigung gestraft.

Er war schon halb den Hügel hinunter, als ihm ein anderer Läufer entgegenkam und an ihm vorbeirannte – ein Läufer, den Adam in den letzten Wochen immer wieder einmal in der Gegend gesehen hatte. Schlank und etwa Mitte vierzig, lief der Mann ein durchschnittliches Tempo, doch das mit einer Intensität, die Adam vertraut war: kräftig schwingende Arme, hoch ausholende Knie und unerbittliche, feurige Augen. Sie glühten mit der Entschlossenheit, die Adam auch von sich selbst kannte – eine nicht nachlassende Entschlossenheit, die Adam *immer* spürte, selbst wenn er ihr entfliehen wollte. Mit diesen Augen hätte der andere Läufer mit ihm verwandt sein können.

Dann war der Mann an ihm vorbei und lief weiter bergauf. Mit länger werdenden Schritten näherte sich Adam dem Weg am Fuß des Hügels und schlug die Richtung zur Stadt und der Firmenzentrale von Covington ein.

Zwanzig Minuten später entledigte sich Adam im Umkleideraum im Keller der Zentrale seiner weißen Laufshorts und seines T-Shirts und steckte beides in einen Nylonbeutel. Aus dem Spind mit seinen Initialen nahm er ein frisches Handtuch und ging in Richtung Dusche.

Kurz bevor er laufen gegangen war, hatte er von King einen telefonischen Bericht über die Anhörung bekommen. So, wie der Covington-Anwalt es beschrieben hatte, war ihr Einspruch mehr oder weniger genehmigt worden und sie hatten ihren Prozesstermin behalten. Das war ermutigend. Leider hatte King weder vom Kläger Mullaney noch von seinen neuen Anwälten den Eindruck gewonnen, als seien sie zu einem Vergleich bereit. Wenigstens noch nicht – nicht ohne weitere blaue Flecken.

Nun, dann mussten sie eben überlegen, wie sie noch mal nachlegen konnten.

Das lauwarme Wasser der Dusche strömte über Adam, unglaublich erfrischend nach der Anstrengung seines heißen, schnellen Laufs. Wenn es einen Augenblick gab, in dem das hitzige Tempo seiner Gedanken nachließ – in dem sie für kurze Zeit ruhiger und philosophischer wurden –, dann diesen Moment nach reinigendem, brutalem Sport.

Dies ist eine wichtige Zeit für mich, dachte Adam, eine kritische Zeit sogar. »In der Könige aufstreben und Mauern fallen und Welten in Brand geraten«, würde sein Vater sagen. Vor über acht Monaten hatte sich die verheerende Explosion ereignet, und Adam war überzeugt gewesen, seine Welt fiele zu Staub. Er hatte sogar begonnen, Rückzugsstrategien zu entwerfen, da er damit rechnete, von Cameron Foote gefeuert zu werden. Alle Träume von der Prämie, die mit Projekt Wolffia verbunden war, hatten sich verflüchtigt.

Doch Foote hatte ihn überrascht und ihn als Leiter des Projekts behalten. Und nun war das Ersatzteam fast vollständig und pries die herrlichen Erfolgsaussichten des Projekts anhand der Unterlagen seiner Vorgänger in den höchsten Tönen.

Adam rieb sich mit dem Handtuch den Rücken und trat aus der Dusche. In seinem Spind hingen acht frisch gestärkte Hemden, jedes noch eingehüllt in die Plastikfolie der chemischen Reinigung. Er entfernte die Hülle von einem der Hemden und zog es an. Dann, mit einem Blick in den Spiegel an der Spindtür, hob er das Kinn und band sorgfältig seine grüne Fliege, die vom ältesten Herrenausstatter der USA stammte.

Es war gut, dass die Aussichten wieder besser waren. Doch tief aus seinen Augen starrte ihn immer noch ein Rest Erschöpfung an. Der Kampf um das Projekt hatte ihm viel abverlangt. Besonders seit den Explosionen. Adam fragte sich wieder einmal, ob er das Projekt übernommen hätte, wenn er die damit verbundenen Kosten und Risiken gekannt hätte.

Natürlich hätte er das, antwortete er seinem Spiegelbild. Denn er hatte die Risiken des Projekts *immer* gekannt, schon bevor er vollständig eingeweiht worden war. Er hatte sie seit dem Zeitpunkt im Vorstellungsgespräch mit Cameron Foote gekannt, als dieser eine Andeutung zu der Prämie gemacht hatte, die mit dem Erfolg des Projekts verbunden war. Immerhin stiegen Risiko und Belohnung bei Covington direkt proportional zueinander – und die Prämie für Projekt Wolffia war atemberaubend.

In jenem Moment der Wahrheit in seinem Vorstellungsgespräch war Adam klug genug gewesen, nicht zu reagieren, als Cameron Foote das Geld erwähnte. Die Zahl hatte in seinem Kopf wie Kirchenglocken gedröhnt; doch Adam war scharfsinnig genug, um zu wissen, mit wem er es zu tun hatte. Foote suchte nicht nach einem Mann, der von Geldgier getrieben war; er suchte nach einem Seelenverwandten, der seinen Glauben an die Bedeutung des Projekts teilte – die Bedeutung für Amerika und »den Westen«. Also hatte Adam die Glocken zum Schweigen gebracht und Foote mit Fragen über die politischen und gesellschaftlichen Auswirkungen von Projekt Wolffia bombardiert. Das Geld hatte er mit keiner Silbe mehr erwähnt. Es war ein wichtiger Test gewesen, und Adam hatte ihn bestanden.

Doch die Risiken für Adam bei diesem Projekt waren sehr real – und Footes Weigerung, die Wiederaufnahme zu verschieben, solange sich das Gerichtsverfahren in der Schwebe befand, vergrößerte die Risiken noch. So war dies eine »Zeit der inneren Prüfung«, ein weiterer Ausdruck seines Vaters. Gemeint war damit ein kritischer Moment, in dem man entweder vor dem Risiko zurückscheuen oder sich mit Haut und Haaren hineinstürzen konnte.

Zeit der inneren Prüfung. Das letzte Mal hatte er diesen Ausdruck gehört, als ihm sein Vater in seinem Börsenmaklerbüro in der Manchester Street in Christchurch in Neuseeland letzte weise Worte mit auf den Weg gegeben hatte – eine letzte Predigt für seinen jüngsten Sohn, bevor er ihn in ein Taxi zum Flughafen gesetzt und nach Amerika geschickt hatte. Obwohl er von dem tief warmen Ton der Teakholz-Möbel und gerahmten Kunstdrucken von Fuchsjagden und aufflatternden Wildenten umgeben gewesen war, hatte Adam nur die Kälte des klimatisierten Raums gespürt – und den Drang, endlich zu gehen.

College in Amerika. Unter anderen Umständen wäre er begeistert gewesen. Doch Adam wusste, dass die Reise eine Verbannung ins Exil war, keine Belohnung. Adams Eltern schickten ihn mit spürbarer Erleichterung davon – einer Erleichterung, die nicht einmal das Lächeln seines Vaters und die vertrauliche Tonlage an jenem letzten Tag verbergen konnten. Die Botschaft war eindeutig: Im Maklerbüro seines Vaters, an der Seite seiner beiden älteren Brüder, gab es keine berufliche Zukunft für Adam. Dieser Weg war ihm verweigert worden, weil er nicht »hineinpasste« – Worte, die er erst eine Woche zuvor gehört hatte, als sein Vater sie an seine protestierende Mutter richtete. Er war ein »seltsamer Junge«, hatte sein Vater gesagt – für Adams feines Ohr hatte auch ein Hauch Angst durchgeklungen. Amerika würde ihm »guttun«, hatte sein Vater dann abschließend verkündet.

Zeit der inneren Prüfung. Im Schatten seines maskulinen Büros hatte sein Vater ihm an jenem Tag in einer letzten Imitation väterlicher Zuneigung eine Hand auf die Schulter gelegt. »Im Leben, genau wie beim Investieren«, hatte er gesagt, »gibt es Zeiten, in denen du dich entscheiden musst, ob du den Rückzug antreten oder angreifen willst. In diesen Momenten sei selbstbewusst, sei stark, aber vor allem vertraue deiner Seele.«

Dann hatte sein Vater gelächelt. »Du machst das schon, mein Sohn. Denn wenn alles andere versagt, hast du immer noch den zuverlässigen Kompass des worthschen Herzens.«

Nur hatte er das natürlich nicht. Wie viele andere abgedroschene Phrasen seines Vaters hatte Adam das »worthsche Herz« häufig am Esstisch gehört. Es wurde scheinbar von Adam erwartet, die Bedeutung dieses Begriffs instinktiv zu verstehen, denn er konnte sich nicht daran erinnern, jemals in einem Gespräch die Definition von dessen Eigenschaften gehört zu haben. Und obwohl er es oft versucht hatte, konnte Adam nie eine formulieren, die ihm sinnvoll erschien.

Doch die Beobachtung seiner Familie hatte ihn zu einer unzweifelhaften Schlussfolgerung geführt: Worin auch immer das worthsche Herz bestand, er hatte es nicht. Und heute war er sich nicht einmal sicher, ob er es je gewollt hatte.

Adam schlüpfte in sein Jackett und prüfte sein Aussehen noch einmal mit einem Blick in den Spiegel. Mit Ausnahme einiger unangenehmer Feiertage war er nie wieder für längere Zeit nach Neuseeland zurückgekehrt. Es hatte ihn auch niemand aus seiner Familie besucht, und sie sprachen nur selten miteinander – und wenn, dann sehr lustlos. Adam fragte sich, was sein Vater wohl jetzt von ihm hielt, ihm, dem schwarzen Schaf der Familie, dem die gemeinschaftlich bewunderten Eigenschaften fehlten. War seine Familie überrascht über die Verantwortung, die Adam bei Covington Nuclear übernommen hatte? Über die Position, die er erreicht hatte?

Adam schüttelte die Erinnerungen ab. Zurück zu den aktuellen Herausforderungen. Das optimalste Ergebnis im Mullaney-Fall – der brauchbarste Ausgang für das Projekt – wäre immer noch ein Vergleich. Kings Einschätzung zufolge mussten sie dazu den Druck auf Mullaney erhöhen. Also schön: Er würde den Sicherheitschef des Projekts anrufen müssen, um Unterstützung an dieser Front zu bekommen.

In der Zwischenzeit, bis der Vergleich besiegelt war, musste er für die Sicherheit des Projekts noch zwei andere Aufgaben erledigen. Er hatte sie schon zu lange vor sich hergeschoben. Beide Aufgaben waren äußerst unangenehm, beide waren riskant. Beide sollten am besten noch heute Abend erledigt werden.

Das bedeutete: Er hatte noch einen langen Tag vor sich.

13

Am Schreibtisch in der Dachbaracke von PCL237 hatte Poppy drei Stunden seiner Schicht hinter sich und sein Kopf fühlte sich an, als würde er jeden Moment in zwei Teile zerbersten. Er schaute von den Unterlagen auf, an denen er gerade arbeitete, und zu dem jungen Jake Waters hin, der den Waffenständer auf der anderen Seite des Raumes kontrollierte. Das Bild erinnerte Poppy an Lews Begeisterung für seine Waffe »Beverly«. Nur, dass Jake kein Lewis Vandervork war. Lew war intelligent genug gewesen, um die meisten seiner Witze zu verstehen.

Das Wandtelefon klingelte. Jake stürzte sich darauf, bevor Poppy sich auch nur bewegen konnte. »Es ist für Sie«, sagte der junge Mann kurz darauf und hielt ihm den Hörer entgegen.

Natürlich ist es für mich, dachte Poppy und nahm den Hörer. *Du bist seit einem Monat hier. Meinst du, der Oberboss ruft dich an und fragt, wie es bisher läuft?*

Seit der Explosion gaben sich in der Baracke immer wieder neue, junge Mitarbeiter die Klinke in die Hand. Poppy vermisste Lewis. Er war auch jung gewesen, aber Poppy hatte ihn schon gut eingearbeitet gehabt. Lewis redete viel, tat aber seine Arbeit. Er war ein guter Schütze. Und was das Wichtigste war: Er konnte Gin Rommé spielen. Poppy hatte es aufgegeben, den Neuen das Spiel beibringen zu wollen. Die starrten doch sowieso nur den ganzen Tag auf irgendwelche Bildschirme. Alles, was nicht von selbst leuchtete – wie zum Beispiel ein Satz

Karten –, war für sie ein Museumsstück. Wenigstens hatte sich Lewis Mühe gegeben, das Spiel zu lernen.

»Sicherheitsposten drei, Poppy am Apparat«, meldete er sich.

»Pops, ich bin's, Dave. Bitte komm mal runter in mein Büro.«

»Dave, wir wollten gerade auf Patrouille gehen. Wie wäre es in einer Dreiviertelstunde?«

Daves Stimme klang auf einmal untypisch rau. »Jetzt, Poppy. Ähm, und hier ist auch jemand von der Covington-Personalabteilung.«

Personalabteilung? Vielleicht endlich eine Reaktion auf seine E-Mails. »Okay – bin unterwegs.«

Es musste um seine E-Mails gehen. Vielleicht ging es auch um das Interview zu den Vorfällen. Aber warum sollte ein Personaler von Covington extra während Poppys Nachtschicht zu ihm kommen? Warum hatte man ihn nicht einfach angerufen?

Er wandte sich an den jungen Mitarbeiter. »Du musst die Patrouille allein machen.«

Jake warf ihm einen Blick zu, der Poppy beunruhigte. Sein Sohn hatte ihn ähnlich angeschaut, als er zum ersten Mal allein Auto fahren durfte. »Mach's ordentlich, Jake«, sagte Poppy streng. »Ich bin in einer halben Stunde zurück oder so.«

Ein Treppenhaus führte vom Dach in das Erdgeschoss und in den Korridor auf der Vorderseite des Gebäudes. Poppy folgte dem Gang bis zu den Büros, in denen die ganzen Schreibtischhengste und Abteilungsleiter arbeiteten. Auf seinem Weg durch den Korridor fiel ihm wieder einmal der sterile Geruch darin auf, noch verstärkt durch die starken Turbinen und Filter der Lüftungsanlage, die dafür sorgte, dass in dem Gebäude ständig Unterdruck herrschte. *Wenn ich eine ganze Schicht hier verbringen müsste, würde ich wahnsinnig werden,* dachte Poppy. Hier war es wie in einem überdimensionierten Sarg.

Er erreichte das Büro seines Vorgesetzten am Ende des Ganges, befreite seine Lungen von neuem Schleim, der sich dort angesammelt hatte, und steckte seinen Kopf in das Zimmer.

Dave Priors Augen unter den dicken Augenbrauen in einem bleichen Gesicht waren vor Anspannung zusammengezogen. Neben ihm saß ein Mann in dem engen Büro, der gut dreißig Jahre jünger als Prior und

Poppy war. Er hatte dichtes rotes Haar und trug eine grüne Fliege über einem makellos gestärkten weißen Hemd. Ja, er sah absolut nach Personalabteilung aus. Wahrscheinlich ein Enkel der Arbeiter, die früher diese Anlagen bedient hatten.

Dave Prior bemerkte ihn und winkte ihn herein. Poppy setzte sich in dem kleinen Fleck vor Daves Schreibtisch auf einen Stuhl. Der Vertreter der Personalabteilung erhob sich, streckte ihm die Hand entgegen und stellte sich als Adam Worth vor. Bevor er sich wieder setzte, umrundete der Personaler Poppys Stuhl und schloss die Tür hinter ihm. Prompt verstärkte sich Poppys Unbehagen.

»Pops«, begann der Gebäudemanager, »wir müssen hier eine Sache aufklären. Wie du weißt, ist Covington der Betreiber von Hanford und ist in Personalfragen zuständig für die Firma, bei der du angestellt bist, Darter Security. Nun hat sich eine Frage ergeben. Adam wird es dir erklären.«

Adam lächelte und hielt ein Blatt Papier hoch. »Mr Martin, dies ist Ihr Bericht über den Zwischenfall in L5 letzten Herbst.«

Das war ein guter Anfang – *endlich sprechen wir über meine Aussage,* dachte Poppy befriedigt. Allerdings fragte er sich, wer dieser junge Mann war. Er sprach mit einem leichten Akzent – australisch vielleicht?

Poppy nickte. »Was ist damit?«

»Es geht um den Schuss, den Sie angeblich gehört haben.«

»Gehört und gesehen«, erwiderte Poppy, überrascht über das Wort *angeblich.* »Zumindest habe ich die Waffe in Lewis' Hand gesehen, nachdem er gefeuert hatte.«

Adam lächelte unbeirrt und sprach weiter, als hätte Poppy nichts gesagt. »Covington Nuclear möchte, dass Sie Ihre Aussage zurückziehen. Reichen Sie sie neu ein und nehmen Sie diese eine Behauptung heraus.«

Poppy war wie vor den Kopf gestoßen. »Das verstehe ich nicht.« Er warf Dave einen Blick zu, der aber schaute auf seinen Schreibtisch.

Worth schob das unterzeichnete Protokoll mit Poppys Aussage über den Tisch. »Wie Sie wissen, haben wir die Untersuchungen über den Zwischenfall in L5 abgeschlossen. Wir möchten nur diese Unstimmigkeit bereinigen, damit alles seine Ordnung hat.«

Poppy schüttelte den Kopf. Das konnte doch wohl nicht der Grund sein, warum der Personaler hier war. »Sie wollen, dass alles seine Ordnung hat. Gut und schön. Warum sollte ich dann meine Aussage ändern?«

»Mit Verlaub, Mr Martin, Sie haben nicht gehört, wie Lewis seine Waffe abgefeuert hat.«

Poppy rang darum, nicht allzu aggressiv zu klingen. »Wovon reden Sie da?« *Beruhige dich, Schatz,* konnte er seine Frau sagen hören. *Denk an deinen Blutdruck.*

Adams Gesicht war so entspannt wie ein See bei Sonnenuntergang. »Es ist einfach nicht passiert. Bitte entfernen Sie diese Behauptung; wir wollen nicht, dass Sie sich in dieser Sache blamieren.«

Poppy schaute sich in dem engen Büro des Gebäudemanagers um und versuchte, das Grollen in seinem Brustkorb zu ignorieren. Wahrscheinlich brauchte der junge Mann eine ausführlichere Erklärung. Poppy holte Luft und begann von vorne.

»Schauen Sie, ich habe gehört, was ich gehört habe«, sagte er mit so viel Ruhe, wie er aufbringen konnte. »Es war direkt nachdem ich den Funkkontakt zum Gebäudemanager von L5 verloren hatte. Bevor ich meine eigene Waffe abfeuerte, hörte ich den anderen Schuss so deutlich wie auf einem Schießplatz. Ich schaute auf die andere Seite des Dachs und sah Lewis, der seine Waffe auf den Boden vor dem Gebäude gerichtet hatte. Es war ganz klar, dass er sie abgefeuert hatte.«

Im Gesicht des jungen Mannes war nicht die leiseste Reaktion zu erkennen. »Sie haben sich geirrt. Ihr Partner hat den Abzug nie berührt. Das haben wir in drei getrennten Gesprächen bestätigen können.«

»Sie meinen mit Lewis?«, fragte Poppy.

Adam nickte.

Also hatten *sie* wenigstens mit Lewis geredet. Poppy wollte sich nach seinem Partner erkundigen, konzentrierte sich aber auf das aktuelle Thema. Das musste ein Irrtum sein. Er zögerte und dachte daran, wie Lewis in der Dunkelheit jenes Abends in der Dachbaracke gekauert hatte, die Augen vor Angst weit aufgerissen. Doch nun hatte er keine Wahl mehr: Er musste Lewis' Angst erwähnen.

»Wissen Sie, ich wollte eigentlich nichts sagen, aber Lewis hatte in dieser Nacht ziemlich viel Angst – wie wir alle«, sagte Poppy. »Vielleicht ist er nur durcheinander. Seine Waffe wird Ihnen bestätigen, dass ich recht habe.«

Adam schüttelte den Kopf. »Die haben wir natürlich überprüft. Und das hat nur bestätigt, was ich Ihnen bereits gesagt habe.«

Poppy schaute hinüber zu Dave, der immer noch seine Schreibtischplatte anstarrte.

»Mr Martin, wir sagen doch gar nicht, dass Sie lügen«, fuhr Adam scheinbar besorgt fort und zog unbewusst mit einer Hand seine Fliege zurecht, so als juckte es ihn. »Wir sagen nur, dass Sie sich geirrt haben, das ist alles. Immerhin haben Sie etwas von dem Rauch eingeatmet; Sie haben heftig gehustet. Sie hatten gerade selbst den Zwischenfall miterlebt. Vermutlich hat es Ihnen noch in den Ohren gedröhnt.«

Rauch? So bezeichnete er also die höllisch aussehende Wolke? Genauso wie das Wort *Zwischenfall,* das der junge Mann jetzt schon dreimal für die Explosion benutzt hatte. Poppy konnte die bürokratische Tünche förmlich riechen.

Er starrte über die Weite von Daves Schreibtisch hinweg auf die Gestalt mit der Fliege und spürte seinen Puls in den Schläfen hämmern.

»Sie sagen also, ich soll lügen bezüglich dessen, was ich gesehen habe?«

Dave rutschte unbehaglich auf seinem Stuhl hin und her, während sich der Personaler nicht rührte. »Ich sage Ihnen, der Punkt ist erledigt«, antwortete Adam.

So heftig, wie Poppys Herz bis eben gehämmert hatte, so hatte er nun das Gefühl, es bliebe jeden Moment stehen. Ungläubig starrte er den phlegmatischen Personaler an. Er suchte nach dem kleinsten Anzeichen dafür, dass der Mann verstand, dass das falsch war. Poppy fühlte sich, als würde er in einen Canyon hineinrufen und auf ein Echo warten, das nicht kam.

»Das mache ich nicht«, sagte er mit gepresster Stimme.

Adam schaute Poppy mehrere Sekunden lang forschend an, ohne dass Enttäuschung oder Wut in seinen Augen erschien. Schließlich legte er das Blatt mit der Aussage auf die Schreibtischplatte, zusammen mit einem leeren Formular.

»Wir geben Ihnen ein paar Tage, um Ihre Aussage zu überarbeiten. Sie können die verbesserte Version hier bei Mr Prior abgeben.«

Poppys Wut und Verwirrung wurden noch größer. Der Schuss war nicht das Einzige, was er in jener Nacht gehört und gesehen hatte. Es gab Dinge, die er gar nicht erst in seinen Bericht geschrieben hatte, weil er nicht wollte, dass jemand für Fehler außerhalb seiner Zuständigkeit Schwierigkeiten bekam.

»Wenn Sie alles wissen, was in der Nacht passiert ist«, murmelte Poppy, »dann sagen Sie mir doch mal, warum man das Licht ausgeschaltet hat.«

Zum ersten Mal weiteten sich Adams Augen minimal. »Was meinen Sie damit?«

»Ich meine, dass das Licht in L5 ausging, während ich auf dem Dach war.«

Der Mann aus der Personalabteilung zuckte unsicher mit den Schultern. »Ach das. Ich glaube, man ist zu dem Schluss gelangt, dass es irgendwo einen Kurzschluss gab. Während des Zwischenfalls ging alles etwas durcheinander. Man hat dann vorübergehend überall den Strom abgestellt.«

»Wenn überall der Strom abgestellt wurde, wie konnte man dann doch noch die Alarmsirenen einschalten?«

Adam schwieg einen Moment lang. »Separate Schaltkreise«, antwortete er schließlich. »Wie Sie wissen, ist alles doppelt gesichert.«

»Ja, ich weiß«, erwiderte Poppy. »Jedes Gebäude in Hanford hat Reserveschaltungen für jeden einzelnen Stromkreis. Also sagen Sie mir noch einmal: Warum ging das Licht aus?«

Der Personaler antwortete nicht.

Poppys Stimme wurde hart. »Wissen Sie, was die Alphastrahlung von Plutonium anrichten kann, wenn sie in den menschlichen Körper gelangt?«

»Natürlich«, sagte Adam ohne zu zucken.

»Das schauen Sie sich in einem Diavortrag in der Firmenzentrale an, nicht wahr?«

Schweigen.

Poppy erhob sich halb von seinem Stuhl. »Und wann werdet ihr Jungs in der Zentrale mir endlich sagen, was in der Nacht damals in der Wolke war?«

Adam bedachte Poppy mit einem langen Blick. Die starre Maske fiel und an ihre Stelle trat ein kaltes Lächeln – *so gefühllos wie die Kondolenz eines Bestatters,* dachte Poppy. Der Personaler wandte sich an Dave.

»Mr Prior, ich fürchte, ich muss Sie bitten, Mr Martin für einige Tage freizustellen. Ich glaube, er wurde noch nicht auf psychologische Folgen des Zwischenfalls hin untersucht. Ich hatte gehofft, heute Abend die Dinge klären zu können, doch dass er weiterhin so auf den Schuss fixiert ist, unterstreicht nur die Notwendigkeit einer gründlichen Untersuchung. Unter Umständen könnte sogar seine Sicherheitsfreigabe gefährdet sein.«

Dave sah geschockt aus. »Ab wann?«

»Ab heute Abend, und zwar auf unbegrenzte Zeit. Wir werden alles für die Untersuchung in die Wege leiten.«

Poppy hatte kleine Räume noch nie gemocht, doch echte Platzangst hatte er bisher nie gehabt. Jetzt allerdings überkam sie ihn wohl – es schien ihm, als wären die Wände in diesem Schuhkarton von Büro nur eine Armlänge voneinander entfernt und bewegten sich aufeinander zu. Er wollte diesen bleichgesichtigen Mann anschreien, der noch jünger war als sein ältester Sohn und der wissen musste, dass eine psychologische Untersuchung das Ende dessen bedeuten konnte, was von seiner Karriere hier noch übrig war.

Er musste hier raus, den Kopf frei und seinen Herzschlag unter Kontrolle bekommen – bevor er über den Schreibtisch sprang und diesem Kerl an die Kehle ging. Die psychologische Untersuchung wäre dann nur noch eine Formalität.

Ohne ein weiteres Wort stand Poppy auf, nahm die Formulare vom Tisch und ging den halben Schritt auf die geschlossene Tür zu. Dort drehte er sich noch einmal um und unterdrückte mit enormer Anstrengung den Hass in seiner Stimme. »Wissen Sie, wo ich Lew finden kann?«, fragte er. »Er schuldet mir noch zwanzig Dollar vom Gin-Spielen.«

Adam Worth lächelte schwach, die gleiche falsche Freundlichkeit, die

Poppy schon einmal bei einem Beamten vom Finanzamt gesehen hatte. »Ich fürchte, darüber kann ich Ihnen keine Auskunft geben.«

Poppy warf Dave einen Blick zu, der ihn in gequälter Hilflosigkeit anschaute.

»Dave, meine Kopfschmerzen sind gerade noch viel schlimmer geworden«, sagte er. »Ich mache heute etwas früher Schluss. Außerdem«, endete er und hielt die Formulare hoch, »muss ich noch diesen ganzen Papierkram erledigen.«

Ohne eine Antwort abzuwarten, drehte sich Poppy um und ging über den Korridor zum Ausgang, der auf den Parkplatz führte.

14

Dr. Schutten erwachte ohne Orientierung. Es war sehr dunkel. Dennoch hätte er erwartet, *irgendetwas* durch die Jalousien an seinem Schlafzimmerfenster zu sehen – oder das schwache Leuchten des Nachtlichts im Badezimmer.

Dann fiel ihm allerdings wieder ein, dass dies nicht sein Schlafzimmer war. Er spürte die harte Krankenhausmatratze unter seinem Becken, die Trägheit in seinen Armen und Beinen, die von den Schmerzmitteln kommen musste. Das war der Raum, der mehr oder weniger zu einer Gefängniszelle geworden war, in dem er wegen seiner Schmerzen schon seit so vielen Monaten mit Sedativa ruhiggestellt worden war, dass er fast jegliches Zeitgefühl verloren hatte.

Was hatte ihn geweckt?

»Dr. Schutten?«

Er drehte den Kopf nach links. Die Silhouette eines Mannes, der auf der anderen Seite des Raumes saß, war gerade so zu erkennen.

»Ja«, antwortete mit einer Stimme, die so trocken war wie Wüstensand.

»Dr. Schutten, ich habe kein Licht angeschaltet, weil ich Sie nicht erschrecken wollte. Fühlen Sie sich gut genug, um mit mir zu reden?«

»Ich denke schon«, erwiderte er mit kratziger Kehle.

»Gut. Dr. Schutten, ich weiß, wir haben schon oft darüber geredet, aber ich bin gebeten worden, einige Fragen mit Ihnen durchzugehen.«

»Ich habe Ihnen alles gesagt, woran ich mich erinnere.«

»Bestimmt haben Sie das. Aber wir werden Projekt Wolffia bald wieder aufnehmen. Der neue Teamleiter konnte nicht selbst kommen, um mit Ihnen zu reden, aber er hat mich gebeten, Ihnen noch einmal einige Fragen zu stellen. Ist das in Ordnung?«

Er war so müde. »Okay«, antwortete der Wissenschaftler widerstrebend. »Wer ist der neue Teamleiter?«

Die Stimme zögerte. »Das ist im Moment noch eine vertrauliche Information. Darf ich fortfahren?«

»Bitte antworten Sie mir zuerst ganz ehrlich. Ich werde mich von dieser Schusswunde nicht wieder erholen, nicht wahr?«

»Der Arzt hat uns versichert, dass alles wieder in Ordnung kommt. Es gab … Komplikationen wegen der Strahlung, die in Ihren Körper gelangt ist.«

Lügner. Das Mitgefühl in seiner Stimme war so dünn wie Glatteis auf der Straße.

»Können wir jetzt fortfahren, Doktor?«

So ein Unsinn. »Ja.«

»Gut. Dr. Schutten, entsprach die Konfiguration des Zünders beim letzten erfolgreichen Test in L5 in der Nacht vor der Explosion vollständig den Parametern, die in Dr. Fentons Aufzeichnungen enthalten sind?«

Die Konfiguration des Zünders. Die Explosion.

Die Erinnerungen an jene Nacht waren stets sehr lebendig – besonders, wenn sie sich in der Dunkelheit anschlichen. Dr. Fenton war bei Matthew gewesen und hatte auf der anderen Seite des Labors in der offenen Testkammer letzte Einstellungen am Zündmechanismus vorgenommen – dem Platz, der am weitesten vom Notausgang entfernt war. Annie hatte mehr in seiner Nähe gestanden; sie hatte Checklisten zur Überwachung des Experiments abgehakt.

Annie hatte ihn fragend angeschaut. Süße, süße Annie; sie war immer in jeder Hinsicht die Sensibelste gewesen. Dann spürte auch er, warum sie ihn anschaute: eine leichte Druckveränderung in diesem Raum, in dem der Luftdruck enorm präzise kontrolliert wurde – unmittelbar gefolgt von dem Geräusch einer Flüssigkeit, die brodelte, gurgelte, von oben herabfloss. Dann eine deutliche Druckveränderung, wie in einem Flugzeug, das in ein Luftloch fiel – und Annies Augen blickten plötzlich nicht mehr fragend, sondern entsetzt, als sie mit einer Stimme wie berstendes Glas seinen Namen rief.

Das war kein Zwischenfall wie das Leck im Handschuhkasten im Monat zuvor. Der war schlimm genug gewesen, doch größtenteils unter Kontrolle geblieben; und die Warnung war rechtzeitig gekommen, um noch aus dem Labor zu fliehen. Doch diese drastische und unkontrollierte Druckveränderung war katastrophal, vor allem, weil sie eintrat, während die Testkammer *noch offen stand* und der chemische Zünder darauf ausgelegt war, auf genau solch ein Ereignis zu reagieren.

Er rief laut eine Warnung und rannte zum Notausgang. Das war doch *er* gewesen, der den Ruf ausgestoßen hatte, oder? Oder war es Annie oder Matthew oder Dr. Fenton gewesen? Er war schon fast zur Innentür hinaus, als sich die erste riesige Explosion ereignete, und hantierte noch an der wenig genutzten Außentür, als die zweite ihn zu Boden warf. Als das dritte gedämpfte Dröhnen durch die beiden geschlossenen Türen drang und den Beton unter ihm erbeben ließ, stolperte er gerade die Außentreppe hinauf. Auf dem Rasen hinter dem Ausgang hatte er noch zwei rasche Schritte gemacht, bevor ein Vorschlaghammer seinen Rücken traf, gefolgt vom Echo eines Schusses und kalter Erde unter seiner Wange.

Obwohl er versuchte, dagegen anzukämpfen, überrollte ihn nun die Panik wie eine Flutwelle. Dr. Schutten umklammerte das Geländer des Betts mit der Hand seiner unverletzten Seite und versuchte, seine Atmung zu verlangsamen und unter Kontrolle zu bringen. Leichte, entspannte Atemzüge – so, wie die Krankenschwester es ihm erklärt hatte. Noch einmal, und noch einmal.

Langsam verblasste die Erinnerung und der Nebel in seinem Gehirn begann sich zu lichten.

Als er schließlich die Augen wieder öffnete, sah er, dass die Gestalt in der Dunkelheit sich nicht bewegt hatte. Kein Ruf nach einer Schwester. Kein Ausdruck von Besorgnis.

»Können wir weitermachen?«, fragte der Mann.

»Ich glaube schon«, antwortete Dr. Schutten schroff.

Die Fragen kamen nun in rascher Abfolge, und er beantwortete sie durch einen dünnen Schleier nachklingender Angst hindurch. Schließlich nahm die Stimme einen endgültigen Ton an: »Und Sie sind sich sicher, dass die Konfiguration des Zünders beim letzten erfolgreichen Test *vollständig* den Parametern für den Prototyp entsprach, die in Dr. Fentons Aufzeichnungen enthalten waren?«

»Ja.«

»Gut.« Endlich erhob sich die Gestalt.

Plötzlich wollte Dr. Schutten nicht allein sein. »Die Explosion kam so unerwartet«, sagte er hastig. »Der plötzliche Druckanstieg hätte zu keinem schlechteren Zeitpunkt auftreten können, besonders da das Testplutonium im Labor war. Und Dr. Fenton hat früher schon davor gewarnt, dass ein massiv misslungener Test das alte Lüftungssystem in L5 überlasten könnte – er sagte, das könnte sogar die Filter im Schornstein zerstören. Er befürchtete, dass innerhalb und außerhalb des Gebäudes Strahlung freigesetzt werden könnte. Hatte er recht? Ist das passiert?«

Die Gestalt hielt in ihrer Bewegung inne. »Ja. Das Plutonium in der Nähe der Testkammer ist verbrannt. Und die Filter wurden zerstört. Radioaktivität wurde freigesetzt.«

»Annie war so ein nettes Mädchen«, fuhr Dr. Schutten hastig fort. »Sie war verheiratet und hatte zwei kleine Kinder. Die Geheimniskrämerei um das Projekt war ihr zuwider. Einmal haben sie und ihr Mann mich zum Essen zu sich eingeladen.«

Keine Antwort.

»Ich habe laut gerufen, wissen Sie«, setzte Dr. Schutten eindringlich hinzu. »Bevor ich den Raum verließ. Konnten Sie bestätigen, dass Annie und die anderen gewarnt worden waren? Waren sie auf der Flucht?«

Pause. »Ja, Doktor«, antwortete der andere. »Sie wären fast entkommen.«

Die Gestalt begann sich wieder zu bewegen.

»Warten Sie«, rief Dr. Schutten. »Es ist so lange her. Gab es eine Trauerfeier für Annie und die anderen?«

»Ja«, sagte der Mann. »Es gab nachträglich einen besonderen Gedenkgottesdienst. Sogar erst vor Kurzem. Es ging Ihnen nicht gut genug, um daran teilzunehmen, also haben wir Ihnen nicht davon erzählt. Doch vielleicht können wir arrangieren, dass Sie bald ihre letzte Ruhestätte besuchen können.«

* * *

Vor der Tür zu Dr. Schuttens Zimmer blieb Adam stehen und holte tief Luft. Sein erstes Treffen etwas früher am Abend mit dem Wachmann Poppy Martin auf dem Hanford-Gelände war angespannt genug verlaufen. Doch diese Treffen mit Dr. Schutten waren noch anstrengender gewesen, wenn auch auf eine ganz andere Art und Weise. Hauptsächlich lag das an der Sentimentalität des Mannes. Adam fragte sich, wie er selbst wohl seinem Tod entgegentreten würde. Mit mehr Würde, beruhigte er sich.

Er hob Dr. Schuttens Patientenakte vom Boden auf, wo er sie hingelegt hatte, bevor er in das Krankenzimmer gegangen war. Die neuesten Einträge des Arztes bestätigten, dass die Schusswunde immer noch nicht heilte. Die Nekrose war mit an Sicherheit grenzender Wahrscheinlichkeit eine Folge der Strahlenvergiftung. Der Wissenschaftler spürte ganz offensichtlich, wie ernst sein Zustand war. Mittlerweile war es nur noch eine Frage von Wochen oder sogar Tagen.

Adam warf einen Blick auf den letzten Eintrag des behandelnden Arztes bei der letzten Visite. Darin deutete er an, Dr. Schutten hätte im Krankenhaus von Sherman größere Überlebenschancen gehabt als hier in diesem provisorischen Zimmer im Altenheim von Sherman. Ärgerlich schüttelte Adam den Kopf. Der Spezialist wurde nicht jede Woche für eine fürstliche Summe eingeflogen, um ethische Beurteilungen abzugeben, geschweige denn sie aufzuschreiben; er war hier, um eine Behandlung zu versuchen. Wenn sie Schutten hätten ins Krankenhaus bringen können, hätten sie es getan – doch wie wäre das möglich gewesen angesichts der strengen Geheimhaltung des Projekts?

Wenn Adam nicht bereits geplant hätte, diese Akte am Ende zu zerstören, hätte er die Kommentare des Arztes auf der Stelle herausgerissen.

Wenigstens war Dr. Schutten ein allein lebender Junggeselle. So war es Adam gelungen, in den letzten Monaten seine Nebenkosten zu bezahlen, ohne Verdacht zu erregen. Solch ein einsames Leben. Die ganze Zeit hatte sich niemand persönlich nach dem Mann erkundigt.

Adam lächelte, als er die wichtigste Erkenntnis der Nacht rekapitulierte. Dr. Schuttens Antworten hatten noch einmal bestätigt, wie nah am Ziel sie vor der Explosion letzten Herbst gewesen waren. Der kleinere Zwischenfall im September, den sie vertuschen konnten, war nicht mehr als ein kleines Stolpern gewesen verglichen mit der Erschütterung im Oktober. Es war der erste Zwischenfall gewesen, der zum Ausfall von vier verletzten Arbeitern geführt und ihn gezwungen hatte, die ungelernten Aushilfen einzusetzen, um vor dem Ministerium den Schein zu wahren. Und es war die Anwesenheit dieser Ersatzleute bei der Explosion im Oktober, die Adam jetzt solche Kopfschmerzen bereitete.

Doch nun endlich waren diese Kopfschmerzen unter Kontrolle. Adam warf einen Blick auf die Uhr.

Drei Uhr morgens. Kein Wunder, dass sich seine Augenlider wie Sandpapier anfühlten.

Er verließ den privaten Flur und nickte dem Wachposten zu, der an der Tür postiert war; dann ging er den Korridor entlang zum Aufzug. Die Anzeige mit den Etagennummern über der Tür begleitete seinen Weg nach unten, während Adam über andere Details nachdachte - beispielsweise, ob er das Zimmer im Pflegeheim schon kündigen sollte - die Kündigungsfrist betrug sechzig Tage - oder ob seine Vorkehrungen für Schuttens sterbliche Überreste angemessen waren. Wahrscheinlich hatte die Kündigung keine Eile. Unter Budgetdruck standen sie ja nicht, und die Geschichte, die sie dem Pflegepersonal aufgetischt hatten - Dr. Schutten sei ein reicher Mann, der wegen seiner Krankheit die Abgeschiedenheit brauchte -, wurde von niemandem angezweifelt. Was Dr. Schuttens letzte Ruhestätte betraf, hatten sie kaum eine Wahl.

Der Aufzug erreichte das Erdgeschoss und Adam ging an dem zu dieser späten Stunde unbesetzten Empfangsbereich des Pflegeheims vorbei zum Ausgang. Das spärliche Personal war wohl auf Visite.

Als er durch die Tür in die kühle Nachtluft trat, entschied Adam, dass er noch heute Nacht einen verschlüsselten Bericht über Dr. Schutten an

Direktor Foote schicken würde. Ihm gefiel der Gedanke, dass Foote um vier Uhr morgens eine E-Mail von seinem Projektleiter bekam.

Und obendrein – als Tüpfelchen auf dem i – würde er erwähnen, welch großer Tag Amerika bevorstand, verziert mit ein wenig versteckter Begeisterung. Das sollte dem alten Mann den Morgen versüßen.

15

Vierundvierzig Tage bis zum Prozess
Universität Princeton

Ryan stand im Schatten der Firestone-Bibliothek von Princeton und suchte auf dem Platz davor nach einem Übersichtsplan vom Campus. Ein Student in Shorts und mit einer Body-Bag über der Schulter lief durch sein Sichtfeld.

»Entschuldigen Sie bitte«, rief Ryan ihm zu. »Können Sie mir sagen, wo sich die Jadwin Hall befindet?«

»Am anderen Ende des Campus«, sagte der junge Mann und deutete an der großen gotischen Kapelle auf der anderen Seite des Platzes vorbei. »Die Washington Street hinunter beim Football-Stadion.«

Ryan nickte und der junge Mann ging weiter.

Emily war heute mit den grundlegenden Aufgaben der Prozessvorbereitung beschäftigt: Zeugen befragen, Zeugenaussagen vorbereiten, Prozessstrategie entwerfen.

Nur äußerst widerwillig hatte sie die Tatsache akzeptiert, dass sie keine Zeit hatte, all das zu tun *und* sich um das schwierige Gutachten zu kümmern, und hatte eingewilligt, dass Ryan dieses Treffen mit Dr. Nadine wahrnahm.

Ryan selbst hatte entschieden, dass es das Geld und die Zeit wert war, den Gutachter persönlich zu treffen. Ryan hatte mehr Erfahrung als Emily und wusste, dass die wissenschaftliche Erklärung der Explosion der Dreh- und Angelpunkt in diesem Fall war – und der Nachweis von Kierans Unschuld.

Das »andere Ende des Campus« war ein längerer Weg als erwartet und es war auch heißer als gedacht. Als Ryan Jadwin Hall erreichte – das Physikgebäude neben dem Football-Stadion –, war er nicht nur durchgeschwitzt, sondern auch fünfzehn Minuten zu spät für seinen Termin.

Zu seiner Erleichterung schien das den freundlichen bärtigen Mann, der ihn an der Tür von Dr. Nadines Büro in der sechsten Etage begrüßte, nicht zu kümmern. Er winkte ihn einfach in ein fensterloses Büro, das so eng war, dass kaum Raum für mehr als einen Schreibtisch und einen Besucherstuhl blieb.

Ryan saß noch nicht richtig, da gestand ihm der Professor, gerade erst den ergänzten Bericht von Covington gelesen zu haben, den man ihm vor Tagen gefaxt hatte. »Und ich fürchte, ich habe keine guten Nachrichten. Ich habe versucht, Sie vor Ihrer Abreise zu erreichen, aber Sie saßen bereits im Flugzeug.«

»Was meinen Sie?«, fragte Ryan besorgt.

Der Professor zuckte die Schultern. »Als ich mein erstes Gutachten schrieb, habe ich Pauline gegenüber erwähnt, wie außergewöhnlich es war, dass Mr Mullaney den Mischraum in L5 gerade dann betreten hat, als der Tank kurz vor der Explosion stand. Natürlich ist es möglich, dass Ihr Mandant einfach das Pech hatte, genau in dem Augenblick einzutreffen, als der Inhalt von Tank 17 so weit verdampft war, dass die Chemikalien reaktionsfähig wurden. Doch dieser zufällige zeitliche Ablauf hat mich immer gestört.«

Der Professor nahm sein Exemplar des Covington-Berichts zur Hand. »Covingtons neue Erklärung – dass Ihr Mandant Sekunden vor der Explosion ein Ventil unter Tank 17 verstellt hat, sodass Flüssigkeit austreten konnte und die Explosion beschleunigt wurde – ist, offen gesagt, logischer.«

»*Angeblich* das Ventil verstellt hat«, sagte Ryan.

Der Professor lächelte. »Natürlich. Ich konnte Ihrer E-Mail entnehmen, dass Mr Mullaney abstreitet, das Ventil verstellt zu haben. Doch Covingtons Beschreibung des Vorfalls ist vom wissenschaftlichen Standpunkt aus einleuchtender als die Alternative, die Ihr Mandant beschrieben hat – nämlich der außergewöhnliche zeitliche Zufall.«

»Aber«, protestierte Ryan, »was ist damit, dass Kondenswasser auf dem Tank war und er Anzeichen für einen deutlichen Druckaufbau zeigte, bevor mein Mandant überhaupt in seine Nähe kam? Heißt das nicht, dass der Zeitpunkt *tatsächlich* ein Zufall gewesen sein könnte?«

Der Blick des Professors war bereits skeptisch, noch bevor er etwas sagte. »Ich nehme an, das könnte schon sein – vorausgesetzt natürlich, dass Ihr Mandant seine Beobachtungen von Tank 17 zutreffend beschrieben hat.«

»Und in den Daten, die Sie überprüft haben, ist nichts, das Covingtons Schlussfolgerung widersprechen würde?«

Der Professor schüttelte den Kopf. »Nicht in den Dokumenten, die Pauline mir gegeben hat. Wenn Sie mehr haben, schaue ich mir die natürlich gern an.«

In Anbetracht der Tatsache, wie distanziert er diesem Fall gegenüber gewesen war, war Ryan jetzt überrascht, wie sehr es ihm davor graute, mit Emily zu telefonieren und ihr diese enttäuschenden Nachrichten zu überbringen.

Schließlich sprach er das an, was seine letzte Hoffnung für diesen Fall war. »Pauline sagte, Sie arbeiten auch daran, eine Strahlenvergiftung nachzuweisen.«

Wieder zuckte der Professor mit den Schultern. »Nicht direkt. Ich sagte ihr, dass wir eine Blutuntersuchung vornehmen könnten, um zu sehen, ob er mit Radionukliden in Berührung gekommen ist. Diese Tests sind heutzutage ziemlich präzise. Aber ich habe auch darauf hingewiesen, dass diese Untersuchung Zehntausende Dollar kostet.«

»Von wie vielen Zehnen sprechen wir denn?«

»Fünfzigtausend Dollar, schätze ich.«

»Können wir den Test immer noch machen?«, fragte Ryan.

Sein Gegenüber schüttelte den Kopf. »Ich sehe keinen Weg, in der kurzen Zeit bis zum Prozess noch Ergebnisse zu bekommen.«

Noch eine Stunde lang löcherte Ryan den Professor mit Fragen und versuchte erfolglos, irgendeinen Schwachpunkt in der Darstellung von Covington zu finden. Schließlich war klar, dass es keinen Sinn ergab, das Ganze weiter in die Länge zu ziehen.

Ryan erhob sich – und Dr. Nadine mit ihm.

»Natürlich verstehe ich, dass meine Aussage jetzt nicht mehr besonders hilfreich ist«, sagte der Professor. »Und ich würde mich an Ihrer Stelle schnell um einen neuen Gutachter bemühen. Sicher wissen Sie, dass es gar nicht so leicht sein dürfte, einen zu finden.«

»Ich weiß, dass die Zeit knapp ist«, erwiderte Ryan.

»Ja. Aber es gibt noch ein zusätzliches Problem.« Aus einem Bücherregal zu seiner Linken zog Dr. Nadine ein dünnes Buch, kaum dicker als eine Broschüre. »Das ist ein Verzeichnis von Atomwissenschaftlern in den Vereinigten Staaten. Wenn Sie es durchblättern, werden Sie sehen, dass die große Mehrheit der recht übersichtlichen Anzahl oft für den öffentlichen Sektor arbeitet – an Projekten, die vom Energieministerium überwacht werden, oder für die wenigen großen Atomkonzerne wie Covington. Über die letzten dreißig Jahre hat Covington Nuclear Forschungsverträge mit Dutzenden Universitäten geschlossen. Mir persönlich sind drei Lehrstühle für Physik bekannt, die von Covington gestiftet sind. Mr Hart, wir haben es hier mit einem kleinen Forschungsgebiet zu tun. Nicht viele Fakultäten für Physik und nicht viele Professoren sind bereit, das Risiko einzugehen, alle Brücken zur Regierung oder der Atomindustrie abzubrechen, nur um ein paar Wochen lang mit dem Anwalt eines Klägers in Sherman in Washington zusammenzuarbeiten.«

Ryan wollte das gar nicht hören. »Ich habe schon viele Klagen wegen Produkthaftung vertreten«, erwiderte er heftig. »Ich habe es immer geschafft, Gutachter zu finden.«

Mit einem mitleidigen Blick schüttelte der Professor den Kopf. »Das hier ist ein kleiner Klub. Ich will Ihnen mal ein Beispiel aus Ihrem Fall nennen. Ihre Vorgängerin Pauline hat mich ausfindig gemacht, indem sie auf gut Glück ein Dutzend Universitäten an der Ostküste besucht hat, angefangen in Boston und dann weiter in Richtung Süden. Sie war noch nicht an New York vorbei, als schon E-Mails von Kollegen bei mir ankamen, die mich auf ihre kleine Rundreise aufmerksam machten. Niemand *spionierte* ihr nach, Mr Hart. Tatsächlich sind Akademiker normalerweise recht futterneidisch, wenn es um Aufträge und Forschungsmöglichkeiten geht, und behalten sie für sich. Aber als Pauline die Runde machte, gab es eine Flut von E-Mails, als sei die Schwarze Pest im Anzug.«

In Ryans Ungläubigkeit mischte sich nun auch Wut. »Warum haben Sie dann überhaupt zugesagt, in dem Fall das Gutachten zu schreiben?«

Erneut zuckte der Professor mit den Schultern. »Ich bin ein Sonderling, Mr Hart. Fragen Sie meine Frau. Und ich habe eine Anstellung auf Lebenszeit. Außerdem war es sowieso kein besonders problematisches Gutachten, bevor Covington seinen Bericht ergänzt hat.«

Ryan wandte sich zur Tür.

»Es gibt da allerdings noch was«, hielt Dr. Nadine ihn auf. »Mehr eine fehlende Information als ein schlagkräftiges Argument.«

Solange es nur *irgendetwas* war ... »Und was?«

»Die Zeugen – darunter auch Ihr Mandant – haben von drei Explosionen berichtet. Der Originalbericht und diese ergänzte Version erklären das damit, dass die Explosion von Tank 17 Reaktionen anderer Chemikalien in anderen Tanks im gleichen Raum ausgelöst haben muss.«

»Und?«

Dr. Nadine lächelte wieder. »Das ist zwar eine valide Hypothese, aber ich habe nirgendwo den Inhalt der anderen Tanks aufgeführt gesehen. Ich habe Pauline einmal danach gefragt, aber sie war sehr mit anderen Fragen des Falls beschäftigt und hat sich nicht wieder bei mir gemeldet. Ich habe nicht noch einmal nachgehakt, da die Ursache der Hauptexplosion so eindeutig erschien und dafür sprach, dass die Verantwortung bei Covington lag. Aber es ist schon kurios, dass dieses Detail nicht von Covington in dem ergänzten Bericht geklärt wurde.«

16

Sherman, Washington

»Ja, Dad«, sagte Emily. »Also gut ... okay. Bis morgen Nachmittag dann.«

Sie legte ihr Handy weg, erbittert über die Neuigkeiten, die ihr Vater von seiner Reise nach Princeton mitgebracht hatte. Obwohl sie seiner Zurückhaltung im Fall Kieran zugestimmt hatte – besonders nach seinem Auftritt im Gerichtssaal –, wurde ihr nun bewusst, dass sie unbewusst immer noch erwartete, dass er ein Kaninchen aus dem Hut zauberte. Sie wusste nicht, ob sich diese Erwartung an ihn als Vater oder als erfahrenen Prozessanwalt richtete. So oder so, es war an der Zeit, diese Illusion hinter sich zu lassen.

Emily griff nach ihren Schlüsseln und verließ das Behelfsbüro. Im Sonnenschein des Spätnachmittags ging sie zu ihrem Auto, das am Bordstein geparkt war. Die letzten beiden Wochen waren wie im Flug vergangen – mit Vorbereitungen auf die Dringlichkeitsanhörung, Treffen mit Zeugen, die sie ohne gerichtliche Vorladung befragen konnte, mit dem Entwurf einer Prozessstrategie und der Durchsicht von Paulines restlichen Unterlagen. Bei Letzterem hatte Kieran geholfen und sie hatten Fortschritte gemacht, obwohl die Papierstapel nur unwesentlich kleiner geworden waren und noch längst nicht abgearbeitet.

Doch die Unterschiede zwischen dem, was sie kannte – der Vorbereitung auf einen zwei- bis viertägigen Strafprozess –, und den Herausforderungen dieses mehrwöchigen Monsterprozesses wurden ihr von Stunde zu Stunde klarer.

Deshalb war sie unschlüssig, ob sie heute Abend tatsächlich eine Pause einlegen sollte. Doch sie wollte diese Einladung nicht ablehnen. Kieran hatte heute Geburtstag. Seine Schwester Laura hatte angerufen und ihr erzählt, dass jemand auf dem Anrufbeantworter die Bitte hinterlassen hatte, dass Kieran bei einem Softball-Spiel der Gewerkschaft einsprang. Sie und ihre Mutter hatten ihn dazu gedrängt, da er das ganze Frühjahr über zu keinem Spiel hatte gehen können. Ob Emily es kurzfristig einrichten könnte, zu einer kleinen Überraschungsparty zu kommen?

Emily ließ den Motor an, wendete und machte sich auf den Weg auf die andere Seite der Stadt. Diese Pause war wahrscheinlich eine super Idee, musste sie zugeben. Es war sicher gut, einen Abend lang an etwas anderes zu denken als an den Fall. Und Emily hatte Kierans Mutter Amanda nie richtig kennengelernt – oder in den letzten Wochen viel Zeit mit Laura verbracht.

Ihr Weg führte sie über die Bikini Atoll Avenue. Diese lag mehrere Blocks von der Hauptstraße in Sherman entfernt, war aber an diesem

Samstagnachmittag trotzdem stark befahren. Die Fahrt gab Emily Zeit zum Nachdenken – und ihre Gedanken wanderten zu Kieran.

Durch die Zusammenarbeit der letzten Wochen fingen einige Barrieren zwischen ihnen an einzureißen. Ein Wendepunkt dabei war der gestrige Abend gewesen. Kieran hatte zugegeben, dass er sich nach dem College hauptsächlich aus Scham über seine eigenen Misserfolge nicht mehr bei ihr gemeldet hatte. Sein Leben war ins Stocken geraten, während seine Kommilitonen gute Arbeitsplätze hatten, Reisen unternahmen oder promovierten. Er hatte dies in einem Nebensatz eingestanden, über einem Stapel Dokumente gebeugt – doch Emily hatte die Entschuldigung in seinen Worten gehört.

Außerdem bewunderte sie ihn dafür, dass er sich weigerte, den Fall aufzugeben – selbst nachdem sie und auch ihr Vater ihre Zweifel so deutlich dargelegt hatten. Das erinnerte sie an den jungen Mann, den sie im College als ihren besten Freund betrachtet hatte und der seinen Prinzipien stets treu geblieben war. Er hatte sich verändert. Die Ernsthaftigkeit, die schon immer da gewesen war, war nun grundlegender geworden als damals während jener schweren Zeit an der Universität. Doch er hatte nichts von seiner Zuwendung oder seinem Mitgefühl verloren, wie sich an seinem festen Entschluss zeigte, seine Familie aus Hanford wegzubringen.

Emily fragte sich, wie er sie wohl heute sah. Sah er etwas in ihr, das ihn daran erinnerte, wer sie im College gewesen war? Sah er etwas, für das es sich lohnte, eine Freundschaft aufleben zu lassen, die sie beide eigentlich nie bewusst beendet hatten?

Auf halbem Weg bremste Emily an einer roten Ampel und kam hinter einem Jeep zu stehen. Sie schaute nach rechts. Auf dem Bürgersteig erkannte sie einen Mann, der allein, mit ruhigen, gezielten Schritten, dort entlangging: Es war Ted Pollock, der genau so aussah, wie sie ihn damals auf der Ranch kennengelernt hatte – in lässiger Arbeitskleidung und mit zwei Zöpfen, die unter dem breitkrempigen Hut hervor auf seine Schultern fielen. Er schaute stur geradeaus und schien sie nicht zu bemerken. Nach einigen Schritten verschwand er im Eingang eines eingeschossigen, fensterlosen chinesischen Restaurants.

Emily starrte ihm nach und erinnerte sich sofort daran, wie unangenehm ihr der Blick des Mannes an jenem Nachmittag gewesen war, an dem sie ausgeritten waren.

Jemand hupte. Erschrocken bemerkte Emily, dass der Jeep vor ihr verschwunden war und die Ampel auf Grün geschaltet hatte. Sie fuhr langsam an und schaute sich nach allen Richtungen um, bevor sie auf die Kreuzung fuhr.

Das Auto stand einen halben Block rechts von ihr und zu weit weg, als dass sie sich sicher sein konnte. Aber es sah nach Kierans Corolla aus, der unter den ausladenden Ästen einer Linde an der Rückseite des chinesischen Restaurants geparkt war. Emily konnte nur einen sehr kurzen Blick darauf erhaschen, bevor sie die Kreuzung ganz passiert hatte.

Corollas waren in Sherman nicht seltener als in Seattle. Außerdem war Kieran bei einem Softball-Spiel. Aber es war seltsam.

Sie schob den Gedanken beiseite und fuhr weiter.

* * *

Poppy saß auf der Couch im Wohnzimmer und spürte die Blicke, die Suzy ihm aus der Küche zuwarf. Zweiundvierzig Jahre Ehe ließen ihn sofort erkennen, wann sich seine Frau sorgte – und warum. Im Moment überlegte Suzy, warum er sich gestern Abend schon wieder krankgemeldet hatte, nachdem er so betont hatte, wie langweilig ihm zu Hause war. Sie fragte sich auch, warum er in den letzten sechsunddreißig Stunden durchs Haus gestapft war, ohne einen ganzen Satz zu sagen. Und sie malte sich die Katastrophe aus, die dazu geführt hatte, dass er zusammengesunken auf der Couch saß und das Spiel der *Yankees* gegen die *Angels* schaute, obwohl er beide Teams hasste.

Poppy wusste, dass sie ihn so lange grübeln lassen würde, wie er es brauchte. Er würde ihr alles erzählen, wenn er bereit dazu war. Das war wunderbar – außer, dass sie sich in der Zwischenzeit große Sorgen machte. Aber er konnte sich einfach nicht zu dem Geständnis überwinden, dass Covington ihn dazu zwingen wollte, seine Aussage über den Vorfall in L5 zu ändern. Besonders, da er darüber nachdachte, es tatsächlich zu tun.

Er schob sich von der Couch und schlenderte in die Küche. »Weißt du was, Suzy«, sagte er und griff nach einem Apfel auf der Anrichte, »ich glaube, ich geh doch rüber zum Softball-Spiel der Gewerkschaft. Sie haben wohl letzten Monat jedes Wochenende verloren, an dem ich nicht da war.«

Sie lächelte. »Ich finde, das ist eine gute Idee, Schatz«, erwiderte sie.

»Denkst du, Michael ist heute da?«, fragte er. Ihr ältester Sohn Michael war Poppy nicht nur in die Gewerkschaft für Sicherheitsdienste, sondern auch in den Sicherheitsdienst in Hanford gefolgt.

Sie schüttelte den Kopf. »Nein, auf dem Platz wirst du ihn nicht treffen. Ich weiß ganz sicher, dass er und Yvonne heute mit Michael Jr. im Schwimmbad sind.«

Poppy beugte sich zu ihr und küsste sanft ihren Hals. Dann ging er ins Schlafzimmer, um sich umzuziehen.

Der Weg zum Spielfeld führte einige Blocks weit die Hauptstraße von Sherman entlang und dann auf die Oppenheimer Avenue. Diese Straße führte bald ans Ende der Stadt, schlängelte sich unter Felswänden hinweg zum Fluss und zum River-Park-Sportplatz.

Poppy schaute hinauf zu den sonnengebleichten Uferklippen. Er hatte sein ganzes Leben zwischen diesen Hügeln verbracht und war als Junge die meisten dieser Felsen hinaufgeklettert. Abgesehen von seiner Zeit bei der Marine hatte er nie anderswo gelebt. Doch jetzt könnte er ebenso gut durch einen Marskrater fahren und würde sich dort nicht fremder fühlen als hier.

Vier Jahrzehnte lang hatte er seit dem Militär in Hanford gearbeitet, und nicht ein einziges Mal war er so behandelt worden. Dass er seine Aussage ändern sollte – nachdem man mit ihm nicht einmal über den ersten Untersuchungsbericht gesprochen hatte! Poppys Magen zog sich schmerzhaft zusammen.

Eine Kurve in der Straße, und das Sonnenlicht, das sich auf dem Columbia spiegelte, traf Poppys Augen wie Blitze. Er zuckte vor Schmerz zusammen, zog den Schirm seiner Baseballkappe tiefer in die Stirn und griff in die Brusttasche nach seiner Sonnenbrille.

Er hatte den Artikel gesehen, der vor einigen Tagen im *Sherman Courier* gestanden hatte. Darin hieß es, Covington behaupte in einem neuen Untersuchungsbericht, dass ein Stabilisierungstechniker in jener Nacht ein Ventil verstellt und die Explosion absichtlich herbeigeführt habe. Das konnte er sich nur schwer vorstellen. Warum sollte jemand so etwas tun? Doch auch das änderte nichts. Poppy wusste nur, dass sich Covington im Umgang mit dieser Explosion wie kein anderer Betreiber zuvor verhielt. Und deshalb war er irgendwie mitten in die Schusslinie geraten.

Er konnte sich nicht bei Darter Security beschweren – die würden sich nicht gegen Covington stellen und ihren Vertrag als Subunternehmer riskieren, selbst wenn sie zustimmten, dass Poppy ungerecht behandelt wurde. Er konnte Beschwerde bei der Gewerkschaft einreichen, aber die befand sich gerade in Tarifverhandlungen mit Covington und den Subunternehmern und würden ihn wahrscheinlich nicht besonders offensiv unterstützen. Außerdem hatte die Gewerkschaft nicht mehr den Einfluss wie in den guten alten Zeiten.

Die Kopfschmerzen kehrten zurück und Poppys Lungen rebellierten wieder. Er begann gerade zu überlegen, ob Softball nicht eine lausige Idee war, als der Sportplatz in Sicht kam.

Poppy hielt neben dem Zaun an, nahm seinen Fanghandschuh vom Beifahrersitz und ging langsam um die Spielerbank herum zur staubigen Linie an der dritten Base. Die Mannschaft der *Hanford Security Guards* wärmte sich gerade auf dem Spielfeld auf.

»Hey Poppy«, rief jemand vom Außenfeld, »schön, dich zu sehen!« Von der anderen Seite des Spielfelds kam eine ähnliche Begrüßung. Poppy spürte, wie er Lust auf das Spiel bekam. Er ignorierte die Schmerzen in seinem Kopf und das Engegefühl in seinem Brustkorb, zog seinen Fanghandschuh an und trabte aufs Feld, um sich aufzuwärmen.

Ein paar Minuten lang machte es Spaß, wieder einmal Bälle zu werfen. Doch alle Witze seiner Mannschaftskameraden, wie eingerostet er doch war, und alle freundschaftlichen Klapse auf den Rücken, die er im Vorbeilaufen von ihnen bekam, konnten die immer schlimmer werdenden Kopfschmerzen und seinen zunehmend rauen Hals nicht lindern. Als er kurz vor Spielbeginn zur Spielerbank joggte, lehnte Poppy das Angebot ab, die erste Base zu übernehmen. »Ich steige später ein«, rief er den anderen zu.

Drei Runden vergingen. Poppys Augen taten weh – trotz Sonnenbrille. Er blinzelte hinüber zur Bank der gegnerischen Mannschaft, eine bunte Mischung aus Ingenieuren und Radiologie-Technikern, und seine Verzweiflung wuchs.

Der Husten ließ sich jetzt nicht mehr unterdrücken. Zuerst war es kaum weniger als ein Räuspern, aber bald folgte ein heftiger Hustenanfall. Am Ende schmerzte sein Brustkorb und seine Augen tränten.

»Poppy. Alles in Ordnung?«

Er rieb sich die Augen und schaute hinaus aufs Spielfeld. Craig Westin, der Gewerkschaftsvertreter der Sicherheitsleute und Kapitän der Softball-Mannschaft, rief ihm etwas von der Werferposition aus zu. Alle Blicke aus beiden Mannschaften waren auf ihn gerichtet.

Poppy winkte ab. »Alles gut!«, rief er. Dann rieb er sich den schmerzenden Brustkorb.

Die Einladung, in der nächsten Feldrunde zu spielen, schlug er aus. Das Spiel ging weiter und seine Gedanken schweiften ab, bis er merkte, dass es auf dem Platz still geworden war. Er schaute auf.

Das Spiel war zum Stillstand gekommen, weil alle zur anderen Spielerbank schauten. Ein weiterer Spieler war eingetroffen: ein junger Mann mit breiten Schultern und blondem Haar, das unter seiner Baseballkappe hervorlugte. Mit leicht getrübtem Blick beobachtete Poppy, wie er zur gegenüberliegenden Spielerbank bei der ersten Base ging und sich ans Ende der Reihe setzte.

Die Spieler des Teams begrüßten ihren neuen Mannschaftskameraden nicht. Trotzdem starrte ihn jeder auf dem Platz und auf der anderen Bank an, als wäre er direkt vom Himmel gefallen.

Der Schiedsrichter gab das Zeichen zum Weiterspielen und Craig wandte sich langsam wieder um und schaute dem aktuellen Schlagmann entgegen. Sein dritter Wurf wurde im flachen Winkel zum Shortstop geschlagen, und damit war er raus.

Die Wachmänner kamen nacheinander zurück zur Spielerbank. Westin setzte sich neben Poppy, kämpfte mit einer Wasserflasche und starrte feindselig zur anderen Bank hinüber, wo der Neuankömmling immer noch saß, nachdem seine Mannschaftskameraden das Spielfeld eingenommen hatten.

»Was ist los?«, fragte Poppy. »Wer ist der Neue?«

Craig schüttelte den Kopf. »Das ist dieser junge Kerl – Kieran Mullaney«, sagte der Gewerkschaftsvertreter, die Stimme scharf und gesenkt. »Der Kerl, der wegen der Explosion in L5 letzten Herbst Klage eingereicht hat – und jetzt kommt raus, dass er die Explosion selbst verursacht hat.«

Poppy schaute wieder hinüber zur anderen Bank. Das war also der Techniker aus dem Covington-Bericht. Mehrere von Poppys Mannschaftskameraden schauten ebenfalls noch in Kierans Richtung.

»Der Junge war ein Frischling«, fuhr Westin fort. »War vor der Explosion gerade mal etwas mehr als ein Jahr an Bord. Ich glaub's einfach nicht – bricht einen Prozess vom Zaun, obwohl er selbst an L5 schuld ist. Und jetzt hat er auch noch den Nerv, hier aufzutauchen!«

Die andere Mannschaft wärmte sich noch für die nächste Runde auf, als Weston plötzlich seine Wasserflasche abstellte. Er ging die drei Schritte von der Bank zum Spielfeld und hinüber zu dem Spieler an der dritten Base, der sich zu ihm umdrehte, als er näher kam. Craig sprach einige Sekunden mit ihm, bevor er zur Bank zurückkehrte.

Poppy beobachtete den Wortwechsel mit wachsender Sorge. Als Westin zurückkam, winkte er am anderen Ende der Bank einige seiner Mannschaftskameraden zusammen und beriet sich im Flüsterton mit ihnen. Einen Moment später kam Craig wieder zu Poppy und setzte sich neben ihn.

»Er ist doch noch ein halbes Kind, Craig«, sagte Poppy. »Lass gut sein.«

Der Schatzmeister brauste auf: »Du warst doch in der Nacht auch in L5. Du musstest ins Krankenhaus. Ich kann selbst hören, dass du noch Probleme mit den Lungen hast. Aber du hast keinen Prozess losgetreten, oder? Und du hast ganz gewiss nichts auf dem Gelände sabotiert.«

»Nein«, erwiderte Poppy leise.

Craig wandte den Blick ab. »Natürlich nicht.«

Als die Sicherheitsleute ihre aktuelle Runde am Abschlag durchlaufen hatten und wieder aufs Feld gingen, ließ Poppy seinen – wenn auch von Kopfschmerzen vernebelten – Blick über den Platz gleiten. Er sah, wie Craig Hank Carisella vom Center Field an die erste Base stellte. Mit eins dreiundneunzig Körpergröße und mehr als hundertzehn Kilo Gewicht war der ehemalige Stopper der Football-Mannschaft von Sherman der größte Mann in der Sicherheitsgewerkschaft. Dann ging Craig zum Schiedsrichter an der ersten Base – Terry Wolner von der örtlichen Mechanikergewerkschaft – und unterhielt sich flüsternd mit ihm, bevor er zurück an die Werferposition ging.

Poppy versank wieder im Nebel seiner Kopfschmerzen, schloss die Augen und lehnte den Kopf an die Wand hinter sich. Er lauschte den Wortwechseln hier und dort auf dem Spielfeld, dem dumpfen Aufschlag von Bällen auf Leder. Dann wurde es wieder still auf dem Platz und er öffnete die Augen. Kieran schritt auf den Abschlag zu.

Poppy spürte, wie sich sein Magen verkrampfte. Der junge Mann sah jünger aus als Michael.

Während Kieran zu einigen Probeschwüngen ausholte, sah Poppy, wie die Außenfeldspieler der Sicherheitsleute nach und nach näher kamen, so als wollten sie sich den Mann am Schlag mal näher anschauen. Im gleichen Augenblick stellte sich Hank Carisella dicht an die erste Base.

Craig warf den Ball in einer einfachen, langsamen Kurve direkt zum Abschlag – *ungefähr schwer zu verfehlen wie ein Basketball*, dachte Poppy –, und der junge Mann machte einen Schritt und schlug den Ball weit über den Kopf des Spielers im Center Field.

Kieran ließ den Schläger fallen und sprintete zur ersten Base, doch der Center Fielder ließ sich Zeit, dem Ball nachzulaufen, mehr darauf konzentriert, über die Schulter zur ersten Base zu schauen, als den Ball zu holen. Poppy beobachtete verwundert, wie sich der Schiedsrichter an der ersten Base plötzlich vom Spiel *ab*wandte – doch damit war er der Einzige, denn der Rest der Feldspieler und die gesamte gegnerische Spielerbank fixierte den jungen Mann, der immer schneller die Kreidelinie entlang zur ersten Base lief. Als er sie fast erreicht hatte, trat der riesige Spieler dort nicht zur Seite, sondern nach vorn, hob Schulter und Ellenbogen und lehnte sich vor, als wolle er einen Football-Spieler stoppen, der mit dem Ball auf einen Touchdown zusteuerte.

Der folgende dumpfe Schlag war so laut, dass Poppy unwillkürlich aufstand, während Kierans Füße in die Luft flogen und sein Körper zu

Boden stürzte – so hart, als wäre er gegen einen Telefonmast gerannt. Dann war es wieder still – *so still,* dachte Poppy, *wie in jenem nächtlichen Moment auf dem Dach von L5, bevor die Sirenen losgingen.* Er schaute sich um: Zwanzig Gesichter, das des Schiedsrichters eingeschlossen, waren wie seines unbeweglich auf den jungen Mann gerichtet, der sich auf der Erde wälzte und sich das Gesicht hielt.

Kierans Stöhnen war über den ganzen Platz zu hören. Es war unklug von Kieran gewesen, heute Nachmittag hierherzukommen, sagte sich Poppy über die gequälten Laute hinweg. Kein einziger seiner Mannschaftskameraden kam, um ihm aufzuhelfen. Die Feindseligkeit seiner Kollegen war doch zum Greifen dick: Wie konnte es sein, dass er das nicht gemerkt hatte? Poppy fluchte innerlich über die Sturheit oder Dummheit des jungen Mannes, der sich jetzt auf die Knie rollte. Blut strömte zwischen seinen Fingern hindurch über sein Gesicht. Der ältere Mann wollte wütend werden, doch stattdessen fühlte er Schuld und aufsteigende Scham – so stark, dass diese Gefühle sogar seine pochenden Kopfschmerzen verdrängten.

Der junge Mann war jetzt wieder auf den Beinen. Hank Carisella war nur einen Meter entfernt stehen geblieben, und andere auf dem Platz kamen näher. Schlimmer noch, der junge Mann hatte eine blutige Hand sinken lassen, starrte den Spieler der ersten Base an und machte keine Anstalten zu gehen.

Poppy erhob sich von der Spielerbank und joggte über den Platz, als Carisella einen weiteren Schritt auf Kieran zutrat. Poppy schob sich an Craig Madsen und dem Fänger vorbei und trat von hinten an den jungen Mann heran. Zwischen Kieran und Carisella war kein halber Meter mehr Platz, als Poppy dem jungen Mann die Hand auf die Schulter legte und sich zwischen die beiden schob.

»Was machst du da, Pops?«, rief eine Stimme. Carisella trat einen halben Schritt zurück und starrte verdutzt auf ihn hinunter.

Poppy erwiderte den Blick unbeirrt. »Ich halte einen Haufen Idioten mit *Sicherheitsfreigabe* davon ab, sie zu verlieren, indem sie eine Schlägerei anfangen!«, erwiderte er, packte Kieran beim Arm und zog ihn aus dem Gedränge.

Erleichterung durchflutete ihn, als ihm der junge Mann willig folgte.

Auf dem ganzen Weg zum Parkplatz mit Kieran im Schlepptau spürte Poppy, wie ihn die Spannung vom Spielfeld in den Rücken traf. Er wusste, dass sie *ihn* nicht anrühren würden – aber er wollte nicht ausprobieren, wie viel er für diesen Jungen riskieren würde, wenn sie versuchten, ihn wegzuzerren.

Erst als er den Motor seines Wagens angelassen hatte und losfuhr, den jungen Mann neben sich auf dem Beifahrersitz, spürte Poppy, wie sich seine Spannung löste.

17

Sie waren bereits drei Kilometer vom Sportplatz entfernt, als Kieran zum ersten Mal etwas sagte: »Mein Auto steht noch da.«

»Lass dich später von jemandem zurückfahren«, entgegnete Poppy. »Im Moment ist es keine gute Idee, zum Sportplatz zurückzugehen.«

Er warf dem jungen Mann einen Blick zu. Die Nase war definitiv gebrochen, aber die Blutung hatte nachgelassen. »Die musst du richten lassen«, sagte er und deutete mit einem Kopfnicken auf Kierans Gesicht. »Ich fahr dich zur Notaufnahme.«

»Später. Ich will nur nach Hause«, antwortete der junge Mann.

Poppy schüttelte den Kopf. »Glaub mir, die willst du *gleich* richten lassen. Bevor sie anfängt zu heilen – und bevor deine Leute daheim sie zu sehen bekommen.«

Im Krankenhaus brauchten sie fast eineinhalb Stunden, bis sie wieder im Auto saßen. Kieran hielt sich eine Kältekompresse ans Gesicht und murmelte eine Wegbeschreibung zu seiner Adresse. Poppy hatte bisher nichts gesagt, aber er wusste, dass er die Frage stellen musste. Er öffnete den Mund – als Kieran sich erneut zu Wort meldete: »Danke, dass Sie mich da rausgeholt haben.«

»Gern geschehen.« Er schwieg kurz. »Ich bin Patrick Martin.«

»Kieran Mullaney.«

Jetzt, da das Eis gebrochen war, konnte sich Poppy nicht mehr bremsen. »*Warst* du es?«

Der junge Mann schaute hinter der Kältekompresse hervor zu Poppy. »Sie meinen L5? Nein.«

Schweigen.

»Wenn Sie dachten, ich könnte es getan haben, warum haben Sie mich dann da rausgeholt?«, fragte Kieran.

Poppy dachte an seine eigenen Erlebnisse im letzten Monat und dass nichts an dem Vorfall irgendeinen Sinn ergab. Vielleicht glaubte er dem Jungen einfach, weil Covington es offensichtlich nicht tat. War das der Grund, warum er ihm geholfen hatte? Dann stellte sich Poppy vor, sein eigener Sohn hätte allein gegen den Rest der Spieler dagestanden, und merkte, dass er keine Antwort geben konnte.

»Hör mal«, sagte er und ignorierte die Frage, »warum bist du überhaupt zu dem Spiel gegangen? Ich meine, du musst doch gewusst haben, dass die Stimmung seit diesem Zeitungsartikel schlecht ist.«

Kieran schüttelte den Kopf. »Jemand aus meiner Mannschaft hat mich angerufen und gesagt, ihnen fehle ein Spieler. Ich dachte, es wäre okay.«

Jemand hatte ihn zu dem Spiel eingeladen? Das war unlogisch. Auf dem Spielfeld hatte es bei seiner Ankunft in beiden Mannschaften kein einziges freundliches Gesicht gegeben.

Sie hielten an einem Stoppschild an. Kieran hob die Hand und deutete auf einen geräumig aussehenden Bungalow einen halben Block die Straße hinunter auf der linken Seite. Bevor Poppy weiterfuhr, griff er hinter sich, zog ein sauberes Arbeitshemd hinter dem Sitz hervor, das er immer dabeihatte, und gab es Kieran. Dann griff er noch einmal nach hinten nach einer Flasche Wasser.

»Du hast immer noch Blut am Hals und an den Händen. Mach dich ein bisschen sauber. Und das Hemd ist groß, es sollte dir passen.«

Kieran schaute ihn argwöhnisch an, kam dann aber der Aufforderung nach.

Kieran saß immer noch im Auto, den Blick gesenkt, und goss Wasser auf einen Zipfel seines eigenen blutverschmierten Hemdes, um sich die Hände abzuwischen, als ein weißer Van vor Poppys Pick-up einscherte und vor dem Haus des jungen Mannes hielt. Die Seitenfenster waren getönt, sodass Poppy den Fahrer nicht erkennen konnte, als der Wagen an ihm vorbeifuhr.

Zwei Männer stiegen auf der Beifahrerseite aus, beide mit Jeans, Skimasken und Arbeitshandschuhen bekleidet. Einer trug eine dunkle Tasche: Er rannte über den Rasen und verschwand hinter Kierans Haus. Der andere blieb dicht an der hinteren Stoßstange des weißen Wagens stehen.

Poppy beobachtete die Vorgänge verblüfft. Der Mann am hinteren Ende des Wagens ließ einen prüfenden Blick über die stille Nachbarschaft gleiten - und dann landete dieser Blick auf Poppys Pick-up.

Sekunden später kam der andere Mann wieder hinter dem Haus hervor - die Tasche jetzt zerknüllt und leer in seinen Händen. Mit einem letzten langen Blick zu Poppy gesellte sich der Wächter am Heck des Wagens zu seinem Partner und verschwand auf der anderen Seite. Poppy hörte das dumpfe Schließen einer Schiebetür.

»Was zum ...«, murmelte Kieran, der jetzt aufschaute - und schon war er zur Beifahrertür hinaus. Hastig öffnete Poppy seine eigene Tür und versuchte, dem weißen Wagen zu folgen, der mit quietschenden Reifen vom Straßenrand startete und am nächsten Block links abbog.

Kieran folgte dem Wagen im Sprint, doch es war klar, dass er ihm nicht einmal nahe kommen konnte. Weiter hinter ihm verlangsamte Poppy seinen Laufschritt und hustete vor Anstrengung. Dann wandte er sich der Seite des Hauses zu, wo der Mann mit der Tasche verschwunden war.

Das Haus war von einem langen, schmalen Gemüsegarten gesäumt. Mehrere Pflanzen rankten sich um Spaliere; einige trugen kleine Tomaten. Poppy schaute sich um.

Ein schwarzer Fleck vor dem Betonsockel des Hauses fiel ihm ins Auge. Poppy schaute näher hin. Es waren drei tote Krähen, die kopfüber in die lehmige Erde eingegraben waren. Ihre schwarzen Federn lagen um sie herum ausgebreitet. Um einen der Vögel war eine Kette geschlungen, an der eine Plakette hing.

Poppy betrachtete das Bild verwirrt, doch er wusste sofort, was die Plakette war: ein Standard-Dosimeter für radioaktive Strahlung. Er streckte die Hand aus und drehte es um, um die Färbung sehen zu können - grün bedeutete sicher, je röter verfärbt, desto mehr Strahlung.

Abrupt richtete er sich auf und trat zurück. Selbst im Schatten war das leuchtende Rot des Dosimeters zu sehen, so rot wie eine frische, offene Wunde.

»Was ist das?«

Poppy warf einen Blick über die Schulter zu Kieran, gerade als dessen Augen sich weiteten.

»Ich habe einen Geigerzähler im Auto«, sagte Poppy. Ohne auf eine Antwort zu warten, joggte er zurück zu seinem Wagen, um den Eberline-530-Geigerzähler aus dem Werkzeugkasten auf der Ladefläche seines Pick-ups zu holen. Es war ein altes Modell, ein Geschenk von seinem Vater, als er Anfang der Achtzigerjahre in Rente gegangen war. Doch Poppy pflegte das Gerät und sorgte dafür, dass es immer aufgeladen war.

Als er zurückkehrte, hatten sich zwei Frauen zu Kieran gesellt: eine jüngere, vielleicht sechzehn Jahre alt, und eine Frau, die eher in Kierans Alter war. Kieran ließ beide mehrere Meter zurücktreten. Ohne sich vorzustellen, trat Poppy mit dem grauen Kasten in der einen Hand und der Messsonde in der anderen vor und hielt die Sonde in Richtung der Kadaver.

Das Rauschen blieb unverändert, während er die Sonde hin und her bewegte und sich vorsichtig dem rot gefärbten Dosimeter und den Vögeln näherte. Schließlich stand er direkt über ihnen. Das Geräusch des Gerätes änderte sich immer noch nicht; nur das leise, stetige, klickende Surren war zu hören, das die Abwesenheit radioaktiver Strahlung anzeigte. Poppy spürte, wie sich seine Schultern entspannten.

»Was ist los?«, fragte die junge Frau – und dann rief das Mädchen alarmiert aus: »Was ist denn mit deinem Gesicht passiert?«

Bevor Kieran antworten konnte, hob Poppy eine Hand. »Ich muss gehen«, sagte er.

Der junge Mann nickte. »Danke nochmals.«

Warum passiert das alles?, fragte sich Poppy, während er langsam zurück zu seinem Pick-up ging. Und das jetzt – so lange nach der Explosion. Lag es an dem Artikel über den neuen Covington-Bericht, der im *Courier* erschienen war? Oder daran, dass der Fall vor Gericht gegangen war?

Doch warum bekam der junge Mann dann eine telefonische Einladung zu einem Spiel, bei dem jeder Teilnehmer ihm am liebsten den Kopf abgerissen hätte?

Poppy ließ den Motor an und bog nach links ab, vorbei an Kieran und den beiden Frauen, die an der Seite des Hauses miteinander redeten. Dann bog er an der Ecke, um die der weiße Wagen verschwunden war, ein zweites Mal nach links ab und schlug in westlicher Richtung den Heimweg ein.

Das Auto stand hinter der Kurve, gerade weit genug den Block hinauf, um vom Haus aus unsichtbar zu sein. Einen Augenblick lang dachte Poppy daran, anzuhalten – oder vielleicht umzukehren und es Kieran zu erzählen. Stattdessen trat er aufs Gaspedal und fuhr so schnell wie möglich an dem anderen Wagen vorbei.

Es war der weiße Van. Seine Insassen waren hinter den getönten, verspiegelten Scheiben nicht zu sehen. Aber das erneute Auftauchen des Wagens war nicht das Einzige, das Poppy alarmierte.

Als er an dem Van vorbeiraste, sah er, dass er keine Nummernschilder besaß.

* * *

Es war schon nach Mitternacht, als Emily mit ihrem Hyundai auf den Parkplatz beim Riverside-Sportplatz einbog. Kieran saß neben ihr. Die dunkle Silhouette von Kierans einsamem Corolla war deutlich auf dem Parkplatz zu erkennen – das Mondlicht spiegelte sich in der Heckscheibe.

Der Abend war eine emotionale Achterbahn gewesen. Der Anblick der toten Krähen und des Dosimeters neben dem Haus hatte sie schockiert, ebenso wie Kierans geschundenes Gesicht. Auf ihr Drängen hin hatten sie Fotos von den Krähen gemacht, bevor sie aufgeräumt hatten – und dann hatten sie sich darauf geeinigt, Kierans Mutter zu erzählen, er habe beim Spiel einen Unfall gehabt. Amanda hatte bereits mit ihren eigenen gesundheitlichen Problemen genug zu tun; sie konnte sich nicht auch noch um ihren Sohn sorgen. Außerdem hatte sich Kieran gegen Emilys Proteste durchgesetzt und darauf bestanden, nicht die

Polizei zu rufen: Dann wäre es nämlich unmöglich gewesen, die Sache vor seiner Mutter geheim zu halten.

Aber dann hatte sich der Abend auf wundersame Weise zu etwas … Besserem gewendet. Vielleicht lag es daran, dass sie über die schlimmen Ereignisse nicht reden konnten, oder an dem großen Wunsch, allem für eine Weile zu entfliehen, den sie und Kieran offensichtlich teilten. Doch während beim Geburtstagsessen und Geschenke-Auspacken die Zeit verging, stellte Emily auf einmal fest, dass eine ganze Stunde vergangen war, in der sie nicht an den Fall gedacht hatte oder an das Softball-Spiel oder an die Enttäuschung über ihren Vater oder auch nur an die schrecklichen Symbole, die jetzt neben dem Haus vergraben waren. Je später der Abend wurde, umso mehr schien es ihr, als wären sie und Kieran wieder im College und plauderten mit seiner Mutter und Schwester, die zu Besuch gekommen waren. Erneut stellten die geteilten Geheimnisse und Sorgen Vertrautheit zwischen ihnen her.

Schweigend näherten sie sich Kierans Auto, bis das Licht von Emilys Scheinwerfern auf die Fahrertür fiel. »Sieh dir das an.« Kieran deutete mit dem Finger.

Mit einem Mal überrollte Emily die Situation wieder. Deutlich sichtbar im Scheinwerferlicht war ein platter Vorderreifen. Ihr Blick ging zur Windschutzscheibe: Sie war überzogen mit einem Spinnennetz aus Rissen.

Emily zitterte, als sie Kieran half, das Ersatzrad und den Wagenheber aus dem Kofferraum zu holen – ob vor Kälte oder erneuter Wut und Angst, wusste sie nicht. Er gab ihr eine Jacke von der Rückbank seines Corollas und sie stand neben ihm in der kalten Abendluft und betrachtete den Schaden an dem alten Auto, während er den Reifen wechselte.

Glücklicherweise war nur ein Reifen zerstochen worden. Zwanzig Minuten später war Kieran fertig und verstaute das platte Rad und das Werkzeug im Kofferraum.

»Kannst du gut genug sehen, um nach Hause zu fahren?«, fragte sie, als er sich zu ihr umdrehte.

Er nickte. »Ja, es geht schon.« Bei seinen Worten sah sie im vollen Licht ihrer Scheinwerfer die Erschöpfung in seinem geschundenen Gesicht.

»Ich hätte ein Geburtstagsgeschenk für dich besorgen sollen«, sagte sie und versuchte krampfhaft, sich irgendetwas zu überlegen, das ihn aufmuntern würde. »Ich … mein Kopf denkt zu stark in Anwalt-Mandanten-Schubladen.«

Er schüttelte den Kopf. »Ernsthaft, Emily, mach dir keine Sorgen. Ich habe mich einfach gefreut, dass du gekommen bist. Fast wie in alten Zeiten.«

Emily nickte zustimmend und lächelte, um den Schmerz darüber zu verbergen, ihn wieder so entmutigt zu sehen. Dann, ohne nachzudenken, beugte sie sich zu ihm hinüber und küsste ihn auf die Wange.

Nur langsam lehnte sie sich wieder zurück, und einen Augenblick lang dachte sie, er würde vielleicht ihrer Bewegung folgen – doch das tat er nicht. Er lächelte einfach, so gut das mit seiner daumendicken Lippe und den dunkel umrahmten Augen ging. Emily hätte um ein Haar losgelacht.

Sie fuhr zurück zu ihrem Büro neben der Pension und ließ sich das Ende des Abends noch einmal durch den Kopf gehen. Es war verwirrend und aufregend. Das lag an den Krähen, sagte sie sich. Und an dem demolierten Auto.

Nur war das eine Lüge. Die Feier heute Abend hatte sie in die Zeit zurückversetzt, bevor ihre Mutter gestorben war. Als Emily sich noch an die Hoffnung klammerte, dass ihre Mutter sich erholen und alles so werden könnte wie früher. Als ein Teil von ihr ihren Vater noch vergötterte, bevor dieses Gefühl verblasst war und ihre verkümmerte Beziehung noch distanzierter und angespannter geworden war. Bevor Emily die Einsamkeit besiegt hatte, indem sie viel Zeit in ihr Jurastudium und ihre Karriere investierte. Nun ja – besiegt … oder in Schach gehalten.

Die Scheinwerfer fielen auf das Auto ihres Vaters, das vor dem Anbau des Winchester Inn stand. Emily hielt am Straßenrand, schaltete den Motor aus und saß still in der Dunkelheit.

Sie musste ihre wachsenden Gefühle für Kieran unter Kontrolle halten, sagte sie sich. Er war jetzt ein Mandant. Das war ihr erster eigener Fall; sie konnte es sich nicht leisten, etwas anzufangen und gegen die Berufsethik zu verstoßen. Und dann war da noch das Versprechen an ihren Vater.

Sie stieg aus dem Auto und trat in die Stille des Abends. Wem machte sie etwas vor, dachte sie, während sie über den Bürgersteig zu dem Gebäude ging. Die Berufsethik war ihr egal. Und ihr war auch egal, was ihr Vater dachte. Er hatte schon lange kein Stimmrecht mehr in ihrem Leben.

Einen Augenblick lang erinnerte sie sich daran, wie sie bei der Beerdigung ihrer Mutter neben ihm gestanden hatte. Schulter an Schulter - und doch hatte seine Gegenwart sie nicht vor dem Schmerz bewahrt. Das Bild war so deutlich, dass ihr für einen kurzen Moment das Herz wehtat.

Der Moment verging und sie kehrte in die Gegenwart zurück: Sie stand in der Stille der Wüstennacht auf der Türschwelle des Büros und fragte sich, was diese Erinnerung zutage gefördert hatte.

Dann wusste sie es. Als sie die Tür öffnete, wurde ihr klar, dass sie in den letzten Wochen, seit sie mit Kieran zusammenarbeitete, zum ersten Mal seit dem Tod ihrer Mutter nicht mehr jenes unterschwellige Gefühl des Verlustes spürte.

18

Dreiundvierzig Tage bis zum Prozess

Das Flugzeug befand sich im Landeanflug auf den internationalen Flughafen Seattle-Tacoma, und Dr. Minh Trân hielt sich krampfhaft an den Armlehnen seines Sitzes in der Touristenklasse fest. Eine erneute Turbulenz ließ das Flugzeug abrupt absinken und hob ihn mehrere quälende Sekunden lang schwerelos von seinem Platz. *Bitte*, betete er, *bring dieses Flugzeug runter. Bald.*

Er hasste Fliegen. Schon seit seinem ersten Flug. An jenem Tag war der Helikopter schlingernd und hüpfend über die Baumspitzen geschrammt, während seine Mutter ihn so fest an ihre Brust gedrückt hatte, dass er kaum noch atmen konnte. Die ganze Zeit über hatten Suchscheinwerfer ein Muster an den dämmerigen Abendhimmel gezeichnet, und Kugeln waren von der dünnen Metallhülle des Hubschraubers abgeprallt. Er war vier Jahre alt gewesen, und sie waren mit einem der letzten Helikopter aus Danang in Vietnam geflohen. Das war 1975. Die Bilder und Erinnerungen an diesen Tag waren auch noch nach all der Zeit ganz frisch und deutlich, auch wenn er einige davon erst Jahre später verstanden hatte. Doch eine Hinterlassenschaft jenes Fluges bedurfte keiner Auslegung: Minh hasste Fliegen, und das würde bis an sein Lebensende so bleiben.

Glücklicherweise setzte die Boeing 787 der American Airlines aus Dallas hart auf der Landebahn des Flughafens in Seattle auf. Dankbar, wieder festen Boden unter den Füßen zu haben, schulterte Minh sein Handgepäck und verließ das Flugzeug mitten in der schwerfälligen Menge der Passagiere, die sich durch die Fluggastbrücke schob.

Er trat in die Flughafenhalle und warf sofort einen Blick auf die Uhr an der Wand: 13:45 Uhr. Gut. Ganz in der Nähe befand sich eine digitale Abflugtafel. Er ging hin und ließ den Blick suchend über die Zahlen auf dem Monitor gleiten. Da war er: Flug 1209 aus Philadelphia, pünktlich und Ankunft an Gate S1. Dann suchte er die Anschlussflüge nach Sherman Airport. Gate C5.

Dr. Trân rückte seine Schultertasche zurecht und nahm die Bahn zum Terminal S. Von dort aus ging er zu Gate S1 und suchte sich einen Platz im Gastronomiebereich, um auf die Ankunft des Fluges aus Philadelphia zu warten. Er hatte reichlich Zeit – über eine Stunde –, doch Zeitpläne überließ er nie dem Zufall. Er stellte seine Tasche auf den Boden, schaute noch einmal auf die Uhr und machte es sich für die Wartezeit bequem.

* * *

Als er aus dem Flugzeug aus Philadelphia stieg, wünschte Ryan, er hätte Zeit, nach Seattle zu fahren und bei Melissa nach dem Rechten zu schauen. Obwohl er sie alle paar Tage anrief und die Kanzlei sowieso mehr oder weniger tot war, sollte er wenigstens einen Blick auf die Post werfen. Doch dafür war heute keine Zeit, denn sein Anschlussflug ging in weniger als einer Stunde.

Während er den Weg hinüber zu den Zügen in Richtung Terminal C ging, konnte Ryan den Countdown in seinem Kopf einfach nicht ausschalten: nur noch fünf Wochen, bis ihre Gutachten eingereicht werden mussten. Und da Dr. Nadines Unterstützung für Kierans Klage schwächelte, musste er nun wenigstens versuchen, jemanden als Ersatz für den Princeton-Professor zu finden. Irgendjemanden, der mehr Eifer für die Sache mitbrachte.

Fakt war, dass der Tag näher rückte, an dem ein guter Anwalt – ein objektiver Anwalt – »das Gespräch« mit Kieran führen würde. Ein Gespräch darüber, einen demütigenden Schritt auf Eric King zuzumachen, um zu sehen, ob er noch einmal einen Vergleich anbieten würde. Einen Vergleich, in dem Covington bestenfalls zusagte, Kieran nicht als Verursacher der Explosion strafrechtlich zu verfolgen.

Kieran mochte vielleicht keinen Vergleich schließen, egal in welcher Form; doch ein Vergleich war besser als die Abweisung seiner Klage und mögliche spätere strafrechtliche Schritte.

Darum sollten Anwälte keine Freunde vertreten, dachte Ryan, als er seinen Schritt durch das Terminal beschleunigte. Denn manchmal mussten gute Anwälte einen Schritt zurücktreten und ihren eigenen Mandanten die harten Fakten über den Kopf ziehen.

Plötzlich stieß jemand Ryan heftig an und brachte ihn aus dem Schritt.

»Oh, bitte verzeihen Sie mir! Das tut mir sehr leid.«

»Schon gut«, erwiderte Ryan und drehte sich um. Hinter ihm stand ein Mann, der einen Kopf kleiner war und Jeans und eine Windjacke trug. Eine Brille war bis an den Ansatz seines kurz geschnittenen Haares hochgeschoben. Der Mann war Asiate – Vietnamese, vermutete Ryan.

»Ich muss mich nur für meinen Anschlussflug beeilen«, sagte der Mann. »Ich fürchte, dass ich zu spät komme. Und ich muss gestehen, dass ich ein bisschen nervös bin. Ich hasse Kleinflugzeuge.«

»Ich auch«, pflichtete Ryan ihm bei.

»Wohin fliegen Sie?«, fragte der Mann und passte seinen Schritt an Ryans an.

»Sherman.«

Der Mann schüttelte den Kopf. »Na, wenn wir abstürzen, dann kenne ich wenigstens jemanden auf diesem Flug.«

»Sie nehmen auch dem Flug nach Sherman?«

Der Mann nickte, ohne an Tempo zu verlieren. »Ja. Genau genommen habe ich einen Beraterjob in Spokane. Ich muss nur ein paar Dinge in Sherman abholen, bevor ich dorthin fahre.«

»Auf welchem Gebiet arbeiten Sie als Berater?«, fragte Ryan abwesend.

»Kernphysik. Genau genommen ist mein Fachgebiet die Nuklearchemie, aber dieser spezielle Auftrag ist etwas allgemeiner.«

Sie blieben vor einer Schiebetür stehen, um auf den Zug zu Terminal C zu warten. »Nuklearchemie?«, wiederholte Ryan.

»Ja«, erwiderte der Vietnamese, bevor er erneut nervös auf die Uhr schaute.

»Wirklich? Nuklearchemie?«

»Ja.«

Der Zug näherte sich mit hoher Geschwindigkeit, bremste dann und hielt schließlich an. Einen Augenblick später öffneten sich die Türen und Ryan folgte dem kleineren Mann in den Waggon. Mit einem Ruck fuhr der Zug an, rollte dann aber gleichmäßig weiter.

»Ich bin Ryan Hart«, sagte er und streckte dem anderen Mann die Hand entgegen.

Dieser lächelte. »Dr. Minh Trân.«

»Haben Sie eine Visitenkarte, Dr. Trân?«

Der Mann wirkte überrascht. »Ja.« Er griff in seine Jackentasche, zog eine Karte heraus und reichte sie Ryan.

»Arbeiten Sie auch im juristischen Bereich als Berater, Dr. Trân?«

»Gelegentlich«, erwiderte der Wissenschaftler. Der Zug bremste jetzt ab. »Terminal C«, sagte eine weibliche Stimme über die Lautsprecheranlage. »Aber ich war in letzter Zeit extrem beschäftigt«, beendete Dr. Trân seinen Satz.

Gemeinsam stiegen die beiden Männer aus dem Waggon. Ryan schaute sich um – bis der Wissenschaftler auf den Pfeil deutete, der sie zu einer Rolltreppe zu Gate C1 bis C5 leitete. Sie näherten sich Gate 5, als Dr. Trân in seine Hosentasche griff und ein Mobiltelefon hervorzog.

Einen Moment lang starrte er auf das Display und hielt es sich dann ans Ohr.

Ihre Wege trennten sich im Terminal. Das Flugzeug nach Sherman war klein, aber Ryan sah nicht, wo der Wissenschaftler saß, und er sah ihn auch nicht aus dem Flugzeug steigen. Doch Ryan dachte immer noch über den Mann nach, als er sein Auto vom Parkplatz holte und die kurze Fahrt zum Büro antrat.

19

Achtunddreißig Tage bis zum Prozess

»Pat, gibst du heute noch irgendwann die Kartoffeln rüber?«

Poppy schreckte auf, schaute in die besorgten Augen seiner Frau und bemerkte die Blicke von allen anderen, die am Esstisch saßen. »'Tschuldigung, Suzy«, sagte er und reichte ihr die randvolle Schüssel.

Michael, der rechts neben ihm saß, warf seinem Vater besorgte Blicke zu. Michaels Frau Yvonne am anderen Ende des Tisches beschäftigte sich mit ihrem Essen und versuchte, die unbehagliche Stimmung zu ignorieren. Megan, die jüngste Tochter der Martins, die neben Suzy saß, versuchte nicht einmal, ihre Beunruhigung zu verstecken.

Nur der fünfjährige Michael Jr. merkte von alldem nichts. Er war damit beschäftigt, einen Berg Kartoffeln auf seinem Teller aufzutürmen.

Poppy hasste, ihnen allen das anzutun. Seine eigenen Sorgen und Ängste hatten dazu geführt, dass auch alle anderen nervös und angespannt waren. »Hey«, begann er mit einem angestrengten Lächeln, »mein neuer Kollege hat mir neulich eine Geschichte erzählt ...« Den Witz über Twitter hatte er zwar nur halb verstanden, aber die Taktik funktionierte für den Augenblick. Michael und Yvonne lächelten und wandten sich wieder ihren Tellern zu. Suzy nickte. Nur Megan weigerte sich, sich besänftigen zu lassen.

Seit über dreißig Jahren arbeitete er nun in Hanford, und noch nie hatte Poppy seine Kinder so besorgt um ihn gesehen wie jetzt. Megan arbeitete in der Buchhaltung eines Subunternehmers von Hanford. Michael war seit drei Jahren selbst als Wachmann in Hanford tätig, während er Abendkurse belegte und davon sprach, Jura studieren zu wollen. Sie alle waren sich der Arbeit in Hanford und der damit verbundenen Risiken gegenwärtig. Aber sie hatten keine Ahnung, warum ihr Vater im Moment vor sich hin brütete und murmelte wie ein Verrückter, denn er sagte keinem, was ihn bedrückte. Somit konnten sie alle nur mutmaßen und das Schlimmste befürchten. Das hielt er nicht mehr lange aus.

Für den Rest der Mahlzeit bemühte sich Poppy, sich an der Unterhaltung zu beteiligen. Das war nicht leicht und es gelang ihm nicht vollständig. Später, als sie alles Geschirr neben dem mit dampfend heißem Wasser gefüllten Abwaschbecken gestapelt hatten, trat Megan von hinten an ihren Vater heran und umarmte ihn. Er nahm ihre Hände und drückte sie sanft.

»Du, Suzy«, sagte er zu seiner Frau, die am Kühlschrank stand, »es ist noch nicht so spät. Ich denke, ich werde Dad im Pflegeheim noch besuchen.«

»Hättest du dabei gern Gesellschaft?«, fragte Megan und ließ ihn los.

»Ach, weißt du, eigentlich ist das eine gute Idee«, antwortete Poppy ein wenig zu schnell, »aber ich glaube, ausnahmsweise hätte ich gern ein paar Minuten allein mit Opa.«

Der überraschte Ausdruck in Megans Augen tat ihm weh. »Schon in Ordnung, Dad«, erwiderte sie.

Er hatte noch nie abgelehnt, wenn eines seiner Kinder ihren Großvater besuchen wollte, und es bedrückte ihn, dass er es jetzt tat. »Beim nächsten Mal«, sagte Poppy mit einem Lächeln.

»Geh ruhig«, sagte Suzy zu ihrem Mann und musterte ihn, als wäre ein Fremder in ihrer Küche. »Die Besuchszeit ist bald vorbei.«

Poppy brachte die Fahrt zum Altersheim von Sherman hinter sich wie auf Autopilot, bis er dort auf dem Parkplatz anhielt. Das Heim, das in den Siebzigern von Hanford-Firmen gestiftet worden war, war preiswert, gut geführt und die beste Alternative außerhalb der größeren Städte wie Yakima oder Spokane. Es hatten sich so viele Hanford-Veteranen hier angesiedelt, dass die alternden Bewohner ihren Aufenthalt mit einem Augenzwinkern als »vierte Schicht« bezeichneten.

Poppy fragte am Schwesternzimmer, ob sie Rodney Martin hinunter auf die Wiese bringen könnten. Dann ging er durch den Gemeinschaftsraum und die doppelten Glastüren auf die Außenterrasse.

Der Abend war warm; das war gut. Solange es draußen angenehm war, zog sein Vater es vor, sich hier mit Besuchern zu treffen. Hier spiegelte sich die Sonne im Columbia River, der am Ende des golfplatzgepflegten Rasens entlangfloss. »Viel besser, als die Pillendosen in meinem Zimmer anzustarren«, murmelte sein Vater dann gewöhnlich.

Das war ein Witz, keine Klage. Poppy staunte, dass ein ehemals so starker Mann seinen Humor behalten hatte, obwohl er jetzt, mit neunundachtzig Jahren, im Rollstuhl saß und auf Sauerstoff angewiesen war. *Er ist immer noch ein Vorbild,* dachte Poppy.

Er setzte sich in einen Terrassenstuhl, der dem Columbia zugewandt stand, um die wechselnden Grauschattierungen auf dessen Oberfläche zu beobachten, und versuchte, sich in der dämmrigen, beruhigenden Stimmung seines stetigen Fließens zu verlieren. Was immer half, den Albdruck in seinem Magen und die bleierne Erschöpfung in seinem Kopf zu lindern.

Was sollte er wegen seiner Aussage zu L5 entscheiden?

All die Jahre hatte er dort gearbeitet und sein Vater vor ihm. Seine Großeltern hatten 1943 den Tag miterlebt, als sich Ingenieure, Bulldozer und Bauarbeiter wie Ameisen am Ufer des Flusses versammelt hatten, um die Stadt Hanford niederzureißen und die stadtähnliche Anlage zu bauen, die einst zum Nuklearsperrgebiet Hanford werden sollte. Poppy erinnerte sich daran, wie sein Vater ihn im Alter von zwölf Jahren mit Erlaubnis seiner Vorgesetzten mit aufs Gelände genommen und durch die Ruinen der ehemaligen Stadt Hanford gefahren hatte. Es war ein verschlafener Ort gewesen, hatte sein Vater erzählt, eine kleine Gemeinde von Farmern, bevor die Bewohner fast über Nacht zum Umzug gezwungen wurden, damit die Plutoniumfabrik entstehen konnte. Als Zeugnisse ihres Lebens hatten sie nur die leeren Hüllen ihrer Häuser, Geschäfte und einer einzigen Schule zurückgelassen.

Sein Vater und er waren gemeinsam über die ausgefahrene, stille Hauptstraße von Hanford gelaufen, die verlassenen Gebäude dunkel gefärbt und verkohlt von den jahrelangen Feuerwehrübungen, die das

Energieministerium anderen Gemeinden genehmigt hatte. Vor einem großen, ausgebrannten Haus waren sie stehen geblieben, und Rodney hatte die Hand ausgestreckt und die geschwärzte Farbe auf den Überresten der Holzverschalung berührt.

»In diesem Haus bin ich aufgewachsen«, hatte er leise erzählt. Es war, als spräche er ebenso mit den Überresten des Hauses wie mit Poppy an seiner Seite. »Ich ging weg, um in einem Krieg zu kämpfen, und sah ausgebombte Dörfer von der Normandie bis zur Ruhr. Ich war so froh, dass das Amerika erspart blieb. Dann kam ich zurück nach Hanford, und meine eigene Heimatstadt war leer gefegt – für immer. Meine Eltern durften mich und deinen Onkel vor unserer Rückkehr noch nicht einmal vorwarnen. ›Aus Sicherheitsgründen‹, hieß es.«

Alles, was seine Familie besessen hatte, hatte sie Hanford gegeben. Und das war es, was Hanford ihnen nun zurückgab …

»Patrick?« Die Stimme war schwach und heiser. Poppy pflanzte sich ein Lächeln aufs Gesicht, bevor er sich zum Rollstuhl umdrehte und seinen Vater umarmte.

»Hallo, Dad.«

»Die Besuchszeit ist in fünfundvierzig Minuten zu Ende«, sagte die Pflegerin hinter dem Rollstuhl, bevor sie sich entfernte. Poppy bedankte sich und zog dann seinen Stuhl näher zu seinem Vater.

Rodneys Blick war noch stark, doch seine Augen standen im starken Kontrast zu krummen Fingern und altersfleckigen Händen, die von dunklen Adern durchzogen waren. Dünne graue Haarsträhnen waren quer über seinen Kopf gekämmt, und die Haut an Gesicht und Hals war faltig und ebenfalls fleckig. Doch Poppy sah darüber hinweg und rief sich den Mann ins Gedächtnis, der seine Kollegen einst zum Staunen gebracht hatte, indem er ein Siebzig-Kilo-Fass mit ausgestreckten Armen über seinen Kopf gestemmt hatte.

Eine kühlende Brise wehte vom Fluss den Hang hinauf, während Poppy zehn Minuten lang die Fragen seines Vaters nach den Enkeln und Urenkeln beantwortete. Es war ein Segen, dass sich sein Vater noch an sie alle erinnerte. Für kurze Zeit kamen sie auch auf Sherman zu sprechen: die Siegesserie der örtlichen Baseballmannschaft in der Regionalliga, das neue Stadion im Osten der Stadt.

Dann ebbte das Gespräch ab.

»Willst du mir nicht sagen, was dich bedrückt, Junge?«, durchbrach sein Vater Poppys Gedanken.

»Es ist nichts weiter«, erwiderte Poppy. Ursprünglich war er gekommen, um seinen Vater um Rat zu fragen. Doch jetzt, im Widerschein des orangefarbenen Sonnenuntergangs über dem Columbia, sah er nur einen gebrechlichen Mann, der seine Ruhe verdient hatte. »Ich glaube, ich sollte gehen.«

Sein Vater schüttelte langsam den Kopf. »Lüg deinen alten Herrn nicht an. Dafür hast du kein Talent. Hattest du noch nie. Außerdem verschwendest du meine Zeit – und das ist die Sache, von der ich am wenigsten übrig habe.«

Poppy lächelte. Er wusste, wenn er jetzt ging, würde sich sein Vater Sorgen machen. »Ich habe nur ein paar Probleme auf der Arbeit. Ich bekomme ständig Druck von oben, den ich so vorher noch nie abgekriegt habe.«

»Ich weiß bereits, dass du die Explosion letzten Herbst miterlebt hast«, sagte Poppys Vater, seine Stimme am Ende des Satzes nur noch ein Keuchen. Einen Moment später fuhr er fort: »Suzy hat es mir gleich danach erzählt. Ich musste ihr versprechen, dass ich dir nicht sage, dass ich es weiß. Ziemlich albern, meinst du nicht? Dass wir beide das gleiche Geheimnis voreinander haben?«

Wieder lächelte Poppy. »Ja, Dad. Aber wer will sich schon mit Suzy anlegen?«

»Sie hat mir auch gesagt, dass du immer noch gesundheitliche Probleme hast, Junge«, sagte Poppys Vater nach einem langen Atemzug. »Stimmt das?«

»Manchmal Hustenanfälle. Kopfschmerzen«, antwortete Poppy. »Aber es wird langsam besser«, setzte er hinzu.

Rodney schüttelte wieder den Kopf. »Ich habe dir eben gesagt, Patrick, dass du schon immer ein furchtbarer Lügner warst. Es hat keinen Sinn, dass du dir das jetzt noch angewöhnen willst. Was will dir die Firmenleitung antun?«

Da ließ Poppy seine Bedenken los, er begann bei der Explosion und endete bei der Konfrontation mit dem Mann von der Personalabteilung und dessen Forderung, seine Aussage zu ändern. Sein Vater nickte immer wieder und schaute an Poppys Schulter vorbei zum Fluss.

»Ich habe noch nie gehört, dass sich jemand in Hanford über einen solchen Vorgang beklagt hätte«, endete Poppy.

Sein Vater nickte. »Tja, selbst wenn sich mal jemand beschwert hat, hast du es wahrscheinlich nicht einmal mitgekriegt«, sagte er dann. »Du weißt, dass Beschwerden nicht gerade gern gesehen werden. Weder von Arbeitern noch von der Geschäftsleitung. Aber wenn es dir hilft ... ich habe auch nie von so etwas gehört.«

Poppy nickte und dachte an den Vorfall mit Kieran Mullaney auf dem Spielfeld und an die toten Krähen. Er war schon so weit gekommen, also erzählte er auch noch den Rest der Geschichte.

Er dachte, sein Vater wäre geschockt. Stattdessen schüttelte Rodney nur den Kopf. »Hätte nicht gedacht, dass sie das immer noch durchziehen.«

»Was meinst du damit, Dad?«

Sein Vater setzte sich etwas bequemer hin. »Damals, zu meiner Zeit, waren die toten Krähen eine Warnung.«

»Das ist schon mal vorgekommen?«, fragte Poppy fassungslos.

Rodney nickte. »Ja.«

In all seinen Geschichten über Hanford hatte sein Vater das noch nie erwähnt. »Tja, dann schätze ich, es ist jetzt auch eine Warnung«, sagte er. »Sie versuchen, ihn einzuschüchtern –«

»Nein«, widersprach sein Vater kopfschüttelnd. »Nicht einzuschüchtern. Es ist mehr als das. Es ist eine echte Drohung. In den Sechzigern waren einige Arbeiter in der Anti-Kriegs-Bewegung aktiv. Dann gingen einige noch weiter und wurden zu Atomkraftgegnern. Die dümmsten von ihnen redeten lautstark davon. Schließlich sagte ihnen jemand aus der Gewerkschaft, sie sollten einen Gang zurückschalten. Als das nichts nützte, schickte eine kleine Gruppe den Protestlern die schwarzen Krähen. Ihr Kopf in der Erde bedeutete, dass sie ruhiggestellt wurden. Es sollte die letzte Warnung sein. Bevor die Arbeiter die Sache in die Hand nahmen. Du kannst dir vorstellen, was das bedeutet – in einer Plutoniumfabrik.«

Die Nacht brach an und der Abendwind wurde kühler. Poppy dachte darüber nach, was das für Kieran Mullaney bedeutete. »Und was ist am Ende passiert?«, fragte er.

Sein Vater schüttelte den Kopf. »Die meisten der Aktivisten wurden ruhiger. Ein paar kündigten. Es gab das Gerücht, dass ein Mann nicht hören wollte und herausfinden musste, dass sie es ernst meinten. Ich habe gehört, dass er verstrahlt wurde – aber das passierte Leuten öfter, ohne dass jemand nachhalf. Ich habe nie erfahren, ob es bei ihm wirklich mit den Krähen zusammenhing.«

Rodney Martin wirkte nun todmüde. Poppy war sich wieder unsicher, ob er dieses Gespräch heute Abend hätte führen sollen.

Am westlichen Himmel war das letzte Sonnenlicht verblasst und die Sterne hatten das Dunkel noch nicht erobert. Poppy verfolgte den Weg einer Sternschnuppe, die gleißend über den Himmel schoss, bevor sie dicht über dem Horizont verschwand, und dachte über die Worte seines Vaters nach.

Die Pflegerin kam wieder. »Es ist Zeit, Mr Martin.«

Sowohl Poppy als auch sein Vater antworteten mit einem »Okay«, und Rodney lächelte ein letztes Mal schwach.

»Schau mal, mein Junge«, sagte sein Vater zu Poppy, bevor die Pflegerin ihn wegschob. »Wenn du in mein Alter kommst, wenn du hier sitzt und darauf wartest, dass Gott dich zu sich holt, dann schaust du zurück auf dein Leben. Das ist alles, was dir bleibt – und du kannst dich glücklich schätzen, wenn du *das* überhaupt noch kannst. Du hattest eine gute Zeit in Hanford. Du hast mit der Arbeit deine Familie ernährt, und bis jetzt ist dir nie etwas zugestoßen. Die Firma hat dich gut behandelt, und du warst ein guter Mitarbeiter. Aber lass nicht zu, dass diese neue Firma, dieses Covington Nuclear, das Bild verändert, das du eines Tages sehen wirst, wenn du an meiner Stelle bist. Lass nicht zu, dass sie dich zu etwas zwingen, das du bereuen wirst, wenn du hier sitzt.«

Als die Pflegerin seinen Vater wegschob, konnte Poppy sehen, dass ihm der Kopf bereits auf die Brust gesunken war.

20

Sechsunddreißig Tage bis zum Prozess

Emily nippte an ihrem Kaffee und schaute über den Tisch zu Taylor Christensen, der seine zweite Flasche Bier in der Hand hielt. Der massige Mann schob die Flasche unter seinen Schnurrbart und nahm einen weiteren langen Schluck.

Taylor hatte vorgeschlagen, sich nach seiner Schicht hier im *Lightning Ale House* zu treffen. Das machte ihr nichts aus. Allerdings hatte sie ein Frühstückstreffen erwartet, nicht ein Gespräch bei Bier um neun Uhr morgens.

Taylors Augen waren rot, obwohl man fairerweise sagen musste, dass er eben von seiner Nachtschicht kam. Überraschender war allerdings, dass er ganz und gar nicht Emilys Erwartungen entsprach. Er war viel zu jung und nervös, gar nicht der sture, bedächtige Hanford-Veteran, der seit fast zwei Jahren Kierans Vorgesetzter war.

»Danke, dass Sie sich mit mir treffen«, begann Emily vorsichtig.

»Klar, gerne«, antwortete Taylor. Sie bemerkte, wie sein Blick von seinem Platz an ihrem Ecktisch aus erneut prüfend über den ganzen Raum glitt.

»Ich habe gesehen, dass Pauline Strand Ihre Aussage zum Vorfall in L5 mit als Erste aufgenommen hat«, fuhr Emily fort. »Ich treffe mich mit den Zeugen, die bei Kierans Prozess aussagen werden, um zu sehen, ob sie sich an etwas erinnern, das sie bei ihren eidesstattlichen Erklärungen nicht gesagt haben.«

Emily überrollte eine Welle von Beunruhigung, als Taylors Augen an ihr heruntergiltten, so als prüfe er sie auf Wanzen. »Was zum Beispiel?«, fragte er.

»Alles, was mit der Explosion in jener Nacht zu tun hat. Etwas, das Sie gesehen haben. Irgendetwas, das Sie wissen und das Aufschluss geben könnte, wie es zu dem Vorfall gekommen ist.«

Emily vertrat als Pflichtverteidigerin in Seattle meistens Männer und Frauen, die schuldig waren. Was sie voneinander unterschied, war, wie sie diese Schuld zu vertuschen versuchten – ob sie sie abstritten, manchmal Reue zeigten oder ihre Schuld zwar anerkannten, aber versuchten, sie zu rechtfertigen.

Taylor wirkte, als gehöre er zu den Letzteren. Entweder das, oder er hatte bloß Angst. Weder das eine noch das andere konnte Emily verstehen.

»Sie vertreten Kieran«, sagte Taylor, obwohl sie ihm das bereits bei ihrem Telefonat gesagt hatte, als sie das Treffen vereinbart hatten, und dann noch einmal vor wenigen Minuten.

»Ja.«

»Also werden Sie alles, was ich Ihnen sage oder zeige, geheim halten«, sagte er fragend.

Emily schüttelte vorsichtig den Kopf. »Nein. Sie sind nicht mein Mandant. Ich muss alles der Gegenseite offenlegen, was Sie mir sagen.«

Taylors Blick wurde noch verschlossener, als er einen weiteren Schluck aus der Flasche nahm.

»Aber, je nachdem, worum es sich handelt«, fügte Emily eilig hinzu, »könnte ich Ihre Identität für mich behalten – wenn es sich um Tatsachen handelt, die ich aus anderer Quelle bestätigen kann.«

Das schien Taylor eher zu gefallen. Sie konnte sehen, wie er nachdachte. »Kieran ist ein echt guter Junge«, sagte er schließlich. Emily fand, dass seine Aussprache inzwischen leicht verschwommen klang. Nach nur zwei Bier war das für einen Mann seiner Größe und Figur ungewöhnlich – aber vielleicht hatte er schon was getrunken, bevor sie eingetroffen war.

Der große Mann griff in seine Tasche, zog ein doppelt gefaltetes Blatt Papier hervor und reichte es Emily.

Das Dokument war eine Fotokopie, leicht schief, der Titel abgeschnitten. *Wer sie angefertigt hat, muss in Eile gewesen sein,* dachte Emily. Die Tabelle darauf führte auf der linken Seite die Jahre 1990 bis 2012 auf, oben waren die Spalten von eins bis achtzehn durchnummeriert. Die entsprechenden Kästchen enthielten jeweils chemische Symbole sowie Prozentangaben.

Die achtzehn Spalten entsprechen den Tanks im Mischraum von L5, dachte Emily. Die Inhalte der Tabelle sahen aus wie Prüfdaten von Behältern, wie Angaben über die Chemikalien in ihnen und die Anteile der jeweiligen Stoffe im Verlauf der Zeit. Emily fragte Taylor, ob die Seite tatsächlich das zeigte, was sie vermutete. Taylor nickte.

»Ja. Für Raum 365 in L5.«

Emilys Augen weiteten sich. »Wo haben Sie das her?«

»Aus der Firmenzentrale von Covington. Als Stabilisierungstechniker hatte ich Zugang zu den archivierten Proben. Am Morgen nach der Explosion bin ich direkt vom Krankenhaus dorthin gegangen, noch bevor die Inspektoren von Covington kamen. Ich wollte sehen, ob ich etwas darüber herausfinden konnte, was die Explosion verursacht hatte.«

»Wissen die, dass Sie die Unterlagen haben?«

Er schüttelte den Kopf. »Ich glaube nicht. Mit meiner Sicherheitsfreigabe bin ich durch die Tür ins Archiv gekommen, aber ich habe mich nicht in die Besucherliste eingetragen. Ich hatte es eilig; ich war noch nicht einmal zu Hause gewesen.«

Emilys Gedanken rasten. Sie erinnerte sich, was Dr. Nadine zu ihrem Vater über diese Daten gesagt hatte.

»Ich weiß nicht, ob das hilft«, setzte Taylor hinzu, »aber Sie können es behalten. Halten Sie einfach nur meinen Namen aus der Sache heraus.«

»In Ihrer eidesstattlichen Erklärung haben Sie das nicht erwähnt«, sagte Emily.

»Ja. Und ich habe es auch sowohl dem Prüfer als auch Covingtons Anwalt verschwiegen, als sie mich durch die Mangel gedreht haben. Ich dachte, es könnte mich in Schwierigkeiten bringen – wenn man bedenkt, wie Covington nach der Explosion die Schutzschilde hochgefahren hat.«

»Warum jetzt?«

Taylor leerte seine Flasche mit einem letzten langen Schluck, und in seinen Augen loderte ein Feuer auf. »Weil ich gesehen habe, was sie bei dem Softball-Spiel mit Kieran gemacht haben.«

Emily sah zu, wie Taylor sich umdrehte und versuchte, die Kellnerin heranzuwinken, die schwer damit beschäftigt war, den wenigen Gästen in der Kneipe Frühstück zu servieren. Sie fragte sich, wie lange Taylor schon so frühstückte wie jetzt.

»Was meinen Sie mit ›Schutzschilde hochfahren‹?«, fragte sie.

Er zuckte die Schultern und versuchte, gleichgültig auszusehen. Es gelang ihm nicht. »Im Moment ist alles etwas heikel. Covingtons Anwalt hat mich in den letzten neun Monaten drei Mal befragt. Er hat mir gesagt, ich solle nicht über L5 reden – aber musste er es beim dritten Mal immer noch so arg betonen? Und dann habe ich vor einer Weile einen Anruf von einem Typ aus der Personalabteilung bekommen, der mich auch noch einmal daran erinnert hat. Er hatte doch tatsächlich den Nerv anzudeuten, dass man mir in Zukunft meine Stunden kürzen könnte, weil es draußen grad wenig zu tun gibt. Was dachte der denn, wem er was vormachen kann? Ich habe die Warnung verstanden.«

Die Kellnerin kam mit der dritten Flasche Bier. Emily hatte es nun eilig, ihren Vater anzurufen; sie griff in ihre Handtasche und legte einen Zwanzig-Dollar-Schein auf den Tisch.

»Frühst… Das geht auf mich«, sagte sie.

Als sie aufstand und ging, hob Taylor zum Gruß die neue Flasche.

* * *

Ryan saß auf der Couch, sein Mobiltelefon in der einen Hand, einen Schreibblock in der anderen. Zwischen mehreren Anrufen dachte er darüber nach, wie leid er die täglichen Waffenstillstandsverhandlungen mit Emily war. Als sie sich heute Morgen verabschiedet hatte, hatte er augenzwinkernd gemeint, sie könne auch das Double für die schöne Staatsanwältin der Fernsehserie *Law and Order* spielen. Das Lächeln, auf das er gehofft hatte, hatte die Halbwertszeit einer Seifenblase.

Sein Respekt für Emilys berufliches Können wuchs: Sie warf sich in die Prozessvorbereitung wie ein Gladiator. Er hätte ihre Hingabe noch mehr bewundert, müsste er nicht befürchten, dass ihr Eifer direkt proportional zu ihren Gefühlen für Kieran anstieg. Mittlerweile verbrachte sie den größten Teil ihrer Zeit mit dem jungen Mann. Nahm die meisten Mahlzeiten mit ihm ein. Und es war Ryan auch nicht entgangen, dass sie mehr auf ihre Kleidung und ihr Make-up achtete, wenn Kieran kam, um ihnen bei der Arbeit zu helfen.

Ryan wandte sich wieder seiner Aufgabe zu. Seit seinem Ausflug nach Princeton hatte Emily es ihm überlassen, einen neuen Gutachter zu finden. Auf seinem Schreibblock stand eine Liste von Telefonnummern aus dem Verzeichnis von Nuklearwissenschaftlern, das Dr. Nadine ihm gezeigt hatte. Er hatte mit siebenundvierzig Kandidaten begonnen und diese Liste dann auf zwölf eingegrenzt, zwölf Wissenschaftler, die keine offensichtliche Verbindung zum Energieministerium, zu Covington oder anderen Firmen aus der Atomindustrie hatten. Acht davon hatten bereits abgelehnt, weil die Anfrage zu kurzfristig war. Damit blieben zwei Männer und eine Frau übrig, die zugesagt hatten, darüber nachzudenken und nachzuschauen, ob in ihrem Terminkalender noch Platz war. Allerdings hatte nur einer von ihnen echtes Interesse gezeigt: Dr. Virgil Strong von der University of Southern California. Der Mann hatte eine hervorragende Reputation und Ryan hoffte sehr, dass er zusagte.

Er griff in seine Hemdtasche und zog die Visitenkarte hervor, die darin steckte. Dann war da noch Dr. Trân. Ryan hatte im Internet nach ihm recherchiert. Er hatte ebenfalls fantastische Referenzen und keine bekannte Verbindung zur Industrie. Wenn überhaupt, war er noch perfekter als Dr. Strong.

Zu perfekt. Wie groß war die Wahrscheinlichkeit, buchstäblich auf einen Nuklearchemiker zu stoßen – selbst am Flughafen von Sherman? Auf einen Mann, der sich mit genau dem Fachgebiet auskannte, mit dem sie es zu tun hatten – genau in dem Moment, in dem sie einen neuen Experten suchten? Stünde dahinter der Versuch von King oder Covington, ihnen einen Maulwurf ins Nest zu setzen, es wäre unfassbar dreist. Aber nach dem, was er in Richter Renways Verhandlungssaal gesehen hatte, war sich Ryan nicht sicher, welche Grenzen King oder seine Auftraggeber überhaupt respektierten.

Also nein. Wenn auch nur die geringste Wahrscheinlichkeit bestand, dass Dr. Trân ein Spitzel war, würde Ryan das Risiko nicht eingehen, dass der Mann nur sein Konto abräumte und dann ein wertloses Gutachten lieferte – oder schlimmer noch: ein ausgezeichnetes Gutachten lieferte, nur um dann im Zeugenstand seine Aussage zurückzuziehen oder abzuändern.

Ryan warf einen Blick zu dem anderen Schreibblock auf dem Couchtisch, auf dem er nach seiner Internetrecherche die Labors notiert hatte, die Blut auf radioaktive Substanzen untersuchen konnten. Er wartete noch auf ein halbes Dutzend Rückrufe mit Angaben zu Preisen und Verfügbarkeit. Es musste doch eine Alternative zu Dr. Nadines Schätzung von fünfzigtausend Dollar geben.

Sein Mobiltelefon summte in seiner Hand. Es war Emily. »Ja?«

»Dad«, sagte Emily, und ihre Stimme klang ganz aufgeregt. »Weißt du noch, dass Dr. Nadine gesagt hat, er hätte keine Daten über die anderen Tanks im Mischraum gefunden? Daten, die zeigen würden, ob sie die zweite und dritte Explosion verursacht haben?«

»Ja.«

»Ich glaube, ich habe etwas.« In hohem Tempo beschrieb Emily ihr Treffen mit Taylor Christensen. »Ich bringe dir das Blatt gleich mit.«

Harte Arbeit führt zu Ergebnissen, dachte Ryan – *und Emily arbeitet gerade für zwei.* »Das ist fantastisch!«, sagte er.

Gleich nachdem sie aufgelegt hatten, wählte Ryan Dr. Nadines Nummer. Ihr Gutachter musste diese Information sofort erhalten und sie mussten eine Telefonkonferenz vereinbaren, um sie zu analysieren.

»Hallo?«, meldete sich eine Stimme nach mehrmaligem Klingeln.

»Dr. Nadine? Hier ist Ryan Hart.«

»Oh, Mr Hart.« Der Professor klang überrascht.

»Ich rufe an, weil wir ein neues Dokument gefunden haben, das vielleicht Aufschluss über den Inhalt der anderen Tanks im Mischraum geben kann. Sie erinnern sich doch, dass Sie diese Frage bei meinem Besuch angesprochen haben?«

»Ich habe seit unserem Treffen nichts mehr von Ihnen gehört, Mr Hart.«

»Ich weiß«, erwiderte Ryan. »Wir waren sehr damit beschäftigt, alles auf den letzten Stand zu bringen. Aber wegen der anderen Tanks …«

»Nach unserem Gespräch bin ich davon ausgegangen, dass Sie einen anderen Gutachter suchen wollten.«

Ryans Finger schlossen sich fest um das Telefon. »Das habe ich nie gesagt.«

»Nun, das tut mir leid, aber so hatte ich es verstanden. Ich fürchte, ich habe schon einen neuen Auftrag angenommen. Ich fliege noch heute Abend nach Berlin und werde den Rest des Sommers fort sein. Vielleicht hätte ich mich vergewissern sollen, ob ich sie bei unserem Treffen richtig verstanden hatte, aber ich war überzeugt, dass Sie jemand anderen engagieren wollten.«

Ryan hatte Dr. Nadine noch nicht abgesagt, um genau dieses Szenario zu vermeiden: am Ende ohne Experten dazustehen. »Herr Professor, das können Sie nicht machen. Wir haben keinen Ersatz für Sie, und diese neue Information könnte hilfreich sein.«

Schweigen. Dann: »Es tut mir sehr leid.«

Ryans Ton verschärfte sich. »Wir haben einen Vertrag. Sie wurden bezahlt, um zu …«

»Tatsache ist, Mr Hart, wenn Sie Ms Strand fragen, werden Sie feststellen, dass ich *nicht* für meine Dienste bezahlt wurde – abgesehen von einer Anzahlung von tausend Dollar letzten Herbst. Ms Strand hat mir mehrmals gesagt, dass sie kein Budget hat. Unter den jetzigen Umständen werde ich dafür sorgen, dass die Fakultät die Anzahlung erstattet. Ihnen viel Glück.« Und damit legte Dr. Nadine auf.

Diese Nachricht wird für Emily ein Schlag in die Magengrube sein, dachte er. Er selbst bekam auch schon Magenschmerzen.

Er hob das Handy wieder hoch und wählte eine andere Nummer. Wenige Augenblicke später hörte er einen Anrufbeantworter. Während er auf das Signal wartete, um seine Nachricht hinterlassen zu können, fiel sein Blick erneut auf Dr. Trâns Visitenkarte. Er nahm sie zur Hand, gerade als es in der Leitung piepste.

»Hallo, Dr. Strong. Hier ist Ryan Hart. Ich habe Anfang der Woche mit Ihnen über ein Gutachten für einen Prozess in Sherman im Bundesstaat Washington gesprochen. Die Lage hier hat sich so entwickelt, dass ich dringend eine Antwort von Ihnen brauche …«

21

Fünfunddreißig Tage bis zum Prozess

»Das ergibt keinen Sinn.« Kieran schüttelte den Kopf. »Das ist nicht der Taylor Christensen, den ich kenne.«

Die Schwellung um Kierans Nase und Augen war fast vollständig abgeklungen, bemerkte Emily. »Was ist denn anders? Dass er so nervös war? Oder dass er zu viel trinkt?«

»Du weißt, dass ich im Moment nur halbtags arbeite«, sagte Kieran und schüttelte den Kopf. »Vielleicht war er bei der Arbeit etwas kurz angebunden mit mir. Angespannter. Aber angesichts dessen, wie alle anderen mich behandeln, erschien mir sein Schweigen als Unterstützung.«

Emily hielt das Blatt Papier hoch, das Taylor ihr gegeben hatte. »Tja, das hier würde diesen Schluss ebenfalls nahelegen.«

Kieran nickte. »Was sagt dein Dad: Besteht Hoffnung, dass wir einen Gutachter finden?«

»Nein«, erwiderte Emily. Kieran betrachtete sie eingehend. Als sie nichts weiter sagte, beugte er sich zu ihr hinüber.

»Hast du vor, deinem Spitzenanwalt-Schrägstrich-Papa in nächster Zeit mal eine Chance zu geben?«, fragte er.

»Ich gebe ihm doch eine Chance«, entgegnete sie und wandte den Blick ab. »Er kann das tun, was er sich gewünscht hat. Mich ein wenig unterstützen und weiter nichts.«

Kieran stupste sie behutsam an. »Er stellt auch einen ganzen Haufen Schecks aus.«

»Er hat jede Menge davon«, antwortete sie knapp.

»Ja, aber er muss sich trotzdem von ihnen trennen«, erwiderte Kieran rasch.

»Er wollte deinen Fall gar nicht übernehmen, du erinnerst dich?«

Kieran zuckte die Schultern. »Hat er aber. Hör mal, Emily, du weißt, wie sehr ich zu schätzen weiß, was du tust – und wie viel es mir bedeutet. Aber ich weiß auch zu schätzen, was er tut.«

Emily antwortete nicht.

»Was hat er Schlimmes getan, als deine Mutter krank war?«, drängte Kieran.

Emily starrte Kieran einen Moment lang an. Die Frage ließ ein altes Feuer in ihr wieder auflodern. »Gegen Ende meines ersten Semesters im Jurastudium«, begann sie, »am Abend vor meiner ersten Prüfung war ich ein Nervenbündel. Ich hätte am liebsten meine Mutter angerufen und mit ihr geredet, aber mit allem, was sie durchmachte, konnte ich sie damit nicht auch noch belästigen. Also rief ich meinen Vater an – das habe ich sonst nie gemacht. Ich habe ihn auf seinem Mobiltelefon in Mexiko erreicht. Dort war er mit meiner Mutter hingefahren. Er hatte mir mit keinem Wort Bescheid gegeben, sondern sie einfach übers Wochenende entführt.

Ich fragte ihn, was er da tat. Er jagte irgendeinem Wundermittel nach, in Guadalupe oder so ähnlich. Ich weiß nicht mehr genau wo. Mein Vater, der kritische Anwalt! Mom hatte weder die Kraft noch das Herz, ihm zu sagen, dass es vorbei war. Sie war ganz ruhig und hatte ihren Frieden gemacht. Diese Reisen, die er ihr zumutete, hat er nicht für sie organisiert. Es ging dabei nur um das, was *Dad* nicht akzeptieren konnte, was *er* wollte. Wie immer schon. Ich habe ihm damals nicht gesagt, warum ich angerufen habe, und er hat nicht gefragt.«

Kieran senkte seine Stimme und fragte behutsam: »Kannst du ihm dafür wirklich Vorwürfe machen, Emily?«

Sie wandte den Blick ab und nahm einen Stapel Papiere zur Hand. »Es geht nicht um Vorwürfe«, sagte sie. »Es geht um Entscheidungen. Er hat sich immer für das entschieden, was *er* brauchte. Und er hat sich immer dafür entschieden, nicht an meinem Leben teilzuhaben.«

Bis jetzt, korrigierte eine innere Stimme sie. *Jetzt ist er da.* Dieses Mal war er nicht völlig verschwunden. Noch nicht.

Doch im Moment konnte sie diese Tatsache noch nicht eingestehen. Sie brachte die Stimme zum Schweigen und schaute Kieran wieder an. »Arbeiten wir weiter«, sagte sie.

* * *

Poppy war schon früh auf den Beinen, besonders für einen Morgen nach einer Nachtschicht. Bis zwölf Uhr mittags war er angezogen und bereit, das Haus zu verlassen.

Drei Stunden waren lang genug, damit Michael und er eine kurze Wanderung in ihrem bevorzugten Jagdrevier südlich von Sherman machen konnten. Die Jagdsaison begann zwar erst in Monaten, aber Michael hatte gestern Abend angerufen und gefragt, ob sie zusammen dort wandern gehen wollten.

Poppy hatte die Einladung nur allzu gern angenommen. Er hatte Abwechslung nicht nur bitter nötig, sondern es war auch schon Jahre her, seit Michael das letzte Mal Zeit hatte, mit seinem alten Herrn wandern oder jagen zu gehen. Poppy würde also mitwandern, dann für einen kurzen Besuch zu seinem Vater ins Pflegeheim fahren und anschließend zur Spätschicht gehen. Er trat an seine Kommode und griff nach seinem Schlüssel sowie einer Tasche mit Kleidung, die er für die Arbeit zusammengepackt hatte.

Als er die Tasche anhob, glitten Papiere darunter hervor, von der Kommode und zu Boden.

Poppy kniete sich hin und hob sie auf. Es waren das Protokoll seiner Aussage und das Ersatzformular, das der Kerl von der Personalabteilung – Adam Worth – ihm gegeben hatte. Einen Augenblick lang sah Poppy die Papiere im Licht des späten Vormittags an, das durch das Schlafzimmerfenster fiel.

Er hatte sich eingeredet, dass er die Sache klären würde. Und doch lagen die Papiere noch hier. Wochen waren vergangen, und er hatte nicht einmal Suzy von der ganzen elenden Geschichte erzählt.

Eine ganze Weile lang starrte er auf die Blätter. Dann faltete er sie zusammen und schob sie in seine Tasche.

Zwanzig Minuten später fuhr er mit Michael neben sich auf den Highway 16, dann Richtung Süden aus der Stadt. Bis zum Yellow River waren es sechzehn Kilometer, dann noch einmal über dreißig Kilometer durch trockenes Land, bis der Highway hinauf in die Hügel führte, mit ihren verstreuten Wäldchen aus Kiefern und Lärchen.

Diese Gegend war Poppy vertraut. Er war mit seinem Vater hier wandern und hatte mit ihm gejagt, und dann mit seinen eigenen Kindern. Je höher sie fuhren, umso weiter konnte Poppy nach Süden und Osten ins Land schauen, kilometerweit. Die Nachmittagssonne hob die starken Kontraste der umliegenden Landschaft hervor – grüne Bäume und braune Hügel, und weiter östlich die orangefarbenen Ausläufer der Wüste.

Sie parkten auf dem Wanderparkplatz an der Straße, und bald darauf waren sie unterwegs. Poppy führte mit strammem Schritt. »Schauen wir mal, ob du mithalten kannst, Mike«, rief er über seine Schulter.

Michael musste sich nicht groß anstrengen. Binnen zwanzig Minuten spürte Poppy, wie sein Brustkorb eng wurde und sich sein Schritt verlangsamte. Michael schloss mit ihm auf. »Alles okay, Dad?«

Poppy nickte. Er hasste diese Frage. »Alles okay.«

Der Weg stieg einige Kilometer lang an, bis sie einen Felsvorsprung erreichten, der wie ein Finger Richtung westlicher Horizont ragte. Das war Poppys Lieblingsplatz auf dieser Wanderstrecke – und ein willkommener Rastplatz. Er lehnte sich an eine Kiefer und ließ den Blick in alle Richtungen schweifen. Die Stille um ihn herum war so tief, dass seine Ohren angestrengt nach einem störenden Geräusch suchten.

Eine einzige, tiefe Überzeugung durchflutete ihn: Er liebte dieses Land. Er würde es nie verlassen.

Poppy schaute hinüber zu Michael, der einige Meter vor ihm saß und die gleiche Aussicht genoss. Sein Sohn begann gerade seine Laufbahn in Hanford. Vielleicht würde er Jura studieren. Aber selbst wenn, würde er sich aller Wahrscheinlichkeit nach irgendwann für immer in Sherman niederlassen. Letzten Sommer noch war Poppy zufrieden damit und sogar stolz darauf, dass die Geschichte seines Sohnes ihn dazu bringen könnte, sein eigenes Leben hier zu verbringen – seine Kinder dort großzuziehen, wo er selbst aufgewachsen war.

Doch jetzt fragte sich Poppy, ob er *das* wirklich für seinen einzigen Sohn wollte – oder für seine Tochter. Und für Michael Jr. In den letzten Monaten hatte sich alles so rasch verändert. Wollte er wirklich, dass sie ihr Leben in Sherman verbrachten?

Er dachte an die Papiere, die in seinem Pick-up lagen. Poppy hatte weder seiner Frau noch dem Rest der Familie erzählt, was vor sich ging, weil er sich vorstellen konnte, wie sie reagieren würden. Suzy würde

Covington ausrichten lassen, wo sie sich die Papiere hinstecken konnten. Michael würde es ähnlich sagen und dann darauf bestehen, dass sich sein Vater an die Gewerkschaft wendete. Megan, sein kleiner Hitzkopf, würde damit drohen, die ganze Firma eigenhändig in Brand zu stecken.

Nur leider war das alles nicht ganz so einfach. Es wäre zwar für ein, zwei Tage ganz befriedigend, eine Beschwerde einzureichen oder dem Personaler mit Fliege von Covington zu sagen, er würde seine Aussage nicht ändern. Doch dann konnte es Poppy auch seine Stelle kosten, wenn Covington die schweren Geschütze auffuhr. Und das jetzt, während sie Michael wegen einiger medizinischer Probleme seines Sohnes unterstützten und versuchten, für die Rente zu sparen.

Dennoch: Es war nicht fair, diese Sache noch weiter vor seiner Familie geheim zu halten. Es war klar, dass sie sein Schweigen bereits beschäftigte: Suzy und Megan zeigten ihre Sorge ganz offen, und es war auch deutlich, dass Michael diese Wanderung aus Sorge um seinen Vater vorgeschlagen hatte.

Und außerdem: Verdienten sie es nicht zu wissen, was sich in Hanford veränderte?

Er holte tief Luft und fing an, Michael die Geschichte zu erzählen. Sein Sohn hörte sie zum ersten Mal. Natürlich hatte er von dem Softball-Spiel gehört, und wie sich sein Vater verhalten hatte: Am nächsten Tag hatte es sich in der Gewerkschaft wie ein Lauffeuer herumgesprochen. Doch Michael hatte das Einschreiten seines Vaters schlichtweg als Akt der Freundlichkeit eingestuft. Jetzt, da er die Zusammenhänge erfuhr, wurden seine Augen glasig vor Wut.

Wie es Poppy geahnt hatte, drängte ihn Michael heftig, sich an die Gewerkschaft zu wenden. Er hörte sich seine Argumente an und schüttelte dann den Kopf. »Junge, das kann ich nicht tun. Covington wird meine Geschichte abstreiten und mir meine Sicherheitsfreigabe entziehen. Ich weiß nicht, ob ich diesen Kampf gewinnen kann.«

»Dann gehe *ich* zur Gewerkschaft.«

Poppy schüttelte noch heftiger den Kopf. »Das ist *mein* Kampf. Covington hat dich als meinen Sohn vielleicht schon auf dem Schirm. Das Letzte, was ich will, ist dich und deine Familie in diese Sache hineinzuziehen – besonders, wenn ich mich weigere, meine Aussage zu ändern.«

Er formulierte es so, als hätte er seine Entscheidung noch nicht getroffen. Doch als er seinem Sohn in die Augen schaute, wusste er, dass es nichts mehr zu entscheiden gab. Jetzt, da er Michael die Wahrheit gesagt hatte, konnte er seinem Sohn nicht mehr gegenübertreten, wenn er vor Covington kuschte und das Protokoll änderte.

»Mike«, sagte Poppy, »du musst mir versprechen, dass du dich aus dieser Sache raushältst – ganz gleich, was in den nächsten Monaten passiert, und ganz gleich, wie sehr du mir helfen willst.«

»Das kann ich nicht, Dad.«

»Dann machst du das Ganze nur schwieriger, nicht leichter.«

Den ganzen Rückweg zum Auto über und während der Fahrt nach Sherman bearbeitete Poppy seinen Sohn, ihm das zu versprechen, was er brauchte. Er bekam das Versprechen, als er Michael an seinem Haus absetzte.

Danach fuhr Poppy noch einige Blocks weiter, bevor er schließlich am Straßenrand anhielt. Dort schloss er die Augen und flüsterte ein einfaches Gebet.

Er öffnete die Augen wieder und hoffte auf eine Bestätigung von Gott, dass seine Entscheidung zum Handeln richtig war. Doch nichts geschah. Kein Blitz vom Himmel, kein prophetisches Flüstern. Er fühlte sich nur durcheinander und ziellos – und etwas ängstlich. So, wie er sich seit Wochen fühlte.

Aber andererseits habe ich noch nie ein solches Zeichen gebraucht, sagte sich Poppy. Er wusste, was er zu tun hatte.

Wieder unterwegs fuhr Poppy direkt zum Firmensitz von Covington Nuclear, nur einen Block vom Bundes- und Landgericht entfernt. Er parkte auf der Straße und ging zum Haupteingang.

Es war schon fast Feierabend, doch der Wachmann schickte ihn zur Personalabteilung auf der zweiten Etage. Poppy ging durch die Korridore voller Menschen und fragte mehrmals nach dem Weg, bis er die richtige Tür fand.

Die Personalabteilung war ungefähr so, wie er sie erwartet hatte: ein Großraumbüro voller Arbeitsplätze, durch Stellwände abgetrennt, umgeben von weiteren Büros. Eine hübsche junge Frau blieb im Vorbeigehen stehen und fragte, ob sie ihm helfen könne. Poppy streckte ihr den Bericht entgegen.

»Könnten Sie das bitte Adam Worth geben?«

»Natürlich«, sagte sie mit einem Lächeln.

Während Poppy sich dem Strom von Covington-Angestellten anschloss, die zum Ausgang liefen, fragte er sich, was Worth wohl tun würde, wenn er das unveränderte Protokoll seiner Aussage in Händen hielt, auf dem nun unten groß die Worte *Die Wahrheit* geschrieben standen.

Bevor er zum Pflegeheim fuhr, erledigte er noch einige Besorgungen. Auf seinem Weg von Geschäft zu Geschäft war er nur halb bei der Sache. Während er durch die Supermarktgänge schlenderte, hatte Poppy ein unbehagliches Gefühl, das er nicht einordnen konnte – etwas anderes als Angst vor Vergeltung oder Sorge darüber, womit er in L5 in Berührung gekommen war.

Es war schon fast dunkel, als er schließlich auf dem großen Parkplatz des Pflegeheimes hielt. Als er den Schlüssel umdrehte und der Motor verstummte, wurde ihm schließlich die Ursache seines Unbehagens bewusst:

Zum ersten Mal seit Jahrzehnten, seit er angefangen hatte, in Hanford – im Herzen seiner Heimatstadt Sherman – zu arbeiten, fühlte er sich vollkommen allein.

22

»Erklären Sie mir das noch einmal«, sagte Adam Worth in die leere Empfangshalle des Pflegeheims von Sherman, wo er stehen geblieben war, als sein Telefon klingelte.

Am anderen Ende der Leitung seufzte Eric King. »Also gut. Kieran Mullaneys Anwälte müssen uns ihre abschließenden Gutachten erst in ein paar Wochen schicken. Aber es ist Vorschrift, dass sie uns die Namen aller neuen Gutachter mitteilen, die sie als Zeugen rufen wollen.

Heute Nachmittag haben wir die Namen von zwei neuen Gutachtern erhalten, die Emily Hart und ihr Vater als Ersatz für Dr. Nadine angeheuert haben, den Experten aus Princeton.«

»Nennen Sie mir die Namen.«

»Dr. Virgil Strong von der USC und Dr. Minh Trân. Offenbar ist Trân eine Art Berater ohne Universitätsanstellung.«

»Also setzen sie für ihren Princeton-Mann jetzt zwei andere Gutachter ein?«

»Ja. Allerdings nennen sie eventuell nur beide Namen, planen aber, nur einen von beiden einzusetzen. So gehen sie auf Nummer sicher, bis sie die Gutachten sehen.«

Nur einer der neuen Namen war Adam bekannt. Der Gedanke, in diesem Fall einen möglichen Gutachter nicht einschätzen zu können, beunruhigte ihn.

»Benachrichtigen Sie mich, wenn Sie mehr hören«, sagte Adam und legte auf.

Kings Neuigkeiten erreichten Adam direkt nach Patrick Martins melodramatischer Übergabe seiner unveränderten Aussage heute Nachmittag. Der Mann war dreiundsechzig Jahre alt und hatte keine Chance auf eine andere Anstellung, bei der er annähernd so viel verdiente wie in Hanford – und doch riskierte er seinen Arbeitsplatz wegen dieser Sache. Es war eine Geste, die Adam nicht erwartet hatte. Doch wenn dieser Wachmann Adams Drohung für einen Bluff hielt, würde er sich bald eines Besseren belehren lassen müssen.

Er fragte sich, ob sein Vater Bewunderung für einen Mann wie Martin ausdrücken würde.

Adam rief die Kontaktliste seines Mobiltelefons auf und wählte einen Namen.

»Dr. Janniston«, hörte er eine Stimme am anderen Ende der Leitung.

»Dr. Janniston, hier ist Adam Worth. Erinnern Sie sich an meine Anfrage, dass wir eventuell für eines der Explosionsopfer vom 16. Oktober eine umfassende psychologische Untersuchung brauchen?«

»Ja.«

»Das ist jetzt aktuell geworden. Die Untersuchung sollte so schnell wie möglich stattfinden.«

»Das wird schwierig. Solch eine Untersuchung kann Tage dauern, möglicherweise auch Wochen.«

»Es ist aber äußerst dringend, Dr. Janniston. Und ich würde auch gern persönlich mit Ihnen über den Mann sprechen, bevor Sie sich mit ihm treffen.«

Sein Gesprächspartner schnaubte entsetzt. »Dazu müsste ich einige Termine umlegen. Vielleicht könnte ich in eineinhalb Wochen anreisen – doch das wäre für Sie mit *erheblichen* Kosten verbunden …«

»Selbstredend, Dr. Janniston. Wir brauchen eine *sehr* umfassende Bewertung, und das schnell. Sie muss sehr gründlich sein. Offen gesagt sorgen wir uns angesichts paranoider Äußerungen in letzter Zeit sehr um die psychische Stabilität des Mannes.«

»Also gut. Wie heißt er?«

»Patrick Martin.«

»Ich schicke Ihnen eine E-Mail mit meinen Reisedaten.«

Adam legte auf. Gut. Das war jetzt in Arbeit.

Er steckte sein Telefon in die Tasche und setzte seinen Weg zum Aufzug fort. Am Ende des Korridors in der vierten Etage grüßte ihn der Wachmann vor Dr. Schuttens Privatzimmer.

»Sie sind alle drin«, sagte der Mann.

Adam nickte, trat ein und schloss die Tür hinter sich.

Er war noch nie in einem Raum gewesen, in dem so kurz zuvor ein Mensch gestorben war. Der Tod war greifbar – nicht nur in den ernsten Mienen des behandelnden Arztes und der Krankenschwester, die ihre Ausrüstung und Monitore zusammenpackten; größer als das Schweigen der drei anderen Wachmänner, die im Zimmer auf Adams Eintreffen warteten. *Der Tod hat eine Persönlichkeit,* sinnierte Adam. Er erhielt Substanz.

Schuttens Leichnam lag bereits in einem mit Blei ausgekleideten Leichensack. Adam zog sich mit dem behandelnden Arzt in eine Ecke zurück und sprach einige Minuten lang leise mit ihm. Der Arzt reagierte beeindruckt – darauf hatte Adam gehofft –, als er ihm einen Scheck reichte, auf dem die doppelte der ausgemachten Summe stand. *Gut,* dachte Adam. Er wusste, dass es jetzt keine Diskussion mehr über die Archivierung der Krankenakte geben würde oder die Wichtigkeit der

Vertraulichkeitsvereinbarung, die Arzt und Krankenschwester bereits unterschrieben hatten.

Mit einem letzten Kopfnicken gab Adam dem Sicherheitsteam das Zeichen. Die drei Männer traten rasch an den Leichensack heran und hievten ihn vom Bett auf eine Bahre. Adam folgte ihnen, als sie sie aus dem Zimmer schoben.

Es war vollständig dunkel, als sie aus dem Eingang des Pflegeheims traten und die Bahre zu den zwei Landrovern schoben, die an der Bordsteinkante parkten. Adam schaute sich rasch um, während die Männer den Sack in den Kofferraum des einen Fahrzeugs luden. Er fürchtete die Möglichkeit, dabei gesehen zu werden. Wenn der behandelnde Arzt nicht auf seinem Scheck bestanden hätte, bevor er zum Flughafen aufbrach, wäre Adam gar nicht gekommen. Doch jetzt, da er hier war, konnte er den Leichnam ebenso gut zum Endlager begleiten; dieses hatte er sowieso seit einiger Zeit einmal inspizieren wollen.

Es war sehr still zu dieser späten Stunde. Außer den dumpfen Lauten der Wachmänner und dem Quietschen des Landrovers, als der Leichnam mit einem Schlag auf dem Kofferraumboden landete, waren nur die eiligen Schritte einer Person zu hören, die vom Parkplatz auf sie zukam. Ein Mann ging rasch durch die Lichtkegel der Lampen über der Tür, bevor er das Pflegeheim betrat.

»Fertig, Sir«, rief einer der Wachmänner und schloss die Kofferraumklappe.

Adam nickte und ging zu dem Landrover, in dem Dr. Schuttens sterbliche Überreste lagen.

* * *

Adam klammerte sich am Griff über der Beifahrertür des schwarzen Landrovers fest, als dieser über den ausgefahrenen Weg am Fuß des Höhenzugs der Rattlesnake Ridge schwankte. Sie waren nun bereits weit genug im Sperrgebiet und durch die Hügel ausreichend vom nächstgelegenen Highway abgeschirmt, um die Scheinwerfer anschalten zu können. Er gab dem Fahrer diese Information weiter und das Licht ging an.

Adam rückte die HEPA-Schutzmaske zurecht, die er über Nase und Mund gezogen hatte. Im Hinterland des Nuklearsperrgebiets bewegte er sich nie ohne sie. Der Leiter des Sicherheitsdiensts für das Projekt, der hinter dem Lenkrad saß, trug keine, und auch nicht die zwei anderen Sicherheitsleute im ersten Landrover vor ihnen. Der Sicherheitschef hatte ihm sogar amüsierte Seitenblicke zugeworfen, als Adam seine Maske angelegt hatte.

Doch das war ihm egal. Sie konnten seinetwegen gerne das Risiko eingehen, hier im Sperrgebiet verirrte radioaktive Partikel einzuatmen – wo das Energieministerium und seine Subunternehmer im Lauf der Jahre über eineinhalb Tonnen Plutonium versenkt hatten, genug für achtzig Wasserstoffbomben. Adam war achtundzwanzig und plante, ein langes, erfülltes Leben zu haben.

Das Sicherheitsfahrzeug vor ihnen umrundete einen zerklüfteten Felsvorsprung am Fuß des Höhenzugs und bremste ab. Dann bog es von dem schmalen Pfad ab und machte Platz für Adams Wagen, der daneben anhielt.

Er stieg aus dem Landrover und schaute sich in der dunklen, stillen Landschaft um, die jenseits des Lichtkegels der Scheinwerfer lag. Während seiner zwei Jahren in Hanford hatte Adam nicht ein einziges Mal Gefallen an dem ausgedörrten Land gefunden, auf dem das Sperrgebiet lag. Auch wenn bei Tageslicht Prärielilien, Sonnenhut und Feigenkakteen die braun-graue Wüste mit Farbtupfern sprenkelten. Das war nicht genug Entschädigung für Kilometer über Kilometer heiße, staubige Ebene, deren Monotonie nur durch Rinnen und Höhenzüge mit abgerundeten Gipfeln durchbrochen wurde. *Dies ist der perfekte Ort für die Entsorgung radioaktiven Mülls*, dachte er: Diese Gegend und die Radioaktivität waren wie füreinander gemacht.

Doch dann kam seine schlechte Laune zurück. Obwohl er sich selbst dafür entschieden hatte, heute Abend hierherzukommen, fuhr er nie gerne ins Sperrgebiet zur »Grube«.

Der Sicherheitschef hatte so geparkt, dass die Scheinwerfer das Gelände mit dem leichten Anstieg, der vor ihnen lag, etwa fünfzehn Meter weit beleuchteten. Der andere SUV hatte das Fernlicht eingeschaltet und erhellte weitere dreißig Meter Hang.

Selbst nach all den Jahrzehnten und in der Dunkelheit konnte Adam zu seinen Füßen die leichten Vertiefungen im Boden erkennen, dort wo einst die provisorischen Bahnschienen den beleuchteten Abhang hinaufgeführt hatten. Hinter ihnen, wusste Adam, wurden die Abdrücke umso schwächer, je weiter man nach Osten ging, wo der Boden härter wurde – bis die Spuren etwa achthundert Meter von ihrem Standort entfernt ganz verschwanden.

Der Sicherheitschef und einer seiner Mitarbeiter legten bereits ihre Schutzanzüge an. Er tat das Gleiche, zog das dunkle, leichte Strahlenschutzmaterial über seinen Körper und setzte den Kopfschutz auf, vor dessen Visier ein eigenes Luftfiltersystem hing wie ein Schweinerüssel.

Adam rückte gerade noch seine Maske zurecht, als er plötzlich aufschrak: Im schwachen Sternenlicht sah er im Westen große Tiere am Horizont vorbeiziehen. Unter seinen Füßen spürte er den Boden vibrieren, während sie verschwanden.

»Das sind Wildpferde, Sir«, sagte der Sicherheitschef ruhig. »Mustangs. Wir haben sie wohl aufgeschreckt. Sie kommen auf ihrem Weg nach Westen hier durch diese Senke. Gelegentlich brechen sie durch den Zaun und bringen die Bewegungssensoren durcheinander. Westlich von hier, wo es Gras und Wasser gibt, machen sie halt und werden bei Tageslicht eingefangen.«

Erleichtert schlüpfte Adam ganz in seinen Anzug. Der Sicherheitschef prüfte, ob alle Schutzanzüge vorschriftsmäßig versiegelt waren. Dann zog er aus einer Segeltuchtasche in seinem Geländewagen Taschenlampen hervor, die er jedem von ihnen in die Hand drückte. Adam nahm seine und griff dann hinten im Fahrzeug nach einem elektronischen Gerät, das die Form eines kleinen Laptops hatte.

»Dann bringen wir den guten Doktor mal unter die Erde«, sagte Adam, dessen Stimme durch den Filter verstärkt wurde.

Der Sicherheitschef machte den Anfang. Er griff in den offenen Geländewagen, packte den Griff an einem Ende des bleigefütterten Leichensacks und zog ihn mit einem Ächzen heraus. Ein zweiter Mann packte das andere Ende, ehe es aus dem Fahrzeug zu Boden fallen konnte. Gemeinsam stapften sie den Hang hinauf.

Nach knapp dreißig Metern blieben sie stehen und legten den Leichensack ab. Der Sicherheitschef zog seine Taschenlampe hervor und suchte einen Moment lang den Boden ab, bevor er sich hinunterbeugte und mit beiden Händen die Erde am Hang abtastete. Wenig später hielten seine Finger inne und schlossen sich dann um etwas unter der Bodenoberfläche. Mit einem angestrengten Ächzen lehnte er sich nach hinten und zog eine schwere Tarnplane vom Hang. Mehrere Zentimeter Erde und Steine, die darauf lagen, rutschten von ihrer Oberfläche.

Der Sicherheitschef trat beiseite und das Licht der Scheinwerfer fiel auf ein zweieinhalb Meter breites Viereck aus dunkelgrauem Eisen darunter. Von einer viereckigen Erhebung an einer Kante abgesehen, war es ganz glatt. Adam beugte sich vor und drückte das flache Gerät in seiner Hand gegen das entsprechende Metallstück auf der Platte; dann tippte er mit der freien Hand einen Code in die Tastatur darauf ein. Mit den schweren Handschuhen war dies etwas mühsam, aber nach drei Versuchen hörte er, wie unter der Platte Metallteile aneinanderrieben.

Als Adam beiseitetrat, packten der Sicherheitschef und seine Männer eingelassene Griffe, hoben die mit Scharnieren versehene Eisentür an und klappten sie auf, sodass sie auf der Tarnplane zu liegen kam. Mit Taschenlampen in der Hand wuchteten der Sicherheitschef und einer der Männer dann den Leichensack hoch und traten in die Öffnung, die jetzt im Hang klaffte.

Ihre Füße rumpelten auf der dahinterliegenden Metalltreppe, als sie hineingingen. Adam wartete. Er hörte, wie die gedämpften Schritte zum Stehen kamen, und dann ein schwaches, dumpfes Poltern, als der schwere Sack auf eine Metalloberfläche fiel. Anschließend folgten schabende Geräusche, als würden die Männer etwas beiseiteschieben. Dann tauchten die Taschenlampen wieder auf und die beiden stiegen aus dem Loch und hinaus in die kühle Luft.

Der Sicherheitschef wollte die Metalltür gerade wieder schließen, als ihn Adam aufhielt. Er zog seine eigene Taschenlampe hervor, schaltete sie an und trat in die Öffnung.

Mit langsamen, vorsichtigen Schritten stieg Adam in die Dunkelheit hinab und ließ dabei den Lichtstrahl nach rechts und links gleiten. Am Fuß der Metalltreppe hob er den Strahl der Taschenlampe vom Boden auf die Objekte direkt vor ihm.

Er war hier zuvor nur einmal bei Nacht gewesen, in den Stunden, wenn kein Sonnenlicht durch die offene Tür oben schien und die einzige Beleuchtung der Schein einer Taschenlampe war. Dieser einsame Lichtkegel tanzte nun auf der weißen Oberfläche der beiden Güterwaggons und tauchte die kleine Höhle in ein geisterhaftes Zwielicht.

Der hintere Wagen war verschlossen und seine Tür verriegelt. Hinter dieser Tür, das wusste Adam, lagen Trümmer und Abfälle von *dem* Projekt – die Überreste des kleinen Unfalls in L5, der dem großen im Oktober vorausgegangen war.

Adam leuchtete mit der Taschenlampe den anderen Waggon direkt vor ihm an. Dessen Frachttür stand weit offen.

Dr. Schuttens Leichensack lag auf dem Boden dieses Wagens, neben Dutzenden sorgfältig gestapelten Müllhaufen; Trümmerstücke, die nach der Explosion in L5 im Oktober entsorgt und hierher transportiert worden waren. Adam wusste, was sich in jedem Haufen befand: Er hatte alles selbst katalogisiert.

Weiter hinten im Waggon, hinter den Trümmern, blieb das Licht der Taschenlampe an drei wuchtigen Formen hängen: den anderen drei Leichensäcken, die vor neun Monaten dort abgelegt worden waren. Die Familien dieser drei Forscher hatten längst Abschied genommen – von drei versiegelten Särgen, in denen sich nur Ballast befunden hatte. Angesichts der Geschichte, die sie verbreitet hatten – dass die Wissenschaftler bei einem Autounfall in einem brennenden Wagen ums Leben gekommen waren –, hatte niemand hinterfragt, warum die Särge verschlossen blieben. Sie hätten den Familien die ersten drei Leichen unmöglich übergeben können, nicht bei der hohen Radioaktivität, die sie bei der Explosion aufgenommen hatten.

Mit Dr. Schutten war es einfacher gewesen. Er hatte keine engen Freunde oder Verwandte. Niemand wartete auf seine sterblichen Überreste. Und Dr. Schuttens Leichnam hier abzulegen, bis sie über die endgültige Lagerstätte für alle Körper entschieden hatten, war ebenso logisch wie praktisch.

Adam richtete den Strahl der Taschenlampe weiter nach rechts und beleuchtete die Lokomotive, die an die Waggons gekoppelt war. Nur die hintere Hälfte der Lok war für Projekt Wolffia ausgegraben worden. Wie sie mit einem Teil in der Erde steckte, sah sie aus, als wäre sie geradewegs in die Höhlenwand gefahren. Er trat einen Schritt näher.

An der hinteren Tür zur Lokomotive hingen immer noch die schwere Kette und das Vorhängeschloss, die Adam selbst dort angebracht hatte. Gut.

Zufrieden stieg Adam die Metalltreppe wieder hinauf. Sobald er draußen war, schlossen der Sicherheitschef und seine Männer die Eisentür und bedeckten sie wieder mit der schweren Tarnplane. Mit einem Spaten aus dem Landrover verteilte die Mannschaft wieder Erde über der Oberfläche. Dann gingen sie alle zu den Geländewagen zurück, wo einer der Wachmänner einen Kanister hervorholte und die Oberfläche ihrer Schutzanzüge zur Dekontamination einsprühte.

Zehn Minuten später spürte Adam wieder die Schlaglöcher und Höcker des unbefestigten Wegs unter sich, der zurück zum Highway führte.

Er würde froh sein, wenn sie die Grube endgültig schließen konnten. Sein Vorgänger beim Projekt hatte die Ausgrabung des »weißen Zuges« als Lagerstätte für den Abfall und die Nebenprodukte von Projekt Wolffia überwacht. Doch jetzt war das alles Adams Problem. Sein Unbehagen rührte weniger vom Kontakt mit radioaktiver Strahlung her als von den schwerwiegenden Konsequenzen, die folgen würden, falls der Inhalt des Zuges je entdeckt wurde. Das Projekt war an sich schon illegal genug, ohne dass das Energieministerium oder jemand anders die Leichen entdeckte, die hier in dem vergrabenen weißen Zug abgelegt waren.

Er blickte hinaus auf die vorbeiziehenden Schatten im Gelände. Foote äußerte nie Besorgnis darüber, dass die Grube zufällig entdeckt werden könnte. Der Direktor befürchtete eher, dass Mitarbeiter des Projekts – wie die Sicherheitsleute – es vorsätzlich verraten könnten. Dieser Gedanke beunruhigte Adam nicht. Die Eingeweihten waren mit großer Sorgfalt ausgewählt worden: Dr. Janniston hatte ihre psychologischen Profile ausgewertet, und man hatte mehrere Gespräche mit ihnen geführt – selbst ihre aktuellen und langfristigen finanziellen Verhältnisse hatte man geprüft. Der Sicherheitschef stammte aus Los Alamos und war in dritter Generation Mitarbeiter im Bereich der atomaren Verteidigung. Der größte Teil des übrigen Sicherheitsteams stammte aus Hanford, und eine Gemeinsamkeit teilten sie alle mit Cameron Foote: den unerschütterlichen Glauben daran, dass Amerika atomare Schutzmaßnahmen brauchte. Diese Überzeugung dämpfte jede Sorge darüber, was genau bei Projekt Wolffia geschah – solange man ihnen nur versicherte, dass alles der Mission diente.

»Mein Vater hat in Hanford gearbeitet«, brach der Sicherheitschef sein charakteristisches Schweigen. »Er hat mir einmal davon erzählt, wie dieser Zug eingegraben wurde.«

»Tatsächlich«, erwiderte Adam, nur mäßig interessiert.

»Ja. Er hat auch einmal gesehen, wie er beladen wurde. Er erzählte, dass die weißen Züge gegen 22 Uhr in die Ladezone fuhren. Dann schoben sie die Bleibehälter mit dem Plutonium heraus und platzierten sie vorsichtig in den Waggons, so als wären sie aus Glas. Während des Aufladens war es sehr laut, sagte er, denn die ganze Zeit über arbeiteten Luftkühler mit Filtern auf den Waggons und bliesen kalte Luft hinein, damit sich das Plutonium nicht überhitzte. Es war Neumond und die Nacht war so dunkel, dass es aussah, als flöge ein Geist davon, als der leuchtend weiße Zug davonfuhr. Mein Vater sagte, seine Route führte am Nordufer des Columbia River vorbei hinunter in die Nähe von Celilo und dann südöstlich nach Rocky Flats.«

»Hmm. Das muss ein imposanter Anblick gewesen sein«, sagte Adam abwesend.

Der Sicherheitschef manövrierte schweigend über die schlechte Straße. »Sie erwähnten vorhin, dass wir eventuell etwas Druck auf Patrick Martin ausüben müssen.«

»Ja.«

»Ziehen wir das wirklich durch?«

Adam dachte an die Fähigkeiten von Dr. Janniston. Sollte er warten, bis dieser Poppy Martin dahin gehend beeinflusst hatte, dass er seine Aussage änderte? Oder sollte er zusätzlich zu Dr. Jannistons Bemühungen das Sicherheitsteam aggressivere Maßnahmen ergreifen lassen?

Es war riskant, die Sache zu sehr auf die Spitze zu treiben. Außerdem würde Dr. Janniston Poppy Martin dazu bringen, seinen Bericht zu ändern: Adam hatte gesehen, wie der Psychologe das Team ausgewählt hatte, und war überzeugt davon. Und wenn dieser Versuch nicht funktionierte, konnte er das Sicherheitsteam immer noch zusätzlichen Druck anwenden lassen. Und wenn all das fehlschlug, hatten sie immer noch ein letztes, äußerstes Mittel: Poppy Martins Glaubwürdigkeit anhand von Dr. Jannistons psychologischem Gutachten zu zerstören.

»Bereiten Sie sich darauf vor, Martin etwas unter Druck zu setzen, aber warten Sie auf grünes Licht von mir«, entgegnete Adam.

Der Sicherheitschef nickte. »Ich habe gehört, dass Mr Martins Familie schon seit sehr langer Zeit hier lebt – sie stammt aus der Stadt Hanford, als es sie noch gab.«

»Dann sollte er kooperieren«, erwiderte Adam.

»Ich habe auch gehört, dass er ein guter Familienvater sein soll«, setzte der andere Mann beinahe flüsternd hinzu.

Hörte er da einen widerstrebenden Unterton? Adam spürte, wie sich das hohe Tempo der letzten Wochen nun als drückende Erschöpfung niederschlug. Er lehnte den Kopf an die Kopfstütze und schloss die Augen.

»Wenn es so weit kommt, würde ich vorschlagen, Sie setzen genau dort an«, sagte Adam schon halb im Einschlafen. »Bei seiner Familie.«

* * *

Poppy konnte nicht verstehen, was er da sah. In einer Mulde neben dem Highway parkend, in seinem Sitz zusammengesunken und halb erfroren in der dunklen Fahrerkabine seines Pick-ups, konnte er nicht begreifen, was sich kaum siebzig Meter von ihm entfernt ereignete.

Vor drei Stunden hatte er Adam Worth am Eingang zum Pflegeheim entdeckt. Wahrscheinlich hätte er ihn so oder so wiedererkannt, mit seinem schlanken Körper und dem faltenlosen Gesicht, aber verraten hatte ihn die Fliege. Er hatte dagestanden, während drei andere Männer einen Leichensack in den Kofferraum eines Geländewagens luden.

Poppy konnte nicht anders. Das alles war zu seltsam. Sobald sie abgefahren waren, trabte er zurück zu seinem Pick-up und folgte ihnen.

Es war nicht schwer, ihnen zu folgen, ohne Verdacht zu erregen – jeder, der auf diesem Highway fuhr, musste lange geradeaus, bis die nächste Abfahrt kam. Die Straße verlief nämlich parallel zum Zaun des Sperrgebiets, bis man die Abfahrt nach Terrence Heights und Yakima erreichte. Trotzdem hatte er sich um ein Haar durch ein Bremsmanöver verraten, als die Geländewagen abrupt vom Highway abbogen und auf den Zaun zufuhren. Poppy konnte gerade noch Gas geben und vorbeifahren, dann an der nächsten Senke im Highway wenden und langsam, mit ausgeschalteten Scheinwerfern, wieder an die Stelle heranfahren. Dann hatte er in dieser Mulde gehalten – tief genug und weit genug von der Straße entfernt, dass keine Fahrzeuge, die nach Süden unterwegs waren, seinen Pick-up anstrahlten.

Er kam gerade rechtzeitig dort an, um zu sehen, wie ein Mann ein Tor im Zaun wieder verschloss, nur wenige Meter von einem Wachhäuschen aus Beton entfernt. Währenddessen rumpelten die Geländewagen durch die Wüste davon und verschwanden im Inneren des Sperrgebiets.

Jetzt, Stunden später, sah Poppy die zwei Landrover zurückkehren – mit ausgeschalteten Scheinwerfern. Sie fuhren auf das Betonhäuschen zu; der Mann tauchte wieder daraus auf und öffnete das Tor erneut. Die Geländewagen fuhren hindurch und bogen auf den Highway ab, weg von Poppys Standort. Sobald sie auf die asphaltierte Straße kamen, schalteten sie die Scheinwerfer an. Wenig später tat der Mann das Gleiche: Er fuhr durch das Tor, verschloss es hinter seinem Wagen und entfernte sich dann in die gleiche Richtung wie die Geländewagen.

Poppy setzte sich in der dunklen Fahrerkabine wieder auf und versuchte zu enträtseln, was er gerade gesehen hatte.

Sein ganzes Leben lang hatte er hier gewohnt und jahrzehntelang im Sicherheitsdienst von Hanford gearbeitet. Er wusste ganz sicher, dass dieser Wachposten und der Zugang zum Sperrgebiet seit Jahren nicht besetzt waren.

Warum also brachten diese Männer eine Leiche auf das Gelände von Hanford? Und warum benutzten sie einen Zugang, den man schon vor zwei Jahrzehnten dicht gemacht hatte?

Hatte das etwas mit L5 zu tun und damit, was mit ihm selbst geschah? Das war ein ungewohnter Gedanke – und ein Gedanke, der diese surreale Beobachtung in ein ganz neues Licht stellte. Er hatte immer gedacht, dass sie eines Tages an einen Punkt kommen würden, wo alles wieder so wurde, wie es vorher gewesen war. Doch nun waren die Dinge so bizarr geworden, dass es wohl nie dazu kommen würde.

Poppy streckte die Hand aus, um seinen Pick-up zu starten. Mitten in der Bewegung hielt er jedoch inne und erinnerte sich an das Bild, wie die Wagen einen Leichnam ins Sperrgebiet gebracht hatten.

Nun wurde ihm bewusst, dass er immer noch keine Ahnung hatte, wo Lewis Vandervork abgeblieben war.

23

Dreißig Tage bis zum Prozess

Ryan betrachtete den vietnamesischen Wissenschaftler, der ihm gegenüber in *Jackie's Diner* in Spokane saß. Dr. Trân trug die gleiche legere Kleidung, die Ryan schon am Flughafen an ihm gesehen hatte: einen Pullover, einfache helle Stoffhosen und ein Hemd. Seine Brille hatte er wieder etwas abenteuerlich auf die Stirn kurz unter dem Haaransatz geschoben. Der klein gewachsene Mann studierte das Papier, das Taylor Christensen erst vor wenigen Tagen Ryans Tochter gegeben hatte: das Dokument, das Ryan und Emily bereits »die Mischraum-Matrix« genannt hatten. Neben Dr. Trâns Ellenbogen lag ein Exemplar des überarbeiteten Berichts von Covington sowie Dr. Nadines Gutachten.

Der Wissenschaftler schaute mit ernster Miene auf. »Normalerweise wäre es unmöglich, angesichts des engen Zeitplans. Aber ich habe zwischen zwei Aufträgen gerade einige Wochen frei. Meine Arbeit hier in Spokane ist nun fast beendet. Vielleicht könnte ich noch mehr Zeit freischaufeln, wenn ich vor Gericht aussagen müsste. Also: Ja. Ich würde Ihnen gern mit einem Gutachten weiterhelfen.«

»Das ist super«, erwiderte Ryan und verbarg seine Skepsis über den Mann vor ihm. »Sagen Sie mir doch bitte, welchen Eindruck Sie von dem überarbeiteten Covington-Bericht haben.«

Dr. Trân nickte. »Also schön. Dieses Material von Covington ist eigentlich nur ein halber Bericht. Es gibt nur wenige Anhänge oder Datenprotokolle. Außerdem gibt es offensichtlich Lücken, obwohl ich Zugriff auf Ihre Dokumente bräuchte, um zu sehen, was vielleicht fehlt.«

Ryan beugte sich über den ledernen Aktenkoffer neben sich. Er zog ein zwanzigseitiges, eng bedrucktes Dokument hervor und schob es über den Tisch zu Dr. Trân. »Dies ist eine Liste mit Zusammenfassungen jeden Dokuments, das Covington uns in diesem Fall übergeben hat. Wir können Ihnen alles auf dieser Liste auch als PDF-Datei schicken. Doch diese Dokumente müssen reichen. Die Beweisfindungsphase ist abgeschlossen.«

Der Wissenschaftler nickte.

»Was ist mit der Radioaktivität?«, fragte Ryan. Er hatte bereits die Blutuntersuchungen erwähnt, die Pauline Strand sich nicht hatte leisten können. »Gibt es irgendeine Möglichkeit, die Tests auf Strahlenbelastung rechtzeitig durchzuführen?«

»Von welchem Zeitraum sprechen wir genau?«

»Dreiundzwanzig Tage, bis wir unsere Berichte liefern müssen.«

Dr. Trân wurde nachdenklich. »Diese Untersuchungen werden meistens an Universitäten durchgeführt, die das Energieministerium oder die Atomindustrie unter Vertrag hat. Aber ich glaube, ich kann ein unabhängiges Labor dazu überreden, die Untersuchungen durchzuführen.«

»So schnell?«

Minh nickte lächelnd. »Ich müsste anrufen, um ganz sicherzugehen, aber es ist möglich.«

»Wie teuer wird das?«

»Ähm … da müsste ich auch etwas herumtelefonieren. Aber ich glaube, ich könnte einige Kollegen überzeugen, schnell und günstig die Blutuntersuchung vorzunehmen – sagen wir, zehntausend Dollar?«

Wieder unterdrückte Ryan seine reflexartige Reaktion.

Dr. Virgil Strong hatte heute Morgen endlich telefonisch zugesagt. Ryan war vor Erleichterung fast auf die Knie gefallen. »Ich brauche jeden Tag von heute bis zum Prozess, um mich vorzubereiten«, hatte der USC-Professor gewarnt. »Es wird sehr knapp.« Ryan hatte ihm versichert, dass das in Ordnung war – und ihm dann binnen einer Stunde einen ansehnlichen Vorschuss als Scheck per Kurier geschickt.

Es *musste* in Ordnung sein. Ryans gesamte Recherchen deuteten darauf hin, dass Strongs Reputation Kierans Klage sofortige Glaubwürdigkeit verleihen konnte. Wenn der Professor zu der Schlussfolgerung gelangte, dass Tank 17 explodiert wäre, ganz gleich, ob der Mandant das Ventil berührt hatte oder nicht, dann würde eine Jury dieser Aussage großes Gewicht beimessen. Mit einem Doktortitel in Kernenergietechnik und achtzehn Jahren Erfahrung als ordentlicher Professor an der University of Southern California würde er den Gerichtssaal für sich einnehmen. Es war, dachte Ryan, ein außergewöhnlicher Glücksfall, dass er verfügbar war und bereit einzuspringen.

Das brachte Ryan zurück zu dem Mann, der ihm gegenübersaß. Da Dr. Strong zugesagt hatte, hätte er seinen Termin mit Dr. Trân normalerweise abgesagt – besonders angesichts seiner Zweifel an dem Mann. Doch trotz allem waren Dr. Trâns Referenzen ebenso unanfechtbar wie die von Dr. Strong. Der Mann, der als Kind aus Vietnam in die USA geflohen war, war einer der jüngsten Doktoranden in Physik, die je in Princeton promoviert worden waren. Er hatte eine Menge Artikel zum Thema physikalischer Strahlenschutz geschrieben, von denen Ryan mehrere gelesen hatte.

Wichtiger noch: Ryan konnte nur wenige direkte Verbindungen zwischen dem Mann und der amerikanischen Atomindustrie finden; er hatte hauptsächlich als unabhängiger Berater für Interessengruppen, ausländische Regierungen und Stammesvertretungen gearbeitet. Im Vergleich hatte er noch viel weniger Kontakte zur Atomindustrie und dem Energieministerium als Strong.

Also war Ryan zu dem Treffen gegangen – und hatte für den Augenblick die seltsamen Umstände ihres Zusammentreffens am Flughafen beiseitegeschoben. Und das Gespräch war gut gelaufen, bis Dr. Trân diese Bombe platzen ließ: Er behauptete, die Blutuntersuchungen für zehntausend Dollar einkaufen zu können – nachdem Dr. Nadine die Kosten mit fünfzigtausend beziffert hatte und Dr. Strong ebenso. Aus diesem Grund meldete sich Ryans Skepsis lautstark zurück.

Trotzdem wurde Ryan die dunkle Ahnung nicht los, dass er sich so kurz vor dem Prozess nicht allein auf Dr. Strong verlassen sollte. Besonders, wenn Dr. Trân für seine Beteiligung relativ wenig Honorar verlangte. Vielleicht zog Covington im Hintergrund die Fäden, insbesondere angesichts seines Angebots, die nötigen Blutuntersuchungen zum Discountpreis machen zu lassen. Doch in Anbetracht der Referenzen des Mannes und der Tatsache, dass Ryan dringend ein Gutachten brauchte, sollte er wahrscheinlich den Preis für einen Plan B zahlen.

»Also gut, Dr. Trân«, sagte er schließlich. »Sie sind engagiert.«

Der Wissenschaftler nickte. »Ausgezeichnet.«

Ryan griff nach der Rechnung. »Lassen Sie mich wissen, welche Dokumente auf der Liste Sie einsehen möchten, und Emily wird sie Ihnen zuschicken.«

»Gut.« Dr. Trân lächelte. »Ich rufe Sie dann an wegen eines Termins, an dem wir Ihrem Mandanten Blut abnehmen und in das Labor bringen lassen, das ich erwähnt habe.«

Dann lehnte er sich mit einem fragenden Blick über den Tisch. »Sie haben vorhin erwähnt, dass Sie einen schwierigen Richter in dem Fall haben. Richter Renway, sagten Sie?«

Ryan nickte. »Ja. Daran lässt sich nichts ändern.«

Dr. Trân nickte mit ernster Miene. »Verstehe. Denken Sie, er würde mir erlauben, die Explosionsstelle persönlich zu besichtigen?«

Ryan dachte einen Augenblick lang über die Frage nach. Pauline hatte Raum 365 besichtigt, als sie noch Kierans Anwältin gewesen war. Ryan hatte die Bilder gesehen. Es sah darauf aus wie nach einem Terroranschlag. Der Raum war dem Erdboden gleichgemacht und Tank 17 in tausend Teile zerborsten, obwohl ein Teil des Stahlrohres und das komplette Ventil überlebt hatten. Es gab nicht viel zu sehen – und außerdem würde zu diesem späten Zeitpunkt Richter Renway eine weitere Inspektion genehmigen müssen. Das war ungefähr so wahrscheinlich wie ein Sechser im Lotto.

»Ich schau mal, was ich machen kann«, erwiderte Ryan.

Dr. Trân lächelte erneut und nahm dann Ryan die Rechnung aus der Hand. »Erlauben Sie, Mr Hart.«

Der vietnamesische Wissenschaftler sammelte seine Unterlagen ein und verließ den Tisch, um an der Kasse zu zahlen. Ryan schaute ihm kopfschüttelnd nach.

Was hat das nun zu bedeuten?, fragte er sich. Was hatte es zu bedeuten, dass sein Gutachter die Rechnung bezahlte – und nicht einmal nach seinem Vorschuss fragte?

24

Dreiundzwanzig Tage bis zum Prozess
Sherman, Washington

Poppy ließ die Liste mit Namen fallen, als sich ein weiterer explosiver Hustenanfall in seinem Brustkorb anbahnte. Seit Tagen telefonierte er die Liste ab. Noch bevor er aufstehen konnte, begann der Husten, riss ihn vornüber und folterte seine Lungen, bis er um Atem rang. Seine Bauchmuskeln schmerzten, als er sich endlich aufrichten, aufstehen und ins Badezimmer stolpern konnte, um die Medikamente zu suchen, die seine Frau aus der Apotheke geholt hatte, bevor sie für den Nachmittag zu ihrer Schwester gefahren war.

Die Tabletten in der einen Hand, schöpfte er mit der anderen am Wasserhahn Wasser und schluckte sie hinunter. Er wartete einen Moment, richtete sich dann auf und schaute in die blutunterlaufenen Augen, die ihn aus dem Badezimmerspiegel anstarrten.

Auf wackeligen Beinen ging er zurück ins Wohnzimmer. Er ließ sich auf die Couch fallen, wo er wieder sein Mobiltelefon sowie die Liste zur Hand nahm.

Poppy ließ einen Blick über die darauf gekritzelten Namen gleiten. Vierzehn waren schon durchgestrichen. Keiner von ihnen war hilfreich gewesen. Die meisten waren ebenso überrascht über Lews Verschwinden wie Poppy und grübelten darüber nach, was er wohl getan hatte. Damit blieb noch ein halbes Dutzend Namen übrig.

Nachdem er einen Tag lang über seine nächtlichen Beobachtungen am Sperrgebiet nachgegrübelt hatte, hatte Poppy begonnen, nach Lewis zu suchen. Doch zuerst hatte er alles Suzy erzählt – auch von den Bemühungen der Personalabteilung, ihn zu einer Änderung seiner Aussage zu bewegen. Über mehrere Tage hinweg hatte sie alle möglichen

Gefühle durchlebt: von der Erleichterung darüber, dass sie endlich die Ursache für Poppys seltsames Verhalten kannte, über explosive Wut bis hin zu Sorge darüber, wohin das alles führen würde. Am Ende hatte sie angeboten, ihm bei seiner Suche nach Lewis zu helfen.

Poppy hatte behutsam, aber nachdrücklich abgelehnt. Sie hatte ihren eigenen Job. Und was noch wichtiger war: Er kannte Suzy. Wenn er sie ließ, würde sie sich mit vollem Einsatz in die Sache stürzen und sich dabei vor Sorge und Angst zerfleischen. Es war besser, wenn einer von ihnen vorläufig zurückstand. Er dankte ihr mit einem Lächeln und einem Kuss.

Doch die Suche der letzten Tage hatte sich nicht ausgezahlt. Er hatte bestätigen können, dass Lewis keine nahen Verwandten in der Stadt hatte. Lews Eltern lebten in Missouri, obwohl Poppy Probleme hatte, sie ausfindig zu machen. Drei Jahre lang hatte Lew in Hanford gearbeitet, doch Poppy konnte keinen finden, der mit Lewis über seinen Weggang oder in den Monaten seit der Explosion gesprochen hatte.

Poppy ließ seinen Finger über die kürzer werdende Liste gleiten. Der nächste Name war von einem Kollegen genannt worden, es handelte sich um Lews ehemaligen Mitbewohner. Er wählte die Nummer.

»Hallo?«, meldete sich ein Mann. Er klang jung.

Poppy erklärte, wer er war und warum er anrief.

»Nein, tut mir leid, Kollege«, sagte die Stimme. »Kein Wort. *Nada*. Ich war nicht in der Stadt, als die Explosion passierte. Als ich zurückkam, war er ausgezogen. Hatte Geld für die letzten zwei Monate Miete dagelassen. Und seit er abgetaucht ist, hat er auf keine SMS geantwortet und nichts auf Facebook gepostet.«

»Danke«, sagte Poppy. Er wollte den Anruf gerade beenden, als sich die Stimme noch einmal zu Wort meldete.

»Haben Sie es bei Bev probiert?«

»Bei wem?«

»Beverly Cortez. Sie war Lews Immer-mal-wieder-Freundin. Letzten Sommer hatten sie einen Wahnsinnskrach. Hatte *die* ein Temperament! Lew nannte sie immer seine ›Knallerbse‹. Schlau wie sonst was, aber …«

Bev, dachte Poppy, während der Mann weiterfaselte. *Beverly. Der Name, den Lew seiner Waffe gegeben hatte.*

»Können Sie mir ihre Telefonnummer geben?«, unterbrach ihn Poppy.

»Ähm, die habe ich nicht. Aber ich weiß, wo sie früher gearbeitet hat. Da kann ich Ihnen die Nummer sagen. Lew hatte sie ewig an unserem Schwarzen Brett hängen.«

Poppy notierte die Nummer. Sobald er aufgelegt hatte, probierte er sie aus. Eine junge Frau meldete sich und sagte, sie könne die Privatnummer von Beverly nicht herausgeben, würde aber versuchen, ihr eine Nachricht zu hinterlassen.

»Okay«, erwiderte Poppy. »Bitte sagen Sie ihr, dass ich versuche, Lewis Vandervork zu erreichen. Es ist sehr, sehr wichtig.«

Er legte das Telefon weg. Kaum, dass es den Tisch berührte, vibrierte es. Poppy nahm es zur Hand und hoffte, dass das Mädchen anrief, aber die Nummer war eine andere. Auch die Vorwahl kannte Poppy nicht.

Die Stimme am anderen Ende der Leitung war angespannt und hoch. »Mr Martin?«

Verhalten antwortete Poppy: »Ja?«

»Mr Martin, mein Name ist Dr. Zachary Janniston.«

Der Name kam Poppy nicht bekannt vor. Vielleicht war es jemand Neues in seiner Arztpraxis. »Ja?«, sagte er noch einmal.

»Mr Martin, Covington Nuclear hat mich mit einigen psychologischen Tests beauftragt.«

Poppy spürte, wie eine unsichtbare Faust seinen Magen zusammendrückte. »Ich verstehe nicht«, erwiderte er unsicher.

»Wir können die Einzelheiten der Tests besprechen, wenn wir uns sehen, aber ich muss Sie bitten, sich mit mir in einem örtlichen Hotel zu treffen. Dort habe ich für unsere Unterhaltung ein Zimmer gemietet.«

»Ich verstehe nicht«, wiederholte Poppy und versuchte, sich zu sammeln.

»Wenn Sie Fragen haben, können Sie Adam Worth in der Personalabteilung anrufen, Mr Martin.«

»Wann«, fragte Poppy, und sein Hals schnürte sich zusammen, »wann möchten Sie sich mit mir treffen?«

»Morgen früh, acht Uhr.« Die Stimme ratterte den Namen des Hotels herunter. »Ich wurde darüber informiert, dass Sie heute Abend nicht zu Ihrer Schicht zu erscheinen brauchen. Man hat die entsprechenden Stellen bereits informiert, dass Sie ab sofort krankgeschrieben sind. Bis morgen früh, Mr Martin.«

Aufgelegt.

25

Zwanzig Tage bis zum Prozess

Weil er langsamer lief und der Nachmittag kühler war, erreichte Ryan die Spitze des Hügels im River Park an diesem Tag weniger außer Atem. Ein leichter Wind trocknete den Schweiß auf seinem Gesicht, als er hinüber zu der Bank joggte, die er bei seinem ersten Lauf im Park gesehen hatte. Heute war sie leer. Er setzte sich und lehnte sich zurück, um seinen Puls zu beruhigen und die Aussicht zu genießen.

Emily hatte er in ihrem Behelfsbüro zurückgelassen. Sie verglich die Liste der Zeugen, die Covington im überarbeiteten Untersuchungsbericht genannt hatte, mit der Auflistung derjenigen, mit denen Pauline Strand Gespräche geführt oder deren eidesstattliche Aussagen sie aufgenommen hatte. Ihre Vorgängerin hatte recht gute Arbeit geleistet; es gab nur wenige Lücken, und sie hatte eidesstattliche Erklärungen von den meisten Personen, die Ryan auch ausgesucht hätte. Von den Arbeitern, die in jener Nacht nicht auf der »dunklen Seite« von L5 gewesen waren, hatte Pauline entweder nur kurze oder gar keine Aussagen aufgenommen – wahrscheinlich, weil sie davon ausgegangen war, dass sie keine Ahnung über die Ursache der Explosion hatten. Dazu gehörten die zwei Lüftungstechniker, die der Wachmann vom Dach aus gewarnt hatte, sie sollten das Gebäude nicht betreten, und der Wachmann selbst, der in Covingtons Bericht nur mit seiner Stellenbezeichnung genannt wurde. Da die Kosten für eine eidesstattliche Aussage pro Kopf bis zu tausend Dollar betrugen, hatte Pauline Strand strategische Entscheidungen treffen müssen, das sah Ryan ein, und die Unterscheidung zwischen Mitarbeitern im Gebäude und außerhalb des Gebäudes war eine vernünftige Abgrenzung.

Ryan hatte angeboten, Emily bei der Kontaktaufnahme mit den Zeugen zu helfen, doch sie hatte abgelehnt. »Konzentrier dich auf die Gutachter«, hatte sie gesagt. Das allerdings war hauptsächlich ein Geduldspiel: Seit Ryan Dr. Strong und Dr. Trân beauftragt hatte, konnte er nur warten, bis sie ihre Gutachten fertiggestellt hatten und die Blutuntersuchungen komplett waren.

Emilys hartnäckiges Beharren, den Löwenanteil der Prozessvorbereitung zu übernehmen, war die offensichtliche Ursache der Erschöpfung, die sich täglich mehr im Gesicht seiner Tochter abzeichnete. Jetzt, da der Prozess in weniger als drei Wochen begann, mussten sie auch über ihre jeweiligen Rollen im Gerichtssaal sprechen.

Das heiße Eisen diesbezüglich war Ryans eindeutig größere Prozesserfahrung gegenüber Emily, die noch keinen größeren Prozess geführt hatte. Doch so, wie die Dinge liefen, war es unwahrscheinlich, dass sie ihm eine größere Rolle einräumte, als er sie in der Vorbereitung gespielt hatte.

Das hatte er sich vermutlich selbst zuzuschreiben, bedachte man, wie klar er sein ursprüngliches Hilfsangebot eingeschränkt hatte. Und er war beeindruckt von der Erscheinung seiner Tochter vor Gericht und der Arbeit, die sie in den letzten Wochen geleistet hatte. Trotzdem konnte er seine Sorge darüber nicht abschütteln, dass Emily dem erfahreneren Covington-Anwalt höchstwahrscheinlich hoffnungslos unterlegen war – ungeachtet ihres Eifers und ihrer Vorbereitung, und ungeachtet der Gutachten, die ihre Beweisführung unterstützen würden.

Ein anderer Läufer kam in Ryans Gesichtsfeld. Mit seinem roten Haar, den weißen Shorts und dem gelben T-Shirt kam er Ryan bekannt vor. Der Mann wurde langsamer und blieb dann ganz stehen, als wollte er ebenfalls eine Pause einlegen, bevor er sich langsam zu Ryan umdrehte.

»Ich habe Sie hier oben schon mal gesehen«, sagte der Mann.

Ryan schaute in seine Richtung und nickte. »Ich Sie auch.«

Er war jung – vielleicht Ende zwanzig oder Anfang dreißig. Sein Gesicht war schmal und das Haar kurz geschnitten, aber nicht rasiert. Ryan erinnerte sich, dass er ihn immer in den gleichen weißen Shorts gesehen hatte.

»Schön hier«, sagte Ryan und deutete auf den Horizont.

Der Mann nickte. »Zu jeder Zeit.«

»Leben Sie in Sherman?«

Wieder nickte der Mann. »Ja. Seit ein paar Jahren. Und Sie?«

»Bin nur für einen Prozess hier. Ich bin Anwalt.«

In den Augen des anderen Mannes flackerte Interesse auf. »Was für ein Prozess?«

Ryan war neugierig, wie der Mann reagieren würde. »Eine Zivilklage auf Schmerzensgeld«, erwiderte er. »Ein Zwischenfall in Hanford.«

Ein amüsierter Ausdruck überzog das Gesicht des anderen Läufers. »Was für ein tolles Wort, *Zwischenfall*«, sagte er.

Ryan lächelte. »Ja, da haben Sie mich erwischt; das ist ziemlich vage. Es geht um die Explosion letzten Herbst.«

Diese Bemerkung löste nun ein richtiges Lächeln aus. »Das habe ich mir schon fast gedacht. Das war eine große Sache hier. Wie ich höre, gibt es nicht mehr viele Explosionen in Hanford. Der *Zwischenfall* letzten Herbst lieferte in dieser Gegend für eine Weile eine Menge Gesprächsstoff.«

»Und was sagen die Leute?«

Der Läufer wandte sich wieder dem Ausblick auf die Landschaft zu. »Ach, ich weiß nicht. Ich habe gehört, dass einer der Arbeiter die Explosion vielleicht vorsätzlich verursacht hat. Ich schätze, das glauben wahrscheinlich die meisten Leute. Die ganze Sache hat eine Menge Staub aufgewirbelt.«

Das hatte Ryan befürchtet. »Was sind Sie von Beruf?«, fragte er.

Der Mann schwieg einen Moment, als müsse er zu Atem kommen. »Ich bin in der Versicherungsbranche. Lebensversicherungen. Ich heiße übrigens Larry Mann.«

»Ryan Hart«, antwortete der Anwalt und schüttelte die Hand, die sich ihm entgegenstreckte.

»Also, was denken Sie? Können Sie gewinnen?«

Ryan schüttelte den Kopf. »Das weiß man nie. Die Jury trifft meist die richtige Entscheidung, wenn man ihr die richtigen Beweise liefert.«

»Tatsächlich?«

»Ja, tatsächlich.«

»Tja«, sagte Larry und begann, auf der Stelle zu joggen, »ich muss weiter. Vielleicht sieht man sich ja hier mal wieder. Und viel Glück mit Ihrer Klage!«

Ryan wartete, bis der Mann den Hang hinuntergelaufen war und den Weg zur Stadt eingeschlagen hatte. Dann stand er auf, um ihm zu folgen, und fragte sich dabei, ob Larry Manns Äußerungen das widerspiegelten, was die meisten Einwohner von Sherman über den Fall dachten. Er hatte sich zu wenig Zeit genommen, um selbst mit Leuten zu reden und das herauszufinden.

Das brachte Ryan zurück zu dem bevorstehenden Prozess und seiner Rolle dabei. Er dachte sich, wenn Emily das Thema nicht ansprach, sollte er es auch nicht tun. Dennoch fürchtete er sich vor dem, was er vielleicht vom Spielfeldrand würde mitansehen müssen.

Der Abhang wurde steiler und Ryan verlängerte seine Schritte. Vor sich konnte er immer noch Larry Mann sehen, obwohl er sich stetig weiter entfernte. Dann verlor Ryan ihn hinter einer Wegbiegung aus dem Blick, und mit seinem Verschwinden stieg in Ryan eine letzte Frage zu dem Läufer auf:

War das ein australischer oder britischer Akzent, den er in Larry Manns Stimme wahrgenommen hatte?

* * *

»Mr Martin, wer lügt Sie Ihrer Meinung nach an – und was ist Ihrer Meinung nach der Grund für diese Lüge?«

Poppy saß auf einer rostfarbenen Couch in Suite 142 im Treadway Inn. Rechts von ihm stand ein Tisch aus dunklem Holz neben einem antiken Kleiderschrank. An der linken Wand hingen zwei Kunstdrucke von alten Holzvergaser-Lokomotiven – eine wand sich durch ein Tal mit Fichten und Birken, die andere überquerte einen Fluss auf einer hohen Holzbrücke.

In der Mitte seines Blickfeldes saß Dr. Zachary Janniston, dessen Finger über die Tastatur des Laptops auf seinen Knien flogen.

Poppy kannte seine Grenzen, was Hotelzimmer betraf – selbst wenn sie so geräumig und exklusiv waren wie dieses hier. Bei der Marine hatte er herausgefunden, wie irre es ihn machte, wenn er zu lange eingesperrt war. Meistens hatte er keine massive Platzangst wie in jener Nacht im Büro seines Vorgesetzten mit Adam Worth – das war neu gewesen. Vielmehr fühlte es sich so an, wie wenn in einem Kessel der Druck steigt: so ähnlich wie das, was die gemalten Lokomotiven an der Wand antrieb.

Jetzt spürte er es ebenfalls. Es begann in seinem Brustkorb und in seinem Kopf zu brodeln und weckte in ihm das heftige Bedürfnis nach einer Brise auf seinem Gesicht und seinen Händen, oder nach dem Anblick des offenen Himmels. Heute hatte er schon sieben Stunden in diesem Hotelzimmer verbracht, wo alles an seinem Fleck stand und sich die Luft nicht zu bewegen schien. Gestern waren es acht Stunden gewesen und vorgestern vier, am ersten Tag. Das Mittagessen wurde geliefert. Und er durfte nicht vor halb fünf oder halb sechs gehen – so als müsste er für eine Schicht stempeln.

An dem Holztisch hatte er unzählige psychologische Tests absolviert: Persönlichkeitstests, Tests auf eine Borderline-Persönlichkeitsstörung, Tests auf ADS und ADHS, Fragebögen für affektive Störungen und andere Tests, an die er sich nicht einmal mehr erinnern konnte. Sie hatten sich nicht einmal die Mühe gemacht, die Bezeichnungen der Tests zu verstecken – so als wollten sie ihn wissen lassen, welche Etiketten man ihm und seiner Akte aufzudrücken beabsichtigte. Und zwischen den Tests hatte er eine quälende Stunde nach der anderen Jannistons monotone, hohe Stimme anhören müssen.

Er konnte nicht einfach gehen. Janniston hatte ihm gesagt, dass er die ganze Zeit absitzen musste, und Poppy hatte sich das bei einem Anruf im Gewerkschaftsbüro bestätigen lassen. Laut des aktuellen Tarifvertrags konnten sie ihm die Sicherheitsfreigabe entziehen, wenn er nicht umfassend kooperierte.

Doch wenn er noch sehr viele Tests machen und Fragen beantworten musste, bestand die Möglichkeit, dass ihn dieser bleichgesichtige Psychologe mit den Frettchenaugen und faustgroßen Ohren über seine Belastungsgrenze trieb. Und wenn Poppy auf ihn losging, konnte Janniston ihn von jetzt auf gleich als psychologisch untauglich erklären. Diese Genugtuung konnte er ihnen nicht lassen.

Mit einem schmallippigen, ungerührten Blick wartete Janniston geduldig auf eine Antwort.

»Was war noch mal die Frage?«, wollte Poppy wissen.

»Wer lügt Sie Ihrer Meinung nach an - und was ist Ihrer Meinung nach der Grund für diese Lüge?«

Er hatte es schon wieder getan. Poppy konnte zehn Minuten schweigen und dann um eine Wiederholung der Frage bitten, und jedes Mal, ohne auch nur auf seinen offenen Laptop zu schauen, wiederholte Janniston seine Frage mit der *identischen Formulierung.* Es war wie die chinesische Wasserfolter.

»Ich habe in jener Nacht auf dem Dach von L5 einen Schuss gehört«, erwiderte Poppy. »Ich weiß nicht warum, und ich weiß nicht, wer dahintersteckt, aber ich soll das in meiner Aussage ändern. Das werde ich nicht tun.«

So. Das war die gleiche Antwort, die Poppy in den letzten drei Tagen auf Dutzende Fragen gegeben hatte. Wachmänner konnten auch auswendig lernen.

»Ist Ihnen bewusst, dass Ihr Kollege vom Sicherheitsdienst abstreitet, in jener Nacht auf dem Dach einen Schuss abgegeben zu haben?«

»Das wurde mir so berichtet.«

»Und das glauben Sie nicht?«

»Ich habe seit jenem Abend nicht mehr mit Lew gesprochen.«

»Also glauben Sie, dass man Sie in diesem Punkt ebenfalls anlügt.«

»Ja.«

»Und ist Ihnen bewusst, dass es keinen Hinweis darauf gibt, dass in jener Nacht auf dem Dach außer Ihrer eigenen eine andere Waffe abgefeuert wurde?«

»Das haben die so behauptet.«

»Auch etwas, das Sie nicht glauben?«

Poppy nickte.

»Mr Martin, haben Sie den Eindruck, dass sie verfolgt werden?«

Poppy erwog die Frage, während er drei Tage zurückdachte. Es war sein erster Nachmittag mit Janniston gewesen und der Psychologe hatte ihn nach einem kurzen Tag gehen lassen. Poppy war zum südwestlichen Ende der Stadt gefahren. Ein Kumpel aus der Gewerkschaft hatte ihm verraten, dass die Anwälte von Kieran Mullaney Räumlichkeiten neben dem Winchester Inn gemietet hatten.

Für seine Suche nach Lewis hatte er weder von Bev Cortez noch von seinen anderen Kontakten gehört. Doch vielleicht, so seine Überlegung, hatten die Anwälte, die Mullaney vertraten, bei ihren Recherchen erfahren, wo Lew war. Mit dieser Hoffnung war Poppy in das alte River-Knoll-Viertel gefahren, mit seinen Häusern im Kolonialstil und extragroßen Rasenflächen in den Vorgärten. Zunächst war er an der Pension und dem Gebäude daneben vorbeigefahren, das der Kumpel ihm beschrieben hatte und das nach einer Baustelle aussah. Dann hatte er seinen Pick-up um die Ecke geparkt und hatte sich in den Schatten eines Baums gestellt, von dem aus er das Gebäude sehen konnte.

Er hatte gerade den Mut zusammengekratzt, die Straße zu überqueren und an die Tür zu klopfen, als auf einmal der weiße Van in Sicht kam. Und zwar aus der Richtung, aus der Poppy vor nicht einmal zwanzig Minuten gekommen war. Dann bog er in eine andere Seitenstraße ein, einen Block von Poppys Standort entfernt.

Vorsichtig überquerte Poppy den Rasen, folgte dem Wagen und ging eng an den Häusern entlang. Am letzten Haus im Block bog er in die Hintergasse ab. Dort drückte er sich an die Verkleidung aus Vinyl und spähte um die Ecke.

Der weiße Wagen parkte etwa im ersten Drittel der Seitenstraße, mit dem Kofferraum in Richtung des Winchester Inn und des angrenzenden Gebäudes, wo Kieran und seine Anwälte arbeiteten. Niemand war ausgestiegen. Niemand war auf dem Beifahrersitz zu sehen. Die Fahrerseite dahinter konnte Poppy nicht erkennen, und die Verglasung des Wagens war zu dunkel, um hineinschauen zu können.

Allerdings konnte Poppy sehen, dass der Van immer noch keine Nummernschilder hatte.

Poppy wusste, dass er jetzt Kieran und seine Anwälte nicht aufsuchen konnte, selbst wenn er wollte. Er konnte nicht einmal einen Anruf riskieren. Wenn das Haus beobachtet wurde, war es durchaus möglich, dass auch das Innere des Hauses verwanzt war. Wenn Poppy erwischt wurde, wie er mit den Anwälten sprach, würde man ihn ganz sicher feuern.

Dafür war er noch nicht bereit. Also schlich er wieder die Straße hinauf, hielt sich außer Sichtweite des weißen Wagens und fuhr davon.

»Mr Martin?«

Poppy wurde wieder bewusst, dass der Psychologe vor ihm saß – regungslos neben den Bildern an der Wand und immer noch auf seine Antwort wartend.

»Entschuldigung. Wie war noch mal die Frage?«

»Haben Sie den Eindruck, dass Sie verfolgt werden?«

Poppy seufzte. Er schaute nach links auf die dunkle Lokomotive mitten im Wald, gemalt im Kontrast zu der weißen Rinde der Birken, an denen sie vorbeirollte. Sie half ihm, der abgestandenen Luft in diesem Zimmer und dem Blick seines Peinigers zu entfliehen. Er begann, die Birken auf dem Bild zu zählen, während er die Worte sprach, die er wiederholen konnte, ohne sich auf sie zu konzentrieren:

»Ja. Weil ich in jener Nacht auf dem Dach von L5 einen Schuss gehört habe«, sagte er leise. »Ich weiß nicht warum und ich weiß nicht, wer dahintersteckt, aber ich werde immer wieder aufgefordert, meine Aussage zu ändern. Das werde ich nicht tun.«

26

Die hektische Geschäftigkeit des neuen Wolffia-Teams in den Tiefen von L5 heute Abend war ermutigend. Zufrieden betrachtete Adam die Wissenschaftler und Ingenieure, die letzte Testvorbereitungen trafen, und lauschte den Gesprächsfetzen an der Hauptüberwachungsstation.

Der größte Teil der Diskussionen war ihm unverständlich. Adam war Manager, kein Atomwissenschaftler. Er wollte auch keiner sein. Er hatte genug Physik studiert und war lange genug in seinem Job, um einem Gespräch von zwei Vertretern dieser Spezies folgen zu können. Doch er konnte nicht einmal ansatzweise einen Beitrag zu solch einem Gespräch leisten – ebenso wenig wie ein Spanischanfänger der lockeren Unterhaltung von zwei Muttersprachlern folgen konnte.

Doch das musste er auch nicht. Wenn die Diskussionen zu kompliziert wurden, hatte er einen Projektmitarbeiter, der für ihn übersetzen konnte. Was Adam allerdings erfassen *musste,* war, ob Projekt Wolffia sein Ziel erreichte. Und heute Abend stand er mit hohen Erwartungen im Labor von L5.

Es war sein Chef, Cameron Foote, der definierte, was bei diesem Projekt unter Erfolg zu verstehen war. Projekt Wolffia, würde er wohl sagen, würde die sieben Jahre Forschung und die Forschungsgelder im zehnstelligen Bereich an dem Tag rechtfertigen, an dem es einen hochenergetischen chemischen Zünder produzierte – das Bauteil, das die Detonation des radioaktiven Kerns einer Atombombe mit ihrer enormen Zerstörungskraft verursachte. Nur in ihrem Fall handelte es sich um einen extrem kleinen Zünder, der den Einsatz kleinerer Bomben mit einem größeren Anteil von Plutonium ermöglichte. Eine solche Bombe wäre in der Lage, das Zehnfache des nuklearen elektromagnetischen Impulses einer traditionellen Atomwaffe freizusetzen. Durch den neuen Zünder würden Bomben weitaus billiger, viel leichter und einfacher auf Schlachtfelder zu transportieren sein, wo sie Menschen und Material verstrahlen und beide für immer unbrauchbar machen würden. Kleinere, leistungsfähigere Atomwaffen würden alles verändern und die Pattsituation aufbrechen, die die schweren thermonuklearen Bomben darstellten. *Der Westen,* würde Direktor Foote sagen, *würde sofort die Oberhand gewinnen.*

Das war es, schlicht und einfach.

Adam ließ seinen Enthusiasmus immer dann nach außen dringen, wenn Foote sich zu dem Thema äußerte. Doch hinter der Fassade war er brennend an einem viel handfesteren Ergebnis interessiert: den zusätzlichen Gewinnen in Milliardenhöhe, die Covington Nuclear einstreichen würde. Was eine außergewöhnlich hohe Prämie für Adam bedeuten würde.

Adam schaute sich im Labor um und zu den Wissenschaftlern, die sich auf den Start des Testlaufs vorbereiteten. Die Entwicklung dieses Zünders war unter den bestehenden internationalen Verträgen nicht an sich illegal, rief er sich in Erinnerung. Doch die Vereinigten Staaten leugneten seit den 1990er-Jahren, die Produktion solcher Komponenten anzustreben. Deshalb arbeitete ihr Team für eine private Firma und versuchte auf eigene Faust, den Zünder zu entwickeln. Deshalb arbeiteten sie unter strenger Geheimhaltung in der Kelleretage einer stillgelegten Plutoniumfabrik, komplett vorbei an der lästigen Überwachung, den bürokratischen Hindernissen und den politischen Barrieren eines vom Kongress genehmigten Programms.

»Würden wir die üblichen Kanäle nutzen«, hatte Foote zu Adam gesagt, als er ihn an Bord holte, »würde das Projekt die dreifache Zeit und die zehnfachen Kosten verschlingen. Und außerdem wäre mehr politischer Mut nötig, als ganz Washington in tausend Jahren aufbringen könnte. Das ist keine Option für Amerika.«

Foote hatte seinen Vortrag mit den Worten beendet: »Und wir nutzen unsere Ressourcen optimal, da wir das Labor in dieser untergehenden Plutoniumfabrik einrichten, die schon unter Covingtons Aufsicht und Kontrolle steht – ein Ort, der bereits verstrahlt und zum Abriss vorgesehen ist. Ein Ort, an dem Covington die Experimente nur abschließen muss, bevor L5 abgerissen wird. Ein günstiger Umstand, da Covington sowieso mit der zeitlichen Planung der Säuberungs- und Entsorgungsarbeiten beauftragt wurde, und zwar für ganz Hanford, dieses Gebäude eingeschlossen.«

Adam hatte sich oft gefragt, wie viele andere Personen bei Covington angesichts der Geheimhaltungsstufe von dem Projekt wussten. Weniger als ein halbes Dutzend Geschäftsführer und Abteilungsleiter in Schlüsselpositionen, nahm er an: Personen, die in der Lage waren, den Fluss der notwendigen Forschungsgelder nach Sherman und L5 aufrechtzuerhalten. Und wie viele, fragte er sich, waren von der gleichen patriotischen Einstellung motiviert wie Cameron Foote – und wie viele von den enormen Gewinnerwartungen, die mit dem Verkauf neuer chemischer Zünder an das US-Militär verbunden waren?

Am brennendsten aber interessierte ihn die Frage, wie viele der Eingeweihten je Adams Namen gehört hatten. Außer Cameron Foote kein einziger, würde er wetten.

»Wir sind so weit«, sagte Dr. John Wilson. Er war der neue Leiter des Wolffia-Teams und Adam hatte darauf bestanden, dass er während des Tests an seiner Seite war. Adam antwortete mit einem Nicken und überprüfte instinktiv seine Schutzbrille.

Die Schutzausrüstung war eigentlich unnötig. Sie befanden sich außerhalb der speziell für die Tests konstruierten (und seit der Explosion im Oktober wiederaufgebauten) Kammer aus stahlverstärktem Beton, dort wo der Zünder aus Quecksilberiodid gezündet werden sollte. Man hatte alle nur möglichen Szenarien durchgespielt und wichtige Vorkehrungen getroffen, um Druckveränderungen zu vermeiden – Druckveränderungen wie die von dem schicksalhaften Tank 17 verursachte, die das letzte Experiment zum Scheitern gebracht hatte. Zudem würden sie das Geschehen nur indirekt beobachten: per Videoübertragung aus der Testkammer.

Ein Techniker begann mit einem Countdown. Adams zynische Seite wollte es als melodramatisch abtun – doch nach den Anstrengungen der letzten zwei Jahre konnte er sich doch nicht ganz von der allgemeinen Aufregung distanzieren.

Dann waren sie bei null.

Auf der Videoübertragung sah der Blitz wie eine winzige Sonne aus, die zur Supernova wird: Er breitete sich mit sagenhafter Geschwindigkeit in der ganzen Kammer aus, wie der Feuerball einer Kanone. Dann, so schnell, wie es begonnen hatte, war es auch vorbei.

Das halbe Dutzend Wissenschaftler und Analysten, die über den Raum verteilt waren, starrten wie gebannt auf ihre Bildschirme. Adam wandte sich Dr. Wilson zu, der über die Schulter eines Teammitglieds auf den Monitor links von ihm schaute.

»War es erfolgreich?«, fragte Adam.

Dr. Wilson zögerte einen Moment lang. Dann richtete er sich auf. »Wir müssen die Daten über die Hitzeentwicklung auswerten und sehen, ob der Zünder die Plutoniumprobe in der Kammer ordnungsgemäß gezündet hat. Und wir werden das Experiment einige Male bei unterschiedlichen Temperaturgradienten wiederholen müssen, um die Zuverlässigkeit sicherzustellen.«

Adam hatte das Bedürfnis, eine einfache Antwort aus dem Mann herauszuschütteln. »Ist der Zünder ein Erfolg oder nicht?«

Der mürrische Wissenschaftler konnte sich nicht einmal ein Lächeln abringen. »Nun, wenn Sie unbedingt sofort eine Antwort haben wollen, würde ich Ja sagen. Ein eingeschränktes Ja.«

Am liebsten hätte Adam bei diesen Worten losgejubelt. Sein Lächeln war breit genug für sie beide. »Gratulation, Doktor«, sagte er. Auf der anderen Seite des Raumes sah er, dass sich einige Mitarbeiter stumm die Hände schüttelten und lächelten.

Ob Physiker wohl jemals ausflippen?, fragte sich Adam in seiner eigenen Begeisterung.

Er genoss den Moment in vollen Zügen. Und noch etwas anderes Positives brachte dieses Ereignis mit sich. Zum ersten Mal seit Monaten konnte er sich auf den Anruf bei Cameron Foote freuen, der ihm später am Abend bevorstand.

27

Zehn Tage bis zum Prozess

Auf seinem Platz in der Nähe des Fensters studierte Ryan die neueste E-Mail von Dr. Strong auf seinem Laptop. Noch mehr Zusicherungen, dass das Gutachten rechtzeitig fertig würde - das bedeutete, in den nächsten zwei Tagen. Was weiterhin fehlte, waren Einzelheiten zu seinen Schlussfolgerungen.

Vielleicht hätte Ryan auf einem persönlichen Treffen mit Dr. Strong bestehen sollen, bevor er ihn engagierte - so wie mit Dr. Nadine. Er hatte sich entschieden, nicht nach Kalifornien zu reisen. Schmerzhafte Erfahrung hatte ihn gelehrt, dass Gutachter dazu neigten, aufdringliche Anwälte zu bestrafen. Je größer ihr Renommee, desto eher wollten sie ihre »intellektuelle Unabhängigkeit« demonstrierten. Mehr als einmal war das Ergebnis ein unleserliches, hochwissenschaftliches Gutachten gewesen statt einem, das der Argumentation des Mandanten diente. Das wollte Ryan in Kierans Fall vermeiden - besonders, da sie keine Zeit hatten, den Text des Gutachters zu überarbeiten.

Immerhin hatte Dr. Strong in ihren zahlreichen Telefonkonferenzen nie angedeutet, Kierans Behauptungen *nicht* stützen zu können. Er war nur so vage geblieben, dass es einen wahnsinnig machte.

Ein Klopfen an der Haustür riss Ryan aus seinen Gedanken. Wahrscheinlich war es Dr. Trân – zwanzig Minuten zu früh.

Weder Kieran noch Emily standen von ihren Plätzen auf der Couch auf, um die Tür zu öffnen. Kieran starrte in den Raum, während Emily so aussah, als würde sie jeden Moment seine Hand halten.

Der junge Mann war heute verständlicherweise nervös: Dr. Trân kam, um ihnen seine Erkenntnisse mitzuteilen – einschließlich der zu Kierans Kontakt mit radioaktiver Strahlung. Dass der Wissenschaftler sie persönlich vortragen wollte, machte es für Kieran nicht einfacher. Seit ihrem ersten Treffen im *Atomic Café* vor fast zwei Monaten hatte Ryan Kieran nicht mehr so in sich gekehrt gesehen.

Ryan öffnete die Tür, vor der lächelnd Dr. Trân stand. Er trat beiseite und winkte ihn herein.

Dr. Trân schien seit ihrem letzten Treffen in Spokane nicht aufgehört haben zu lächeln. Er war immer noch leger gekleidet und seine Lesebrille saß immer noch so knapp am Rand seiner Stirn, dass Ryan den Drang verspürte, sie höher zu schieben.

Er stellte den Wissenschaftler vor, der auf einem freien Stuhl Platz nahm. Ohne Umschweife öffnete der Mann einen kleinen Lederkoffer und zog zwei Ordner in mehrfacher Ausführung hervor. Der erste trug den Titel »Ursache der Explosion in L5« und der zweite »Ergebnisse der Blutuntersuchung von Kieran Mullaney«. Sobald alle je ein Exemplar in der Hand hielten, lehnte er sich zurück und begann im objektiven Ton eines Professors zu sprechen:

»Die Explosionen, bei denen Kieran Mullaney verletzt wurde, wurden nicht ausschließlich, und nicht einmal hauptsächlich, durch die Reaktion des Inhalts von Tank 17 verursacht.«

Ryan musste sich verhört haben. Er bat Dr. Trân, seine Aussage zu wiederholen, und das tat dieser – Wort für Wort.

»Wie kommen Sie denn zu *dieser* Einschätzung?«, platzte Ryan heraus.

Das Lächeln des Wissenschaftlers war nicht zu erschüttern. »Der Inhalt von Tank 17 hatte nicht die Sprengkraft, die Sicherheitstüren zwischen dem Mischraum und dem Korridor in der dritten Etage von L5 zu durchbrechen. Dennoch wurden diese Türen zerstört, nachdem

Mr Mullaney den Raum verlassen hatte. Die Chemikalien aus Tank 17 waren also zwar beteiligt, aber sie können nicht die Hauptursache für die Explosion vom 16. Oktober sein.«

Ryan hatte gehofft, dass ein Gutachter Covingtons Behauptung anfechten würde, Kieran habe die Explosion durch ein Verstellen des Ventils an Tank 17 verursacht – doch dies hier war ein riesiger Schritt darüber hinaus. Wie konnte Tank 17 *nicht* eine wesentliche Rolle bei der Explosion gespielt haben? Wieder meldete sich Ryans Paranoia zurück. Baute Dr. Trân gerade eine Theorie auf, die so absurd war, dass keine Jury sie akzeptieren konnte?

Ryan hatte Emily oder Kieran nie von seiner Skepsis Dr. Trân betreffend erzählt – und auch nicht von seinen Gründen dafür. Er hatte ihr Vertrauen in den Mann nicht untergraben wollen, bis er Dr. Strongs Gutachten in Händen hielt. Jetzt wünschte er, er hätte zu diesem Thema nicht geschwiegen.

»Erklären Sie das bitte«, verlangte Ryan nachdrücklich.

Dr. Trân nickte und wies sie dann auf ein Diagramm in der Mitte seines Gutachtens über die Explosionsursachen hin. Es zeigte einen Tank mit einer Beschreibung seines Inhalts und chemischen Formeln darunter.

»Tank 17 enthielt Tributylphosphat, Salzsäure und weitere Chemikalien, die durchaus explodieren können, wenn sie ausreichend konzentriert sind. Die Aufstellung der Probenergebnisse für Tank 17 im Jahr vor der Explosion, zusammen mit Mr Mullaneys Beschreibung des Behälters in jener Nacht, stützen meine Schlussfolgerung, dass die aktiven Chemikalien im Tank nach Jahren der Verdunstung eine reaktionsfähige Konzentration erreicht hatten. Wenn wir annehmen, dass Mr Mullaney das Ventil unter dem Tank geöffnet hat, hätte das wahrscheinlich dazu geführt, dass Flüssigkeit durch das Stahlrohr unter dem Tank entwichen wäre, wodurch die Chemikalien sich weiter konzentriert hätten und eine Explosion wahrscheinlich beschleunigt worden wäre.«

»Dann sind Sie der gleichen Meinung wie die Covington-Gutachter«, warf Emily ein.

»Nur bis zu diesem Punkt«, erwiderte Dr. Trân. »Die Covington-Gutachter ziehen dann den Schluss, dass die Chemikalien in Tank 17 unmittelbar darauf explodierten, gefolgt von Chemikalien in Behältern an anderer Stelle im Raum. Das sehe ich anders. Die beschleunigte Konzentration der Chemikalien in Tank 17 hätte Minuten oder eine Stunde später zu einer Explosion geführt, aber wahrscheinlich nicht binnen Sekunden. Noch wesentlicher ist, dass die Schlussfolgerung von Covington die Tatsache ignoriert, dass die Chemikalien in Tank 17 nicht genügend Sprengkraft hatten, um die Sprengschutztüren des Mischraums zu durchbrechen, nachdem Mr Mullaney aus dem Raum geflohen war. Ich habe die Widerstandskraft der Türen ausgewertet, und die Chemikalien in Tank 17 waren nicht ausreichend, um das zu bewirken.«

»Hätten Tank 17 *und* die Chemikalien der anderen Tanks nicht ausgereicht?«, fragte Kieran.

Dr. Trân schüttelte den Kopf und zeigte ihnen ein Balkendiagramm, das die achtzehn Tanks in Raum 365 sowie ihren Inhalt darstellte. »Meine Auswertung des Dokuments mit der Mischraum-Matrix, das Sie kürzlich erhalten haben, zeigt, dass es in 365 keine anderen Chemikalien gab, die – selbst in Kombination mit dem Material aus Tank 17 – die Sprengschutztüren hätten durchbrechen können.«

Langsam klangen die Erklärungen wie unverständliches Geschwafel. Ryan biss sich auf die Zunge, als Dr. Trân zu einem weiteren Diagramm blätterte. »Ich habe seismografische Messdaten aus Spokane, Boise und Portland ausgewertet, die die Explosionen vom 16. Oktober aufgezeichnet haben. Covington behauptet, dass die nachfolgenden Explosionen von Chemikalien in anderen Tanks im Raum stammen, ausgelöst durch die Detonation von Tank 17. Doch die seismografischen Daten bestätigen, dass die zweite und dritte Erschütterung fast ebenso stark waren wie die erste. Das wäre nur möglich, wenn die Chemikalien an anderer Stelle im Raum die gleiche Sprengkraft gehabt hätten wie die in Tank 17. Das war nicht der Fall. Tatsächlich waren sie deutlich weniger explosiv.«

»Wenn die Chemikalien in Tank 17 die Türen nicht durchbrechen konnten«, sagte Emily, »und die anderen Tanks im Raum nicht genügend Sprengkraft hatten, um die weiteren Explosionen zu erklären, was hat dann in jener Nacht die Energie für die drei Detonationen geliefert?«

Dr. Trân zuckte die Schultern. »Ich kann aus den Daten nur schließen, dass es andere explosive Substanzen gegeben haben muss, die nicht aufgeführt sind.«

»Was für Substanzen?«, fragte Kieran aufgewühlt. »Woher?«

Dr. Trân legte den Ordner über die Ursachen ab. »Die Baupläne zeigen, dass das Stahlrohr unter Tank 17 - das, mit dem Sie in Berührung gekommen sind, Mr Mullaney - früher genutzt wurde, um den Inhalt in die Räume mit den Handschuhkästen und die Produktionsräume in den unteren Etagen von L5 zu leiten. Durch das Öffnen des Ventils an diesem Rohr haben Sie nicht nur die Explosion der Chemikalien aus Tank 17 beschleunigt, sondern auch eine Leitung geöffnet, durch die der Druck und die Hitze aus dem Tank in die Produktionsbereiche unten im Gebäude gelangen konnten. Ich glaube, diese Hitze und dieser Druck haben eine Explosion von Materialien in den unteren Ebenen verursacht.«

»Ich würde gern eine Antwort auf Kierans Frage hören«, forderte Ryan. »Von welchen Materialien reden wir hier?«

Dr. Trân lehnte sich zurück und verschränkte die Arme über der Brust. »Das weiß ich nicht. Aber angesichts der Stärke der drei Explosionen müssen es Substanzen mit enormer Sprengkraft gewesen sein. Sehr reaktionsfreudige Stoffe, allein nach den seismografischen Daten zu urteilen.«

»In Hanford wurden Atombomben hergestellt«, sagte Emily. »In L5 muss es jede Menge Stoffe gegeben haben, die eine große Explosion verursachen könnten.«

Dr. Trân schüttelte energisch den Kopf. »Nein, nein, nein. Ihr erste Aussage ist nicht korrekt. Hanford hat Plutonium hergestellt, das spaltbare Material für Atomwaffen, aber nicht die Bomben selbst. Plutonium kann nur eine nukleare Explosion hervorrufen, wenn es mit einem Detonationsmechanismus gezündet wird.« Dann beschrieb er, was ein Atomwaffenzünder war.

»Sie sagen also, Plutonium kann nie von allein explodieren«, vergewisserte sich Ryan, »sondern nur mit einem dieser Zünder.«

»Das stimmt nicht ganz«, erwiderte Dr. Trân. »Plutonium kann auch ohne einen Zünder eine natürliche Kettenreaktion eingehen, wenn es in der Nähe einer anderen radioaktiven Substanz gelagert wird. Solche

Kettenreaktionen erzeugen gefährliche Mengen an lokal begrenzter Hitze und Strahlung. Doch eine natürliche Kettenreaktion allein hätte keine Explosionen der Stärke auslösen können, wie sie sich letzten Oktober in L5 ereignet haben. Diese Explosionen entsprachen eher potenten *Sprengstoffen,* die als Zünder für Atomwaffen dienen.«

»Also lag vielleicht im Keller von L5 noch ein Atomwaffenzünder, der die Explosion ausgelöst hat«, sagte Emily.

Dr. Trân zuckte wieder mit den Schultern. »Diese Vorrichtungen werden nicht wie Büroartikel behandelt. So etwas würde man nicht einfach in der unteren Ebene von L5 *liegen lassen.* Und Atomwaffenzünder wurden nie in Hanford hergestellt oder gelagert – aus naheliegenden Gründen. Hanfords Plutonium wurde zum Einbau in die Bomben an andere Orte geliefert. Dennoch muss ich Ihnen zustimmen, dass sich, gemessen an Schwere und Ablauf der L5-Explosion, in jener Nacht solch ein Zünder oder seine Komponenten in der unteren Ebene von L5 befunden haben und Ursache der Explosion gewesen sein könnte.«

»Man hätte doch nach der Explosion Reste eines solchen Zünders gefunden, wenn einer beteiligt gewesen wäre«, wandte Ryan ein.

»Ja«, entgegnete Dr. Trân, »wenn man danach gesucht hätte.«

Jetzt ist das Ganze also eine Verschwörung, dachte Ryan ablehnend. »Das ist also im Ernst Ihre Theorie?«, fragte er ungeduldig. »Dass irgendwie etwas in jener Nacht in L5 war, das in Hanford nichts zu suchen hatte, und Tank 17 es rein zufällig zur Explosion gebracht hat?«

Dr. Trân schaute Ryan nicht in die Augen, als er antwortete. »Ja. Und aus diesem Grund war Kieran nicht verantwortlich für seine eigenen Verletzungen in jener Nacht.«

Der Kerl erwartete tatsächlich, dass sich Emily mit dieser Theorie in den Gerichtssaal stellte, die sich nur auf Berechnungen zur begrenzten Sprengkraft dessen gründete, was sich im Mischraum befunden hatte! Ryan kochte innerlich. Wann würde Emily dem Wissenschaftler für diese magere Theorie endlich an den Hals gehen?

Ohne weitere Einwände abzuwarten, wandte sich Dr. Trân dem anderen Ordner zu. »Ich glaube, diese Schlussfolgerung wird auch von den Strahlungsmessungen gestützt. Dem Probenprotokoll aus der Zeit vor der Explosion zufolge war Raum 365 ›sauber‹ – über die Jahre waren nur wenige Rückstände von Radionukliden zu verzeichnen. Dennoch sah Mr Mullaney an den Messgeräten im Korridor, dass sich dort Radioaktivität ausbreitete, und zwar über ihn hinweg, als er aus Raum 365 floh.«

Dr. Trân zeigte ihnen im letzten Teil des Ursachenberichts ein Diagramm des Korridors mit einer Reihe Berechnungen darunter.

»Wenn Raum 365 frei von Radionukliden war, muss die Strahlung, die die Messgeräte im Korridor angezeigt haben, von einem anderen Ort gekommen sein. Es dauerte fünf bis zehn Sekunden, bis die Geräte im Korridor aufleuchteten – das ist die Zeit zwischen der ersten Explosion und dem Moment, in dem Mr Mullaney die Warnleuchten sah. Daraus schließe ich, dass die erste Explosion die Decke zwischen Raum 365 und der unteren Ebene durchbrochen hat, während die zweite und dritte Explosion Strahlung aus der tieferen Etage zurück nach Raum 365 und darüber hinaus in den Korridor verteilt hat. Das bedeutet, dass in der unteren Ebene in erheblichen Mengen radioaktives Material vorhanden war.«

»Sie wollen also damit sagen, dass die Quelle der *Explosion* auf der unteren Ebene von L5 auch die Quelle der *Radioaktivität* war?«, vergewisserte sich Emily.

»Aller Wahrscheinlichkeit nach.«

»Wenn das wahr wäre«, sagte Ryan mit unverhohlener Skepsis, »wäre Kieran definitiv verstrahlt worden.«

Es war heraus, bevor Ryan bewusst wurde, was er gerade gesagt hatte. Auf der Stelle wurde es still im Raum.

»Nun ... ja«, sagte Dr. Trân behutsam. »Und genau das hat sich in den Blutuntersuchungen bestätigt.«

Er wandte sich Kieran zu, und zum ersten Mal war sein Lächeln verschwunden. »Es tut mir leid, Ihnen sagen zu müssen, Mr Mullaney, dass unsere Blutuntersuchungen eine Schädigung Ihrer Chromosomen ergeben haben, eine Schädigung durch Kontakt mit einer mittleren Dosis radioaktiver Strahlung. Die Dosis liegt dabei höher, als die Auswertung Ihrer sämtlichen Dosimeter erwarten lässt.«

Kierans interessierter Gesichtsausdruck war verschwunden. Emily nahm seine Hand.

»Wie schlimm?«, fragte der junge Mann.

Der Wissenschaftler schüttelte den Kopf. »Wenn wir wüssten, wie viel radioaktives Material beteiligt war, könnten wir die Verteilung genauer analysieren. Allein anhand der Blutuntersuchungen können wir lediglich das Offensichtliche bestätigen: dass die Dosis nicht ausreichend hoch war, um lebensgefährlich zu sein. Da Radionuklide das Immunsystem angreifen können, haben sie wahrscheinlich die Erholung Ihrer Bronchien verzögert. Zusammen mit der Strahlung, der Sie bei Ihrer Arbeit ausgesetzt sind, besteht ein höheres Krebsrisiko in späteren Jahren. Im besten Fall war die Dosis niedrig genug, um bei normaler Lebenserwartung keine schwerwiegenderen Folgen nach sich zu ziehen.«

Kieran schien in sich zusammenzufallen und wirkte zunehmend desorientiert. Ryan kannte diesen Blick. Er hatte ihn auf Carolines Gesicht gesehen. An dem Tag, an dem ihr der Arzt gesagt hatte, dass sie Krebs hatte. Und Emily sah ebenso tief getroffen aus wie Kieran – so wie vermutlich Ryan selbst an jenem Tag vor vielen Jahren.

Ryan spürte die Sorge des jungen Mannes, doch unvermittelt durchfuhr ihn noch ein anderes Gefühl: eine plötzliche schockierende Erkenntnis. Überwältigt realisierte er, dass dieser Dr. Trân recht haben konnte. Bisher schien alles eher Spekulation als Wissenschaft gewesen zu sein. Doch Testergebnisse, die Verstrahlung bewiesen, änderten alles.

»Was ist mit den Ganzkörper-Strahlungstests im Krankenhaus, die keine Verstrahlung ergeben haben?«, fragte Ryan.

Dr. Trân schüttelte den Kopf. »Dabei wird nur die Strahlung gemessen, die ein Körper abgibt. Diese Untersuchungen sind nur nützlich, wenn die Geräte richtig kalibriert sind. Und Covington hat nie nachgewiesen, dass die Geräte in jener Nacht für Mr Mullaney kalibriert wurden.«

Pauline Strand hatte eine Verstrahlung nicht mal annähernd nachweisen können, bevor sie sich von dem Fall zurückzog. *Aber sie hat mit ziemlicher Sicherheit nicht nach diesen Daten gefragt, als die Beweisfindung noch lief,* dachte Ryan.

Emily wandte den Blick von Kieran ab und schaute auf. »Und Covingtons Behauptungen zu den Messgeräten im Korridor und die Dosimeter-Daten?«

»Zu denen habe ich keine richtige Erklärung«, gab Dr. Trân zu. »Doch es waren auch Covingtons Leute, die diese ganzen Daten gesammelt haben.«

Der Wissenschaftler wandte sich nun Ryan zu. »Mr Hart, ich hatte Ihnen in Spokane gesagt, dass ich gern Raum 365 besichtigen würde. Inzwischen denke ich, ich sollte meine Zeit besser darauf verwenden, die untere Ebene von L5 zu begutachten – Explosionsspuren in den beschädigten Räumen und Korridoren zu sichten und vielleicht Proben von chemischen und radioaktiven Rückständen zu nehmen.«

Ryan hatte Dr. Trâns erste Anfrage nicht besonders ernst genommen. Jetzt nickte er nur, während er immer noch Emily und Kieran beobachtete.

»Und Sie sind wirklich bereit, jede dieser Schlussfolgerungen als Zeuge vor Gericht zu Protokoll zu geben?«, fragte Ryan.

Dr. Trân nickte und sein Lächeln kehrte zurück. »Natürlich.«

Ryan nickte ebenfalls, erhob sich und brachte Dr. Trân zur Tür. Dann wandte er sich wieder dem Paar auf der Couch zu. Emily hatte einen Arm um Kieran gelegt. Er kämpfte stumm um Fassung.

Ryan war hin- und hergerissen zwischen dem Wunsch, etwas Ermutigendes zu sagen, und dem Bedürfnis, das zu verarbeiten, was Dr. Trân ihnen mitgeteilt hatte. Aus seinem Mund würde eine Ermutigung vermutlich trivial klingen, überlegte er.

»Ich geh eine Runde um den Block«, war alles, was Ryan sagte. Emily nickte.

Heute ging er durch die Hintertür, über einen kleinen Hof und zur nächsten Straße. Gedankenverloren lief er immer weiter, Kilometer für Kilometer. Er sah Rasensprenger, die Wasser auf vertrockneten Rasenflächen verteilten, und den Rauch von Grills, der aus einigen Gärten in den blauen Himmel stieg.

Es war ein typischer Samstag in Amerika. Nur dass in dieser Stadt noch vor fünfundzwanzig Jahren diese Wochenenden in der Windrichtung der weltgrößten Plutoniumfabrik begangen wurden. Jene Zeiten waren noch nicht lange vorbei: Noch immer feierten diese Leute in der Nachbarschaft einer radioaktiven Kontamination, die die meisten Amerikaner zu Tode ängstigen würde.

Wie hatten sie damals damit gelebt? Wie lebten sie heute noch immer damit? Sie gingen mit ihren Kindern in den Park, saßen im Herbst bei Football-Spielen draußen, tranken Bier beim Grillen unter freiem Himmel. Und das alles ganz in der Nähe einer so großen Gefahr.

Damals wohl genauso wie heute, vermutete Ryan: mit Vertrauen und Glauben – einschließlich eines beständigen Vertrauens in die Menschen, für die sie arbeiteten. Heutzutage bedeutete das: zu den Managern von Covington Nuclear.

Er hätte das nicht gekonnt, überlegte Ryan. Er konnte sich nicht einmal dazu überwinden, Dr. Trân ganz zu vertrauen, dessen Gutachten, obwohl es ihrer Klage zuträglich war und logisch klang, auf so vielen unbeweisbaren Annahmen und zu wenig handfesten Beweisen beruhte. Die größte Mutmaßung dabei war die Anwesenheit von Sprengstoff in L5, die sie nicht beweisen konnten – außer durch deduktiven Ausschluss anderer Ursachen für die Explosion. Und dann waren da die Ergebnisse der Blutuntersuchung, die alles zu bestätigen schienen, was Dr. Trân sagte. Was, fragte sich Ryan, wenn Dr. Trân ein Spitzel war? Was, wenn er sie nur in eine Falle lockte, um dann im Zeugenstand seine Aussage entweder zurückzuziehen oder sie dazu brachte, sich auf ein Gutachten zu verlassen, in das die Gegenseite zu leicht Löcher schießen konnte?

Natürlich, antwortete eine Stimme in seinem Kopf, *waren die Fallstricke in Dr. Trâns Gutachten nur von Bedeutung, wenn Emily gezwungen war, ihn einzusetzen. Wenn Dr. Strong Wort hielt, war Dr. Trân nur eine teure Fußnote in ihrer Beweisführung.*

Doch was für eine Beweisführung war das, wenn sie nicht einmal wussten, ob sie ihrem eigenen Gutachter trauen konnten? Die Beweisführung für einen Prozess, dachte Ryan angewidert, in dem ihr Gegner bereits einen ernsthaften Vorteil beim Richter und möglicherweise auch den Geschworenen hatte und in dem seine Tochter gegen King antrat, einen Mann, der jahrelange Erfahrung damit hatte, Covington Nuclear in Gerichtsprozessen zu vertreten.

An einer Straßenecke blieb Ryan stehen und tauchte lange genug aus seinen Gedanken auf, um festzustellen, dass er nicht auf den Weg geachtet hatte. Er schaute sich um, bis er die Straße erkannte, in der er sich befand. Dann drehte er sich um und ging in Richtung ihres Behelfsbüros zurück.

Was sollte er nun tun? Hier stand er und finanzierte einen potenziellen Zwei-Millionen-Dollar-Fall - ein Umstand, den er in den letzten Wochen kaum zur Kenntnis genommen hatte, weil er eigentlich gar nicht an einen Erfolg geglaubt hatte. Er hatte die Schecks ausgestellt und Arbeitsstunden investiert, nicht, weil er einen großen Geldsegen erwartete, sondern um eine endgültige Entfremdung von Emily zu vermeiden. Ryan konnte sich an keinen Fall in seiner Laufbahn erinnern, in dem er nicht völlig von seinem Mandanten und dessen Sache überzeugt gewesen war - und der Möglichkeit zu gewinnen.

Andererseits war er bis jetzt immer von Carolyn von ihren Fällen überzeugt worden, nicht wahr? Seine Gedanken schweiften zurück zu jenem Morgen nach einer durchfeierten Nacht, nach der Abschlussparty nach dem Jurastudium, an dem er mit Carolyn beim Frühstück im luxuriösen alten Olympic Hotel gesessen hatte. Dort hatte sie ihm mit Orangensaft zugeprostet: »Wir werden nie eine Versicherung vertreten«, hatte sie gesagt, »und wir werden nie einen Lehrer verklagen. Oder einen Farmer. Und wir werden uns nur auf Kämpfe einlassen, die es sich wirklich zu kämpfen lohnt.«

Er hatte ihren Trinkspruch kommentarlos akzeptiert, nur mit einem sanften Klirren ihrer beiden Gläser. Doch er hatte in diese wunderschönen Augen geschaut, die er nun für immer genießen durfte, und gedacht: *Und wir werden nie verlieren. Denn ich werde unsere Gegner k. o. schlagen, während du die Herzen der Geschworenen eroberst. So, wie du das Herz der Richter bei dem Scheinprozess erobert hast. So, wie du mein Herz erobert hast.*

Über die Jahre hatte er gestaunt, wie Carolyn die brutale Realität des Prozessalltags erträglich machte. Erbarmungslose Strategien und durchtriebene Praktiken schienen sie nicht zu beeinflussen, und ihr Optimismus dämpfte den Zynismus, der Ryan andernfalls übermannt hätte. Der ihn jetzt übermannte.

Und doch, trotz ihres gemeinsamen Erfolges und ihrer offensichtlichen Liebe zu der Arbeit hatte sie nicht gezögert, all das für Emily zu verlassen. Sieben Jahre später saßen sie gemeinsam auf der Terrasse von Pasco's Tex-Mex-Grill über dem Lake Union, und Carolyn deutete mit einem Kopfnicken auf ihre kleine Tochter, die die Boote auf dem Wasser unter ihnen beobachtete. Dann lächelte sie ihn mit den gleichen Augen an, die er vor Jahren bei Starbucks gesehen hatte.

»Ich verabschiede mich für eine Weile von der Juristerei«, sagte sie schlicht. »Ich kann es nicht ertragen, auch nur eine weitere Woche von meiner einzigen Tochter getrennt zu sein. Sie braucht mich.«

Dann hatte sie Ryans Hände in ihre genommen. »Ich kehre zu dir in die Kanzlei zurück, wenn sie älter ist. Du kommst eine Weile ohne mich zurecht.«

Er hatte über ihre Schulter vorbei auf einen vorbeiziehenden Katamaran auf dem See geschaut, dessen Focksegel vom Wind aufgeblasen war wie ein Sack voller Möglichkeiten. Ja, er würde schon zurechtkommen, hatte er gedacht. Es würde nur nie mehr das Gleiche sein.

Sie füllte die Leere von Emily aus, die seine Abwesenheit, die ihrer beider Abwesenheit verursacht hatte. Und sie war weiterhin seine Partnerin in der Kanzlei, als Mentorin seines Herzens: Sie beriet ihn, welche Fälle er annehmen oder ablehnen sollte, hörte ihm abends zu Hause zu und half ihm sogar, Strategien zu planen und Schlussplädoyers vorzubereiten. Und er gewann weiter. Vielleicht mit mehr Schweiß und weniger Anmut. Doch er gewann. Und er hörte nie auf, für den Tag zu planen, an dem sie zurückkehren und wieder mit ihm praktizieren würde. Bis der Krebs kam, der all ihre Pläne ad absurdum führte.

Er war jetzt in Sichtweite des Anbaus, nur noch eineinhalb Blocks entfernt. Diese Straße war ruhiger als die meisten anderen. Es gab keine Kinder in den Gärten und keinen Durchgangsverkehr. Nur ein einsamer weißer Van parkte am Bordstein zwischen Ryan und dem Vordereingang zum Nebengebäude der Pension.

Eben verließ Emily das Haus – Arm in Arm mit Kieran. Sie blieben neben Kierans ramponiertem Auto stehen. Ryan sah, wie sich die beiden zuwandten und einen Augenblick miteinander sprachen, bevor sie sein Gesicht in ihre Hände nahm und ihn küsste.

Er wollte schockiert und wütend sein, doch er war weder das eine noch das andere. Ihre Gefühle für Kieran waren schon seit Wochen kein Geheimnis mehr – nur ihre Tiefe. Er wollte sie davor warnen, sich in jemanden zu verlieben, den sie zu früh verlieren konnte, doch als er sah, wie sie Kieran so anschaute, wie er selbst einst Carolyn angeschaut hatte, wusste Ryan, dass das Zeitverschwendung war.

Konnte er zu diesem Zeitpunkt an die Berechtigung von Kierans Klage glauben? Vielleicht nicht so sehr wie Emily. Doch ja, wahrscheinlich tat er es, wenn auch hauptsächlich aufgrund der gleichen deduktiven Logik, die Dr. Trân heute angewendet hatte. Er glaubte, dass Kieran das Ventil an Tank 17 nicht vorsätzlich verstellt hatte. Er glaubte, dass der junge Mann nicht zu solch einer Täuschung fähig war - oder dazu, sie so lange vor Emily und Ryan geheim zu halten. Er glaubte, dass Kieran in jener Nacht wirklich Schaden genommen hatte - vielleicht sogar ernsthaften Schaden. Er glaubte, dass Covington vertuschte, was in jener Nacht geschehen war. Obwohl er nicht genau wusste, ob er an das Ausmaß der Verschwörung glaubte, das Dr. Trân angedeutet hatte, wies doch jede Vertuschungsaktion auf Schuld und Geheimnisse hin. Und vielleicht - nur vielleicht - konnte er die Logik von Dr. Trâns Erklärung zur Ursache der Explosion nachvollziehen.

Also, ja, er glaubte genug an Kirans Fall, und all das war sehr bedeutungsvoll und wichtig. Doch wo stand er damit? Sollte er anbieten, mehr zu tun? Sollte er eine größere Rolle im bevorstehenden Prozess übernehmen? Emily hatte ihn noch immer nicht darum gebeten - und würde es vielleicht auch niemals tun. Doch nachdem er gerade auf dem Rasen vor ihrem Büro Emilys Gefühle für Kieran gesehen hatte, durfte das vielleicht keine Rolle mehr spielen. Nicht, wenn es in seiner Macht stand, etwas Gutes für einen Menschen zu tun, der Emily so viel bedeutete wie Carolyn ihm.

Kieran und Emily waren verschwunden, als Ryan schließlich durch den Vordereingang das Behelfsbüro betrat. Emily war im Erdgeschoss nirgendwo zu sehen.

Er stieg die Treppe zu ihrem Schlafzimmer hinauf, dessen Tür einen Spalt weit offen stand.

»Emily?«, rief er und schob behutsam die Tür auf.

Sie saß von ihm abgewandt auf dem Bett. Als er eintrat, drehte sie sich zu ihm um. In ihren Augen schimmerte Hoffnungslosigkeit.

»Ich kann Kieran nicht helfen. Ich kann diesen Fall nicht gewinnen,

Dad. Ich kann sie nicht schlagen. Ich sage mir immer wieder, dass ich es kann, aber ich kann es nicht.«

Ryan setzte sich neben sie aufs Bett und legte einen Arm um ihre Schultern. »Ja«, sagte er leise, »darüber sollten wir reden.«

28

Sieben Tage bis zum Prozess

Adam lehnte sich auf seinem Schreibtischstuhl zurück, als er mit der Zusammenfassung von Dr. Virgil Strongs Gutachten fertig war.

Zufriedenstellend, dachte er. Er nahm das Telefon und rief die Nummer an, die Cameron Foote ihm gegeben hatte.

»Sharon? Ja. Ich wollte nur nachfragen, ob die Zusage an das Institut für Gesundheitswissenschaften der USC bereits rausgeschickt wurde. Die Bestätigung, dass wir den neuen Lehrstuhl finanzieren. Nein? Könnten Sie dann bitte dafür sorgen, dass er heute noch rausgeht? Fax und Post. Danke.«

Adam kannte Dr. Virgil Strong. Er hatte einmal in Erwägung gezogen, ihn für das Projekt einzustellen. Der Mann war ein führender Experte in Atomphysik, aber sein Charakter passte nicht zu den Zwecken von Projekt Wolffia. Als sein Name als möglicher Gutachter für die Mullaney-Anwälte ins Spiel gekommen war, war Adam daher schwer beunruhigt gewesen.

Er hatte Bestechung in Betracht gezogen, doch Virgil Strong war einer direkten … *Anwerbung* mit ziemlicher Sicherheit nicht zugänglich, was sowieso immer eine äußerst heikle Angelegenheit war. Nein, es war besser, den Umstand auszunutzen, dass der Mann nicht weniger ehrgeizig war als jeder andere Professor auch, der Institutsleiter an einer führenden Universität werden wollte.

Das Angebot eines neuen, voll finanzierten Lehrstuhls als Anerkennung für Dr. Strongs Arbeit auf dem Gebiet des Strahlenschutzes war nicht einmal von Covington Nuclear unterbreitet worden, sondern von einer Stiftung, die ganz legal von Covingtons Mutterkonzern finanziert wurde. Adam hatte Cameron Foote nicht gefragt, über welche Kanäle er Dr. Strong darüber informiert hatte, dass der Lehrstuhl »in der engeren Auswahl« für eine Unterstützung durch die Stiftung war.

Sie wollten den Mann gar nicht kaufen. Sie brauchten ihn nur zu beeinflussen. Diese Zusammenfassung von Strongs Gutachten für Mullaneys Anwälte belegte, dass es ihnen gelungen war. Es war Adam von einem von Strongs Doktoranden beschafft worden, der ein hoch bezahltes Sommerpraktikum bei Covington Nuclear in Los Alamos absolvierte.

Wenn diese Zusammenfassung korrekt war, ging Strongs Gutachten im Mullaney-Fall auf Nummer sicher und lotete keine Tiefen aus. Es war rundum zufriedenstellend.

Und das Institut für Gesundheitswissenschaften an der University of Southern California bekam seinen neuen Lehrstuhl.

* * *

Ryan verlangsamte sein Tempo, als er sich dem Behelfsbüro näherte. Er war kein Morgenläufer; er mochte Sport lieber als Ausgleich nach einem vollen Arbeitstag. Doch heute fühlte es sich gut an, so früh an die frische Luft zu kommen, denn am Nachmittag war eine Vorbereitungssitzung für den Prozess angesetzt. Besonders gut tat der schweißtreibende Lauf angesichts seiner Besorgnis, dass Dr. Strongs Gutachten nicht rechtzeitig eintreffen würden: Die Sekretärin des Professors hatte am Freitag eine Nachricht hinterlassen, dass sie heute bis Mittag ankommen sollten.

Ende letzter Woche hatte er mehrmals mit Dr. Strong gesprochen, ihm mehr Dokumente geschickt und Fragen zu Kierans Erinnerungen beantwortet. Er hatte überlegt, ob er dem USC-Professor Dr. Trâns Gutachten zukommen lassen sollte. Am Ende hatte er es nicht getan, weil er sich unsicher war, welchen Effekt sie haben würden.

Doch das hatte Ryan auch noch nicht erlebt: Sie hatten nur noch wenige Stunden bis zum Austausch der letzten Gutachten mit einem gegnerischen Anwalt, ohne sie selbst auch nur gesehen zu haben.

Ein FedEx-Lieferwagen näherte sich vom Ende der Straße her. Ryan stand auf dem Rasen und sah, wie der Lieferwagen neben ihm langsamer wurde.

Ein Mann in Arbeitsuniform erschien auf der Fahrerseite. »Sind Sie Ryan Hart?«, fragte er.

Auf Ryans Kopfnicken hin reichte der Mann ihm einen dicken Umschlag, für den Ryan unterschrieb. Er riss das Päckchen auf, während der Kurier ihm einen guten Tag wünschte und weiterfuhr.

Im Umschlag steckte ein einzelnes gebundenes Dokument: *Ursache der Explosion in L5 und ihre gesundheitlichen Auswirkungen*. Unter dem Titel war ein Stempel: »Dr. Virgil Strong, Mitglied der Fakultät, Institut für Strahlenschutz, University of Southern California«.

Ryan blätterte direkt ans Ende, um die »Zusammenfassende Einschätzung« zu lesen, gerade als Emily aus dem Haus trat und zu ihm kam.

»Wie sieht es aus?«, fragte sie vorsichtig.

Ryan schaute nicht auf, sondern begann laut zu lesen:

»Insgesamt lässt sich aufgrund der chemischen Daten, der Stärke der Explosion, der zeitlichen Parameter etc. sagen …«

Er übersprang ein paar Zeilen.

»… ist es meine fachliche Überzeugung, dass die Explosionen in Laborgebäude 5 des Nuklearsperrgebietes Hanford am 16. Oktober 2013 höchstwahrscheinlich durch eine autokatalytische Reaktion verursacht wurden, ausgelöst durch die Öffnung eines Ventils an der Unterseite von Tank 17 durch eine oder mehrere unbekannte Person(en) … Außerdem bin ich der Überzeugung, dass die Blutproben keinen ausreichenden Beleg für die Schlussfolgerung liefern, dass Kieran Mullaney mit ionisierender Strahlung infolge der Explosionen in Berührung kam.«

Ryan spürte, wie ihm das Blut aus dem Gesicht wich. »Strong hat sich auf die Seite von Covington Nuclear geschlagen«, murmelte er.

* * *

Sein Smartphone fest ans Ohr gedrückt, tigerte Ryan im Korridor vor Richter Renways Verhandlungssaal im Bundesgericht von Sherman auf und ab.

»Es tut mir leid, Mr Hart, aber Professor Strong ist im Moment nicht zu sprechen«, sagte die Sekretärin ruhig. »Ich notiere gern eine Nachricht für ihn.«

Ryan fiel es schwer, nicht laut zu werden. »Ich habe heute bereits vier Nachrichten hinterlassen.«

»Das tut mir *so* leid, Mr Hart«, antwortete die dienstbeflissene Dame. »Ich habe Ihre Nachrichten alle an Dr. Strongs Büro weitergeleitet, aber ich glaube, er war heute noch nicht einmal im Haus. Ich werde ihm auf jeden Fall sagen, wie dringend Sie ihn erreichen wollten, sobald ich ihn sehe.«

»Bitte fügen Sie der letzten Nachricht noch etwas hinzu«, fauchte Ryan. »Sagen Sie ihm, er kann sich den Rest seines Honorars bei Covington Nuclear abholen.«

Um ein Haar hätte er fast sein Smartphone quer durch den Korridor geworfen.

Strongs Gutachten hatte, abgesehen von ein paar Spitzfindigkeiten, Covingtons Position in diesem Fall untermauert. Der Professor war sogar so weit gegangen, die Befunde der Blutuntersuchung als unwichtig herunterzuspielen. In zwanzig Jahren Berufspraxis hatte Ryan noch nie erlebt, dass ein Gutachter so eindeutig »gedreht« worden war. Und zwar mit tadellosem Timing.

Fünfzigtausend Dollar für Strongs Version der Blutuntersuchung plus der Honorarvorschuss. Alles für den Reißwolf.

Ryan holte tief Luft, um seinen Puls wieder unter Kontrolle zu bekommen. Covington hatte sich Strong unter den Nagel gerissen – oder vielleicht hatten sie ihn schon immer gehabt. Die Nadel auf Ryans Paranoia-Skala schoss in die Höhe. Konnte er Dr. Trân wirklich vertrauen – oder wartete dieser mit seinem Verrat nur bis zum Prozess?

Das Zittern in Ryans Händen war schwach genug, und so stieß er die Tür zu Richter Renways Verhandlungssaal auf und trat ein.

»Euer Ehren«, protestierte Emily von ihrem Anwaltstisch aus, »wir brauchen diese Inspektion der unteren Etagen von L5, da unser Gutachter zu der Schlussfolgerung gelangt ist, dass die Explosion wahrscheinlich in den dortigen Handschuhkästen *ihren Ursprung hatte*!«

Der Richter in seiner prächtigen blauen Robe spähte über die Richterbank zu Emily. »Ms Hart, die Beweisfindungsphase in diesem Fall ist seit Monaten beendet. Und jetzt wollen Sie, dass Covington das Gebäude *sieben Tage vor dem Prozess* für eine Inspektion – einschließlich der Entnahme von Proben – vorbereitet?«

»Ja, Euer Ehren«, drängte Emily. Sie stand aufrecht da; Kieran saß an ihrer Seite und starrte auf den Tisch. »Die endgültigen Gutachten waren erst heute fällig; vor Monaten hätten wir gar nicht wissen können, welche anderen Beweise relevant sein könnten, nachdem der Experte seine Schlussfolgerungen gezogen hat.«

Der Richter schüttelte den Kopf mit einem Blick, den Ryan als selbstgerechten Ernst interpretierte. »Die Gutachten waren allein auf *Ihren* Wunsch hin so spät fällig. Und Ihr Experte hätte Sie während seiner Arbeit an dem Gutachten darauf aufmerksam machen können, dass er weiteres Beweismaterial braucht.«

King, der am Tisch links von Emily saß, sah selbstgefällig und zufrieden aus. *Warum auch nicht,* dachte Ryan. Er musste nicht einmal den Mund aufmachen. Der Richter brachte jedes Argument für ihn vor.

»Wenn ich das Gericht erinnern darf«, sagte Emily und stützte sich auf ihren eigenen Tisch, »sind wir Anwälte seit weniger als sechzig Tagen in diesen Fall involviert. Wir haben Tag und Nacht gearbeitet, um dem Zeitplan dieses Gerichts zu entsprechen …«

Der Gesichtsausdruck des Richters verdüsterte sich, als er sie unterbrach. »Und ich möchte die *Frau Anwältin* daran erinnern, dass Sie die Termine kannten, als Sie den Fall übernahmen.«

Selbst bei aller Enttäuschung des heutigen Tages verspürte Ryan großen Stolz auf Emily. Sie wich keinen Millimeter zurück. Es war gar nicht nötig, dass er seinen Platz am Anwaltstisch neben Kieran wieder einnahm: Emily hielt sich wacker, selbst wenn dieser Richter nicht nachgab.

Emily brachte noch weitere Argumente vor, von denen keines das

Urteil des Richters auch nur im Geringsten ankratzte. Schließlich ließ Renway den Hammer auf den Tisch knallen.

»Zum letzten Mal, Frau Anwältin: Ihr Antrag ist abgewiesen. Und da dies heute unser letzter Tagesordnungspunkt war, vertagen wir uns bis zum Prozessbeginn nächsten Montagnachmittag, heute in einer Woche.«

King sammelte seine Unterlagen ein und verließ den Gerichtssaal in seinem gewohnten Sturmschritt - als fürchtete er, Ryan könne ihm wieder folgen. Die Gerichtsmitarbeiter folgten dem Richter in sein Zimmer. Kieran erhob sich und dankte Emily niedergeschlagen. »Ich muss kurz telefonieren«, sagte er und verließ den Raum.

Emily und Ryan waren nun allein in dem gähnend leeren Gerichtssaal. »Nichts von Strong?«, fragte sie rasch.

Ryan schüttelte den Kopf. »Nein. Er weicht meinen Anrufen aus. Wir sind fertig mit ihm.«

»Dann ist es wohl Dr. Trân.«

Ryan lächelte mit mehr Optimismus, als er empfand. »Ich schätze schon.« Er deutete auf die Tür. »Meinst du, Kieran geht es gut?«

Emily schüttelte den Kopf. »Nein. Aber er macht gute Miene zum bösen Spiel. Besonders jetzt, da Renway uns wieder abgewatscht hat.«

Ryan nickte. »Das war zu erwarten. Aber du hast heute gute Arbeit geleistet, Frau Anwältin.«

Sie sammelten ihre Unterlagen ein - darunter Covingtons endgültige Gutachten, die sie heute Morgen von Eric King bekommen hatten. Ryan hatte sie bereits kurz gelesen: Es stand wenig Neues darin. Doch andererseits brauchte Covington zu diesem Zeitpunkt nichts Neues mehr vorzubringen. Die meisten Asse in diesem Fall hielten sie bereits in der Hand - einschließlich der Gunst des Richters, der gerade den Gerichtssaal verlassen hatte.

Sie hatten allerdings eine kleine Überraschung für den ersten Prozesstag vorbereitet: Ryans Beteiligung. In den letzten drei Tagen hatten er und Emily die Verantwortlichkeiten neu aufgeteilt. Es war immer noch Emilys Fall. Doch Ryan hatte das Eröffnungsplädoyer, Kierans Zeugenaussage und andere wichtige Teile übernommen - Vorgänge, bei denen seine Erfahrung am wertvollsten war. Emily hatte das Schlusspladoyer, die meisten Aussagen von Angestellten – darunter Taylor Christensen – und auf Ryans Vorschlag hin Dr. Trân.

Emilys unausgesprochene Erleichterung war sofort und deutlich zu spüren gewesen. Sie spielte immer noch die Hauptrolle, aber sie stand nicht mehr allein an der Front eines komplexen, schwierigen Verfahrens.

»Komm«, sagte Ryan. »Der Anwalt, der im Zuschauerraum sitzt, gibt das Mittagessen aus.«

Emily lächelte schwach. »Ist das eine Tradition?«

Ryan klopfte ihr liebevoll auf den Rücken. »Jetzt ist es eine.«

29

»Poppy. *Poppy Martin!*«

Er schaute von den Dichtungsringen auf, die er in seiner offenen Hand hielt. Das Licht in Reihe 4 im Sherman-Ace-Eisenwarenladen war ein wenig trüb – oder vielleicht waren auch nur seine Augen müde –, aber er erkannte den hünenhaften Mann nicht, der mit großen Schritten auf ihn zukam.

Nun stand er vor ihm, und Poppy wusste, dass es einen Grund gab, warum er den breit lächelnden Mann mit den muskulösen Armen nicht kannte, der so tat, als wäre Poppy ein lang verloren geglaubter Cousin: Er hatte ihn noch nie in seinem Leben gesehen.

»Poppy«, begann der Mann, immer noch lächelnd, »ich heiße Mel Emerson. Ich wurde vor einigen Jahren von Los Alamos nach Hanford versetzt. Ich habe gehört, dass Sie bei der Explosion letzten Oktober in L5 dabei waren, und wollte nur sagen, wie leid es mir tut, dass Sie in diese schreckliche Sache hineingeraten sind. Wissen Sie, ich war einer der Wachmänner, die Sie damals vertreten haben.«

Poppy musterte ihn von oben bis unten und überlegte, warum er einen Wachmann, der schon so lange in Hanford arbeitete, noch nie getroffen hatte – und wenn die Geschichte stimmte, wie Emerson ihn erkannt hatte. Er wusste nicht genau, was er antworten sollte. »Gern geschehen«, erwiderte er verlegen.

Emerson stand nur da, als wartete er, dass Poppy noch etwas sagte. Mit wachsendem Unbehagen murmelte Poppy: »Bis demnächst« und ließ bis auf zwei Dichtungsringe alle anderen zurück in den offenen Behälter fallen, bevor er in die entgegengesetzte Richtung zur Kasse ging.

Poppys Anspannung stieg, als Emerson ihm den Gang entlangfolgte. *Warum geht er mir nach?*, dachte er. *Und warum läuft er so dicht hinter mir?*

»Hey, Poppy«, sagte Emerson, als sie die Kasse erreichten. »Ich habe von dem Vorfall beim Softball-Spiel vor ein paar Wochen gehört. Da haben Sie echten Mut bewiesen, dass Sie sich für den Jungen eingesetzt haben. Echten Mut. Ein paar von den Jungs in L5 waren nicht allzu begeistert, als sie davon hörten. Aber ich habe ihnen gesagt, dass Poppy ein Mann mit Prinzipien ist.«

Poppys Magen verkrampfte sich. »Danke, Mel«, murmelte er wieder und versuchte, desinteressiert auszusehen, als er in seine Gesäßtasche und nach seinem Portemonnaie griff.

Jetzt kam der andere Mann ihm *wirklich* zu nahe. Er beugte sich zu ihm, als sei er Poppys bester Freund, der ihm einen Aktien-Geheimtipp geben wollte.

»Ja, das hat wirklich Mut gekostet, Poppy«, fuhr Emerson fort. »Besonders, weil Sie ja wahrscheinlich über den Prozess von Kieran Mullaney genauso wütend wie alle anderen sind – hab ich recht?«

Poppy ignorierte die letzte Bemerkung, nahm sein Wechselgeld mit einem Kopfnicken von der Kassiererin in Empfang, die sich bemühte, das Gespräch zu überhören, und ging dann in Richtung Ausgang. Emerson folgte ihm auf dem Fuß. Draußen auf der Straße spürte er Emersons Gegenwart, als der andere Mann schon seinen Arm packte und ihn aufhielt.

Er drehte sich abrupt um. *»Was wollen Sie?!«*

Emersons Augen verengten sich. »Sie klingen zornig, Poppy. Sie haben keinen Grund, auf mich wütend zu sein. Ich habe die Explosion nicht verursacht. Das war dieser Mullaney. Er ist derjenige, auf den Sie wütend sein sollten.«

Poppy musterte den Mann erneut. Obwohl er damals in einiger Entfernung gestanden hatte, sah Emerson in Größe und Gestalt dem Mann recht ähnlich, der an dem Tag mit den Krähen zu Kierans Haus gegangen war. Vielleicht glich er auch einem der Kerle, die unter der Laterne, im Schatten des Pflegeheims, die Leiche in den Geländewagen geladen hatten.

»Der Junge ist nur aufs Geld aus, Poppy«, fuhr Emerson fort. »Wir alle wissen, was es heißt, in einer Anlage für atomare Verteidigung zu arbeiten; wir kennen die Risiken. Wenn ihm das nicht gefällt, kann er kündigen und nach Seattle oder Portland ziehen. Er sollte unserem Auftrag nicht in die Quere kommen. Es gibt jede Menge Leute, die für seinen Job glatt jemanden umbringen würden.«

Jemanden für seinen Job umbringen. Das Bild von den Krähen in Mullaneys Garten stieg vor Poppys innerem Auge auf.

»Von welchem Auftrag reden wir hier, Emerson?«, fragte er.

Der Mann beugte sich wieder zu ihm. »Wir alle kennen den Auftrag, Poppy. Er hat sich nie geändert. Und bei dieser Mission gibt es keine Mitläufer. In dieser Branche hatte noch nie jemand diesen Luxus. Man muss sich dafür oder dagegen entscheiden.«

Er redet von meiner Weigerung, die Aussage zu ändern, dachte Poppy und in seinem Inneren loderte ein Feuer auf.

»Und wofür haben *Sie* sich entschieden?«, murmelte Poppy und trat weit genug zurück, um zuschlagen zu können.

Er überlegte, ob er es mit diesem Kerl aufnehmen konnte, der zehn Zentimeter größer und fünfzehn Jahre jünger war. Ob er es schaffte oder nicht, aber Poppy kümmerte es nicht mehr. Alles, was passiert war, fügte sich plötzlich in diesem Mann zusammen, der einen Meter von ihm entfernt auf dem Parkplatz des Eisenwarenladens stand. Er *wollte* es. Jetzt.

Emerson musterte Poppys Gesicht und hatte keinen Zweifel daran, was gleich kam. Er schüttelte den Kopf und trat einen Schritt zurück. »Hier geht es nicht um Sie und mich, Poppy. Es ist nichts Persönliches. Es geht um Entscheidungen, die Konsequenzen haben. Für uns. Für die Menschen, die uns wichtig sind.«

Der Mann drehte sich um und ging rasch davon. Er war außer Reichweite, bevor Poppy begriff, dass es vorbei war – dass er es hatte geschehen *lassen.* Emerson stieg schon in sein Auto, als Poppy endlich die

Fäuste lockerte und spürte, wie das Blut zurück in seine Finger strömte. In seinem Brustkorb hämmerte es immer noch und in seinen Ohren summte das Adrenalin. Er schaute sich um, um sich zu orientieren und sich daran zu erinnern, wo sein Pick-up stand.

Er war kaum eingestiegen, als sein Telefon klingelte. Das plötzliche Geräusch ärgerte ihn; er wollte im Moment mit keinem reden. Er musste nachdenken. Außerdem zeigte das Telefon *Nummer unbekannt* an. Trotzdem drückte er die entsprechende Taste und meldete sich. »Ja?«

»Ist da Poppy Martin?«

»Ja«, antwortete er unsicher. Die Stimme war leise. »Wer ist da?«

»Beverly Cortez«, sagte die Stimme weiter. »Sie haben versucht, mich anzurufen. Aber ich möchte nicht am Telefon mit Ihnen sprechen.«

Lews Freundin. Poppys Herz raste wieder. Bevor er etwas sagen konnte, fuhr die Frau fort: »Vielleicht können wir uns im *Atomic Café* unterhalten.«

Dann legte sie auf. Poppy hantierte einen Moment lang mit den Schlüsseln herum, bevor er den richtigen ins Zündschloss steckte und einen Gang einlegte.

Auf der Fahrt zum *Atomic Café* schaute Poppy so oft in den Rückspiegel, dass er spürte, wie sein Nacken steif wurde. Er sah nichts. Doch das erneute Hämmern in seiner Brust hatte auch noch nicht nachgelassen, als er auf den Parkplatz des Cafés einbog.

Der Parkplatz war fast leer. Poppy parkte in der Nähe der Tür und betrat das Restaurant.

Nur zwei ältere Paare saßen an diesem Nachmittag an den Tischen. Poppy schaute auf die Uhr. Viertel vor drei. Er suchte sich einen Platz auf einer Bank, von dem aus er die Tür sehen konnte und durch ein Fenster auch den Parkplatz.

Nach zwanzig Minuten füllte die Kellnerin seine Kaffeetasse auf. In der ganzen Zeit war nicht ein Auto auf den Parkplatz gefahren. Er fragte sich, wie lange er wohl warten sollte, als er im Hintergrund ein Telefon klingeln hörte. Kein Handy-Gepiepse, sondern ein richtiges, altmodisches Telefonklingeln.

Es kam aus dem Eingangsbereich. Poppy warf einen Blick in die Richtung. Dort war niemand, aber das Telefon klingelte immer weiter.

Er erhob sich und ging zum Eingang. Dort hing ein abgewetztes Münztelefon an der Wand. Poppy hatte dieses Museumsstück bisher kaum wahrgenommen; er war direkt daran vorbeigelaufen wie wahrscheinlich fast jeder, der ein Handy in der Tasche hatte. Er nahm den Hörer ab.

»Ja«, meldete er sich.

»Mr Martin? Sind Sie das?«

»Ja. Beverly?«

»Mh-hmm.«

»Woher haben Sie diese Nummer?«

»Ich habe im Café angerufen, und die haben sie mir gegeben. Ich wusste noch, dass der Apparat dort hängt. Lew und ich waren öfter da. Ich habe nur ein paar Minuten Zeit. Ich wollte Ihnen sagen, dass Sie mich nicht mehr anrufen sollen.«

»Beverly, ich versuche nur, Lew zu finden. Ich war sein Partner. Ich habe seit acht Monaten nichts von ihm gehört.«

»Ich weiß, wer Sie sind. Lew hat öfter von Ihnen geredet.«

»Wissen Sie, wo er ist?«

Am anderen Ende der Leitung wurde es still. »Man hat mir gesagt«, fuhr Poppy fort, »dass Covington von Darter Security verlangt hat, ihn nach Osten in die Zweigstelle in Savannah River zu versetzen. Ist das wahr?«

»Das hat man mir auch gesagt. Bitte versuchen Sie nicht mehr, mich zu kontaktieren.«

Er befürchtete, dass sie jeden Moment auflegen könnte. »Warten Sie! Ich muss Lew finden! Covington versucht mich dazu zu bewegen, meine Aussage zu den Ereignissen jener Nacht zu ändern, besonders meine Aussage, dass Lew seine Waffe abgefeuert hat.«

Schweigen.

Dann: »Davon weiß ich nichts.«

Sie klang nicht überzeugend. Poppys Gedanken rasten. »Haben Sie seit der Explosion mit Lew gesprochen?«

»Nur einmal.«

»Wann?«

Wieder Schweigen. Dann: »In jener Nacht. Er war im Krankenhaus.

Man hatte ihm sein Handy weggenommen, aber er hat vom Schwesternzimmer aus angerufen.«

»Was hat er Ihnen erzählt?«

Noch mehr Schweigen. »Das kann ich Ihnen nicht sagen.«

Jetzt griffen die kalten Finger der Angst durch die Telefonleitung und nach Poppys Herz. »Haben Sie mal versucht, ihn in Savannah River zu erreichen?«

»Nein.«

»Warum nicht?«

»Ich habe Nachrichten, SMS von seinem Handy bekommen. Er sagt, ich werde von ihm hören, wenn er so weit ist, und bis dahin sollte ich nicht versuchen, ihn zu erreichen.«

Dieser Unterton! »Das glauben Sie doch nicht, oder, Beverly?«

Einen Moment lang antwortete sie nicht; dann sagte sie: »Nein.«

»Bitte, Beverly. Ich muss es wissen. Was hat Lewis zu Ihnen gesagt, als Sie das letzte Mal miteinander gesprochen haben?«

Wäre nicht das leise Atmen am anderen Ende der Leitung gewesen, hätte Poppy gedacht, das Mädchen hätte aufgelegt.

»Er sagte, es ginge ihm gut«, erwiderte sie schließlich fast flüsternd. »Er hat sich in jener Nacht im Krankenhaus Sorgen um Sie gemacht. Aber er hat mir gesagt, die hätten ihn gewarnt, er solle nichts über die Explosion sagen, also dürfe ich keinem erzählen, was er mir sagt. Lew konnte nie ein Geheimnis für sich behalten. Ich habe Angst ... ich habe Angst, dass Lew Probleme dafür kriegen könnte, dass ich es Ihnen sage.«

Poppy durchforstete sein Hirn krampfhaft nach irgendetwas, nur um sie am Telefon zu halten. »Wie lange waren Sie zusammen, Beverly?«, fragte er dann.

Eine Pause. »Ein Jahr.«

»Wussten Sie, dass er sein Gewehr nach Ihnen benannt hat? Wussten Sie das?«

Es klang dumm, aber ihm fiel nichts anderes ein. »Nein«, antwortete sie nach einem Augenblick.

»Hat er aber. Er muss viel an Sie gedacht haben.«

Am anderen Ende der Leitung war ein Schluchzen zu hören.

»Beverly«, sprach Poppy behutsam weiter, »hat Lew gesagt, ob er in der Nacht damals einen Schuss abgegeben hat?«

Es war still. Dann: »Ja, hat er.«

»Hat er gesagt, worauf er geschossen hat?«

»Einen Mann. Einen Mann in einem weißen Kittel.«

»Hat er ihn getroffen?«

Schweigen. »Er dachte ja.«

»Was hat er sonst noch gesagt?«

Mit jedem Atemzug klang ihre Stimme gequälter. »Der Mann kam aus einem Notausgang, wo niemand hätte sein sollen. Das ist alles. Lew sagte, ich solle das für mich behalten und dass er vielleicht später mehr erzählen könnte.«

»Nach was?«

»Nach seinem Treffen.«

Poppys Magen verkrampfte sich. »Treffen mit wem?«

»Hat er nicht gesagt. Jemand aus der Personalabteilung.«

»Und Sie haben seitdem nichts mehr von Lew gehört?«

Am anderen Ende der Leitung war ein Klicken zu hören.

»*Da sind sie wieder*«, stöhnte Beverly.

»Wie kann ich Sie erreichen?«, flehte Poppy. »Ich konnte nirgends eine Adresse von Ihnen finden. Sie müssen mir sagen, wie ich Sie erreichen kann.«

Er hörte mehrere Klicks in rascher Folge.

»Können Sie nicht.«

»Seien Sie vorsichtig!«, sagte Poppy. Dann brach die Leitung zusammen.

Poppy legte den Hörer auf. Er schaute durch die Tür zum Parkplatz. Es waren keine Autos angekommen. Er schaute um die Ecke in den Gastraum. Die alten Paare waren immer noch die einzigen Gäste und hielten sich an ihren Getränken fest, während die Kellnerin die Tische abräumte.

Es war ein altes Münztelefon. Er konnte sich kaum daran erinnern, wie man es benutzte. Vielleicht waren die Klicks Symptome einer schlechten Verbindung, oder vielleicht war die Gesprächszeit zu Ende gewesen.

Poppy ging zur Kellnerin und gab ihr ein paar Dollar für seinen Kaffee; dann kehrte er zu seinem Pick-up zurück.

Suzy war gerade bei der Arbeit. Er musste sichergehen, dass sie in Sicherheit war, und mit ihr über diese Sache reden. Langsam wurde es zu verrückt.

30

Drei Tage bis zum Prozess

Das Geräusch begann, als sich Emily in ihrem Zimmer ausruhte: schwache, rhythmische, dumpfe Schläge von dem Punchingball, den ihr Vater im Keller bearbeitete. So ging das jeden Tag seit der Anhörung. Als sie an dem Tag vom Gericht zurückgekommen waren, war ihr Vater ins Sportgeschäft gegangen, hatte das Gerät gekauft und im Keller ihres Behelfsbüros angebracht.

Emily setzte sich auf und griff nach ihren Schuhen. Sie fragte sich, wie sie sich fühlen würde, wenn ihr Vater sich nicht zur Mitarbeit an der Klage bereit erklärt hätte. Ein Teil von ihr bereute es, dass sie ihn dazu überredet hatte, Kierans Fall zu übernehmen - besonders, seit sie Tag für Tag den Punchingball hörte.

Doch andererseits hatte nicht sie ihren Vater zu dem gemacht, was er war; er hatte schon immer ein Leben auf der Überholspur geführt. Sie erinnerte sich, wie ihre Mutter ihn manchmal leise gerügt oder ihn beruhigt hatte, wenn alles zu viel wurde, wenn sich sein brutales Tempo in einer eisigen Stimmung oder einem erschöpften Gesicht niedergeschlagen hatte. Die besondere Art ihrer Mutter hatte sein Leben mit ziemlicher Sicherheit besser gemacht - und ihn zu einem besseren Vater, wenn er einmal daheim gewesen war. Hatte sie ihn auch zu einem besseren Anwalt gemacht?

Ihre Erfahrungen der letzten Wochen hatten Emily ins Bewusstsein gebracht, dass ihr Vater die Liebe ihrer Mutter auf seine eigene Art und Weise erwidert hatte. Sie war zwar damals zu jung gewesen, um sich erinnern zu können, aber sie fragte sich, ob er nicht den schlimmsten Teil der Prozessarbeit für ihre Mutter geschultert hatte – indem er es mit den Dr. Strongs und den Richter Renways ihrer Welt aufnahm, so wie er es auch in diesem Fall zu tun begann. Vielleicht hatte er ihrer Mutter damit geholfen, den besten Teil von sich zu bewahren: die einfühlsame, barmherzige Art, mit der sie ihrerseits Emily und ihren Vater überschüttet hatte. Vor drei Monaten hätte Emily diesen Gedanken noch rundheraus zurückgewiesen, doch das konnte sie nicht mehr. Denn Ryan bemühte sich, das Gleiche auch jetzt für Emily zu tun.

Vor diesem Sommer hatte sie ihren Vater nie als diese Art von Beschützer gesehen. Erst jetzt hatte sie angefangen, die Möglichkeit in Betracht zu ziehen, dass seine Abwesenheit vielleicht der Preis für die Anwesenheit ihrer Mutter in Emilys Leben gewesen war.

Der unerbittliche Rhythmus des Punchingballs donnerte weiter, während Emily sich auf die Füße zwang und nach unten ging, um sich wieder an die Arbeit zu machen.

* * *

Dr. Minh Trân hatte den Nachmittag und Vorabend dieses Freitags vor dem Prozess damit verbracht, in Sherman Besorgungen zu erledigen. Ryan Hart hatte ihm zwar gesagt, an welchem Prozesstag er wahrscheinlich würde aussagen müssen, doch er hatte ihn auch gebeten, sich für das Kreuzverhör der Covington-Gutachter bereitzuhalten. Also hatte er seine Hotelreservierung auf zwei ganze Wochen verlängert.

Er bog mit seinem Mietwagen auf den Hotelparkplatz ein und schaltete die Scheinwerfer aus. Es war schon spät am Abend und er war hundemüde. Das Gutachten in so kurzer Zeit zu erstellen, war Knochenarbeit gewesen, und er spürte den Schlafmangel immer noch. Heute Abend wünschte er sich nichts weiter, als dass der Zimmerservice noch lieferte und er zeitig ins Bett konnte.

Sein Handy klingelte. »Ja?«, meldete er sich.

»Dr. Trân, das Paket, von dem die Rede war, ist endlich angekommen. Es wartet an der Rezeption auf Sie.«

Der Anruf kam nicht unerwartet, aber das Timing war miserabel.

»Ist es immer noch okay für Sie, es abzuliefern?«, fragte die Stimme, als er nicht gleich antwortete.

»Ja. Ist in Ordnung.«

»Gut. Bitte legen Sie es einfach vor die Tür. Wir bleiben in Kontakt.«

Aufgelegt.

Minh seufzte. Noch eine Stunde Arbeit, bevor er essen und zu Bett gehen konnte. Er stieg aus dem Auto und schleppte sich in die Empfangshalle des Hotels.

Die Rezeptionistin lächelte, als er fragte, ob irgendetwas für ihn abgegeben worden war. Sie bückte sich hinter den Tresen und tauchte gleich darauf mit einem großen braunen Umschlag wieder auf. Minh nahm ihn und ging zurück zu seinem Wagen.

Wieder hinter dem Lenkrad, legte Minh den Umschlag auf den Beifahrersitz. Er überlegte, ob er gleich losfahren und ihn abliefern sollte, ohne sich den Inhalt anzuschauen. Doch das konnte er nicht tun. Es entsprach nicht seiner Natur – als Wissenschaftler *und* als Mensch –, und trotz seines uneingeschränkten Vertrauens in seine Sponsoren würde er kein Paket abliefern, dessen Inhalt er nicht kannte.

Er lächelte, als er sah, dass der Umschlag nicht zugeklebt war. Offenbar kannten ihn seine Förderer gut. Er öffnete das Kuvert und zog einen Stapel zusammengefalteter Papiere heraus.

Sie wirkten offiziell. Er schaltete die Innenbeleuchtung an und hielt die Seiten hoch.

Alle Papiere waren Fotokopien. *Schuldschein* stand auf dem obersten Dokument. *Darlehensvertrag* war der Titel der nächsten, zusammengehefteten Seiten.

Minh überlegte, warum es bei einer solchen Aufgabe besser sein sollte, dass *er* das Risiko einging, entdeckt zu werden, statt seiner Sponsoren. Er war doch ein Wissenschaftler und kein Botenjunge. Aber natürlich würde er es tun. Nach all den Jahren der Zusammenarbeit würden ihn weder Stolz noch schlechte Laune von dieser einfachen Aufgabe abhalten.

Er begann, die Papiere zurück in den Umschlag zu schieben ... und hielt dann inne. Aus Vorsicht – man könnte es auch »Übervorsicht« nennen – zog er ein Taschentuch aus der Tasche und wischte die Seiten sorgfältig überall da ab, wo er sie berührt hatte. Das Gleiche tat er mit dem Umschlag.

Minh ließ den Wagen an und zog dann sein Smartphone aus der Tasche. Er rief die Navigations-Anwendung auf und aktivierte die Sprachsteuerung. Als der elektronische Piepston signalisierte, dass das Telefon bereit war, hielt Minh es dicht an den Mund.

»Navigiere«, begann er, »zu Richter Howard Renway, 1965 Alvarado Boulevard …«

31

Erster Prozesstag

Emily blickte von ihrer intensiven Arbeit am Laptop auf und schaute sich in der Küche um, um den Kopf frei zu bekommen. Sie hatte gedacht, die Vorbereitung in den eineinhalb Monaten nach ihrer Ankunft in Sherman sei stressige Arbeit gewesen. Die letzten zehn Tage hatten ihr das Gegenteil bewiesen. Noch nie hatte sie so hart gearbeitet. Nicht einmal für ihr Anwaltsexamen.

Ihr Vater, bereits im Anzug, saß auf seinem üblichen Platz auf der Couch und ordnete auf seinem eigenen Laptop die Fragen für Zeugenbefragung, Kreuzverhör und Gegenbeweisführung. Das alles hatte er in nur sieben Tagen vorbereitet.

Emily hatte sich heute Morgen zu einem schnellen Frühstück mit Kieran davongeschlichen. Als sie aus der Tür ging, hatte sie gehört, wie ihr Vater wieder einmal den Punchingball im Keller bearbeitete. Sie wusste, dass er heute Abend nach der Gerichtsverhandlung noch joggen gehen würde – so wie jeden Abend.

Dieses Wochenende hatte sie ihren Vater endlich gefragt, ob ihm der Sport als Stressabbau diente. Ja, hatte er geantwortet, aber zusätzlich auch als Training. Ein Prozess war körperlich anstrengend, hatte er gesagt. »Und besser als jede Diät. Normalerweise nehme ich pro Tag ein Pfund ab.«

Dann hatte er das Thema gewechselt und ihr zum ersten Mal einen direkten Rat zur Prozessvorbereitung gegeben. Er wusste, dass sie schon viele Zeugen befragt hatte, doch in einem komplexen Prozess, in dem die Zeugen manchmal stunden- oder tagelang im Zeugenstand saßen, war alles etwas anders.

»Denk dran, Emily: Wenn du einen Zeugen befragst, musst du ihm die Geschichte mit genügend Details entlocken, um den Sachverhalt zu erklären und zu veranschaulichen, aber du darfst nie riskieren, die Geschworenen einzuschläfern. Wenn sie in einer so langen Verhandlung erst mal abgeschaltet haben, kann man sie kaum noch aufwecken.« Gleichzeitig hatte er sie gewarnt: »Stell dich darauf ein, dass manche Zeugen, die du für hilfreich gehalten hattest, plötzlich feindselig reagieren – sich Fragen widersetzen oder ihre Geschichte, die sie in der eidesstattlichen Erklärung erzählt haben, ändern. Du musst dir das wie ein Gespräch mit jemandem vorstellen, der mehrere Persönlichkeiten hat: Sei auf jeden vorbereitet, der zutage tritt, sobald die Befragung beginnt.«

Sie versuchte, sich nicht über den Rat zu ärgern, den sie mit Ihrer Berufserfahrung für unnötig hielt – und sie zwang sich, einzuräumen, dass die Fälle, die sie in den letzten zwei Jahren als Pflichtverteidigerin vertreten hatte, nur ein bis drei Tage gedauert hatten. Außerdem hatte es immer nur eine Handvoll Zeugen und wenige wissenschaftliche Sachverhalte gegeben.

Emily schaute auf die Uhr. Zwei Stunden, bis sie zum Gericht aufbrachen, wo sie sich mit Kieran treffen würden.

An diesem Wochenende hatte sie Kieran kaum gesehen; jede Minute war mit Prozessvorbereitungen vollgestopft gewesen. Auf den Vorschlag ihres Vaters hin würde er Kieran befragen. Er hatte das so nebenbei eingebracht, als sei es keine große Sache, aber Emily wusste, dass er ihre Gefühle für Kieran kannte. Sie ahnte, was er dachte: Es wäre wenig hilfreich, wenn die Jury ihre persönliche Beziehung zum Mandanten erriet. Niemand konnte wissen, was die Geschworenen mit einer solchen Erkenntnis anfangen würden.

Der Briefkasten an der Eingangstür klapperte dumpf. Die einzige Post, die sie bekamen, waren Nachrichten vom Gericht oder Briefe des

Covington-Anwalts. Ihr Vater stand sodann auf und ging zur Tür hinüber. Kurz darauf kam er mit einem einzelnen dünnen Umschlag in den Händen zurück.

»Eine Kurier-Sendung vom Gericht«, sagte Ryan mit Verwunderung. Er riss den Umschlag auf und hielt die enthaltene Seite hoch, um sie zu lesen.

»Was gibt's, Dad?«, fragte Emily abwesend, während ihr Blick auf ihren Laptop gerichtet blieb. Als er nicht antwortete, schaute sie auf. Sein Gesicht trug einen Ausdruck der reinsten Verwunderung.

»Richter Renway hat sich gerade von dem Fall zurückgezogen«, sagte er.

* * *

Adam saß in seinem Wagen am Straßenrand, wo er angehalten hatte, als King anrief, und umklammerte sein Telefon, als wollte er es erwürgen.

»Erklären Sie mir noch mal, wie das passieren konnte!«, forderte er bitter.

»Ich … ich weiß nicht genau.« Eric King stotterte nun, und die ihm eigene Großspurigkeit war verflogen. »Sonntagnachmittag kontaktierte mich Richter Renway. Er bat mich, ihn heute Morgen in seinem Richterzimmer zu treffen. Ich kam etwas zu früh. Er schob mich in sein Büro und sagte mir, er müsse sich von dem Fall zurückziehen.«

»Warum?«

»Er sagte, ihm gehörten einige Obstplantagen in Windrichtung von Hanford, die schon seit Generationen in Familienbesitz sind. Offenbar hat er vor einigen Jahren ein Darlehen auf dieses Land refinanziert. Eine Bedingung des Darlehensvertrags war, dass die Bank eine schnellere Rückzahlung fordern kann, sollte es in Hanford zu einer ›plötzlichen Freisetzung von Strahlung‹ kommen. Da dieser Mullaney versucht, mit seiner Klage eine Freisetzung von Strahlung in L5 nachzuweisen, und da die Plantagen in Windrichtung der Gebäude liegen, hat der Richter ein eigenes Interesse für den Ausgang des Prozesses. Er ist hoffnungslos befangen.«

Adams Finger krampften sich um das Mobiltelefon. *»Und warum ist ihm das jetzt erst eingefallen?«*

King klang nervös und defensiv. »Er sagte mir, er habe bisher nie besonders auf diese Klausel geachtet, da Hanford ja geschlossen ist. Aber Freitagabend hat jemand eine Kopie seines Darlehensvertrages vor seiner Tür abgelegt, auf der diese Klausel eingekreist war. Er hatte erst überlegt, die Sache dem FBI zu übergeben und als eine Art Erpressungsfall behandeln zu lassen. Nur gab es keinerlei Forderung, lediglich den Hinweis auf diesen ethischen Konflikt. Also hat er sich entschieden, sich von dem Fall zurückzuziehen, bevor die Sache an die Öffentlichkeit gelangt.«

»Wer hat die Dokumente bei Renway abgegeben?«, wollte Adam wissen.

»Das weiß er nicht. Sie wurden vor der Tür abgelegt.«

Da musste Hart dahinterstecken. Wo hatte er denn nur diese Papiere her?

»Könnte man den Richter bezahlen, damit er den Fall behält?«, fragte Adam.

»Sie meinen *Bestechung*?«, platzte King heraus. »Einen Bundesrichter bestechen? So wichtig ist Renway auch nicht. Er ist nur ein Richter mit einer Schwäche für Hanford.«

Adams Wut steigerte sich noch unter diesem belehrenden Tonfall. »Und wer ersetzt ihn?«

»Eine neue Richterin: Celeste Johnston. Sie hat vor einem Jahr als Bundesrichterin angefangen. Vorher war sie am Landgericht in Seattle, also hatte sie King County unter ihrer Jurisdiktion. Sie ist Afroamerikanerin, moderat und klug.«

Adam schwirrte der Kopf, während der Anwalt weitersprach: »Hören Sie, Adam, das muss keinen großen Rückschlag bedeuten. Ich habe das Gerichtssekretariat angerufen. Richterin Johnstons Kalender ist größtenteils leer, also gibt es keinen Grund, den Prozess zu verschieben. Das heißt, wir fangen immer noch in wenigen Stunden an. Richterin Johnston hat keine Zeit, sich vorzubereiten, und kann sich nur bemühen, halbwegs auf den aktuellen Stand zu kommen. Es würde mich überraschen, wenn sie irgendeine von Richter Renways Entscheidungen revidiert. Angesichts der Beweislage haben wir den Fall immer noch unter Dach und Fach.«

King hatte immer so viel Optimismus, wie mit Geld zu kaufen war. Adam war kein Freund von Ungewissheit, und dies war die zweite Quelle von Ungewissheit in zwei Wochen. Trotz Kings fehlgeschlagenem Beschwichtigungsversuch summierten sich die Probleme.

»Halten Sie mich auf dem Laufenden«, blaffte er.

Als er das Telefon auf den Beifahrersitz fallen ließ, überlegte Adam, ob er Foote anrufen und ihn in Kenntnis setzen sollte. Doch das war keine gute Idee. Wenn er Foote jetzt von dieser Wendung der Ereignisse unterrichtete, würde es nach einem großen Rückschlag klingen. Wenn er jedoch Foote erst bei ihrer Besprechung des erfolgreichen Wolffia-Tests davon erzählte, konnte er darstellen, dass Renways Rücktritt kein schwerwiegendes Problem war.

Er fuhr wieder auf die Straße und wünschte sich, er könnte den Prozess als Zuschauer beobachten. Doch das ging nicht und er musste diese Idee vergessen. Außerdem hatte er noch viel zu tun. Der erfolgreiche Test des Projekts beendete die erste Phase von sieben langen Jahren Forschung, doch es standen noch weitere Tests an. Danach musste er mit der Produktionsplanung beginnen und sich bezüglich der neuen Technologie mit dem Energie- und Verteidigungsministerium in Verbindung setzen. Foote würde dabei zwar in vorderster Front stehen, doch Adam wusste, dass man von ihm erwartete, sich bereitzuhalten.

Die nächsten Monate würden stressig genug werden, auch ohne dass er in einem Gerichtssaal saß. Trotz seines schwindenden Vertrauens zu King musste er sich darauf verlassen, dass der Anwalt die Sache durchzog.

Dennoch, sagte sich Adam, musste er die Ereignisse bei Gericht sorgfältiger im Blick behalten, als er es geplant oder erhofft hatte.

32

Richterin Johnston hielt sich in der Verhandlung an diesem ersten Prozessnachmittag sehr zurück. Das kam nicht unerwartet, dachte Ryan. Immerhin hatte sie nur wenige Stunden Zeit gehabt, um einzuspringen. Nun, in einer kurzen Pause nach der Auswahl der Geschworenen, saßen Ryan und Emily da und warteten, während sich die Richterin mit ihrem Assistenten beriet.

Kurz vor Mittag hatte Ryan Richter Freyling in Seattle angerufen, um ihn nach seiner Einschätzung der neuen Richterin zu fragen: Die beiden hatten immerhin im Gerichtsbezirk King County zusammengearbeitet. Freyling hatte nicht mit einer Antwort gezögert. »Entschlussfreudig«, hatte er gesagt. »Bereitet sich gut vor. Provozieren Sie sie ja nicht. Sie hat zwar eine lange Zündschnur, aber Sie wollen nicht am Sprecherpult stehen, wenn sie explodiert.«

Diesen letzten Rat mussten sie eventuell ignorieren, dachte Ryan – wenn sie die Chance nutzen wollten, Richter Renways bisherige Entscheidungen revidieren zu lassen.

Emily schob ihm einen Zettel zu: »*Was hältst du von der Jury?*«

Sie hatten noch keine Gelegenheit gehabt, miteinander zu sprechen, seit der letzte Geschworene ausgewählt worden war. Ryan warf einen Blick auf die endgültige Jury aus drei Männern und fünf Frauen: sechs reguläre und zwei Ersatzleute. Sie waren das Produkt eines knapp dreistündigen Frageduells in einem komplizierten Auswahlverfahren, bei dem abwechselnd King einerseits und Emily und Ryan andererseits an der Reihe gewesen waren. Zwei der Geschworenen wirkten momentan widerwillig, wahrscheinlich weil sie dachten, dass die Regierung kein Recht hatte, ihnen zwei Wochen Lebenszeit zu stehlen. Im Gegensatz dazu sahen andere sehr gespannt aus.

Ryan kritzelte eine schnelle Antwort: *In Ordnung. Gut, dass es mehr Frauen sind – die sind mitfühlender. Schade, dass es nicht weniger »Hanford« ist.*

Das war eine treffende Zusammenfassung seiner Gefühle. Wie Pauline sie vorgewarnt hatte, war es unmöglich gewesen, Hanfords Einfluss bei der Jury ganz zu umgehen. Ryan und Emily hatten den Kandidaten abwechselnd ihre Fragen gestellt – zu ihrer Familiengeschichte über ihre Lieblingszeitschriften bis hin zu ihren liebsten Reisezielen –, um ihre Ansichten über Hanford aus ihnen herauszukitzeln. Unter diesen acht Geschworenen im Alter von zweiundzwanzig bis vierundsechzig waren eine Highschool-Lehrerin, ein Arzt, eine Pharmavertreterin, zwei Büroangestellte, zwei Hausfrauen und ein Mechaniker. Sie waren nach Emilys und Ryans Einschätzung diejenigen, deren sklavische Verbundenheit zu Hanford am schwächsten war. Doch nur der Lehrerin und der Pharmavertreterin fehlten die offensichtlichen Verbindungen zu Hanford vollends.

Doch andererseits hatte jede Seite nur drei Mal die höchste Karte einsetzen können, die ein Anwalt bei der Geschworenenauswahl hatte: nämlich, Kandidaten ohne Begründung auszuschließen. Ryan hatte darauf bestanden, dass sie zwei dieser »Joker« auf Männer verwendeten, die unfreundlich und kalt wirkten und Kierans Fall eventuell auseinandergenommen hätten. Die dritte war eine weniger offensichtliche Entscheidung gewesen, doch Emily hatte sich durchgesetzt. Sie hatte Ryan davon überzeugt, dass eine Chiropraktikerin in der Jury Stimmung gegen Kieran machen würde. Ryan hätte liebend gern viel Geld bezahlt, wenn er dafür mehr Geschworene hätte ausschließen können; doch da diese Möglichkeit fehlte, war diese Jury wahrscheinlich so gut, wie sie es sich erhoffen konnten.

Er warf einen Blick zum Tisch der Verteidigung. Eric King hatte heute eine junge Mitarbeiterin dabei und einen namenlosen Firmenrepräsentanten aus der Covington-Zentrale, der die Firma während der Verhandlung vertrat. Ryan überlegte, dass dessen Hauptqualifikation für seine Anwesenheit wohl darin bestand, dass er jung war, ein Kinngrübchen hatte und sein Anzug gut an ihm saß.

King trug bunte Hosenträger, die unter seinem marineblauen Anzug hervorschauten, und seine Schuhe glänzten. Seine Mitarbeiterin war ebenso gut gekleidet – genau genommen zu gut für eine Frau, die wahrscheinlich ihre Tage damit zubrachte, Kings Unterlagen in Ordnung zu halten. Sie sollte lieber nicht darauf hoffen, selbst Zeugen befragen zu dürfen, dachte Ryan. King war nicht der Typ, der einem Untergebenen das Rampenlicht überließ. Nach Ryans Einschätzung war es weit außerhalb von Kings Vorstellungskraft, dass irgendjemand anderes als er für die Verteidigung ans Sprecherpult trat.

Emily wirkte heute gelassener als bei den vorangegangenen Anhörungen. Ryan wusste, dass ihre Energie, ihr Engagement und ihr offensichtlicher Glaube an ihren Mandanten bei den Geschworenen gut ankommen würden. Außerdem bildete ihr Stil einen guten Kontrast zu seinem eigenen, und ein Vater-Tochter-Team würde das Interesse der Jury wecken.

All das war hilfreich. Und in den kommenden Wochen brauchten sie alle Hilfe, die sie bekommen konnten.

Schmetterlinge flatterten durch Ryans Magen und er klopfte mit seinem Schuh einen leisen Rhythmus auf den Boden. Er fragte sich, warum diese Zeichen von Nervosität ihm heute so seltsam erschienen. Reagierte er nicht immer so am ersten Tag eines Verfahrens? Dann erinnerte er sich an die sechs Fälle, die er seit Carolyns Tod verhandelt hatte, und ihm wurde bewusst, dass er in diesen Prozessen kein einziges Mal an Lampenfieber gelitten hatte.

Ryan gestattete sich einen letzten Blick auf Emily, die ihre Notizen für den Beginn der Verhandlung sortierte. Ihr Haar war zusammengebunden, so wie er es bei ihr letztes Mal im Gericht von King County gesehen hatte. Sie trug auch das gleiche geschäftsmäßige Kostüm, das nichts von ihrer Schönheit verbarg.

Was würde seine Frau denken, wenn sie ihre Tochter an seiner Seite am Anwaltstisch sehen könnte?

»Also gut«, verkündete Richterin Johnston und hob den Blick von ihren Unterlagen auf der Richterbank. »Meine Damen und Herren Geschworene, ich muss mit den Anwälten einige verfahrenstechnische Fragen klären. Sie sind daher bis morgen früh entlassen.«

Der Gerichtsdiener führte die Geschworenen von ihren Plätzen zum Juryzimmer. Als sich die Tür hinter dem letzten von ihnen schloss, wandte Richterin Johnston den Blick wieder den Anwälten zu.

»Mr Hart«, begann sie, »Sie erwähnten einen Antrag, den Sie stellen wollten, bevor morgen die Eröffnungsplädoyers erfolgen?«

Ryan erhob sich. »Ja, Euer Ehren. Wir möchten unseren Antrag erneuern, die untere Etage von Laborgebäude 5 inspizieren zu dürfen.«

Die Richterin nickte mit skeptischem Gesichtsausdruck. »Richter Renways Entscheidung in dieser Frage war eindeutig, Mr Hart. Ich hoffe, Sie erwarten nicht von mir, dass ich jede Entscheidung meines Vorgängers neu bewerte.«

»Nein, Euer Ehren«, erwiderte Ryan, obwohl er plante, notfalls genau das zu tun. »Aber die Notwendigkeit dieses Ortstermins wurde uns erst bewusst, als uns der Gutachter Dr. Trân seine Schlussfolgerung präsentierte, dass die Ursache der Explosionen, bei denen Mr Mullaney zu Schaden kam, in der unteren Etage von L5 zu suchen ist und nicht in Raum 365.«

Anschließend erklärte Ryan erneut die Dinge, die Emily bereits mit Richter Renway diskutiert hatte – und war das wirklich erst eine Woche her? Ryan konzentrierte sich vor allem darauf, wie unfair es war, wenn der Zugang zu Beweisen verweigert wurde, die für eine gerechte Entscheidung der Geschworenen so ausschlaggebend war.

Als er geendet hatte, schüttelte die Richterin sanft den Kopf. »Ich verstehe, wie schwierig es ist, die Rechtsvertretung einer Klage zu übernehmen«, sagte sie. »Aber ich sympathisiere auch mit der Verteidigung, die am ersten Prozesstag mit neuen Beweisen konfrontiert wird.« Sie neigte den Kopf in Richtung der Gegenseite. »Mr King, ich nehme an, Sie haben eine Meinung zu dieser Frage?«

Eric King erhob sich hinter seinem Tisch und knöpfte sein Jackett auf, als er stand. »Frau Vorsitzende, Sie haben vollkommen recht«, begann der Covington-Anwalt kollegial. »Die wilden Spekulationen dieses Gutachters über explosive Materialien in anderen Räumen von L5 sind fantasievoll, aber reine Mutmaßung. Was einen Ortstermin in L5 betrifft, scheint der Herr Anwalt zu vergessen, dass das Gebäude eine ehemalige Plutoniumfabrik ist. Es wäre ein *erheblicher Aufwand* nötig, um Touristen wie Mr Harts Gutachter einen Besuch zu ermöglichen. Kein einziges Argument von Mr Hart unterscheidet sich von denen, die er Richter Renway bereits vorgelegt hat. Dieser Antrag ist ein unverantwortliches Stochern im Nebel – und er kommt zu spät.«

Ryan war auf den Beinen, noch bevor sich King setzen konnte. »Euer Ehren, Mr Kings Argument, L5 sei nicht sicher genug für eine Inspektion, klingt interessant – angesichts der Tatsache, dass der Bericht seines

Gutachters zu der Schlussfolgerung gelangt, dass in dem Gebäude keine schwerwiegende Strahlung festgestellt werden konnte, *selbst nachdem es letzten Herbst von drei Explosionen erschüttert wurde*. Eine Inspektion sollte überhaupt keine besonderen Vorsichtsmaßnahmen erfordern, es sei denn, Mr King möchte sein Gutachten ergänzen und anerkennen, dass seit der Explosion gefährliche Radionuklide in L5 vorhanden sind.«

Jetzt hatte er die Aufmerksamkeit der Richterin. *Es ist ein Fehler, dass King mit dem weitermacht, was bei Renway funktioniert hat*, dachte Ryan. Johnston war nicht Kings Tanzpartnerin, wie Renway es gewesen war.

Doch obwohl Richterin Johnston Ryan und Emily einige lange Minuten lang musterte, schüttelte sie schließlich den Kopf.

»Es tut mir leid, Herr Anwalt, aber Ihr Antrag ist abgelehnt«, entschied sie. »Sie bringen … gute Argumente vor. Doch es ist einfach zu spät.«

Als die Richterin den Gerichtssaal zur Mittagspause verließ, schaute Ryan bewusst nicht zu seinem Gegner. Er weigerte sich, King die Genugtuung zu geben, seine Enttäuschung zu sehen. Es war noch nicht vorbei - sie würden den Antrag erneuern, nachdem Dr. Trân ausgesagt hatte.

Als er seine Unterlagen einpackte, warf Ryan Emily einen Blick zu, deren Gesicht ihren Unmut über die Entscheidung der Richterin widerspiegelte. Der Anblick erinnerte ihn an seinen ersten Prozess gegen Lester Schmidt.

»Mr Hart, Sie haben sich gut geschlagen«, hatte Richter Freyling an dem Tag zu ihm gesagt, an dem der Prozess endete. Er war aus seinem Zimmer zurück in den Gerichtssaal gekommen, wo sich nur noch Ryan befand und seine Unterlagen einsammelte. »Ich habe nur drei Vorschläge für Ihr Auftreten im Gerichtssaal: Zeigen Sie im Gerichtssaal nie Ihre Entmutigung; signalisieren Sie einer Jury nie, dass Sie eine Runde verloren haben; und lassen Sie einem Gegner nie auch nur ein Gramm Genugtuung.«

Das war ein Rat, den er Emily vor dem nächsten Verhandlungstag weitergeben musste.

* * *

»Nein, Mr Martin. Dies ist eine große Wohnanlage, und ich verwalte hier nur die Akten. Ich sehe, dass ein Mr Lewis Vandervork im letzten Herbst und Winter für mehrere Monate ein Apartment in Haus 3 gemietet hatte. Doch er hat die Wohnung im Februar aufgegeben und ist ausgezogen.«

Poppy bedankte sich bei dem Vermieter und beendete den Anruf. Dann legte er das Telefon auf die Arbeitsfläche in der Küche.

In der Woche seit seinem Gespräch mit Beverly Cortez hatte Poppy jede freie Minute genutzt, um Lewis in Savannah River in South Carolina aufzuspüren - alles per Ferngespräch. Zuerst hatte er die Personalabteilung in der Anlage von Savannah River angerufen. Dort hatte man ihm gesagt, man könne den Unterlagen zufolge nur bestätigen, dass Lew hier vier Monate lang gearbeitet und dann gekündigt hatte. Anschließend hatte er Lews Eltern in Missouri erreicht, die sagten, er hätte ihnen per SMS von seinem Umzug nach Savannah River erzählt und dann sporadisch per SMS Kontakt zu ihnen gehalten. In seiner letzten Nachricht hatte er gesagt, er würde seinen Job aufgeben und auf Reisen gehen, und somit wäre er den Sommer über nicht erreichbar. Und nun dieses Gespräch mit Lews ehemaligem Vermieter.

Alles deutete darauf hin, dass Lew von Sherman nach South Carolina gezogen war, vier Monate dort gearbeitet hatte und dann vom Erdboden verschwunden war. Soweit Poppy in Erfahrung bringen konnte, war der einzige Mensch, der seit der Explosion tatsächlich mit Lew gesprochen hatte, Beverly Cortez - und dieses Gespräch hatte noch in der Unglücksnacht stattgefunden. Und seit Beverlys Anruf im *Atomic Café* konnte er auch sie nicht mehr finden.

Er schüttelte frustriert den Kopf. Wo auch immer sich Beverly aufhielt, sie war nicht in Sherman, so groß war die Stadt nicht. Sie hatte auch keine Facebook-Seite, ihre Adresse oder Telefonnummer waren nirgendwo im Internet verzeichnet, sie wollte nicht gefunden werden, von niemandem.

Und Poppy war unschlüssig, ob es richtig war, weiter nach ihr zu suchen … so ängstlich, wie sie gewesen war. Er wollte sie auf keinen

Fall tiefer in diesen Schlamassel ziehen, als es ihr recht war. Besonders, wenn sie dadurch in Gefahr geriet.

Was auch immer zu tun war, er musste es bald tun. Janniston war fast fertig mit ihm: Es handele sich nur noch um »ein paar Sitzungen«, hatte der Seelenklempner gesagt. Also endete seine Krankschreibung bald, und mit ihr die freie Zeit, um Lewis zu suchen.

Er hörte, wie sich die Durchgangstür zur Garage öffnete. »Patrick, ich bin vom Einkaufen zurück!«, rief Suzy.

Poppy zwang sich, seine niedergeschlagene Stimmung abzuschütteln. »Ich bin in der Küche, Suzy«, antwortete er so fröhlich, wie er konnte. Dann erhob er sich und ging zur Tür, um ihr mit den Einkäufen zu helfen.

33

Das Sonnenlicht des frühen Morgens strömte durch die Fenster im Gerichtssaal, die so hoch waren wie Kirchenfenster. Ryan legte die Hände ans Sprecherpult, wandte sich den Geschworenen zu und begann mit dem Eröffnungsplädoyer in Kierans Fall.

Die Vorbereitung war kurz gewesen. Normalerweise wandte Ryan Tage für ein Eröffnungsplädoyer auf; doch da noch so viel anderes vorzubereiten war, hatte er für dieses nur Stunden gehabt. Dennoch fühlte er sich bereit.

Wie immer suchte sich Ryan den freundlichsten Geschworenen als Bezugspunkt aus. *Gieß die Pflanze, die am ehesten aufblühen wird.* Es war die lächelnde Lehrerin in den Vierzigern, mit kastanienbraunem Haar und einem Gesichtsausdruck, der einen schnellen Geist und Intelligenz verriet. Sie hatte zwei Kinder unter zwanzig, und ihr Vater war vor Kurzem an Krebs gestorben.

»Meine Damen und Herren Geschworenen«, begann er und ließ den Blick über die Jury gleiten, bevor er wieder die Lehrerin anschaute. »Niemand sollte dazu verdammt sein, Ungewissheit auszuhalten. Nicht, wenn es um seine Gesundheit geht.«

In den Augen der Lehrerin flackerte Verständnis auf. *Gut.* Er fuhr fort.

Ryans Eröffnungsplädoyer zog sich über fast eine Stunde hin, und er schnitt alle Themen ihres Falls an: Covingtons Pflichtvergessenheit die Sicherheit von L5 betreffend; das Versäumnis, Kieran angemessen auf Strahlung zu testen; die Angst vor einer zukünftigen Krebserkrankung, mit der Kieran leben musste. Am Ende tauchten das Mitgefühl und Verständnis aus den Augen der Lehrerin auch in den Augen einiger anderer Geschworener auf.

»Die angeklagte Firma, Covington Nuclear«, sagte Ryan gegen Ende, »hat einen Auftrag vom Energieministerium in Höhe von *zwei Milliarden Dollar …*«

»*Einspruch,* Euer Ehren!«, rief King und erhob sich. »Irrelevant und vorverurteilend.«

»Einspruch stattgegeben«, erwiderte die Richterin augenblicklich.

Ryans Blick wich keine Sekunde von den Geschworenen. Es war ihm egal, dass Kings Einspruch gewonnen hatte; das hatte er erwartet. Der zehnstellige Auftrag war auf dem Tisch. Er würde die Jury nie wieder daran erinnern müssen.

Er fuhr fort und schloss mit dem Versprechen, gemeinsam mit Emily zu beweisen, dass die Explosion von Sprengstoffen in der unteren Etage von L5 verursacht worden war – Dr. Trâns Hypothese. Ein Versprechen, dachte er im Stillen, das er hoffentlich halten konnte. Dann setzte er sich.

Emily schob ihm einen Zettel über den Tisch zu. *»Gute Arbeit, Dad.«*

Nun folgte King. Er erhob sich und betrat die Bühne. Daraufhin lehnte sich Ryan auf seinem Stuhl zurück, verschränkte die Arme über seiner Brust und studierte jede einzelne Lampe an der Decke. *Langweiliger Kram,* hoffte er damit zu signalisieren. *Nicht der Aufmerksamkeit eines Geschworenen wert.* Er behielt diese Haltung auch noch bei, selbst als jeder seiner Muskeln wie elektrisiert kribbelte, während King über Dosimeter und Strahlungstests sprach. Beweise, die sie nicht entkräften konnten.

Es war fast eine Stunde später, als King mit einer überschwänglichen Geste endete und wieder Platz nahm. Die Richterin schaute auf die

Wanduhr und ordnete eine Pause an. »Wir machen am Nachmittag weiter«, erklärte sie der Jury und belehrte sie: »Sprechen Sie untereinander nicht über den Prozess – bis die Verhandlung abgeschlossen ist und alle Beweise präsentiert wurden.«

Ryan erhob sich selbstbewusst lächelnd, als die Jury den Raum verließ. Reine Schauspielerei. Bei optimistischer Schätzung hatten nur zwei Geschworene den Prozess mit Mitgefühl für Kieran begonnen: die Lehrerin und der Mechaniker. Das war ein zu schwacher Start.

* * *

»Mr Mullaney«, sagte Ryan vom Sprecherpult aus zu Kieran, als am Nachmittag der zweite Teil begann. »Bitte beschreiben Sie, was Sie sahen, als Sie den Raum mit den Tanks betraten.«

Kieran trug eine dunkle Hose, ein weißes Hemd und eine Krawatte in gedeckten Farben. Eine Kleidung, die Respekt vor dem Verfahren ausdrückte, ihn aber nicht als etwas darstellte, das er nicht war. Der junge Mann war sichtlich nervös, aber das war in Ordnung. Die Jury erwartete das. Wenigstens folgte er den Ratschlägen: Er beantwortete die Fragen langsam, schaute die Geschworenen an und dachte nach, bevor er antwortete.

Kieran war kein eifriger Zeuge. Ryan konnte sehen, dass es ihm unangenehm war, mit den Fremden in der Jury über das vergangene Jahr zu reden. Doch dafür wirkte seine Aussage wie die ungeschönte Wahrheit.

Dann sprach Kieran über seine Erlebnisse in Raum 365 in jener Nacht. Ryan konnte aus dem Augenwinkel sehen, wie gebannt die Jury zuhörte: die Tropfen an der Tankhülle, die Pfütze darunter, das Grollen in Tank 17, als er auf die Explosion zusteuerte.

»Und haben Sie das Ventil unter Tank 17 berührt?«, fragte Ryan.

»Ja«, antwortete Kieran prompt. »Ich habe es zwar nicht angefasst, aber mein T-Shirt hat sich daran verfangen. Ich musste es wieder lösen.«

Gut, kein Zögern. Das sollte King davon abhalten, im Kreuzverhör bei diesem Punkt zu stark nachzubohren, warum Kieran es in seiner eidesstattlichen Erklärung nicht erwähnt hatte.

Ryan entlockte Kieran die ganze Geschichte – einschließlich des monatelangen quälenden Hustens und der Kopfschmerzen, der Angst vor Verstrahlung und sogar wie diese Angst durch den Tod seines Vaters noch verstärkt worden war.

Ryan ließ der Jury fast zwei Stunden Zeit, Kierans Glaubwürdigkeit einzuschätzen, bevor er wieder zu dem Ventil zurückkam.

»Mr Mullaney«, fragte er, »Covington unterstellt Ihnen, Sie hätten das Ventil an Tank 17 vorsätzlich geöffnet, aus Wut über einen anderen Mitarbeiter. Stimmt das?«

»Nein, Sir«, erwiderte Kieran nachdrücklich.

»Sie haben das Ventil nicht aufgedreht, weil Sie sich über einen anderen Mitarbeiter in L5 geärgert hatten, einen Mr Steven Whalen?«

»Nein«, antwortete Kieran kopfschüttelnd.

»Kennen Sie Mr Whalen?«

»Ja.«

»Hatten Sie in der Abendschicht vor der Explosion einen Streit mit ihm?«

»Nein.«

»Haben Sie mit ihm vor Ihrer Schicht *gesprochen*?«

»Ja. Ich habe einen Witz über meine Arbeitsschuhe gemacht. Wissen Sie, wenn wir von einer Schicht auf der ›dunklen Seite‹ kommen, werden unsere Kleidung und unsere Schuhe auf radioaktiven Staub oder Ablagerungen getestet. Nach meiner ersten Nachtschicht in L5 zeigte der Geigerzähler, dass meine Schuhe ›heiß‹ waren, also nahm Mr Whalen sie mir weg. Er wollte sie mir nach ein oder zwei Tagen wiedergeben, aber nach zwei Wochen hatte ich sie immer noch nicht. Also zog ich ihn bei meiner letzten Schicht in L5 damit auf und machte auch einen Witz darüber, dass meine Atemschutzmaske nicht gut saß. Aber ich war nicht wütend – es war kein Streit.«

Ryan verließ das Sprecherpult und wappnete sich innerlich. Hilflos zuzuhören, wie ein Mandant ins Kreuzverhör genommen wurde, war schlimmer als Folter, denn bei Folter lenkten einen wenigstens die körperlichen Schmerzen ab.

Langsam schritt King vom Anwaltstisch zum Sprecherpult. *Er schleicht sich an,* dachte Ryan.

»Sie sagen also, dass Sie vor der Explosion *keinen* Streit mit Steven Whalen hatten«, begann King behutsam.

»Nein, Sir, hatte ich nicht.«

»Sie sind nicht laut geworden?«

Kieran schüttelte energisch den Kopf. »Nein.«

»Sie sind nicht drohend auf den Mann zugegangen.«

Kieran wirkte schockiert. »Überhaupt nicht.«

»Also«, sagte King und nahm Tempo auf, »wenn Steve Whalen aussagt, dass Sie einen solchen Streit hatten, dass Sie ihn körperlich bedroht haben, würden Sie dann dieser Jury sagen, dass Mr Whalen lügt?«

»Ich würde sagen, dass er die Sache … falsch aufgefasst hat.«

King nickte mit einem leichten Lächeln.

Das war es also, was der Zeuge Whalen dieser Jury sagen würde: dass es eine körperliche Bedrohung gegeben hatte. Ryan kritzelte eine Nachricht für Emily: *»Taylor Christensen muss Whalen widerlegen.«* Christensen war Emilys Zeuge. Sie las die Notiz und nickte.

King arbeitete sich langsam zur Explosion vor und kam schließlich bei Kierans Flucht über den Korridor der dritten Etage an.

»Mr Mullaney«, und seine Stimme hob sich für die kommende Frage, »als Sie die Explosion im Korridor der dritten Etage beschrieben, sprachen Sie davon, dass die Strahlungsmesser ›ansprangen‹, als Sie stürzten.«

»Das stimmt.«

»Genau genommen war das, nur wenige Sekunden bevor Sie aufgrund der Explosion *das Bewusstsein verloren,* richtig?«

Wehr dich nicht, flehte Ryan innerlich. *Du kannst die Wahrheit nicht anfechten; selbst wenn es wehtut, zieh einfach den Kopf ein und bring es hinter dich.*

Kierans Augen glühten vor Wut. »Ja«, murmelte er.

»Denken Sie, Sie könnten sich vielleicht *eingebildet* haben, dass die Strahlungsmesser angesprungen sind?«

»Nein.«

»Der Korridor war ein einziger Wirbel aus herumfliegenden Trümmern und Staub, würden Sie das nicht auch sagen?«

»Ich weiß nicht, ob ich es so formulieren würde.«

»Chaotisch?«

Kieran sträubte sich einen Moment lang. »Ja.«

»Und das war, nachdem Sie aus dem Raum mit dem Tank geflohen waren, sich Fuß und Rippen verletzt hatten und, wie Sie zugegeben haben ...« Mit dramatischer Geste ließ King einen Finger über seine Notizen gleiten. *»Todesangst* hatten. Das war Ihr Ausdruck: *Todesangst.«*

Mit hochrotem Kopf presste Kieran die Antwort durch seine Lippen hindurch. »Ja.«

»Hatten Sie Gelegenheit, Ihr Dosimeter nach der Explosion zu prüfen?«

»Nein. Man hat es mir abgenommen, während ich noch bewusstlos war.«

»Aha. Nun, Covington *hat* das Dosimeter geprüft. Aber darauf kommen wir noch später in diesem Verfahren zurück. Konzentrieren wir uns auf Ihren Kontakt mit dem Tank in den *Sekunden,* bevor er explodierte. Ihrem Anwalt Mr Hart gegenüber haben Sie vorhin gesagt, dass sich Ihr T-Shirt an diesem Ventil verfangen hat. Habe ich das richtig formuliert?«

»Ja.«

»Doch in Ihrer eidesstattlichen Erklärung« - King hielt das Protokoll in die Luft - »haben Sie nicht erwähnt, dass Sie *überhaupt* mit dem Ventil in Berührung gekommen sind, nicht wahr?«

»Ich hatte es vergessen«, sagte Kieran ein wenig zu unterdrückt.

Er verlor die Beherrschung; Ryan konnte es in Kierans Gesicht sehen.

»Sie hatten es vergessen. Das ist heute Ihre Aussage, Mr Mullaney?«

Die Wut flackerte wieder auf. »Ja. Ich hatte es vergessen«, erwiderte er ungehalten.

»Da haben Sie etwas ziemlich Wichtiges vergessen, nicht wahr?«, fragte King.

Kieran schoss Emily einen Blick zu. Ryan sah, wie sie übertrieben Luft holte. Kieran tat das Gleiche. Sein Blick wurde etwas weicher.

»In diesem Moment habe ich mich nur auf den Tank konzentriert«, sagte er langsamer zu King, »und darauf, aus dem Raum zu kommen. Ich schätze, es erschien mir damals nicht so wichtig.«

King lächelte. »Nun, andere kleine Details des Abends haben Sie in Ihrer Aussage nicht vergessen, oder? Zum Beispiel, dass Ihre Schuhe nass waren und dass Sie beim Wegrennen ausgerutscht sind?«

»Nein.«

»Sie haben nicht vergessen, dass Ihr Fuß in der Tür stecken blieb.«

»Nein.«

»Dass Ihr Vorgesetzter Ihre Atemschutzmaske in der Hand hielt?«

»Das stimmt.«

»Die Messgeräte im Korridor; Sie sagen, dass Sie sich sehr gut an sie erinnern, richtig?«

»Ja.«

»Aber dass Sie das Ventil verstellt haben – das war eine Gedächtnislücke an der richtigen Stelle, würden Sie das nicht auch sagen, Mr Mullaney?«

»Einspruch«, rief Ryan. »Bewertend.«

»Stattgegeben«, erwiderte die Richterin.

»Ich habe es nicht verstellt«, platzte Kieran heraus. »Mein T-Shirt hat sich daran verhakt!«

King lächelte nur. Er hielt inne, als überlege er, den Punkt noch einmal aufzugreifen. Dann, mit einem endgültig befriedigten Blick, fuhr er fort.

Eine weitere Stunde verging mit dem Kreuzverhör, bevor King endlich das Sprecherpult freigab und Ryan seine ergänzende Befragung beenden konnte. Doch bis dahin hatte King zu viele Treffer gegen Kieran gelandet. Der junge Mann hatte sein Bestes gegeben, aber er kam angeschlagen aus dem Zeugenstand.

Ryan schob ihm eine Notiz zu, als er wieder am Anwaltstisch Platz nahm. *Gut gemacht.* Kieran zerknüllte den Zettel in seiner Hand.

Der Assistent der Richterin trat an die Richterbank und flüsterte ihr etwas ins Ohr.

»Man hat mir mitgeteilt, dass ich mich einigen Angelegenheiten widmen muss«, sagte Richterin Johnston, als der Assistent beiseitetrat. »Wir werden uns auf morgen früh vertagen.«

Während die Jury im Gänsemarsch den Raum verließ, drehte sich Ryan zum Zuschauerraum um. Dr. Trân saß hinten im Gerichtssaal, sein allgegenwärtiges Lächeln auf dem Gesicht. Mit einem Kopfnicken signalisierte der Gutachter, dass er definitiv am nächsten Morgen aussagen würde.

Ryan sah einen weiteren Mann im Zuschauerraum, den er nicht erkannte. Er trug Sakko und Krawatte und hatte einen Notizblock in der Hand. Er fragte sich, ob der Mann ein Reporter vom *Sherman Courier* war.

»Bist du bereit für deinen Gutachter morgen?«, flüsterte Ryan Emily zu, während sie ihre letzten Unterlagen einsteckte.

Sie konnte die Beunruhigung in ihren Augen nicht verbergen. »Das hoffe ich«, antwortete sie.

»Sei einfach du selbst«, beruhigte Ryan sie.

Es war etwas banal, aber er hatte sie die ganze Woche über mit Ratschlägen zu Dr. Trâns Aussage bombardiert. Wenn er jetzt noch irgendetwas sagte, würde sie denken, dass er ihr nicht vertraute. Schlimmer noch: Es würde verraten, wie viel Gewicht ihre Befragung des Gutachters hatte.

»Ja. Sei einfach du selbst«, wiederholte Ryan, während er seine Unterlagen einsammelte und seine Tochter ein letztes Mal anlächelte. »Du wirst das schon gut machen.«

Sie lächelte selbstbewusst zurück. Es war, dachte Ryan, ein wenig überzeugendes Bild.

34

»Ich bin erledigt«, sagte Kieran kopfschüttelnd. »Ich würde liebend gern mit dir essen gehen, Ems, aber ich glaube, ich sollte mich lieber ausruhen. Vielleicht komme ich später noch im Büro vorbei.«

Emily lächelte verständnisvoll. Kieran hatte gerade vier Stunden im Zeugenstand verbracht. Seine Augen waren dunkel gerändert und müde. »Kein Problem«, sagte sie.

Sie ging mit ihm zum Parkplatz, wo sich ihre Wege trennten. Dann stieg sie in ihr Auto, um zurück zum Büro zu fahren.

Vielleicht würde sie trotzdem essen gehen, dachte sich Emily, als sie den Zündschlüssel umdrehte. Ihr Vater war heute mit seinem eigenen Auto gefahren, um noch einige Besorgungen zu machen, und würde erst später am Abend zurückkommen. Heute wäre es ihr auch sehr recht gewesen, nicht den ganzen Abend mit ihrer Prozessvorbereitung allein sein zu müssen.

Dann kam ihr ein Gedanke. Sie konnte beim Chinesen etwas zu essen holen, zu Kieran fahren und mit ihm und seiner Familie essen, bevor sie anfing zu arbeiten. So konnte sie ihnen mal etwas Gutes tun, und es würde ihr eine einsame Mahlzeit ersparen. Sie schaute sich auf dem Parkplatz um. Kierans Auto war nicht mehr zu sehen.

Egal. Sie würde sich beeilen, Essen holen und ihn zu Hause abpassen.

Sie war erst eine kurze Strecke vom Gericht entfernt, als sie seinen Corolla eineinhalb Blocks vor sich sah. Die Sonne spiegelte sich unregelmäßig in der kaputten Windschutzscheibe. Noch zwei Kreuzungen und er würde in seine Straße abbiegen.

Doch er bog nicht ab. Er fuhr geradeaus weiter. Nach vierhundert Metern nahm er die Auffahrt zum Highway in nördlicher Richtung stadtauswärts.

Verwundert zögerte Emily einen Moment und folgte ihm dann auf den Highway.

Der Verkehr dort war nicht besonders dicht, aber Emily blieb weit zurück. Je weiter sie sich von der Stadt entfernten, umso unbehaglicher wurde ihr zumute. Fünfundzwanzig Minuten später bog der Corolla vom Highway auf eine unbefestigte Straße ab, fuhr über einen Hügel und zog dabei eine Staubwolke hinter sich her.

Die Straße kam ihr bekannt vor. Sie führte zu Ted Pollocks Ranch.

Emily stoppte ihren Hyundai auf dem Seitenstreifen. Warum fuhr Kieran zu der Ranch? Und warum hatte er sie deswegen angelogen? Plötzlich fiel ihr der Tag wieder ein, als sie Pollock vor dem chinesischen Restaurant gesehen hatte, hinter dem ein Auto wie das von Kieran geparkt hatte.

Sie hatte Kieran nie nach diesem Tag gefragt. Nachdem am gleichen Nachmittag die Sache mit seiner Verletzung bei dem Softball-Spiel passiert war, hatte sie den Rancher und den Corolla hinter dem chinesischen Restaurant völlig vergessen.

Im Verkehr entstand eine Lücke und Emily wendete. Wut und Verwirrung stiegen in ihr auf. Sie würde sich nie und nimmer auf die letzten Vorbereitungen für Dr. Trâns Zeugenaussage konzentrieren können, bis sie diese Sache mit Kieran geklärt hatte.

Sie griff nach ihrem Telefon, um ihn anzurufen, doch dann legte sie es wieder weg. Vielleicht gab es eine ganz harmlose Erklärung. Wenn ja, wollte sie nicht zugeben, dass sie ihm eine halbe Stunde lang gefolgt war wie ein eifersüchtiges Schulmädchen.

Doch was war mit seiner Schwester? Laura könnte wissen, was los war. Doch selbst wenn sie Laura erreichte, wollte Emily sie nicht zwingen, etwas Vertrauliches über ihren Bruder zu verraten. Und Kierans kranke Mutter zu fragen, kam nicht infrage.

Pauline Strand. Sie hatte den Fall acht Monate lang betreut und hatte vielleicht eine Erklärung, warum Kieran sich mit Pollock traf – zweimal binnen weniger Wochen, und dieses Mal mitten während der Verhandlung. Da die Gerichtssitzung heute schon früh geendet hatte, war die Anwältin vielleicht sogar noch in ihrem Büro.

Emily erreichte die Abfahrt nach Sherman, verließ den Highway und fuhr zurück in die Stadt.

* * *

Die grauhaarige Anwältin saß hinter ihrem Schreibtisch und hielt eine Tasse Kaffee in den Händen. »Das ist ja eine nette Überraschung, dass Sie vorbeischauen, Emily«, lächelte sie. »Ich wollte eigentlich kommen und die Verhandlung beobachten, aber ein Teil von mir kann nicht einmal den Gedanken daran ertragen. Zu aufreibend.«

Emily nickte zustimmend. »Momentan läuft es ganz gut. Mein Vater hilft vor Gericht mit.«

Paulines Lächeln wurde noch breiter. »Das habe ich gehört und mich sehr darüber gefreut. Also, was kann ich für Sie tun?«

Emily starrte einen Moment auf das Sammelsurium von Fallakten, die den Schreibtisch zwischen ihnen bedeckten.

»Könnten Sie mir vielleicht sagen, ob Ted Pollock etwas mit Kierans Klage zu tun hat?«

Paulines Blick wich aus. *Das beantwortet zumindest eine Frage,* dachte Emily sofort. Die Anwältin wusste eindeutig, wer Pollock war.

»Haben Sie Kieran danach gefragt?«, erwiderte Pauline dann.

»Nein. Ich wollte zuerst Sie fragen.«

Weiteres Zögern.

»Pauline«, drängte Emily, »vor zwei Monaten haben Sie mich förmlich angefleht, den Fall zu übernehmen. Ich habe ein Recht darauf, alle Informationen zu bekommen, die Sie haben.«

Sie konnte sehen, dass die Anwältin weich wurde. »In Ordnung«, sagte Pauline schließlich. »Ja. Ted hat mich Kieran vorgestellt. Er hat mich gebeten, Kierans Fall zu übernehmen.«

Emily schüttelte perplex den Kopf. »Warum das? Kannten Sie Pollock?«

»Ja.«

Die Fragen schossen ihr schneller in den Kopf, als Emily sie ordnen konnte.

»Und warum sollte Pollock Kieran einer Anwältin vorstellen? Hat er ein Interesse an der Klage?«

»Könnte sein.«

»Was soll das heißen?«

»Er ist ein Yakama-Indianer, Emily. Und Kierans Klage betrifft Hanford.«

Emily schüttelte den Kopf. »Ich verstehe immer noch nicht.«

Pauline stellte ihre Kaffeetasse ab. »Das Yakama-Reservat liegt mitten in diesem Bundesstaat, in Windrichtung von Hanford. Hanford liegt außerdem mitten in den traditionellen Jagd- und Fischgründen und Versammlungsstätten der Yakama. Sie haben immer noch Anspruch auf dieses Land, wenn es je wieder ausreichend sauber und sicher genug für eine Nutzung ist.«

Warum sollte Pollock dadurch persönlich in Kierans Fall verwickelt sein? »Und woher kennen Sie Ted Pollock?«

»Ich bin selbst am Columbia River aufgewachsen«, erklärte Pauline. »Unten in der Nähe des Dalles-Damms. Als Kind hat mich mein Vater immer in die Sommerlager der Yakama am Fluss mitgenommen, wo wir Lachs und Aal kauften. Ted war nur ein paar Jahre älter als ich. Damals haben wir uns kennengelernt.«

»Und Sie sind immer noch befreundet?«

Pauline lehnte sich in ihren Stuhl zurück. »Wir sehen uns heute nicht mehr so oft, aber ja, wir haben Kontakt gehalten.«

Pauline griff hinter sich, nahm ein gerahmtes Foto von der Wand und reichte es Emily. Es zeigte zerbrechliche Holzplattformen, die über dem schnell fließenden Wasser errichtet waren, und Fischer, die in den Stromschnellen darunter mit Speeren und Netzen jagten. »Das ist Ted«, sagte sie und deutete auf ein Kind hinter einem der Männer auf der Plattform, »ungefähr zu der Zeit, als wir uns kennenlernten.«

»Sie haben mir noch immer nicht gesagt, worin Ted Pollocks eigentliche Verbindung zu dem Fall besteht.«

Pauline warf Emily einen ernsten Blick zu. »Das liegt daran, dass ich es auch nicht richtig weiß. Da müssen Sie Kieran fragen. Oder Ted selbst. Ich weiß nur, dass Ted letzten November eines Tages mit Kieran zu mir kam. Ich hatte ihn jahrelang nicht gesehen. Er ließ Kieran seine Geschichte erzählen, und als der Junge fertig war, fragte er, ob ich ihn vertreten könnte – wenigstens, bis er einen anderen Anwalt finden konnte. Ich sagte zu.«

Emily musterte die ältere Anwältin. Pauline musste doch noch mehr wissen!

Scheinbar ihre Gedanken lesend, beugte sich Pauline über den Schreibtisch. »Ich sage Ihnen die Wahrheit, Emily: Ich weiß nicht, wie die beiden miteinander in Kontakt gekommen sind. Vielleicht hätte ich fragen sollen … habe ich aber nicht – weil ich Ted sehr schätze. Außerdem glaubte ich Kieran und wollte ihm helfen. Doch wenn Ted ein Interesse daran hat, dass Kieran Klage einreicht, dann vermute ich, dass etwas an der L5-Explosion auch für die Yakama von Bedeutung ist.«

35

Dr. Trân wirkte entspannt und selbstbewusst im Zeugenstand. Emily wünschte, sie würde sich am Sprecherpult genauso fühlen.

Während der ersten fünf Minuten der Zeugenbefragung spürte Emily förmlich, wie die acht Augenpaare der Geschworenen Löcher in sie bohrten. Drei weitere Blickpaare trafen sie von hinten, von der feindlichen Gruppe am Tisch der Verteidigung. Die Richterin und ihr Personal hatte sie noch gar nicht mitgerechnet. Und dann waren da noch Kieran und ihr Vater.

Kieran. Sie hatte gestern Abend und heute Morgen nicht einmal versucht, ihn zu erreichen - nicht, bevor sie das Gespräch mit Pauline Strand überdacht hatte. Sie wollte auch nicht das neue Engagement ihres Vaters gefährden, indem sie ihm davon erzählte.

Sie musste sich konzentrieren. Jetzt, da sie allein hier stand, konnte Emily nicht umhin, die gemeinsame Entscheidung anzuzweifeln, Dr. Trân als ersten Zeugen zu befragen. Das war Neuland für sie: die Präsentation eines wichtigen wissenschaftlichen Zeugen. Und ihre Nervosität war auch dadurch nicht besser geworden, dass ihr Vater, noch bevor die Geschworenen in den Saal gerufen wurden, der Richterin gegenüber die für ihn untypische Bemerkung gemacht hatte, dass dies Emilys erster Sachverständige in einem Zivilprozess war.

Für Richterin und Geschworene arbeitete sich Emily durch Dr. Trâns Qualifikationen. Es schien alles glattzulaufen; er hatte große Erfahrung auf dem Gebiet der Chemie, insbesondere in Verbindung mit Kerntechnik. King konnte unmöglich Dr. Trâns Befähigung in Zweifel ziehen, hier heute eine Expertenmeinung zu äußern.

Schließlich fragte Emily als Abschluss seiner Vorstellung: »Sind Sie auf der Grundlage Ihrer Ausbildung und Erfahrung zu einer Erkenntnis über die Ursache der Explosionen in L5 gelangt?«

Dr. Trân nickte. »Das bin ich.«

»Und was ist ihre Einschätzung?«

»Meiner Auffassung nach reagierten Chemikalien in Tank 17 miteinander und produzierten so Druck und Hitze. Diese wiederum brachten Sprengstoffe in der unteren Etage von L5 zur Detonation. Diese

Stoffe haben dann, beschleunigt durch und kombiniert mit der Detonation des Inhalts von Tank 17 und anderen Tanks in Raum 365, zu den insgesamt drei Explosionen geführt. Ich glaube, dass Covington für das Vorhandensein der reaktionsfähigen Chemikalien in Tank 17 sowie der anderen Stoffe auf der unteren Etage von L5 verantwortlich war und dass das fahrlässig war. Und schließlich glaube ich, dass Mr Mullaney durch die drei Explosionen in jener Nacht mit radioaktiver Strahlung in Berührung kam.«

»Einspruch«, rief King, als Dr. Trân seine Zusammenfassung beendet hatte. »Fehlende Grundlage. Ich bitte darum, die Voreingenommenheit des Zeugen beweisen zu dürfen.«

Verdutzt schaute Emily ihren Vater an, der ihr mit einem ruhigen Blick begegnete.

Es war nach den Prozessregeln zwar zulässig, die Befähigung eines Zeugen zu einer qualifizierten Meinung infrage zu stellen, doch die Taktik war so selten, dass Emily sie in ihrer kurzen Prozesskarriere noch nie erlebt hatte. Wie wollte King denn erfolgreich jemanden diskreditieren, der solche Referenzen hatte wie Dr. Trân?

»Sie dürfen den Zeugen befragen, Mr King«, erwiderte die Richterin ohne Umschweife.

Emily trat unsicher vom Pult zurück, während King mit einem schmallippigen Lächeln auf den Lippen vortrat.

»Dr. Trân«, sagte er und postierte sich hinter dem Sprecherpult, »Ihre Auffassung ist es, dass in L5 andere explosive Stoffe vorhanden waren – Substanzen, die sich außerhalb von Raum 365 befanden?«

»Ganz richtig.«

»Und diese Stoffe detonierten infolge der Explosion von Tank 17?«

»Nicht ganz. Diese Substanzen detonierten infolge der Hitze und des Drucks in Tank 17, die durch ein Rohr auf die untere Etage von L5 übertragen wurden.«

»Gut. Und welche Beweise genau haben Sie für das Vorhandensein von Sprengstoffen auf der unteren Etage von L5?«

»Die Explosionen waren stark genug, um die Sprengschutztüren von Raum 365 zu durchbrechen, können also nur von Stoffen mit entsprechender Sprengkraft stammen. Dieser Umstand, zusammen mit dem

Fehlen solcher Stoffe in Raum 365«, erklärte Dr. Trân mit einem Lächeln.

»Bleiben wir einmal bei dem ersten Punkt. Welche Beweise haben Sie für die ›Stärke der drei Explosionen‹?«

Dr. Trân erklärte die seismografischen Daten.

»Mmh-hmm. Sie haben also keine *unmittelbaren Beweise* für die Existenz oder Stärke anderer explosiver Stoffe in L5 in der Nacht der Explosion.«

»Nein, weil ich keine Gelegenheit hatte, L5 zu besichtigen.«

»Verstehe. Und woraus schließen Sie, dass es keine anderen Chemikalien in Raum 365 gab, die die Sprengkraft für die zweite und dritte Explosion besaßen?«

»Ich habe das Prüfprotokoll aus Raum 365 über zwei Jahrzehnte ausgewertet. Diese Daten befinden sich auf einem Papier, das mir Mr Mullaneys Anwälte zur Verfügung gestellt haben, und sie sind meinem Gutachten beigefügt. Keiner der Tanks enthielt Chemikalien in ausreichender Menge, um so starke Explosionen zu verursachen.«

»Über dieses ›Datenpapier‹ reden wir zu einem späteren Zeitpunkt noch einmal. Aber selbst unter Einbezug dieser Daten, Dr. Trân, würden Sie mir doch zustimmen, dass ein Prüfprotokoll eine schlechte Basis für die Vorhersage einer Explosion ist, oder?«

»Ich verstehe nicht.«

»Nun, die jahrelange Entnahme von Proben hat nicht dazu geführt, dass irgendjemand ahnte, dass Tank 17 in jener Nacht auf seine Explosion zusteuerte, oder?«

Zum ersten Mal zögerte Dr. Trân. »Nun, das ist richtig, aber …«

»Ist es also nicht plausibel, dass frühere Proben aus anderen Tanks in Raum 365 ebenfalls kein exaktes Bild vom explosiven Potenzial in diesen anderen Tanks ergaben?«

Dr. Trâns Lächeln schwächelte. »Da bin ich anderer Meinung. Die Möglichkeit, dass Tank 17 explodiert, ist heute aus den Daten erkennbar. Es ist einfach so, dass keiner die Daten richtig analysiert hat.«

»Aber Dr. Trân«, sagte King grinsend und schüttelte den Kopf, »ist meine Annahme – dass die Sprengkraft der anderen Tankinhalte in Raum 365 unterschätzt wurde – nicht plausibler als unbekannte Sprengstoffe außerhalb von Raum 365, für deren Vorhandensein Sie nicht den Hauch eines echten Beweises haben?«

»Nun«, erwiderte Dr. Trân, »es stimmt, dass meine Argumentation auf Indizien beruht, weil ich keine …«

»Und es gibt eine unbestreitbare Tatsache, der wir alle zustimmen: Dass Kieran Mullaney in jener Nacht das Ventil an Tank 17 verstellt hat, war ein wesentlicher Faktor beim Zustandekommen dieser Explosion.«

»Wenn Sie es so ausdrücken, ja, aber …«

»Ist es nicht so, dass Sie nie für oder im Auftrag des Energieministeriums gearbeitet haben, Dr. Trân?«

»Nein, habe ich nicht.«

»Sie haben auch nie für eine Universität gearbeitet.«

»Nur als Berater.«

»Aber Sie waren nie Mitglied einer Fakultät.«

»Korrekt.«

»Dennoch haben Sie in …« King zog ein Dokument unten aus dem Stapel der Papiere, die er mit zum Sprecherpult gebracht hatte. »… in zwölf weiteren Prozessen als Zeuge ausgesagt, alle gegen Firmen der Atomindustrie wie Covington Nuclear. Richtig?«

Dieses Mal zögerte Dr. Trân länger. »Ja.«

»Nicht ein einziges Mal *zugunsten* der Atomindustrie.«

»Darum wurde ich nie gebeten.«

»Ist das ein *Ja,* Dr. Trân?«

»Ja.«

King wandte sich der Richterin zu. »Euer Ehren, diesem Zeugen fehlen entscheidende Beweise für seine Begründung der Explosionen in L5. Seine Meinung beruht auf reiner Spekulation. Das Papier mit dem ›Probenprotokoll‹ für die Tanks in Raum 365 wurde noch nicht als Beweisstück eingeführt. Ich beantrage, dass seine bisherige Aussage gestrichen wird und dass ihm untersagt wird, als Sachverständiger auszusagen.«

Emily schaute zu ihrem Anwaltstisch. Kieran sah aus, als stünde er unter Schock. Über das alarmierte Donnern ihres Herzens hinweg schaute sie ihren Vater an. Das alles war ihre Schuld. Sie würden diesen Zeugen verlieren – und mit ihm den Fall. Und es war ihre Schuld.

War ihm das klar? Denn ihr Vater schaute weg. Er schaute weder sie an, noch die Richterin, noch die Jury. Er schaute in eine plötzlich interessante Ecke des Gerichtssaals. So ruhig, wie er es gewesen war, als sie mit der Befragung von Dr. Trân begonnen hatte.

Sie schaute zur Richterbank und zu Richterin Johnston und sah, dass diese … zögerte. Genau genommen hatte sich ihr Blick von King abgewandt und war nun auf Emily gerichtet. Die sofortige Entscheidung, die Emily halb erwartet hatte, war nicht gekommen. Und war das Mitgefühl in ihren Augen?

»Ms Hart«, fragte Richterin Johnston behutsam, »haben Sie etwas zu sagen?«

Emily kämpfte darum, die Panik zu durchdringen, die ihr Gehirn vernebelte. Kings Argumentation war fehlerhaft. Sie wusste es, aber ihre Gedanken ließen sich kaum ordnen. King hatte bewusst die Verfahrensweise durcheinandergebracht. Die Fragen, für wen der Wissenschaftler bereits als Zeuge ausgesagt hatte, waren ohne Bedeutung für seine Befähigung, heute auszusagen, und sollten lediglich die Richterin gegen Dr. Trân einnehmen. Das Datenblatt von Taylor Christensen war noch nicht als Beweisstück zugelassen, doch der Gutachter konnte sich dennoch darauf stützen, bis es eingeführt wurde. Und Kings Argumente für Dr. Trâns Ausschluss aus dem Verfahren waren grundsätzlich fehlerhaft, weil …

»Frau Vorsitzende«, platzte sie heraus, »alles, was Mr King gesagt hat, ist nichts weiter als ein *Kreuzverhör.*«

Emily holte Luft und minderte ihr Sprechtempo. »Die Punkte, die Mr King vorgebracht hat, mögen beeinflussen, welches Gewicht die Jury den Beweisen beimisst, aber das kann kein Grund sein, warum Dr. Trân seine Einschätzung *nicht* der Jury vortragen sollte. Bezüglich der Datenblätter kann Dr. Trân sich auf sie beziehen – und wenn sie später nicht als Beweisstück zugelassen werden, kann Mr King in seinem Schlussplädoyer auf ihren Ausschluss hinweisen oder *dann* beantragen, dass Dr. Trâns Zeugenaussage gestrichen wird. Doch Dr. Trân ist ein renommierter Experte und ganz gleich, was Covingtons Anwalt von seinen Einschätzungen *hält*, ist Dr. Trân doch qualifiziert, sie vorzubringen.«

Die Richterin hörte ihr zu.

»Außerdem, Euer Ehren«, fuhr Emily mit mehr Selbstvertrauen fort, »arbeiten wir hier mit einem Nachteil: Entsprechend Richter Renways Entscheidung konnten wir die untere Etage von L5 nicht besichtigen.«

Richterin Johnston nickte und richtete dann den Blick auf den gegnerischen Anwalt.

»Mr King«, begann sie langsam, »ich bin geneigt, Ms Hart zu gestatten, die Befragung dieses Zeugen fortzusetzen.« Dann wandte sich die Richterin der Jury zu. »Meine Damen und Herren, ich werde die Aussage für den Augenblick zulassen. Es ist möglich, dass ich zu einem späteren Zeitpunkt im Verfahren entscheide, dass diese Beweise oder Teile davon nicht zulässig sind. Wenn dem so ist, werde ich Sie anweisen, diese Beweise zu ignorieren. Doch für den Moment behandeln Sie sie bitte so, wie Sie alle anderen Beweismittel behandeln würden.«

Die Richterin schaute wieder Emily an und nickte ihr mit einem leichten Lächeln zu. »Frau Anwältin, bitte fahren Sie fort.«

Und wie durch einen Nebel hindurch tat Emily genau das.

* * *

Als sie mit ihrem Vater im leeren Korridor stand, begann Emily langsam damit, die Torturen dieses Tages abzuschütteln. Dr. Trân war bereits gegangen, um einen »geschäftlichen Anruf« zu erledigen. Kieran war ebenfalls schleunigst verschwunden. Die Jury und die Richterin waren fort.

Emilys Beine zitterten vor Erschöpfung.

»Du hast sehr gute Arbeit geleistet«, sagte Ryan lächelnd. »Du hast alles präsentiert, was Dr. Trân zu bieten hatte, von der Ursache der Explosion bis zu den Ergebnissen der Blutuntersuchung.«

»Ich weiß nicht, Dad«, sagte sie. »Das war zu knapp. Ich habe das nicht kommen sehen.«

»Hmm. Tja, du hast es wie ein Profi gehandhabt.«

Emily schaute ihrem Vater ins Gesicht. Sie erwartete seine Zustimmung, dass Kings Einspruch eine Überraschung gewesen war. »Dad, du hast doch nicht gewusst, dass das passieren würde, oder?«

Ihr Vater antwortete nicht.

»Dad, wenn du geahnt hast, dass das passieren könnte, warum hast du es mir dann nicht gesagt?«

Sein Blick wurde weich. »Ich war mir nicht sicher. Aber ich wusste, dass du damit zurechtkommen würdest, wenn King tatsächlich Einspruch erhebt.«

Emily war zu erschöpft, um ihrem Ärger Ausdruck zu verleihen. »Nein, Dad, ich bin nicht damit zurechtgekommen. Ich war verrückt vor Angst. Ich habe als Pflichtverteidigerin bisher nur ein paarmal Sachverständige einsetzen müssen – und nichts, was auch nur annähernd wie das hier war. Du warst derjenige, der vorgeschlagen hat, dass ich Dr. Trân befrage.«

»Bis vor einer Woche warst du zuständig für jeden Zeugen in diesem Fall«, sagte Ryan sanft. »Ich habe nur vorgeschlagen, dass du Dr. Trân *behältst*.«

Sie hörte nicht zu, sondern erinnerte sich an die Bemerkung ihres Vaters gegenüber der Richterin vor Beginn der Verhandlung. »Und du hast der Richterin gesagt, dass dies mein erster Gutachter war. Das hast du mit Absicht gemacht, nicht wahr? Damit die Richterin Mitgefühl hat.«

Ryans Gesichtsausdruck wurde ernst. »Hör mal, Emily, wir müssen uns hier über eines klar werden. Sosehr ich diesen selbstgerechten Kerl von Anwalt hasse – King hat recht. Dr. Trâns Theorie von Sprengstoffen außerhalb von Raum 365 ist logisch, aber es gibt keinerlei Beweise dafür. Ohne Beweise, vielleicht gefunden bei einer Inspektion von L5, wird King wieder versuchen, Dr. Trâns Aussage streichen zu lassen. Und nächstes Mal hat er vielleicht Erfolg. Und dann verlieren wir.«

Seine Stimme wurde noch sanfter. »Aber ich dachte mir, dass Richterin Johnston mit dir nachsichtiger umgeht als mit mir, wenn es um die Zulassung von Beweisen geht. Denn jeder Verteidiger oder Ankläger erinnert sich an seinen ersten Gutachter.«

»Ach, Dad«, sagte Emily und schloss die Augen. »Wie konntest du mir das antun? Mich unvorbereitet an dieses Pult treten zu lassen …«

Sie spürte seine Hände auf ihren Schultern und öffnete die Augen wieder. Dem Lächeln auf seinem Gesicht fehlte jede Spur einer Entschuldigung. »Du warst nicht unvorbereitet. Du hast dich eine ganze Woche lang vorbereitet. Und wenn du eine vorgefertigte Antwort auf Kings Einspruch gehabt hättest, hätte Richterin Johnston das sofort durchschaut. Sie musste King dabei zuschauen, wie er auf eine Unterlegene einprügelt – auf eine Anwältin, die darum kämpft, ihren ersten Experten zu verteidigen. Sie brauchte das innere Bedürfnis, deine Leidenschaft zu belohnen. Außerdem willst du doch im Gerichtssaal arbeiten, weißt du noch? Geistesgegenwärtig denken: *Darum* geht es vor Gericht.«

Er hätte sie nicht so ungeschützt stehen lassen sollen. Emily war zu erschöpft, um sich weiter zu streiten, aber sie wusste, dass es falsch von ihm gewesen war. Sie war keine Anfängerin; er musste sie nicht manipulieren, um den Kampf zu gewinnen. *Sie* würde das nie einem anderen Anwalt antun, ganz gleich, welchen strategischen Vorteil es brachte.

Gemeinsam gingen sie den Korridor hinunter. *Und doch,* dachte Emily, hatte ihr Vater in einem recht: Die Strategie hatte funktioniert. Sie hätte einen anderen Weg gewählt, aber es hatte funktioniert.

Diese Erkenntnis führte zu einer weiteren: Obwohl er sie ausgetrickst hatte, hatte doch *sie* am Sprecherpult gestanden. Sie hatte es geschafft. Und ihr Vater hatte ihr dabei zugesehen. Der Mann, der ein Meister der Prozesstaktik war, war Zeuge ihres Erfolgs geworden.

* * *

»Ist da jemand im Garten?«, rief Suzy von der Küche aus ins Wohnzimmer hinein. »Liest vielleicht jemand die Zähler ab?«

Poppy war auf seinen Laptop konzentriert. Er suchte gerade zum tausendsten Mal nach irgendeiner Erwähnung von Lew im Internet, auf Facebook, bei LinkedIn … irgendwo. »Keine Ahnung«, rief er zurück.

»Könntest du bitte mal nachschauen?«

Er grunzte zustimmend und stand widerstrebend von seinem Computer auf. An der Tür zog er seine Schuhe an, bevor er durch die Garage in den Garten ging.

Dort war niemand zu sehen. Er ging ums Haus herum zur Seite.

Ein weißer Van entfernte sich vom Bordstein.

Poppy fing an, ihm nachzulaufen – aber es hatte keinen Zweck. Mit hämmerndem Herzen kehrte er um und joggte zurück in den Garten hinterm Haus.

Sie waren an der Hausseite neben den Rosensträuchern aufgereiht: fünf Krähen, hastig kopfüber in die Erde eingegraben. Eine weiße Plakette war über ihre toten Körper drapiert.

Poppy ging auf sie zu – und blieb dann stehen. Er ging in die Garage, schnappte sich den Eberline-Geigerzähler aus seinem Pick-up und kehrte in den Garten zurück. In drei Meter Entfernung fing er an, die Sonde in Richtung der schwarzen Kadaver zu schwenken.

In zwei Meter Entfernung begann der Geigerzähler anzuschlagen. In eineinhalb Meter Entfernung jaulte er.

Er musste den Sicherheitsdienst anrufen, dachte Poppy über seine aufsteigende Angst hinweg.

Nur ... wen würden die schicken? Wem konnte er vertrauen?

»Was ist das für ein Geräusch, Poppy?«, rief seine Frau durch das Küchenfenster.

»Suzy, geh und pack eine Tasche«, sagte er und bemühte sich, ruhig zu klingen. »Ich möchte, dass du heute bei deiner Schwester übernachtest.«

36

»Ich habe Ihre SMS bekommen. Ich sollte Sie anrufen?«, sagte Eric Kings Stimme am anderen Ende der Leitung. »Ich habe nur noch eine Minute, bis die Mittagspause vorbei ist. Aber keine Sorge. Alles läuft super.«

Adam saß hinter verschlossener Tür an seinem Schreibtisch in der Personalabteilung. Jetzt musste er noch mehr Angeberei von seinem allzu selbstsicheren Rechtsverdreher über sich ergehen lassen. »Ich hätte gerne mehr Details, Mr King.«

»Okay. Heute befragen sie ein paar Arbeiter aus L5. Von denen erfahren sie nichts.«

»Und gestern?«

Zögern. »Gestern war Dr. Trân an der Reihe. Ihr Gutachter.«

»Ich weiß, wer Dr. Trân ist. Hat er ausgesagt?«

Pause. »Ja.«

»Sie haben mir doch gesagt, dass Sie seine Aussage verhindern könnten. Sie sagten, es gäbe zu wenig Beweise für seine Behauptungen.«

»Ja, nun, ich dachte, dem wäre so. Ich war ... etwas überrascht, als die Richterin meinen Einspruch abgewiesen hat. Aber«, beeilte sich der Anwalt zu sagen, »die Richterin hat sich die Möglichkeit vorbehalten, die Aussage später noch auszuschließen.«

»Was hat Trân gesagt?«

King beschrieb in groben Zügen die Aussage des Wissenschaftlers.

Adam war wie vor den Kopf gestoßen. »Er hat ausgesagt, dass es noch andere Sprengstoffe im Gebäude gegeben hat?«

»Ja.«

»Hat er gesagt, was für Sprengstoffe?«

»Sehr leistungsfähige, hat er behauptet. Solche, wie sie in Zündern für Atomwaffen verwendet werden. Die Richterin hat ihn allerdings nicht allzu sehr spekulieren lassen. Aber hey, seine Aussage sollte Sie nicht zu sehr überraschen: Ich hatte Ihnen sein Gutachten vor drei Tagen rübergeschickt.«

Das hatte er tatsächlich. Aber weil er den Start des wichtigen Tests in L5 vorbereitet hatte und weil King ihm versichert hatte, dass Dr. Trân niemals aussagen würde, hatte Adam versäumt, das Gutachten zu lesen.

»Aber er hat keine echten Beweise«, fuhr der Anwalt fort. »Wie gesagt, wir werden ihn mit unseren eigenen Experten niedermachen.«

Adam war sich nicht sicher, wie er weiter reagieren würde, also drängte er auf ein Ende des Gesprächs. »Halten Sie mich auf dem Laufenden«, sagte er.

Wie war Dr. Trân nur zu so einer Erkenntnis gekommen? Wusste er mehr, als die hauchdünnen Beweise hergaben, die King gerade am Telefon beschrieben hatte?

Adam trat vor den Spiegel am Eckschrank, um den Sitz seiner Fliege zu überprüfen. Das Gesicht, das ihn anschaute, sah aufgewühlt aus.

Das waren nicht die einzigen schlechten Nachrichten. Der Sicherheitschef von Projekt Wolffia hatte berichtet, dass Patrick Martin Kontakt zu Personen in Savannah River aufgenommen hatte, um Lewis Vandervork zu finden. Das hieß nicht nur, dass Dr. Janniston nach wochenlangen Untersuchungen versagt und Martins Kooperation nicht hatte erzwingen können. Es hieß auch, dass Martin eigenständig Informationen überprüfte, *die er gar nicht haben konnte.*

Adam hatte dem Sicherheitschef bereits aufgetragen, den Druck auf Martin zu erhöhen. Jetzt fragte er sich, ob erhöhter Druck ausreichte.

Adam kehrte zu seinem Schreibtisch zurück. *In Ordnung,* sagte er sich. *Betrachte es mal objektiv.* Am wichtigsten war jetzt, dass Martin nicht aussagte. Solange er den Zeugenstand nicht betrat, war nicht von Bedeutung, was Patrick Martin wusste oder ahnte.

Darum hatten sie den Namen des Mannes auch ganz aus dem Untersuchungsbericht herausgehalten. Und bisher hatte das ja funktioniert. Die erste Anwältin hatte sich nicht die Mühe gemacht, Martins Aussage aufzunehmen, und Martin war nicht auf der Zeugenliste für die Verhandlung gelandet. Wenn das Verfahren erst einmal vorbei war, hatten die Vermutungen dieses Mannes keine Plattform mehr - besonders, wenn sie ihn erst einmal durch ein negatives psychologisches Gutachten ruiniert hatten.

Dennoch sträubte sich Adam insgeheim gegen Footes beharrliche Forderung, noch diesen Sommer mit Projekt Wolffia voranzugehen. Hätten sie die letzten Projekttests nur um zwei Monate verschoben, könnten sie sie ohne das Damoklesschwert dieses Gerichtsverfahrens durchführen. Dann wäre es nicht nötig gewesen, Patrick Martin zur Änderung seiner Aussage aufzufordern, was den Mann ganz offensichtlich in Rage gebracht hatte, oder sich über eine gerichtlich angeordnete Inspektion von L5 Sorgen zu machen.

Außerdem ... noch ein paar Monate, und Lewis Vandervorks Spuren wären noch viel kälter gewesen.

Adam öffnete eine Schreibtischschublade und zog die Münzbörse mit den Dexamphetamin-Tabletten heraus, die ihm Schuttens behandelnder Arzt geschickt hatte. Er hatte es zwar damals nicht so geplant, doch dies war neben dem Schweigen des Arztes ein weiterer Vorteil, den Adam sich mit dem großzügigen Scheck erkauft hatte.

Es begann sich zu rächen, dass er nachts nur vier Stunden schlief. Die Aufputschmittel, die er seit letzter Woche nahm, würde er nur noch eine kleine Weile brauchen, sagte er sich. Nur so lange, bis sie die Testreihe beendet hatten und bereit waren, das Labor nach Süden zu verlegen.

Er nahm die Tablette mit einem Glas Wasser, das auf seinem Schreibtisch stand. Einen Moment lang dachte er an die ganze Arbeit, die er heute noch erledigen musste. Dann nahm er eine zweite Tablette.

* * *

Ryan stand am Sprecherpult und warf noch einmal einen raschen Blick auf seine Notizen. Jetzt, da die Aussagen von Kieran und Dr. Trân erledigt waren, ähnelte der Rest des Verfahrens eher einem Fischzug. Sie riefen die Zeugen aus L5 in den Zeugenstand und fischten nach jedem versteckten Beweis, mit dem sie Dr. Trâns Theorien untermauern konnten. Dazu gehörten auch die Techniker von L5, die über die Jahre hinweg die Proben aus den Tanks in Raum 365 genommen hatten; weitere Stabilisierungstechniker, die in L5 gearbeitet hatten; mindestens ein EDV-Techniker; und jeder, der bestätigen konnte, dass es die »Sprengstoffe« tatsächlich gab.

Frank Schroeder, der Lüftungstechniker, der gerade im Zeugenstand saß, trug Latzhosen und ein Sweatshirt. Die Botschaft war klar: Er musste niemanden beeindrucken. Und er machte auch keinen Hehl daraus, dass er nicht hier sein wollte.

Wie bei all den unabhängigen Zeugen, die vor dem Auftauchen von Dr. Trâns Theorien befragt worden waren, hatte man auch bei Schroeders Vernehmung keine Fragen gestellt, die die Existenz von weiterem Sprengstoff betrafen. Die letzten zehn Minuten hatten bereits ergeben, dass Frank Schroeder noch nie in seinem Leben auf der »dunklen Seite« von L5 gewesen war. Das schloss jede Möglichkeit aus, dass er eventuell Sprengstoff auf der unteren Etage von L5 gesehen hatte. Ryan musste sich jetzt nur noch entscheiden, ob er die Ereignisse vom 16. Oktober noch einmal durchsprechen wollte, wenn er den Techniker schon im Zeugenstand hatte.

Er würde es tun, beschloss Ryan. Ein paar Fragen sollten ausreichen.

»Ich war im Cafeteria-Gebäude an der Ecke von L5«, erwiderte dann Schroeder auf Ryans Frage. »Johnny Rose und ich, wir haben dort in der Schichtpause etwas gegessen. Dann sind wir den Hügel runter zur Vorderseite, um uns wieder an die Arbeit zu machen. Da ist es dann passiert.«

»Was ist passiert?«

»Die große Explosion. Wir haben sie halt nur gedämpft gehört, weil wir draußen waren.«

»Was haben Sie dann gemacht?«

»Tja, die Sirene ging nicht an. Wenn es einen Notfall gibt, schrillt immer die Sirene als Zeichen, dass man in Deckung gehen soll, und dann muss man nach innen gehen – irgendwo rein. Nur gab es keine Sirene. Also blieben ich und Johnny stehen und redeten eine Sekunde darüber, was wir machen sollten. Dann gingen wir weiter.«

»In welche Richtung?«

»Zur Vorderfront, an der Seite des Gebäudes entlang.«

»Sind Sie bis ganz an die Vorderseite gekommen?«

»Nein. Weil dann dieser Kerl eine Waffe abfeuerte. Oben auf dem Dach.«

»Kannten Sie den Mann?«

Der Lüftungstechniker zuckte die Schultern. »Ich schätze, es war einer vom Sicherheitsdienst. Ich hatte ihn noch nie getroffen, aber ich weiß, dass die Wachmänner auf dem Dach haben.«

Wach*männer.* Plural. Der Untersuchungsbericht hatte nur den einen erwähnt. »Was haben Sie gemacht, als Sie den Schuss hörten?«

»Tja, dieser Typ auf dem Dach hat versucht, uns auf sich aufmerksam zu machen, schätze ich. Denn als wir hochschauten, winkte er uns zu, wir sollten zurück in die Cafeteria gehen. Und wir sahen auch warum – weil eine große Rauchwolke vom Dach rollte.«

Ryan hielt einen Moment inne. Das war auch neu. Nirgendwo im Untersuchungsbericht war von einer Rauchwolke die Rede, die vom Dach kam.

»Und was haben Sie getan?«

»Wir rannten wie die Hasen.« Die Geschworenen lachten.

»Sie rannten wohin?«, fuhr Ryan fort, als sich das Gelächter legte.

»Zurück zur Cafeteria. Und dann, gerade als wir dort ankamen, gingen endlich die Sirenen los.«

»Sie gingen los?«

»Ja. Gerade als wir reingehen wollten. Und es war gut, dass wir schon dort waren – denn dann ging das *Licht* aus.«

Weitere Neuigkeiten. »Welches Licht?«

»Die Flutlichtscheinwerfer. Alle. Sie waren ungefähr zehn Minuten aus und gingen dann wieder an. Das war echt seltsam.«

»Wissen Sie, warum das geschah?«

»Nein. Ich hab so was noch nie gesehen.«

»Wissen Sie, wie der Wachmann heißt – der, der sein Gewehr abgefeuert hat?«

»Ja. Ich war hinterher im Krankenhaus mit allen anderen, die was abgekriegt haben konnten. Ich hab nach dem Mann auf dem Dach gefragt, dem Mann, der uns gewarnt hatte. Ich wollte mich bei ihm bedanken. Dann hab ich den anderen Wachmann getroffen. Er hieß Lewis oder so. Sein Nachname begann mit V, aber er war schwierig auszusprechen und ich hab ihn mir nicht gemerkt. Aber er sagte mir, sein Partner hätte uns gewarnt. An den Namen des Partners kann ich mich erinnern, weil er viel einfacher war. Der Mann heißt Poppy Martin. Ich glaube, sein richtiger Vorname war Patrick.«

King verzichtete auf ein Kreuzverhör dieses Zeugen. Ryan setzte sich wieder, während Emily mit dem nächsten Zeugen begann – Schroeders Kollege Johnny Rose.

Ryan hörte nur mit halbem Ohr auf die Zeugenaussage, während er noch einmal über Schroeders Schilderung nachdachte. Er hatte den Untersuchungsbericht so oft gelesen, dass er ihn fast auswendig kannte. Darin stand nichts davon, dass das Licht ausgegangen war, dass die Sirenen zu spät eingeschaltet worden waren, dass es eine Rauchwolke gegeben hatte. Und es stand auch nichts darin von zwei Wachmännern auf dem Dach.

Das Fehlen der Zeugen in dem Bericht war besonders seltsam. Es war unwahrscheinlich, dass sich durch ihre Aussage etwas an der Beweislage ändern würde, da die Wachen sich in jener Nacht außerhalb des

Gebäudes befunden hatten. Doch es war seltsam, dass so viele Details der Ereignisse außerhalb des Gebäudes ganz aus dem Bericht ausgelassen worden waren.

Ryan spürte, wie ihn jemand am Jackett zupfte, und schaute auf. Es war Kieran, der sich über Emilys leeren Stuhl hinwegbeugte.

»Mr Hart«, flüsterte er, »dieser Patrick Martin, von dem der letzte Zeuge sprach? Ich kenne den Mann.«

* * *

Ryan schaute Kieran über den Tisch hinweg an. Emily saß an seiner Seite. Das *Atomic Café* füllte sich, die Zeit zum Abendessen rückte näher. Ryan achtete nicht darauf, sondern fixierte Kieran.

»Sie haben uns angelogen«, sagte er verärgert.

Kieran lehnte sich zurück; sein Blick war abweisend. »Das stimmt nicht. Ich habe nur ... ich wusste nicht, dass dieser Patrick Martin etwas mit dem Vorfall in L5 zu tun hatte. Ich kannte ihn nur als denjenigen, der mir bei dem Softball-Spiel geholfen hat.«

»Sie haben auch nicht die Wahrheit darüber gesagt, was wirklich bei dem Softball-Spiel passiert ist. Sie sagten, es sei ein Unfall gewesen. Sie haben gelogen, wie der Schaden an Ihrem Auto entstanden ist. Sie haben mir nicht von den Krähen in Ihrem Garten erzählt.«

»Dad, *mich* hat er nicht angelogen«, warf Emily müde ein. »Ich wusste von alledem. Patrick Martin hat nicht erwähnt, dass er in jener Nacht bei L5 war, also konnte Kieran es nicht wissen. Aber Kieran hat mir die Wahrheit über das Spiel und den ganzen Rest gesagt.«

Ryans Wut richtete sich nun gegen Emily. »Warum hast *du* dann nichts gesagt?«

»Weil du damals noch nicht an der Vorbereitung der Verhandlung beteiligt warst.«

»Ich habe die Schecks ausgestellt und die Hälfte der Arbeit erledigt.«

Emily zuckte niedergeschlagen die Schultern. Sie wirkte immer noch schlecht gelaunt, wie schon den ganzen Tag. »Damals war es noch mein Fall«, sagte sie. »Ich dachte, ich würde die Verhandlung führen. Außerdem vermutete ich, du würdest überreagieren. So wie du es jetzt tust.«

Sie wandte sich Kieran zu. »Verheimlichst du uns sonst noch etwas?« Die Frage kam scharf, aggressiver als Ryan es erwartet hatte, nachdem sie Kieran gerade verteidigt hatte.

»Nein«, antwortete Kieran zögerlich.

Ryan schüttelte den Kopf. Für Mandanten, die ihren Anwälten etwas verheimlichten, sollte es eine spezielle Folter geben. Vielleicht auch für beteiligte Töchter.

Er würde nicht weiter darauf herumreiten, beschloss Ryan und zwang sich, ruhig zu werden. Aber jetzt, da er von dem Rauch und den Sirenen wusste, sollten sie diesen Patrick Martin auf jeden Fall als Zeugen rufen und herausfinden, warum er und sein Kollege nicht im Untersuchungsbericht erwähnt wurden.

»Und Sie sind sich sicher, dass Ihre Kollegen dahinterstecken – hinter den Krähen und der Prügelei?«, fragte Ryan.

»Ich weiß nicht. Ich meine, die gebrochene Nase habe ich mir bei einem Softball-Spiel der Gewerkschaft geholt, also war es auf jeden Fall die Hanford-Truppe. Die Krähen und der weiße Van … ich hab die Typen nur eine Minute lang gesehen, und sie trugen Masken. Aber wer sollte es sonst sein?«

Ryan dachte an den nächsten Tag. Gegen Mittag sollte Taylor Christensen aussagen. Sie konnten Patrick Martin noch nach Christensen einberufen.

Er zog sein Handy hervor und rief die Auskunft an. »Patrick Martin«, sagte er, als sich dort jemand meldete. »Und könnten Sie bitte auch seine Adresse nachschlagen?«

Der Mitarbeiter der Vermittlung meldete sich wieder und Ryan kritzelte die Adresse auf seine Serviette. »Okay. Danke.«

Er reichte die Serviette an Emily weiter und schaute dann auf die Uhr. »Es ist jetzt sechs. Gehen wir zurück ins Büro und improvisieren wir eine Vorladung für diesen Martin, damit er morgen aussagen kann. Da er nicht auf unserer Zeugenliste steht, kann es sein, dass sich King bei der Richterin beschwert – aber da Covington in seinem Untersuchungsbericht weder die Sirenen erwähnt hat noch dass das Licht ausging, können wir vielleicht diese Versäumnisse nutzen, um die Erlaubnis für seine Befragung zu bekommen.«

* * *

Von seinem Wohnzimmersessel am vorderen Fenster aus sah Poppy, wie der Van vorfuhr und in der Dunkelheit am Bordstein anhielt. Die nächste Straßenlaterne stand einen halben Block entfernt, und so konnte Poppy weder Marke noch Modell erkennen. Aber der Wagen war garantiert nicht weiß.

Gott sei Dank war Suzy bei ihrer Schwester, bis er sich sicher war, dass sie ohne Gefahr zurückkehren konnte. Wann auch immer das sein mochte.

Poppy schaltete die Bodenlampe neben seiner Schulter aus, sodass es ganz dunkel im Raum wurde. Er ließ sein Buch auf den Boden gleiten, nahm das Gewehr, das dort lag, und legte es quer über seinen Schoß.

Ein Mann stieg aus der Fahrerseite der Großraumlimousine. Er blieb einen Moment lang auf dem Rasen stehen. Dann ging er langsam den leicht ansteigenden Weg entlang zur Haustür, bis Poppy ihn nicht mehr sehen konnte. Poppy hatte bemerkt, dass er etwas in der rechten Hand hielt.

Es läutete. Poppy stand auf, das Gewehr in der rechten Hand, den Lauf nach unten. Schulter und Waffe an die Wand gedrückt, entriegelte er die Tür und öffnete sie mit seiner freien Hand.

Durch den schmalen Spalt schaute Poppy einen jungen Mann an – der unsicher seinen Blick erwiderte.

»Was wollen Sie?«, fragte Poppy schroff.

»Sind Sie Patrick Martin?«

Poppy nickte.

Plötzlich tauchte die rechte Hand des Mannes hinter seinem Rücken auf und schob etwas durch den Türspalt. Erschrocken trat Poppy einen Schritt zurück und hörte, wie vor seinen Füßen Papiere zu Boden glitten.

»Mr Martin, Sie sind hiermit vorgeladen.«

37

Adam Worths Telefon klingelte. Anscheinend wieder der Anwalt. Adam rollte sich auf die andere Seite, um den Wecker anzublinzeln. Sieben Uhr morgens. Drei Stunden Nachtschlaf heute.

»Ja«, lallte er ins Telefon.

»Adam, ich weiß, Sie mögen es nicht, wenn ich Sie frühmorgens auf dem Handy anrufe«, begann Eric King entschuldigend, »aber ich habe gestern Abend versucht, Sie im Büro zu erreichen, und Sie haben mich nicht zurückgerufen. Ich wollte Ihnen nur sagen, dass wir gestern etwas überrumpelt wurden. Zwei Lüftungstechniker haben ausgesagt. Beide haben den Rauch erwähnt, der in jener Nacht vom Dach des Gebäudes kam.«

Adams Gehirn, eben noch schlafvernebelt, begann aufzuwachen.

»Sind Sie noch dran?«, fragte King.

»Ja.«

»Also, ich dachte, ich rufe Sie lieber an, weil das mit dem Rauch doch nirgendwo in den eidesstattlichen Erklärungen auftauchte. Und es stand auch nicht im Untersuchungsbericht. Aber Hart verzweifelt langsam und ruft jeden auf, der in jener Nacht in und um L5 war. Und einer der Lüftungstechniker hat in seiner Aussage sogar den Namen des Wachmanns erwähnt, der damals auf dem Dach von L5 war – derjenige, von dem Sie mir gesagt haben, wir sollten uns nicht die Mühe machen, mit ihm zu sprechen. Außerdem sagte er, dass in jener Nacht noch ein zweiter Wachmann auf dem Dach war. Jetzt hat Hart den ersten Wachmann vorgeladen; er soll heute Vormittag aussagen.«

Adam erstarrte. »Ist es nicht zu spät, um noch neue Zeugen zur Verhandlung zuzulassen?«

»Ja. Aber die Richterin wird wahrscheinlich nachsichtig sein, weil der Name des Mannes nicht im Untersuchungsbericht stand.«

»Verhindern Sie das!«, fauchte Adam.

»Verhindern?«

»Sehen Sie zu, dass Martin nicht aussagt!«

Adam hörte Papierrascheln im Telefon. »Ähm, woher wissen Sie den Namen dieses Zeugen?«

»Halten Sie den Mann einfach von einer Aussage ab!«, schoss Adams Stimme über die Leitung.

Die Antwort des Anwalts war kleinlaut. »Ich kann's versuchen. Aber ich brauche einen Grund.«

»Was, wenn der Mann nicht in der Lage ist, auszusagen?«

»Wie meinen Sie das?«

»Ich meine: Er ist krank. Psychisch krank.«

Pause.

»Das könnte funktionieren.«

»Okay. Ich rufe Sie wieder an.«

Adam beendete das Telefonat und suchte in seiner Kontaktliste nach der Telefonnummer des Psychologen.

»Dr. Janniston?«

»Ja«, kam die verschlafene Stimme des Mannes durch das Telefon. »Wie spät ist es? Ich hab noch geschlafen.«

»Ja«, sagte Adam. »Tut mir leid, dass ich Sie wecke. Ich muss etwas wissen: Haben Sie Ihr Gutachten über Poppy Martin bereits abgeschlossen?«

»Sie meinen, ob mein Bericht schon fertig ist? Nein. Ich wollte ihn heute zu Ende bringen.«

»Ich brauche ihn auf der Stelle. Sie müssen den Bericht fertigschreiben und unserem Anwalt Eric King zustellen, und zwar bis acht Uhr dreißig.«

»Das ist unmöglich. Bis dahin kann ich es nicht schaffen. Vielleicht bis elf, wenn ich mich beeile.«

Adam fluchte – und merkte dann, dass er es laut getan hatte. Er machte sich nicht die Mühe, sich zu entschuldigen. »Dann schreiben Sie Ihren Bericht so schnell wie möglich und bringen Sie ihn zum Gericht. *Sie müssen das sofort erledigen.* Und ich will jeden einzelnen Punkt darin sehen, den wir abgesprochen haben. Verstanden? Kein Wenn und Aber.«

»Ich verstehe«, schnappte der Psychologe.

Adam legte auf und rief sofort den Anwalt zurück. »Eric. Ich schicke Ihnen ein Gutachten mit einem vollständigen psychologischen Profil zu Patrick Martin. Darin wird stehen, dass der Mann unfähig ist, Wahrheit von Einbildung zu unterscheiden. Aber es kommt erst in ein paar Stunden. Der Psychologe bringt es zum Gericht.«

»Das ist … gut«, stotterte der verdutzte Anwalt. »Ähm, okay. Ich kann versuchen, Martin bis dahin aus dem Zeugenstand rauszuhalten, aber bis ich dieses Gutachten habe, von dem Sie mir jetzt zum ersten Mal erzählen, wird es nicht einfach.«

Adam ignorierte die letzte Bemerkung. »Es ist auf dem Weg«, sagte er und beendete den Anruf.

Einen Augenblick lang überlegte Adam erneut, ob er selbst hinüber zum Gericht gehen sollte. Dann merkte er sofort, wie lächerlich dieser Gedanke war. Er hatte im Park diesen blöden Namen erfunden, Larry Mann. Außerdem würde der Wachmann ihn erkennen. Das Letzte, was er jetzt brauchte, war, mit dem Fall in Verbindung gebracht zu werden. Womöglich wurde er dann noch als Zeuge aufgerufen …

Die nächsten Stunden würden schmerzhaft werden. Aber er würde einfach auf einen Rückruf von King warten müssen.

* * *

»Danke, Mr Stiles. Keine weiteren Fragen.«

Ryan kehrte zu seinem Anwaltstisch zurück, während King verkündete: »Keine Fragen an diesen Zeugen.« Ryan setzte sich und schaute Emily an, die den nächsten Zeugen dieses Vormittags befragen würde: Taylor Christensen.

Die Tür des Verhandlungssaals öffnete sich und ein großer Mann kam herein. Kieran, der seinen Vorgesetzten unten abgeholt hatte, ging einen Schritt hinter ihm. Taylor war leger gekleidet, und ein dicker Schnurrbart schmückte seine Oberlippe.

Taylor ging zur anderen Seite des Gerichtssaals und setzte sich dort in den Zuschauerraum. Die Richterin nickte Emily zu, die erklärte: »Die Anklage ruft Taylor Christensen in den Zeugenstand.«

Taylor stand auf und trat durch die Schwingtür, die den Zuschauerraum vom Verhandlungsbereich trennte, während Kieran zum Anwaltstisch zurückkehrte. Als sich sein Vorgesetzter setzte, bemerkte Ryan, dass er Kierans Blick auswich.

Ryans Alarmglocke begann zu klingeln. Während die Gerichtsschreiberin Christensen vereidigte, kritzelte Ryan hastig eine Notiz und schob sie Emily zu. *Ems, pass auf!*

Sie schaute ihn fragend an, nickte dann und ging zum Sprecherpult.

»Mr Christensen«, fragte sie, »was ist Ihre Aufgabe in Hanford?«

»Ich bin Stabilisierungstechniker.«

»Und was tun Sie genau?«

»Messen und Proben nehmen. Wir nehmen Proben in den uns zugeteilten Gebäuden, die auf Strahlung oder schädliche Chemikalien getestet werden, während die Gebäude darauf warten, endgültig stillgelegt und abgerissen zu werden.«

Ryan nahm ein leichtes Zittern in der Stimme des großen Mannes wahr. Und er wich immer noch Kierans Blick aus.

»Waren Sie schon immer Stabilisierungstechniker in Hanford?«

»Ja.«

Die Antworten waren sehr knapp.

Emily arbeitete sich durch Taylors Hintergrund und kam schließlich zur Nacht der Explosion.

»Und Sie und Mr Mullaney waren in jener Nacht vorübergehend in L5 beschäftigt.«

»Das ist richtig. Insgesamt zwei Wochen.«

»Sie gingen durch die Tür neben der Materialausgabe auf die ›dunkle Seite‹ des Gebäudes?«

»Ja.«

»Gab es in jener Nacht eine Diskussion zwischen dem Kläger Mr Mullaney und dem Materialverwalter?«

Pause. »Ja.«

Ryan spürte, wie sich sein Puls beschleunigte.

»Wäre es angemessen zu sagen, dass es nur eine Diskussion war?«

Christensen hielt inne, und dann zitterte seine Stimme wieder leicht, als er antwortete: »Es war mehr als das.«

Sie waren gerade ins Eis eingebrochen. Emily musste schnell aus dem Wasser. Ryan kämpfte gegen den Impuls an, an ihre Seite zu eilen und das Kreuzverhör zu übernehmen.

»Ähm … was meinen Sie damit?«

Nein, Emily! Taylor Christensen war gerade auf die Seite der Verteidigung gewechselt. *Rückzug!*

»Ich meine«, erwiderte Taylor langsam, »Kieran war verärgert und das ließ er Red Whalen spüren. Zuerst fuhr er ihn wegen der Schuhe an, und dann auch noch wegen seiner Atemschutzmaske.«

Die eidesstattliche Aussage, Emily. Benutze die eidesstattliche Aussage!

Als hätte sie seine Gedanken gelesen, zog Emily das Protokoll der Aussage unter ihren Unterlagen hervor. »Mr Christensen, als man Sie bei der eidesstattlichen Aussage nach dem Wortwechsel zwischen Mr Mullaney und Mr Whalen in jener Nacht fragte, sagten Sie da nicht, ich zitiere: ›Kieran beschwerte sich *ein bisschen*‹?«

Gut, Emily. Und jetzt lass die Sache fallen.

»Aber jetzt sagen Sie, dass sich Kieran Mullaney mit dem Techniker gestritten hat.«

Der große Mann im Zeugenstand schüttelte energisch den Kopf. »Ich habe noch etwas nachgedacht, und ich habe auch mit Whalen darüber geredet.«

»Steve Whalen?«

»Ja. Ich habe mich vorgestern Abend mit ihm getroffen. Wir haben ein Bier getrunken.«

Covington hatte Taylor durch Whalen beeinflusst. Warum sonst war der Mann, wenige Tage bevor er aussagen musste, vom Materialtechniker zu einem Bier eingeladen worden?

Ryan konnte Emilys Augen nicht sehen, aber er konnte an ihrer steifen Haltung spüren, dass sie ebenso besorgt war wie er. Glücklicherweise ließ sie das Thema fallen und kehrte zu den noch wichtigeren Fragen zurück, die sie mit Christensen klären mussten.

Ryan beugte sich auf seinem Platz vor, als sie das Dokument über die Tanks in Raum 365 aus einem Hefter hervorzog – die »Mischraummatrix«, die Taylor Emily vor Wochen gegeben hatte. Ryan hielt den Atem an, als Emily an den Zeugenstand herantrat und dem Mann das Papier vorlegte.

»Erkennen Sie dieses Dokument, Mr Christensen?«

Taylor strich mit der freien Hand seinen Schnurrbart glatt, während er einige lange Sekunden lang auf die Seite starrte. Dann schaute er Emily mit glasigen Augen an.

»Nein, Ma'am. Ich habe dieses Dokument noch nie gesehen.«

* * *

»Warum lügt er?«, donnerte Kieran. »Ich arbeite da draußen immer noch mit Taylor zusammen. Ich kann nicht glauben, dass er so lügt.«

»Nicht so laut«, wies ihn Ryan zurecht. Nach Taylor Christensens Aussage konnten sie nicht riskieren, dass ein Geschworener hörte, wie Kieran genau das hitzige Temperament zeigte, das Taylor im Zeugenstand beschrieben hatte.

Emily sah todunglücklich aus. »Es tut mir leid, Dad. Ich hätte einfach aufhören sollen, nach der Konfrontation mit Whalen zu fragen, aber jedes Wort von Taylor wurde schlimmer, und ich dachte immer noch, dass ich es drehen könnte.«

»Schon gut«, beruhigte Ryan sie. »Covington hat ihn manipuliert. Du hast gesagt, er stand bei eurem Treffen ziemlich unter Druck?«

Taylors neue Interpretation des Wortwechsels mit Whalen war schlimm genug. Doch dass er das Dokument für den Mischraum nicht bestätigt hatte, war viel schlimmer. Ohne Taylors Identifizierung würde dieses Dokument nie als Beweismittel zugelassen werden.

Das war ein Tiefschlag. Er hatte es in den Augen der Geschworenen gesehen, sogar bei denen, die Kieran glaubten. Jetzt betrachteten sie Kieran als möglichen Hitzkopf mit aggressivem Verhalten und geheimen Zielen. Und ein wichtiger Bestandteil von Dr. Trâns Zeugenaussage war nichtig.

Am Ende des Korridors und um die Ecke konnte Ryan hören, wie der Gerichtsdiener alle wieder zurück in den Saal rief.

»Es ist nicht deine Schuld, Emily. Sie haben den Mann eingeschüchtert«, sagte Ryan mit so viel Gewissheit, wie er aufbringen konnte. »Wir regeln das heute Abend. Und jetzt gehen wir zurück und sehen, was dieser Patrick Martin zu sagen hat.«

* * *

Poppy rutschte auf seinem Platz im Zeugenstand hin und her. *Der Saal ist so groß wie ein Basketballplatz,* nur getäfelt, dachte er, und alle Spieler und Zuschauer starrten ihn an. Inklusive der Richterin, die auf ihrem Platz auf dem Richterpodest links von ihm saß.

Der Anwalt am Sprecherpult hatte sich als Ryan Hart vorgestellt, Kieran Mullaneys Anwalt. Der junge Mann saß am Anwaltstisch neben der jungen Frau, die Poppy an jenem Tag bei Kierans Haus gesehen hatte. Er sah, dass Kieran sich an ihn erinnerte. Jetzt begann Hart mit der Befragung, während sich die junge Frau am Tisch neben Mullaney Notizen machte.

Der Covington-Anwalt am anderen Tisch erhob sofort Einspruch dagegen, dass Poppy als Zeuge aussagte. Er argumentierte irgendwas davon, dass er nicht auf einer Zeugenliste stand. Die Richterin wies ihn rasch ab und es ging weiter.

Die ersten zwanzig Minuten bestanden nur aus Fragen zu seinem Hintergrund. Poppy war so nervös, dass er fast seine Adresse vergaß. Dann fragte Hart nach seiner Ausbildung. Seiner Zeit bei der Marine. Seinem beruflichen Werdegang in Hanford.

Direkt in Poppys Blickrichtung landete ein Vogel auf einem Fenstersims des Gerichtssaals. Es war eine Drossel, mit Punkten und einer orangenen Färbung an den Flügeln. Sie blieb nur einen Moment dort sitzen, drehte den Kopf mit kleinen, ruckartigen Bewegungen hin und her und flog dann davon.

Jetzt geht es gleich los, dachte Poppy. *Jetzt kommen die wichtigen Fragen.*

Poppy spürte das übermächtige Bedürfnis, dem Vogel vom Fenstersims weg zu folgen.

»Waren Sie in der Nacht der Explosion letzten Herbst auf dem Dach von L5?«

»Ja, Sir.«

»Erinnern Sie sich an diese Nacht?«

»Ja, Sir.«

»Mr Martin«, fragte Kierans Anwalt dann, »beschreiben Sie uns doch bitte, was Sie in jener Nacht auf dem Dach sahen.«

Pause. »Was meinen Sie genau?«

Der Anwalt lächelte ein wenig. »Okay, Schritt für Schritt. Was ist Ihnen als Erstes an der Explosion aufgefallen?«

»Sie hat mich umgehauen.«

»Wo waren Sie?«

»Im Wachhäuschen auf dem Dach.«

»Was haben Sie getan, nachdem Sie zu Boden gegangen waren?«

»Nachdem das Dach aufgehört hatte zu beben, bin ich aufgestanden und nach draußen gegangen.«

»An wie viele Explosionen erinnern Sie sich?«

Pause. »Drei.«

»Welche war die stärkste?«

Poppy hielt wieder inne. »Ich glaube, die letzte. Oder die letzten beiden.«

»Was haben Sie auf dem Dach gesehen?«

»Ich habe … Rauch gesehen.«

Das Interesse des Anwalts schien zu wachsen. »Wie sah der Rauch aus?«

Poppy beschrieb ihn ganz kurz. Hart hakte nach und ließ Poppy die Rauchfahne ausführlich beschreiben – ihre Farbe und Bewegung und Herkunft. Dann ließ der Anwalt ihn erzählen, woran er sich bezüglich der Lüftungstechniker auf dem Weg westlich von L5 erinnerte. Wie das Licht ausging. Wie er selbst in die Rauchfahne geriet.

Doch es waren immer noch keine Fragen, die ihn zwangen, etwas über Lewis zu sagen – oder den Schuss, den er abgegeben hatte. Oder den Mann, der laut Lewis in jener Nacht aus dem Gebäude kam.

Der Anwalt fragte, ob Poppy je im Raum mit den Tanks gewesen sei, wo sich die erste Explosion ereignet hatte. Poppy verneinte das. In der unteren Etage von L5? Nein. Wusste er, was die Explosion verursacht hatte? Nein.

Vielleicht lag es an der Anspannung, oder vielleicht lag es nur daran, dass er schon seit Stunden keinen Hustenanfall mehr gehabt hatte, aber Poppy konnte spüren, wie seine Lungen wieder enger wurden.

Hart schien das Interesse zu verlieren. Poppy sah, wie die junge Frau zum Sprecherpult ging und ihm einen Zettel reichte. Hart schaute darauf und dann wieder zu Poppy.

Der Anwalt fragte Poppy, ob er in jener Nacht allein auf dem Dach gewesen war. Nein, antwortete er. Das schien Hart zu interessieren und er machte sich einige Notizen. Wer war der andere Wachmann? Lewis Vandervork, erwiderte Poppy. Arbeitete er noch mit Mr Vandervork? Nein. Wusste er, wo er war? Nein, antwortete Poppy wahrheitsgemäß. Man hatte ihm gesagt, Lewis hätte sich nach Savannah River versetzen lassen.

Der Anwalt blätterte in seinen Unterlagen, als wolle er zu einem anderen Thema übergehen. »Mr Martin, bevor wir weitermachen«, sagte er, »haben Sie außer dem, was Sie bereits ausgesagt haben, in jener Nacht irgendetwas anderes auf dem Dach beobachtet, das in irgendeiner Verbindung zu der Explosion stand?«

Er hatte versucht, es zu unterdrücken, doch jetzt spürte Poppy, wie sich seine Lungen verkrampften. Ein plötzlicher Hustenanfall riss ihn vornüber. Durch seine tränenden Augen sah er den anderen Anwalt – den von Covington – zurückweichen, als sei er ansteckend. Die junge Frau bei Kieran eilte um den Tisch herum und reichte Ryan Hart ein Glas Wasser, das er Poppy brachte.

Der Anfall löste sich. Poppy nahm das Glas mit einem keuchenden »Danke« und nahm einen Schluck. Er wischte sich mit dem Ärmel über die Augen und setzte sich dann wieder auf.

»Geht es Ihnen gut?«, fragte Hart.

»Ja.«

»Möchten Sie eine Pause machen?«

Poppy zögerte und räusperte sich noch einmal. »Nein«, sagte er dann leise.

»Also gut. Frau Protokollführerin, bitte lesen Sie noch einmal die letzte Frage vor.«

»›Mr Martin‹«, las die Gerichtsschreiberin mit monotoner Stimme, *»›haben Sie außer dem, was Sie bereits ausgesagt haben, in jener Nacht irgendetwas anderes auf dem Dach beobachtet, das in irgendeiner Verbindung zu der Explosion stand?‹«*

Schweigen. Der Vogel saß wieder auf dem Fenstersims.

»Mr Martin«, sagte der Anwalt, »soll ich die Frage noch einmal wiederholen?«

»Nein. Ich habe Sie verstanden.« Das Bild der eingegrabenen Krähen schoss Poppy durch den Kopf; dann das Hotelzimmer, in dem der Psychologe ihn wochenlang in die Enge getrieben hatte. Suzys Umarmung, wenn er jeden Tag aus dem Haus ging – einschließlich der langen Umarmung, die er heute Morgen bekommen hatte.

»In jener Nacht auf dem Dach hat Lewis auf einen Mann geschossen«, sagte Poppy zu dem Anwalt am Sprecherpult. »Einen Mann, der da nicht hätte sein sollen. Dann ist Lewis verschwunden. Sie haben ihn verschwinden lassen. Und ich glaube, dass sie jetzt hinter mir her sind.«

Poppy hatte bis zu diesem Tag noch nie einen Gerichtssaal von innen gesehen, aber er wusste, dass er offenbar gegen irgendeine Regel verstoßen hatte.

Er konnte es in den verdutzten Gesichtern um ihn herum sehen; er hörte es im plötzlichen Geraschel der Geschworenen auf der anderen Seite des Raumes.

Und er sah es in den weit aufgerissenen Augen des Anwalts am Covington-Tisch, der aufsprang und aussah, als wolle er losschreien.

Und dann, als wäre das alles noch nicht surreal genug, kam in diesem Moment Dr. Janniston, der Psychologe, durch die Tür des Gerichtssaals, als wäre jemand hinter ihm her, und rauschte mit etwas in der Hand zu den Anwälten am Covington-Tisch.

Jetzt war alles ganz fremdartig für Poppy, und plötzlich war es ihm absolut egal, welche Regeln an diesem Ort herrschten. Also sprach er es einfach aus.

Die nächsten Worte, die aus seinem Mund kamen, waren nur für Ryan Hart bestimmt, den Anwalt am Sprecherpult. Nur wusste er, dass Hart ihn unmöglich über das Brüllen des anderen Kerls hinweg hören konnte – des Covington-Anwalts, der jetzt auf den Beinen war und mit den Papieren wedelte, die er gerade von Janniston bekommen hatte, und sie der Richterin auf Poppys linker Seite hinhielt.

»Ich will einen Anwalt«, versuchte Poppy zu Hart zu sagen. »Können Sie mich vertreten?«

* * *

Ryan sah, wie der Saal explodierte. Immer noch am Sprecherpult stehend, konnte er kaum fassen, was er gerade von diesem grauhaarigen, besorgt aussehenden Wachmann im Zeugenstand gehört hatte.

Eric King erhob lautstark Einspruch und wedelte mit einigen Papieren vor der Richterin herum, die ein dünner, müde aussehender Mann ihm gerade in die Hände gedrückt hatte. King brüllte, dass Patrick Martin keine Beweise für diese oder kommende Behauptungen hatte und dass er nicht in der geistigen Verfassung war, überhaupt als Zeuge auszusagen.

Richterin Johnston ließ ihren Hammer so fest auf die Richterbank knallen, dass es Ryan in den Ohren wehtat. Dann rief Johnston dem Gerichtsdiener zu, er solle die Jury aus dem Raum bringen.

Mitten in dem Chaos schaute Ryan den dreiundsechzigjährigen Patrick Martin im Zeugenstand an, der gerade einen kleinen Silberstreifen an den Horizont von Kieran Mullaneys Klage geworfen hatte.

Der Wachmann versuchte, ihm etwas zu sagen, doch er sah nur, wie sich dessen Lippen bewegten. Lediglich die letzten vier Worte konnte er entziffern: *Können Sie mich vertreten?* Und jetzt starrte der Mann Ryan an und wartete auf eine Antwort.

Durch das Chaos, das sich gerade erst zu legen begann, nickte Ryan dem Mann zu.

38

»Der Geisteszustand dieses Mannes macht ihn unbrauchbar als Zeugen«, bellte King und deutete auf Patrick Martin, der immer noch im Zeugenstand saß.

Endlich war die Jury aus dem Saal, doch die plötzliche Stille war noch aufgeladen von dem Chaos, das ihr vorausgegangen war.

King trat an die Richterin heran und reichte ihr ein Dokument. »Das ist ein Bericht von Dr. Zachary Janniston, der diesen Zeugen behandelt hat –«

»Behandelt?«, rief der Zeuge mit rotem Gesicht.

Die Richterin wirbelte zu dem Mann herum. An die Stelle ihres üblichen Lächelns war kalter Zorn getreten. »Mr Martin, Sie werden schweigen oder man *wird* Sie aus meinem Verhandlungssaal bringen.«

»Euer Ehren«, fuhr King fort, »wie dieser Bericht zeigt, ist Mr Martin hier ein sehr kranker Mann. Seit uns Mr Hart so spät darüber informiert hat, dass er diesen Zeugen heute aufrufen wird, haben wir uns beeilt, soweit es uns möglich war, alle Informationen über Mr Martin zusammenzustellen – und, offen gesagt, herauszufinden, weshalb Mr Martin nicht für den offiziellen Untersuchungsbericht befragt wurde.«

King hielt sein eigenes Bündel der Dokumente hoch. »Was ich diesem Gericht und dem gegnerischen Anwalt eben vorgelegt habe, ist eine psychologische Begutachtung von Mr Martin. In den letzten Wochen wurde er von Dr. Janniston untersucht und behandelt …«

Ryan blätterte durch die Dokumente, während King fortfuhr.

»Covington hat die psychologische Untersuchung von Mr Martin in Auftrag gegeben, um festzustellen, ob er in der geistigen Verfassung ist, seine Sicherheitsfreigabe in Hanford beizubehalten. Wie Sie sehen können, leidet Mr Martin infolge der Explosion an einer posttraumatischen Belastungsstörung, die sich in Wahnvorstellungen und Paranoia äußert.«

Ryan konnte sehen, dass sich der Zeuge kaum noch beherrschen konnte.

»Frau Vorsitzende, dieser Mann kann keine Aussage darüber machen, was er in jener Nacht auf dem Dach von L5 gesehen hat«, fuhr King fort, »weil er in diesem Fall Wahrheit und Fiktion nicht unterscheiden kann. Wenn Sie ihn trotz der hier vorliegenden medizinischen Belege für seine Unzurechnungsfähigkeit noch aussagen lassen, würde das die Jury irreführen. Außerdem wären weitere Gutachten nötig, was den Prozess um Tage verzögern würde, wenn nicht noch länger.«

Die Richterin lehnte sich mit einem schweren Seufzen zurück. »Mr Hart, was sagen Sie?«

»Frau Vorsitzende«, begann Ryan, »ich würde sagen, wir sollten Mr Martin erst dazu anhören. Erstens wurden diese psychologischen Untersuchungen offenbar erst veranlasst, als es auf den Prozess zuging. Wenn Mr Martin unter so schweren Wahnvorstellungen leidet, warum war er dann in den letzten zehn Monaten seit der Explosion nicht in Behandlung? Und zweitens, bei einer solch entscheidenden Aussage sollten wir wenigstens die Möglichkeit haben, eine eigene Beurteilung des Zeugen vorzunehmen. So weit in der Verhandlung ist ein in letzter Minute erstelltes psychologisches Gutachten keine Basis, um diesem Mann die Aussage zu untersagen.«

Die Richterin wirkte, als sei sie ein solches Chaos in ihrem Gerichtssaal nicht gewöhnt. Ryan kannte ihre Bedenken: Sollte sie den Prozess um eine Woche vertagen, damit Untersuchungen und Gegenuntersuchungen stattfinden konnten - und damit die Jury auf Eis legen? Sollte sie Patrick Martin nach Hause schicken - und einer Berufung gewichtige Argumente liefern?

Sie wandte sich dem Zeugen zu. »Was sagen Sie, Mr Martin? Zu diesen Untersuchungen.«

Der Zeuge begann, den Kopf zu schütteln und schnell zu reden. »Man hat mich zu diesen Tests gezwungen, weil ich meinen Bericht über den Abend nicht abändern wollte. Ich sollte sagen, dass Lewis *nicht* geschossen hat, und das wollte ich nicht. Dann haben sie mich wochenlang mit diesem Janniston in einem Hotel eingesperrt und den ganzen Tag Tests absolvieren lassen. Vor Kurzem wurde ich bedroht. In meinem Garten wurden verstrahlte Krähen eingegraben, Frau Richterin!«

Ryan hörte sich Patrick Martins Wortschwall an und dachte: *Dieser Mann tut sich gerade selbst keinen Gefallen.* Er konnte sehen, wie die Richterin skeptisch seiner schnellen, fast unverständlichen Erklärung folgte.

Die Richterin hob die Hände und unterbrach Patrick Martin. »Ich werde mir diese Unterlagen heute Abend und übers Wochenende anschauen«, sagte sie und hielt die Berichte hoch, die King ihr gerade gegeben hatte. »Am Montag werde ich mir Ihre Argumente zu dem Thema anhören. Die Verhandlung ist auf Montagmorgen vertagt.«

Kieran und Emily gesellten sich nervös zu Ryan am Anwaltstisch, während die Richterin und das Personal den Saal verließen. Als die Covington-Gruppe ebenfalls gegangen war, platzte Kieran heraus: »Lässt sie Martin nicht aussagen?« In Emilys Gesicht stand die gleiche Frage geschrieben.

Ryan schüttelte den Kopf. »Ich weiß nicht«, flüsterte er. »Aber holt den Zeugen, und zwar gleich. Bringt ihn ins Büro. Wir unterhalten uns dort.«

* * *

Ryan starrte Patrick Martin an, der umgeben von Kieran, Emily und ihm selbst auf der Bürocouch saß. Reste von dem, was der Pizzaservice gebracht hatte, lagen auf Tellern überall im Raum verteilt. Es musste inzwischen auf zweiundzwanzig Uhr zugehen.

Patrick Martin - Poppy, wie er genannt werden wollte - hatte fast vier Stunden lang geredet. Die Geschichte, die er erzählt hatte, war so weit jenseits von allem, was Ryan sich hatte vorstellen können, dass es ihm schwerfiel, ihr Glauben zu schenken.

Ein zweiter Wachmann auf dem Dach, der nicht in dem Untersuchungsbericht erwähnt wurde. Ein Schuss, abgegeben von diesem Mann, Poppys Partner Lewis Vandervork, auf eine dritte, unerkannte Person - und angeblich ein Treffer. Dann üble Einschüchterungsversuche von Covington gegen Poppy. Versuche, Martin zur Änderung seiner Aussage zu bewegen (er habe eine Kopie des Originals, hatte Patrick gesagt). Drohungen und tote Krähen, die den Krähen glichen, die bei Kierans Haus eingegraben wurden. Nur waren sie dieses Mal radioaktiv gewesen.

Dann ein nicht identifizierter Leichnam, im Dunkel der Nacht vom Pflegeheim in Sherman über einen geschlossenen Kontrollpunkt in das Sperrgebiet transportiert. Und der zweite Wachmann, Lewis Vandervork, vermisst.

Wenn Poppy sich inzwischen nicht beruhigt und seine Geschichte in einem so bedachten Rhythmus, mit vielen Einzelheiten und großem Selbstbewusstsein erzählt hätte, hätte selbst Ryan ihm nicht geglaubt. Es war alles viel zu weit hergeholt. Doch dieser Mann hatte keine Wahnvorstellungen. Es war kein Zufall, dass Poppy Martins Name und sogar die Existenz seines Partners nicht im Untersuchungsbericht von Covington auftauchten. Kein Wunder, dass ein Covington-Psychologe drei Wochen damit zugebracht hatte, diesen Mann zu verleumden.

»Kann ihn die Richterin wirklich von einer Aussage abhalten?«, fragte Kieran, als Poppy seine Geschichte beendet hatte.

Ryan nickte. »Sie ist Bundesrichterin, sie kann tun, was sie will. Sie könnte ihn ausschließen, weil sie denkt, er könnte den ganzen Fall sprengen und den Prozess um eine Woche verlängern. Sie könnte es tun, weil wir Mr Martin bis heute nicht als Zeugen benannt hatten. Oder sie könnte es tun, weil sie King abkauft, dass Mr Martin unter Wahnvorstellungen leidet.«

Ryan wandte sich Poppy zu, der jetzt erschöpft aussah. »Erzählen Sie uns mehr über Vandervorks Verschwinden.«

Poppy nickte und setzte seine Geschichte fort, angefangen von den letzten Erinnerungen, die er an Vandervork auf dem Weg zum Krankenhaus hatte, bis zu seinem Gespräch mit Vandervorks Freundin.

»Wollen Sie damit sagen, dass Lewis die Leiche gewesen sein könnte, die Sie gesehen haben, als man sie auf das Sperrgebiet brachte?«, fragte Ryan und konnte kaum glauben, dass sie hier wirklich über diese Möglichkeit sprachen.

Poppy schüttelte den Kopf. »Ich weiß nicht. Ich habe viel darüber nachgedacht. Wenn sie Lew beseitigt haben, dann verstehe ich nicht, warum sie neun Monate lang gewartet haben, um ihn ins Sperrgebiet zu bringen. Und ich habe auch keine Ahnung, wohin sie seine Leiche bringen würden – oder warum sie zwei Autos und vier Männer dazu brauchen.«

Der Mann sah aus, als würde er jeden Moment umkippen. Sie würden ihm etwas Ruhe gönnen müssen. »Wollen Sie heute Nacht hierbleiben?«, fragte Ryan.

Der Wachmann schüttelte den Kopf. »Nein. Ich übernachte zu Hause – oder bei meiner Schwägerin, wo meine Frau ist.«

»Wenn Sie nach Hause gehen, wie wär's dann, wenn Kieran bei Ihnen bleibt?«, sagte Ryan. »Nach allem, was Sie durchgemacht haben. Wäre das in Ordnung für Sie, Kieran?«

Ryan machte sich Sorgen um den Mann, aber es war ihm auch wichtig, ihn nicht aus den Augen zu lassen. Kieran nickte. »Bei mir zu Hause ist es seit dem Softball-Spiel ruhig gewesen, also denke ich, das wäre in Ordnung.«

Poppy dachte einen Augenblick über das Angebot nach. »Nein. Ich komm schon klar.« Er lächelte verlegen. »Den Boten vom Gericht hätte ich um ein Haar mit meiner Schrotflinte umgelegt.«

Dann schaute er Ryan in die Augen. »Eines muss ich aber noch ganz sicher wissen. Sind Sie jetzt mein Anwalt?«

»Es ist zu spät, dass Sie noch als Kläger auftreten können, Poppy.«

»Das ist mir egal. Ich will nur einen Anwalt. Ich kann das nicht mehr allein durchstehen.«

Ryan warf Emily einen Blick zu, deren Augen Zustimmung ausstrahlten – und dann schaute er wieder Poppy an. Schließlich nickte er, so wie vorhin im Gerichtssaal. »Dann ja. Sie haben ab sofort zwei Anwälte.«

39

Adam saß in einer Ecke in der *Lightning Ale House Brewery* mitten im Samstagabend-Gedränge und nippte an seinem Bier. *Es schmeckt zu sehr nach Hopfen,* dachte er, *übertrieben wie alles andere in dieser nichtsnutzigen Stadt.*

Er schaute über den Tisch zu der Karikatur eines Anwalts, der die aktuellsten Neuigkeiten über Poppy Martins Zeugenaussage gerade mit seinem üblichen selbstgerechten Gehabe berichtet hatte.

»Ich habe getan, was ich konnte«, sagte King noch einmal. »Sobald Jannistons Bericht da war, habe ich den Kerl abgesägt.« Dann setzte er eingeschnappt hinzu: »Wissen Sie, wir hätten Martin schon eher befragen können, wenn Sie uns nicht angewiesen hätten, den Wachmann vom Dach auszulassen. Und wer auch immer dieser andere Wachmann war: Den hätten wir auch einbestellen können.«

Adam hatte keine Zeit, für diesen Anwalt eine Geschichte zu erfinden. Er kochte innerlich, sagte aber nichts. *Ich habe Ihnen gesagt, Sie sollten sich von Martin fernhalten, um einen solchen Moment zu vermeiden. Muss ich Ihnen das schriftlich geben*?

Der Raum hing schief; er hätte das Bier nicht trinken sollen – nicht nach den drei Tabletten, die er zuvor genommen hatte, um diesen entsetzlichen Tag zu überstehen. Jetzt wollte er nichts weiter, als diesen Mann zu erwürgen. Nein, das war es gar nicht: Eigentlich wollte er Janniston dafür erwürgen, dass er Adam immer wieder versichert hatte, der Wachmann wäre kurz davor »einzulenken«. Und wenn er einmal dabei war, würde er auch noch seinen Sicherheitschef erwürgen, der es nicht geschafft hatte, den Wachmann aus dem Zeugenstand herauszuhalten oder wenigstens mundtot zu machen. Und besonders Cameron Foote dafür, dass er darauf bestanden hatte, das Projekt entgegen Adams Empfehlung voranzutreiben. Und damit Adams siebenstellige Prämie riskiert hatte.

Alles unfähige Trottel. Er hätte das Ganze persönlich erledigen sollen.

Adam rieb sich die Augen, in der Hoffnung, dass der Raum wieder gerade rückte. »Und die Richterin will bis Montag entscheiden, ob sie Martins Aussagen zulässt?«

King nickte. »Und selbst wenn, sollte das Verhalten des anderen Wachmanns nicht zur Sprache kommen. Das ist alles Hörensagen von Martin. Martin kann nur über das sprechen, was er selbst auf dem Dach gesehen hat.«

Über das, und über die »Mußestunden« mit Janniston, hätte Adam am liebsten hinzufügt. *Und die Krähen in seinem Garten und wer weiß, was er sonst noch gesehen hat.*

King sprach weiter. »Aber ich glaube wirklich nicht, dass diese Richterin Martin in den Zeugenstand lässt – nach allem, was in dem psychologischen Gutachten steht.«

Adam umklammerte sein Glas mit einer Hand, während er mit der anderen an seiner Fliege herumfummelte. Hatte King verdrängt, dass sie in dieser Verhandlung eine neue Richterin hatten? Renway war auf ihrer Seite gewesen, aber King hatte bereits bewiesen, dass er Johnstons Entscheidungen nicht vorhersehen konnte.

»Aber hören Sie, Adam«, fuhr der Anwalt fort – er richtete sich auf seinem Stuhl auf und sein Tonfall wurde gebieterisch, das bemerkte Adam selbst mit seiner verschleierten Wahrnehmung. »Sie müssen mir sagen, ob irgendwas dran ist an dem, was Martin behauptet – dass zum Zeitpunkt der Explosion noch jemand anderes in L5 war. Und was ist mit diesem zweiten Wachmann und der Schießerei? Martin hat angedeutet, dass in dem Gebäude irgendwas vor sich ging – wie Harts Dr. Trân auch ausgesagt hat. Ich kann meine Arbeit wirklich nicht machen, wenn ich nur die Hälfte der Fakten kenne, Adam. Ist irgendwas an dem dran, was die sagen?«

Adam spürte, wie langsam eine Sicherung durchbrannte. Sein Puls beschleunigte sich und sein Kopf war plötzlich voller Wut – die Wut, die er so viele Jahre lang vor allen versteckt hatte.

Er schlug mit der flachen Hand so heftig auf die Tischplatte, dass das Bier aus beiden Gläsern schwappte. Dann stand er auf und packte den Tisch so fest, dass seine Fingerknöchel schmerzten. King rückte mit weit aufgerissenen Augen vom Tisch weg.

»Hören Sie«, zischte Adam und beugte sich zu dem zurückweichenden Anwalt hinüber. »Wissen Sie, warum Covington Sie engagiert hat? Haben Sie etwa auch nur eine Nanosekunde lang geglaubt, dass das an ihren überwältigenden juristischen Fähigkeiten liegt, die sogar in Covingtons Firmenzentrale in New York Eindruck gemacht haben? Covington engagiert normalerweise Kanzleien mit Büros in Washington D.C., New York, L.A., vielleicht Chicago – große Firmen, die Kanzleien mit Namen wie McNary & King aus Sherman, Washington, *schlucken*. Sie sind ein Kompromiss, Eric«, lallte Adam, »weil Sie vielleicht, *aber nur vielleicht,* diesen feuchten Fleck Erde mitten in der Wüste ein bisschen kennen und ein bisschen Einfluss hier haben. Sie sind *lokal zweckdienlich,* weiter nichts. Also lassen Sie mich wissen, ob Ihnen dieser Fall unangenehm ist, Eric King. Andernfalls tun Sie, was man Ihnen sagt, mit den Informationen, die Sie bekommen. Und stellen Sie mich *nie … wieder … infrage.*«

Adam setzte sich. Für den Augenblick war sein Zorn verraucht. Er schaute King mit unscharfem Blick an, während er sich beruhigte. Dann kam Adam langsam in den Sinn, dass er vielleicht zu geräuschvoll gewesen war. Er schaute sich in der Bar um. Sie war voll und laut an diesem Abend; niemand schien in ihre Richtung zu schauen. Wenigstens nicht mehr.

Gut. Selbst mit seinen vernebelten Sinnen wusste er, dass er hier rausmusste. Die Leute vergaßen selten, wenn diese Seite von ihm zutage trat.

Und das konnte wieder passieren, so, wie er sich hier in der Gegenwart dieses Anzugs ohne Inhalt fühlte. Er stand wieder auf - vorsichtig.

King hatte sich mittlerweile wieder gesammelt und versuchte, so etwas Ähnliches wie seine übliche Großspurigkeit aufzusetzen. »Adam, Sie überreagieren«, sagte er. »Wir haben alles im Griff. Wir haben als Beweismittel die Ergebnisse des Ganzkörper-Strahlungstests und das Dosimeter. Und es sind immer noch Geschworene aus Hanford. Wir kriegen das hin. Wir werden gewinnen.«

Adam beugte sich leicht vor und griff nach der Rechnung. »So, Sie werden also diesen Prozess gewinnen, ja?«, sagte er und hörte seine eigene Stimme wie durch einen Tunnel. »Tja, das verstehe ich als mehr als nur ein Versprechen, Eric. Ich verstehe das als einen *Eid*.«

40

Richterin Johnston war an diesem Montagmorgen hin- und hergerissen – das war an ihrem Gesicht deutlich abzulesen. Diese Anhörung war keine Formalität. Die Richterin suchte noch immer nach Antworten.

»Meine Damen und Herren Anwälte«, begann sie, »wir haben heute Morgen in Abwesenheit der Jury hier eine Anhörung, um zu entscheiden, ob Mr Patrick Martin als Zeuge aussagen darf, und welchen Umfang diese Aussage haben kann. Mr Hart, hiermit erteile ich Ihnen als Erstes das Wort.«

Ryan stand am Tisch des Klägers und Emily saß an seiner Seite. Kieran war im Zuschauerraum neben Poppy Martin. Der Psychologe saß ebenfalls dort, nicht weit entfernt von einem anderen Mann: dem mit dem Sakko, den Ryan gelegentlich während der Verhandlung unter den Zuschauern gesehen hatte.

»Euer Ehren, die Rechtsvertretung von Covington hat ein psychologisches Gutachten vorgelegt, das zu dem Schluss gelangt, dass Mr Martin nicht zu einer Aussage in der Lage ist, weil er den Unterschied zwischen ›Fiktion und Wahrheit‹ nicht verstehen kann.«

Ryan hielt kurz inne. »In Gerichtsverfahren ist es die Aufgabe der

Geschworenen, die Ehrlichen von den Lügnern zu unterscheiden. Wir übertragen der Jury diese Macht, weil wir glauben, dass Menschen von Natur aus und durch ihre Lebenserfahrung in dieser Hinsicht mit einigen Fähigkeiten ausgestattet sind.«

Ryan deutete auf Dr. Janniston im Zuschauerraum. »Covington bietet dem Gericht ein Instrument an und behauptet, dass es diesen Fähigkeiten überlegen ist. Es ist ein Mann, der behauptet, dass die Wissenschaft der Psychologie hier schon alles geklärt hat und dass keine Notwendigkeit besteht, die Jury mit Mr Martins Gerede zu belästigen. Covington sagt, wir sollen diesem Psychologen einfach glauben, dass Mr Martin ein Lügner ist – oder bestenfalls nicht in der Lage, die Wahrheit zu sagen. Wir sollen glauben, dass Dutzende Tests besser geeignet sind, um Mr Martins Zurechnungsfähigkeit zu beurteilen, als der durchschnittliche Geschworene.«

Er lehnte sich gegen den Tisch. »Wenn wir nun so viel Vertrauen in diesen Psychologen und seine Tests setzen sollen, ist es nur fair zu fragen, wo Covington diesen Mann gefunden hat. Wer aus der Firma hat ihn engagiert, um Mr Martin zu untersuchen? Warum jetzt? Warum nicht vor acht Monaten?«

Ryan richtete sich wieder auf. »Das sind wichtige Fragen. Doch wir müssen sie nicht erst beantworten, um eine übergeordnete und grundlegende Wahrheit anzuerkennen: Selbst wenn das Verhalten dieses Psychologen rein professionell und korrekt war, steht Covingtons Argument, dass dieses Gericht aufgrund seiner Einschätzung Mr Martin als Zeuge ausschließen sollte, unserem fundamentalen Glauben an das Jurysystem entgegen. Fakt ist, es sind keine wochenlangen psychologischen Untersuchungen nötig, um Mr Martins Aufrichtigkeit oder Zurechnungsfähigkeit zu *testen*. Das ist Sache der Jury. Und es ist auch Mr Kings Aufgabe. Denn Mr King hat das Recht, den Zeugen ins Kreuzverhör zu nehmen. Falls Patrick Martin frei erfundene Dinge erzählt, hat Mr King die Gelegenheit und die Fähigkeit, die Fehler in seiner Zeugenaussage herauszustellen. Er kann der Jury alles erklären.«

Ryan kam zum Ende. »Frau Vorsitzende, meine persönliche Erfahrung ist kein Beweis. Aber ich möchte diesem Gericht mitteilen, dass ich vergangenes Wochenende stundenlang mit diesem Zeugen gesprochen habe - einem Mann, der Dinge gesehen und gehört hat, die Covington aus irgendwelchen Gründen aus seinem Untersuchungsbericht herausgehalten hat. Dies ist ein Mann, dem Covington vor dem Prozess wochenlang nachgestellt hat, um ihn mundtot zu machen. Während all dieser Stunden mit unserem Team an diesem Wochenende hat Mr Martin kein wirres Zeug geredet, und er hatte auch keinen Schaum vor dem Mund. Wenn er am Freitag in diesem Verhandlungssaal aufgebracht wirkte, lag das nur daran, dass er außergewöhnliche Dinge gesehen und erlebt hat, Dinge, die dieses Gericht und die Jury hören sollten. Das Gericht und die Jury können Mr Martins Zurechnungsfähigkeit anhand seiner eigenen Worte selbst beurteilen. Zweihundert Jahre amerikanischer Jurisprudenz beweisen, dass sie das sehr gut beherrschen.«

Die Richterin legte den Kopf auf die Seite. »Also gut, Mr Hart. Dann erläutern Sie mir, was Mr Martin sagen wird.«

Ryan hatte auf diese Gelegenheit gehofft und war bereit, sie zu nutzen. Fast eine Stunde lang wiederholte er Poppys Geschichte vom Wochenende, langsam und sorgfältig und voller Einzelheiten. Und wie er erwartet hatte, hörte ihm die Richterin die ganze Zeit über aufmerksam zu.

Als er sich schließlich setzte, schob Emily ihm einen Zettel zu. *»Ein Glück, dass Renway jetzt nicht auf der Richterbank sitzt.«* Ryan nickte zustimmend - und müde.

Richterin Johnston wandte sich jetzt dem Anwalt von Covington zu. »Mr King?«

»Frau Vorsitzende«, begann King und erhob sich, »Dr. Janniston ist ein hervorragender Psychologe. Weder Sie noch ich noch Mr Hart - und gewiss nicht die Geschworenen - können das Ausmaß von Mr Martins psychischen Störungen beurteilen. Die Regierung verlässt sich auf Menschen wie Dr. Janniston, um herauszufinden, ob ein Arbeiter eine Sicherheitsfreigabe bekommen kann. Sie werden im Prinzip beauftragt, festzustellen, wer unsere Verteidigungseinrichtungen gut bewachen kann. Warum sollten wir Dr. Janniston nicht die gleiche Urteilsfähigkeit zutrauen, um zu bewerten, ob Mr Martin zu einer Aussage in der Lage ist? Oder ob ein vernünftiger Geschworener Mr Martins Wahnvorstellungen erkennen kann?

King deutete auf Poppy im Zuschauerraum. »Mr Martin leidet an einer posttraumatischen Belastungsstörung und damit verbundener Paranoia. Das lässt sich schon anhand der fantastischen Geschichten über Verfolgung, Schikane und vermisste Wachleute erschließen, die dieser Mann bereits erzählt hat. Wenn er dieses Seemannsgarn auch noch für die Jury spinnen darf, machen wir aus diesem Prozess eine ewig lange Zirkusvorstellung. Covington wird gezwungen sein, Dr. Janniston aufzurufen, um Mr Martins Unzurechnungsfähigkeit nachzuweisen - wodurch sich dieser Prozess um Tage oder Wochen verlängern würde. Dann werden wir ein halbes Dutzend Zeugen aufrufen müssen, die beweisen, dass er nicht die Wahrheit sagt. Nichts davon ist nötig, Euer Ehren. Wir ersuchen das Gericht *dringend*, eine solche Verzögerung und das die Jury irreführende Beweismaterial zu vermeiden, indem es Mr Martin eine Zeugenaussage untersagt.«

Richterin Johnston legte einen Finger an die Lippen und schaute in den Zuschauerraum - zuerst zu Poppy und dann zu Dr. Janniston. Schließlich schüttelte sie skeptisch den Kopf.

»Mr King, Dr. Janniston mag ein fantastischer Psychologe sein, aber ich bin nicht bereit, mein eigenes Urteilsvermögen oder das der Jury der Meinung eines Experten zu unterwerfen. Es sei denn, ich sehe offensichtliche Anzeichen für wahnhaftes Verhalten, werde ich Mr Martin erlauben zu sagen, was er zu sagen hat.«

Sie wandte sich Ryan zu. »Ich werde Mr Martin also gestatten auszusagen. Er darf beschreiben, was er in jener Nacht auf dem Dach gesehen hat - auch, dass der andere Wachmann scheinbar einen Schuss abgegeben hat. Er kann von den gesundheitlichen Folgen berichten, die der Vorfall für ihn hatte, da dies in Bezug auf Mr Mullaneys Angst vor Schäden von Bedeutung ist. Schließlich kann er der Jury auch erzählen, wie Covington ihn unter Druck gesetzt hat, seine ursprüngliche Aussage zu ändern, und von den psychologischen Tests, die darauf folgten. Für nicht relevant aber halte ich Mr Martins Schilderungen von Drohungen in Form vergrabener Krähen und weißen Vans, sofern keine Beweise vorliegen, die diese Vorfälle in direkte Verbindung mit Covington Nuclear bringen. Ich werde ebenfalls nicht zulassen, dass sich Mr Martin in Hörensagen ergeht, indem er von dem Telefonat mit dieser Beverly

Cortez berichtet und was sie ihm angeblich über die Beobachtungen seines Partners erzählt hat. Ist das klar?«

»Ja, Euer Ehren«, erwiderte Ryan und stand auf.

Ryans Genugtuung wurde durch die Einschränkungen der richterlichen Anweisung gedämpft. Poppy würde aussagen, dass er hörte, wie Vandervork seine Waffe abfeuerte; Covington würde dagegenhalten, dass er zu weit weg gewesen sei, um die Waffe gehört zu haben, und außerdem psychisch krank sei. Poppy würde sagen, dass der Psychologe versucht habe, ihn dazu zu bewegen, seinen Bericht zu ändern. Covington würde Janniston in den Zeugenstand holen, um zu sagen, dass dies ein Teil von Poppys Paranoia sei.

Es war bei Weitem kein Sieg durch k. o. Dieser würde nur durch weitere Belege für Dr. Trâns Aussage möglich. Aber es war wenigstens etwas, und er genoss diesen seltenen Sieg für ihre Klage.

»Nur eines noch«, fuhr Ryan fort, immer noch auf den Beinen. »Während die Jury noch draußen ist, würden wir gern unseren Antrag auf Inspektion von L5 erneuern.«

Die Richterin schüttelte frustriert den Kopf. »Diese Diskussion hatten wir schon, Mr Hart.«

»Ja, Euer Ehren. Aber Mr Martin wird dem Gericht Beobachtungen in L5 schildern, die es möglich erscheinen lassen, dass weiteres explosives Material in dem Gebäude vorhanden war. Ohne die Gelegenheit, die untere Etage von L5 zu besichtigen, können wir keine möglichen Beweise beibringen, die Dr. Trâns Gutachten stützen, und –«

»Kein Wort mehr, Mr Hart«, unterbrach ihn die Richterin mit erhobener Hand. »Das ist Ihre dritte Verwarnung. Sie haben dieses Argument einmal bei Richter Renway vorgebracht und jetzt zweimal bei mir. Wir haben einen Prozess zu Ende zu bringen. Wenn Sie mir andere, zwingendere Beweise für in L5 gelagerte Sprengstoffe liefern, als ich bisher gesehen habe, werde ich es vielleicht in Erwägung ziehen. Doch andernfalls ist diese Diskussion *vorbei*.«

Ryan nickte der Richterin mechanisch zu. »Ja, Euer Ehren.«

Die Richterin wandte sich dem Gerichtsdiener zu. »Bringen Sie die Geschworenen herein.«

Die Jury kam wieder in den Raum, während Emily ans Sprecherpult trat. Sie würde Poppy Martins Befragung besser handhaben als er, dachte Ryan. Poppys Geschichte brauchte Einfühlungsvermögen, nicht Konfrontation. Sie würde es gut machen, und die Aussage des Wachmanns sollte der Jury wieder etwas Interesse an Kierans Fall einflößen – selbst wenn er sie nicht von Dr. Trân's Theorien überzeugen konnte.

Erschöpft, aber für den Augenblick zufrieden, lehnte sich Ryan auf seinem Stuhl zurück, während Poppy Martin in den Zeugenstand trat.

41

Nach Poppy Martins Aussage hatte die Richterin die Verhandlung vertagt, und kaum dass sie wieder im Büro angekommen waren, war ihr Vater joggen gegangen. Jetzt saß Emily angespannt im Wohnzimmer und wartete darauf, dass Kieran aus dem Badezimmer zurückkam.

Heute Abend würde sie Antworten verlangen.

Kieran kam um die Ecke. »Ich sollte nun erst einmal ein paar Besorgungen erledigen«, sagte er und griff in seine Hosentasche. »Hast du später Zeit für ein Abendessen?«

»Zuerst müssen wir miteinander reden«, entgegnete Emily knapp. »Über Ted Pollock.«

Kieran war optimistischer aus dem Gericht gekommen, als sie ihn seit Tagen erlebt hatte. Jetzt sah sie, wie er wieder in sich zusammensank.

»Ich habe dir doch schon von Ted erzählt«, antwortete er mit hohler Stimme.

Emily schüttelte den Kopf. Angesichts ihrer Erschöpfung nach Dr. Trâns Befragung und der verrückten Ereignisse, die zu Poppy Martins Aussage heute geführt hatten, hatte sie das Gespräch mit Pauline Strand in den Hintergrund gedrängt. Trotzdem belastete es ihre Zuneigung für Kieran. Auf der Rückfahrt vom Gericht hatte Emily alles gegeneinander abgewogen und schließlich beschlossen, dass sie nicht mehr warten konnte: Entweder würde sie Kieran zwingen, seine Beziehung zu Pollock zu erklären, oder sie würde ihrem Vater erzählen, was sie wusste.

»Tu das bitte nicht«, erwiderte Emily müde und fast angeekelt von Kierans dauernden Ausweichmanövern. »Ich habe zwei Monate hier verbracht. Ich habe meine Karriere auf Eis gelegt. Ich habe meinen Vater und sein Bankkonto in diese Sache hineingezogen, um dich zu unterstützen.« Sie bremste sich, bevor sie noch weitergehen konnte.

Kieran musterte ihre unnachgiebigen Augen fast schmerzhaft. »Emily, ich habe dich nicht angelogen.«

»Das entscheide ich. Erzähl mir einfach von Ted Pollock. Und wenn dir unsere Beziehung etwas wert ist, machst du es jetzt gleich.«

Wenn sie es bisher versucht hatte, objektiv zu halten, dann hatte sie es mit diesen Worten unmissverständlich zu etwas Persönlichem gemacht. Zu ihrer großen Erleichterung legte sich ein resignierter Ausdruck über Kierans Gesicht. Er kam zur Couch herüber und ließ sich erschöpft fallen.

»Er ist zuerst auf mich zugekommen, Emily. Lange bevor ich dich kontaktiert habe.«

* * *

Heute erklomm Ryan den Hügel, als würde er eine Festung einnehmen. Die Aussage von Poppy Martin hatte, trotz ihres begrenzten Umfangs, seine Energie heute Abend zum Übersprudeln gebracht. Er fühlte sich, als könne er fliegen. Natürlich mussten noch große Hürden überwunden werden, doch Ryans Erfahrung nach zogen Erfolge weitere Erfolge nach sich. Morgen lag im Gerichtssaal möglicherweise eine ganz neue Landschaft vor ihnen.

Ryan überquerte den Kamm und erreichte die Kuppe des Hügels. Dort bei der Bank stand Larry Mann. Der Versicherungsmakler sah ihn und winkte, als er näher kam.

Er sieht heute müder aus als sonst, dachte Ryan. Tiefe Schatten umgaben seine vor Erschöpfung glasigen Augen. Der Mann stand da, als würden ihn Gewichte an den Boden fesseln.

»Hallo, Ryan«, sagte er, als der Anwalt näher kam. »Sie sehen heute schnell aus.«

»Ich fühle mich heute auch schnell.«

Larry lächelte. Ryan erwartete, dass er nach dem Grund fragte, doch die Frage kam nicht.

Ryan blieb in Bewegung, um locker zu bleiben.

»Wie wär's mit einem Abendessen heute?«, fragte Larry Mann unvermittelt.

Das war unerwartet. Sie hatten bisher vielleicht dreimal miteinander geredet, wenn sich ihre Wege auf diesem Hügel gekreuzt hatten. Mann hatte noch nie den Vorschlag gemacht, sich einmal zu treffen.

Ryan schüttelte den Kopf. »Nicht heute Abend, tut mir leid. Zu viel zu tun.«

»Prozessvorbereitung?«, fragte Larry.

»Ja.«

»Läuft's gut?«

Ryan zögerte. »Jedenfalls immer besser.«

Er konnte sehen, dass Larry ihn mehr fragen wollte. Doch er tat es nicht.

Stattdessen warf er ihm ein schwaches Lächeln zu. »Na, das ist doch toll. Vielleicht können wir ja ein andermal essen gehen?«

»Sicher«, erwiderte Ryan, bevor er sich umdrehte und wegjoggte.

»Ich melde mich!«, rief Mann ihm hinterher.

Das war eine seltsame Begegnung, dachte Ryan, als er die Bank und Larry Mann hinter sich ließ. Es war, als ob der andere auf ihn gewartet hätte. Dann diese Einladung aus heiterem Himmel. Ryan fragte sich, was den plötzlichen Wunsch ausgelöst hatte, mehr Zeit miteinander zu verbringen.

Als Ryan hangabwärts zurück in Richtung Stadt lief, kam ihm noch ein anderer Gedanke. Wie wollte Larry Mann sich bei ihm melden, wenn er ihm nie seine Telefonnummer gegeben oder ihm gesagt hatte, wo er wohnte?

* * *

Ryan zog die Haustür hinter sich zu; und als er sich umdrehte, sah er Kieran auf der Couch sitzen. In dem Augenblick kam auch Emily aus der Küche.

Die beiden wirkten sehr mürrisch und ernst – als Ryan vorhin aufgebrochen war, waren diese Gesichtsausdrücke noch nicht da gewesen.

»Was ist los?«, fragte er.

»Dad«, begann Emily sofort, »Kieran hat mir ein paar Dinge erzählt. Die musst du auch wissen.«

»Kann ich erst duschen?«

Zu seiner Überraschung schüttelte Emily den Kopf. »Ich glaube, wir sollten erst miteinander reden.«

Ryan legte ein Handtuch, das er neben der Haustür hängen hatte, über den Sessel und setzte sich dann. »Okay. Was gibt's?«

Emily ging quer durch den Raum zu einem anderen Stuhl am Fenster – und ignorierte, wie Ryan auffiel, ihren üblichen Platz auf der Couch neben Kieran. »Dad«, begann sie, »Dr. Trân ist dir am Flughafen nicht einfach zufällig begegnet, wie du mir erzählt hast. Diese Begegnung war arrangiert.«

Er war über Dr. Trâns überzeugende Darstellung seiner Erkenntnisse so erleichtert gewesen, dass sich Ryan – entgegen allen seinen Instinkten – seitdem fast eingeredet hatte, dass ihr Treffen wohl doch ein glücklicher Zufall gewesen war. »Und weiter?«, fragte er.

Emily schaute Kieran an, der zu Boden starrte. »Kieran?«, rief sie.

Der junge Mann blickte widerstrebend auf. »Dr. Trân wurde von Ted Pollock engagiert, um Ihnen mit meiner Klage zu helfen«, erklärte er. »Er hat arrangiert, dass der Doktor nach Sherman kommt und dass sich ihre Wege kreuzen. Er hat sogar den größten Teil von Dr. Trâns Honorar gezahlt.«

»Ich verstehe nicht«, erwiderte der verdutzte Ryan sofort – und das war noch eine Untertreibung.

Kierans Verlegenheit oder gar Scham dämpften seine Antwort. »Letzten November kam Ted auf mich zu. Ich versuchte, den Prozess anzustrengen, aber ich hatte Schwierigkeiten, einen Anwalt zu finden. Ich war schon kurz davor, aufzugeben, als er kam und mich ermutigte, die Klage einzureichen. Er sagte, er würde mir helfen. Dann brachte er mich mit Pauline zusammen.«

Ryan schaute Emily an. »Und du wusstest nichts davon?«, fragte er.

Seine Tochter blitzte ihn wütend an. »Nein, Dad. Natürlich nicht.«

Ryan wandte seinen Blick wieder Kieran zu. »Warum sollte Ted das tun?«

Kieran schaute zu Emily, die ihn unbeweglich von ihrem Platz auf der anderen Seite des Raumes aus anstarrte.

»Weil Ted ein Interesse an diesem Prozess hat«, sagte Kieran. »Er denkt, dass irgendetwas in L5 vor sich geht, und er braucht meine Klage, um es zu beweisen.«

42

Ryan lenkte seinen Wagen vorsichtig über die holperige, unbefestigte Straße. Selbst in seinem langsamen Tempo sorgten die Schlaglöcher dafür, dass das Auto immer wieder ungeplante Sprünge machte – und mit ihm seine drei Insassen.

Sie umrundeten eine letzte Kurve. Direkt vor ihnen lag ein eingeschossiges Ranchhaus mit einer langen überdachten Veranda. Zwei Nebengebäude rechts und links davon. Selbst durch die geschlossenen Autoscheiben konnte Ryan das Wiehern von Pferden hören, als er den Motor ausschaltete.

Kieran stieg aus, ging allein zur Haustür und verschwand im Haus. Ryan folgte ihm. Ihm fiel auf, dass Emily sich nah bei ihm hielt, statt mit Kieran zu gehen.

Der Eingang führte in einen großen Raum mit einem Kamin aus Feldsteinen an einer Wand. Dem Kamin gegenüber war die Wand bis fast an die Decke mit gerahmten Fotos gefüllt. Die meisten zeigten amerikanische Ureinwohner, manche auf Angelplattformen, die über ein Flussufer ragten, und andere mit ihrem Fang in den Händen. Auch viele Familienfotos waren darunter, aufgenommen in der freien Ebene oder mit diesem Haus im Hintergrund.

Eines davon zeigte einen schnell fließenden Flusslauf im gleichen Rahmen mit einem Foto von einem Damm.

»Celilo Falls«, hörte Ryan eine Stimme sagen, »bevor und nachdem die Regierung den Damm gebaut hat.«

Erschrocken drehte sich Ryan um. Ein Mann Ende sechzig stand dicht neben ihm, mit breiten Schultern, sonnengegerbter Haut und langem Haar, das zu zwei Zöpfen geflochten war.

»Mein Name ist Ted Pollock«, sagte er.

»Ryan Hart. Und das ist meine Tochter Emily.«

»Ja«, sagte Ted mit einem Blick auf Emily. »Ich habe Ihre Tochter schon einmal getroffen.«

Schweigend musterte Ted die beiden einen Moment lang. »Kieran ist hinten im Haus bei meiner Frau. Ich habe noch etwas in der Scheune zu tun. Kommen Sie doch mit.«

Ohne ein weiteres Wort verließ der Rancher das Haus. Ryan und Emily folgten ihm in die windstille Luft, die an diesem frühen Abend noch warm war. Sie passten sich dem langsamen Schritt des Mannes an, der auf das nächstgelegene Nebengebäude zuging. Dort traten sie durch eine Tür in die kühlere Dunkelheit, und sofort schlug ihnen der herbe Duft von Pferden entgegen.

Ted ging zu einer der Dutzende von Boxen, in der ein großes Quarter Horse stand. Er stieg über ein taillenhohes Seil in die Box hinein und nahm eine Bürste zur Hand. »Sie wollen etwas über Dr. Trân wissen«, sagte er.

»Nein«, erwiderte Ryan. »Ich will alles wissen.«

Ted reagierte zunächst nicht auf diese Äußerung, sondern begann, die Bürste rhythmisch über die Flanke des Pferdes zu ziehen. Erst nach mehreren Minuten fragte er schließlich: »Wo soll ich anfangen?«

»Haben Sie Dr. Trân zu mir geschickt?«, wollte Ryan wissen.

Ted nickte. »Ja.«

»Haben Sie einen Teil seines Honorars gezahlt?«

»Ja.«

»Warum?«

»Das erschien mir nur fair. Dr. Trân hat über viele Jahre hinweg an Projekten für die Yakama gearbeitet. Sie brauchten ihn, um Ihren Prozess zu gewinnen. Ich wollte, dass Sie Ihren Prozess gewinnen.«

»Kieran hat Ihnen erzählt, dass wir Probleme hatten, einen Gutachter zu finden?«

»Das hat er erwähnt, ja.«

»Für wen arbeiten Sie?«

Ted antwortete zögernd. »Fragen Sie mich das später noch einmal«, sagte er.

Ryan überlegte, ob er auf einer Antwort bestehen sollte, doch dann fuhr er fort. »Okay. Warum haben Sie Dr. Trân nicht zu Pauline Strand geschickt?«

Ted griff nun unter den Bauch des Pferdes und zog die Bürste in raschen, geübten Strichen darüber. »Pauline ist eine alte Freundin und eine ausgezeichnete Frau. Sie hat gute Arbeit für Kieran geleistet. Aber sie hatte nie eine Chance, den Prozess zu gewinnen. Mit oder ohne Dr. Trâns Hilfe.«

»Und Sie dachten, *wir* könnten gewinnen.«

Ted legte die Bürste beiseite und zog einen Hufkratzer aus der Tasche. Er ließ eine Hand über ein Hinterbein des Pferdes gleiten, bis es gehorsam den Huf zum Säubern anhob. »Das hatten wir jedenfalls gehofft. Doch Kieran hat mir erzählt, dass Sie das anders sehen.«

»Das stimmt«, erwiderte Ryan. »Dr. Trâns Theorie über die drei Explosionen in L5 und weitere Sprengstoffe im Gebäude ist logisch einwandfrei, aber uns fehlen die Beweise.«

»Was für Beweise?«

»Beweise, die wir laut Dr. Trân bei einer Besichtigung der unteren Etage von L5 finden würden.« Ryan hielt inne. »Oder Beweise, die Richterin Johnston überzeugen würden, uns diese Inspektion vornehmen zu lassen.«

Ted schaute im düsteren Licht der Box auf. »Wenn Sie diese Art von Beweisen hätten, könnten Sie dann den Prozess gewinnen?«

Ryan musterte den Mann von oben bis unten. »Zeigen Sie mir die Beweise, und ich sage es Ihnen.«

Sie drehten sich hier im Kreis. Doch wenn Pollock Beweise hatte, die ihnen einen Ortstermin in L5 verschaffen konnten, wollte Ryan sie haben. »Ich *kann* Ihnen allerdings versprechen«, endete er rasch, »dass wir ohne die Beweise verlieren.«

Ted arbeitete sich um das Pferd herum und kratzte alle Hufe aus, während er Ryan zuhörte. »Lassen Sie mich auch darüber nachdenken. Sagen Sie mir, was Sie sonst noch wissen wollen.«

Dieses Mal meldete sich Emily zu Wort. »Warum sind Sie nicht direkt zu uns gekommen, wenn Sie Kieran mit seiner Klage helfen wollten? Statt Kieran uns anlügen zu lassen …«

Ted schüttelte den Kopf. »Ich bin nicht am Rampenlicht interessiert.«

»Warum nicht?«, schoss Emily zurück. »Und was denken Sie, was in L5 vor sich geht?«

Ted tätschelte das Pferd noch einmal, schob sich dann an Ryan und Emily vorbei aus der Box und ging zur nächsten. »Kieran setzt viel Vertrauen in Sie beide«, sagte er, als er begann, sich um das Fohlen in der neuen Box zu kümmern. »Er wollte nicht, dass wir irgendetwas geheim halten. Ich sagte ihm, das sei der Preis für unsere Hilfe.«

»Diese Hilfe wird reine Verschwendung sein, so wie die Dinge laufen«, drängte Ryan.

Ted schaute ihn lange an. Schließlich schüttelte er den Kopf. »Okay.« Er legte seine Bürste auf einen Sims und trat aus der Box. »Kommen Sie mit.«

Ryan und Emily folgten Ted ans Ende des Stalls und in eine leere Box.

Auf den Sägespänen, die dort den Boden bedeckten, stand eine dunkelgraue Metallbox. Ted nahm einen Handschuh von der Wand, der wie ein übergroßer Ofenhandschuh aussah, sowie eine Zange. Er öffnete die Box, griff mit der Zange hinein und zog ein kleines, etwa handgroßes scharfkantiges Metallstück heraus. Ryan trat näher.

»Bleiben Sie, wo Sie sind«, sagte Ted. »Es ist nicht sehr radioaktiv, aber es hat keinen Sinn, näher zu kommen. Sie würden ohnehin nichts darauf erkennen.«

Sowohl Emily als auch Ryan betrachteten aus der Entfernung das schrapnellartige Metallstück, bis Ted es wieder in die Box legte. »Dr. Trân sagt, dieses Stück Metall gehört zu dem, was in L5 passiert«, sagte er.

»Was ist das?«, fragte Emily. »Woher haben Sie es?«

»Es ist ein Teil eines Gehäuses von einem experimentellen chemischen Zünder für Atomwaffen«, antwortete Ted und hängte den Handschuh wieder auf. »Wir haben es auf dem Sperrgebiet von Hanford gefunden. Wir sind uns sicher, dass es aus L5 stammt.«

Ryans Gehirn arbeitete auf Hochtouren, um alle Informationen zusammenzusetzen. Das war also der Grund, warum Dr. Trân sich seiner Theorie so sicher gewesen war. Er verließ sich nicht nur auf eine deduktive Argumentation, sondern er hatte physische Beweise in Form von Explosionsresten, die von einem Zünder stammten. Aber warum hatten Kieran und die anderen das nicht offengelegt? Und warum zögerten sie immer noch, diese Beweismittel einzureichen?

Er richtete diese Fragen an Ted, der ihn einen Augenblick lang schweigend anstarrte. »Ich glaube, das ließe sich leichter erklären, wenn Sie mit uns heute Nacht einen kleinen Ausflug machen.«

»Wohin?«, fragte Emily.

Ted schaute sie an, dann wieder Ryan. »Auf das Hanford-Gelände. Wenn Ihr Vater reiten kann, reiten wir drei heute Nacht gemeinsam dorthin.«

43

Unter mitternächtlichem Himmel und bei Neumond fuhr der Pick-up mit dem Pferdeanhänger nach Südwesten. Hier draußen in der Wüste, fernab aller Lichter von Städten oder Farmen, durchdrang nur der drei Meter lange Strahl ihrer Scheinwerfer das sie umgebende Schwarz.

Sie hatten die Pollock-Ranch verlassen und waren etwa zwanzig Kilometer in südwestlicher Richtung gefahren, bevor sie auf einen zweispurigen Highway abgebogen waren, der parallel zum Hanford-Sperrgebiet in einem Winkel nach Nordwesten verlief. Vorn im Fahrerraum saß Ted Pollock, auf dem Kopf einen Hut mit Quasten, den er tief in die Stirn gezogen hatte. Ryan saß neben ihm. Teds fünfundzwanzigjährige Enkelin Heather saß hinten, zusammen mit Emily und einem schlanken, stillen Mann, den Ted nur als »Ray« vorgestellt hatte.

Obwohl er immer noch auf die versprochene Erklärung von Pollock wartete, gab sich Ryan für den Augenblick damit zufrieden, schweigend neben ihm zu sitzen und darüber nachzudenken, warum er sich zum widerrechtlichen Betreten des Hanford-Geländes hatte überreden lassen.

Es war ganz eindeutig ein Verstoß gegen Bundesrecht und somit etwas, das seine Karriere als Anwalt beenden konnte – und auch die seiner Tochter, die darauf bestanden hatte, mitzukommen. Die einzige Bedingung, die Ryan letztendlich für den Ausflug gestellt hatte, war, dass Kieran auf der Pollock-Ranch blieb. Er würde nicht zustimmen, dass ihr Mandant nicht nur seinen Sieg vor Gericht riskierte, sondern auch seinen bereits gefährdeten Arbeitsplatz und seine Sicherheitsfreigabe.

Warum war *er* also ein so untypisches Risiko eingegangen? Zuerst hatte er sich eingeredet, dass der Grund die seltsame Wendung war, die der Fall seit Taylor Christensens Zeugenaussage genommen hatte, sowie auch das schockierende Beweismaterial, das Ted ihnen heute mit dem Zündergehäuse gezeigt hatte. Doch in der letzten Stunde, die sie unterwegs gewesen waren, hatte er festgestellt, dass dies nur teilweise zutraf. Die größere Wahrheit war, dass irgendwann in den letzten Tagen – nachdem er Patrick Martins Geschichte gehört und Covingtons Intrigen erkannt hatte – Ryans letztes Zögern bezüglich des Prozesses verschwunden war. An die Stelle des Zauderns war der vertraute Wille zu gewinnen getreten. Es war, als wäre er in ein bequemes Paar Schuhe gestiegen, das er bereits verloren geglaubt hatte.

Nach einem schnellen Abendessen auf der Ranch hatte Ted seinen Pick-up und den Anhänger zu einem Paddock hinter den Hügeln gefahren, die das Haus umgaben. Dort in der zunehmenden Abenddämmerung konnte Ryan ein halbes Dutzend struppige Pferde erkennen, die mit den Hufen über den staubigen Boden scharrten. Bald war Heather zu ihnen gestoßen, die ihr schwarzes Haar zu einem Zopf geflochten trug. Ray war kurz darauf eingetroffen. Zusammen und ohne ein Wort zu Ryan und Emily hatten Pollock, Heather und Ray vier der Pferde für diesen Ausflug in den Anhänger geladen. Während sie arbeiteten, hatte Ryan versucht, ihm noch mehr Einzelheiten über die kleine Exkursion zu entlocken, doch jedes Mal hatte Ted ihn vertröstet: »Sie werden bald alles verstehen«, hatte er in einem Ton gesagt, der klarstellte, dass sie im Moment nichts weiter erfahren würden.

Nun bremste Ted den Pick-up ab und beugte sich zur Windschutzscheibe vor. Ryan konnte nicht sehen, wonach er in der Dunkelheit Ausschau hielt, denn nichts auf der finsteren Straße oder ihren Rändern sah anders aus als das, was sie die letzte Stunde über gesehen hatten. Doch Ted erkannte etwas, denn er lenkte den Pick-up auf den Seitenstreifen zu einem Platz, wo der Straßengraben beinahe ebenerdig war. Auf dem Highway war in keiner Richtung ein anderes Scheinwerferlicht zu sehen, als Ted nun vorsichtig über den fast ebenen Straßengraben und in nördlicher Richtung hinaus in die Wüste fuhr.

Sobald sie ganz vom Highway abgefahren waren, seufzte Ted erleichtert auf, bevor er Ryan einen Blick zuwarf. »Sie wollen wissen, was in L5 geschieht?«, fragte er.

»Ja.«

»In Ordnung. Dr. Trân glaubt, dass das Gehäuse, das ich Ihnen gezeigt habe, im Zuge eines Projekts entstanden ist, bei dem ein chemischer Zünder für Atomwaffen entwickelt werden soll.«

»Entwicklung?« Ryan schüttelte überrascht den Kopf. »Dr. Trân sagte, in der unteren Etage von L5 könnten sich eventuelle Zündermaterialien befinden. Ich dachte, er meinte damit, dass sie dort gelagert werden.«

»Nein«, sagte Ted. »Wir denken, es ist ein viel ehrgeizigeres Projekt.«

»Warum einen Zünder in einem stillgelegten Laborgebäude herstellen?«, fragte Emily. »Hat die Regierung nicht genügend aktive Labors, um an Projekten für die atomare Verteidigung zu arbeiten?«

»Nicht die Regierung«, antwortete Ted und seine Augen richteten sich wieder auf einen Weg, den nur er in dem schwachen Scheinwerferlicht sehen konnte. »Covington Nuclear.«

»Sie wollen damit sagen, Covington arbeitet daran, ohne die Genehmigung der Regierung zu haben?«, vergewisserte sich Ryan.

Ted nickte.

»Warum?«

»Weil ein Erfolg viel Geld für Covington bedeuten würde. Die Regierung würde sehr viel für einen chemischen Zünder bezahlen, der eine nukleare Reaktion in einer kleinen Bombe auslösen kann. Diese könnte Ziele erreichen, die eine große Bombe auf dem Schlachtfeld nicht leisten kann.«

»Und das hat noch niemand zuvor geschafft?«

Ted schüttelte den Kopf. »Nicht laut Dr. Trân. Die bisherigen Zünder sind nicht annähernd so klein, wie die Größe des Gehäusebruchstücks nahelegt. Und wir glauben, dass Covington sehr nah dran ist - wenn sie es nicht sogar schon geschafft haben.«

»Aber warum beauftragt die Regierung Covington nicht einfach damit, einen solchen Zünder zu entwickeln?«, wollte Ryan nun wissen.

Sie trafen auf eine kleine Bodenwelle, und Ted bremste vorsichtig, während er besorgt über die Schulter zu dem Pferdeanhänger schaute und die Geschwindigkeit fast auf Schneckentempo reduzierte. »Weil die Regierung der Welt offiziell mitgeteilt hat, dass sie etwas Derartiges weder getan hat noch tun wird. Obwohl das natürlich nicht bedeutet, dass die Regierung die Technologie ablehnen würde, wenn man sie ihr vorlegte.«

»Und was ist dann letzten Oktober passiert?«, fragte Emily.

Ted warf Emily im Rückspiegel einen Blick zu. »Wir glauben, Covington hat immer nachts in L5 an dem Zünder gearbeitet, damit das Projektpersonal kommen und gehen konnte, ohne von allzu vielen Leuten gesehen zu werden. Es war illegal, das Gelände dafür zu nutzen; wir denken, dass damit ungefähr ein Dutzend Bundesgesetze verletzt wurden und vielleicht ein paar internationale Verträge. Und es kam zu der Explosion, weil niemand das Problem mit Tank 17 vorausgesehen hatte. Niemand hatte erwartet, dass sich durch die Chemikalien in diesem Tank überhaupt Druck oder Hitze entwickeln würden, geschweige denn durch die Verbindungsrohre in den Keller gelangen könnten. Sehr schlechtes Timing.«

»Und die Strahlung?«, hakte Emily nach. »Woher kam die?«

»Das ist der Grund, warum Dr. Trân denkt, dass sie ihr Ziel fast erreicht haben«, erklärte Ted. »Er sagt, dass sie gegen Ende der Testphase kleine Mengen an Plutonium verwenden müssen, um zu testen, ob der Zündmechanismus tatsächlich eine Mikroreaktion auslösen kann. Dr. Trân glaubt, dass das Plutonium sich zu nah am Zünder befand, als Tank 17 es versehentlich zur Explosion brachte. Und die Explosionen katapultierten die Strahlung in den Korridor der dritten Etage.«

Ryans anfängliche Überraschung über diese Erklärung ließ nach. An ihre Stelle trat die plötzliche missmutige Erkenntnis, wie lange er und

Emily von Ted Pollock und Dr. Trân im Dunkeln gehalten und für die Ziele dieses Mannes manipuliert worden waren.

»Dann sagen Sie uns mal, warum Sie tun, was auch immer Sie tun«, verlangte Ryan. »Warum haben Sie sich in Kierans Prozess eingeschaltet? Was kümmert Sie L5?«

Sie bewegten sich mit kaum zehn bis zwanzig Kilometern pro Stunde vorwärts. Ted schien nach einem Erkennungspunkt in der Landschaft zu suchen. »Das sage ich Ihnen, wenn ich Ihnen gezeigt habe, wofür wir hierhergekommen sind«, antwortete er abgelenkt.

Ryan öffnete den Mund, um zu protestieren, als er eine Hand auf seiner Schulter spürte. Er warf einen Blick auf den Rücksitz. Es war Emily, die offenbar ahnte, was er tun wollte. In der fast völligen Dunkelheit der Fahrerkabine sah er, wie sie sanft und mit einem flehenden Blick den Kopf schüttelte.

Ted bremste noch weiter ab und hielt dann an. »Von hier aus laufen wir«, sagte er und stellte den Motor ab. Die Scheinwerfer ließ er angeschaltet.

Ray stieg sofort aus dem Pick-up und ging zur Rückseite des Anhängers, während Heather an dem Lichtkegel der Scheinwerfer vorbei in die Dunkelheit dahinter lief. »Ich bereite den Zaun vor«, sagte sie leise zu Ted, als sie an ihm vorbeiging.

Ted wandte sich wieder Ryan und Emily zu, während er sie zum Anhänger und zu Ray führte. »Wir haben Hanford überzeugt, uns unter Vertrag zu nehmen«, sagte Ted. »Wir haben den Auftrag, die Wildpferde einzufangen, die sich auf das Sperrgebiet verlaufen und die Bewegungsmelder auslösen. Tatsächlich ist es so, dass es nicht mehr so viele Mustangs in der Gegend gibt, als dass das ein echtes Problem wäre. Doch die Ingenieure und Sicherheitsleute von Hanford wissen das nicht. Und Hanford hat nicht das gleiche Budget, um die Zäune zu warten, wie sie es damals hatten, als die Produktion noch lief. Es war nicht allzu schwer, es so aussehen zu lassen, als würden alle paar Monate Pferde durch den Zaun brechen und aufs Gelände laufen. Zwei Jahre lang haben wir Pferde auf das Sperrgebiet gelassen und den Sicherheitsdienst von Hanford gezwungen, sie einzufangen und außerhalb des Zauns wieder freizulassen.

Schließlich sind wir an sie herangetreten und haben den Auftrag zum Einfangen der Pferde erhalten, und zwar westlich von hier, wo sie von Natur aus zu einem Wasserloch ziehen. Wir erzählen ihnen, dass wir die Pferde im Osten verkaufen. In Wirklichkeit aber transportieren wir sie vom Sperrgebiet weg und halten sie im Paddock auf unserer Ranch. Zwei Jahre, und es ist Routine geworden: Hanford erwartet, dass alle paar Monate Pferde aufs Gelände kommen. Sobald sie sich daran gewöhnt hatten, sind wir mit den Mustangs hineingegangen, wenn wir sie freilassen.«

Ray führte das erste der vier Pferde vom Anhänger, ein Seil um seinen Hals geschlungen. Ted nahm Ray das Seil ab und drückte es Emily in die Hand. Dann half er, die restlichen Pferde aus dem Anhänger zu holen. Als alle vier Pferde draußen standen, gab Ted eines der Seile an Ryan weiter und deutete auf die Dunkelheit, in die Heather verschwunden war. »Der Zaun ist in dieser Richtung, ungefähr hundert Meter von hier«, sagte er.

Emily war die Reiterin in der Familie, aber Ryan war auch kein blutiger Anfänger, wenn es um Pferde ging. Mit einem Blick erkannte er, dass diese Tiere gut gefüttert und gepflegt waren, aber das struppige Fell und die ungezähmten Mähnen von Wildpferden hatten. »Wo sind denn die Sättel und das Zaumzeug?«, rief er Ted nach. Ted antwortete nicht, sondern führte die drei anderen mitsamt ihren Pferden über eine niedrige Anhöhe. Auf der anderen Seite gingen sie einen kurzen Hang hinunter, an dessen Fuß Heather stand. Sie drehte sich um, als sie sich näherten.

Hier, jenseits der Reichweite der Scheinwerfer, wirkte die Wüste noch dunkler. Erst als Ryan näher kam, sah er, dass Heather neben einem Zaun stand. An ihrer Seite war der Zaundraht von einem Metallpfahl abgetrennt.

»Dieser Zaun ist alt«, sagte Ted und deutete auf die Lücke. »Am Anfang haben wir Stellen gesucht, wo wir ihn durchtrennen und es dabei aussehen lassen konnten, als hätten Tiere ein Loch entdeckt oder den Zaun selbst durchbrochen. Es ist hilfreich, dass dieser äußere Zaun keine hohe Priorität für die Sicherheit mehr hat – und dass man mit den Reparaturen Jahre hinterher ist. Wir haben ein paar Dutzend dieser

Stellen gefunden, aber es gibt nur noch vier oder fünf, die wir noch nicht benutzt haben.«

Ryan spürte, wie sich sein Magen bei der Aussicht, das Sperrgebiet tatsächlich zu betreten, verkrampfte. Er sah Heather zurückkommen und Ray ein Werkzeug reichen; dafür nahm sie ihm das Seil seines Pferdes ab.

»Ted, bevor wir das Gelände betreten, muss ich wissen, wo wir hingehen«, sagte Ryan schließlich entschlossen.

Der Rancher drehte sich zu Ryan um, als wolle er abschätzen, wie ernst es der Anwalt meinte. Er schaute auf die Uhr, dann wieder zu Ryan. Schließlich schaute er jedes einzelne Pferd an, bevor er den Hut anhob und sich mit der Hand über das geflochtene Haar strich.

»Seit den 1940er-Jahren«, begann Ted, und seine Stimme war jetzt fast nur noch ein Flüstern in der stillen Nachtluft, »hat die radioaktive Kontamination des Sperrgebiets dazu geführt, dass die Natur hier im Dunkeln leuchtet: Kaninchen, Böcke, Büsche. Jäger berichten schon seit Jahrzehnten davon, und wissenschaftliche Studien haben es bestätigt. Die Ursache ist die Strahlung im Boden und dem Wasser, das von den Pflanzen aufgenommen wird, und die Tiere fressen die Pflanzen. Es gibt ein Muster auf dem Gelände, wo dieses Phänomen beobachtet wird. Es taucht immer dort auf, wo radioaktiver Müll vergraben ist und sich somit kontaminiertes Wasser befindet.

Vor sechs Jahren haben wir erstmals neue Flecken gesehen: verstrahlte Tiere und Pflanzen an der südlichen und südwestlichen Grenze des Sperrgebiets, wo vorher noch keine Beobachtungen gemacht worden waren. Heather, meine Frau und ich begannen, das Leuchten bei nächtlichen Ausritten zu beobachten und unsere Beobachtungen zu katalogisieren. Das Muster deutet auf eine große neue Halde in einem Gebiet in der Nähe von Priest und Rattlesnake Ridge auf dem Hanford-Gelände hin. Durch Vermessungen bestimmten wir den groben Standort, und dann, in den letzten neun Monaten, fanden wir die Stelle. Dort gehen wir heute Nacht hin.«

Ryans Nervosität ließ angesichts dieser neuen Information nicht nach. Fragen über Fragen füllten seinen Kopf. »Wie oft waren Sie schon dort?«, fragte er.

Ted schüttelte den Kopf und hielt das Handgelenk mit der Uhr hoch. »Ryan, es ist zwanzig vor zwölf. Der Ritt von hier aus dauert etwa zwei Stunden und weitere zwei Stunden zu der Stelle, wo Ray uns abholt. Entweder reiten wir jetzt los oder Ray bringt Sie zurück zur Ranch, während wir das erledigen.«

Ryan schaute Emily an. Er konnte mit einem Blick sehen, dass er, wenn er jetzt ging, ohne sie gehen musste. Außerdem konnte er jetzt keinen Rückzieher machen. »Okay«, sagte er. »Gehen wir.«

Ted drehte sich um und packte die Mähne seines Pferdes mit beiden Fäusten. »Warten Sie«, rief Ryan plötzlich. »Reiten wir ohne Sattel?«

Mit einer Geschwindigkeit und Stärke, die Ryan bei einem Mann seines Alters nicht für möglich gehalten hatte, zog Ted sich hoch und schwang ein Bein über den Rücken seines Pferdes. Sobald er fest saß, band er das Seil lose um seine Taille und schaute dann über die Schulter zu Ryan, der noch am Boden stand.

»Ja«, antwortete er.

»Warum?«, fragte Ryan wehleidig.

»Wir können keine Sättel mitnehmen, denn es könnte sein, dass wir die Pferde verlassen und in Deckung gehen müssen«, erklärte Ted und rückte seinen Hut gerade. »Wenn dann die Pferde gefunden werden, sehen sie aus wie normale Wildpferde. Sie können das Seil so lassen und sich daran festhalten. Doch wenn der Sicherheitsdienst kommt, müssen Sie runter vom Pferd und das Seil mitnehmen. Lassen Sie das Pferd allein weitergehen. Suchen Sie sich eine Kuhle und bleiben Sie da. Dann schicken wir morgen Abend jemanden, der Sie holt. Es ist riskant, den Zaun an zwei aufeinanderfolgenden Tagen zu durchbrechen, aber wir haben es schon einmal gemacht. Und noch etwas: Beugen Sie sich beim Reiten tief über den Widerrist. Es gibt auf dem Gelände verteilt noch ein paar Wärmesensoren. Wenn die ein Wärmesignal auffangen, sollte es so sehr nach einem reiterlosen Pferd aussehen wie möglich.«

Die Bemerkung über den Sicherheitsdienst weckte in Ryan unmittelbar die Überzeugung, dass jedes Wort, das sie hier sprachen, über der Wüste so sehr verstärkt wurde, dass es direkt an den nächsten Wachposten drang. Einen kurzen Augenblick lang verdrängte das sogar seine Angst vor einem Ritt ohne Sattel.

»Und was ist der Notfallplan, wenn wir erwischt werden?«, meldete sich nun Emily zu Wort. Ryan war erleichtert, dass ihre Stimme die gleiche Nervosität widerspiegelte, die er auch empfand.

Ted auf seinem großen Pferd zuckte nur die Schultern. »In dem Fall müssen wir uns eben einen guten Anwalt suchen.«

* * *

Für Ryan fühlte sich der Balanceakt auf dem Pferderücken so an wie die Fahrt in einem Boot ohne Ruder auf dem offenen Meer. Doch sein Pferd kannte den Weg und war erstaunlicherweise gut trainiert; er konnte es so leicht lenken wie einen gutmütigen Reitschulgaul. Und das Terrain war relativ eben; sie mussten nur wenige Hügel und Rinnen überwinden.

Er musste nichts weiter tun, als sich *gut* festzuhalten. *Sehr* gut.

An die Mähne seiner Stute geklammert, konnte Ryan nichts weiter hören als das Schnauben der Pferde und den Wind, der durch die Sträucher streifte oder Sand aufwirbelte. Das Einzige, was zu sehen war, waren Schatten. Vornan war Heathers Pferd, gefolgt von Emilys. Ryan war hinter seiner Tochter und Ted vermutlich ganz hinten – obwohl Ryan sich nicht umdrehte, um nachzuschauen. Er war überzeugt davon, dass er andernfalls vom Pferd fallen würde.

Dann spürte er Ted neben sich, als dessen Pferd zu seinem aufschloss und auf gleiche Höhe kam. »Etwa einen Monat vor der Explosion im Oktober kamen wir der genauen Lage der Halde auf einmal sehr nahe«, erklärte der Rancher. »Bei unseren nächtlichen Beobachtungen sahen wir viel Bewegung. Gelegentlich Scheinwerfer; häufig Motorengeräusche. Wir glauben, sie hatten damals ein kleines Problem mit ihrem Experiment, vielleicht einen weiteren Unfall. Dr. Trân denkt, das war der Grund, weshalb Ihr Mandant am 16. Oktober in L5 war.«

»Warum sollte ein vorausgegangenes Testproblem denn der Grund dafür sein, dass Kieran in der Unglücksnacht vor Ort war?«, flüsterte Ryan ihm zu.

Ted beugte sich zu ihm herüber. »Dr. Trân hat die Belegschaft von L5 in den letzten Jahren analysiert, anhand von Belegen, die Pauline

Strand im Zuge der Beweisfindung bekommen hat. In L5 arbeiteten lauter langjährige Mitarbeiter – die meisten aus Hanford, doch es gab auch gelegentlich ein paar Transfers von anderen Verteidigungseinrichtungen. Sie haben in L5 sogar ihr eigenes Sicherheitspersonal. Männer, die nie woanders eingesetzt werden. Wir glauben, dass der größte Teil oder die ganze Dauerbelegschaft von L5 von den Experimenten in der unteren Etage weiß – wenn auch wahrscheinlich keine Einzelheiten. Vermutlich denken sie, die Arbeit ist von der Regierung genehmigt. Doch unsere Theorie ist, dass der kleine Unfall zu einigen Verletzten geführt hat, und so herrschte bei Covington unerwartete Personalknappheit. Da sie dem Energieministerium einen voll besetzten Schichtplan mit Wartungs- und Sicherheitspersonal vorlegen mussten, waren sie im Oktober für kurze Zeit gezwungen, einiges Personal vor Ort zu holen, das nicht zu ihrem Team gehörte.«

»Einschließlich Kieran, Poppy und den anderen?«

»Sie meinen Patrick Martin? Wir wussten seinen Namen nicht, bis Sie ihn im Prozess erfahren haben, aber ja. Es ist die einzige uns bekannte Erklärung für das Risiko, Kieran und die anderen nach L5 zu holen. Dann kam die Explosion im Oktober und die Stelle, zu der wir jetzt reiten, bekam mehrere Wochen lang regelmäßig Besuch.«

Sie ritten über einen kleinen Hügel und Ryan sah, dass Heather ihr Pferd bremste und tief am Widerrist des Pferdes vorbeideutete.

Als er näher kam, konnte Ryan im Sternenlicht schwache Reifenspuren auf dem Boden drei Meter vor ihnen ausmachen, die nach Westen führten. Mit einem Tritt in die Flanken setzte Heather ihr Pferd wieder in Bewegung und folgte den Spuren.

Nach hundert Metern führten sie um eine kleine Anhöhe herum. Heather hielt ihr Pferd erneut an, bevor sie von seinem Rücken zu Boden glitt. Sie band das Seil von ihrer Taille ab und warf es dem Pferd um den Hals; dann reichte sie es ihrem Großvater, bevor sie in einigen Metern Entfernung den Hang hinaufstieg.

Auf halber Höhe blieb Heather stehen, scharrte mit dem Fuß auf dem Boden herum, ging dann auf die Knie und fuhr mit den Fingern in der losen Erde hin und her. Einen Moment später schienen ihre Finger zu finden, was sie suchte. Sie schaute zu ihrem Großvater.

»Kommen Sie mit und helfen Sie«, brummte Ted Ryan zu, während auch er von seinem Pferd glitt.

Emily hielt die Seile von allen vier Pferden, und Ryan ging zu der Stelle, wo Heather und ihr Großvater kauerten. Er kniete sich hin und grub die Finger an der Stelle in die Erde, die Ted ihm zeigte.

Er konnte es sofort fühlen. Dort unter der losen Erde war die Falte einer schweren und mit Gewichten beschwerten Plane. Auf ein weiteres Signal von Ted hin standen sie alle mit einer Handvoll Plane in den Händen auf. Erde stob in alle Richtungen, als sie sie von dem Hang wegzogen.

Sie legten die Abdeckung auf den Boden und Ryan trat von dem freigelegten Fleck zurück.

Unter der aufgewühlten Erde befand sich eine dunklere Oberfläche, glatt und schwärzer als der umliegende Boden. Plötzlich schnitt ein Lichtstrahl in die Dunkelheit. Ryan drehte sich um und sah Ted, der eine Taschenlampe in der Hand hielt und auf den dunklen Fleck gerichtet hielt.

»Eine Tür«, sagte Ted. »In den Felsen eingelassen, der hier unter der Oberfläche liegt.« Dann deutete er auf eine rechteckige Vertiefung auf einer Seite. »Das ist ein Magnetschloss.«

»Was ist unter der Tür?«, fragte Ryan.

»Der Müll von Projekt Wolffia«, erwidert Heather leise.

Ryan schüttelte den Kopf. »Was ist Projekt Wolffia?«

»Einige unserer … Freunde in Sherman haben zufällig gehört, wie Personen, die unserer Meinung nach am Projekt beteiligt sind, diesen Ausdruck gebraucht haben. Wir denken, es ist ihre Bezeichnung für das Projekt. *Wolffia* heißt die kleinste Blütenpflanze der Erde.«

Wissenschaftler mit einem Sinn für Humor, dachte Ryan. *Oder Ironie.*

»Und woher wissen Sie, dass die Abfälle von dem Projekt hier drunter sind?«, rief Emily den Hügel hinauf.

»Abgesehen von den Beobachtungen, von denen ich Ihnen bereits erzählt habe«, sagte Ted, »hatten wir auch Geigerzähler mit hierhergebracht. Das Strahlungsniveau hier an der Oberfläche ist ungefährlich, aber es ist über das letzte Jahr hinweg angestiegen – *stark* angestiegen.

Dann, etwa zur Zeit der Explosion im Oktober, haben wir das Metallstück gefunden, das ich Ihnen gezeigt habe, und noch einige kleinere. Wir müssen wohl kurz nach einer eiligen ›Müllabfuhr‹ gekommen sein, denn es war das erste und einzige Mal, dass wir hier an der Oberfläche Trümmer gefunden haben. Wir glauben, dass es von der Hülle des chemischen Zünders stammt – des Zünders, der im Oktober explodierte, als Kieran in dem Gebäude war. Das Material hat endgültig Dr. Trâns Schlussfolgerungen bestätigt, woran in L5 gearbeitet wird.«

Es war kalt in dieser Nacht, aber Ryan merkte es in seiner wachsenden Aufregung kaum. Wenn Pollock und seine Enkelin recht hatten – und langsam ergab das alles einen Sinn –, dann lagen unter dieser Tür die Beweise, die er brauchte, um Kierans Fall zu gewinnen. Er stand über den Beweismitteln, die diese Jury sofort auf seine Seite bringen würde.

»Und wie kommen wir hinein?«

Heather schüttelte den Kopf. »Wir haben keine Möglichkeit, die Tür zu öffnen.«

Er musste sich verhört haben. »Aber es muss doch einen Weg geben!«, protestierte er.

Jetzt schüttelte Ted den Kopf. »Wir haben versucht, an ein Duplikat des magnetischen Schlüssels zu kommen, um die Tür zu öffnen, aber das ist ein komplizierter programmierter Mechanismus. Wir haben keine Möglichkeit, eine Schlüsselkopie zu bekommen oder einzubrechen.«

»Dann benachrichtigen wir doch die Behörden und zwingen Covington, die Tür zu öffnen«, sagte Emily.

Ted schüttelte erneut den Kopf. »Wenn wir zu den Behörden gehen, müssen wir zugeben, dass wir auf dem Gelände waren. Wahrscheinlich werden wir eher verhaftet, als dass das Energieministerium sich überzeugen lässt, die Anlage zu durchsuchen. Und selbst wenn wir Erfolg hätten, hätte Covington Zeit genug, diese Lagerstelle endgültig zu verschließen, bis wir jemanden dazu bringen, uns ernst zu nehmen.«

Ryan konnte kaum fassen, was er da hörte. Warum waren sie dann überhaupt hierhergekommen, warum waren sie all diese Risiken eingegangen, wenn es keine Möglichkeit gab, die Beweismittel unter ihren Füßen zu nutzen? »Wir können immerhin das Metallstück benutzen«, drängte er. »Lassen wir Dr. Trân es in der Verhandlung identifizieren. Vielleicht reicht das aus, um Richterin Johnston zu bewegen, uns L5 besichtigen zu lassen – und am Ende genügend Beweise zu sammeln, um in diesen Müllhaufen schauen zu können. Damit könnten wir Kierans Prozess gewinnen.«

»Nicht so schnell«, entgegnete Ted nachdrücklich und wandte sich Ryan in der Dunkelheit ganz zu. »Wir wünschen Kieran das Beste, aber es geht hier nicht darum, seine Klage zu gewinnen. Wir haben Kieran geholfen, weil uns sein Prozess die Gelegenheit hätte schaffen können, die Existenz von Projekt Wolffia zu beweisen. Wir hatten gehofft, dass Ihre Klage uns eine Besichtigung der Räume in L5 ermöglicht, in denen die Experimente durchgeführt wurden, und dass Dr. Trân dort mehr Beweise für das Projekt finden kann. Das Wichtigste hier ist, die Aufmerksamkeit des Energieministeriums zu erregen und Projekt Wolffia ein für alle Mal einstellen zu lassen – zusammen mit allen zukünftigen Plänen für geheime Forschungen hier in Hanford, die Covington vielleicht noch hat.«

Er deutete zu Boden. »Aber wie ich schon sagte, wenn wir zu früh handeln, verraten wir, dass wir von diesem Ort wissen, während Covington noch den Sicherheitsdienst im Sperrgebiet manipulieren kann; sie werden den Müll einfach beseitigen und diesen Platz zuschütten, sodass es keinen Hinweis mehr darauf gibt. Damit hätten wir dann nicht nur nicht Wolffia stillgelegt, sondern auch unsere Anwesenheit hier preisgegeben und unsere jahrelange Arbeit zunichtegemacht. Das nützt keinem von uns.«

Darum also haben sie so gezögert, sich überhaupt auf den Rechtsstreit einzulassen, dachte Ryan.

Schweigend standen sie mehrere Minuten lang in der Dunkelheit, bis Ted sagte, dass sie aufbrechen sollten. Zusammen legten sie die Abdeckplane über die Tür und breiteten wieder Erde darüber aus. Ted verwischte sorgfältig ihre Fußspuren, während Heather zu den Pferden ging, Emily die Seile aus der Hand nahm und jedes Tier mit prüfendem Blick betrachtete. »Ich glaube, wir sollten sie noch ein wenig ausruhen lassen«, rief sie den Hang hinauf.

Ted nickte und ließ sich auf dem Boden nieder.

Ryan setzte sich neben ihn auf die Erde. »Ich muss noch etwas anderes wissen, Ted. Sie haben mir noch nicht erklärt, warum Sie in die ganze Sache verwickelt sind.«

Ted nahm einen Stein zur Hand und begann, Muster in die Erde zu zeichnen. »Es ist mein Hobby«, sagte er.

Ryan schüttelte den Kopf. »Ich meine es ernst. Sie haben mich und meine Tochter bis über beide Ohren in diese Sache hineingezogen. Wir haben sogar gegen Bundesrecht verstoßen, indem wir hierhergekommen sind.«

Ted nickte, ohne Ryan anzuschauen. »Ich schätze, das schulde ich Ihnen.« Er deutete auf Heather. »Meine Enkelin hat einen Abschluss im Bereich Umwelthygiene. Meine Frau – Sie haben Doreen noch nicht kennengelernt, sie ist gerade in Toppenish. Sie pflegt die Traditionen unseres Stamms, hat aber auch ein Diplom an der Wand hängen. Und ich selbst habe auch ein bisschen studiert.«

»Das erklärt, warum Sie all das hier wissen«, drängte Ryan. »Es erklärt mir aber nicht den Grund.«

Ted lächelte, als Emily sich zu ihnen gesellte. »Sie sind ganz schön hartnäckig, nicht wahr? Sie klingen wie ein Anwalt.« Es entstand eine Pause. »Haben Sie schon einmal von den Stromschnellen im Columbia River namens Celilo Falls gehört?«, fragte er.

Emily nickte.

»In meiner Kindheit«, begann Ted, »verbrachte der größte Teil meines Volkes den Sommer in Lagern am Fluss, Lager wie Celilo Falls. Celilo bedeutet in der Sprache der Yakama ›Wasser auf den Steinen‹. Es war eine Stromschnelle unterhalb der Zuflüsse des Snake River und des Yakima in den Columbia. Wir haben den ganzen Sommer lang Lachse und Störe gefangen, mit Netzen und mit Speeren. Auch Aale, wenn wir sie erwischen konnten. Den Sommer über aßen wir sie frisch und trockneten einen Teil davon an der Luft – für den Winter und für unsere Feste. Wir waren jeden Sommer da, bis die Regierung einen Damm baute, der den Flusslauf in den 1950er-Jahren überflutete.«

Er schaute Emily an. »Kommerzielle Fischer waren damals am Columbia schon weitverbreitet und schmälerten unsere Fangmengen. Doch es war der Damm, der für mich das Ende darstellte. Er nahm uns ein Stück unseres Lebens. Nur war das noch nicht alles. Dieses *ganze* Land war früher, vor dem Vertrag von 1855, Yakama-Land. Selbst nach dem Vertrag behielten die Yakama das Recht zum Jagen, Fischen und Sammeln in diesem Gebiet. Als dann 1944 Hanford gebaut wurde, zog man einen Zaun darum. Damit fielen am Columbia Dutzende weiterer Fischplätze der Yakama weg. Auch die Sammel- und Jagdplätze der Yakama waren plötzlich Sperrgebiet. Dann fingen sie an, hier ihr Plutonium herzustellen. Sie benutzten das Wasser des Columbia für die Kühlung und kippten tonnenweise radioaktives Abwasser in den Fluss. All dieses Land um uns herum und der Fluss wurden zu einer großen ungenehmigten Müllhalde.«

Ted warf den Stein weg. »Ich erinnere mich an einen Sommer in unserem Celilo-Lager vor dem Dammbau. Nachdem wir die ganze Nacht den Geschichten der Alten zugehört hatten, ging mein Vater mit mir zurück zu unserem Zelt. Wir beide rochen nach Rauch vom Lagerfeuer, und ich schwelgte noch in den Geschichten der Alten, wie sie Pferde gejagt hatten und über diese Hügel geritten waren. Mein Vater beugte sich zu mir hinunter und deutete auf das Lager. Dann kam er ganz dicht an mich heran – so dicht, dass ich spüren konnte, wie seine Lippen mein Ohr berührten – und flüsterte: ›Behalte dies im Gedächtnis, mein Sohn. Behalte es im Gedächtnis, denn es vergeht.‹«

Ted schwieg einen Moment. »Tja, er hatte recht. Es verging. Hanford kam, die Dämme wurden gebaut, und damit veränderte sich hier draußen alles.«

Die Nacht wurde still. Heather hatte den Blick abgewandt und schaute über die Wüste. Ryan fragte sich, was sie wohl über die Worte ihres Großvaters dachte. Spürte sie den Verlust eines Ortes, den sie selbst nie erlebt hatte? Den ihre Kinder nie erleben würden?

Ted schnaubte. »Ende der 1980er-Jahre wurde die Produktion in Hanford schließlich eingestellt und man sagte uns, dass wir eines Tages wieder unsere Fisch- und Jagdrechte hier ausüben könnten – wenn sie das Land je dekontaminieren konnten. Dann würden wir ein Stück von dem wiederbekommen, was sie uns weggenommen hatten. Das wird nie passieren, wenn sie anfangen, das Gelände wieder wie ein Atommüllendlager zu behandeln – oder in Hanford wieder mit Kernforschung beginnen, wie Covington es im Geheimen schon seit sieben Jahren tut. Sie fragen mich, warum wir alle darin verwickelt sind? Wir wollen, dass es aufhört und dass noch etwas übrig ist, das sie den Yakama zurückgeben können.«

»Also arbeiten Sie für das Volk der Yakama?«, fragte Emily.

Im schwachen Sternenlicht sah Ryan, wie Ted den Kopf schüttelte. »Das ist eine politische Frage, nicht wahr?«, sagte er. »Ich befasse mich nicht mit Politik. Ich bin bloß ein Rancher.«

Ryan verkrampfte sich der Magen, als er begriff, wie vergeblich das alles war. »Schauen Sie, Ted. Wenn wir durch Kierans Prozess die Wahrheit ans Licht bringen, gewinnen alle. Wolffia wird eingestellt; die Aufräumarbeiten werden besser überwacht und in Hanford findet keine Forschung mehr statt. Aber das können wir nicht schaffen, wenn Sie mir nicht dieses Stück Metall geben und ich es benutzen kann, um von der Richterin eine sofortige Inspektion von L5 zu fordern. Wenn Sie befürchten, dass Covington diesen Platz leer räumt, könnte ich sie bitten, die Stelle polizeilich schützen zu lassen, bis die Inspektion erfolgt ist.«

»Wie hoch ist die Wahrscheinlichkeit, dass sie Ihrem Antrag stattgibt?«, fragte Ted.

Ryan dachte einen Moment nach. »Fünfzig Prozent.«

»Sie klingen wie ein Wetteransager«, sagte Ted. »Ich werde nicht unsere ganze Arbeit für eine fünfzigprozentige Wahrscheinlichkeit riskieren.«

Fakt war: Ryan hatte keine Ahnung, ob die Richterin auf der Grundlage eines radioaktiven Metallstücks Polizei ins Sperrgebiet beordern würde. Bei Richter Renway war diese Chance gleich null gewesen. Und bei Johnston?

»Hatten Sie irgendetwas mit dem Rückzug von Renway zu tun?«, platzte Emily plötzlich heraus, als wäre ihr der Gedanke gerade in den Sinn gekommen.

Gute Frage, dachte Ryan anerkennend. Ted zuckte die Schultern. »Ich habe einen Cousin, der bei der *Park National Bank* arbeitet«, sagte er. »Der hat mir von den Obstplantagen des Richters erzählt.« Dann erklärte Ted die Gründe für den Rückzug des Richters.

Ryan musterte Ted, als er seine Ausführungen beendet hatte. »Das war riskant. Renway hätte zum FBI gehen und versuchen können, Sie und Ihren Cousin dafür dranzukriegen, dass Sie seine privaten Dokumente verwendet haben.«

»Richter Renway ist schon alt«, erwiderte Ted. »Wie auch ich. Ich erinnere mich noch genau, wie er zum Richter ernannt wurde. Wenn er uns hätte drankriegen wollen, dann wäre sein ›Interessenskonflikt‹ sowieso herausgekommen. Vielleicht auch andere Dinge, die er für Hanford getan hat. Warum sein Lebenswerk als Richter riskieren? Ich dachte mir, dass er den leichten Weg einschlägt und einfach von Kierans Fall zurücktritt.«

Ryan dachte noch weiter darüber nach, wie sie die Information über diese Mülllagerstätte in ihrem Prozess verwenden könnten. »Ich brauche Zeit, um zu überlegen, ob es noch andere Möglichkeiten gibt«, beharrte Ryan müde. »Ich kann diese Beweismittel nicht aufgeben. Und ich möchte Sie immer noch überzeugen, mir das Metallstück aus Ihrem Stall zu überlassen.«

Ted seufzte. »Es ist spät«, sagte er, und sein Alter war jetzt deutlicher in seiner Stimme zu hören. »Ich bin alt und ich bin müde. Sie denken nach, während wir nach Hause reiten.«

44

Ryan nippte an seinem Orangensaft und bemühte sich, wach zu werden. Er hatte nur wenige Stunden geschlafen. Den Rest der kurzen Nacht, nachdem er von der Pollock-Ranch zurückgekehrt war, hatte er damit zugebracht, die Decke anzustarren, während der Prozess müde in seinem Hirn umherkreiste.

Ihm war keine neue Idee gekommen, wie er das Gericht dazu bewegen konnte, den Ortstermin zu erlauben, oder wie er Ted ausreichend entgegenkommen konnte, damit er das Metallstück herausgab. Bis dahin mussten sie so weitermachen wie letzte Woche: weitere Arbeiter befragen und verhindern, dass Kierans Prozess zum Abschluss kam, bis sie einen Plan hatten, um Richterin Johnston einen Ortstermin in L5 abzuringen.

Sie konnten wahrscheinlich zwei, vielleicht drei Tage herausschlagen. Wenn er nach zwanzig Jahren im Gerichtssaal die Kunst des Hinauszögerns nicht gelernt hatte, dachte Ryan, dann war er eine Schande für jeden Zivilrechtsanwalt.

Er ging nach oben, um Emily zu wecken und unter die Dusche zu gehen. Außerdem musste er auf dem Weg zum Gericht noch an einem Café anhalten. Das war mindestens ein Zwei-Tassen-Morgen. So viel Koffein brauchte er mindestens, um den ganzen langen Tag, der vor ihm lag, vor Richterin, Jury und Covingtons Anwalt herumzutanzen.

* * *

Sein Bürotelefon klingelte, als Adam gerade einen Aktenkoffer für die letzte Nachbesprechung mit dem Projektteam heute Morgen packte. Adam schaute auf das Display mit der Rufnummernerkennung. Es war das Büro von Direktor Cameron Foote.

»Adam Worth«, meldete er sich.

»Hallo, Mr Worth? Hier ist die Sekretärin von Mr Foote. Er bittet Sie, in sein Büro zu kommen.«

Adam schaute auf die Uhr. »Ähm, ich habe gleich eine Sitzung. Ist es möglich …«

»Mr Foote bittet darum, dass Sie unverzüglich kommen«, unterbrach sie ihn.

Adam versprach es ihr und legte auf.

Was konnte so dringend sein? Seine Projektberichte für Foote waren in den letzten zwei Wochen durchweg positiv gewesen. Die Informationen über den Prozess waren eher problematisch, aber Adam hatte vor Foote wenig von seiner Beunruhigung über die Vorgänge vor Gericht durchblicken lassen, und keine Details.

Fünf Minuten später winkte ihn Footes Sekretärin mit einer Handbewegung ins Allerheiligste. Adam streckte sich und trat durch die Tür.

»Kommen Sie herein, Adam«, sagte der Direktor und setzte unnötigerweise hinzu: »und schließen Sie die Tür.«

»Adam«, begann Foote, noch bevor er seinen Platz erreichen konnte, »ich habe einen beunruhigenden Anruf bekommen. Er hat mit Ihrem Gerichtsverfahren zu tun.«

Ihr Gerichtsverfahren. Wann war das Adams Gerichtsverfahren geworden?

»Der Anruf kam von Seth Varney vom Inspektionsbüro in der regionalen Zweigstelle des Energieministeriums. Ich höre nicht oft von dem Mann. Solange unsere Berichte den Standards entsprechen, lassen sie uns normalerweise in Ruhe arbeiten. Aber offenbar hatten sie in den letzten eineinhalb Wochen jeden Tag einen Vertreter in der Gerichtsverhandlung sitzen. Varney sagte, dass der gegnerische Gutachter für einige Bedenken gesorgt habe, was die Gründlichkeit von Covingtons Untersuchungsbericht bezüglich der Explosion vom Oktober betrifft.«

Adam verkniff sich das »Habe ich es Ihnen nicht gesagt?«, das ihm auf den Lippen lag.

»Adam, Mr Varney will, dass sein Mann eine Inspektion von L5 durchführt. Besonders wollen sie sich die untere Etage anschauen, die offenbar in Ihrem Verfahren Gegenstand mehrerer Diskussionen war.«

»Aber das geht nicht, Sir«, schoss Adam zurück. »Sie wissen ja, dass wir den letzten Test erfolgreich abgeschlossen haben, aber wir haben die Ausrüstung noch nicht entfernt. Und wir haben seit der Explosion von Oktober dort unten Verbesserungen eingeführt: stärkere Sicherheitsmauern, einen längeren Handschuhkasten und eine größere Kammer. Diese Veränderungen lassen sich bei einer stillgelegten Anlage nicht erklären. Und da wir behaupten, dass die untere Etage seit den Achtzigern nicht mehr genutzt wird und von der Explosion nicht betroffen war, könnten wir nicht einmal ansatzweise erklären, warum sie leer geräumt und gesäubert wurde.«

Das ist ein Desaster, dachte Adam. Der Plan war gewesen, die Tests zu beenden und L5 dann zum Abriss freizugeben, damit es nicht mehr stand, bevor irgendjemand die geschlossene untere Etage von L5 besuchen konnte. Doch sie waren davon ausgegangen, dass sie noch Wochen Zeit hatten, um das zu erledigen.

»Die Bedeutung dieser Anfrage ist mir klar«, sagte Foote mit regungslosem Gesicht. »Haben wir Zeit, die untere Ebene von L5 wieder ungefähr in den optischen Zustand zu bringen, den sie vor dem Beginn von Projekt Wolffia hatte?«

Adam wusste, dass das *unmöglich* war, sosehr Foote dieses Wort auch verabscheute. »Nein«, erwiderte er einfach. »Das würde Monate dauern.«

Foote zog die Augenbrauen fragend hoch. »Und was schlagen Sie dann vor?«

Adams Gehirn raste durch die bestehenden Möglichkeiten: einreißen, entsorgen. Es war nicht möglich, L5 für eine Inspektion des Energieministeriums herzurichten. Wenn sie das könnten, hätten sie vor Gericht Harts Anträgen auf einen Ortstermin nachgegeben. Abgesehen von einer weiteren Explosion in den Räumen fiel ihm keine Möglichkeit ein, die Veränderungen zu vertuschen, die sie dort vorgenommen hatten.

Eine weitere Explosion.

»Sir«, sagte Adam, »es gibt eine Möglichkeit. Die ist aber riskant.«

Er erwartete fast, dass Foote ihn nach einer Definition von *riskant* fragte. Das tat er aber nicht. Stattdessen musterte der Direktor Adam über den Schreibtisch hinweg.

»Als ich Sie für dieses Projekt engagierte«, begann Foote, »beendeten Sie gerade die Arbeit an dem Teilchenreaktor in Georgia. Erinnern Sie sich daran?«

Adam nickte und fragte sich, warum der Mann für einen weiteren Vortrag warmlief.

Der Direktor erwiderte das Nicken. »Sie haben dort sehr gute Arbeit geleistet. Die Budgetziele punktgenau erreicht. Aber eines Tages, als ich Ihre Arbeit durchging und überlegte, Sie für Projekt Wolffia zu engagieren, rief mich ein Auditor von Covington an, um mir zu sagen, dass er ein Problem entdeckt hatte. Es gab einen ungewöhnlichen Ausgabeposten, ziemlich gut versteckt, den der Revisor zu einem Ingenieur in einer anderen Firma zurückverfolgte.«

Adams Stimmung, die in letzten Wochen schon Achterbahn gefahren war, ratterte erneut mit einem widerlichen Rucken los.

»Wir beide wissen, von wem ich rede, nicht wahr, Adam?«, fuhr Foote fort. »Das war der Mann, den Sie bestochen haben, damit er uns die interne Software lieferte, die die andere Firma uns nicht verkaufen oder weiterlizenzieren wollte.«

Das ist die Einleitung zur Kündigung, dachte Adam. *Vielleicht zur Erpressung. Aber warum jetzt?*

»Das konnte ich nicht gutheißen«, sagte Foote mit einem Stirnrunzeln, »und mein erster Impuls war, Sie feuern zu lassen. Doch Sie haben Covington kein Geld gestohlen. Sie haben die Regeln gedehnt, um ein Projekt fertigzustellen, das der Firma wichtig war. Also habe ich es vergessen.«

Foote richtete seine ohnehin steife Gestalt auf. »Ich habe es vergessen. Denn genau das wollte ich für Projekt Wolffia. Jemanden, der sich *derart* für den Erfolg einsetzte. Sie wissen ebenso gut wie ich, dass dieses Projekt zwar überlebenswichtig für Amerika ist, aber keine legale Unternehmung. Ich brauchte jemanden, der genug an unsere Sache glaubt, um die Grauzone zu akzeptieren, in der wir uns bewegen, und das Projekt durchzieht, auch wenn Grenzen überschritten werden müssen. Sie glauben doch immer noch an das, was wir tun, oder, Adam?«

Das schon wieder. »Ja«, erwiderte Adam nachdrücklich.

»Und wir sind so nah am Ziel.«

»Ja.«

Das unverkennbare Muskelspiel eines Lächelns erschien auf Footes Gesicht – so ungewohnt, dass Adam zunächst daran zweifelte.

»Adam, erzählen Sie mir nichts von den Risiken. Ich erwarte von Ihnen nicht, dass Sie ein Pfadfinder werden. Tun Sie, was Sie müssen … im angemessenen Rahmen. Doch sorgen Sie dafür, dass diese Inspektion vom Energieministerium nicht alles kaputtmacht – wo wir doch so nah dran sind.«

45

Emily führte heute die Zeugen durch ihre Aussagen und ging dabei langsam und stetig vor, wie Ryan sie gebeten hatte. Seltsamerweise war Eric King heute Morgen zum ersten Mal abwesend und überließ es seiner Mitarbeiterin, Notizen zu machen und sich auf das Kreuzverhör vorzubereiten.

Vielleicht hatte sich King ausgerechnet, dass die Parade von L5-Arbeitern, die sie in den Zeugenstand holten, reine Zeitverschwendung war, dachte Ryan. Vielleicht hatte er beschlossen, eine Runde Golf spielen zu gehen.

Ryan schaute in den Zuschauerraum. Poppy war noch nicht von einer Besorgung zurückgekehrt, aber Dr. Trân saß hinten im Saal. Jetzt, da Ryan wusste, wie weit Dr. Trâns Wissen reichte, hatte er den Wissenschaftler gebeten, an den meisten Prozesstagen anwesend zu sein, falls Ryan Fragen hatte.

Als Nächstes schaute Ryan zur Jury. Die Geschworenen waren gelangweilt – nie ein gutes Zeichen für die Anklage. Selbst die Lehrerin verlor langsam die Geduld. Sie war klug genug, um zu wissen, dass die letzten zwei Tage, seit Poppy den Zeugenstand verlassen hatte, reines »Füllmaterial« gewesen waren.

Sie verloren die Jury.

Gestern Abend hatte Ryan endlich einen Plan geschmiedet. Es war ein schmerzhaft langes Spiel über Bande, aber etwas anderes konnte er sich jetzt nicht aus den Fingern saugen, um der Richterin einen Ortstermin in L5 abzuringen. Und sobald dieser Zeuge durch war, würde Ryan den Versuch starten.

»Uns läuft die Zeit davon«, hatte Ryan gestern Abend zu der Versammlung aus Kieran, Emily und Poppy im Wohnzimmer ihres Behelfsbüros gesagt. »Mir fällt kein Beweis ein, der stark genug wäre um Richterin Johnstons Meinung bezüglich der Besichtigung von L5 zu ändern. Also schlage ich vor, dass wir die Richterin auf andere Weise unter Zugzwang bringen: Wir reichen einen späten Antrag auf Beweismittel ein, die Pauline verlangt *hätte*, wenn Covingtons Untersuchungsbericht nicht eine Reihe von Fakten verschwiegen hätte. Dann nutzen wir diesen Antrag als Druckmittel, um den Ortstermin zu bekommen.«

Emily sah aus, als hätte sie kein Wort verstanden. Den anderen ging es nicht besser. »Okay«, sagte Ryan, »hört es euch einfach mal an.«

Er wandte sich Poppy zu. »Sie sagten, der Typ von der Personalabteilung, der Sie wegen Ihrer Aussage durch die Mangel gedreht hat, habe behauptet, das Licht sei in jener Nacht ausgegangen, weil eine Sicherung durchgebrannt sei. Ich vermute Folgendes: Wenn der Gebäudemanager von L5 wusste, was in jener Nacht dort los war - wovon wir fast mit Sicherheit ausgehen können -, dann hat er wahrscheinlich das Licht ausgeschaltet, um die Rauchfahne zu verschleiern, die Sie gesehen haben. So wollten sie Zeit für die Entscheidung finden, was zu tun war. Also bitten wir um das Reparaturprotokoll für die geheimnisvolle, nicht existierende ›durchgebrannte Sicherung‹.«

Ryan hob zwei Finger, um den zweiten Punkt anzukündigen, und schaute immer noch in Poppys Richtung. »Zweitens sagten Sie, der Personaler habe behauptet, dass Lewis' Waffe getestet wurde, um zu bestätigen, dass sie nie abgefeuert wurde. Okay. Wir können um eine Kopie des angeblichen Waffenprotokolls für L5 bitten, um zu bestätigen, dass die Waffe ordnungsgemäß zur Überprüfung geschickt wurde.«

Als Nächstes wandte er sich Kieran zu. »Drittens bitten wir um Ihre Arbeitsschuhe, die Sie nie zurückbekommen haben. Die Strahlung, auf die sie getestet werden sollten, haben sie sich wahrscheinlich aufgrund der Vorgänge in der unteren Etage von L5 aufgeladen.«

Ryan richtete den Blick wieder auf Poppy. »Sie befürchten, dass Covington Lewis irgendwo versteckt hat - oder Schlimmeres. Also verlangen wir von Darter Security Unterlagen über Lewis' Versetzung nach Savannah River.«

Noch einmal schaute Ryan die ganze Gruppe an. »Der Richterin werden all diese späten Beweisanträge nicht gefallen, aber sie wird sich darüber im Klaren sein, dass wir schon früher um diese Informationen gebeten hätten, wenn der Untersuchungsbericht vollständig gewesen wäre. King wird aufstehen und dagegenhalten, dass es Wochen dauern könnte, das alles zusammenzustellen. *Gut,* sagen wir dann der Richterin, *wir verzichten auf unseren Antrag auf all diese neuen Beweismittel - wenn Sie uns die Besichtigung von L5 gestatten.*«

Kieran hob die Hand. »Aber würden wir dann nicht sehr viel für den Ortstermin in L5 aufgeben?«

Ryan schüttelte den Kopf. »Die Schuhe, das Waffenprotokoll, die Versetzungsunterlagen - diese Beweise werden Covington mit seinen Erklärungen gegenüber Poppy und Kieran als Lügner entlarven. Aber keiner davon wird uns helfen, den Fall zu gewinnen. Das können wir nur, wenn wir die Existenz der anderen Sprengstoffe beweisen können.«

Er schaute sich im Raum um und sah Emilys Skepsis, Poppys Nachdenklichkeit und Kierans Begeisterung.

»Selbst wenn Sie es nicht schaffen, diese Waffenprotokolle zu bekommen«, bot Poppy an, »mein Sohn Michael ist auch Wachmann. Er könnte wahrscheinlich eine Kopie vom L5-Waffenprotokoll aus dem zentralen Sicherheitsbüro von Hanford bekommen, wo alle Protokolle aufbewahrt werden.«

Ryan nickte. »Das ist gut, Poppy. Aber, Emily, bist du einverstanden, dass wir diese Taktik ausprobieren?«

Seine Tochter schüttelte den Kopf. »Ich habe nichts Besseres zu bieten, Dad.«

Es war nicht gerade ein Vertrauensvotum, aber Ryan nahm es als das Beste, was er bekommen würde.

Und jetzt war es an der Zeit, die Sache auszuprobieren. Emily beendete gerade am Sprecherpult ihre Zeugenbefragung. »Keine weiteren Fragen«, sagte sie. Die Anwältin von Covington schaute von ihren Notizen auf. »Keine Fragen, Euer Ehren«, kam ihr Echo.

Ryan griff nach seinem Potpourri von Anträgen und trat ans Pult. »Euer Ehren«, begann er, »die Anklage bittet darum, sich einen Moment ohne Anwesenheit der Jury an dieses hohe Gericht wenden zu dürfen.«

Richterin Johnston musterte Ryan sorgfältig, bevor sie dem Gerichtsdiener ein Zeichen gab, die Jury hinauszuführen.

Als Ryan die Liste seiner jetzt gewünschten Beweismittel durchging, sah er, wie auf dem Gesicht der Richterin Sturmwolken aufzogen. Sie wusste, dass das den Fall verzögern würde. Dennoch gestattete sie ihm zu seiner Erleichterung, ohne Unterbrechung zu sprechen.

Fast fünfzehn Minuten später beendete Ryan seine Eingabe. Während seiner Schlussbemerkungen hörte er, wie sich die Tür des Gerichtssaals hinter ihm öffnete. Augenblicke später erschien Eric King und setzte sich, leicht außer Atem, an den Tisch der Verteidigung.

Ryan schloss mit seinem Kompromissangebot: den Ortstermin in L5 gegen die Herausgabe der Beweismittel. Als er sich setzte, warf er einen letzten Blick in die vor Wut glühenden Augen der Richterin.

King war sofort auf den Beinen.

»Euer Ehren«, sagte der Covington-Anwalt, immer noch einen leichten Schweißfilm auf der Stirn, »heute Morgen hatte ich eine Konferenz mit meinem Mandanten. Im Interesse eines schnellen Abschlusses dieses Verfahrens ist Covington bereit, seinen Widerspruch gegen einen Ortstermin in L5 aufzuheben - vorausgesetzt, seine Sicherheitsbedenken werden im Protokoll festgehalten.«

Ein ungläubiger Ausdruck schoss über das Gesicht der Richterin – und über Ryans. »Sie bieten an, den Ortstermin zu genehmigen, Mr King?«, fragte sie ungläubig.

»Ja, Euer Ehren. Den Protokollvermerk vorausgesetzt.«

Richterin Johnston drehte sich kopfschüttelnd zu Ryan um. »Mr Hart, ich nehme an, das ist akzeptabel?«

»Ja«, antwortete er völlig entgeistert. Die Richterin wandte sich wieder King zu. »Erklären Sie die Sicherheitsbedenken.«

King nickte. »Frau Vorsitzende, man hat mir erklärt, dass sich auf der unteren Etage von L5 unter dem Mischraum Nr. 365 ein großer, leerer Produktionsraum befindet - unberührt seit Ende der 1980er-Jahre. Dennoch muss daran erinnert werden, dass diese Räume einst das Herz der Plutoniumproduktion im Gebäude und für die ganze Anlage waren. Als die Produktion eingestellt wurde, wurden Werkzeuge, Materialien und Geräte dort liegen gelassen, wo sie waren. Es ist möglich, dass diese Gegenstände über die Jahrzehnte die Umgebungsstrahlung aus der Atmosphäre aufgenommen haben. Dadurch entsteht die Möglichkeit eines Auslegungsstörfalls.«

Ryan konnte das Klappern der Tasten unter den Fingern der Gerichtsschreiberin hören, als die Richterin antwortete: »Was meinen Sie mit ›Auslegungsstörfall‹?«

»Man hat mir erklärt«, fuhr King fort, »dass, wenn zwei radioaktive Objekte einander angenähert werden, das Auftreten einer Kettenreaktion möglich ist, eine plötzliche Freisetzung von Hitze und Strahlung, die Gifte, weitere Kettenreaktionen oder ein toxisches Feuer auslösen kann. Es ist unmöglich, mit Gewissheit vorauszusagen, wann das geschehen oder wie schwerwiegend es sein wird. Zur Beseitigung dieser Gegenstände ist besondere Vorsicht nötig, um einen solchen Vorfall zu vermeiden, und dies ist einer der Gründe, warum L5 zu den letzten zwei Dutzend stillgelegten Gebäuden gehört, die erst noch ganz geräumt und zerstört werden müssen.«

Die Richterin sah besorgt aus. »Auf Grundlage Ihrer Ausführungen, Herr Anwalt, habe ich Bedenken, dass es möglicherweise nicht ungefährlich ist, den Ortstermin zu gestatten – selbst wenn Covington jetzt dazu bereit ist.«

»Euer Ehren«, begann Ryan nervös und erhob sich, »drei Explosionen, die stark genug waren, um Raum 365 zu zerstören, geschahen drei Etagen über derjenigen, die wir besichtigen wollen. Aber sie waren nicht stark genug, um eine solche Kettenreaktion auszulösen. Ich bezweifle doch sehr, dass eine einfache Besichtigung es schaffen würde.«

Ryan schaute zu Dr. Trân, der immer noch im Zuschauerraum saß. »Euer Ehren, unser Experte Dr. Minh Trân ist heute hier. Könnte er sich vielleicht zu dieser Frage äußern?«

Die Richterin nickte zustimmend.

»Euer Ehren«, begann Dr. Trân und erhob sich, »ich würde sagen, das Risiko ist minimal, fast verschwindend gering. Diese Anlagen waren zwei Jahrzehnte lang und länger stabil. Eine Explosion infolge einer spontanen Reaktion von radioaktiven Rückständen ist extrem unwahrscheinlich. Ich kann natürlich nichts über die mögliche Detonation anderer Substanzen sagen, die meiner Aussage nach wahrscheinlich an der Explosion vom 16. Oktober beteiligt waren – wenn sie sich noch dort befinden.«

Die Richterin schwieg lange. »Meine Herren«, sagte sie dann schließlich, »ich werde eine Besichtigung von L5 gestatten, und zwar morgen Nachmittag um sechzehn Uhr. Damit haben Sie vierundzwanzig Stunden, Mr King, um die Räumlichkeiten vorzubereiten und Gefährdungen auszuschließen. Ich werde gestatten, dass jeder von Ihnen einen Berater und einen Experten Ihrer Wahl mitbringt. Covington soll einen Mitarbeiter von L5 festlegen, der uns durch die Anlage führt. Und ich beabsichtige teilzunehmen.«

»Euer Ehren?«, rief King aus.

»Ja, ich werde teilnehmen. Die Schlussfolgerungen, die die Theorien der Anklage in diesem Fall nahelegen, sind außergewöhnlich. Ich beabsichtige, bei der Besichtigung anwesend zu sein. Gerichtsdiener, bitte entlassen Sie die Jury bis zum Tag nach dem Ortstermin, also Freitagmorgen.«

Der Hammer fiel. Binnen Minuten war Ryan allein mit Emily und Kieran in dem plötzlich leeren Gerichtssaal.

Ryan wartete, bis Emily ihre Unterlagen einsammelte, immer noch staunend über Kings unglaubliche 180-Grad-Drehung. Während Emily einpackte, unterhielt sie sich lebhaft mit Kieran über die Wendung der Ereignisse.

Ryan wollte die gleiche Begeisterung empfinden, die Emily an den Tag legte - aber so begeistert er war, dass der Augenblick, um den sie gekämpft hatten, endlich da war ... das Gefühl wollte sich nicht einstellen. Denn Covington war nicht gezwungen worden, diese Pattsituation zu durchbrechen: Sie hatten dem Ortstermin *zugestimmt*. Covington und King hätten das nicht getan, wenn sie nicht überzeugt wären, dass es in L5 kein Beweismaterial gab, das Kierans Klage stützen würde.

Vielleicht hatten sie alles gereinigt. Vielleicht gab es nie etwas zu finden. So oder so, dies konnte sich als sinnlose Übung herausstellen.

Inmitten seiner Zweifel dachte Ryan wieder an ihren Wissenschaftler Dr. Trân, so selbstbewusst in seinen Schlussfolgerungen und so überzeugt, dass er in den Tiefen von L5 weitere für ihre Klage hilfreiche Belege finden würde. Ryan rief sich den Rat ins Gedächtnis, den seine Frau ihm bei der gemeinsamen Arbeit wiederholt gegeben hatte: *Manchmal kannst du nichts weiter tun, als den Menschen um dich herum zu vertrauen.* Das war eine einfache Empfindung, die für Ryan nie einfach gewesen war.

Morgen würde er erneut versuchen, diesem Rat zu folgen. Er hatte gar keine andere Wahl. Er würde sein Vertrauen in die Fähigkeiten von Dr. Trân setzen. Wenn der Zeitpunkt kam, würde Ryan tief Luft holen und bei ihrem Gang durch die Korridore des Kellers von L5 hoffen, dass ihr Nuklearwissenschaftler schlauer war als der von Covington.

46

Emily beobachtete den Mitarbeiter, der sie herumführen würde und sie alle eben am Eingang zur »dunklen Seite« von L5 zusammenrief: ihren Vater, Dr. Trân, Eric King, Richterin Johnston und sie selbst. Jeder von ihnen hielt eine Atemschutzmaske in der Hand. Dr. Trân trug eine Tasche mit Probenbehältern und Instrumenten in der anderen. Mit Ausnahme von Dr. Trân sahen alle ein wenig nervös aus.

Der Mitarbeiter stellte sich als Hank vor. »Es ist alles in Ordnung«, sagte er mit einem Lächeln. »Sie brauchen nicht nervös zu werden. Ich arbeite schon seit sieben Jahren in diesem Gebäude und bin immer noch gut in Form.«

Was bedeutet, dass er in Projekt Wolffia eingeweiht sein muss, dachte Emily mit einem kalten Schaudern.

Hank deutete auf das Dosimeter das sich an seiner eigenen Brust befand. Es entsprach denen, die auch alle anderen trugen. »Diese kleinen Marken zeigen an, mit wie viel Strahlung Sie bei dieser Besichtigung in Berührung kommen - wenn überhaupt. Dann können wir jede Dosis ausrechnen, die Sie aufgenommen haben. Aber auch das ist eine reine Vorsichtsmaßnahme. Der durchschnittliche Hanford-Arbeiter leistet hier fünf Schichten pro Woche, 240 bis 245 Schichten pro Jahr, und kann ein langes Arbeitsleben ohne Strahlungsschäden haben. Stimmt's, Red?«

Der Materialverwalter Red Whalen in der Materialausgabe auf der anderen Seite des Raumes brummte zustimmend.

Obwohl er sich an dem kurzen Wortwechsel mit Hank beteiligte, fand Emily, dass der Materialverwalter besorgt wirkte. Auch Red Whalen musste ein Mitglied von Team Wolffia sein, dachte sie, wenn man bedenkt, dass er hier arbeitet und er derjenige war, der Taylor Christensen bearbeitet hatte. Plötzlich fühlte sich Emily, als befänden sie sich mitten in einem feindlichen Lager.

Mit einem letzten Wink, ihm zu folgen, drehte sich Hank um und ging durch die Tür auf die »dunkle Seite«.

Sie gingen den einsamen Korridor entlang. Ihre Schuhe scharrten auf dem harten Boden wie ein Tanzensemble ohne Musik. Hank ging vorneweg, Dr. Trân hinter ihm und Eric King an seiner Seite. Ryan folgte mit Emily neben sich. Die Richterin ging zuletzt.

Hank rief ihnen über die Schulter zu, dass laut Protokoll zwar heute Personal im Gebäude Dienst tat, doch keiner war im Keller. »Wir sind hier heute ganz für uns«, sagte er.

Auf halbem Weg in dem langen Korridor kam Hank an eine Treppe, die nach unten führte. Er schaltete ein Licht oberhalb der Treppe an und führte sie dann hinunter.

»Was werden wir dort unten sehen?«, fragte Ryan.

»Wir gehen in einen ehemaligen Produktionsraum«, erwiderte Hank, ohne stehen zu bleiben, »direkt unter den Raum 365. Diese Räume wurden mitten in der Produktion stillgelegt. In dem Raum, den wir in Augenschein nehmen werden, stehen Tische und Arbeitsplätze mit Werkzeug und Ausrüstung, die für die Bearbeitung benutzt wurden. In den geschlossenen Handschuhkästen gibt es einige Plutoniumrückstände – oder auch vollständig verarbeitetes Material, das noch im abgeschlossenen Produktionsbereich liegt. Außerdem sind noch einige Chemikalien dort gelagert. Sie können durch die Sichtfenster schauen, wenn Sie wollen.«

Unten an der Treppe bog die Gruppe nach links ab. Emily ließ im Gehen einen Finger über die Korridorwand gleiten. Die glatten grünen Wände wirkten … anders, selbst in dem schlechten Licht.

Dann legte sie die ganze Handfläche an die Wandoberfläche. Sie war frisch gestrichen. Das war es. An den Wänden im Erdgeschoss war keine frische Farbe gewesen.

Emily sah, dass Dr. Trân, der nur wenige Schritte vor ihr ging, ebenfalls die Wände berührte und die Füße über den Boden zog. Emily schaute nach unten und bemerkte, dass auch die Böden frisch gestrichen waren. Dr. Trân war offenbar dasselbe aufgefallen.

»Sir«, rief Dr. Trân dem Hanford-Mitarbeiter zu, »es sieht so aus, als wären diese Wände kürzlich mit Bleifarbe gestrichen worden. Wird das nicht gemacht, um möglicherweise vorhandene Radionuklide abzudecken und zu binden?«

Hank lächelte über die Schulter hinweg. »Das stimmt. Wahrscheinlich eine reine Vorsichtsmaßnahme nach der Explosion letzten Oktober.«

Warum wurde dann das Erdgeschoss nicht gestrichen?, dachte Emily.

Am Ende dieses Korridors blieben sie an einer Doppeltür rechts von ihnen stehen. »Jetzt betreten wir einen kleinen Raum zwischen den äußeren Sicherheitstüren und einer zweiten Sicherheitstür, die in den Produktionsraum führt«, sagte Hank und deutete nach rechts. »Das war der Eingang zur Hauptproduktionsanlage von L5, als sie vor 1989 noch in Betrieb war – direkt unter Raum 365. Hinter der zweiten Tür liegt der eigentliche Produktionsraum. Seien Sie nicht überrascht, wie er aussieht. Denken Sie daran, diese Anlage wurde ganz plötzlich stillgelegt und mit der Erwartung, dass die Produktion jeden Tag wiederaufgenommen werden könnte. Es wird unordentlich und vielleicht sogar ein bisschen chaotisch aussehen.«

Hank drückte einen Türflügel auf und trat ein. King folgte ihm, dann Dr. Trân, und Ryan einen Schritt hinter ihm. Emily und die Richterin blieben etwas weiter zurück.

Der Eingangsbereich war breit, aber nicht tief; nur etwa zweieinhalb bis drei Meter trennten die beiden Türen voneinander. Hank, der Covington-Anwalt und Dr. Trân standen darin eng gedrängt nebeneinander, sodass Ryan noch halb im Korridor stand und die mit Federscharnieren versehene Tür offen hielt, damit sie Emily und der Richterin hinter ihm nicht entgegenschlug. Emily drängte sich dicht an die Schulter ihres Vaters, neugierig, was in dem Produktionsraum zu sehen war, sobald sich die innere Tür öffnete.

Hank drückte die Tür zum Produktionsraum auf, und man sah … nur Dunkelheit. »Ich mache gleich Licht«, sagte er, drehte sich nach rechts und verschwand in dem dunklen Raum.

King folgte ihm und trat hinter Hank einen halben Schritt in den Raum. Ryan und Dr. Trân wollten ihm folgen.

Durch die Tür, am anderen gerade noch sichtbaren Ende des Raumes, sah Emily, wie ein schwaches bläuliches Leuchten auftauchte, das stärker und größer wurde. *Wie eine Glühlampe, die gleich durchbrennt,* dachte sie.

In diesem Moment hörte Emily irgendwo in dem dunklen Raum Hanks sich überschlagende Stimme schreien: *»Raus hier!«*

Emily krampfte sich der Magen zusammen und es stieg ihr sauer im Hals auf. Sie drehte sich halb um, während die Richterin rückwärts in den Korridor stolperte. Ihr Vater packte sie von hinten, hob sie hoch und trug sie durch die äußere Tür, während Hank noch einmal und noch lauter schrie: *»RAUS HIER!«*

Dann stolperte ihr Vater und riss Emily mit sich zu Boden. Der harte Aufprall raubte ihr dem Atem, und ihr Vater stürzte neben ihr. Sie registrierte schwach, dass Dr. Trân und die anderen über sie stiegen und eilig durch die äußere Tür in den Korridor traten.

Die schweren Türen schlugen hinter dem Letzten aus ihrer Gruppe mit einem heftigen Schlag zu. Sofort erschütterte eine enorme Detonation die Wände, ließ den Fußboden erbeben und warf Dr. Trân und King neben Emily zu Boden. Nur Hank stand noch und stützte sich mit den Händen an der Wand ab. Emily sah, wie er sich bückte, um Richterin Johnston auf die Beine zu helfen, als eine weitere Explosion den Korridor erschütterte.

»Zurück nach vorn!«, schrie Hank jetzt und zeigte den Korridor hinauf in die Richtung, aus der sie gekommen waren. Emily zwang sich, ihre Angst in Schach zu halten, als sie mit der Hilfe ihres Vaters aufstand. Dann trat sie stolpernd den Rückzug an, die Hände an die Wand gedrückt, um sich angesichts der weiteren Explosionen, die den Beton um sie herum erbeben ließen, auf den Beinen zu halten. Sie erreichte die Treppe und begann hinaufzusteigen. Die eiligen Schritte der anderen folgten direkt hinter ihr. Dann rannte sie den ruhigeren Korridor im Erdgeschoss entlang, erreichte den Eingang, schoss durch die Tür und hinaus aus der »dunklen Seite«.

Die erdbebenartigen Explosionen hatten aufgehört, als sie sich endlich alle wieder atemlos und aufgewühlt bei der Materialausgabe versammelt hatten. Emily sah, wie sich Red Whalen umdrehte und den Hörer von einem Wandtelefon abnahm. Richterin Johnston versuchte, ruhig zu bleiben, obwohl Emily sehen konnte, dass sie den Tränen nahe war. Ihr Vater schien am meisten um Emily besorgt zu sein. Immer wieder musste sie ihm versichern, dass es ihr gut ging – während King wiederholt prüfend seine eigenen Arme, Beine und Seiten abklopfte, als suche er nach Wunden. Hank stand ein wenig abseits und zählte schweigend durch, bis er ihnen beruhigt die Anweisung gab, ihre Atemschutzmasken aufzusetzen. Emily tat es sofort und zog die Maske über Nase und Mund.

Was gerade passiert ist, ist schier unmöglich, dachte Emily, so als hätte sie in die unheimlichen Erinnerungen einer anderen Person hineingeschaut. Sie waren um ein Haar dem Feuertod in einem Störfall entgangen. Und wie durch ein Wunder hatten sie alle überlebt. Wenigstens sahen sie alle unversehrt aus. Emily konnte sehen, dass die anderen ebenso versuchten, das Geschehene zu verarbeiten, und in den Gesichtern ihrer Gefährten begann Erleichterung an die Stelle der Angst zu treten.

Dann fiel ihr Blick auf Dr. Trân.

Von ihnen allen war er der Einzige, der vollkommen ruhig wirkte. Er stand in einer Ecke ein wenig abseits von den anderen. Seine Kleidung war durch den Sturz schmutzig geworden und sein dichtes Haar war wirr. Doch abgesehen davon wirkte er, als hätte ihn die Beinahe-Katastrophe, die sie gerade überlebt haben, nicht erschüttert.

Emily kannte Dr. Trân nicht gut. Außer während der Prozessvorbereitungen hatte sie wenig Zeit mit dem Wissenschaftler verbracht. Doch sie hätte schwören können, dass im Gegensatz zu allen anderen die einzige Emotion, die Dr. Trân an den Tag legte, mühsam beherrschte Wut war.

Und sein Blick war auf den Rücken ihres Betreuers Hank fixiert, der nur wenige Meter entfernt stand.

47

»Erklären Sie es noch einmal«, sagte Emilys Vater.

Auf seinem Platz auf der Couch nickte Dr. Trân. »Gerne. Erstens ist es quasi unmöglich, dass unser Betreten allein in diesem Produktionsraum einen kritischen Zustand hervorgerufen hat. Zweitens entspricht das bläuliche Leuchten vor der Explosion zwar Berichten über plötzliche unkontrollierte Kettenreaktionen, doch die Explosion hätte dem

Auftreten dieses Leuchtens *sofort* folgen müssen und nicht, nachdem wir alle die Zeit hatten, den Raum zu verlassen.«

»Und … was wollen Sie dann damit sagen?«, fragte Emily. »Dass das Ganze inszeniert war?«

Dr. Trân zuckte die Schultern.

»Wenn das stimmt«, sagte Ryan, »dann hieße das, dass Hank diese scheinbar unkontrollierte Kettenreaktion hätte in der Dunkelheit herbeiführen müssen, bevor wir eintreten konnten - und uns dann aus dem Raum geschoben hätte. Und außerdem hätte er die Explosionen in Gang setzen müssen, die wir alle gespürt haben.«

»Das ist eine plausiblere Erklärung als die, die Covington uns liefert, nämlich, dass tatsächlich eine radioaktive Explosion erfolgt ist«, erwiderte Dr. Trân.

Das alles klingt viel zu sehr nach Verfolgungswahn, dachte Emily. Wie eine Verschwörung in einer Verschwörung. Doch dann erinnerte sie sich daran, dass ihr Vater Dr. Trân gegenüber anfangs ebenso skeptisch gewesen war - und damit hatte er recht gehabt.

»Selbst wenn das stimmt«, fragte sie, »wie können wir es beweisen? Wie können wir die Richterin überzeugen? Ich habe sie hinterher auf der Vorderseite von L5 gesehen: Sie hatte Todesangst - und war wahrscheinlich überzeugt davon, dass es ein Fehler gewesen war, uns da hineinzulassen.«

Dr. Trân schüttelte den Kopf. »Ich weiß nicht. Da Covingtons Leute die Ersthelfer vor Ort waren, werden sie inzwischen dafür gesorgt haben, dass der Raum so aussieht, als wäre durch unser Eintreten tatsächlich eine Reihe von unkontrollierten Kettenreaktionen ausgelöst worden.«

Ryan sah zum Umfallen müde aus, also setzte Emily die Fragen fort: »Wird dieser Vorfall nicht schon allein deswegen vom Energieministerium überprüft werden, weil er so *unwahrscheinlich* ist?«, fragte sie. »Oder von anderen Nuklearwissenschaftlern?«

»Natürlich«, erwiderte Dr. Trân. »Viele werden fragen, wie das passieren konnte. Aber das spielt keine Rolle: Skepsis ist kein Beweis. Die einzigen *Daten* im Protokoll werden Covingtons Behauptungen hundertprozentig stützen.«

Emily war an diesem Morgen fast ebenso sehr am Rande ihrer Kräfte wie ihr Vater - allerdings mehr aus Frustration als aus Müdigkeit. Da hatten sie endlich die »Besichtigung« bekommen, um die sie gekämpft hatten, und es war nichts weiter dabei herausgekommen als eine Bestätigung von Covingtons Sicherheitsbedenken, während jede Spur von potenziellen Beweisen im Zusammenhang mit den Explosionen vom Oktober vernichtet worden war. Außerdem hatte der *Sherman Courier* einen Artikel über den gestrigen Vorfall veröffentlicht, was bedeutete, dass die Jury höchstwahrscheinlich die Nachrichten gehört und gesehen hatte. Und diese stützten Covingtons Behauptung, das Kellergeschoss von L5 sei leer gewesen.

»Wir sind tot«, sagte Kieran, der neben Emily saß. »Das war's. Wenn die Jury nicht die Beweise schluckt, die wir ihr bisher geliefert haben, verlieren wir.«

Emily schaute Kieran mitleidig an. Ihre Wut hatte jetzt nachgelassen, seit Ted Pollock ihnen versichert hatte, Kieran zum Schweigen gezwungen zu haben. Trotzdem hatte sie gerade auch nicht die Energie, ihn zu trösten.

Als Nächstes schaute sie zu Poppy, der still am Küchentisch saß und quer durch den Raum in den Vorgarten schaute. *Denkt er an seinen ehemaligen Partner?*, fragte sie sich. Oder dachte er daran, dass er seine Familie in Gefahr gebracht hatte, indem er in einem scheinbar hoffnungslosen Gerichtsverfahren Partei ergriffen hatte?

Was also sollten sie jetzt tun?

»Ich geh joggen«, murmelte ihr Vater schließlich. Emily teilte seinen Wunsch zu fliehen. Sie lächelte verständnisvoll und zustimmend, als er nach oben ging, um sich umzuziehen.

* * *

Ryan zwang sich wieder den inzwischen vertrauten Hügel hinauf, überholte aber heute nur die langsamsten Läufer. Eine kühlende Brise umwehte ihn, doch das war das einzig Positive an diesem morgendlichen Lauf. Seine Beine fühlten sich wie Sandsäcke an.

Noch dazu hatte die körperliche Anstrengung nicht das gewünschte

Ergebnis: Das Laufen trug wenig dazu bei, seine erdrückende Niedergeschlagenheit aufzulösen.

Doch gegen diese gab es vielleicht gar kein Mittel. Obwohl er es nur höchst ungern zugab, stimmte er Kierans Einschätzung zu: Ihr Fall war jetzt offiziell tot.

Zum Glück kam die Kuppe des Hügels in Sicht, nur Augenblicke, bevor er aufgegeben hätte und in Schritttempo verfallen wäre. Hier oben auf dem Hügel befanden sich auch andere Besucher des Parks. Eine Gruppe von Teenagern spielte Frisbee. Zwei Pärchen picknickten auf Decken, die sie auf dem Rasen ausgebreitet hatten. Langsam ging Ryan auf die Bank zu.

Heute stand Larry Mann in seiner üblichen Laufkleidung neben der Bank und schaute nach Süden. Er schwitzte nicht, fiel Ryan auf; er musste schon eine Weile hier oben sein. Larry drehte sich zu Ryan um und lächelte.

»Wie läuft der Prozess?«, fragte er, kaum dass Ryan sich näherte.

Das schien das Lieblingsthema des Versicherungsagenten zu sein. Ryan schüttelte den Kopf. »Nicht so gut.«

Larry Mann nickte. »Ich muss zugeben, dass ich in der Zeitung von dem Störfall gelesen habe. Tut mir sehr leid zu hören.«

Vielleicht tat es ihm auch leid, aber Larry wirkte heute besonders gut aufgelegt – ein großer Kontrast zum letzten Mal, als sie sich gesehen hatten. »Das Gute geht mit dem Schlechten Hand in Hand«, erwiderte Ryan.

»Das muss schwer sein. Ist es schwierig, hier eine faire Jury zu bekommen?«

Ryan zuckte die Schultern. »Weiß ich nicht. Es gibt noch kein Urteil.«

Larry lächelte. »Natürlich. Sind Sie verheiratet, Ryan?«

Der plötzliche Themenwechsel war befremdlich, besonders in der Stimmung, in der Ryan sich befand. »Nein. Meine Frau ist vor einigen Jahren gestorben.«

»Das tut mir leid zu hören«, erwiderte Larry prompt – so rasch, dass Ryan kurz den Eindruck hatte, dass seine Witwerschaft dem Mann nicht neu war. »Stehen Sie Ihrer Tochter nah? Die den Fall mit Ihnen verhandelt? Ich habe davon in der Zeitung gelesen.«

Ryan schaute einem Flugzeug nach, das in der Ferne über sie hinwegzog – der einzige Farbfleck auf dem wasserblauen Himmel. »Ja. Ich glaube schon.«

»Das ist gut«, sagte Larry. »Väter sollten ihren Töchtern nahestehen, nicht wahr? Söhne und Mütter, Väter und Töchter … oder?«

»Wahrscheinlich.«

»Mein Vater war Börsenmakler«, sagte Larry.

»Lebt er nicht mehr?«, erkundigte sich Ryan.

»*Ist* Börsenmakler«, korrigierte sich der andere Mann.

Ryan wollte aus diesem unerwarteten Gespräch mit dem super-aufgedrehten Versicherungsagenten verschwinden. Hier herumstehen und eine Frage nach der anderen zu beantworten, war das Letzte, wonach Ryan der Sinn stand. »Ich sollte lieber gehen«, sagte er. »Hab noch eine Menge zu tun.«

»Ich auch«, sagte Larry, obwohl er noch keine Anstalten machte zu gehen. »Bis zum nächsten Mal.«

Ryan lief den Hang hinunter und dachte über die seltsame, beinahe manische Unterhaltung mit dem Versicherungsmakler nach. Sie hinterließ ein ungutes Gefühl bei Ryan. Doch als er die Ebene erreichte, war sein Kopf schon wieder bei dem Prozess.

Kieran hatte recht: Mit der aktuellen Beweislage waren sie tot. Ihre einzige Hoffnung war jetzt, die unterirdische Kammer auf dem Sperrgebiet öffnen zu lassen und zu hoffen, dass sie Beweise für den Atomwaffenzünder und Hinweise auf L5 enthielt. Und ihre einzige Möglichkeit dafür war das aufgefundene Metallstück – das Ted Pollock sie nicht benutzen ließ.

Ihm kam der Gedanke, die Herausgabe des Objekts gerichtlich anordnen zu lassen. Doch selbst wenn er mit dem Yakama-Rancher die Klingen kreuzen würde, war Ryan überzeugt, dass Pollock das Stück einfach vergraben würde, bevor er seine Existenz bestätigen und es vor Gericht offenlegen musste.

In seiner Verzweiflung überlegte Ryan, was vielleicht noch alles auf dem Sperrgebiet vergraben lag, wenn es schon ein Loch im Boden gab, in dem sich die geheimen Überreste dieses Zünder-Projektes befanden. Wie viele kartografierte und vergessene Müllhalden gab es dort mit

Unmengen von giftigen und harmlosen Objekten? Begrabene Geheimnisse aus Hanfords Vergangenheit – wie ein unterirdisches Museum der Vermessenheit der Menschen, die eine Fabrik gebaut hatten, in der eine so furchterregende Substanz wie Plutonium hergestellt worden war.

Wo in diesem Museum würde man den Leichnam ausstellen, den der Mann aus dem Covington-Personalbüro auf das Sperrgebiet geschafft hatte?, fragte sich Ryan. Was würde auf dem Erklärungsschildchen stehen? Und wer war diese Person, die zu einem der verlorenen Artefakte unter der Oberfläche der Hanford-Wüste geworden war? Konnte es tatsächlich Vandervork sein?

Der Gedanke an Poppys Partner riss Ryan aus seinen Überlegungen. Lewis Vandervork. Patrick Martin. Der Mann aus der Personalabteilung.

Wie wahrscheinlich war es, dass der gleiche Personalmanager, der für Poppy Martin und seine Aussage zur Explosion in L5 zuständig war, auch die Aufgabe hatte, eine Leiche auf das Hanford-Gelände zu schaffen? Was für einen miesen Job musste er haben, um *beide* Aufgaben zu bekommen?

Es sei denn, beides war Teil des gleichen Problems. Es sei denn, die Leiche stand tatsächlich in Verbindung mit der Explosion in L5.

Es sei denn, der Personaler steckte tief in beidem drin.

Dieser Gedanke verdrängte alle anderen. Ryan spürte, wie sich sein Schritt beschleunigte. Wenn der Leichnam im Zusammenhang mit der L5-Explosion stand, wäre seine Bestattung auf dem Sperrgebiet gar nicht seltsam, sondern ganz logisch. Und wenn der Leichnam im Zusammenhang mit der L5-Explosion stand, gab es nur einen logischen Ort, wo man ihn hinbringen würde. Und wenn der Personalmanager das Sagen hatte, gab es dann einen besseren Kandidaten, um die Leiche abzutransportieren?

Fast im Sprint erreichte Ryan das Büro.

* * *

»Das muss es sein«, wiederholte Ryan vor der kleinen Gruppe, die immer noch im Wohnzimmer beisammensaß.

Niemand achtete darauf, dass Ryan noch seine schweißnassen Sportsachen trug. Mit der Theorie, die er eben keuchend erklärt hatte, hatte Ryan die Aufmerksamkeit jedes Einzelnen im Raum gefesselt.

»Glauben Sie wirklich?«, fragte Poppy.

»Ja«, sagte Ryan. »Sie hatten angenommen, der Leichnam, den man an jenem Abend aus dem Pflegeheim wegbrachte, könnte Lewis sein – bis Sie den Gedanken abgeschrieben haben, weil schon so viel Zeit seit der Explosion vergangen war. Doch was, wenn die Leiche zu jemand anderem gehörte, der bei der Explosion in L5 verletzt wurde, aber neun Monate lang *überlebte*? Was, wenn es der Mann war, den Vandervork seiner Freundin zufolge meinte angeschossen zu haben? Oder jemand anderes, der bei der Explosion eine schwere Strahlendosis abbekommen hat? Wie Sie sagten, jemand, der direkt von der Explosion *getötet* wurde, wäre schon längst unter der Erde gewesen – und das Pflegeheim hätte unmöglich einen Leichnam so lange *lagern* können. Aber vielleicht hat man dort jemanden gepflegt.«

Emily hob die Hand. Ein Gedanke machte ihr Probleme. »Aber Dad, warum sollten sie die Leiche überhaupt aufs Sperrgebiet bringen? Warum sie nicht einfach auf dem Friedhof bestatten?«

»Vielleicht«, warf Dr. Trân ein, »weil die Leiche zu stark kontaminiert war, um anders entsorgt zu werden. Wie die anderen Trümmer der Explosion.«

»Also könnte es im Sperrgebiet eine Art Mausoleum geben, wo sie Menschen bestatten?«, fragte Poppy leise. Er wandte seinen Blick Ryan zu. »Heißt das, Lewis könnte auch dort sein?«

»Vielleicht«, sagte Ryan. »Nur wurde er bei der Explosion nicht verletzt oder verstrahlt. Er wäre nur aus einem einzigen Grund dort, nämlich, wenn er später gestorben wäre.«

»Sie meinen ›später umgebracht wurde‹«, sagte Poppy.

Emily schüttelte den Kopf. »Aber was ist mit dem Anruf von Lewis bei seiner Freundin in der Nacht der Explosion?«, fragte sie. »Und die SMS später. Und seine Wohnung und die Arbeit in Savannah River, von denen uns Poppy erzählt hat. Heißt das nicht, dass es ihm Wochen oder Monate nach der Explosion noch gut ging? Und warum ihn so lange nach dem Vorfall umbringen und ihn dann wieder hierherbringen, nur um ihn in dieses Loch zu legen?«

»Der Anruf bei seiner Freundin beweist, dass Lewis in der Nacht nach der Explosion noch am Leben war«, dachte Ryan laut vor sich hin. »Doch vielleicht wurde er noch in der gleichen Nacht umgebracht, um zu verhindern, dass er erzählte, was er gesehen hatte. Wenn dem so ist, hätte es sein können, dass sie Lewis' Mobiltelefon überprüft und den Anruf an Beverly Cortez gesehen haben. Die haben sie dann mit Drohungen zum Schweigen gebracht. Es könnte sogar sein, dass sie mit seinem Telefon eine SMS-Spur nach Savannah River gelegt haben, wo sie in seinem Namen eine Wohnung angemietet und einen falschen Job erfunden haben.«

»Wir reden hier aber immer noch von Mord, nicht wahr?«, sagte Poppy leise. Keiner antwortete.

Poppy hob einen Hefter vom Boden neben seinen Füßen auf. »Dann habe ich ein weiteres Rätsel für Sie. Sie haben mich in den letzten Tagen nicht mehr danach gefragt, aber mein Sohn hat das L5-Waffenprotokoll besorgt, von dem ich Ihnen erzählt habe – aus der Firmenzentrale. Wie Sie angenommen hatten, steht darin nichts davon, dass Lews Gewehr für die vorgeschobene Überprüfung weggebracht wurde. Tatsächlich ist Lews Waffe in dem Protokoll überhaupt nicht aufgeführt.«

Emily ging zu Poppy und schaute über seine Schulter auf die Tabelle. »Was meinen Sie damit? Es gibt in der Tabelle drei Felder für Waffen in der Dachstation von L5 und es sind drei Seriennummern aufgelistet. Nichts fehlt.«

»Ja«, sagte Poppy gereizt. »Aber die Seriennummern auf unseren Waffen waren fortlaufend, weil wir sie extra für L5 angeschafft hatten, und ich habe die Nummern selbst vor siebzehn Jahren eingetragen. Als Lew nach L5 kam, hat er sich eine Waffe unter den Nagel gerissen und nach seiner Freundin benannt. Hier sind nur zwei Gewehre mit aufeinanderfolgenden Nummern aufgeführt. Die dritte Waffe, die von Lewis, ist weg. Ich habe diese dritte Nummer hier nie zuvor gesehen.«

»Warum sollte Lews Waffe fehlen?«, fragte Kieran. »Und wohin würden sie sie bringen?«

»Wie wär's mit … zu Lewis?«, meinte Ryan.

Er schaute hinüber zu Emily, die ganz damit beschäftigt war, die Puzzleteile zusammenzusetzen.

Ryan musste das nicht mehr tun. Die Geschichte war in seinem Kopf bereits fertig geordnet und ergab langsam einen Sinn – es war wie dieser entscheidende Punkt in einem Prozess, wenn ein Beweisstück den letzten Zweifel daran ausräumte, was wirklich geschehen war. Nur, musste er sich bewusst erinnern, konnte er diesen Beweis normalerweise dazu benutzen, um die Jury zu überzeugen. Hier war der wesentliche Gegenstand noch nicht in Reichweite, sondern lag in der Wüstenerde vergraben beziehungsweise in Teds Stall versteckt.

Nach dem verunglückten Ortstermin in L5 hatten sie nur noch eine Möglichkeit, um ihre Theorien zu bestätigen: Sie mussten an das herankommen, was unter jener Falltür des Sperrgebiets lag – oder hilflos zusehen, wie ihre Anklage binnen weniger Tage in sich zusammenfiel. Damit wäre auch Kierans Hoffnung auf den endgültigen Nachweis seiner Verstrahlung dahin, mit ihr die Hoffnung auf eine Entschädigung und die Möglichkeit, Sherman mit seiner Familie zu verlassen. Zusammen mit Ted Pollocks Hoffnung, das Projekt in Hanford zu stoppen und zukünftige Projekte zu verhindern.

Wenn sie nur an den Schlüssel für diese Tür kämen!

Ryan wandte sich an Poppy. »Wie hieß der Typ aus der Personalabteilung noch mal?«

Der Wachmann verzog angewidert die Lippen. »Das werde ich nie vergessen: Adam Worth.«

»Also«, begann Ryan langsam, »höchstwahrscheinlich die einzige Person, die einen Schlüssel für die Grube im Sperrgebiet hat, ist dieser Worth – wenn wir davon ausgehen, dass er die Leiche, die Poppy gesehen hat, dorthin gebracht hat.«

»Und wie hilft uns das?«, fragte Emily. »Wir können nicht einmal gerichtlich die Herausgabe verlangen.«

»Nein«, stimmte Ryan ihr zu. »Also müssen wir Adam Worth einen Grund geben, ihn zu benutzen.«

48

Adam hatte sich im Umkleideraum von Covington gerade fertig abgetrocknet, als sein Telefon zu summen begann. Er nahm es aus seinem Spind.

»Hallo, Eric«, grüßte er fröhlich.

»Adam, ich habe gerade eine persönliche Zustellung vom Gericht erhalten. Eine erweiterte Beweismittel- und Zeugenliste von Emily Hart für die Verhandlung.«

Der Prozess machte Adam nicht mehr nervös. Besonders, nachdem er bei dem extralangen Lauf, von dem er gerade zurückgekommen war, Ryan Hart in die Augen geschaut hatte. »Was steht drauf?«

»Laut neuer Beweismittelliste wollen sie ›Trümmerstücke der Explosion vom 16. Oktober‹ vorlegen, ›darunter Teile eines Nuklearzünders und andere entsprechende Beweise für den Vorfall‹. Haben Sie eine Ahnung, wovon die reden?«

Adam setzte sich. Plötzlich war ihm speiübel.

King redete weiter. »Da heißt es auch, dass sie ein Gewehr vorlegen wollen. Hier ist eine Seriennummer, wenn Sie die brauchen.«

Nein. Nein.

»Und der Zeuge, den sie der Liste hinzugefügt haben …«, sagte King vorsichtig, »Adam, das sind Sie. Die Hart-Anwälte haben mir auch eine Vorladung für Sie geschickt. Sie sollen Montagmorgen vor Gericht erscheinen.«

Wie waren sie nur an den weißen Zug gelangt? Wie konnten sie die Stelle gefunden, geschweige denn das Magnetschloss geknackt haben, um an die Explosionstrümmer zu kommen? Die Kammer lag mindestens zehn Meter unter der Erde, unter Stein und Beton.

»Adam?«

»Ich melde mich bei Ihnen«, sagte Adam und legte auf.

Er musste wissen, was sie gefunden hatten. Wie auch immer sie in die Grube gelangt waren, sie konnten unmöglich viel Material wegtransportiert haben. Dazu waren mehrere Fahrzeuge nötig. Und sie konnten unmöglich so viele Autos auf das Sperrgebiet gebracht haben, ohne entdeckt zu werden. Adam musste herausfinden, was sie geholt hatten und ob es ausreichte, um die Existenz eines Nuklearzünders zu beweisen.

Und dann musste er die Grube leeren. Zerstören, wenn möglich.

O nein. Hatten sie auch die Leichen gesehen? Wenn sie tatsächlich in der Grube gewesen waren? Natürlich hatten sie das ... wie konnten sie sie auch übersehen?

Adam schaute sich um. Der Umkleideraum war leer. Er drückte die Schnellwahltaste für den Sicherheitschef.

»Ja«, meldete sich Mel Emerson.

»Wir müssen heute Nacht aufs Gelände«, sagte Adam. »Sie müssen das ganze Team zusammentrommeln, und wir müssen den weißen Zug noch *heute Nacht* leeren.«

Ein schwerer Seufzer drang durch die Leitung. »Das hatten wir erst für nächsten Monat geplant, Sir«, begann Emerson. »Wir haben gerade erst vorgestern Nacht die Testausrüstung aus L5 auf Waggons für die Fahrt nach New Mexiko verladen. Für den ganzen Schutt müssten wir weitere Gefahrgutwaggons auftreiben – ganz zu schweigen davon, dass wir einen neuen Lagerort für die Leichen finden müssten. Außerdem wäre es aufwendig, dafür zu sorgen, dass heute Nacht *unsere* Leute an den Bildschirmen beim Hanford-Sicherheitsdienst sitzen. Und wenn wir wie sonst auch anfangen, brauchen wir jede Minute Dunkelheit, um es in einer Nacht zu schaffen. Ich weiß nicht, Mr Worth – das wird ein Haufen Arbeit.«

»Machen Sie es einfach!«, brüllte Adam so laut ins Telefon, dass seine Stimme in den Duschkabinen und Spinden um ihn herum widerhallte. Er kämpfte einen Augenblick darum, seine Lautstärke unter Kontrolle zu bekommen. »Dann müssen wir eben früher anfangen. Und holen Sie so viele Leute dazu, wie Sie brauchen, damit es schnell geht. *Heute Nacht,* Emerson!«

»In Ordnung«, brummte der Mann völlig verärgert. Dann beendete er das Gespräch.

Adam zögerte einen Moment, bevor er in seinen Spind griff. Die Münzbörse war da. Er hatte geplant, jetzt, da alles ein wenig ruhiger wurde, mit den blauen Tabletten aufzuhören. Aber es war noch nicht vorbei.

Adam öffnete die Börse und holte zwei, dann eine dritte Tablette heraus. Es würde eine lange und schwierige Nacht werden.

49

Emily musste sich daran erinnern, dass dieser Teil des Plans ihre Idee gewesen war. Nicht nur das; sie hatte auch darauf bestanden, ihn persönlich auszuführen, gegen heftigen Protest ihres Vaters und Kierans. Sie konnte niemand anderem die Schuld daran zuschieben, dass die kalte Nachtluft durch ihre Jacke drang und Angst ihr Herz gepackt hatte.

Am Ende hatten die Männer erst nachgegeben, als sie zugestimmt hatte, dass jemand anderes sie begleitete. Heather, wie sich herausstellte. Jetzt schaute sie zu der jungen Frau hinüber. Selbst in der Dunkelheit konnte Emily sehen, dass Heather nicht im Geringsten beunruhigt wirkte.

Die Pferde, die Emily und Heather auf ihren bloßen Rücken durch die Wüste trugen, schritten leise durch eine Nacht, die nur schwach von einem jungen zunehmenden Mond erhellt wurde. Dieser Abend fühlte sich für Emily irgendwie ganz anders an als ihr letzter Ausflug. Selbst die Tiere hatten es schon früh gespürt und waren nervös vor dem offenen Loch im Zaun zurückgewichen, bevor sie aufs Gelände getreten waren. Vielleicht lag es daran, dass Emilys Angst beim letzten Mal durch die Aufregung und durch die Anwesenheit von Ted und ihrem Vater gemildert worden war. Oder vielleicht, weil damals das einzige Risiko darin bestanden hatte, entdeckt zu werden.

Dieses Mal war ihre Entdeckung nicht das Risiko, sondern es war das Ziel. Und die Idee hatte im Büro noch absolut logisch geklungen, während die Nachmittagssonne durch die Fenster fiel. Jetzt aber, in der stillen Isolation der Nacht, erschien sie Emily nur noch wie eine Schnapsidee.

Sie kamen um einen Hügel herum. In hundert Metern Entfernung befand sich der Wachposten. Aus dem Fenster kam kein Licht. Doch dahinter war ein Auto geparkt, also musste heute Nacht jemand dort sein. Emily war noch unschlüssig, ob sie erfreut oder enttäuscht sein sollte.

Als Ryan seine Idee erklärt hatte, gerichtlich eine neue Beweismittel- und Zeugenliste zustellen zu lassen, damit Worth sich zur Halde begab und nach den »fehlenden Trümmern« schaute, waren Kieran und Poppy sich sicher, dass es funktionieren würde. Vielleicht schlug in diesem Moment der Realismus ihres Vaters in ihr durch, aber Emily hatte diesen Plan sofort etwas skeptischer beurteilt. Wie konnten sie sicher sein, dass Worth, wenn überhaupt, *noch in dieser Nacht* zur Grube kam? Was, wenn er bis Sonntagnacht wartete? Was, wenn er die Präsentation ihres erfundenen »Beweismaterials« aus Trümmerteilen und Gewehr abwartete?

Darum hatte Emily vorgeschlagen, einen stärkeren Köder in die Falle zu legen: Sie würden es so aussehen lassen, als wollten sie heute Abend weitere Beweise aus der Kammer holen. Dazu musste jemand auf dem Gelände gesichtet werden, der unterwegs in die Richtung der Grube war. Und da Poppy in Erfahrung gebracht hatte, dass der Wachposten vor Emily mit Worth in Verbindung stand, hatten sie beschlossen, die Taktik hier anzuwenden. Sobald sie feststellten, dass Worth das Gelände betrat, würden ihr Vater, Poppy und Kieran das Sperrgebiet betreten und den Mann aus der Personalabteilung mit dem Schlüssel in seinen Händen abpassen.

Eine Atemwolke entwich aus Heathers Mund, als sie sich vorbeugte und ihren Hengst aufmunternd tätschelte. »Fertig?«, flüsterte sie.

Wie konnte die junge Frau nur so ruhig wirken? Emily biss die Zähne zusammen. »Ja.«

Heather trat dem Hengst hart in die Flanken. Das Tier sammelte sich und schoss im Galopp los, mit Hufen, die sich förmlich in die harte Erde gruben.

Emily holte noch einmal Luft. Dann tat sie das Gleiche.

Ihre Stute machte einen Satz unter ihr und Emily klammerte sich an die Mähne. Die Pferde umrundeten den Hügel und kamen ins Sichtfeld des Wachpostens.

Tief in den Pferderücken gebeugt, warf Emily einen Blick über die

Schulter. Im Wachposten ging Licht an. Eine Gestalt erschien; nur ihre Umrisse waren im Licht zu sehen. Dann verschwand das Licht wieder.

Sie galoppierten immer weiter, bis sie nicht mehr in Sichtweite des Postens waren. Dann zügelten sie die Tiere zu einem leichten Trab und fielen schließlich in Schritt.

Emily, die sich außer Atem immer noch an die Mähne des Tieres klammerte wie an ein Rettungsseil, hätte um ein Haar laut losgelacht wegen des Schwalls Erleichterung darüber, dass sie ihre Aufgabe erfüllt hatten. Wenn der Wachmann jetzt Worth anrief, sollte er von Sherman hierher mindestens eine Stunde brauchen. Damit hatten Heather und sie genug Zeit, eine Spur zur Grube zu legen und dann in westliche Richtung zu entkommen.

Emily zog ihr Mobiltelefon aus der Jackentasche. Poppys Sohn Michael saß versteckt in seinem Auto in Sichtweite des Wachpostens und hielt nach Worths Eintreffen Ausschau. Trotzdem hatten sie sich zur Sicherheit geeinigt, dass Emily sie anrufen würde, wenn sie und Heather an dem Posten vorbei waren.

»Dad?«, sagte sie, als sich ihr Vater meldete. Der Empfang war schlecht und die Leitung knisterte.

»Ja«, antwortete er schließlich.

»Der Wachmann hat uns gesehen. Haltet euch bereit, aufs Gelände zu kommen.«

50

»Ja, Mr Worth«, sagte der Wachmann am anderen Ende der Telefonleitung. »Es waren zwei Reiter, unterwegs in Richtung der Grube. Sie sind nur vorbeigeritten. Sie waren schnell, wahrscheinlich überrascht, weil die Station besetzt war.«

Adam saß auf dem Beifahrersitz des ersten Geländewagens und klopfte mit dem Fuß einen Rhythmus auf den Boden. Pferde – nun, das war die Erklärung, wie die Harts aufs Gelände gelangt waren, ohne entdeckt zu werden. Aber das Ganze war trotzdem unlogisch. Warum sollten die Harts sie mit der Zustellung der Beweisliste darauf aufmerksam machen, dass sie den weißen Zug gesehen hatten – und dann noch einmal hinausreiten?

Es sei denn, sie hatten entschieden, dass sie zu wenig Beweise hatten, um die Richterin zu beeindrucken.

»Danke, Stu«, sagte Adam. »Wir sind bald da.«

Damit wurde die Operation heute Nacht noch interessanter. Er schaute auf die Uhr. Die Kolonne aus Geländewagen und Vans war nur noch fünfzehn Minuten vom Wachposten entfernt. In diesem Tempo sollten sie die Reiter auf dem Sperrgebiet noch einholen können – vielleicht sogar, bevor sie zu der Grube mit dem weißen Zug gelangten, wenn sie noch in diese Richtung unterwegs waren.

Er drehte sich zu Emerson um, der hinter dem Lenkrad saß, und erklärte dem Sicherheitschef ganz rasch, was der Wachmann ihm gesagt hatte.

»Sir, vielleicht sollten Sie die Jungs in den anderen Wagen informieren, damit wir das Tempo anziehen können.«

Adam stimmte ihm zu und begann zu telefonieren.

* * *

Ryan ging am Zaun auf und ab wie ein Tier im Käfig. Ihm gefiel diese Idee nicht. Ihm gefiel nicht, dass seine Tochter – und Heather – allein da draußen waren. Er hätte sich nicht von Emily überreden lassen sollen.

»Aber was gibt es denn schon für echte Risiken?«, hatte sie widersprochen. »Wir sollten die Grube mindestens eine halbe Stunde erreichen und passieren können, bevor Worth überhaupt aufs Gelände kommen kann, nachdem er informiert wurde. Da ihr das Gelände an einem Punkt betretet, der näher an der Grube liegt als unser Startpunkt, werdet ihr drei dann schon mit Poppys Pick-up in unserer Nähe sein.«

Sie hatte es so vernünftig klingen lassen. Aber andererseits hatte Ryan schon mitbekommen, dass sie eine gute Anwältin war. Jetzt allerdings sah es einfach nach einer dummen und riskanten Idee aus.

Ted wartete mit seiner Frau, Ray und zwei anderen, um den Zaun in letzter Minute zu öffnen. Ein Loch zu reißen, das groß genug für Poppys Pick-up war, und es noch aussehen zu lassen, als hätte der Riss eine natürliche Ursache, war etwas ganz anderes, als einen Durchgang für Pferde zu schaffen. Die anderen planten hierzubleiben, bis Ryan und der Rest von der Grube wiederkamen, um dann ihr Möglichstes zu tun, das Loch zu verbergen.

Obwohl ihm der Plan Kopfzerbrechen bereitete, hatte Ted schließlich angeboten, mit aufs Gelände zu kommen. Ryan hatte abgelehnt. Es reichte, dass sich Heather bereit erklärt hatte, dieses Risiko mit ihnen einzugehen. Außerdem sollten sie keine weiteren Personen bei diesem »Ausflug« brauchen. Sie mussten nichts weiter tun, als Worth mit dem Schlüssel aus seinem Wagen zu holen und sich dann den Weg hinein zu erzwingen, um Fotos zu machen und Beweise zu sammeln. Drei von ihnen sollten reichen, um das zu erledigen.

Und wenn *doch* etwas schiefging, argumentierte Ryans vorsichtige Seite, war es sowieso eine gute Idee, jemanden auf der anderen Seite des Zaunes zu haben, der wusste, wohin sie gegangen waren.

Zum zehnten Mal in ebenso vielen Minuten schaute Ryan auf die Uhr. Es war noch zu früh, um sich Sorgen zu machen. Worth sollte erst in fünfundvierzig Minuten aus Sherman das Sperrgebiet erreichen. Außerdem würde Michael sie warnen, wenn Worth beim Wachposten ankam. Und das Letzte, was sie wollten, war, an der Grube zu sein, *bevor* Worth eintraf, und damit das Risiko einzugehen, dass er sie sah und umkehrte. Nein, sie wollten in der Nähe sein, sich rasch nähern und Worth in seinem Fahrzeug überraschen, bevor er fliehen konnte.

Poppys Mobiltelefon klingelte. »Ja, Michael«, hörte Ryan ihn sagen. Der Wachmann schwieg einen Moment. »Was meinst du damit? *Wie viele?*«

Alarmiert beobachtete Ryan, wie Poppy sein Telefon wieder in die Tasche steckte. »Michael sagt, sie sind schon am Posten«, erklärte Poppy knapp. »Und nicht nur Worth. Michael hat gerade gesehen, wie fünf Geländewagen, ein halbes Dutzend Vans und mindestens zwanzig bis dreißig Männer den Posten passiert haben.«

Ryan war wie vor den Kopf gestoßen. »Sie schauen nicht nur nach dem Rechten«, hörte er Ted murmeln. »Sie räumen die Grube aus. Und sie sind eine Stunde früher dran, als Sie geplant hatten.«

Ryan zog wieder sein Telefon hervor und drückte Emilys Nummer. Keiner meldete sich. Er versuchte es noch einmal.

»Hier und dort gibt es Stellen ohne Empfang«, sagte Ted. Er nickte Ray zu, der zu Teds Pick-up ging. Ryan sah ihm nach, bis er einen Moment später wiederkam, in jeder Hand ein Gewehr. Eines reichte er Poppy.

»Sie wissen, wie man das benutzt?«, fragte Ted und schaute nur Ryan an.

Ryan warf einen prüfenden Blick auf die Waffe die sich in Poppys Hand befand. »Es ist ein AR-13-Halbautomatik. Ja, ich weiß, wie man diese Waffe benutzt. Aber wir wollen doch nur Beweise für einen Zivilprozess sammeln.«

»Für uns geht es um mehr«, sagte Ted. »Wenn die die Grube ausräumen, gibt es dort keine Geheimnisse mehr. Sobald diese Kammer leer ist, ist unsere Chance dahin, Wolffia zu beenden.«

Ryan blickte wieder auf das Gewehr in Poppys Hand. »Ich weiß nicht«, sagte er. »Ich will keine Schießerei.«

»Wir auch nicht«, entgegnete Ted. »Aber *Sie* haben diese Büchse der Pandora geöffnet. Bevor wir zulassen, dass die Beweise das Gelände verlassen, tun wir eben, was wir müssen. Das bedeutet, wir kommen mit.«

51

Emily und Heather zügelten ihre Pferde, als sie um den Höhenzug und in Sichtweite des Hangs kamen, in dem sich der Eingang zur Kammer befand. Selbst in der Kälte der Nacht waren die Pferde verschwitzt und müde.

»Machen wir drei Minuten Pause«, sagte Heather, »aber nicht länger. Wir wollen nicht, dass die Pferde zu sehr abkühlen. Dann reiten wir zum Treffpunkt.«

Emily willigte dankbar ein. Ihre Stute mochte müde sein, aber sie selbst war glattweg erschöpft. Sie hatten das Sperrgebiet mehrere Kilometer weiter östlich betreten als letztes Mal. Das und der Galopp – ohne Sattel – hatten ihre Beine in Wackelpudding verwandelt.

Augenblicke später stand Emily neben der Stute, das Seil in der Hand, das um den Hals des Tieres gewunden war, und beobachtete Heather, die ihr Pferd den Hang hinauf zu der Abdeckung führte. »Sie ist noch da, wo wir sie gelassen haben«, rief sie Emily zu. »Sieht nicht so aus, als hätte jemand etwas daran verändert, seit wir das letzte Mal hier waren.«

Plötzlich warf Emilys Pferd den Kopf zurück und versuchte, sich in die Richtung zu drehen, aus der sie gerade gekommen waren. Emily hielt das Seil fest in beiden Händen, aber das Tier zog so heftig, dass sie fast den Boden unter den Füßen verlor.

Jetzt hörte Emily es auch: das Brummen eines Motors. Nein – mehr als ein Motor!

Emily schaute zu Heather, die bereits mit ihrem Hengst den Hügel hinuntertrabte. Sie lief zu Emily, die darum kämpfte, ihre Stute zu beruhigen, warf ihr Seil über ihre Schulter und beugte sich hinunter, um Emily beim Aufsitzen zu helfen. Das ängstliche Tier wich immer wieder zurück. Emily wand ihre Finger fest in die Mähne, stellte den Stiefel in Heathers verschränkte Finger und sprang auf den fliehenden Pferderücken.

Die Fahrzeuge kamen näher.

Heather grub die Finger in die Mähne ihres Hengstes, sprang, zog sich nach oben und schwang ein Bein über seinen Rücken. Sie richtete sich auf; dabei glitt ihr das Seil von der Schulter und auf die staubige Erde.

Heather schaute zu Boden, wo es lag, und dann zu Emily. Emily schüttelte den Kopf.

Ohne ein weiteres Wort trieben beide ihre Pferde an, lenkten die Köpfe der Tiere nach Westen und weg vom Geräusch der sich nähernden Autos.

* * *

Das erste Fahrzeug von Adams Kolonne umrundete den Höhenzug und kam unter der Tür im Hang zum Stehen. Die Geländewagen und Vans hielten in einer Reihe und rangierten, bis sie mehr oder weniger parallel geparkt waren – die Hälfte mit den Scheinwerfern auf den Hügel gerichtet, die andere Hälfte mit dem Kofferraum in diese Richtung. Dann begann die Mannschaft, auszusteigen und Schutzanzüge und Atemmasken anzulegen.

Noch brauchte Adam keinen Anzug. Er trug bereits seine Atemschutzmaske, würde aber die Grube erst später betreten. Er schaute sich auf dem leeren Platz um. Vielleicht waren sie vor den Reitern eingetroffen. Oder vielleicht hatten die Reiter ihren Plan aufgegeben, nachdem der Wachmann sie gesehen hatte. So oder so, wenigstens war er sich sicher, dass sie vor seiner Ankunft nicht in der Kammer und wieder draußen gewesen sein konnten.

Doch das spielte keine Rolle. Das Wichtigste war jetzt, festzustellen, welche Überreste Harts Leute mitgenommen hatten, und dann die Kammer zu räumen.

Einer der Wachmänner im Schutzanzug kam auf ihn zu. »Sir, ich habe das hier gefunden.« Er hielt ein Seil mit einer Schlinge hoch.

Adam nahm es in die Hand. Es waren heute Nacht vermutlich kaum vier Grad hier draußen, aber das Seil war noch warm.

»Emerson«, rief er nach dem Sicherheitschef. Der Mann kam näher. Adam drückte ihm den Magnetschlüssel in die Hand. »Greg soll anfangen, den C4-Sprengstoff anzubringen, während die Mannschaft alles leer räumt«, sagte er rasch. »Wenn sie die Trümmerteile herausbringen, sollen sie darauf achten, in den Wagen alles genau so anzuordnen, wie es da unten lag, damit ich es auf Vollständigkeit überprüfen kann. Und ich brauche Ihren Autoschlüssel … und zwei Paar Handschellen von der Mannschaft.«

Der Sicherheitschef nickte, holte die Handschellen und reichte sie Adam zusammen mit dem Autoschlüssel.

Wenige Augenblicke später fuhr Adam in Richtung Westen davon. Mit eingeschaltetem Fernlicht bewegte er sich schnell über das unebene Gelände, aber nicht so schnell, dass er die unverkennbaren Spuren von Hufen auf dem trockenen Wüstenboden übersehen hätte.

* * *

Emily und Heather ritten nebeneinander und versuchten, ein gutes Tempo zu halten, ohne die Tiere zu überanstrengen. Sie waren jetzt weniger als zwei Kilometer von der Kammer weg, schätzte Emily - und laut der Karte, die sie vorhin gesehen hatte, noch sechs bis acht Kilometer vom Treffpunkt entfernt.

Sie hatten das Geräusch von sich nähernden Autos gehört, als sie von dem Hügel weggaloppiert waren. Dann hatten zu Emilys Erleichterung die Motorengeräusche aufgehört. Daraufhin war sie Heathers Vorbild gefolgt und von dem gefährlichen nächtlichen Galopp zu einem schnellen Schritt übergegangen.

Jetzt zupfte Heather an der Mähne ihres Pferdes und drängte es anzuhalten. Emily tat das Gleiche, als ihre Begleiterin einen Finger an die Lippen legte.

Es dauerte eine Sekunde, bevor Emily es auch hörte. Wieder ein Motorengeräusch. Nur von einem Auto dieses Mal, aber es bewegte sich in ihre Richtung.

Sie trieben ihre Pferde mit einem festen Tritt in die Flanken an und wieder hinein in die Schwärze der Nacht. Emily hielt sich krampfhaft an der Mähne ihres Pferdes fest, das sich in den Galopp warf und sich erschöpft bemühte, seine Reiterin zufriedenzustellen und mit Heathers stärkerem Hengst vor ihnen mitzuhalten.

Sie legten noch einen knappen Kilometer zurück, und das Motorengeräusch kam nach und nach immer näher. Heather war noch in kurzer Entfernung vor ihr zu sehen - obwohl sich der Abstand langsam vergrößerte. Selbst in dem diffusen Mondlicht konnte Emily sehen, wie sich der Kopf der jungen Frau immer wieder hin und her drehte. Vermutlich suchte sie nach härterem Untergrund, wo die Hufabdrücke der Pferde unsichtbar blieben.

Plötzlich stolperte die Stute unter Emily, fiel vornüber und warf ihre Reiterin um ein Haar über ihren Kopf. Sie richtete sich danach wieder auf und versuchte strauchelnd, wieder weiterzugehen, als ein grelles Licht über dem Gelände aufblitzte und einen dunklen Schatten vor das Pferd warf.

Das Tier wich nach rechts aus, alarmiert von seinem eigenen Schatten. Emilys Finger verloren ruckartig den Halt in der Mähne, und sie rollte von dem Rücken des Pferdes in die Dunkelheit hinein.

Ihre Schulter schlug heftig auf dem Boden auf, und stechender Schmerz durchzuckte ihren ganzen Oberkörper. Sie überschlug sich zweimal und blieb dann still liegen, um Atem ringend, während die Hufschläge der Stute in die Nacht verschwanden.

Immer noch außer Atem, versuchte sich Emily aufzusetzen, doch ein heftiger Schmerz in ihrer rechten Schulter ließ sie aufschreien. Das Motorengeräusch kam jetzt näher. In ihrem Kopf brach Panik aus. Sie rollte sich von der verletzten Schulter weg und ließ den Blick suchend über den Boden wandern, um ein Versteck zu finden. Wenige Meter von ihr entfernt war ein großer Felsblock. Sie versuchte, sich mit dem unverletzten Arm hochzustemmen.

Dröhnend näherte sich das Motorengeräusch, bis der Wagen nur noch einen Meter von Emily entfernt war. Sie versuchte noch einmal aufzustehen.

Das Licht war überall, als Emily mit einem letzten schmerzvollen Aufschrei zurück auf den Wüstenboden fiel.

52

»Wir müssen uns beeilen«, sagte Ryan. Sie waren mit kaum mehr als fünfundzwanzig Kilometer pro Stunde unterwegs.

Da sie ohne Licht fuhren, beugte sich Poppy über das Armaturenbrett, blinzelte durch die Windschutzscheibe und versuchte, Teds Pickup zu folgen, der zwanzig Meter vor ihnen fuhr.

»Ich weiß, dass Sie sich Sorgen machen, Ryan«, sagte Poppy. »Mir geht es doch genauso. Aber es hilft uns nicht, wenn wir in einem Graben landen. Oder auf zwanzig Kerle treffen, die wahrscheinlich bewaffnet sind. Außerdem geht es hier um Timing, nicht um Geschwindigkeit. Keine Angst – wir schnappen uns diesen kleinen australischen Schweineh–«

Teds Pick-up schlingerte plötzlich nach rechts und sackte mit einem lauten, dumpfen Schlag vorne links in einen unsichtbaren Graben.

Poppy brachte sein Auto gerade noch zum Stehen, bevor es mit dem in der Luft hängenden Fahrzeug kollidierte. Die drei stiegen aus, traten auf den Wüstenboden und gesellten sich zu Ted und seinen Männern, die an der vorderen Stoßstange des Pick-ups standen.

»Die Achse könnte verbogen sein«, sagte Ray und starrte in die Rinne.

Ted wandte sich Poppy zu. »Sie haben die GPS-Koordinaten für die Grube. Fahren Sie weiter. Wir versuchen, den Pick-up hier rauszubekommen. Wenn nötig, kommen wir zu Fuß nach. So oder so, wir sind bald wieder bei Ihnen.«

Poppy nickte. Ryan und Kieran folgten ihm zurück zu seinem Wagen.

Minuten später fuhren sie am Rand des Grabens entlang, der Teds Pick-up außer Gefecht gesetzt hatte, und suchten nach einer Möglichkeit, weiter in nördliche Richtung zu fahren.

* * *

Adams Hände zitterten, als er von Westen her um den Hang herumging und die Scheinwerfer der Geländewagen und Vans sah, die den Bereich um den Eingang zur Halde beleuchteten. Die Aufputschtabletten hatten jetzt ihre volle Wirkung entfaltet und durchschossen ihn mit einer Energie und Klarheit, die die Nacht erhellte. Vielleicht hatte er es mit drei Tabletten übertrieben, dachte er, machte mit beiden Händen eine Faust und öffnete sie wieder. Sein Puls klopfte so laut, dass er fast die angestrengten Laute der Männer übertönte, die in einer Eimerkette die Trümmerteile die unterirdische Treppe hinauf und auf den Hang transportierten.

Aber er würde das durchstehen. Er musste sich einfach unter Kontrolle halten, bis diese Aktion abgeschlossen war.

Adam warf noch einen Blick über die Schulter zu Emersons Geländewagen, der außer Sichtweite der Grube geparkt war. Er hatte die richtige Entscheidung getroffen, das Mädchen in Handschellen im Auto zu lassen, fernab von den Blicken der Mannschaft. Das würde die Sache vereinfachen und ihm mehr Möglichkeiten lassen.

Er ging zum Eingang zur Grube, wo der Sicherheitschef stand, die Hände über dem schwarzen Anzug in die Hüften gestemmt und die Atemschutzmaske in einer Hand. Er drehte sich um, als Adam zu ihm trat.

»Glück gehabt?«, fragte Emerson.

Adam schüttelte den Kopf. »Nein. Ist aber egal. Wie viel noch?«

»Wir sind fast fertig. Sie sagten, wir sollten die vier Leichensäcke außerhalb der Waggons liegen lassen, mit extra starken Sprengsätzen, damit sie sich in Staub auflösen, ja?«

Adam nickte.

»Dann schaue ich mal nach, ob das erledigt wurde. Als ich das letzte Mal drin war, hatte Greg den Rest des Sprengstoffs schon platziert. Sie können sehen, dass wir die Tür entfernt und ebenfalls im Innenraum gelassen haben.«

»Gut. Emerson, ich weiß, wir hatten geplant, dass Sie die Sprengsätze zünden, aber ich habe beschlossen, es selbst zu tun. Ich will, dass Sie mit den anderen zurück zum Zugdepot fahren.«

Emerson blinzelte überrascht. »Sind Sie sicher?«

Adam nickte entschieden. »Ja. Lassen Sie Greg die Sprengsätze so verkabeln, dass nur ein Zünder nötig ist.«

»Was immer Sie sagen, Boss«, erwiderte Emerson. »Bleiben Sie in mindestens dreißig Meter Entfernung. Wenn Sie auf den Knopf drücken, sollte die ganze Decke der Kammer einstürzen. Der Zug wird unter zehn Metern Steinen begraben sein – man bräuchte Wochen, um ihn auszubaggern. Mit den zusätzlichen Sprengladungen an den Leichen sollten die praktisch pulverisiert werden. Sechs Monate und ein paar Regenschauer, und es wird kaum noch einen Hinweis darauf geben, dass es die Kammer je gegeben hat.«

»Gut«, sagte Adam. »Hören Sie, ich bringe Ihren Wagen noch heute Nacht persönlich zurück, allein. Fahren Sie bei einem der anderen mit. Und lassen Sie einen Schutzanzug da.«

Emerson zog die Augenbrauen hoch. »Okay. Wenn Sie das so wollen.«

Adam beobachtete die Männer, die in ihren Anzügen wie schwarze Ameisen aussahen und emsig die letzten eingesammelten Trümmer den Hang hinuntertrugen. Emerson begann, seine Maske aufzusetzen, und wandte sich dem Eingang der Kammer zu.

Adam packte ihn beim Arm. »Noch eines, Emerson. Ich erwarte zwar keine Probleme, aber ich möchte, dass Sie der Mannschaft hier heute Nacht noch etwas mitteilen. Falls es irgendwann doch noch Ärger gibt – falls die Regierung entscheidet, dass irgendein Teil dieser Sache unangemessen gehandhabt wurde –, dann habe ich einen Notfallplan. Sagen Sie ihnen, für den Fall, dass einer von ihnen aus irgendeinem Grund verhaftet wird, habe ich einen Fonds eingerichtet, der für ihre Anwaltskosten aufkommen wird. Und für den unwahrscheinlichen Fall, dass irgendjemand verurteilt wird, bekommt seine Familie fünfhunderttausend Dollar pro Jahr für jedes Jahr, dass er nicht … daheim ist. Garantiert, jährlich ausgezahlt.«

Emersons Augen weiteten sich. »Machen Sie Witze?«

Adam schüttelte rasch den Kopf. »Nein. Beunruhigen Sie die Männer nicht. Es wird schon alles gut gehen. Aber wenn irgendetwas passiert, ist das der Lohn für ihre Loyalität und ihr Stillschweigen.«

Jetzt war es am Sicherheitschef, den Kopf zu schütteln. »Aber damit wollen Sie nicht sagen, dass das, was wir hier tun … *nicht genehmigt* ist?«

»Ganz richtig, das will ich damit auch nicht sagen. Ich will nur sagen, dass es bei der Verteidigungsindustrie doch immer um Politik geht, und dass wir bei dieser Mission die Speerspitze sind. Wenn es irgendein Missverständnis gibt, dann kümmern wir uns darum. Genauso, wie ich es gesagt habe.«

Der Mann musterte Adam eingehend. »Okay. Das könnte den Männern etwas Angst einjagen, aber ich werde die Information weitergeben.«

Immer noch kopfschüttelnd stieg der Sicherheitschef den Hang hinauf.

Diese Männer glaubten, dass sie für eine gute Sache arbeiteten. Emerson und das Sicherheitspersonal waren schlau genug, um zu vermuten, dass hier und dort Grenzen überschritten wurden. Doch im

Großen und Ganzen glaubten sie – sichtbar in ihren psychologischen Profilen –, dass die Regierung sie beschützen würde.

Foote würde sagen, dass dieser Glaube ausreicht, denn er setzte sein Vertrauen in die Macht der Loyalität. Adam glaubte auch an diese Macht … wenn sie von viel Geld begleitet wurde. Und da Adam weiter unten in der Befehlskette stand und er derjenige war, den diese Männer identifizieren konnten, würde er in diesem Fall seiner eigenen Einschätzung folgen.

Besonders, da er das Budget kontrollierte.

53

Laut Navigationssystem hatten sie knapp zwei Kilometer von der Halde entfernt geparkt. Jetzt führte Ryan Kieran, Poppy etwas hinter ihnen herhinkend, in vorsichtigem Laufschritt durch die Wüste. Poppy und Kieran trugen die Gewehre und Ryan den einen Schutzanzug, den sie mitgebracht hatten.

Sie konnten nicht dichter heranfahren, da Poppy sie gewarnt hatte, dass Worth und die anderen andernfalls selbst bei langsamem Tempo den Motor hören konnten. In der Wüste trugen die Geräusche einfach zu weit. Ryan hatte ihm widerwillig zugestimmt. Dennoch brauchten sie ewig – im Dunkeln und ohne Taschenlampen. Und all die Rinnen und Felsen auf dem Weg raubten ihnen mehr Zeit, als Ryan sich je hätte träumen lassen.

In der Nähe, vielleicht einen knappen Kilometer entfernt, hörten sie das Geräusch von näher kommenden Fahrzeugen. Ohne ein Wort ließen sich alle drei zu Boden fallen.

Sie befanden sich an einer leicht abschüssigen Stelle. Unter ihnen tauchten Scheinwerfer auf. Eine Kolonne aus Geländewagen und Vans kam um einen Hügel herum. Die Autokarawane schob sich auf einer unsichtbaren Straße in Richtung Osten, und ihre Scheinwerfer wurden immer heller. Es dauerte bei ihrem umsichtigen Tempo fast fünf Minuten, bis alle vorübergefahren waren.

Vielleicht kommen wir zu spät, dachte Ryan panisch, als er die Rücklichter der Kolonne verschwinden sah. Waren Emily und Heather möglicherweise in einem dieser Wagen? Oder waren sie entkommen und auf dem Weg zum Treffpunkt?

Den Schutzanzug immer noch fest im Arm, erhob sich Ryan vom Boden, als ein Gedanke, der ihm schon eine Weile durch den Hinterkopf geschwirrt war, plötzlich seine ganze Aufmerksamkeit verlangte. Es war etwas, das Poppy vorhin auf der Fahrt gesagt hatte – über einen Australier.

»Poppy«, begann er, »bevor Teds Pick-up im Graben gelandet ist, sagten Sie etwas darüber, einen Australier zu erwischen.«

»Ja.«

»Von wem haben Sie da geredet?«

Der Wachmann blickte Ryan in der Dunkelheit fragend an. »Adam Worth natürlich. Er hat einen Akzent. Einen australischen, da bin ich mir ziemlich sicher.«

Verblüfft bat Ryan ihn um eine Beschreibung. Drahtig. Energisch. Rotes Haar. Vielleicht Ende zwanzig.

Der Versicherungsmakler, dachte Ryan, und Wut kochte in ihm hoch. Das musste er sein. Larry Mann war Adam Worth.

* * *

Das letzte Fahrzeug verschwand hinter der Anhöhe. Adam drehte sich um und ging zurück zu Emersons Geländewagen, der westlich hinter dem Hang stand.

Die junge Frau im Kofferraum war geknebelt und trug Handschellen. Mit einem weiteren Paar Handschellen war sie an einen Metallring direkt hinter dem Vordersitz gekettet. Adam warf ihr einen Blick zu. Ihre Augen blitzten abwechselnd vor Wut und Schmerz.

Er wusste, dass sie sich die Schulter verletzt hatte, bevor er sie gefunden hatte, wahrscheinlich bei einem Sturz vom Pferd. Jetzt konnte er außerdem sehen, dass sie zitterte.

Er ließ den Motor an und fuhr um die Anhöhe herum. Der Zünder für die Sprengsätze lag auf dem Wüstenboden, fast fünfzig Meter von der Kammeröffnung entfernt, neben einem hüfthohen Felsbrocken. Daneben lag als kleiner Haufen ein Strahlenschutzanzug.

Adam parkte den Geländewagen. Er drehte sich auf dem Sitz um, löste die Handschellen der jungen Frau von dem Metallring, stieg aus und ging zur Kofferraumklappe.

Wahrscheinlich hätte er etwas sanfter mit ihr umgehen können, aber er war zu müde und zu sehr darauf fixiert, die Sache zu Ende zu bringen, um sich auch nur zu bemühen. Er packte sie bei den Knöcheln und zog sie hinaus.

Sie schlug hart auf dem Boden auf und sog vor Schmerz heftig den Atem ein. Adam packte die Handschellen und zerrte sie auf die Beine. Ein weiterer Aufschrei entwich ihr durch den Knebel.

Die Öffnung der Kammer, jetzt ohne Tür, war wie ein schwarzer Riss am Hang des Hügels. Die junge Frau in Handschellen hatte zu große Schmerzen, um sich zu wehren, als er sie darauf zuzog und vor dem gähnenden Loch fallen ließ. Adam zog seinen Strahlenschutzanzug an, verärgert, dass er nötig war. Er tauschte die normale Atemschutzmaske gegen die des Anzugs aus. Sie war immer noch schweißnass von dem Mann, der sie vor ihm getragen hatte. Dann wuchtete er die junge Frau wieder auf die Beine und zwang sie die Treppe hinunter in die Dunkelheit, die vor ihm lag.

* * *

Ryan war den anderen schon weit voraus, als er die Anhöhe umrundete und einen einzelnen Geländewagen sah, der ein Stück von einem Hang entfernt geparkt stand und dessen Scheinwerfer angeschaltet waren. Er drehte sich zu dem bekannten Terrain zu seiner Linken um. Mehrere Dutzend Meter weiter oben am Hügel war die Kammer bereits weit geöffnet.

Als Kieran ihn erreichte, steckte Ryan schon mehr oder weniger im Schutzanzug. Gerade wollte er die Maske anlegen, als Poppy auftauchte, völlig außer Atem, das Gewehr fest mit der Hand umklammert.

Poppys Telefon summte. Er zog es aus der Tasche und hielt es sich ans Ohr.

Seine Augen weiteten sich. »Okay«, flüsterte er schließlich. Er ließ das Telefon sinken und schaute zu Ryan.

»Das war Ted«, sagte er leise. »Heather ist gerade durch den Zaun gekommen. Sie hatte ihr Telefon nicht dabei, also konnte sie nicht früher anrufen. Aber sie sagt, dass Emily es nicht geschafft hat. Sie ist irgendwo auf dem Gelände gestürzt.«

Angst entfachte die Wut von Neuem, die immer noch in Ryans Innerem glühte. Er drehte sich um und joggte zu dem Geländewagen. Der war leer. Dann kehrte er wieder an die Stelle zurück, an der er sein Telefon abgelegt hatte, als er in den Schutzanzug gestiegen war. Schweigend wählte er Emilys Nummer.

Der schwache Klingelton von Emilys Mobiltelefon schwebte körperlos in der Nachtluft. Das Geräusch war weit entfernt und leise.

Es kam aus der Kammeröffnung.

Ryan ließ sein Telefon fallen, wirbelte zu Poppy herum, riss ihm das Gewehr aus der Hand und sprintete den Hang hinauf.

Kieran holte ihn wenige Meter vor der Kammeröffnung ein und überholte ihn fast in dem Versuch, hineinzusteigen. Ryan wechselte die Atemschutzmaske in die Hand, in der er das Gewehr hatte, streckte die andere Hand nach Kierans Schulter aus und drückte sie fest. Der junge Mann starrte ihn aufgebracht an.

Nein, flüsterte Ryan tonlos und deutete auf den Schutzanzug, den er jetzt trug – den einzigen Schutzanzug, den sie mitgebracht hatten. Kieran schüttelte den Kopf und schaute wieder zu dem Loch. Ryan drückte noch einmal seine Schulter und schob ihn dann zurück in Poppys wartende Arme.

Er warf einen Blick auf das kleine Sichtfenster der Maske und ließ sie zu Boden fallen, bevor er in die gähnende Dunkelheit trat.

54

Im schmalen Strahl seiner Taschenlampe konnte Adam sehen, dass die junge Ms Hart entsetzliche Angst hatte, die sogar ihre Schmerzen in den Schatten stellte. Er hatte sie mittlerweile an die Frachttür des zweiten Waggons gefesselt. Die vier Leichensäcke lagen zu ihren Füßen, eingehüllt in ein Dutzend oder mehr Würfel des leistungsfähigen C4-Sprengstoffs.

Adam betrachtete sie mit einem Hauch von Mitleid. Er fragte sich, warum ihr Vater sie heute Nacht allein hierhergeschickt hatte. Ein Teil von ihm fragte sich auch, warum sie nicht versucht hatte, mit ihm zu reden. Vielleicht lag es an der Angst. Es würde nichts ändern, aber er war trotzdem neugierig.

Er blieb noch einen Augenblick stehen und ließ seine Gedanken ein letztes Mal über die Rennstrecke laufen, die sein Gehirn momentan darstellte. Nachdem er mit Emerson gesprochen hatte und die Mannschaft abgerückt war, hatte er in jedem Fahrzeug Trümmerteile und andere Überreste der Explosion geprüft. Letztes Jahr hatte er jedes einzelne Stück davon persönlich katalogisiert. Den Listen zufolge, die er heute Nacht mitgebracht hatte, schien nichts zu fehlen.

Das bedeutete, Ryan Hart hatte wahrscheinlich keine Beweise. Es war alles ein Bluff gewesen. Obwohl der Mann eindeutig wusste, wo sich die Grube befand, stand er doch mit leeren Händen da.

Warum war dann die junge Hart heute Abend aufs Gelände gekommen?

Jetzt, da die Überreste fort waren, spielte es keine Rolle mehr. Man würde alles in die Waggons laden, die Emerson ans Zugdepot von Hanford bestellt hatte, und von dort fuhren sie per Gefahrguttransport nach New Mexico – so, wie sie es schon immer geplant hatten. Der einzige Haken dabei war, dass es nicht mehr möglich war, die Kammer mit dem weißen Zug einfach wieder zu schließen. Sie musste zum Einsturz gebracht werden, und dafür hatte Greg die Sprengsätze angebracht. Und mit den Explosionen würde auch jeder Hinweis auf die Leichen der Wissenschaftler zu Staub zerfallen und ausgelöscht werden.

Die junge Frau würde nun das gleiche Schicksal treffen.

Er hatte keine andere Wahl. Es war absolut unmöglich, die junge Ms Hart jetzt gehen zu lassen. Natürlich würde ihr Verschwinden zu einer Suche führen und ihr Vater würde fordern, diese Stelle ausgraben zu lassen.

Mit sehr viel Glück würde man Harts Forderungen nicht nachkommen. Immerhin würde Hart zugeben müssen, dass er sich illegalen Zugang zum Sperrgebiet verschafft hatte, um sie überhaupt zu begründen. Dann musste er sich eine Geschichte ausdenken, um sie zu rechtfertigen - nachdem er bereits durch sein unaufhörliches und fehlgeleitetes Beharren, L5 zu besichtigen, eine unkontrollierte Kettenreaktion ausgelöst hatte.

Selbst wenn die Behörden zustimmten, diese Stelle auszugraben, bestand die Möglichkeit, dass sie nicht die ganze zehn Meter dicke Steinschicht bis zum weißen Zug aufbaggerten, bevor sie zu dem Schluss gelangten, dass dort nichts zu finden war. Und wenn sie im Extremfall doch die ganze ehemalige Kammer aushoben, würden sie den weißen Zug zerstört und zerschmettert vorfinden. Die pulverisierten menschlichen Überreste wären in den Tiefen der Grabung nicht zu erkennen.

Adam hatte einen letzten Notfallplan, falls er sich doch irrte: neue Ausweise, Geld auf zahlreichen ausländischen Konten - alles, was sein Zugriff auf die fast unbegrenzten Projektmittel finanzieren konnte. Außerdem sollte irgendwann auch noch seine Prämie eintreffen. Immerhin waren die Laborausrüstung und die erfolgreichen Prototypen des Zünders bereits auf dem Weg zu anderen Labors von Covington. Cameron Foote wusste Loyalität und Erfolg zu schätzen; er würde sein Versprechen an Adam halten. Angesichts von Adams Insiderwissen hatte Foote in dieser Sache auch gar keine Wahl.

Adam schwenkte den Strahl der Taschenlampe weg von den verängstigten Augen der jungen Frau. Es gab noch ein Beweisstück, um das er sich persönlich kümmern musste - eines, von dem weder die Sicherheitsmannschaft noch irgendjemand sonst wusste.

Er ging zur Lokomotive, die halb in der Wand des Schachts steckte, und dann die wenigen Schritte zur Führerkabine. Dort zog er einen Schlüssel aus der Tasche, der das schwere Vorhängeschloss und die Kette öffnete, die die Kabinentür verschlossen hielten. Adam hörte die junge Frau aufschreien - vor Angst vermutlich -, als sich das Schloss öffnete. Dann zog er die Kette weg und öffnete die Tür.

Der Sack mit der Leiche von Lewis Vandervork lag auf dem Kabinenboden, wohin er ihn letzten Oktober gelegt hatte. In dem Leichensack, an Lewis' Seite, befand sich sein Gewehr. Das wusste Adam genau.

Wenn dieser Mann auf andere Art und Weise hätte zum Schweigen gebracht werden können, hätte Adam es getan. Aber sofort nach dem Gespräch mit Vandervork hatte er gewusst, dass das unmöglich war. Der Idiot hatte sogar noch in der Nacht der Explosion seine Freundin angerufen und damit seine Anweisungen ignoriert. Eine Person wie Vandervork konnte nur so zum Schweigen gebracht werden. Jetzt musste er nur noch die Leiche zu den anderen auf dem Boden der Kammer schaffen.

Er stellte die Taschenlampe senkrecht auf den Boden der Lokomotive, sodass der Strahl an die Decke gerichtet war. Dann packte er das Ende des schweren Sackes und zog ihn zur Tür der Kabine.

Plötzlich hörte er das Geräusch von Metall auf Metall.

Adam drehte sich in seinem Anzug um. Eine Gestalt stand am Fuß der Treppe, nur schwach sichtbar in dem Mondlicht, das durch die Öffnung der Grube fiel. Jemand in einem Schutzanzug, wie er selbst ihn trug.

Adam beugte sich über den Leichensack. Er verfluchte seine Finger, die in den schweren Schutzhandschuhen zitterten, und das begrenzte Sichtfeld seiner Maske. Schließlich bekam er den Reißverschluss zu fassen und zog ihn auf. Vandervorks schwarze Schuhe wurden sichtbar, und neben den Schuhen der Gewehrschaft.

Adam zog das Gewehr heraus und stand auf. Die verschwitzte Maske beschlug allmählich. Adam packte sie und riss sie sich vom Kopf – dann drehte er sich um und versuchte, die Waffe an die Schulter zu heben. Es fiel ihm schwer, seine Hände ruhig zu halten.

* * *

Ryan stieg die Metallstufen so leise hinunter, wie er es in dem ungewohnten Schutzanzug konnte. Die Taschenlampe war in seiner Tasche. Das Gewehr hielt er auf Taillenhöhe.

Der Raum unter ihm war in einen geisterhaften weißen Schein getaucht. Auf halber Höhe der Treppe konnte Ryan dessen Quelle entdecken. Seine Augen folgten einem Licht, das sich von links nach rechts bewegte und die Seite eines Zugwaggons beleuchtete, der weiß angestrichen war. Die Lampe lag in der Hand eines Mannes in schwarzem Schutzanzug - ein so bizarres Bild, dass Ryan sich verwirrt fühlte, so als würde er einen Priester beobachten, der seinen Dienst im Grab eines modernen Pharao versah.

Ryan blieb stehen. Der Mann und sein Licht begannen, die Stufen von etwas zu erklimmen, das wie eine Lokomotive aussah. Die Gestalt beugte sich vornüber und blieb einen Moment lang regungslos. Dann hörte Ryan Metall und das plötzliche Rasseln einer Kette.

Im gleichen Augenblick kam ein gequälter Schrei aus Schmerz und Angst aus der Dunkelheit zu seiner Linken. Ryan erkannte die Stimme, und sie schnitt ihm ins Herz.

Ungeschickt suchte er nach seiner Taschenlampe, schaltete sie ein und richtete sie auf den Ursprung des Schreis.

Der Lichtstrahl fiel auf Emily, die neben der offenen Tür eines Eisenbahnwaggons auf dem Boden kniete. Zu ihren Füßen lagen vier graue Leichensäcke, umwunden mit Drähten und einem Dutzend Würfel einer Substanz, die C4 sein musste.

Ryan drehte sich um und rannte die restlichen Stufen hinunter. Die Taschenlampe stieß gegen das Metallgeländer, glitt ihm aus der Hand und fiel klappernd auf die unterste Stufe - gerade als er den Boden der Kammer erreichte und aufschaute.

Die Gestalt in dem Schutzanzug befand sich jetzt über ihm, und der Lichtstrahl war unbeweglich auf die Decke der Kammer gerichtet. Die Gestalt musste ihn gehört haben, denn der Mann drehte sich um und stand aus seiner kauernden Position auf. Plötzlich hatte er ein Gewehr in einer Hand. Die andere Hand griff nach oben und zog seine Kopfbedeckung herunter. Dann hob er das Gewehr an die Schulter und richtete es auf Ryan.

Selbst im schwachen Widerschein der Lampe im Waggon erkannte Ryan das Gesicht sofort. Es war Larry Mann. Adam Worth.

Ryan hob seine eigene Waffe und ließ sich instinktiv auf ein Knie fallen. Er konnte noch eben so den Gewehrlauf auf die andere Gestalt richten, bevor er abdrückte.

Der Knall des Gewehrfeuers, der in der beengten Kammer widerhallte, war ohrenbetäubend. Dann wurde Ryan bewusst, dass es mehr als ein Echo war, dass sich *zwei* Echos überlagerten. Die zwei Schüsse jagten sich in einer langsam verhallenden, seltsamen Klangmischung.

Ryan spürte einen stechenden Schmerz in seiner Seite, doch er ignorierte ihn und stellte sich darauf ein, ein zweites Mal abzudrücken.

Nur war die stehende Gestalt verschwunden. In dem schwachen Licht konnte Ryan sehen, dass sie sich in einer ähnlich knienden Position befand wie er selbst und die Waffe langsam sinken ließ. Dann fiel sie in sich zusammen, zu einer bewegungslosen Masse auf dem Boden der Lokomotivkabine.

Ryan hob die heruntergefallene Taschenlampe auf und wandte sich panisch der Quelle des schmerzlichen Aufschreis zu, während die beiden Echos der Gewehrschüsse langsam verklangen.

Epilog

Seattle, Washington

Emily schaute über ihren provisorischen Schreibtisch und aus dem Fenster im ersten Stock des Queen-Anne-Hauses. Morgen würden die Bauarbeiter anfangen, das Arbeitszimmer ihres Vaters im Obergeschoss in ein Eckbüro für sie umzubauen. Danach würden sie auch den Rest der ersten Etage in Büroräume umwandeln.

Sie schloss die Augen und war für einen Moment wieder in der Kammer. Sie konnte die kühle Luft auf ihrer Haut spüren, die ihr eine Gänsehaut einjagte, konnte seine Augen im Licht der Taschenlampe sehen, das sich an den geisterhaften Eisenbahnwaggons widerspiegelte, und dann die Schritte ihres Peinigers auf dem Erdboden hören, als er sich an der Seite der Waggons entlang entfernte. Und die ganze Zeit über lagen vier mit Sprengsätzen gespickte Leichensäcke zu ihren Füßen.

Adam Worth ist tot, erinnerte sie sich. Er konnte ihr nicht wieder wehtun. Sie zwang sich, sich auf Kierans Eintreffen in einer halben Stunde zu konzentrieren. Sie stellte sich vor, wie sie sich Möbel für ihr neues Büro anschauten, bevor sie sich zum Abendessen mit ihrem Vater und Laura trafen.

Die düsteren Erinnerungen zogen sich zurück. Ihr Körper begann sich zu entspannen.

Anfangs war es viel schlimmer gewesen. Inzwischen konnte sie gewöhnlich einen massiven Panikanfall vermeiden, wenn die Gefühle zurückkehrten. Ihre Therapeutin war zufrieden und optimistisch.

Anfangs hatte sie sich auch noch fast mehr Sorgen um ihren Vater gemacht als um sich selbst. Er gab sich selbst die Schuld an jener Nacht. Das sollte er nicht. Es war ihre Idee gewesen, zusammen mit Heather zurück aufs Gelände zu gehen, erinnerte sie ihn. Der ganze Prozess war ihre Idee gewesen.

Doch auch ihrem Vater ging es immer besser. Die Wende war eingetreten, als sie ihm von ihrem Plan erzählt hatte, in seine Kanzlei einzusteigen – wenn er sie haben wollte. Das Lächeln, das er ihr daraufhin geschenkt hatte, war seitdem kaum aus seinem Gesicht gewichen.

Natürlich hatte die ganze Sache auch einen Preis. »Ich möchte ein Eckbüro im Obergeschoss«, sagte sie zu ihm. »Und dazu auch neue Möbel.«

Er hatte theatralisch gezögert und dann zugestimmt.

Und wie konnte er ihr auch widersprechen? Er konnte nicht so tun, als wäre Geld ein Problem. Selbst nachdem sie für Kierans Fall nur ein Drittel des ausgemachten Honorars genommen hatten, waren sie ... flüssig. Nach jener Nacht im Sperrgebiet und der Verhaftung der Sicherheitsleute mit den Überresten von L5 an der Bahnstation hatte Covington ihnen eine beträchtliche Summe angeboten, um den Prozess mit einem Vergleich abzuschließen - unter vollständiger Geheimhaltung. Kieran hatte abgelehnt. »In hundert Jahren nicht«, hatte er gesagt. »Und auch nicht in tausend.« Also hatten sie mehr geboten. Die dritte Summe kam schließlich mit dem Angebot, die Geheimhaltungsklausel wegzulassen. Kieran hatte akzeptiert.

Die Bundespolizei war noch immer nicht vollständig dahintergekommen, wer außer Adam Worth und dem harten Kern der Sicherheitsleute, die in jener Nacht auf dem Gelände gewesen waren, noch alles in Projekt Wolffia verwickelt war. Red Whalen wahrscheinlich. Hank, der Mitarbeiter bei der Besichtigung, ganz sicher. Der größte Teil aller andern, die in den letzten sieben Jahren in L5 gearbeitet hatten. Das Problem mit diesen Leuten war allerdings, dass noch unklar war, wie viel sie über das Projekt gewusst hatten. Niemand hatte den Mut, einen Haufen Hanford-Angestellter ins Gefängnis zu stecken, die ihr Leben lang geglaubt hatten, loyal für die Regierung zu arbeiten.

Wenn die Testausrüstung für den Zünder gefunden wurde - und der chemische Zünder selbst -, wäre das natürlich hilfreich, um den Fall abzuschließen. »Habt Geduld«, hatte Ryan Kieran und ihr geraten. »Sie werden den Zünder finden. Und dann werden sie sich die Befehlskette hinaufarbeiten.«

Ein Teil von Emily befürchtete immer noch, dass der Zünder als Austausch gegen Schutz für die Personen hinter Projekt Wolffia auftauchen würde. Doch dazu würde es nicht kommen, wenn sie oder ihr Vater etwas dazu zu sagen hatten. Und obwohl es Ted Pollock und seiner Familie gelungen war, die ganze Zeit unsichtbar zu bleiben, war sie sich sicher, dass die Yakama auch nicht zu dem Thema schweigen würden, wenn es hart auf hart kam.

All das half Emily bei der Genesung. Noch mehr half Kierans Umzug nach Seattle mit seiner Mutter und Schwester. Außerdem war Dr. Trân nach Analyse aller Daten von Covington, deren Herausgabe Richterin Johnston angeordnet hatte, zu der Schlussfolgerung gelangt, dass für Kieran nur ein geringes Risiko für schwerwiegende Gesundheitsschäden durch die Explosion im Oktober bestand. Das war ebenfalls beruhigend, ebenso wie die gleiche Zusicherung an Emily, nachdem man die Strahlungsmengen in der Kammer mit dem weißen Zug ausgewertet hatte.

Sie schaute aus dem Fenster in den azurblauen Himmel und auf die fernen Umrisse der Olympic Mountains, die von weißen Wolkenfetzen umkränzt waren. Sie hatte ihren Vater heute noch nicht gefragt, ob er Poppy Martin erreicht hatte, um mit ihm über Covingtons Vergleichsangebot zu sprechen. Das Angebot war gemacht worden, obwohl sie noch nicht einmal Klage eingereicht hatten. Das war gut. Trotz allem, was er durchgemacht hatte, besaß Poppy noch eine große Liebe zu Sherman und einen bleibenden Stolz auf Hanford. Er würde sich freuen, dass eine Auseinandersetzung nicht nötig war.

Emily zwang ihren Blick weg vom Horizont und wandte sich der neuesten Akte zu, die auf ihrem Schreibtisch gelandet war. Seit Kierans Vergleich strömten die Mandate nur so herein. Einige waren Folge der immensen Öffentlichkeit des Hanford-Falles. Ein großer Teil kam, weil Richter Freyling ihre neue Kanzlei so sehr lobte. Und der Ruf ihres Vaters war immer noch ein starkes Zugmittel, vor allem jetzt, da er seine volle Rückkehr in die Kanzlei angekündigt hatte.

Eine Zusammenfassung von Melissa war oben an die Mappe geheftet. Es war eine Eigentumsstreitigkeit. Eine Klage gegen den Besitzer eines Obstgartens. Sorgfältig las Emily die Beschreibung. Dann schaute sie wieder aus dem Fenster, dankbar für den Sonnenschein an diesem Tag Ende September.

Eine Klage gegen den Besitzer eines Obstgartens. Emily fielen wieder die Worte ihrer Mutter ein, die sie ihr an dem Tag mit auf den Weg gegeben hatte, an dem sie verkündet hatte, Jura studieren zu wollen.

Obwohl sie bereits unter dem frühen Stadium ihrer Krankheit litt, hatte Carolyn warmherzig und mit offenkundigem Stolz gelächelt. Dann hatte sie Emilys Hand genommen.

»Verklage nie einen Lehrer«, hatte sie gesagt, *»oder einen Farmer. Und lass dich nur auf die Kämpfe ein, die es sich wirklich zu kämpfen lohnt.«*

Emily legte die Akte beiseite. Dieses Mandat würden sie ablehnen. Sie war sich sicher, dass ihr Vater zustimmen würde – und wenn nicht, würde sie ihn überzeugen.

Schließlich, dachte Emily, *gibt es noch eine Menge anderer Arbeit.*

Die Geschichte des Nuklearsperrgebiets von Hanford

Mitten im Zweiten Weltkrieg suchte die Armee der USA intensiv nach Land für eine neue Fabrik. Ein großes Areal war nötig. Angesichts der Gefahren und der Geheimhaltungsstufe des neuen Projektes musste es außerdem ein dünn besiedeltes Gebiet sein. Und es musste an einem großen Gewässer liegen - groß genug, um mehrere Kernreaktoren zu kühlen. In der Fabrik sollten beträchtliche Mengen der Substanz produziert werden, ohne die eine Atombombe nicht funktionieren kann: Plutonium. Und die Armee brauchte dieses Gelände sehr schnell.

Der Osten des Bundesstaats Washington ist eine Wüste aus Lehm, einzelnen Bergen und Wüstenbeifuß, geteilt durch den Columbia River, der hier noch sehr schnell fließt. Auf diesem Land lagen jahrtausendelang die Jagd-, Sammel- und Fischgründe der Yakama und anderer amerikanischer Ureinwohner. Im Jahr 1943 gab es darauf nur wenige kleine Städte. Es erfüllte die Anforderungen der Armee perfekt.

Rasch beschlagnahmte sie das benötigte Land, zwang die Bewohner zum Umsiedeln und errichtete einen Zaun um eine Fläche von 1500 Quadratkilometern. Eine der Siedlungen auf dem Land war Hanford am Ostlauf des Columbia, kurz bevor der Fluss einen Bogen nach Süden und wieder nach Westen zum Pazifik nimmt. Als die Armee im Winter 1943 einrückte, zählte Hanford knapp dreihundert Einwohner. Binnen Wochen wurde aus dem Ort eine Geisterstadt. Von dem Ort blieb nur noch der Name, den die neue Plutoniumfabrik erhielt: Hanford Nuclear Reservation.

Die Armee und ihre Subunternehmen bauten die Anlage mit einer Geschwindigkeit, die die alten Pharaonen beschämt hätte: Fünfzigtausend Arbeiter schufteten unter strengster Geheimhaltung, sodass die Anlage nach wenig mehr als einem Jahr funktionsfähig war - rechtzeitig, um die Bombe von Nagasaki zu bestücken. In den Jahrzehnten des Kalten Krieges wuchsen über sechshundert Gebäude, darunter neun Kernreaktoren und fünf Anlagen zur Verarbeitung von Plutonium.

Bevor die Anlage 1989 stillgelegt wurde, war dort genügend Plutonium für sechzigtausend Atomwaffen hergestellt worden. Die Arbeiter des streng bewachten Unternehmens lebten nur wenige Kilometer von ihrem Arbeitsplatz entfernt, an dem es genug Strahlung gab, um binnen weniger Stunden ihre Familien und sie selbst zu töten.

Sie wurden großzügig dafür entschädigt. Doch die Arbeiter waren auch stolz darauf, in Amerikas Kaltem Krieg an vorderster Front zu kämpfen. An ihrer Brust trugen sie Dosimeter, die die Strahlung maßen, die sie in jeder Schicht aufnahmen. Trotz dieser Überwachung starben viele - wenn nicht durch Unfälle, dann durch Krebs.

Allerdings endet Hanfords Geschichte nicht mit seiner Stilllegung. Bis 1989 bedeckten Hunderte hochkontaminierter Gebäude (»verdreckt«, wie die Arbeiter sagten) das Land. Die Arbeiter erzählten Geschichten von Bahnschienen, die in die Erde hineinliefen, auf denen ganze kontaminierte Transportzüge - nach ihrer auffälligen weißen Farbe »weiße Züge« genannt - in unterirdische Höhlen gefahren und versiegelt wurden. Riesige Lastwagen wurden mit verstrahlten Werkzeugen und Geräten gefüllt und mitsamt ihrer Ladung vergraben. Auf der Anlage befanden sich 48 Millionen Tonnen radioaktives Abwasser in Fässern, die sich langsam zersetzten, und über 700 000 Kubikmeter kontaminierte feste Abfälle. All das lagert über einem verschmutzten und verstrahlten Grundwasserbecken, das über 300 Kilometer breit war und sich langsam zum Columbia River hin bewegt. Selbst das Energieministerium konnte nicht behaupten zu wissen, wo sich alles befand.

So begann in Hanford die größte Sanierungsaktion der amerikanischen Geschichte, durchgeführt von den Subunternehmen und den Arbeitern, die immer noch im Schatten des Sperrgebietes lebten. Ihre Arbeit ist bis heute nicht beendet. Sie arbeiten weiterhin jede Schicht inmitten der gefährlichen Partikel von Plutonium, Tritium, Strontium und Dutzenden anderer tödlicher Substanzen. Die Sanierung kostet jährlich über zwei Milliarden Dollar. Schätzungen besagen, dass eine »akzeptable Reinigung« des Geländes im Jahr 2072 abgeschlossen sein könnte - doch dafür gibt es keinerlei Garantie.

In den 1990er-Jahren, bevor ihnen der Gebrauch des Begriffs untersagt wurde, hatten die Mitarbeiter des Energieministeriums einen Spitznamen für diesen Ort. Möglicherweise war er ebenso für die Arbeiter gedacht wie für das Land. Sie nannten ihn »Amerikas Opferstätte«.

Danke …

… meiner wunderbaren Frau Catherine, die mir mit ihrer lebenslangen Erfahrung als Leserin geholfen hat, Figuren und Handlung zu entwickeln.

… Libby, die immer ein offenes Ohr hat, wenn ihr Vater sie darum bittet.

… Ian, der mich immer wieder angefeuert hat.

… Susan, die in den vielen Monaten, die ein Buch braucht, um Gestalt zu gewinnen, zuhört und liest und ermutigt.

… Scott, der seinem Bruder und Kanzleipartner die Zeit zum Schreiben lässt, die er braucht.

Außerdem möchte ich meinen Freunden vom Volk der Yakama danken sowie meinem Berater für seine Erklärungen zur Atomindustrie.

Ein Dank gilt auch meinem Lektor David Long für seine Mehrarbeit bei diesem zweiten Versuch.

Und schließlich ein ganz besonderes Dankeschön den vielen Lesern meines Debütromans, die sich freundlicherweise die Zeit genommen haben, mir zu schreiben und um Nachschlag zu bitten.

Todd Johnson

Tödliche Erbschaft
Thriller

Paperback, 13,5 x 20,5 cm, 352 Seiten
Nr. 395.438, ISBN 978-3-7751-5438-3

Im Nachlass ihres Vaters findet Erin Larson einen Einzahlungsbeleg über eine unglaubliche Summe. Wie kommt ein Farmer zu einem solchen Vermögen? Die Bank streitet die Einzahlung ab und schreckt auch vor Drohungen nicht zurück. Erins letzte Hoffnung ist Anwalt Jared Neaton.

Randy Singer

Der Klon
Thriller

Paperback, 13,5 x 20,5 cm, 432 Seiten
Nr. 395.540, ISBN 978-3-7751-5540-3

Nur durch eine Leihmutter kann Cameron Brown sich ihren sehnlichen Kinderwunsch erfüllen. Als beim Baby Down-Syndrom diagnostiziert wird, will Cameron es abtreiben lassen. Der Anwalt Mitchell Taylor kämpft mit Leihmutter Maryna gegen die Abtreibung.